EDIÇÕES BESTBOLSO

A casa das sete mulheres

Leticia Wierzchowski nasceu em Porto Alegre, RS, em 1972, e estreou na literatura em 1998 com o romance *O anjo e o resto de nós*. A autora é considerada uma das maiores revelações da literatura nacional do início do século XXI. Uma das raras escritoras a perceber e a traduzir, em palavras, a personalidade, o sentido e o poder de ação de personagens e cenários brasileiros. Em 2003 o romance *A casa das sete mulheres* foi adaptado pela Rede Globo em uma série de cinqüenta capítulos. Desde então, a produção televisiva foi veiculada em quase trinta países, e a obra de Leticia ganhou caminhos internacionais. Ela tem livros editados na Espanha, em Portugal, Grécia, Itália e Sérvia-Montenegro.

Leticia Wierzchowski

A CASA DAS SETE MULHERES

9ª edição

EDIÇÕES
BestBolso
RIO DE JANEIRO – 2025

CIP-Brasil. Catalogação na fonte
Sindicato Nacional dos Editores de Livros, RJ.

W646c
Wierzchowski, Leticia, 1972-
A casa das sete mulheres / Leticia Wierzchowski. – 9ª ed. – Rio de Janeiro: BestBolso, 2025.

ISBN 978-85-7799-055-9

1. Brasil – História – Guerra dos Farrapos, 1835-1845 – Ficção. 2. Rio Grande do Sul – História – 1835-1845 – Ficção. 3. Romance brasileiro. I. Título.

07-4536

CDD: 892.93
CDU: 821.134.3(81)-3

A casa das sete mulheres, de autoria de Leticia Wierzchowski.
Título número 052 das Edições BestBolso.

Copyright © 2002, 2007 by Leticia Wierzchowski Gomes.

www.edicoesbestbolso.com.br

Design de capa: Carolina Vaz, a partir da imagem da capa publicada pela Editora Record (2002).

Texto revisado segundo o novo Acordo Ortográfico da Língua Portuguesa.

Todos os direitos reservados. Proibida a reprodução, no todo ou em parte, sem autorização prévia por escrito da editora, sejam quais forem os meios empregados.

Direitos exclusivos de publicação em língua portuguesa para o Brasil em formato bolso adquiridos pelas Edições BestBolso um selo da Editora Best Seller Ltda. Rua Argentina 171 – 20921-380 – Rio de Janeiro, RJ – Tel.: 2585-2000 que se reserva a propriedade literária desta tradução.

Impresso no Brasil

ISBN 978-85-7799-055-9

Esta história é para ti, Marcelo –
todas as histórias de amor são para ti...
E é para João. Pois ele a escreveu comigo
nas longas tardes em que também se fez.

"Aprenderam os caminhos das estrelas, os hábitos do ar e do pássaro, as profecias das nuvens do Sul e da lua com um halo.

Foram pastores do rebanho bravio, firmes no cavalo do deserto que domaram esta manhã, laçadores, marcadores, tropeiros, homens da partida policial, às vezes, matreiros; um, o escutado, foi o cantador.

Cantava sem pressa, porque a aurora tarda a clarear, e não alçava a voz. (...)

Certamente não foram aventureiros, mas uma tropa levava-os muito longe, e mais longe as guerras (...)

Não morreram por essa coisa abstrata, a pátria, mas por um patrão casual, uma ira, ou pelo convite ao perigo.

Sua cinza está perdida em remotas regiões do continente, em repúblicas de cuja história nada souberam, em campos de batalha, hoje famosos.

Hilario Ascasubi viu-os cantando e combatendo.

Viveram seu destino como em um sonho, sem saber quem eram ou o que eram.

O mesmo acontece, talvez, conosco."

***Os gaúchos** – Elogio da sombra*
Jorge Luís Borges

No dia 19 de setembro de 1835 eclode a Revolução Farroupilha no Continente de São Pedro do Rio Grande. Os revolucionários exigem a deposição imediata do presidente da província, Fernandes Braga, e uma nova política para o charque nacional, que vinha sendo taxado pelo governo, ao mesmo tempo em que era reduzida a tarifa de importação do produto.

O exército farroupilha, liderado por Bento Gonçalves da Silva, expulsa as tropas legalistas e entra na cidade de Porto Alegre no dia 21 de setembro.

A longa guerra começa no pampa.

Antes de partir à frente de seus exércitos, Bento Gonçalves manda reunir as mulheres da família numa estância à beira do Rio Camaquã, a Estância da Barra. Um lugar protegido, de difícil acesso. É lá que as sete parentas e os quatro filhos pequenos de Bento Gonçalves devem esperar o desfecho da Grande Revolução.

Cadernos de Manuela

Novo ano

O ano de 1835 não prometia trazer em seu rastro luminoso de cometa todos os sortilégios, amores e desgraças que nos trouxe. Quando a décima segunda badalada do relógio da sala de nossa casa soou, cortando a noite fresca e estrelada como uma faca que penetra na carne tenra e macia de um animalzinho indefeso, nada no mundo pareceu se travestir de outra cor ou essência, nem os móveis da casa perderam seus contornos rígidos e pesados, nem meu pai soube dizer mais palavras do que as que sempre dizia, do seu lugar à cabeceira da mesa, olhando-nos a todos nós com seus negros olhos profundos que hoje já perderam há muito o seu viço, a sua luz e a sua existência de olhos de homem do pampa gaúcho que sabiam medir a sede da terra e a chuva escondida nas nuvens. Quando o relógio cessou de soar o seu grito, a voz de meu pai se fez ouvir: "Que Deus abençoe este novo ano que a vida nos traz, e que nesta casa não falte saúde, alimento ou fé." Todos nós respondemos: "Amém", erguendo bem alto nossos copos, e nisso não houve ainda nada que pudesse alterar o curso dos acontecimentos que nos regiam tão dolentemente os dias naquele tempo. Minha mãe, em seu vestido de rendas, os cabelos presos na nuca, bonita e correta como era sempre, começou a servir a família com os quitutes da ceia, sendo seguida de perto pelas criadas, e poucos segundos depois, quando do relógio não mais se ouvia um suspiro ou lamento, tudo em nossa casa recobrou a antiga e inabalável ordem. Risos e ponches. A mesa iluminada por ricos candelabros estava farta e repleta de família: minhas duas irmãs, Antônio, meu irmão mais velho, o pai, a mãe; D. Ana, minha tia, acompanhada de seu marido e dos dois filhos barulhentos e alegres; meu tio, Bento Gonçalves, sua mulher de lindos olhos verdes, Caetana, a prima Perpétua e meus três primos mais velhos, Bento Filho, Caetano e, à minha frente, olhando-me de soslaio de quando em quando, com os mesmos pequenos olhos ardentes do pai, Joaquim, a quem eu fora prometida ainda menina, e cuja proximidade me causava um leve tremor nas mãos, tremor este que eu conseguia disfarçar com galhardia, ao segurar os pesados talheres de prata que minha mãe usava nos dias de festa. Os filhos pequenos de meu tio Bento e de sua esposa estavam lá para dentro, com as negras e as amas, decerto que já dormiam, pois essas coisas de esperar o novo ano não eram lá para os que ainda usavam fraldas.

Foi exatamente assim que o ano de 1835 veio pousar entre nós. Havia no ar, fazia já algum tempo, um leve murmúrio de insatisfação, umas queixas contra o Regente, umas reuniões misteriosas que ora sucediam-se no escritório de meu pai, muito escusas, ora arrancavam-no de nossa casa por longas tardes e madrugadas. Porém, como disse, naquela noite tenra e tépida de princípios de janeiro, nenhum dos presentes àquela mesa parecia carregar qualquer sombra que lhe turvasse os olhos. Joaquim, vindo do Rio de Janeiro, juntamente com os irmãos, para rever a família, deitava-me longos olhares, como a dizer que eu não me esquecesse de que era sua, que o tempo por ele passado para as bandas da Capital fora bom para comigo: eu via em suas retinas negras um brilho de satisfação – a prima que lhe cabia era bela, a vida era bela, éramos todos jovens, e o Rio Grande era uma terra rica, terra da qual nossas famílias eram senhoras. Distante de mim, tio Bento e meu pai riam e bebiam à solta, homenzarrões de vozes trovejantes, de alma larga. As mulheres ocupavam-se com seus assuntos menores, seus anseios, não reles em tamanho, pois dessa delicada fímbria feminina é que são feitas as famílias e, por conseguinte, a vida; falavam dos filhos, do calor do verão, dos partos recentes; tinham um olho posto nas conversas, os risos doces, a alegria; porém, com o outro fitavam seus homens: tudo o que lhes faltasse, de comer ou de beber, do corpo ou da alma, eram elas que proviam.

Assim seguia a noite, estrelada e calma. A prima Perpétua e minhas irmãs não se cansavam de falar em bailes, em passeios de charrete, em moços de Pelotas e de Porto Alegre. Vieram os doces dar vez às carnes, a ambrosia brilhava feito ouro em seu recipiente de cristal, a comilança seguia seu ritmo e seu passo, o ponche era bebido aos sorvos para espantar o calor das conversas e dos anseios. O ano de 1835 estava entre nós como uma alma, a barra de suas saias alvas acarinhava minha face como um sopro; 1835 com suas promessas e com todo o medo e a angústia de seus dias ainda sendo feitos na oficina da vida. Nenhum dos que ali estavam sequer viu o seu vulto ou ouviu sua voz de mistérios, abafada constantemente pelos ruídos dos talheres e pelos risos. Só eu, sentada em minha cadeira, ereta, mais silenciosa do que de costume, somente eu, a mais jovem das mulheres daquela mesa, pude ver um pouco o que nos aguardava. À minha frente, Joaquim sorria, contava um caso do Rio de Janeiro com sua voz alegre de moço. Sob a névoa dos meus olhos, eu mal podia percebê-lo. Via, isso sim, agarrado ao mastro de um navio, um outro homem, mais velho, de cabelos muito loiros, não negros como os de meu primo, de olhos doces.

E via as ondas, a água salgada comprimia minha garganta, afogando-me de susto. E via sangue, um mar de sangue, e o minuano começou então a soprar somente para os meus ouvidos. O vulto do novo ano, pálido e feminil, estendeu então sua mão de longos dedos. Pude ouvi-lo dizendo que eu fosse para a varanda, ver o céu.

– Está tão quieta, Manuela – a voz de minha irmã Rosário levou embora de meus ouvidos o sopro cruel do vento de inverno.

– Não é nada – disse eu, sorrindo um riso débil.

E saí da mesa, fazendo uma mesura discreta, à qual Joaquim retribuiu com um largo sorriso que, de tão puro, me trouxe lágrimas aos olhos. Deslizei então para a varanda, de onde podia ver a noite calma, o céu estrelado e límpido que se abria sobre tudo, campo e casa, derramando no mundo uma luz mortiça e lunar. De onde estava, podia ainda ouvir o vozerio de todos lá dentro, e mais ainda seus risos alegres, as frases soltas e despreocupadas, não se falava em gado nem charque, pois era noite de festa. "Como não percebem?", foi o que pensei com toda a força da minha alma. E, no entanto, o campo à minha frente, úmido de orvalho e florido aqui e ali, parecia ser o mesmo de todos os meus anos. E foi então que vi, para as bandas do oriente, a estrela que descia num rastro de fogo vermelho. E não era o boitatá que vinha buscar meus olhos arregalados, era sangue, sangue morno e vivo que tingia o céu do Rio Grande, sangue espesso e jovem de sonhos e de coragem. Um gosto amargo inundou minha boca e tive medo de morrer ali, imóvel naquela varanda, aos primeiros minutos do novo ano.

Dentro da casa, a festa prosseguia, alegre. Eram 15 pessoas em torno da mesa posta, e nenhuma delas viu o que eu vi. Foi por isso que, desde essa primeira noite, eu já sabia de tudo. A estrela de sangue confidenciou-me um terrível segredo. O ano de 1835 abria suas asas, ai de nós, ai do Rio Grande. E eu, fadada a tanto amor e a tanto sofrimento. Mas a vida tinha lá seus mistérios e suas surpresas: nenhum de nós naquela casa voltaria a ser o mesmo de antes, nem os risos nunca mais soariam tão leves e límpidos, nunca mais aquelas vozes todas reunidas na mesma sala, nunca mais.

"Do mesmo sonho que se vivia também se podia morrer", ocorreu-me naquela noite, num susto, como um pássaro negro que pousa em uma janela, trazendo sua inocência e seus agouros. Muitas outras vezes, nos longos anos que se seguiram, tive oportunidade de me recordar dessa estranha frase que ouvi outra vez, algum tempo mais tarde, na voz adorada de meu Giuseppe, e que repetia o que eu mesma já tinha dito ao ver uma fresta do futuro... Talvez tenha sido exatamente nessa noite que tudo começou.

Manuela

1835

A Estância da Barra era de propriedade de D. Ana Joaquina da Silva Santos e de seu marido, o senhor Paulo, que na noite de 18 de setembro de 1835 reunira-se, juntamente com seus dois filhos, Pedro e José, às tropas do coronel Bento Gonçalves da Silva. A Estância da Barra ficava na ribeira do Arroio Grande, às margens do Camaquã, a 12 léguas da Estância do Brejo, esta de propriedade de D. Antônia, irmã mais velha de Bento e D. Ana. A Estância do Brejo também situava-se às margens do Rio Camaquã e possuía um imenso laranjal, famoso entre todas as crianças da família Silva.

Na manhã do dia 19 de setembro daquele ano, sob um céu tão azul e plácido no qual, ora aqui, ora ali, finíssimas nuvens de renda branca repousavam, formando um conjunto tão delicado quanto o de uma rica toalha de mesa bordada por hábeis dedos e estendida sobre tudo, arvoredo, rios, açudes, bois e casario, a Estância da Barra estava em polvorosa. Naquela mesma tarde, chegariam para longa estada as sete mulheres da família, carregadas com suas mui extensas bagagens, com as suas negras de confiança, criadas e amas-de-leite, pois junto vinham, em alegre confusão, os quatro filhos pequenos de Bento Gonçalves e Caetana, sendo que Ana Joaquina, a caçula, estava para completar seu primeiro ano por aqueles dias, e ainda mamava na teta da negra Xica.

Na manhã daquele dia, D. Antônia, tendo recebido a notícia da chegada de suas parentas, e tendo tomado também conhecimento dos intentos de seu mui amado e estimado irmão, que marchava para tomar a cidade de Porto Alegre, acordou mais cedo do que de costume e foi até a estância vizinha dar as ordens necessárias a D. Rosa, a caseira, e mandar que se fizesse de um tudo de comer e de beber, pois decerto que Ana, Maria Manuela e Caetana, mais as quatro moças e os pequenos, vindos de viagem desde Pelotas, fora as angústias que por certo lhes açoitavam as almas, haveriam de chegar à casa varados de fome, até porque os moços e as crianças têm mesmo muito apetite, ao contrário de gente já mais velha, como ela mesma, a quem basta um bom prato de sopa e um assado à hora da ceia.

D. Antônia contava, naquele ano de 1835, a sua 49ª primavera, era apenas três anos mais velha do que seu irmão Bento e, como ele, tinha também aquela consistência firme de carnes, os mesmos olhos negros, espertos e doces, a mesma voz calculada, e idêntica capacidade de rejuvenescimento. Era uma mulher alta e magra, ainda de rosto liso, cabelos negros sempre presos no mesmo coque de três grampos, vestia-se sempre em tons discretos, mas seus vestidos eram campeiros: nunca fora afeita das cidades, vivendo sempre em sua estância, com seus cavalos, seus pomares e seus pássaros, desde que ficara viúva do casamento com Joaquim Ferreira, a quem amara com todo o seu espírito, advogado, e que morrera numa carreira de cavalos, tendo caído da montaria e, com a espinha partida, vindo a falecer assim, na mesma hora. D. Antônia tinha então 27 anos e nenhum filho, e assim continuara a sua vida inteirinha. De Pelotas, onde fora viver após o casamento, voltara para a Estância do Brejo e lá ficara gastando seus anos; dos filhos que não parira, quase não sentia qualquer falta: tinha para mais de 12 sobrinhos e com isso se bastava muito bem.

Enquanto a pequena charrete vencia as milhas necessárias, sob o agradável sol de setembro, D. Antônia media uma certa felicidade em seu peito; vinham as duas irmãs e a cunhada, e vinham as sobrinhas moças e os pequenos, teria boa companhia por uma temporada, ou pelo tempo que durasse a guerra. Guerra, essa palavra teve a força de causar-lhe um longo arrepio. O irmão começava uma guerra contra o Império, contra a tirania do Império, contra os altos preços do charque e o imposto do sal. Bento começava uma guerra contra um rei, e isso a enchia de aflição e de orgulho. Recebera sua carta ainda naquela alvorada, e lera-a enquanto sorvia o mate. A erva e as palavras do irmão tinham lhe deixado um gosto amargo e um calor morno no corpo. E então, enquanto mandava servir pão e mate para o portador do bilhete, um gaúcho calado e de longos bigodes que a fitara com o respeito devido à irmã de um coronel, pegara sua pena e escrevera: "Que Deus e a liberdade lhe acompanhem, meu irmão. Pode deixar Caetana e as outras sob os meus cuidados e os de Ana. A Estância do Brejo e os meus peões são seus quando precisar. Sua Antônia." Depois disso, recobrara alguma paz. Bento nascera para as guerras. E ela, como as outras, sabia esperar com paciência. Bento tinha estado nas guerras quase a maior parte da sua vida, e sempre voltara. Não era um homem feito para morrer, como o seu pobre Joaquim.

D. ROSA ERA UMA CABOCLA de idade indefinida, carnes enxutas e sorriso cordial. Trabalhava para os Gonçalves da Silva desde que se vira em pé, assim como sua mãe, e ali naquelas terras à beira do Camaquã passara os últimos trinta anos de sua vida, sovando o pão, mexendo a tina de marmelada, a tina de pessegada, o doce de abóbora, zelando pela casa da estância, pelos jardins, pelos bichos do quintal, pelos empregados e pelos negros de dentro. Era ela quem cuidava da cozinha e dos quartos, era ela quem conhecia os gostos de D. Ana e dos seus meninos, o modo de servir o mate para o senhor Paulo, o tempero das comidas que o senhor Bento mais apreciava quando vinha ali a caminho das suas cavalhadas ou para rever a família da irmã.

Quando D. Antônia surgiu, ainda muito cedo, com a notícia da chegada dos outros, D. Rosa não se inquietou: estava tudo arreglado, os quartos todos limpos; os cinco quartos destinados às visitas tinham os lençóis alvos ainda cheirando a alfazema, as cortinas abertas para deixar o sol da primavera entrar nas peças ainda ressentidas do úmido inverno, as jarras com água fresca e limpa repousavam sobre cada cômoda. O quarto da patroa também estava ao seu gosto, pois D. Rosa tinha sempre em mente que o dono da casa podia aparecer quando bem lhe aprouvesse, e D. Ana tinha muita satisfação na primavera da estância, no perfume dos jasmins e das madressilvas, no canto dos curiangos que rasgava o céu das noites estreladas.

– São 13 que chegam, contando com as três negras, D. Rosa. Arrume acomodação para elas também, no quarto grande do quintal, junto com as outras da casa. – Antônia depois pensou um pouco, se não faltava ninguém, recordando mentalmente a lista que Bento lhe fizera gentilmente, para que ela não fosse pega em despreparo, e disse: – Vem com eles também o Terêncio, mas esse não sei se fica ou se volta para as terras do Bento. Ah, e tem os pequenos, é preciso um quarto para os dois meninos de Caetana, e outro para as meninas pequenas. Acho que a negra Xica fica com elas à noite, veja bem isso.

D. Rosa assentiu, tranqüilamente. Com um chamado seu, Viriata e Beata apareceram, vindas da cozinha. D. Rosa deu-lhes algumas ordens: arrumassem os quartos dos pequenos, pusessem os dois berços que ficavam lá na despensa em um outro quarto, para as meninas de D. Caetana. E mandassem Zé Pedra cortar mais lenha, as noites ainda eram bem frias por ali e precisavam aquecer a casa toda.

D. Antônia achou tudo por resolvido, depois disse:

– Vou lá para a varanda da frente. Não demora elas chegam, e quero recebê-las. Mande alguém me levar um mate.

Saiu em passos rápidos, adentrando o corredor da cozinha. Conhecia bem aquela casa, desde meninota, tudo ali era um pouco seu também. D. Rosa saiu para dar jeito nos seus afazeres, não sem antes avisar Viriata que levasse o mate para a patroa. E que cozinhasse mais feijão, mais arroz, mais aipim. Tinham também de pôr outro assado no forno.

PASSAVA DO MEIO-DIA quando a pequena procissão de charretes apareceu na porteira da estância. O dia estava claro e sem nuvens, e o céu de um azul muito puro parecia alargar ainda mais a paisagem sem fim. Soprava uma brisa fresca que vinha dos lados do rio. D. Antônia, da sua cadeira na varanda, reconheceu o vulto de Terêncio a cavalo, decerto que Bento o mandara para dar segurança às mulheres. Não que o pampa estivesse convulso, pois tudo ainda não passava de um suspiro, um espasmo, um assunto para as rodas de chimarrão, para as comadres sussurrarem de olhos arregalados; de Porto Alegre, naquela manhã de 20 de setembro, nenhuma notícia ainda tinha chegado, fosse ela boa ou ruim. Mas Terêncio, forte e impávido, carranca protegida pela sombra do chapéu de barbicacho, as esporas de prata – presente de Bento – rebrilhando ao sol da primavera, vinha guiando o pequeno comboio, e foi ele mesmo quem pulou do cavalo para abrir a porteira, antes que um dos peões da casa tivesse tempo de fazê-lo.

D. Antônia ficou esperando sem se erguer: ainda tinham um bom caminho para chegar à frente da casa, mas já se sentia feliz por rever as irmãs e a cunhada, as sobrinhas e os sobrinhos. Dos moços, nem sinal. Decerto tinham ido com os outros para a cidade, o sangue aventureiro corria em suas veias, era impossível que ficassem em casa enquanto tanto acontecia sob suas barbas ainda tão discretas. Os filhos de Caetana, os três mais velhos, esses andavam para o Rio de Janeiro, lá para perto do Império. D. Antônia tinha plena certeza de que se a guerra fosse mesmo coisa certa, Bento, Joaquim e Caetano haviam de voltar para o Rio Grande.

Viu a primeira charrete subindo a pequena estradinha de terra, conduzida por um negro: lá estavam D. Ana, vestida de azul, muito ereta, e Caetana, com uma das filhas no colo – devia ser Maria Angélica, a maiorzinha –, Caetana, tão bela, mesmo de longe, com seus negros cabelos a brilhar sob o sol. Vinha com elas a negra Xica, trazendo nos braços Ana Joaquina, um volume rosado, de bracinhos curtos e roliços. Sorriu, acenando-lhes. A mão enluvada de D. Ana ergueu-se no ar, alegre e inquieta. Caetana acenou com mais resguardo. D. Antônia a conhecia muito bem; numa hora dessas, com toda a certeza, devia estar pensando em Bento, no peito de Bento, desafiando as espadas, as carabinas e as adagas, conduzindo seus homens e seus sonhos. Sim, Caetana devia estar abatida, e ainda tinha os filhos pequenos a lhe dar as preocupações rotineiras. Mas amar Bento era conviver com essa sina, e Caetana sempre soubera disso.

A segunda charrete trazia Maria Manuela e sua filha Manuela, que tanto crescera desde o outono, e que já estava uma moça viçosa e muito bonita, Milú, a criada de D. Ana, e os dois filhos de Caetana, Leão e Marco Antônio, que já vinham apontando isto e aquilo, naquela ânsia louca que os meninos têm de correr e subir em árvores. D. Antônia pôde ver que Maria Manuela tentava acalmá-los sem muito êxito, enquanto a negra Milú apenas ria seu riso de dentes muito brancos, o rosto preto retinto contrastando com o lenço amarelo que lhe cingia os cabelos de carapinha. Maria Manuela reconheceu-a e acenou, D. Antônia ergueu alto o braço e retribuiu longamente o aceno da irmã mais moça.

Por fim, vinham as outras sobrinhas, numa conversação alheia a tudo. D. Antônia recordou a sua própria mocidade ao vê-las, pássaras alegres, pulando e rindo na sua charrete. Perpétua, Rosário e Mariana, as três primas, vinham entretidas em falastrinas que duravam já desde a saída de Pelotas, enquanto um negrinho miúdo, impávido, guiava o par de cavalos rumo à casa. D. Antônia sabia que Manuela, a mais moça, preferira vir com a mãe no outro carro, mergulhada em seus silêncios. D. Antônia tinha muitas simpatias pela bonita Manuela, pois também fora moça de longos pensamentos, calada e misteriosa. A filha de Bento e Caetana, Perpétua, que herdara o nome da avó paterna, já era feita de diverso barro, como as outras filhas de Maria Manuela: estavam alheias a tudo, nem tinham acenado para a tia na varanda, a conversa devia estar boa e decerto falavam de bailes e moços. Apenas Zefina, a criada de Caetana, é que vinha calada ao lado das sinhazinhas, encolhida num canto do carro, olhando para tudo com uns olhos ávidos.

A um sinal de Terêncio, as três charretes pararam em frente à grande casa branca de janelas azuis com cortinas de veludo cinzento. D. Antônia desceu os cinco degraus da varanda e foi receber as irmãs e a cunhada. Ladeando a casa, duas carroças carregadas de malas e pacotes foram para os fundos do terreno. Terêncio seguiu-as, para ordenar o descarrego das malas das patroas.

– Sejam bem-vindas – disse D. Antônia, e tratou de abraçar D. Ana. – Está mais viçosa, irmã – falou, sorrindo. – Espero que a sua casa esteja a gosto. Eu mesma vim hoje cedo, dar ordens à D. Rosa. Os quartos estão todos prontos, e se não se atrasaram lá na cozinha, a mesa deve estar posta.

D. Ana sorriu um riso amplo e alegre, e seus olhinhos miúdos e escuros cintilaram de satisfação. Apertou com força a irmã, sentindo-lhe o volume das costelas sob o pano claro do vestido.

– Tive saudades de vosmecê, Antônia. Nem no inverno mais rigoroso vosmecê se afasta daqui, hein, cabreira?

– Minha alma só tem sossego nesta terra, irmã. Devia já saber disso.

D. Ana cortou o ar com a mão enluvada:

– Não tem problema, Antônia. Agora estamos aqui. E, quem sabe, talvez fiquemos por um bom tempo... – suspirou e, por um segundo, seus olhos ficaram nebulosos, mas ela voltou logo a sorrir. – Vamos a ver, isso é com Deus e com os nossos homens... Depois se fala na guerra, se é que teremos mesmo uma guerra pela frente. Por hora, há muito o que fazer. É preciso acomodar essa gente toda. – E subindo os degraus da varanda, foi chamando: – D. Rosa! D. Rosa, chegamos e trouxemos crianças famintas! D. Rosa, fez um vaso com jasmins para o meu quarto?

A voz enérgica perdeu-se dentro da casa. D. Antônia abraçou Caetana e deu-lhe as boas-vindas. Caetana segurava pela mão a filha de 5 anos.

– Está bonita, Maria Angélica! Logo será moça, hein? Crescem como o capim, essas crianças... – D. Antônia acarinhou os cabelos dourados da menina, que sorria. – E vosmecê, como vai, cunhada?

Caetana abriu um sorriso doce e algo cansado. Seus olhos verdes cintilavam uma luz que dava mágica ao seu rosto.

– Estoy mui bien, Antônia. E muito bem ficarei, até que me chegue uma carta do Bento... Vosmecê sabe, quando elas chegam, meio que morro, antecipando o conteúdo, quando elas tardam, é o medo... Mas sempre foi assim, desde que me casei. Até já estou acostumada com essas campanhas todas. Desta vez, ao menos, estamos juntas, cunhada.

– Teremos bons dias – disse a outra.

– De cierto, querida Antônia, de cierto.

Caetana tornou a pegar na mão da filha e foi ver como tinham ido de viagem os meninos. Movia-se entre todos com uma leveza de garça, alta e ereta como uma rainha. Caetana era, sem dúvida, uma das mais belas mulheres do Rio Grande. Nos bailes, nenhuma das moças conseguia fazer melhor figura que ela quando valsava pelo salão guiada por Bento Gonçalves.

D. Antônia abraçou por último a Maria Manuela, que lhe falou da amena viagem.

– A estrada esteve deserta por quase todo o tempo. Parece que o Rio Grande está em compasso de espera... Meu marido foi com Bento, faz dois dias... Só de pensar – baixou a voz –, estremeço. Se vier a guerra, compadre lutará contra compadre – e fez o sinal-da-cruz.

– Fique tranqüila, Maria. Vosmecê conhece: eles sabem bem o que fazem. Deixemos a eles esses assuntos...

– Está certa, irmã... No momento, tenho mesmo é vontade de comer alguma coisa e beber um suco fresco. A poeira me entrou pela garganta como o diabo.

Subiram juntas as escadas da varanda, onde uma criada já servia de beber para as moças e os meninos. D. Antônia gastou algum tempo com os filhos de Bento, mas logo eles entraram para explorar a casa numa correria desabalada. As quatro sobrinhas vieram então abraçá-la. D. Antônia disse a Perpétua que ela estava uma moça bonita, parecida com o pai.

– Está já para casar, Perpétua. É preciso que le achemos um bom marido, menina.

Perpétua enrubesceu um tanto e foi logo respondendo que em tempo de guerra era tarefa ingrata achar um pretendente. Tinha a pele acobreada da mãe, mas os olhos eram os mesmos de Bento, embora o olhar fosse mais dolente, e seus cabelos eram de um castanho muito escuro.

– Estão todos se juntando ao meu pai e aos outros, tia. Enquanto durar esta guerra, ficarei solteira por certo.

Não imaginava ela o que o futuro estava reservando à província, nenhuma das mulheres o imaginava naquele princípio manso de primavera nos pampas. Perpétua Garcia Gonçalves da Silva tinha esperanças de que o verão já lhes trouxesse a paz. A paz e a vitória. E os bailes elegantes nos quais desfilaria os vestidos vindos de Buenos Aires e os sapatos de veludo que mandara buscar na Corte. D. Antônia tomou-lhe a mão:

– O tempo às vezes pode se arrastar muito nestas paragens, minha filha... Mas tenha calma, se o seu marido está para vir, não há de ser a guerra que vai tirá-lo do seu caminho. Essas coisas estão todas programadas. Confie em mim, que eu sei desses assuntos de destino, pois aprendi da forma mais dura: vivendo.

Perpétua sorriu e deu um leve abraço na tia a quem sempre recordara como viúva. Parecia muito remoto que um dia D. Antônia, tão recatada e solitária, houvesse tido um homem ao seu lado na cama.

Rosário achegou-se, era a sua vez de abraçar D. Antônia. Pediu desculpas pela poeira. Estava querendo um longo banho morno. Rosário era a mais citadina de todas: quando a mãe fora lhe dizer que deixariam Pelotas para ficar uns tempos na Estância da Barra, trancara-se no quarto por uma tarde inteira e chorara amargas lágrimas. Queria conhecer Paris, Buenos Aires, Rio de Janeiro, queria os bailes da Corte, as danças e a vida alegre que as damas deviam levar, e agora, enquanto os homens pelejavam por sabe-se lá que sonhos, ela tinha de retirar-se ao campo, ao silencioso e infinito campo onde tudo parecia eternizar-se junto com o canto dos quero-queros. Rosário de Paula Ferreira não tinha amores às paragens do pampa, e agora estava ali, com as outras, destinada a um exílio cujo fim desconhecia.

– Antes do almoço, se vosmecê quiser, uma das negras prepara o seu banho. Agora me dê um abraço, que faz muitos meses que não le vejo, menina. E vosmecê sabe que a poeira a mim nunca fez medo. – D. Antônia cercou-lhe a cintura fina com os braços fortes de montar e sorriu. Rosário era de consistência frágil, pele clara, olhos azuis, cabelos claros e muito lisos. Tinha umas mãos delicadas de segurar cristais. Imaginou-a sobre uma sela e sorriu um riso alegre: Rosário tinhas ares de salão, isso sim. – Agora vá ao seu banho – e empurrou a moça para dentro da casa.

Mariana beijou a tia no rosto, e a alegria da chegada dava um brilho aos seus olhos castanhos.

– Tia, quanta saudade! Fiquei feliz que vínhamos estar com vosmecê.

E logo, no mesmo alvoroço, já entrava na casa, buscando Perpétua. Era uma moça de estatura meã, pele morena e rosto forte, cuja graça maior estava nos oblíquos olhos castanhos de longas pestanas negras. Olhos de índia, dizia a mãe. E era alvoroçada como uma criança.

Manuela, a mais moça, abraçou a tia com sincero afeto. Estava um tanto descabelada, pois tirara o chapéu a meio caminho para sentir a brisa nos cabelos, e seu rosto bem-feito, os olhos verdes muito claros, tudo tinha um viço de coisa nova e misteriosa, e a boca cheia abriu-se num sorriso. Usava um vestido amarelo, com peito de rendas, que lhe acentuava a graça.

– Tia Antônia – disse somente, e suas mãos mornas apertaram as palmas ossudas de Antônia.

– Vosmecê está uma moça, Manuela. A última vez que le vi, no verão passado, ainda era uma menina.

– O tempo passa, tia – falou Manuela, por falar. E aspirou o ar cheio de jasmins que pairava sobre a varanda e o jardim. – É bom estar aqui.

D. Antônia sorriu para a sobrinha preferida. Mandou-a entrar, então. Fosse ter com as outras, tirar a poeira, preparar-se para o almoço; afinal, estavam todos famintos.

– Até eu, menina, que hoje acordei ao raiar do dia e quase nada comi. Não vejo a hora de ver as travessas na mesa!

Ficou espiando Manuela adentrar a casa, pisando leve no chão de madeira, e ir seguindo pelo corredor já conhecido, em direção ao quarto que uma negra lhe indicara. E sentiu um leve arrepio lamber suas carnes, ao ver a sobrinha assim, flanando pela casa feito uma fada, mas creditou-o à brisa da primavera, que, naquelas paragens dos pampas, ainda enregelava.

Restava sozinha na varanda. As mulheres todas e as criadas tinham ido tratar da chegada, abrir as malas, preparar-se para o almoço. D. Antônia sorriu: a casa estava cheia como nas férias, e uma alegria nova e buliçosa ardia em tudo. "Por quanto tempo?", não pôde deixar de se perguntar. "Por quanto tempo, meu Deus?"

D. ANA SENTOU NA CAMA e acarinhou o colchão de molas. No lado esquerdo, podia apalpar, mais com a alma do que com os dedos, as marcas do corpo do seu Paulo. Deitou-se por um instante, mas encontrou a cama vazia do calor e do cheiro do marido, cheiro forte, de tabaco com limão. Em tudo, pairava um aroma de limpeza que doeu em seu peito. Paulo não era mais um moço, embora tivesse a compleição robusta dos cavaleiros, alto, espáduas largas, a barba espessa, a voz forte, as mãos calejadas e firmes de segurar o laço. Já tinha lá seus 50 anos, embora os cabelos estivessem negros como na juventude e ele ainda sonhasse os mesmos sonhos de quem tem a vida pela frente. Gostava do imperador, da Corte, da rotina calma alternada pelas invernadas que fazia questão de comandar, mas agora estava lá, assim como Bento, desafiando o Regente e tudo o que ele significava, com a arma em punho contra tudo o que sempre conhecera. Nos últimos tempos, a coisa andava brava para os estancieiros, e D. Ana via nos olhos do esposo uma crescente angústia, que se traduzia nuns gestos secos, numas noites sem sono, quando sentia-o rolar ao seu lado, na cama, tentando acalmar os pensamentos. Quando ele a chamara ao escritório, ainda na semana passada, e contara que marchariam sob o comando de Bento para tomar Porto Alegre, D. Ana já sabia de tudo, porque aprendera desde menina a pescar nos silêncios as respostas para as suas dúvidas. Olhando o marido pitar seu palheiro, o rosto fingindo uma calma que não sentia de todo, os olhos verdes tomados de uma febre misteriosa, D. Ana quisera apenas saber:

– E José e Pedro?

O marido mantivera firme o olhar.

– Já falei com eles. Disseram que vão conosco. – E antevendo o medo nos olhos de Ana, acrescentara com voz decidida: – São homens, são rio-grandenses, serão donos destas terras, têm o direito de ir e de lutar por aquilo em que acreditam.

E agora D. Ana estava ali. Seus três homens, tudo de seu, estavam talvez nos arredores de Porto Alegre, na Azenha, conspirando, afiando as adagas, limpando as baionetas, comendo o churrasco assado nas fogueiras, aspirando aquele cheiro de terra, de cavalos e de ansiedade que devia pairar em todos os acampamentos de soldados.

D. Ana acarinhou outra vez o colchão, sob a colcha de matelassê branca. Um sol dourado entrava pela janela de cortinas abertas, um sol tênue e aconchegante. Precisava se ajeitar para o almoço; afinal de contas, não era causo de tristezas, não ainda. Teriam pela frente muitos dias de angústia, à espera de uma notícia, de boa sorte ou de malogro, e então, só então, se fosse o caso, viria a tristeza estar com elas. A tristeza serena que era companheira constante das mulheres do pampa. Sim, pois não havia uma mulher que não tivesse passado pela espera de uma guerra, que não tivesse rezado uma novena pelo marido, acendido uma vela pelo filho ou pelo pai. Sua mãe conhecera a angústia de espera, e antes dela sua avó e sua bisavó... Todas as mulheres na estância estavam na mesma situação, e ela, Ana Joaquina da Silva Santos, era a dona da casa. Levantou, abriu o armário de madeira escura e tirou dali um vestido. Foi ao toucador e, pegando da jarra, derramou um tanto de água na bacia de louça. Lavou-se rapidamente. Milú, como uma sombra, adentrou o quarto trazendo uma toalha branca. Secou a patroa com gestos delicados e ágeis, ajudou-a a trocar as saias, vestir a roupa limpa e refazer a trança do cabelo. Milú tinha uns dedos longos e dourados que corriam pelas melenas de D. Ana como asas, quase voando. A trança foi presa no coque perfeito.

– Está ótimo, Milú – D. Ana presenteou a criada com um sorriso. – Avise na cozinha que já estou indo.

Milú tinha uma voz suave, condizente com seu corpo miúdo de negrinha adolescente. Disse um "está bem, senhora", e saiu ventando do quarto, mas sem bater a porta, coisa que D. Ana execrava.

Sentadas em torno da mesa, eram dez pessoas. As duas meninas pequenas de Caetana já tinham ganhado a sopa e o leite, e agora dormiam um soninho exausto de viagem sob o olhar atento da negra Xica. O almoço teve ares festivos: a carne assada, a galinha com molho, o feijão, o arroz, o purê e o aipim cozido na manteiga espalhavam-se em várias travessas sobre a mesa recoberta com a toalha bordada a mão por D. Perpétua, muitos anos atrás.

Um pequeno e inquieto silêncio se fez apenas quando, antes da refeição, como era o costume na casa, D. Ana juntou as mãos em oração e pediu "pelos nossos maridos e filhos, que Deus os guie com a Sua própria mão, e que logo retornem, vitoriosos, a casa". A voz das mulheres respondeu em coro um amém; Leão e Marco Antônio estavam mais ocupados em mastigar.

Caetana Joana Francisca Garcia Gonçalves da Silva fez força para conter o leve tremor que assaltou suas carnes, mas foi em vão. Baixou os olhos para a mesa, e em suas retinas dançava ainda o vulto de seu adorado Bento, montado no alazão, usando o dólmã, espada na cintura, as botas negras que cutucavam o cavalo com as esporas de prata. E reviu ainda o seu adeus, naquela alvorada em que partira de casa com Onofre e os outros, para tomar a Capital. Sob a luz tênue do amanhecer, pareciam figuras de mágica, vultos dourados pelos primeiros matizes do dia. E fora assim que o guardara no último instante, as costas eretas, o cavalo troteando, uma mancha negra que ia diminuindo pouco a pouco. Ficara na varanda, enrolada no xale de lã, com o coração acelerado querendo escapar-lhe pela boca. Dentro de casa, a filha pequena chorava.

D. Ana, à cabeceira da mesa, começou a servir-se, um pouco de tudo, porque nada melhor do que um estômago cheio para acalmar as ânsias da alma, e uma sesta, isso sim, na sua cama, sentindo entrar pela janela o perfume de jasmins e a brisa fresca do pampa. Notou que, ao seu lado, Caetana era a única de prato vazio, vazio como seus olhos verdes que vagavam perdidos entre uma travessa e outra, como que a contemplar velhos fantasmas.

– Vosmecê não tem fome, cunhada?

A voz morna arrancou Caetana de seu torpor, e ela sorriu um riso triste.

– Desculpe, Ana. É que não pude deixar de pensar em Bento. E em onde anda ele a uma hora dessas...

D. Ana abriu um sorriso, tinha ainda muito alvos os dentes. Estendeu o braço e tocou na mão da cunhada. Seus olhos eram um lago de paz e de conforto.

– Esteja calma, Caetana. Numa hora dessas, se bem imagino, Bento e os outros devem estar se refestelando com um bom churrasco. Vosmecê conhece o apetite que têm os valentes... Comem um boi pela perna.

As moças riram da graça da tia. D. Antônia, sentada à outra cabeceira, ainda disse:

– Se vão tomar Porto Alegre, seja esta noite ou amanhã, decerto que estarão com o estômago cheio. E se eles comem, não há por que deixarmos nós de nos regalar. Afinal, já dizia minha mãe: saco vazio não pára em pé.

Caetana sorriu um riso leve e pôs também alguma comida em seu prato, comida esta que venceu aos bocadinhos, embora estivesse de gosto bom e muito bem temperada, porque ainda Bento, seu Bento, espaçoso e forte como um touro, ocupava cada palmo de seu espírito. Mas o almoço transcorreu com leveza, e as moças trataram de falar de coisas alegres, pois para elas a temporada na estância era nada mais do que férias, logo deveriam voltar para Pelotas, para os chás domingueiros com as amigas de bordado, e para os bailes. Isso mesmo, para os bailes, que elas tanto desejavam.

– A cor desta primavera é o amarelo – disse Rosário. – Pena que para mim não caia bem, pois sou toda clara, de pele e de cabelos. Vestida de amarelo, ficarei igual a uma gema de ovo.

E D. Ana riu com vontade, deitando seus olhos castanhos naquela mocinha citadina, de pulsos finos e olhos azuis como o céu que brilhava lá fora. Considerou que Rosário era frágil, não herdara a força dos Gonçalves da Silva, talvez ainda sofresse muito nessa vida campeira. No Rio Grande, os jogos da Corte eram brincadeiras dos tempos de paz, e a fronteira quase nunca tinha paz, quase nunca... Ela recordou sua velha mãe e as muitas madrugadas em que a vira pedalando a máquina de costura para espantar o medo da cama vazia. Nunca a vira chorar, nem na paz nem na guerra, não a vira chorar nem quando enterrara os filhos, um pequeno, o outro já moço, ferido de bala numa batalha que nem um nome deixara para lembrança. D. Perpétua da Costa Meirelles não entendia de modas, vestia-se sempre de cinzento ou azul. Branco, usara apenas no dia do casamento. Morrera calada, de velhice, naquela casa mesmo em que se encontravam, quando viera visitar a filha num verão, havia tempos.

D. Ana fitou Rosário com o canto dos olhos; havia nela alguma coisa dos traços da avó, a testa alta, a boca delicada, mas Rosário tinha uns olhos úmidos, afeitos ao pranto, e os olhos de D. Perpétua foram sempre secos, até na hora da morte.

– A moda é nada mais do que um passatempo, Rosário – disse D. Ana, sorrindo, ao cruzar os talheres. – O azul, o branco, o verde, o amarelo e o cinzento sempre existiram e sempre foram boas cores para uma mulher de bem-vestir – e quando acabou de falar, vendo alguma mágoa no rosto frívolo da sobrinha, pareceu-lhe que o vulto da mãe a espiava de um canto da sala, perto da cortina, e que lhe sorria o mesmo riso comedido de toda a sua vida.

Comeram a sobremesa num silêncio cansado da viagem. Apenas Maria Manuela e D. Antônia prosearam um tanto sobre a rudeza do inverno passado fazia pouco, sobre flores, coisa da qual ambas entendiam deveras. D. Antônia despediu-se no fim da refeição: precisava voltar para a Estância do Brejo, cuidar dos afazeres da casa, da venda de uma ponta de gado.

– Mas amanhã venho estar com vosmecês para mais uma prosa – disse ela, e saiu em busca do cocheiro, que devia estar de assunto com os peões da casa.

Logo depois, cada uma das mulheres recolheu-se ao seu quarto. Manuela e Mariana dividiam a última peça do corredor, que dava vistas para a figueira do quintal; Perpétua e a prima Rosário ganharam o quarto ao lado do pequeno escritório que também servia de biblioteca – o senhor Paulo tinha muitos livros em espanhol e francês, línguas da qual tinha um bom conhecimento.

– Lerei um livro em francês – disse Rosário à prima, antes de fechar os olhos, já de combinação, deitada na cama. – Sei um pouco do idioma, pois tive algumas aulas com a senhorita Olívia, no ano passado. O restante, adivinharei. É um bom jeito de passar o tempo por aqui...

Perpétua nem chegou a responder: antes de Rosário acabar de falar, já ressonava. Talvez sonhasse com um noivo de olhos azuis, talvez.

EM SEU QUARTO, Caetana olhava o teto, em vão, o sono não lhe vinha, apesar do cansaço que sentia pesar nos seus membros. Ouviu um leve arrastar de passos no corredor, decerto as criadas botavam a sala em ordem outra vez. No quarto ao lado, pelo silêncio que lhe chegava, as filhas dormiam calmamente.

Ergueu-se da cama após alguns minutos de inquietação. Era uma alcova simples: a cama larga, de madeira escura, um rosário preso à parede, sobre a cabeceira, janelas altas com cortinas de veludo azul, um pequeno toucador com as coisas de higiene, a jarra de louça branca e a bacia com florezinhas azuis, um espelho de cristal com bela moldura de prata escalavrada. Um armário pesado, de duas portas, ficava assentado em frente à cama. Ali, Zefina já tinha disposto os seus vestidos, xales e chapéus. No outro canto do quarto, perto da janela, uma pequena mesinha segurava um maço de folhas, pena de metal e tinteiro.

Caetana puxou a cadeira e sentou. Tomou da pena, mergulhando-a no líquido negro do tinteiro de cristal, e pôs-se a escrever numa faina louca que deixava irregular a sua letra sempre delicada.

Amado esposo,
   Estamos aqui na estância da sua irmã, Ana, todas as mulheres reunidas para esta espera que, rezo, seja breve. Ainda não tive notícias suas, e sei quanto é cedo para isso; sei também que vosmecê se preocupa comigo e com os nossos filhos, fazendo o possível para que tudo nos seja leve. Mas eu sofro, Bento. E sofro por vosmecê. A cada instante, é somente em vosmecê que penso, se está bem, se terá êxito, e se voltará para a sua casa e para os meus braços. Sem usted, não sei viver, e até mesmo um simples dia se torna custoso como um inverno... Mas espero, e rezo.

Desculpe esta sua esposa tão fraca, que, de tanto viver esta angústia, já desaprendeu a suportá-la. A espera é um exercício duro e lento, meu querido, que só os fortes logram vencer. Vencê-la-ei, por usted. Nunca ignorei a sua fibra, nem a força dos seus sonhos, e luto para estar eu à altura da sua companhia e da grandeza dos seus atos.

Quando um seu vier dar aqui, com notícias da sua pessoa e das suas tropas, creio estar trêmula demais para responder-lhe a contento, e é por isso que já me desafogo nestas linhas ansiosas... Saiba que seus filhos estão bem, e que Leão perguntou já muitas vezes do seu paradeiro, queria ele estar com usted, lutar ao seu lado. É um menino que já nasceu com gosto pelas batalhas, anda sempre com a espada que usted talhou para ele enfiada na cinta da calçola, então desde já vou preparando minha alma para sofrer também por ele quando for o tempo. Maria Angélica disse-me que sonhou com usted à tarde, e seus olhinhos verdes brilharam de contentamento ao recordar o pai. A pequena Ana Joaquina, Marco Antônio e Perpétua le mandam seus carinhos. Dos mais velhos, ainda não tive notícias, mas decerto estão a salvo na Corte. E sua irmã Antônia veio nos receber com a doçura de sempre. Há algo na serena força dela que me remete a usted e que me conforta.

Por tudo isso, pode, meu caro Bento, acalmar seu coração no que tange a nós, sua família. Saiba que tenho pedido à Virgem por usted, fervorosamente, e que em cada gesto meu há uma palavra de oração sussurrada. Que a glória le acompanhe, esposo, onde quer que vosmecê pise. Esse desejo não é apenas meu, mas das suas parentas todas. Aqui na Barra, rezamos muito por vosmecê e pelos nossos.

Que Deus cavalgue ao seu lado,
Com todo o amor,

Sua Caetana
Estância da Barra, 20 de setembro de 1835

Dobrou com cuidado e lacrou a carta com cera. Depois, guardou-a numa gavetinha, com o zelo de quem guarda no cofre uma jóia de muita estima.

Sem mais o que fazer, voltou para o leito; deitando-se, fechou os olhos e rezou para dormir um tantinho que fosse. Suas costas estavam doridas da viagem, e ela tinha ganas de chorar. Lá fora, começou a soprar um leve vento de primavera. À tardinha, rezaria no oratório. Só a Virgem poderia sossegar-lhe a alma.

Cadernos de Manuela

Estância da Barra, 21 de setembro de 1835

Nosso primeiro dia na estância passou sem acontecimentos especiais. Claro, não pude deixar de notar a angústia que se enreda nos olhos de Caetana feito um gato, arredia como um gato. Estranho, Caetana é minha tia, pois casou-se com meu tio Bento, e no entanto, mesmo a tendo conhecido assim, ao lado do tio, desde que nasci, não posso chamá-la de tia. Há uma dignidade estranha nela, em cada gesto seu, cada olhar. É mulher, apenas, e é tanto. Seus suspiros exalam suave fragrância, e imagino que Bento Gonçalves tenha por ela se apaixonado ao primeiro olhar, quando por acaso conheceu-a em alguma tertúlia uruguaia, na casa de seu pai ou de um outro estancieiro chegado seu. Meu tio Bento também é um homem marcante, de força. Quando pisa no chão, é como se a madeira tremesse um tanto a mais, mas não por seu peso, nem que pise forte, é que tem nos olhos, nas carnes, no corpo todo um poder e uma calma dos quais não se pode escapar. Meu tio, mesmo não estando entre nós, marca-nos a cada uma com a força de seus gestos: é por um ideal seu que estamos aqui, esperando, divididas entre o medo e a euforia. Caetana, por certo, com sua digna beleza e seu espírito ao mesmo tempo tão frágil e tão forte, deve ter-se rendido a essa aura que de Bento Gonçalves exala. Aura de imperador, mesmo que nesse momento esteja ele lutando contra um.

Caetana, ao almoço, mal comeu. E pouco disse, apenas olhava tudo inquietamente, e tanto, que me pareceu estar vendo o nada, decerto retida entre suas lembranças. Tive vontades de sentar ao seu lado e de dizer-lhe que também eu sei do que ela sabe. Sim, pois ela sabe... Ficaremos aqui muito tempo. Mais tempo do que qualquer uma de nós possa imaginar. Ficaremos aqui esperando, esperando, esperando. Da estrela de fogo que vi na noite do novo ano, não falei a ninguém, mas tenho seu recado marcado a ferro em minha alma. Minhas irmãs, por certo, ririam de mim. Dizem-me densa. Densa como a cerração que cobre estes campos ao alvorecer, um manto opaco de água condensada, um manto, talvez, de lágrimas, lágrimas choradas pelas mulheres daqui, por Caetana, quem sabe.

Acordei hoje antes ainda da alvorada, e, como imaginei, lá estava a bruma cobrindo tudo, uma bruma úmida e gélida, e também um silêncio aterrador, um silêncio digno da pior espera. Demorou muito tempo para que um primeiro pássaro cantasse e, com seu canto, quebrasse a barra da noite, com seus presságios e sonhos angustiantes. Caetana chorou esta noite, tenho certeza. Eu não chorei: ficaremos muito tempo reunidas nesta casa, unidas nesta espera, e algo me diz que as minhas lágrimas terão serventia apenas mais tarde...

Hoje é o dia marcado.

Ainda não são sete horas, e pergunto-me se Porto Alegre já amanheceu dominada pelo exército de meu tio. Não tivemos ainda qualquer notícia, e tudo lá fora parece aguardar, até os pássaros piam menos, em seus galhos, ainda derreados pelo frio que esta noite nos trouxe; até a figueira parece fitar-me com perguntas terríveis para as quais não tenho resposta. Sei que, ao café, uma nova inquietação virá juntar-se a nós, terá seu lugar à mesa e, talvez, a sua xícara. Mas ninguém terá coragem de formular a pergunta, a terrível pergunta, e os segundos passarão por nós com suas lâminas afiadas de tempo, sem que ninguém interrompa o bordado ou a leitura por mais de um momento que seja, um momento imperceptível. A arte de sofrer é inconsciente... E é preciso fingir que se vive, é preciso. Não pensar em meu pai, no seu cavalo dourado, do qual tanto gosto, não pensar em sua voz, e em seu grito. Terá ele ainda a sua espada presa à cinta? E meu irmão, Antônio, que vive a incomodar minhas leituras com sua alegria buliçosa de homem novo, e meu irmão, com que olhos receberá esta manhã, e onde? Terá vitórias e façanhas para contar aos filhos, ou cicatrizes? Ninguém sabe, e os pássaros teimam em fazer silêncio nos seus ninhos.

Batem à porta. Mariana, em sua cama, está para despertar. Mariana sempre gostou que a deixassem dormir até mais tarde. É a negra Beata, com sua voz esquisita, metálica, que nos chama do corredor, dizendo que a mesa do café está pronta e que nos esperam. Vamos todas, com nossos vestidos rendados e nossas angústias. Mas é preciso. Pisar o chão com a leveza que de nós esperam, sorrir um sorriso primaveril e estar feliz, principalmente, estar feliz como a mais tola das criaturas... Mariana reclama um pouco, lava o rosto na água fria, escolhe um vestido qualquer, pela manhã não liga nem para as modas.

Deixo aqui estas linhas, D. Ana gosta de todos reunidos à mesa e não hei de me fazer esperar. Um pássaro piou lá fora, um canto morno como um alento ou uma xícara de chá.

Manuela

As primeiras horas da manhã gastaram-se lentamente. Um sol, a princípio tímido, começou a dourar os campos. Havia feito muito frio na noite anterior, mas no pampa, mesmo em madrugadas primaveris, o frio mostrava-se intenso, e as camas recebiam muitos cobertores. À noite, nas salas de família, a lareira era acesa. No seu crepitar, as conversas mansas embalavam-se, e o mate passava de mão em mão, enquanto o luzio dos palheiros se fazia ver, exalando o cheiro acre do fumo de rolo.

Mas não naquela casa. Na casa branca da Estância da Barra havia um número tão alto de mulheres que a voz delas é que ditava os modos. E as mulheres não pitavam, não tomavam o mate à noite. Lá fora, à beira do fogo, dois ou três peões, enquanto a carne assava respingando gordura, lambiam seus palheiros. Terêncio pernoitara na estância aquela noite, era mais um na volta do fogo, um vulto alto, calado, de olhos firmes e dedicação canina a Bento Gonçalves. Mas, ao alvorecer, ainda quando o mundo estava frio e nebuloso, tomara o caminho da Estância do Cristal, onde deveria esperar quaisquer ordens do patrão, enquanto zelava pelo seu gado e pelas suas terras. Com a partida de Terêncio, ficara Manuel, capataz da Barra, mais os seus peões, o negro Zé Pedra, muito querido de D. Ana, e o restante dos escravos que cuidavam da terra e das coisas dali.

Era, desde então, uma casa de mulheres. A noite anterior fora à beira do fogo que crepitava na lareira, nisso sim uma casa igual a outras; mas pouco se falou, nem se viu o brilho dos palheiros queimando: bebeu-se um tanto de chá, quando Beata apareceu com o bule e um prato de bolo de milho; os rostos baixos ocupavam-se com bordados delicadíssimos, a cor que se via, alheia ao intenso brilho do pinho que ardia sob as chamas, era vívida cor de seda: o verde, o vermelho, o azul que traçava nos panos flores, arabescos e outras maravilhas de fino artesanato. Uma ou outra das moças se ocupava de ler sob a luz de um candelabro, mexendo os lábios vagarosamente, imperceptivelmente até, como as preceptoras lhes tinham ensinado nas longínquas tardes de lições.

Lá pelas tantas, quando o sono já as assaltava, ou coisa pior rondava seus espíritos, quando Caetana mal podia acertar o fio de seda no buraco da agulha, quando Maria Manuela começou a pensar no marido e no filho, enquanto ouvia zunir o vento lá fora no capão, D. Ana ergueu-se da sua poltrona e foi para o piano. Levantou a tampa envernizada com um único gesto, e as mãos brancas e ágeis correram pelas teclas, fizeram brotar uma, duas, três valsas. As moças alegraram-se bastante: fecharam os livros, ficaram pensando nos bailes. Maria Manuela abriu um tênue sorriso, o marido gostava de valsar aquela, dava passos largos, queria dar voltas pelo salão, exibi-la aos outros, mostrar que era um bailarino de monta. Caetana também pensou em Bento Gonçalves. Bento, que amava as músicas, que não perdia um baile, que valsava com a mesma faina que tinha para guerrear.

– Toca uma polca, tia! – pediu Perpétua, com os olhos brilhando.

D. Ana abriu um sorriso farto. Deu nova vida aos dedos no teclado. As moças reconheceram a música, riram, bateram palminhas. Rosário ergueu-se de um pulo, deixando o livro escorregar para o tapete, e, fazendo gestos com o braço, declamou:

– "Eu plantei a sempre-viva,
sempre-viva não nasceu.
Tomara que sempre viva
O teu coração com o meu."

As mulheres aplaudiram em coro. Caetana tinha os olhos verdes ardentes, seus pés, sob a saia azulada do vestido, acompanhavam o ritmo da melodia. Manuela largou o bordado com o qual se entediava e também ergueu-se, para responder à irmã. Testou a voz e, com graça, disse:

– "Tu plantaste a sempre-viva,
sempre-viva não nasceu.
É porque teu coração
Não quer viver com o meu."

Palmas outra vez. Rosário deu o braço à irmã e seguiram as duas dançando pela sala que a lareira iluminava de maneira inquieta, como se fossem um par de noivos num baile. Mariana e Perpétua juntaram-se a elas. D. Ana tinha uma alegria tão vívida em seu rosto, que parecia remoçada. As outras sorriam. Manuela dava voltas pela sala, e seu pensamento voava: não era a irmã que ela via, era um outro homem que lhe dava o braço, e um calor morno e acolhedor dele emanava para a sua pele, enquanto faziam giros loucos pela sala cheia de convivas. Ah, e ela se sentia tão bonita, bonita como uma jóia, e feliz, explodiria de felicidade bem ali, no meio de todos... E a música, a música enchia seus ouvidos e seu coração...

D. Ana parou de tocar, de repente.

As moças riram, jogaram-se com estardalhaço nas suas poltronas, rostos afogueados. Manuela estava atônita. Olhou a sala vazia de visitantes, olhou as outras mulheres, Viriata parada num canto da sala, com seu vestido velho, torcendo os dedos pretos e encaroçados, emocionada com a música que ouvira.

– Vosmecê ficou tonta, Manuela?

A voz da mãe fez-se ouvir. Manuela negou, abriu um sorriso, sentou no seu lugar, pegou o bordado do chão e ajeitou-o um pouco, sem vontade. D. Ana ergueu-se do seu posto ao piano.

– Está tarde – disse. – Já é bem hora de irmos dormir... Amanhã será um longo dia.

E, à menção do dia seguinte, o rosto de Caetana ganhou outra vez ares misteriosos, e uma sombra nublou o verde agreste dos seus olhos. Foi ela a primeira a recolher-se, alegando que ia ver como estavam passando os filhos pequenos.

E depois as outras recolheram-se.

E a noite fria esgotou-se nas claridades da aurora.

E já estavam sentadas à mesa do café, D. Ana à cabeceira, naquela manhã do dia 21 de setembro do ano de 1835, quando Zefina adentrou a sala correndo e, tendo esquecido todas as cerimônias e jeitos de tratar as senhoras, gritou, com uma voz aparvalhada:

– Vem chegando um homem aí! E tá usando um lenço encarnado no chapéu! Deve tá trazendo as notícia que as senhora tanto espera, Deus do céu!

Caetana Joana Francisca Garcia Gonçalves da Silva não achou forças para repreender a atitude da escrava. Ergueu-se da mesa num pulo, lívida como um fantasma. Seu rosto pálido confundia-se com o vestido de seda marfim que ela usava. As mulheres pararam todas. Mariana tinha na boca um pedaço de bolo que se esquecera de mastigar por muitos minutos. Caetana saiu correndo para a varanda. D. Ana seguiu-a, e todas as outras foram atrás, a trêmula Zefina por último: estava ninando Ana Joaquina quando espiara pela janela e vira o homem galopando pros lados da casa. Deitara a menina em seu berço e saíra correndo para a sala. Ana Joaquina ficara ali deitadinha, de olhos abertos, resmungando alguma coisa que a ama não chegara a ouvir.

Caetana desceu a escada da varanda, sentindo que as parentas a seguiam. Viu o homem apear, desmontar do cavalo, que entregou para um negro, e, dando uns passos rápidos, postar-se à sua frente, fitando-a com o respeito que lhe devia por ser uma dama e esposa de quem era.

– Buenos dias, senhora Caetana. – A voz do homem era forte e cerimoniosa.

– Buenos dias – respondeu Caetana.

– Trago aqui uma carta que o coronel Bento Gonçalves mandou para a senhora. – E tirando do bolso do colete um pequeno papel amarelo, com o selo de cera vermelha de Bento Gonçalves, estendeu-o para Caetana. – Permisso, senhora.

Caetana arrancou da mão do homem a carta. Desculpou-se depois pela ansiedade. O soldado devolveu-lhe um sorriso de compreensão. Zé Pedra surgiu por ali. D. Ana convidou o homem a tomar um mate e comer algo na cozinha, ao que ele agradeceu: cavalgara desde o alvorecer para estar ali com a carta do coronel, e aceitava de muito gosto o que havia de comer e de beber. Também tinha precisão de descansar um pouco, antes de voltar para Porto Alegre, onde estava o restante das tropas. Zé Pedra, um negro atarracado e com cara de poucos amigos, mas que tinha um coração de manteiga e que carregara no lombo, brincando de cavalinho, os dois filhos de D. Ana, fez sinal para que o soldado o seguisse até os fundos da casa principal.

Caetana correu para a sala, sentando numa poltrona, com a carta em seu colo. Estava trêmula, mas aguardou que as outras se acomodassem ao entorno, uma a uma, as cunhadas e as sobrinhas, a filha ao seu lado, e que a negra Zefina, que tinha homem arreglado para servir com Netto na causa, se postasse perto da janela, discretamente. Só então soltou o lacre em que vinham as iniciais do marido. Na sala, nenhum som se ouvia, nem mesmo a brisa sacudia as árvores do quintal. A voz de Caetana tremeu levemente quando ela começou a ler.

Minha cara Caetana,
Escrevo estas linhas breves do gabinete do antigo presidente desta nossa província, Antônio Rodrigues Fernandes Braga, que, provando a sua total incapacidade e falta de coragem, fugiu de Porto Alegre num navio antes mesmo da chegada das nossas tropas. Entramos na cidade ainda nesta madrugada, o que sucedeu sem muitas pelejas e quase sem derramamento de sangue. Peço então, a usted, às minhas irmãs, e às outras todas que fiquem calmas e tranqüilas e que tenham fé em Deus, pois ele está do lado dos justos e nos guia nesta empreitada.

As coisas, minha Caetana, estão em bom pé, mas há muito a ser feito. Rio Pardo ainda resiste, mas nossas tropas logo vencerão mais esta prova. Esta cidade de Porto Alegre, até o momento em que le escrevo, permanece deserta e medrosa, decerto que Braga e os seus andaram espalhando as piores mentiras sobre nossas intenções para com o Rio Grande e o seu povo. Mas tenha fé, Caetana, que logo dar-le-ei mais boas notícias.

Sinto muito a sua falta, esposa. Quisera estar ao seu lado, mas os deveres para com a minha terra aqui me seguram. Dê um beijo longo nos meninos, outro nas meninas. E peça para que Perpétua reze por mim também, que suas orações são fervorosas. Alcance um abraço meu a cada uma das minhas irmãs, e diga-lhes que todos da família estão bem e a esta hora descansam da longa noite que tivemos.

Com todo o meu afeto,
Bento Gonçalves da Silva
Porto Alegre, 21 de setembro de 1835

Quando Caetana acabou a leitura, tinha lágrimas nos olhos. D. Ana também chorava, de alívio e emoção. Tivera uma longa noite insone, pensando nos filhos e em Paulo, mas agora sabia, agora tinha certeza de que todos estavam bem, que a Capital era deles e que tudo acabaria em paz.

– Graças ao bom Deus! – exclamou Maria Manuela, que pensava mais em Antônio, que nunca estivera em batalha, do que no esposo, tão hábil com o sabre, que fazia lenda na sua terra.

Manuela, Mariana, Rosário e Perpétua abraçaram-se com alegria. Perpétua, mais do que todas, estava radiante por ter o pai falado em suas orações. Sim, rezaria por ele e pelos seus exércitos com toda a força da sua alma. Rosário abraçou a mãe, ficou feliz pelo tio, pelo pai e pelo irmão, mas chegou-se a D. Ana e, numa voz de conchavos, quis saber:

– Esta carta significa que podemos voltar para casa, tia?

– Esta carta, minha filha, significa que nossos homens estão vivos, ou estavam vivos até esta alvorada. Bento disse que há muito para ser feito, e que Rio Pardo ainda resiste... – Num suspiro, D. Ana acrescentou: – Vamos esperar. Não foi para isso que fomos feitas, para esperar, minha filha?

Rosário concordou lentamente.

Voltaram todas para a mesa e foram aos poucos retomando a refeição do pé em que a haviam largado. O peito de Caetana era aquecido por um novo calor. Refletiu que quando acabasse de comer, iria brincar um pouco com Leão e Marco Antônio, e contar-lhes que o pai vencera mais uma batalha e que era um valoroso soldado.

Lá pelo meio da manhã, chegou D. Antônia, e Caetana releu para a cunhada a carta de Bento. D. Antônia ouviu as palavras do irmão com o rosto impassível. Eram boas notícias, sem dúvida. Haviam tomado Porto Alegre. Ela abriu um tênue sorriso, ao qual Caetana retribuiu com gosto. Depois virou os olhos para os lados do campo. Um peão tentava domar um potro xucro; a terra vermelha, escalavrada pelas patas inquietas do animal, subia ao ar em violentas golfadas. O peão resistia, sabia que tinha de ter mais paciência do que o cavalo, sabia que venceria o animal no cansaço. D. Antônia ficou contemplando o sutil espetáculo. Alguma coisa ardia em seu peito, um mau presságio talvez. Ou talvez, quem sabe, fosse a velhice. Sim, estava ficando velha, e os velhos, todos sabiam, esperavam sempre pelo pior.

Resolveu afogar aquela angústia.

– Caetana – pediu ela –, me faça a gentileza de mandar uma criada me trazer um mate, por favor... Vim cavalgando lá da estância e, não sei, acho que o pó me entrou pelos pulmões. Estou meio seca por dentro.

Caetana dobrou a carta com todo o cuidado, guardando-a no abrigo do colo. Ergueu-se e foi para dentro da casa, pedir que Beata providenciasse o tal mate.

A TARDE DESCIA MANSAMENTE sobre o pampa, uma luz rosada, brilhante, abria suas asas sobre o paralelo 30, e tinha essa luz uma mágica. Tornava as coisas mais belas, maiores.

Da janela da pequena biblioteca, onde entrara para pegar um romance francês que estava decidida a ler, Rosário espiava a tardinha. Nem mesmo o seu espírito, tão afeito às cidades, aos prédios brancos, imponentes, às ruas, salões e átrios das igrejas, nem mesmo a sua alma, que amava a pompa e as coisas construídas pelo homem, podia passar imune àquela luz. As árvores, as madressilvas que subiam pelo corpo lateral da casa com suas flores lilases, tudo parecia ganhar outra dimensão sob o toque misterioso daquela luz poente. Rosário apoiou o rosto com as mãos, deitou o corpo para a frente, sentindo que do chão emanava aquele cheiro de terra, de fim de dia, que entrava pelas narinas e ia acalmar as ânsias mais secretas de um vivente. Por um único segundo, uma fração mínima de tempo, teve raiva de si mesma e daquela súbita paz. Não gostava do campo. Mas então alguma coisa afrouxou-se em suas carnes, um cadeado qualquer rompeu-se, e ela se entregou àquele gozo simples. Desde menina, não apreciava assim um entardecer.

Pelo campo, uns últimos peões troteavam, findavam as lides do dia. Logo, as primeiras estrelas, as mais brilhantes de todas, surgiriam no céu. Os peões fariam o fogo, poriam um bom naco de carne a assar. E então um deles puxaria de uma viola, talvez um daqueles indiáticos, como Viriato, que cuidava dos cavalos do seu pai, traria para a roda uma flauta e, com sua música triste, encheria de presságios a noite.

Rosário deu as costas ao entardecer, já recuperava o seu senso, o sol se punha lá fora e era só isso: um sol morrendo, mais um dia, alguns homens fedendo a cavalo e suor que voltavam para a casa, e ela ali, perdida no meio daquele pampa infinito, sob aquele céu imutável, à espera de um destino que nunca vinha. Pensou no pai e na promessa que lhe havia feito, de levá-la à Europa quando completasse 18 anos. Bem, estava já com 19, tinha-os feito havia pouco menos de um mês, e o pai lhe havia dito que deviam esperar, que agora coisas mais urgentes sucediam, negócios sérios, de guerra talvez, e que suas obrigações de riograndense, de gaúcho dos pampas, de estancieiro e homem de palavra impeliam-no a ficar e a lutar. Assim, o pai dera por findo o seu maior sonho. Quando as coisas serenassem, poderiam outra vez pensar na viagem, em Paris, em Roma, nos navios elegantes, nas casas de chá e nas modas chiques. Mandara-a então para a estância da tia com um beijo na testa, pedindo que se comportasse bem e que zelasse pela mãe e pelas irmãs.

Ela olhou pela janela. Agora um manto vermelho ardia lá fora.

– Que se ponha esse maldito sol! – gritou, com raiva.

Sabia que nenhuma das tias, nem a mãe, a ouviriam. Estavam na varanda, aproveitando os últimos momentos do dia. Fazia pouco que o homem de Bento ganhara a estrada rumo a Porto Alegre, com duas cartas de Caetana na guaiaca, mais os bilhetes que D. Ana e sua mãe tinham enviado aos seus próprios maridos. E as mulheres, nesse momento, deviam estar caladas, pensativas, saudosas.

Pensou nas irmãs e na prima Perpétua; havia algo que a diferia das outras, e era, ela tinha certeza, uma certa *finesse*. Perpétua era bonita, claro, mas não tinha a mesma elegância de Caetana, nem seu porte de rainha. E Manuela? Manuela também tinha graça, mas era calada, pensativa, que homem se apaixonaria por uma criatura assim, de tão poucas palavras, estranha? E era ainda muito moça, com seus misteriosos 15 anos. Mariana também tinha seus encantos – as mulheres da família sempre gozaram de certa beleza –, mas era mais dolente, gostava do campo, estava feliz na estância, em companhia das outras. As três poderiam esperar esta guerra, e mais outra e outra ainda, mas e ela? Ela estava madura para os salões, valsava elegantemente, tinha talentos sociais. Recordou um oficial do Império, um jovem de 24 anos, com quem valsara seguidas vezes num baile em Pelotas, fazia pouco tempo. Chamava-se Eduardo. Ah, e quantas graças lhe dissera... Que era digna, com seu porte delicado, seus cabelos da cor do ouro, de valsar nos salões do imperador, de quem por certo ganharia todos os favores. Eduardo Soares de Souza, assim se chamava o rapaz, tinha belos olhos verdes, serenos. Imaginou que ele deveria estar fazendo cerco a Porto Alegre, que lutaria contra os rebeldes, contra seu tio Bento, contra seu próprio pai e seu irmão, Antônio. E teve raiva, então, não do oficial tão terno e romântico que lhe fizera tantos galanteios, mas do pai, da barba negra e espessa de Bento Gonçalves, teve raiva do charque, do sal, de todas aquelas pequenezas que agora a faziam sofrer. E rezou uma Ave apressada por seu querido Eduardo. Se Deus quisesse, se Nossa Senhora rogasse por ela, logo estariam ambos valsando num salão, num salão elegante e rico, repleto de damas e de gentis cavalheiros. Quem sabe até na Corte, quem sabe até na Corte...

A noite começava a derramar lentamente as suas sombras. Ela sentou na poltrona de couro negro e ficou olhando a escuridão descer sobre a peça, reduzindo os dourados de antes a simples sombras cotidianas; os livros na estante eram agora pequenos vultos tristonhos e sem nome, apertados naquele móvel, à espera de que alguém os salvasse dali.

Correu os dedos longos pela capa do volume que segurava. Achou muito bonita a escrita das páginas, que agora apenas adivinhava, por causa da penumbra. No corredor, ouviu os ruídos das negras passando. Estavam acendendo os lampiões, espalhando os candelabros. Um toque leve na porta.

– Entre. – Sua voz saiu desprovida de paciência.

Da rua vinha uma cantoria distante. Ela pensou nos mestiços sem camisa, em volta do fogo. Sentiu um certo asco.

– Quer luz, sinhá? – Viriata olhava-a com seus olhinhos miúdos. Preta, mal podia ser divisada, era quase uma dentadura branca lhe sorrindo.

– E por que eu haveria de querer ficar no escuro, criatura?

– Adesculpa, sinhá... – Viriata fez uma mesura desengonçada e tratou de acender os lampiões de querosene. – Dá licença – pediu, e saiu ventando da sala, porque tinha um certo receio dos olhos frios daquela mocinha pálida.

A luz morna aquecia a peça. Rosário decidiu-se a ler um pouco. Faltava ainda um pouco para o jantar, e muito teria de esperar pelo sono. Abriu o livro, acarinhando o papel macio, papel europeu. Começou a ler com certa dificuldade, mais adivinhando do que compreendendo a narrativa, mais saboreando o som misterioso das palavras do que o seu sentido.

Principia a soprar um vento lá fora, um vento que traz cheiro de flores e de descampado. Pela janela aberta entra uma lufada que faz tremer a chama dos lampiões.

Rosário ergue os olhos azuis.

A parede branca está a sua frente, a estante de mogno, rente à parede. Um frio de gelo invade Rosário. Suas mãos brancas estão desmaiadas sobre o livro, mais brancas ainda, como pombas sonolentas.

Seus olhos azuis vêem, encostado à estante, o vulto do jovem oficial. Ele não se mexe. Uma bandagem ensangüentada cobre sua testa, e ele está pálido feito as mãos de Rosário, feito a parede que segura a estante. Está lívido, mas sorri. Pela janela aberta, vem o cheiro de mato, o cheiro de noite, de sonho. O soldado veste um uniforme azul, tem o peito coberto de medalhas. Na verdade, Rosário só percebe isso agora: não é um soldado, é um oficial. E sorri. Tem uns olhos verdosos e febris, e uma boca fina, bem delineada no sorriso estático. Ele suspira. O cheiro de flores torna-se mais forte, quase insuportável. De muito longe, cada vez mais baixo, vem a música dos peões.

Rosário de Paula Ferreira tenta mexer-se, mas suas mãos repousam sobre o livro, alheias a qualquer vontade. Um grito prende-se à sua garganta, mas não sai. Os olhos azuis se arregalam de pavor.

– Tienes miedo?

A voz do homem à sua frente parece vir de muito longe, e é quente e suave, mansa feito uma flauta daquelas fabricadas pelos índios. Uma flauta doce.

– Tienes miedo, Rosário?

Não, ela quer dizer, não tem medo. Está assustada, seu corpo não a obedece, o cheiro de flores a sufoca, um homem entrou no gabinete sem que fosse convidado, um estranho, um jovem estranho, é verdade, um belo oficial de algum exército desconhecido que lhe fala em castelhano. Não, temer não teme, pensa em dizer isso, mas sua boca permanece muda.

O jovem oficial parece mover-se, no entanto seu vulto permanece encostado à estante. Brilham seus olhos de selva, brilham de febre. Ele tem um ferimento sério na cabeça. É bom que chame D. Ana... D. Ana conhece as ervas, poderá ajudá-lo, ou as negras. Sim, as escravas têm boas receitas para essas coisas. Rosário quer dizer-lhe que irá buscar ajuda. São de posses, podem mandar trazer um médico de Pelotas. Se vier a galope, chega ainda na madrugada, cuida do ferido, troca a sua bandagem suja, sangrenta, tira a febre daqueles oblíquos olhos verdes. Tenha calma, oficial, quer dizer, mas não diz. "Tienes miedo?", a pergunta sem resposta parece pular pela peça. Responda, responda. Mas Rosário não consegue responder. Lágrimas assomam aos seus olhos.

Ela quer chamar a mãe, quer chamar D. Ana, quer chamar Rosa, que dizem boa benzedeira.

Faz um esforço descomunal, todas as células do seu corpo, juntas, na única ordem de erguer-se. Agora está em pé. O livro escorregou para o chão, caiu desconjuntado, páginas abertas. Rosário nem pensa mais no livro. Tem os olhos fitos no oficial, que ainda sorri. Atravessa a pequena sala, está trêmula. "Vou chamar D. Ana", é o que pensa. Está lívida. Recostado na estante, o jovem a fita. A bandagem agora está empapada de sangue. "Tienes miedo...", a voz dele agora soa afirmativa, triste, e ecoa nos ouvidos de Rosário, enquanto ela sai em correria desabalada pelo corredor.

Quase derruba uma negra pelo caminho.

Chega à sala. D. Ana, Maria Manuela e Perpétua estão por ali, as outras andam lá para dentro. D. Ana tira os olhos do bordado e vê a sobrinha parada no meio da sala; ela treme e tem o rosto branco feito a geada. Ela tem um brilho estranho nos olhos azuis.

– O que foi, menina? – D. Ana fita a sobrinha. As outras também estão olhando Rosário.

– Está doente, minha filha? – Maria Manuela vai abraçar a filha mais velha. Toca-lhe a fronte, está febril.

Rosário desvencilha-se da mãe. Está olhando fixamente para D. Ana, e diz:

– Tia, vem cá comigo. Tem um moço lá no escritório, está muito ferido. Deve ser coisa de bala.

As mulheres se alvoroçam. Beata, que estava por ali arriando as cortinas, faz o sinal-da-cruz. Será que já começou? Gente ferida chegando na casa?

– Como isso, menina? Um homem baleado? Vamos lá agora! – D. Ana ergue-se e toma a sobrinha pela mão. Tem os olhos preocupados, mas está serena e decidida. Será que estão guerreando por ali, será?

Vão em procissão pelo corredor. Perpétua fica imaginando se o soldado é jovem e bonito. Sente pena, sente medo. Rosário tenta controlar os passos, quer é sair correndo porta afora, fugir dali, voltar para Pelotas. Esquecera-se de dizer para a tia que o moço fala castelhano, mas não é importante. Está ferido, muito ferido. Deve arder em febre, e é tão garboso.

D. Ana abre a porta do escritório com o coração a saltar-lhe pela boca. Corre os olhos pela pequena peça: está tudo calmo, os livros arrumados na estante, a cadeira no seu canto, a escrivaninha de Paulo com o tinteiro e os papéis. As cortinas tremulam ao sabor da brisa campeira. Não tem ninguém ali.

– Não tem ninguém aqui – diz, surpresa.
– Mas tinha, tia. Eu juro.

Rosário tem os olhos arregalados. Toca na estante, bem onde o homem estava encostado. Ele ficara ali uns bons minutos, fitando-a com seus olhos verdes. E sangrava.

– Minha filha, o que é isso? – Maria Manuela está confusa. A filha parece estranha, doente. – Tinha mesmo um homem ferido aqui?

Rosário derrama-lhe um olhar ardido, lacrimoso.

– Tinha um moço aqui! Eu vi, eu juro! Estava muito ferido, com uma bandagem na cabeça, coitadinho... Sangrava muito... Acho que vai morrer – suspira. – Ele falou comigo, tia Ana.

D. Ana pega a sobrinha pelos ombros, delicadamente. Faz com que ela olhe dentro dos seus olhos, dos seus olhos negros como os de Bento Gonçalves, dos seus olhos firmes e bondosos.

– Falou o quê, Rosário? Diz direitinho, menina... Se tem um homem aqui, seja lá quem for, temos de encontrá-lo.

Rosário se derrama nos olhos da tia. O homem falara com ela. Tinha voz doce e olhos tristes. Falara em castelhano.

– Em castelhano? – D. Ana não entendia mais nada. – E disse o quê, menina?

– Perguntou se eu estava com medo... Só isso. Perguntou se eu tinha medo dele... – Rosário começa a chorar. – E eu não tinha, tia... Só fiquei assustada, juro, e não podia me mexer...

D. Ana troca um olhar de estranheza com a irmã. Maria Manuela abraça a filha, enquanto Perpétua espia pela janela: quem sabe o homem pulara para a rua? D. Ana leva todas para a sala, onde já aparecem Caetana, Manuela e Mariana. Numa casa de mulheres, as notícias correm rápido.

Rosário chora muito, diz que não está mentindo, tinha lá um oficial ferido, e era jovem. D. Ana sente pena da menina. Vai ver, está adoentada, pensou. Quem sabe a angústia fizera-lhe isso? Sim, vira muitas vezes as pessoas delirarem de angústia... E Rosário não era forte, não herdara a solidez dos Gonçalves da Silva, era frágil, delicada.

D. Ana vai para o lado da sobrinha e lhe acaricia os cabelos. Sua voz é muito doce, quando diz:

– Fique sossegada, Rosário... Vou mandar o Manuel e uns homens darem uma olhada por aí. Se o moço fugiu, não deve estar longe. Traremos ele para a casa e vamos cuidar do seu ferimento, está bem? – Rosário concorda lentamente, e seu choro esmaece um pouco. – Agora, menina, é melhor que vosmecê se deite... Sua mãe le leva para o quarto. Depois, eu mando a Beata le levar uma sopinha... Pode deixar que a gente cuida disso, está bem?

– Ele estava muito ferido... – é o que sabe dizer.

Maria Manuela estende a mão:

– Vem, filha. Vamos deitar um tantinho...

As duas vão saindo da sala. As outras mulheres estão ao redor de D. Ana, cheias de perguntas no olhar.

– Manda chamar o Miguel e o Zé Pedra, Beata. E diz para eles virem rápido. – A voz de D. Ana ecoa pela sala.

Beata sai correndo, arrastando as chinelas de pano.

JANTARAM NUMA MUDA EXPECTATIVA. Rosário contara uma história estranha. Se um castelhano estava ferido por aquelas bandas, devia ser briga de bolicho ou coisa parecida. Não estavam em guerra com o Prata, estavam começando uma guerra contra eles mesmos... Mas o que faria um oficial de fora por ali?

– Ela dormiu rápido.

Maria Manuela chegou atrasada para o jantar. Ficara à cabeceira da filha, zelando seu sono. Tinha feito com que tomasse um chá de folha de tília, para acalmar os nervos.

– Se acharem esse homem, temos de avisar o Bento. Ele nos dirá o que fazer – Caetana duvidava muito de que Manuel voltasse com alguma notícia, aquela história estava mal contada.

– O que eu não quero é ver essa menina se adoentar – disse D. Ana. – Se o tal aparecer, tratamos dele, depois o enviamos para Porto Alegre. Mas se o Manuel não o encontrar por aí, deixem comigo; eu conto uma história para sossegar Rosário e não se fala mais nisso.

D. Ana comia calmamente. No fundo, sabia bem que nenhum castelhano andava por aquelas terras. Talvez a menina estivesse apenas assustada demais com tudo, com a perspectiva de uma guerra.

Manuela estava em silêncio. Pensou na irmã frente a frente com o tal oficial. Não duvidava de nada, quem sabe não fora uma briga de amor, um duelo? Quem sabe, o coitado, ao ver as luzes na casa, não fora pedir um alento? Não entendia era aquela fuga assim, antes do socorro. Ele podia até morrer no mato, as noites ainda estavam muito frias.

Ficaram ali, sem respostas. Lá fora começava a soprar um vento inquieto que fazia cantar as árvores do capão. Talvez chovesse durante a noite.

Depois da janta, quando Caetana já tinha se recolhido para ver as crianças pequenas, foi que Manuel e Zé Pedra voltaram. Suas botas estavam embarradas, e as roupas, úmidas; tinha começado a cair uma chuva fina e gelada. D. Ana foi ter com os dois na cozinha.

– Não encontramos nada, D. Ana. – Manuel já se arrumava para comer. – Le digo que vasculhamos tudo, até o rio. Fomos até na estância da Siá Antônia, e nada. Se esse moço passou mesmo por estas bandas, então se escafedeu como o diabo.

– Está bem, Manuel. Mas não me comentem essa história com ninguém, nem com a peonada.

Zé Pedra mastigava furiosamente o feijão com arroz. D. Ana sabia que da sua boca não sairia uma palavra, não era à toa que o chamavam de Pedra: era um túmulo para guardar segredos. Manuel tirou o chapéu de barbicacho e sentou à mesa, pedindo licença à patroa.

– A senhora acha mesmo que tinha castelhano ferido por aqui? – perguntou Manuel em voz baixa.

D. Ana sorriu. Estava enrolada num xale de lã preta e parecia menor e mais frágil do que quando estava ataviada com suas saias e rendas.

– Não acho nada, Manuel... Minha mãe sempre dizia que em cabeça de moça e vespeiro a gente não deve remexer. – Um cheiro bom de lenha queimando ocupava o ambiente. – E a mocidade é uma época esquisita mesmo, o melhor é deixar passar, no más... – Foi saindo da cozinha. – Buenas noches.

— Buenas, patroa — responderam em coro o negro e o capataz.

Em seu quarto, Rosário dormia um sono agitado no qual os olhos verdes e febris do oficial a perseguiam como borboletas. Acordou no meio da noite, e o silêncio aterrador da madrugada campeira encheu-a de medo. Enrolou-se na coberta e, vencendo um pânico ancestral, atravessou o corredor quase às escuras e foi bater no quarto da mãe.

— Posso dormir com vosmecê?

Maria Manuela sorriu no escuro. Foi para o lado, abrindo espaço para a filha e, com a voz pastosa de sono, disse apenas:

— Deita aqui, meu anjo.

Dormiram de mãos dadas.

Cadernos de Manuela

Estância da Barra, 2 de dezembro de 1835

Ninguém soube explicar o causo do tal castelhano que viera ver Rosário naquele dia, nem nunca mais tocou-se no assunto. Lembro que, no dia seguinte, D. Ana trancou-se com ela no escritório e ali ficaram um par de horas. Rosário deixou o encontro com os olhos ardidos de choro, mas D. Ana acalmou-nos a todas com sua voz de certezas.

— Eu também já fui moça. Isso passa logo... Quando os homens voltarem, faremos uma baile. Até lá, Rosário terá esquecido essa história toda.

E foi assim. Não se falou mais no causo.

D. Antônia também pouco fez do acontecido. Tinha lá seus pensamentos e suas certezas. Preocupava-se com gente de carne e osso. Olhou-me, quando acabei de lhe narrar o encontro que a mana tivera, e me disse: "Vosmecê tem bom senso, Manuela. Esqueça esse assunto. Temos aqui mesmo muitos rio-grandenses que de nós necessitam... E quanto à sua irmã, deixe que fique assim... Essas tolices se curam com o tempo."

Mas, nos dias subseqüentes, Rosário tornou-se mais calada e esquiva, até hoje tem sido assim... Passa lendo por tardes inteiras trancada no escritório do tio, e é como se lá fosse um canto só seu, um outro país, que ela freqüenta por uma graça divina. Às vezes, passa muito tempo ao toucador, penteando os cabelos, trançando-os, até mesmo se lava e se perfuma para esses momentos... A mãe anda cabreira, coitadinha, mas tem lá outras angústias. Parece que Antônio se feriu numa escaramuça na Azenha, um imperial o teria cortado com a adaga. O pai e Bento se apressaram em nos escrever, dizendo ambos que fora coisa pouca, que Antônio estava bem e já curado. Apenas um arranhão no ombro, disseram ambos, que lhe custara uma noite de febre; com umas compressas e paciência, já fora sanado. Mas a mãe não acredita, quer ver o filho com os próprios olhos. Sonha que Antônio está muito ferido, gangrenando até, e acorda em prantos, os olhos riscados de veias vermelhas. D. Ana tem de servir-lhe um chá, e depois disso gasta muito tempo para demovê-la de tomar uma sege e ir para Porto Alegre por estas estradas, atrás do seu Antônio.

Ontem chegou um próprio trazendo extensa carta de Bento Gonçalves. Como acontece sempre, Caetana leu-a na sala, em voz alta, para todas nós. Contava a carta que o novo presidente da província, indicado pelo regente do imperador, chegara no dia anterior ao Rio Grande, vindo do Rio de

Janeiro. Ouvimos apreensivas a voz de Caetana soprar o seu nome: José de Araújo Ribeiro. Filho de uma família daqui, um rio-grandense contra outros. E fiquei pensando se seria esse homem, esse sulista imperial, que traria em sua esteira todas as desgraças que enxerguei. Mas um nome? O que é um nome apenas, um indício de alguma sina? Será que nossos nomes traçam o futuro que nos cabe, será que Bento Gonçalves da Silva, quando ainda era um bebê, ao receber na pia batismal esse nome que lhe foi dado, recebia também a herança de comandar este povo? Será de Araújo Ribeiro a mão que empunhará a espada da nossa desgraça?

Bento Gonçalves virá ver-nos em breve. Caetana chorou ao ler esse trecho. Choramos todas. Minha mãe ficou imaginando se o irmão traria Antônio para estar com ela... Não sabemos. Mas tio Bento virá, e isso já nos alegra. Com ele, notícias; com ele, verdades. Aqui nesta casa, o tempo passa lentamente, embora a primavera tenha trazido novas cores a tudo, e os campos estejam floridos e belos como um salão preparado para o baile. Apenas Rosário, imbuída do seu novo distanciamento, pareceu não se alegrar com a chegada de Bento Gonçalves: talvez nem ouvisse direito o que Caetana nos lia.

Fugi pelos fundos, enquanto as mulheres permaneciam na sala comentando a carta e seus pormenores. D. Antônia estava conosco, pois mandaram buscá-la na estância para que também tivesse notícias: sua voz pausada e firme ouvia-se sobre todas as outras, e ela tomava providências para esperar com glória o irmão coronel.

No quintal, em torno do mate, Manuel, Zé Pedra e o vaqueano que trouxera a carta do coronel Bento trocavam frases esparsas enquanto sorviam a bomba, cada um a seu turno. Aqui não se fala muito, a gente do Rio Grande tem o peito fechado como um cofre. É um jeito de se alegrar para dentro, diz sempre D. Ana, quando falo da sisudez de nós todos, pois até eu tenho esse espírito controlado, essas palavras medidas que às vezes me deixam a boca com custo.

No entanto, apesar dos longos silêncios de chupar o mate, os homens pareciam muito contentes da vida, e tinham um certo brilho de orgulho nos olhos de sobrancelhas cerradas. E eu, fingindo que ia buscar um dos cachorrinhos de Nega, a cadela que deu cria na semana passada, pude ouvir da boca do mensageiro:

– Porto Alegre é nossa, estou les garantindo. Eu vi os imperiais fugirem como passarinhos. Logo teremos todo o Rio Grande.

Um calor de júbilo tomou-me. Escolhi um dos filhotes a esmo – a alegria até me turvava os olhos –, estavam todos numa grande caixa cheia de panos, Nega dormindo exausta, e tomei-o no colo. O bichinho tinha uma cara linda, e eu estava contente.

– Vosmecê vai ser meu, cãozinho. E vai se chamar Regente.

Regente agora anda no meu encalço, mas D. Ana não o quer na casa. Detesta bichos pelas suas salas, porque diz que trazem doença e pulgas. Pedi, e Mariana deixou que ele ficasse em nosso quarto, contanto que não chorasse. Regente não chora, sabe bem o que lhe convém. Enquanto escrevo estas linhas, ele está aqui ao meu lado, olhando-me com seus olhinhos pretos e alegres: é uma bolinha gorducha e luzidia, de pêlo baixo, grosso e negro, tem a cabecinha pequena e uma mancha branca escorre de entre seus olhos até o focinho. Tem estado comigo todos estes dias, e é bom ficar ao seu lado, porque não me pede assuntos, segue-me apenas. Tomamos banho na sanga, ontem à tarde, Regente nadou como se fosse um peixe, depois dormiu longas horas, deitado sobre a colcha velha que lhe serve de cama.

Amanhã, Bento Gonçalves chega à estância. As mulheres estão todas em polvorosa. D. Ana foi pessoalmente fazer a pessegada de que o irmão tanto gosta. E as negras não param, andam de um lado a outro, areando a prataria, arrumando a casa como um brinco, trocando as toalhas das mesas, arejando as cortinas de veludo, lavando de escovas o chão da salas. Até os cavalos foram escovados, e a peonada ganhou de D. Ana mate e carne para um assado. Estamos quase em festa, como se fosse Natal... Espero que esta noite não nos seja longa.

Manuela

O dia ainda não tinha clareado de todo, quando um vaqueano veio avisar à negra Beata: o coronel Bento Gonçalves, mais um grupo de cavaleiros, chegava na estância. Com eles, vinha Antônio, o filho de Maria Manuela, e usava no braço uma tipóia ou coisa que o valesse.

– Ainda não atravessaram a porteira – disse o gaúcho, coçando a barba. – Mas usted já pode avisar D. Ana: os homens chegaram para o mate da manhã.

Beata deu um pulinho de contentamento, abriu um riso largo e saiu ventando para dentro da casa.

Um sol tímido e dourado rasgava as nuvens da manhã, o passaredo cantava nas árvores, e o cheiro de mato, que o sereno carregava, ainda se fazia sentir naquele princípio de manhã de dezembro. O campo já tinha ares de verão. Ao longe, o gado pastava. O peão deu uma boa olhada em tudo – estava na mais perfeita ordem, seu Bento iria aprovar o andamento das coisas –, depois deu uma virada com o cavalo e saiu pros lados do celeiro. Manuel andava por lá, arrumando umas montarias. Precisava avisá-lo da chegada do coronel.

A casa despertara mais cedo. De cá e de lá, as escravas andavam carregando bacias com água, toalhas, panos de fralda. Beata foi dando a notícia para todos com quem cruzava no corredor. Chegou na cozinha. Zé Pedra tomava um mate, encostado na soleira da porta.

– O coronel Bento chegou.

A voz de Beata era esganiçada feito taquara. O negro forte e espadaúdo não moveu um músculo do rosto. Acabou de sorver o mate bem amargo e retrucou em voz baixa, como falava sempre:

– Pois tá fazendo o quê aí, sua negrinha da peste? Vai avisar D. Ana agora mesmo, em vez de ficar por aí botando alarido na negrada.

Beata ventou cozinha afora. Todos tinham medo de Zé Pedra, que, diziam, tinha sido feitor lá para os lados de Cerro Largo, e que era de toda a confiança de D. Ana. Também falavam que era alforriado, que comprara sua liberdade, mas Zé Pedra não comentava sua vida, nem para mentir, nem para desmentir a boataria.

Beata saiu arrastando as chinelas pelo corredor. Na última porta, parou, ajeitou as saias. Bateu de leve. A voz de D. Ana se fez ouvir:

– Entra, Beata. – Conhecia os passos ligeiros e o jeito afobado da negra.

D. Ana acabava de aprontar-se. Milú prendia os seus cabelos no alto da cabeça, e Beata viu com gosto o vestido novo, enfeitado com fitas de veludo. Limpou a voz e, toda faceira, disse:

– O coronel Bento está aí. Deve está apeando, lá nos fundo. Veio com mais uns soldado. Seu Antônio tá com ele.

– Graças a Deus – disse D. Ana, abrindo um sorriso. – Vamos logo com isso, Milú. Quero ir ver meu irmão.

BENTO GONÇALVES era um homem alto, de barba cerrada e negra, e poses de fidalgo. Não aparentava os 46 anos que tinha, porque em tudo emanava energia, até nos menores gestos, mas era comedido, compenetrado, confiável. Por isso era o homem forte da revolução, um gaúcho, no más. Corajoso e sereno. Usava naquela manhã o dólmã azul, bombachas escuras, o chapéu de barbicacho e, presas nas botas de couro negro, suas esporas de prata, muito bem areadas, brilhantes. O lenço vermelho de seda estava preso ao pescoço.

Desceu do alazão, fez um carinho no lombo do animal e saudou com alegria o capataz:

– Como le vai, Manuel? Por estas terras está tudo bien?
– Tudo em ordem, coronel. A primavera tem sido boa. Um cavalo xucro descadeirou um dos peões semana passada, mas o homem já está andando de novo, e já demos um jeito no bicho.

– Bueno – respondeu Bento Gonçalves.

João Congo, o escravo de confiança do coronel, veio e pegou o alazão. Bento sorriu para o negro. Estava contente de estar em casa e rever sua Caetana e os filhos pequenos. Aspirou o ar que cheirava a jasmins e sentiu uma vontade louca de tomar um banho de sanga e de passar a tarde toda numa rede, olhando as nuvens correrem no céu. Ficara dois meses em Porto Alegre, naquele palácio sisudo e escuro, repleto de veludos e criados de libré. E agora estava ali, uns três dias de calma e de campo le fariam um bem danado.

Antônio de Paula Ferreira, filho mais velho de Maria Manuela, tocou no ombro do tio com a mão esquerda. O braço direito vinha imobilizado numa tipóia encardida de pó.

— Aspirando o ar do campo, tio? Está um belo dia, não é?

O rapaz abriu um riso contente. Tinha límpidos olhos verdes e a pele clara que contrastava com o preto dos cabelos revoltos.

— É bom estar em casa, Antônio. Ainda mais com um céu desses... Vosmecê não vai lá dentro aquietar o coração da sua mãe? Ela me escreveu umas dez cartas, ou más, pedindo que eu le trouxesse comigo.

Antônio sorriu em resposta. Entregou sua montaria para Zé Pedra e sumiu cozinha adentro, chamando por Maria Manuela com voz alegre. Bento Gonçalves achou graça do sobrinho. Agora o ombro estava curado, mas andara feio; ainda bem que em Porto Alegre havia médicos bons para atendê-lo. Antônio e uma brigada pequena tinham cruzado um grupo de imperiais dispostos à batalha. Um deles reconhecera no moço alto e garboso, montado no cavalo branco, o sobrinho do general Bento, e tentara a todo custo vará-lo com a lança. Fora uma escaramuça rápida, mas os imperiais eram em maior número, e os rebeldes tiveram bastante trabalho. Horas depois, Antônio aparecera no palácio com o ombro tinto de sangue. A lança do maldito entrara fundo, fizera estrago. Bento Gonçalves não queria trazer para casa o rapaz sem um braço ou coisa parecida. Ia ser mui triste.

Dois outros homens desmontaram. Um deles era um italiano alto, de traços delicados, pele alva e modos fidalgos. Na verdade, era um conde, um conde fugido da Itália, agora secretário mui valoroso de Bento Gonçalves. Chamava-se Tito Lívio Zambeccari. Tito entregou a montaria para um escravo.

— Meu caro Tito, hoje vamos comer do bom e do melhor. Nada como estar em casa. Usted sinta-se à vontade aqui, amigo. – Bento Gonçalves gostava daquele italiano de gestos corteses e cultura impressionante.

O italiano sorriu.

– Quem não ficaria à vontade sob este céu, coronel? E este cheiro de pão que vem de lá de dentro? Parece um sonho.

– Não há nada de sonho nesse cheiro, le garanto, Tito. Espere para ver as comilanças que minha irmã mandou preparar. Ela acredita que os guerreiros comem por dez.

O último a desmontar era Pedro, filho mais novo de D. Ana. Era um moço de 20 anos, de pele morena e olhos escuros. Falava pouco e era discreto, mas se mostrara um valoroso soldado. Entregou o cavalo para Manuel, e este sorriu para o patrãozinho.

– Seja bem-vindo, seu Pedro. Tem aí uma égua recém-domada para o senhor dar umas voltas.

– Macanudo, Manuel. – Pedro deu um abraço no capataz que conhecia desde menino.– Vou lá dentro ver minha mãe.

Não precisou.

D. Ana e Caetana apontaram na porta da cozinha, sorridentes.

Caetana estava bela, usando um vestido azul muito claro, que fazia seus olhos arderem de brilho, os cabelos presos numa trança lustrosa. Viu o marido parado no meio do terreno, dizendo qualquer coisa a João Congo. Não conteve um grito:

– Bento!

Mal tinha dormido naquela noite. Acordava de pouco em pouco, suada, nervosa, para ver se já tinha amanhecido, se ouvia o barulho dos homens chegando, mas sempre era a noite apenas, com seus pios e seus silêncios de orvalho, e seus gritos de corujas e morcegos. Levantara antes do sol.

Agora correu para os braços do marido. O rosto de Bento Gonçalves adquiriu uma doçura nova que brilhou nos seus olhos miúdos assim que ele viu a esposa. Abraçou-a com força, quase escondendo-a sob seu corpo forte.

– Minha cara... Vosmecê está tão hermosa, mais do que eu me lembrava!

Caetana riu de contente. Fez um carinho na barba daquele coronel cheio de sonhos.

– E vosmecê está bien? Tem se cuidado como le pedi? Tem comido, dormido o bastante, ou só pensa em batalhas?

Bento riu com força.

– Tenho estado bem longe de pelejas, Caetana. Sentado atrás de uma mesa, como se fosse um juiz. Ainda agora, venho até aqui para encontrar este senhor Araújo, neste baile em Pelotas. Esta guerra ainda não se fez com batalhas, Caetana.

– Assim está bien, por enquanto – disse a uruguaia de olhos esmeraldados. – Vamos lá para dentro, que a mesa está posta e cheia de quitutes. Ah, e seus filhos estão loucos para le ver.

– Vamos a eles, então. – E o coronel saiu pisando firme, de braço dado com Caetana.

Na cozinha, abraçou e beijou D. Ana. Vinham da sala o som de risos e a gritaria dos meninos que brincavam de guerra com Antônio e Pedro, correndo em volta da mesa comprida.

ROSÁRIO OUVIA com muita atenção as histórias contadas pelo conde. Encantava-a aquele brilho que ele tinha nos olhos claros, as maneiras elegantes de salões. Tito Lívio Zambeccari tinha uma voz pausada e morna. Rosário imaginou-o em seu castelo na Itália. Pois sim, se era conde, deveria ter um castelo.

Estavam todos à mesa. Maria Manuela cercava Antônio de atenções, satisfeita de ver o filho com cores. Já o tinha posto num longo banho de tina, a bandagem no braço direito era outra vez alva. Fizera-lhe também um prato farto, com tudo o que ele mais apreciava comer.

À cabeceira da mesa, Bento Gonçalves falava:

– Pois o homem chegou à província faz quase uma quinzena de dias. E ainda não me saiu do Rio Grande. Se não for a Porto Alegre assumir o seu posto, a coisa fica feia. Estamos parados, esperando. Mas se Araújo Ribeiro não se dignar a nos reconhecer, haverá uma guerra.

D. Ana trocou um longo olhar com o irmão, no qual leu alguma angústia, mas seu rosto era firme e orgulhoso, o rosto de um comandante. As coisas não estavam no pé que ela imaginava, nem tudo estava certo ainda. Os imperiais resistiam ao movimento. E quem era este Araújo Ribeiro, e onde estava vivendo? Formulou essas questões em voz alta. Bento Gonçalves sorriu e pensou por um instante, escolhendo boas palavras para sua resposta.

– José de Araújo Ribeiro está morando no brigue *Sete de Setembro*, Ana. Nem pisar neste chão o homem pisa. Mas amanhã nos encontraremos... Não é à toa que irei à festa do Rodrigues Barcelos. Quero ver o que Araújo me diz, na cara. Quero ver quais são as suas intenções. Onofre e os outros ficaram a postos, estamos bem organizados. Quero ver esse Araújo se meter a besta comigo!

As mulheres arregalaram os olhos. D. Ana sorriu da efervescente força do irmão. O que tinha de ser, tinha de ser, pensou. Mas disse apenas:

– Vou mandar servir a pessegada.

O conde Tito abriu um leve sorriso de satisfação.

E o almoço prosseguiu num clima leve, de reencontro familiar. Manuela e Mariana notaram os novos risos no rosto da irmã. Desde o episódio do castelhano, Rosário não parecia tão contente. Não tirava seus olhos azuis do rosto aristocrático do jovem conde.

D. ANTÔNIA CHEGOU após a sesta. Recebera no dia anterior a notícia da vinda de Bento Gonçalves, mas passara boa parte da manhã envolvida com assuntos de gado, fechando uma venda, e só pudera deixar a Estância do Brejo à tarde. Tomara a charrete. Trazia consigo um cesto de laranjas frescas para os sobrinhos.

Encontrou Bento Gonçalves sentado na varanda, tomando um mate. Bento passara boas horas com Caetana, depois tomara um banho, vestira a bombacha, as botas, a camisa branca, bem passada – como eram bons os cuidados femininos –, e agora estava ali, pitando o cigarro de palha que João Congo acabara de fechar. Ainda há pouco vira passar uma cabocla que trabalhava na casa, uma rapariga duns 15, 16 anos, no más, e estava pensando quanto era apetitosa uma carne jovem daquelas, de moça virgem, que cheirava a coisa nova.

D. Antônia interrompeu esse seu devaneio.

– Que alegria têm os meus olhos, Bento!

Abraçaram-se com carinho. Bento Gonçalves da Silva tinha muito respeito pela irmã mais velha, boa de tino, estancieira das sábias, que tanto lhe recordava D. Perpétua com suas decisões bem pensadas, com sua voz calma, com as mesmas certezas de uma vida inteira. Falaram amenidades, falaram do campo, do gado, das dificuldades que se avizinhavam com a guerra. D. Antônia tomou o mate. A tarde começava a esmaecer em seu brilho. Os quero-queros cantavam. Manuela passou ao longe, cavalgando ao lado do irmão.

— Esses dois têm a mesma têmpera — disse D. Antônia.
— São Gonçalves de cima a baixo. — Bento ficou olhando os dois cavaleiros irem diminuindo de tamanho, duas pequenas manchas no horizonte. Os cabelos negros de Manuela balançavam ao vento como uma coisa viva. Bento sorriu. — Ela será uma boa esposa para Joaquim.
— Manuela tem a cabeça no lugar.
— E o coração? Usted sabe de algo? Afinal, estão todas aqui, durante esses meses. Sabe se ela quer o Joaquim?

D. Antônia passou o mate ao irmão. Viu as mãos calejadas, fortes, másculas agarrarem a cuia com facilidade extrema. A cuia sumiu mansamente entre aqueles dedos.

— Olha, Bento, saber eu não sei de nada. Manuela é de poucas palavras, vosmecê conhece os silêncios dela. Mas tem a cabeça no lugar, como eu disse. Por que não haveria de querer Joaquim, um moço tão garboso, rico, bonito? Quando Joaquim acabar a faculdade de medicina, os dois se casam, fique tranqüilo.

Bento Gonçalves sorriu. Mandou João Congo ir buscar mais água. Depois olhou a irmã no fundo dos olhos — era como se olhasse a si mesmo — e respondeu:

— Deixa, Antônia... Às vezes tenho esse cutuque. São bobagens de velho. Joaquim e Manuela serão um belo par, sem dúvida. Quando casarem, vou fazer uma festança como nunca se viu nesta terra.

O negro João Congo voltou com uma chaleira fervente. Tornou a encher a cuia do patrão. Antônia analisava o homem ao seu lado. Estava inquieto, alguma coisa dentro dele não se acomodava. Ela o olhou, recostado na cadeira, fitando o horizonte rosado do entardecer, mas era como se não o enxergasse, era como se Bento não estivesse ali, no seu sossego, na sua paz campeira. E viu então o que a inquietava tanto: dentro dos olhos de Bento, dos olhos negros e ávidos de Bento, um brilho de fúria ardia como uma chama.

O irmão virou-se de repente para ela.

– Antônia, quero que vosmecê saiba: se esta guerra estourar, vou necessitar de seus ajutórios.

– Pode contar comigo, Bento – a voz dela era firme. – Le disse isso no primeiro dia, pois repito agora.

– Bueno.

O conde apareceu em frente à casa. Vinha sorrindo, o rosto corado, satisfeito. Subiu os degraus da varanda. Bento Gonçalves ofereceu-lhe um mate. Tito Lívio Zambeccari agradeceu, mas declinou. Na verdade, nunca se acostumaria com aquela beberagem amarga, com a bomba que sempre lhe queimava os lábios. Preferia um bom vinho, como italiano que era. Fazia muito tempo que não revia a sua Itália. Olhou aquelas terras planas, infinitas, recobertas pela grama verde, pensou nas terras do pai, tão diversas, escarpadas, mas belas, tão belas como só podem ser as coisas do passado. Sentiu um nó no peito.

– Se aprochega, Tito. Estamos aqui de prosa, aproveitando esta tarde bonita.

João Congo botou uma cadeira para o conde. Tito Lívio agradeceu polidamente. D. Antônia simpatizou com o italiano de olhos claros; havia uma coisa nele que evocava romances, e no entanto parecia frágil, um tanto pálido. A voz maternal de D. Antônia se fez ouvir:

– O conde não quer o mate? Então vou mandar que tragam um suco de laranja bem fresco. São laranjas do meu pomar.

– Muito le agradeço, D. Antônia. – Tito sorriu timidamente. – Um suco me faria bem.

Bento fez um gesto de mão:

– Não se apoquente, Tito. Minha irmã tem esse jeito, cuida de todos. – E depois, mudando de tom: – Vamos combinar: amanhã saímos cedo para Pelotas. Vamos nós, mais Caetana e Congo. Depois do baile, voltamos, pegamos Antônio e Pedro, e rumamos outra vez para Porto Alegre. É agora que a coisa vai pegar fogo, Tito. Quero ver de que trigo é feito esse Araújo.

ROSÁRIO ESGUEIROU-SE pelo corredor, como uma sombra. Não encontrou ninguém, a não ser uma negrinha que varria a varanda dos fundos, assobiando qualquer coisa. Pensou no conde, um calor agradável subiu ao seu rosto. Onde estaria o conde àquela hora? Já tinha passado a sesta fazia tempo, será que estava cavalgando, conhecendo a estância? Talvez estivesse de prosa com o coronel Bento; sim, eles deviam ter muitos assuntos a tratar. Mais tarde, chamaria Antônio para um passeio de charrete, e então, sutilmente, perguntaria quem era aquele Tito, aquele conde de olhos azuis que estava tão longe de casa, um homem fino, que falava tantas línguas, perdido nessa terra, secretariando um coronel. Sim, tinha muito o que descobrir do conde. Mesmo assim, não podia faltar ao seu encontro. A tarde caía, o calor levantava-se do chão, o sol ia esmaecendo lá fora, dando descanso ao pasto e aos animais. Deviam ser mais de seis horas.

Rosário entrou na biblioteca e fechou a porta a chave. D. Ana não gostava que trancassem os cômodos. "Aqui não temos segredos a esconder", era o que dizia. Mas D. Ana estava ocupada com as visitas, a última coisa que faria era procurá-la. Rosário fechou as cortinas, a penumbra tomou conta do pequeno aposento.

Assim está bom. Ele não gosta de luz. A luz fere os seus olhos.

Rosário sentou na poltrona, cruzou as mãos no colo e começou a esperar. Seu coração deu uma corrida dentro do peito.

Preciso ficar calma. Já me visitou outras vezes. Não há nada de errado nisso.

Fechou os olhos por um momento. Ao abri-los, ele estava ali. Encostado na estante, como o vira pela primeira vez. A bandagem em torno da testa estava rubra. Seus olhos verdes ardiam de febre e de amor. Ele sorriu, um sorriso doce. Estava muito cansado, já lhe dissera tantas vezes... Rosário sentiu pena, sentiu amor, sentiu medo. Não medo dele, que já lhe era tão querido, mas de que lhe faltassem forças até para vir vê-la. Seu rosto estava branco feito papel, a boca delicada quase sem cor.

– Usted está bien? – A voz dele era um sopro nos ouvidos de Rosário, um sopro morno.

Ela enrubesceu. Baixinho, respondeu: "Sim, estou bem." Disse que estivera pensando nele, se ele viria vê-la naquela tarde. Afinal, tinham visitas. Sabia que não gostava de estranhos. "Lo conozco, Rosário", respondeu ele. "Hubiemos nos encontrado en la Cisplatina", e dizendo isso fez um esgar de dor.

Rosário quis erguer-se para tocá-lo, mas o oficial fez um gesto. "Está bien...", disse somente. Rosário viu que, de um instante para o outro, a bandagem tornava-se úmida de sangue. Por um estranho pressentimento, pensou na mão de Bento Gonçalves segurando a espada que rasgara aquela carne, que tornara tão pálido e fugidio aquele semblante que ela já começava a amar. Seus olhos arderam de lágrimas.

– Steban... – sua voz titubeava. – Steban, não fique assim... Eles estão lá fora. Vamos esquecê-los, não nos importam.

– Lo juras? – O verde dos olhos dele se acendeu. Rosário cogitou se um dia poderia abraçá-lo, dar-lhe um beijo, valsar com ele num salão de baile.

– Juro, Steban... Fiquei a tarde toda esperando para estar com vosmecê. Não vamos deixar que meu tio estrague também isto.

O oficial sorriu. Alguma cor voltou ao seu rosto. Ele virou-se para a estante, procurando alguma coisa. Gastou assim alguns momentos, até que retirou dali um livro. Abriu numa página e, com a voz sussurrante, começou a ler um trecho para Rosário. Em seu espanhol morno e pausado, contava de uma noite sob um céu de estrelas. Rosário suspirou e deixou-se levar. Lá fora, a noite derramava suas primeiras estrelas pelo céu de verão.

Cadernos de Manuela

Estância da Barra, 5 de dezembro de 1835

Eles partiram ao alvorecer. Mesmo tão cedo, o calor já se fazia sentir. João Congo aboletou-se ao lado do cocheiro e abanou para nós com sua manzorra. Caetana olhou da janelinha, usava um vestido claro de viagem, mas, na mala, levava rico traje de festa. Vi meu tio Bento dizer-lhe: "Quero que estejas linda como nunca. Para que saibam quem somos."

Perpétua pediu muitas vezes à mãe para que pudesse acompanhá-los ao baile, dançaria com o conde, queria muito ir à festa, valsar, dançar a chimarrita, ver gente e ouvir música. Bento Gonçalves irritou-se. Chamou-a de tola, disse que não estavam de divertimentos, que tinha uma província às suas costas. Ia a Pelotas para resolver um assunto pendente. Perpétua saiu correndo da sala, acho que chorava. Isso sucedeu ontem à noitinha, e a prima não esteve conosco ao jantar, nem foi à varanda despedir-se dos pais.

Os grilos cantam lá fora. Já é bem tarde.

Mariana ainda não veio para o quarto, deve estar conversando com Pedro e Antônio. É bom ter meu irmão conosco, mesmo que seja por pouco tempo. Antônio contou-nos coisas sobre o conde Zambeccari. Disse que ele fugiu da Itália, onde conspirava contra o rei. Que foi para a Espanha, para o Uruguai, e que agora estava aqui e era muito fiel a Bento Gonçalves. Rosário pareceu interessada no conde, fez perguntas, quis saber coisas pessoais. Antônio caçoou dela, disse que o conde Tito não era homem de romances. Gostava das idéias.

Existem outros homens por trás disso tudo, homens daqui do Rio Grande, cujos sonhos se assemelham aos de Bento Gonçalves, e outros ainda, que sonham com uma república. O coronel Antônio Netto de Souza, de Bagé, Onofre Pires, primo de minha mãe, o major José Gomes de Vasconcelos Jardim, o major João Manoel de Lima e Silva, o capitão José Afonso Corte Real, o capitão Lucas de Oliveira, e ainda outros. Alguns deles querem apenas um regente que lhes dê ouvidos, outros falam fervorosamente numa república e no fim da escravidão. Antônio conta da tal república, e seus olhos brilham, brilho de olhos moços que almejam o futuro. D. Ana pede que ele não nos ensine bobagens. Fala que Bento Gonçalves quer apenas um novo presidente para a província, que reconheça os direitos dos estancieiros e as suas exigências. E isso é que é o certo. O restante são sonhos, diz ela. Fantasias.

Antônio não retruca, baixa os olhos, respeitosamente. Quando ergue outra vez o rosto, ainda está lá aquele brilho. Eu o percebo como se fosse um halo, um halo dourado que circunda o verde de seus olhos. Talvez as outras não notem, talvez. Minha mãe, sentada numa poltrona, borda sua toalha de mesa quase com furor, não gosta desses assuntos de guerra e de política. Rosário torna a perguntar da vida pessoal do conde. Antônio responde, brincando: não é uma comadre alcoviteira, não fuça a vida do conde. Fica ele ali fazendo a sua graça, mas eu sei, eu pressinto, Antônio é republicano, gostou desse idílio, luta, no fundo de sua alma, é por isso. Me ponho a pensar se Bento Gonçalves percebe o imenso mecanismo que pôs em movimento quando marchou com suas tropas sobre Porto Alegre, e fico pensando como o coronel pretende dominar esse tordilho enfurecido que já corcoveia pelos pampas, nos olhos de meu irmão mais velho, nos olhos de Pedro e de outros tantos espalhados por aí...

Risadas chegam da sala. E eu estou aqui, quieta, escrevendo estas linhas. Para quem? Para que eu as leia, anos mais tarde, e lembre deste tempo aqui na Barra, destes dias silenciosos que gastamos esperando à beira do Camaquã? Não sei por que escrevo, mas algo me impele, uma vontade toma meus dedos, empurra a pena para a frente... Fico imaginando como estará o baile... Caetana levou na mala um vestido verde-esmeralda, de seda, decotado e com rendas na saia. Deve estar bela, mais do que é possível imaginar. Bento Gonçalves estará elegante, e sério, e duro, a barba feita com esmero, a camisa de seda branca, o chiripá preso à cintura. Muitas coisas se resolverão nesse encontro, ou nenhuma. Amanhã à tardinha saberemos de algo. Amanhã eles retornam. Caetana volta para nós, tio Bento e o conde vêm buscar Antônio e Pedro, estarão de passagem, outros os esperam.

Sim, sempre os homens se vão, para as suas guerras, para as suas lides, para conquistar novas terras, para abrir os túmulos e enterrar os mortos. As mulheres é que ficam, é que aguardam. Nove meses, uma vida inteira. Arrastando os dias feito móveis velhos, as mulheres aguardam... Como um muro, é assim que uma mulher do pampa espera pelo seu homem. Que nenhuma tempestade a derrube, que nenhum vento a vergue, o seu homem haverá de necessitar de uma sombra quando voltar para a casa, se voltar para casa... Minha avó Perpétua dizia isso, disse-nos isso muitas vezes ao contar das guerras que meu avô lutara. É a voz dela agora que ecoa nos meus ouvidos.

E lá fora os grilos cantam.

Deve ser bem tarde.

Manuela

1836

Minha querida Caetana,

Muito sofri quando o dia 31 de dezembro nos pegou separados, eu tão longe de vosmecê e dos nossos filhos, a família apartada, brindando a chegada deste misterioso ano de 1836 sabe-se lá com que apreensões na alma. Pensei em usted, nas irmãs e nas meninas, todas reunidas na estância, e espero que, mesmo sem nós, tenham feito lauta ceia e brindado para que a sorte nos acompanhe nesta jornada. Pensei em Joaquim, Bento e Caetano, no Rio de Janeiro, os três solitos, quando sempre nos reunimos em mesa farta, os irmãos, cunhados e primos, para a noite de fim de ano. Porém, minha Caetana, em tudo este ano de 1836 parece ser diverso dos outros, e não o reconheço sem uma certa agonia.

Aqui em Porto Alegre as coisas precipitam-se dia a dia, e a cada novo momento parece mais remota a possibilidade da paz. É por isso que, em vez de tomar do cavalo e ir ver-te como eu gostaria, apenas le envio esta carta, escrita às pressas, à luz do candelabro, nesta modorrenta madrugada de janeiro. Faz muito pouco, o conde, sempre cortês e gentil nos seus modos e sentimentos, deixou cá comigo uma poesia que copiou de próprio punho, para que eu a envie junto com esta. Assim é que Tito manda as suas lembranças, minha Caetana.

No início deste janeiro, após muitas confusões ocorridas nas reuniões da Assembléia, o presidente interino desta província, o deputado Marciano Ribeiro, enviou ofício a Araújo Ribeiro, convocando-o a comparecer à Assembléia Legislativa para que tome posse do cargo que é seu. Pois, dias mais tarde, chega-nos a notícia de que o tal Araújo Ribeiro tomara posse em Rio Grande, um insulto que não se pode engolir. E mais, minha cara, sendo que estas são as primeiras coisas que sucederam neste ano, mas não ainda as piores. Meu tocaio, o infame Bento Manuel, finalmente mostrou suas garras: reúne tropas em São Gabriel, para pelejar em nome do imperador, e diz que só obedece às ordens do presidente nomeado pela Corte.

Estamos todos à espera dos fatos, que certamente vêm por aí. Já começamos a tomar medidas e a fazer reuniões de comando, para o caso de a guerra realmente acontecer. Decidimos, no entanto, não tomar quaisquer atitudes até a data de 15 de fevereiro, quando então, caso Araújo Ribeiro não volte atrás em seus hediondos atos, começaremos uma guerra em nome desta província e da sua mui honrada gente. Os homens aqui dizem que a guerra tem data certa. Onofre está ansioso por batalhas. Não posso me esquivar a esse fato, no entanto, meu temperamento comedido me faz esperar sem sobressaltos nem vãos anseios. Dentro de um mês saberemos o rumo que tudo isso há de tomar.

Cara Caetana, sei que estas notícias que ora le dou hão de deixar inquieta a sua alma. Peço que tenha calma e que rezes por esta terra. É sua a missão de informar esses fatos às outras da casa, mas que não se assustem, nem temam. Os outros estão todos bem, ainda há pouco comemos juntos um gordo churrasco.

E outra coisa, trate junto com Antônia da venda de uma ponta de gado e envie parte desse dinheiro aos meninos, no Rio. Caso seja necessário, quero que eles estejam preparados para voltar ao Rio Grande.

Fique com meu carinho e meu amor,

Bento Gonçalves da Silva
Porto Alegre, 20 de janeiro de 1836

O fim daquele mês de janeiro demorou muito para gastar-se, escorrendo em dias azuis de calor intenso, nos quais o céu mostrava-se impávido, sem nuvens que trouxessem um refresco ou a promessa de chuva. Os primeiros dias de fevereiro vieram carregados de nuvens negras, baixas, o campo perdia-se em nebulosidades ao anoitecer, e uma inquietude ainda maior assolou as mulheres da Estância. A carta de Bento Gonçalves espalhara entre elas uma angústia muda e crescente. Quiseram rever os dias de sol, quando ainda havia a graça dos banhos na sanga, dos passeios de barco com D. Antônia pelas margens do Rio Camaquã, do suco fresco e espumoso que sorviam em grandes goles quando chegavam das cavalgadas, a pele úmida de suor.

Com o tempo feio de fevereiro, um calor ainda mais pegajoso agarrou-se em tudo. As crianças choravam pelos cantos por qualquer coisa. D. Ana tocava longas horas ao piano para espantar os silêncios cheios de sussurros dos entardeceres sem sol. A negra Xica ficou dias sem leite, mas logo depois, com os cuidados e as simpatias feitas por D. Ana, voltou intacto o seu manancial, e a vozinha chorosa de Ana Joaquina aquietou-se, afogada naquele líquido branco e espumoso que a deleitava e apaziguava.

Marco Antônio e Leão fugiram numa manhã tempestuosa, porque na noite anterior tinham decidido ir em busca do pai e unir-se às suas tropas ainda antes da falada guerra. Não queriam mais restar naquela casa com tantas mulheres medrosas, vendo a mãe rezar horas e horas para a Virgem, pedindo vitórias e zelos, quando tudo o que o general Bento, o grande e forte guerreiro e pai, necessitava eram mais espadas para atacar os imperiais.

Era ainda muito manhãzinha quando os dois escorregaram da cama e vestiram sobre os pijamas um agasalho qualquer. Leão, por ser um ano mais velho, ordenando o silêncio e o cuidado, com medo de que uma das negras que dormia no quarto ao lado fosse alertada pelos ruídos. Deslizaram pelos corredores ensombreados e atravessaram a cozinha na exata hora em que D. Rosa saía do seu quarto, mas não a tempo de ver os dois fujões, que ganharam o pátio correndo e conseguiram driblar a atenção do negro Zé Pedra, que estava sentado num tronco, muito silencioso, esperando o dia raiar para começar o trabalho.

Sumiram no capão. Levaram consigo um pequeno farnel com os restos do lanche da tarde anterior: um pedaço de pão sovado e duas laranjas. Logo, Marco Antônio começou a reclamar de fome, e Leão, no alto dos seus 11 anos, proclamou contrariado:

– Um bom soldado não reclama de nada! Tome aí esta laranja.

Vendo o irmão menor chupar com gosto a fruta, achou que não havia mal nenhum em se servir também, e foi assim que a tempestade os apanhou: chupando laranjas agachados num canto qualquer.

A água rapidamente começou a formar poças no chão. Os meninos avançavam com dificuldade, pois chovia muito, um manto de água derramava-se do céu, promessa de tantos dias de nuvens negras. Marquito, era assim que Bento o chamava, quis voltar para a casa.

– Podemos procurar os exércitos do pai amanhã – argumentou, parado no lamaçal, os cabelos pretos escorridos de chuva. – Hoje ainda não é o tal dia 15, Leão... Vamos amanhã, quando estiar...

Leão achou alguma lógica no pedido do outro, mas como não podia mais recordar para que lado ficava a casa, e não queria dizer ao irmão desse seu esquecimento, respondeu apenas:

– Eu sou o coronel, Marquito. Vosmecê é apenas um tenente. Eu é que mando, e nós vamos prosseguir. O pai está esperando por nós em algum lugar aí na frente. Vamos!

E os dois foram.

Viriata foi acordar os dois meninos lá pelo meio da manhã, quando as mulheres já tinham tomado o café e estavam na sala, olhando a chuva que caía lá fora. Não estranhou ao ver as camas vazias, decerto que tinham ido para outra peça brincar, ou estavam lá para os fundos, incomodando as negras na cozinha. Gastou uns 15 minutos procurando os dois por toda parte, nas despensas de compotas, no quarto das meninas, na biblioteca, no quintal e até no curral. Quando entrou na sala e postou-se à frente de Caetana, estava pálida como quem tinha visto alma penada.

– Os menino sumiram – foi o que disse, sem delongas.

D. Ana ergueu-se de um salto e pôs a mão no ombro da cunhada.

– Sumiram como, Viriata? – A voz de Caetana tremia levemente.

– Devem estar por aí, brincando na chuva. Esses meninos têm muita energia... Eu sei, criei dois moleques – interveio D. Ana. – Esteja calma, cunhada. Vou agora mesmo mandar Zé Pedra buscar esses dois aí fora. Vão voltar uns pintos molhados – e saiu para os lados da cozinha.

Zé Pedra e um vaqueano saíram em busca dos meninos. Saíram rindo. Em dias de chuva, era aquilo: viravam de tudo, até babás de guri fujão. A cavalo, percorreram boa parte da estância, foram até a beira do rio, adentraram um tanto no capão. Na sanga, nem sinal dos meninos. Zé Pedra teve a idéia de ir falar com a sinhá Antônia, os guris podiam andar por lá. Mas na Estância do Brejo ninguém tinha visto os filhos de Bento Gonçalves, por ali não tinham passado.

D. Antônia ficou preocupada, mandou aprontar a charrete para ir até a casa da irmã.

Zé Pedra, o vaqueano, D. Antônia e o negrinho que a levava chegaram à Barra à uma hora da tarde. As mulheres tinham acabado o almoço, carreteiro de charque, menos Caetana, que a estas alturas estava tomada de nervosismo e não conseguira levar o garfo à boca. Continuava chovendo muito.

– Nós olhamos em quase tudo o que foi canto, até pros lados do capão, mas os guris não estavam – contou Zé Pedra, molhado de chuva, chapéu na mão.

D. Ana começou a ficar nervosa. Não bastavam os tantos medos que já tinham, os maridos, os filhos, todos preparando-se para aquela guerra, uma guerra contra o Império, agora acontecia de os meninos tomarem sumiço, e num dia terrível daqueles. Caetana chorava no sofá, amparada por Maria Manuela e por Perpétua. As outras estavam caladas, olhos de angústia. Manuela queria sair a cavalo, em busca dos primos.

– Nada disso – respondeu D. Antônia. – Vamos mandar Manuel e os homens darem revista em tudo quanto for canto. Lá no Brejo, mandei o capataz fazer o mesmo. Ele reuniu uns dez peões e estão procurando Leão e Marquito. Nós vamos esperar aqui, e manter a calma. – Chamou D. Rosa e disse: – Faz um chá de camomila para todas, e tome uma xícara também. A tarde vai ser longa.

As horas vespertinas pareceram se arrastar, prolongadas ao máximo pela chuva que tamborilava no telhado e ia encharcando a varanda, formando grandes poças no jardim, afogando as flores de que D. Ana mais gostava. As quatro moças liam, de cabeça baixa, cada uma compenetrada no seu romance como se fora das páginas estivesse um abismo de breu – se os primos não aparecessem, o que aconteceria? De quando em quando, uma delas erguia os olhos para a rua. O tempo parecia cristalizar-se, a tarde era um sem-fim daquela mesma luz opaca, daquele céu gris que pairava tão baixo, quase tocando a copa do umbu que ficava em frente à casa. A chuva espantara os pássaros, e um silêncio pegajoso derramava-se sobre tudo.

Maria Manuela, D. Ana e D. Antônia bordavam; Caetana estava à janela; os olhos verdes, perdidos na umidade da rua, estavam úmidos também. De quando em quando, ia ao quarto ver como andavam as meninas: com o sumiço dos dois filhos, o amor pelas pequenas pareceu-lhe que se multiplicava, via nelas belezas novas, era como se tivessem desabrochado no espaço daquele dia para ocupar-se da angústia que a assolava. Teve saudades de Bento e sentiu raiva da guerra, que a privava da sua presença e força. Bento já teria achado os filhos, sim, ela tinha certeza.

A tarde, tendo findado tão lentamente, trouxe alento ao anoitecer. A chuva estiou, era agora apenas uma bruma espessa que se grudava em tudo e roubava os contornos das coisas. As moças foram para os quartos, tomar o banho, trocar de roupa para o jantar. D. Ana fazia questão de que tudo seguisse seu ritmo normal. "Quando se perde o tino de uma casa, nada mais está sob controle no mundo", dizia sempre, e repetiu isso, quando mandou as sobrinhas irem preparar-se para a ceia.

Rosário ainda ficou um tanto de tempo fechada no escritório, aqueles momentos mágicos que davam certa razão aos seus dias, mas naquele anoitecer o encontro com o jovem oficial não teve o mesmo gosto das outras vezes. Pensava nos primos, na umidade lá de fora, pensava nas cobras, nos bichos perigosos, nas sombras noturnas. O uruguaio parecia mais difuso, era como se a chuva lhe tivesse roubado o viço das cores, e seus olhos verdes tinham um brilho nebuloso, de céu encoberto. Um riso úmido escorria-lhe pelo rosto muito pálido.

– Vosmecê está indo embora, Steban? – preocupou-se. Será que sumiria até a completa desaparição, deixando-a ali, à mercê daqueles dias intermináveis? – Vosmecê não quer mais vir ver-me?

– No es nada de esto, mi querida. – Sua boca moveu-se lentamente, como num sonho. – La lluvia me deja así. – No entanto, sabia que a angústia no rosto bonito da moça tinha outra razão. – No estés preocupada. Los hijos del coronel aparecen hoy, yo los vi.

Depois soprou-lhe um beijo que foi rolando pelo ar até tocar seu colo como uma coisa viva. Rosário permaneceu quieta, emocionada com aquele gesto, com o frescor do beijo que ela podia sentir entre as rendas do decote. E Steban foi desaparecendo lentamente, era como se mergulhasse para dentro da estante, desfazendo-se entre os livros como uma nuvem que já derramou toda a sua chuva.

Por fim, Rosário ficou sozinha. Quando deixava o escritório, as mãos tocando o colo onde ainda podia sentir a morneza daquele carinho, cruzou com Mariana, que vinha vestida e penteada.

– Os meninos já apareceram? – perguntou.

Mariana fez uma cara amuada.

– Ainda não – disse. – Caetana está chorando no quarto, a mãe foi lá ter com ela. Estou indo pedir que Beata lhe traga um chá com bastante açúcar, quem sabe a pobre se acalma...

– Esteja tranqüila, Mariana. Eles aparecem ainda hoje – falou Rosário, com uma certeza que espantou a irmã. E depois disso, levemente envergonhada, correu para o quarto a fim de fazer sua toalete.

Mariana deu de ombros: Rosário andava esquisita ultimamente.

Zé Pedra, Manuel e os outros peões voltaram para a estância às oito horas sem notícias dos meninos. D. Ana cogitava se era certo enviar por um dos homens uma carta a Bento, alertando-o sobre o desaparecimento dos filhos.

– Esperamos até as dez – disse D. Antônia, decidida. – Se não aparecerem, mandamos Zé Pedra com o bilhete. Por enquanto, deixemos Bento com as dores de cabeça que já tem. – E depois, com voz morna, ajuntou: – Meus homens ainda não chegaram, quem sabe encontram esses dois guris.

Manuela andava por ali, olhando tudo com seus vagos olhos verdes. A noite escura e úmida a oprimia. O pequeno Regente estava encolhido em seu colo.

– Largue desse bicho, menina – ordenou D. Ana. – Agora é hora da comida. E não gosto de bichos dentro de casa. Além do mais, esse aí está cheirando a mofo.

Manuela não retrucou a tia. Ela tinha os olhos de Bento Gonçalves, olhos que não gostavam de ser contrariados. Cearam num silêncio tristonho. Caetana ficou em seu quarto, sendo cuidada por Zefina. A luz dos candelabros parecia ainda mais lúgubre. D. Ana tinha o rosto sisudo, estava rabugenta, era o seu modo de esconder a angústia. Reclamou com as negras, achou a carne dura, a abóbora salgada demais.

– Leve esta abóbora para a cozinha, Beata! E me traga algo que se possa comer... Senão, le sento logo uma surra, que estou pelas ventas.

Beata saiu correndo com a travessa. Quando findava a refeição foi que Neco e Miro Souza chegaram. Vinham empapados de chuva e com as botas cobertas de lama. Mas traziam os dois meninos. Miro Souza, o capataz de D. Antônia, trazia Marquito no colo, desmaiado. Leão vinha cabisbaixo, de mãos dadas com Neco, fungando e chorando baixinho. Sua estréia como coronel fora um fiasco: o tenente caíra numa vala e lá ficara, esparramado, enquanto a chuva derramava-se sobre tudo. Tentara salvá-lo, mas não tinha jeito: a vala era muito funda. Estava já anoitecendo, o pão que tinham levado desmanchara-se sob a chuva, Marco Antônio já cessara de chorar havia muito quando os dois peões os encontraram. Leão ficara feliz como se tivesse vencido a guerra. Mas agora, chegando em casa e antevendo o castigo que receberia, já estava triste. A expedição tinha sido um fracasso.

Foi um alarido. Caetana beijava os dois filhos, acalentava-os, rezava agradecimentos. Mandou Perpétua acender duas velas para a Virgem, tinha prometido. D. Ana examinou os meninos. Leão estava bem, teria uma boa gripe, tomaria uns chás, ficaria uns dias de cama.

– Só não le sento a mão, menino, porque vosmecê está mais molhado do que um pinto – ralhou D. Ana, os olhos fuzilando. – Queria o quê? Matar sua mãe de susto? Já não basta essa guerra nos rondando? Vosmecê sabe que dia horrível tivemos aqui?

– Eu queria ir com meu pai – respondeu Leão, de olhos baixos.

Zefina levou-o para um banho quente. D. Antônia examinou Marco Antônio. A testa ardia em febre, e ele dizia coisas incompreensíveis.

– O que tem? Delira? – As lágrimas escorriam pelo rosto bonito de Caetana. – Será que quebrou alguma coisa? Será que chamamos Bento?

D. Antônia apalpou o menino como fazia com as reses, de olhos fechados, para sentir bem os ossos. A voz estava calma quando ela respondeu:

– Ele está com bastante febre. Apanhou muita chuva... E acho que quebrou uma costela ou duas. Amanhã chamamos o doutor. Por hoje, vamos aplicar-lhe umas compressas para baixar essa febre. E vamos enfaixá-lo no peito. Dessa ele se safou, Caetana.

No dia seguinte, um médico das redondezas veio ver o filho de Bento Gonçalves e diagnosticou uma pneumonia e duas costelas quebradas. Marco Antônio passou o restante do verão convalescendo. E quando veio a notícia da guerra, ainda estava na cama, com tosse e febre alta. Não sonhava mais em juntar-se ao pai, agora tinha medo do escuro e até da chuva. Leão perdera seu único tenente.

Caro Bento,
Parece que seus filhos resolveram quebrar a monotonia dos dias desta fazenda; ambos fugiram de casa numa manhã chuvosa deste fevereiro, com o intuito de se juntarem às tropas em Porto Alegre, e só foram encontrados à noite. Mandamos revirar a estância e também os arredores, trabalho que os peões realizaram com carinho e dedicação, mas mesmo com esse esforço nada encontraram. Eu já desesperava. Estive no quarto dos dois e mexi em suas roupas, chorando uma saudade que era misto de medo. Cheguei a pensar que Bento Manuel os tinha capturado para insultar vosmecê, mas logo desisti disso, por ter visto quanto havia de fantasioso nessa versão.

Vosmecê sabe bem quanto eu sofro, todos os dias, quando penso nas batalhas que le esperam, quando penso que desafiou um império inteiro... Imagine o que sobrou de minha alma depois da artimanha que seus filhos aprontaram. Preciso, enfim, dizer-lhe que Marco Antônio agora convalesce de uma pneumonia e fraturou duas costelas. Leão apenas pegou uma gripe e recebeu de mim severo castigo, pois foi o responsável pela funesta aventura. Quando ralhei com ele, me disse apenas: "Mala suerte, mamãe." Estava tão decidido, que vi nele a sua têmpera. Decerto é mais um que sonha com pelejas. E está cada dia mais parecido com usted; até o olhar firme, ardente, é o mesmo que o seu, Bento.

Hoje, esposo, é dia 10 de fevereiro. Faltam cinco dias para o prazo que ustedes aguardam, e me pergunto se esta guerra é mesmo inevitável. Aqui na estância, comungamos todas da mesma espera e da mesma angústia. E há um clima de ansiedade no ar. Todos os dias, acendo uma vela para a Virgem... Alguns peões já dizem às claras que, se a guerra estourar, juntar-se-ão aos seus efetivos. D. Ana vendeu algum gado, a fim de estar preparada para alguma situação de emergência. Quanto a mim, já remeti a Joaquim o dinheiro que vosmecê solicitou. Ele me enviou carta dizendo que na Corte muito se fala da guerra que está por estourar aqui na província, e que Bento e Caetano desejam regressar brevemente. Joaquim manda-lhe carinhos e respeitos, e deseja que Deus Nosso Senhor cavalgue ao seu lado. Disse também haver le enviado uma longa missiva, mas como vosmecê nada contou sobre ela, penso deve ter-se perdido por esses caminhos tortuosos.

Esta carta, caro esposo, que agora escrevo às pressas, segue junto com Manuel, que está de partida para Porto Alegre a fim de realizar vários serviços e de comprar alguns mantimentos que já nos faltam. Espero de todo o coração que estas linhas le encontrem, que vosmecê esteja são e forte, e que me envie resposta o mais breve possível. Como vosmecê sabe, neste ermo são poucas ou raras as notícias que nos chegam. Fique com Deus.

Com todo o meu afeto,
sua Caetana

Estância da Barra, 10 de fevereiro de 1836

O dia 15 de fevereiro finalmente chega, sob um sol abrasador que se derrama sem descanso sobre toda a província. O prazo que Bento Gonçalves e seus oficiais estipularam está esgotado. Bento, da janela do palácio, olha as ruas desertas e ardentes. Seus olhos têm um brilho estranho, negro.

José de Araújo Ribeiro não foi à Capital para ser empossado pela Assembléia Legislativa, e não reconhece o novo governo. A guerra começa no pampa. Na cidade de Porto Alegre, os revolucionários empossam o deputado Américo Cabral como novo presidente de São Pedro do Rio Grande.

Os portões de Porto Alegre receberam patrulha redobrada na noite do dia 15 de fevereiro, e os sitiantes começaram a construir trincheiras para a defesa da cidade ocupada. Durante o dia inteiro, não se vê ninguém nas ruas, e em tudo grassava apenas o calor hediondo e a poeira vermelha que subia do chão. Um medo pegajoso grudava-se nas casas fechadas, nas gentes quietas que esperavam o primeiro ribombar dos trovões. A madrugada foi ventosa e assustada. Começou a vigorar severo toque de recolher, muitos habitantes da Capital resolveram fugir e abrigar-se com parentes no interior, onde se sentiriam mais seguros.

No dia 16 de fevereiro, o coronel Bento Gonçalves resolve partir com suas tropas para o sul da província. De lá, envia o capitão Teixeira Nunes com ofício intimando Araújo Ribeiro a abandonar o Rio Grande imediatamente. Teixeira Nunes parte sob um céu nublado e tenso, cinzento. Vão com ele mais três soldados de confiança. Estão assando um churrasco no acampamento, e o cheiro da carne gorda se espalha por tudo.

Disso, passam-se dois dias. No segundo dia, cai por muitas horas uma chuva fina e quieta.

Na manhã do terceiro dia, Bento tomava o mate, quando viu o ginete de Teixeira se aproximando a galope do acampamento. Vinha solito. Teixeira Nunes desmonta e vai falar com o coronel. Tem o rosto cansado e a barba por fazer. Conta que encontrara o Dr. Araújo Ribeiro acompanhado do brigadeiro Miranda e Brito, comandante das tropas enviadas pelo Regente. Mesmo sendo um mensageiro, fora aprisionado juntamente com os outros. Por fim, Araújo mandou-o embora com um documento, para que o entregasse nas mãos mesmas de Bento Gonçalves, chefe dos revolucionários.

– Os outros ficaram presos – termina Teixeira Nunes, os olhos negros ardendo de raiva. – Mas voltarei para libertá-los.

O coronel Bento Gonçalves entrega a cuia para João Congo, e recebe o documento das mãos crispadas do capitão. Abre o lacre quase com fúria e lê o seu conteúdo rapidamente. Manda reunir seus homens. São quatrocentos soldados munidos de cavalos, armas e uma boca de fogo. Algumas mulheres e crianças acompanham-nos, e também achegam-se, acanhadas, para ouvir as notícias. Bento Gonçalves passa lentamente os olhos pelos rostos daqueles homens morenos, decididos, ansiosos. E então, sorvendo grande quantidade de ar, lê em voz alta o documento que acabou de receber. Um súbito silêncio instala-se entre a tropa. Araújo Ribeiro declarava oficialmente a guerra contra os revoltosos que haviam tomado a cidade de Porto Alegre.

– Por causa desta guerra, derramaremos o sangue dos nossos irmãos. – A voz de Bento Gonçalves ecoou pelo campo e bateu asas como um pássaro, alçando-se para o céu azul. Tinha tanta força que parecia entrar pelos poros de todos ali reunidos. – Que Deus nos perdoe, mas haveremos de lutar contra esses tiranos como se cada um de nós houvesse quatro corpos para defender a pátria e quatro almas para amá-la.

Os homens soltaram urras e tiros para o alto. O passaredo saiu em revoada. O capitão Teixeira Nunes tinha um brilho de lágrimas nos olhos.

BENTO GONÇALVES, Antônio de Souza Netto, João Manuel de Lima e Silva, Onofre Pires da Silveira Canto, Joaquim Pedro, Lucas de Oliveira, Corte Real e Vasconcellos Jardim começam a organizar as tropas e a angariar fundos e soldados para a guerra. De estância em estância, de cidade em cidade, os coronéis, majores e capitães do exército revolucionário tentam aumentar seus efetivos. Em algumas cidades, conseguem reunir trezentos, quatrocentos homens; em outras, ninguém se alista. Bento Manuel e outros comandantes imperiais fazem a mesma coisa, libertando presos das cadeias e obrigando-os a se alistar, e levando das fazendas, cujos donos são imperiais, os peões mais capacitados. A província de São Pedro do Rio Grande divide-se, de um momento para o outro, em imperais e revolucionários.

A notícia da guerra chegou à Estância da Barra na noite do dia 26 de fevereiro. As mulheres haviam acabado a ceia, estando assim reunidas na varanda, aproveitando a noite estrelada e fresca, quando Zé Pedra, pedindo licença e sempre com os olhos fitos no chão, aprochegou-se por ali.

– Me adesculpe, D. Ana, mas é que seu Manuel chegou agorinha mesmo de viagem. Tá lá nos fundo, descarregando as compra, e mandou le dizer que tem notícia.

– Manda ele aqui, Zé. – A voz de D. Ana tremia levemente. – Rápido!

O negro sumiu sem ruído, misturando-se com a escuridão da noite. Na varanda, fazia um silêncio inquieto, e só se ouvia o tilintar das agulhas de tricô de Maria Manuela. Caetana segurava Ana Joaquina no colo, a menina começou a choramingar. Chamou Xica e entregou-lhe a filha:

– Leve-a lá para o quarto – disse, inquieta.

Manuela, da sua cadeira, olhava os rostos das tias e da mãe. Sabia o que iriam ouvir, sempre soubera, desde aquela noite... Nunca mais tinha visto a estrela de fogo no céu, mas não pudera esquecê-la. E nem seu rastro, seu rastro de sangue.

Manuel chegou afobado. Contou que a viagem fora boa, que trazia consigo todos os mantimentos necessários e mais 15 quilos de açúcar que comprara por bom preço perto de Guaíba. Na volta, porém, tivera de se esquivar de umas tropas que iam marchando para Porto Alegre. Tropas imperiais. Tinham arrebanhado um cavalo. Confiscaram simplesmente, disse. No caminho, também encontrara um piquete de rebeldes.

– Eram uns cinqüenta, sessenta. Estavam buscando homens para lutar. – Olhou para Maria Manuela. – O menino Antônio estava entre eles. Mandou lembranças para a senhora sua mãe, para as tias, primas e manas. – As sete mulheres tinham os olhos fitos na figura atarracada de Manuel. – Mandou avisar também que a guerra começou. E é coisa séria... Parece que já vieram do Rio umas tropas, uns quinhentos homens, e munição. – E acrescentou, por conta própria: – Les digo que agora a coisa vai pegar.

D. Ana fez o sinal-da-cruz. Maria Manuela perguntou se o filho estava bem. Bueno, no más, respondeu o homem. Estava de uniforme, muito garboso. Maria Manuela abriu um sorriso de orgulho, depois suspirou profundamente. Era uma tola, pensou.

– Vosmecê entregou minha carta ao Bento? – Caetana tinha a voz morna, expectante.

– Para ele em pessoa, não senhora... Estava fora quando passei por lá no tal de palácio. Deixei a carta com o conde italiano. E as outras, do seu Paulo Santos e do seu Ferreira, o conde também arrebanhou. Prometeu que entregava para eles depois. Estava todo mundo fora, numa tal de assembléia.

– O conde é um cavalheiro – disse D. Ana. – As cartas ficaram em boas mãos. Pode ir agora, Manuel. Vosmecê deve estar ansioso para ver sua mulher e seu filho... Vá, homem. E não se preocupe com o cavalo que levaram. Ainda temos muitos outros.

Caetana esperou o capataz desaparecer. Lágrimas mornas começaram a rolar por seu rosto, tornando ainda mais ardentes os olhos verdes. Ela pegou do lenço de seda e começou a enxugá-las. D. Ana estendeu o braço e fez um agrado discreto. Também ela tinha os olhos úmidos.

– Todas nós queremos chorar, Caetana. Não se envergonhe.

Caetana sorriu tristemente.

– É que tenho uma coisa aqui no peito – tocou no seio esquerdo – que dói muito... Um pressentimento, talvez. Mas está tudo bien, tudo ficará bien... É que ando nervosa, é isso...

Manuela ergueu-se e saiu correndo para o quarto, segurando os soluços com toda a força de sua alma. Já no corredor, mal distinguia o caminho por causa do embaralhado das lágrimas. Entrou no quarto e jogou-se na cama, desatando imediatamente num choro convulso. Sabia que nenhuma delas viria procurá-la, não ainda.

Na varanda, com voz fraca, Mariana perguntou à mãe:

– Quanto tempo durará essa guerra?

Maria Manuela deu de ombros.

– Nem Deus lo sabe, minha filha. Nem Deus...

E, do seu canto, D. Ana lembrou:

– É preciso que avisemos Antônia. Mas não hoje, que le roubaremos o sono em vão. Amanhã cedo, mando Zé Pedra até o Brejo. – Ergueu-se com certo custo, ela que era tão lépida e miúda. – Boa noite, durmam com a Virgem. Vou para meu quarto, escrever um bilhete para Antônia. – Parou um instante, à porta, e olhou as parentas. – Amanhã, à luz do sol, as coisas hão de parecer melhores, les garanto. Boa noite.

Cadernos de Manuela

Estância da Barra, 23 de abril de 1836

Os dias que se seguiram à notícia da guerra foram repletos de boatos e de angústias. Andávamos todas sobressaltadas, olhando o horizonte, como se dele viessem os socorros para nossos medos. Mas nada vinha, a não ser as chuvas que traziam o fim do verão, e um silêncio que pesava nossas noites, e que D. Ana se esforçava para quebrar, tocando o piano por muitas horas.

Ficamos sabendo de batalhas travadas no passo do Lajeado, entre as tropas de João Manoel de Lima e Silva e as de Bento Manuel, o traidor e tocaio de meu tio. As notícias diziam também que os rebeldes estavam em maioria e que tinham causado grandes baixas nas tropas imperiais. Comemoramos com um assado, e D. Ana mandou que as negras fizessem uma panelada de doce de goiaba.

Mas também nos chegavam notícias tristes... Vinham da boca dos homens que passavam pela estância, a caminho de se alistar no exército de Bento Gonçalves. As notícias voavam como o vento daquele fim de verão, um verão já úmido, de chuvas pesadas que deixavam o céu cinzento por muitas horas. Ficamos sabendo que um marinheiro rebelde, chamado Tobias da Silva, não querendo se render aos imperiais que o haviam cercado, explodira seu navio, estando a bordo ele, 18 tripulantes, mais 15 cavalarianos, a mulher e dois filhinhos pequenos. Foi um peão do Brejo quem nos narrou o acontecido, e no fim seus olhos ficaram úmidos de lágrimas. Vi D. Ana chorar na nossa frente, um choro contido e silencioso que convulsionou seus olhos negros, e tive medo, tive muito medo...

Nesse dia, minha mãe não apareceu para o jantar, alegando forte dor de cabeça. D. Ana mandou que as negras lhe levassem comida no quarto, mas o prato voltou intacto. Sei que minha mãe pensava em Antônio e no pai. Queria-os conosco. Que lhe importavam, afinal, o preço do charque, os sonhos de um governo próprio, até aquela confusa história de república, quando tudo o que almejava era a companhia do filho mais velho e do marido? Pobre minha mãe, teve sempre os nervos mais fracos... A longa guerra, que nesse tempo apenas insinuava suas sombras entre nós, estragou-lhe o espírito e incapacitou-a para o restante da vida... Mas, naquele tempo, Maria Manuela ainda tinha algumas esperanças. O altar da Virgem estava sempre aceso das velas que minha mãe e Caetana ali depositavam para acalmar seus medos ardentes. Minha mãe tentava ser como suas irmãs, mas não conseguia, não tinha a mesma força...

O filho de Manuel partiu em princípios de março para unir-se a uma tropa rebelde que passava ao norte. Ficamos todas na varanda, vendo-o partir em seu baio, ereto e solene como quem fazia uma coisa santa. Sua mãe chorava, no meio do campo, acenando com um lenço branco que parecia uma pomba desajeitada. Manuel nada disse, ficou calado vendo o filho ir embora. Se não fosse pelo muito que preza D. Ana, e pela obrigação que tem de zelar por nós, tenho certeza de que teria ido junto com o rapaz, passar sua espada pelo lombo dos malditos imperiais – como ele disse, mais tarde, para Leão, que, com seus 12 anos, já estava ansioso por se reunir ao pai.

Quando o filho de Manuel sumiu pela coxilha, D. Ana mandou que Rosa escolhesse um pote bem grande de pessegada e mandasse levar para D. Teresa.

— Nessas horas, um doce é bom para acalmar a alma — foi o que a tia disse.

Numa tarde de chuvas, já em meados de abril, quando o ar começa a esfriar lentamente, as noites já são quase frias, chegou na Estância um próprio. Tinha um lenço colorado amarrado na aba do chapéu. Foi recebido com festa e com agrados. Le serviram mate e bolo de milho. Era um homem duns trinta e tantos anos, olhos indiáticos, uma cicatriz rasgava-lhe a testa, funda, avermelhada. Trazia consigo uma carta de Bento Gonçalves, que entregou a Caetana assim que pôde. Pareceu tímido no meio de tantas senhoras importantes, mas logo, aquecido pelo mate, e de estômago cheio, contou-nos coisas do Rio Grande. Foi por ele que soubemos que o tenente-coronel Corte Real tinha sido capturado por Bento Manuel e agora estava preso lá pros lados do Caverá. Muito eu já tinha ouvido falar desse moço, José Afonso de Almeida Corte Real, dizem que é bonito, galante e muito inteligente. Pois a notícia da sua captura deixou-nos a todas tristes, principalmente a Mariana, que o vira num baile certa feita e nunca lhe esquecera a formosura.

Mas a carta de meu tio foi mais explicativa. Caetana leu-a para nós logo após a partida do soldado, que tinha de voltar para a sua tropa, e que foi levando na guaiaca um bom pedaço de bolo de milho. Meu tio nos contou que o tenente-coronel Corte Real empreendera manobra arriscada, inclusive desobedecendo ordens superiores, e atacara as forças de Bento Manuel com seus homens, que eram em menor número e menos preparados. Bento Gonçalves tentara perseguir o traidor e libertar seu oficial, mas o facínora se refugiara na Serra do Caverá, ficando atocaiado lá em cima, e negando-se à luta. Esperaram por muitos dias, até que a inquietude da tropa o fez desistir do cerco. As forças rebeldes estão em plena luta, conta o coronel, com sua letra dura e bem-feita, mas pequenas escaramuças e desordens atrapalham as manobras. Alguns soldados de Domingos Crescêncio atacaram e roubaram víveres de uma estância, e por isso houve um conselho de guerra. Eram quatro os infratores, e todos foram fuzilados como exemplo, na frente da tropa. "Foi um momento muito duro", escreveu meu tio, "mas é preciso que se mantenha uma disciplina rígida, senão os homens ficam incontroláveis". Mas também tiveram boas vitórias. O coronel Onofre Pires desbaratou um grupo de imperiais numa batalha vitoriosa, tendo feito duzentos e tantos prisioneiros, e trinta e poucos mortos.

Bento Gonçalves terminou sua missiva falando em saudades. E prometendo que, se tudo corresse bem, no inverno apareceria para estar na estância por uns bons dias, nos quais haveria de descansar de tantas batalhas e cavalgadas, e estar ao lado de sua esposa, filhos e parentas. Caetana terminou a leitura com a voz embargada...

Trinta e tantos mortos. Fiquei pensando nisso o resto da tarde. Mortos da nossa terra, que apenas estão do outro lado, que acreditam num sonho, ou lutam, por dinheiro ou glória, junto aos imperiais. Será que um deles, um que seja, foi nosso conhecido, freqüentou nossos saraus, esteve em nossa casa tomando um mate com meu pai, foi amigo de Antônio ou enamorado de uma das minhas irmãs? Não há como sabê-lo... Tenho medo do dia em que voltaremos para a nossa casa em Pelotas e contaremos os lugares vazios à nossa volta. Que Deus nos proteja a todos.

Estamos já em fins de abril. Os dias, pouco a pouco, se tornam mais curtos, e mais dourados, de uma beleza cálida, quase triste. Ou talvez sejam apenas os meus olhos.

Manuela

Perpétua estava recostada na cama, lendo um livro. Mas a leitura não lhe entrava pela cabeça. De quando em quando, levantava um dos olhos para espiar a prima. Andava achando Rosário tão estranha ultimamente... Não que fosse má companhia ou estivesse de humores ruins, pelo contrário, até andava mais feliz, até sorria mais, gostava de assuntos, dizia sempre que a guerra logo findaria. Antes, no começo, a prima andava azeda feito um limão, parecia contar as horas na estância, como se fosse prisioneira de cruel algoz, como se todas as outras não estivessem na mesma situação, naquela espera que tinha de ser vivida como férias.

Baixou o livro para o colo e pôs-se a fitar Rosário sem disfarces. A moça penteava as longas melenas douradas, escovava-as com zelo e cuidado. Bateram à porta. Era Viriata. A negra entrou meio de mansinho, olhou Rosário e quis saber:

– A sinhá deseja que le trance os cabelos?

A voz de Rosário foi quase doce:

– Tranças bem finas, por favor. Tranças grossas são deselegantes.

A negra avançou até o toucador, onde Rosário se olhava no espelho de cristal, e pôs-se a trabalhar com habilidade. Poucos minutos depois, Rosário de Paula Ferreira estava penteada. Viriata fez uma mesura esquisita e foi saindo, não sem antes dirigir-se a Perpétua:

– E a senhorinha, quer alguma coisa? De beber, de comer?

– Não, Viriata. Pode ir... – Quando a negra fechou a porta, não resistiu e perguntou: – Você vai sair, Rosário? Pôs um de seus melhores vestidos, está toda engalanada, parece que vai a uma festa...

Rosário fitou a prima com algum desdém. Sorriu e disse:

– Sair para onde, nesse descampado? Ora, Perpétua, estou apenas me arrumando um pouco, me arrumando para mim mesma... Uma moça não pode descuidar da vaidade, senão está perdida...

Perpétua tornou a pegar o livro do colo. Virando as páginas sem interesse, retrucou:

– A sua vaidade está intacta, Rosário. Sete meses aqui nem a arranharam.

Rosário deu uma última olhada no espelho. Ergueu-se, alisou as saias do vestido azul que usava e avisou que ia ao escritório, procurar um bom romance para a noite. Saiu de mansinho, pisando leve pelo corredor.

Depois que a prima deixou o quarto, Perpétua ficou pensativa.

Rosário entrou no escritório. Alguma escrava já tinha acendido o lampião. A luz tênue dançava na sala, e da janela ainda vinha a claridade dourada do entardecer. Rosário puxou um pouco as cortinas, sentou na poltrona de couro negro, com a qual já começara a criar uma certa relação. Quando pensava em Steban, era o cheiro daquele couro que lhe vinha às narinas. Steban não tinha odor de seu, mas que cheiro teriam os espectros? Rosário irritou-se com essa conjectura: Steban era um homem, nada mais, nada menos do que isso, um soldado valente e belo. E o amava. Viam-se em segredo, pois sim, mas dizer o quê às tias e à mãe? E Steban temia Bento Gonçalves, temia-o com todas as suas forças. Não, ele ainda não lhe havia contado a razão daquele pânico, mas logo haveria de dizer-lhe tudo. Estavam mui unidos. Quando o pai voltasse para buscá-las, aí sim, aí chamaria Steban para conhecê-lo e poderiam ter um namoro formal.

Fechou os olhos e chamou por ele. Eram tão unidos que na maioria das vezes ela nem precisava lhe falar, bastava um olhar, um sorriso. Steban a compreendia completamente. De olhos bem fechados, convidou-o a aparecer. Esperou alguns segundos, as pálpebras unidas com força, o coração inquieto. Da rua vinha a cantoria dos peões, frases perdidas, que o vento espalhava sem ordem. Testou a voz:

– Estoy aquí.

Abriu os olhos brilhantes de alegria. À sua frente, Steban sorria um riso cálido, sensual. Os olhos ardiam a velha febre, mas a ferida em sua testa hoje parecia seca, mal a velha bandagem avermelhava-se a um canto. Rosário sentiu um espasmo de felicidade.

– Vosmecê está se curando!

– Hay días buenos y días malos... – Rosário não lhe entendeu as palavras. – Hoy estoy bien... Solo de verla, ya mejoró.

– E eu, então? Tantos meses nesta estância, se não fosse vosmecê, o que seria de mim?

Ouviu um ruído vindo da rua. Ruído de folhas secas. Um dos cachorros devia estar passando por ali. Talvez fosse Regente, o cãozinho de Manuela. Aquele bicho estava sempre por perto, furtivo como a dona. Não se incomodou de ir até a janela e averiguar, estava por demais encantada com seu oficial. Achou que Steban escovara a farda.

– Vosmecê está muito elegante hoje, Steban...

O riso translúcido alargou-se no rosto do uruguaio.

– Es que vos estas demasiado bella.

Rosário enrubesceu.

– Estive pensando – emendou rapidamente, antes que perdesse a coragem. – Quando meu pai vier nos ver, acho que não demora, quero que vosmecê o conheça. Acho que é preciso...

Perpétua empertigou-se toda. A cortina estava quase cerrada, mas a luz do lampião que ardia dentro do escritório dava às coisas algum contorno. Ela pôde perceber que Rosário estava sentada na poltrona de couro. Ouviu sua voz, uma voz coquete, morna, que a prima raramente usava. Decerto, vira-a falar assim uma vez, com o conde Zambeccari. Mas Rosário charlava com quem? Forçou os olhos, tentando olhar dentro do escritório. Nada. Rosário estava sozinha. Notou que esperava alguns instantes, como atenta a qualquer resposta, depois tornava a falar. Ouviu o nome do tio, e ouviu Steban. Steban? Quem era esse Steban?

Encostou-se na parede externa, o coração batendo forte. Um vento frio vinha dos lados do Camaquã. Ela ficou ali por longos minutos, pensando. Ou Rosário estava ficando louca, ou escondia algum segredo. Deveria contar às outras o que vira? Ou esperaria mais algum tempo, até que descobrisse algo? Resolveu rumar para a varanda, contornando a casa. A escuridão descia rápido do céu.

Perpétua estava pálida quando chegou à sala. D. Ana bordava. Ergueu os olhos para a sobrinha, achou-a estranha.

– Vosmecê tem alguma coisa, menina?

Perpétua tomou um susto. Não tinha visto a tia.

– Eu? Nada, tia Ana... Estou com frio, somente isso. Vou lá para dentro, tomar um banho e me ajeitar.

– Então vá – disse D. Ana, arrematando um fio de lã. – E não me fique mais parada pelos cantos, com essa cara de assombração.

D. ANTÔNIA estava sentada à beira do fogo, mas as mãos crispadas no colo continuavam frias, gélidas. Uma negra achegou-se, perguntando se podia mandar servir o almoço.

– Não estou com fome agora, Tita. Se tiver, depois le digo.

A negra estranhou. D. Antônia era uma mulher de bons apetites.

No colo, a carta queimava. D. Antônia pensou em jogá-la ao fogo, em negar aquelas notícias, mas não era possível, não era. Bento fora muito claro: devia contar às outras o sucedido, devia, no más, tomar uma sege e rumar para a estância vizinha. Era bom que soubessem que os imperiais tinham retomado Porto Alegre, era bom que soubessem por ele, não por outro, por qualquer peão ou até por algum soldado imperial que por ali estivesse cruzando e se bajulando. Todo mundo comentava o acontecido naquela madrugada de 15 de junho. Fora muito fácil para os imperiais invadirem o quartel quase deserto. Depois tocaram o alarme. Na noite frígida, um a um, os soldados revolucionários foram chegando ao 8º quartel, um a um, foram sendo presos. Antes do amanhecer, os imperiais tinham já cem soldados sob seu jugo. Depois soltaram os presos do *Presiganga*. Porto Alegre fora dormir revolucionária e amanhecera imperial, tudo isso com uns poucos tiros. Uma coisa estúpida, um desleixo. Agora o marechal João de Deus Menna Barreto assumira o controle das tropas imperiais em Porto Alegre... A letra do coronel Bento tremia nesse ponto da narrativa. O irmão tinha lhe escrito uma carta curta, mui cheio de coisas devia estar seu pensamento, mas fora taxativo: estavam para retornar à cidade naqueles dias mesmo. Fariam o que fosse possível, e o impossível também, para reaver o controle da capital e do seu porto. Armavam terrível cerco, logo mandaria notícias outras, dessa vez favoráveis. "A guerra é feita dessas pequenas batalhas, Antônia... Tenha fé que darei ordem nesse desarranjo todo. E vosmecê fique com Deus. Dê os meus mais profundos carinhos para minha Caetana." Assim findava a pequena carta.

D. Antônia fez um esforço, dobrou o papel e guardou-o no bolsinho do vestido. Depois tocou a sineta. A negra Tita apareceu.

- Mande preparar a sege. Vou sair.
- Sem almoço, patroa? – a voz era espantada.
- Sem almoço, Tita. Agora vai, que estou com pressa.

Vestiu um agasalho quente. A sege esperava em frente à casa. Ela mandou o negrinho rumar para a estância de D. Ana. O sol invernal lutava para vencer as nuvens que cobriam o céu. O ar estava frio. Soprava um pouco de vento. D. Antônia acariciou a carta guardada no bolso.

No caminho, cruzaram com uma charrete e duas carroças repletas de bagagem. Um homem acenou. A sege diminuiu o ritmo, andando parelha com a charrete. O homem era um tipo moreno, de bigodes, alto, elegante. Com toda a educação, acenou para D. Antônia. Ao lado dele, uma moça de chapéu cinzento, rosto delicado e um tanto pálido, sorria.

- Muito boas tardes, senhora – a voz do homem era quente, agradável. – Me chamo Inácio José de Oliveira Guimarães, e esta é minha esposa, a senhora Teresa. – Ambas as mulheres fizeram um cumprimento leve de cabeça. O homem prosseguiu: – Desculpe interromper-lhe a viagem, mas saiba que sou muito devotado ao seu irmão, nosso coronel Bento Gonçalves. Estou aqui indo levar minha esposa para a fazenda de uma parenta, onde quero que fique por estes dias, até as coisas se acalmarem um pouquito... A senhora sabe, não se faz uma república sem barulho...

D. Antônia sorriu:

- Pois les desejo boa estada. Moro na Estância do Brejo, não sei se vosmecê sabe. Mas qualquer coisa que le faltar, estou às ordens. Amigo de Bento é meu amigo também, senhor.

- Muito le agradeço, senhora Antônia – e o homem sorriu um riso largo. A esposa acenou com a mãozinha enluvada.

A charrete tomou uma estradinha lateral. D. Antônia pensou na moça, mirrada, pálida. Não tinha muito boa saúde, decerto. Tomara que o inverno não le fosse mui penoso. Simpatizara deveras com o homem. Como se chamava mesmo? Inácio de Oliveira Guimarães. Quando escrevesse ao Bento, falaria no tal. Pensando em Bento, lembrou-se das notícias que tinha para dar.

– Toque mais rápido, José. Estou mui apressada.

O negrinho deu com o rebenque no lombo do cavalo. A sege aumentou seu ritmo outra vez. D. Antônia sentia frio. Nuvens escuras se acumulavam no céu. "Vamos ter minuano soprando", pensou.

AS NOTÍCIAS CAUSARAM TRISTEZA na Estância da Barra. D. Ana rezou muito naquela tardinha, fechada no quarto, pedindo por Paulo, José e Pedro. Se os rebeldes tinham perdido o controle de Porto Alegre, então travar-se-iam muitas batalhas, batalhas sangrentas e cruéis; tratava-se de um posto de mui importância tanto para imperiais quanto para revolucionários, pois, além de capital, a cidade de Porto Alegre era um porto, era uma saída lacustre das mais necessárias.

D. Ana pensou nas ruas de Porto Alegre, no calçamento de pedras, nas igrejas brancas, nos sobrados portugueses, nas carruagens que andavam de um lado a outro, levando as gentes... Sentiu saudades dos passeios que dera com o esposo por aquelas ruas, das lojas em que comprava seus panos e rendas de bilro, dos criados de libré que os atendiam, sempre prestativos. Como estaria Porto Alegre? Haveria barricadas nas ruas, gente fugindo à noite, sorrateiramente, soldados feridos pelas praças? Não sabia, perdida ali, naquele campo que tanto amava, mas que agora, assolado pelo inverno, cinzento, gélido, estava estreitando sua alma. Teve ganas de chorar... Uma única lágrima escorreu pelo seu rosto, abrindo um sulco de umidade na pele branca, ainda firme. Os olhos negros luziram.

D. Ana secou a lágrima rapidamente. Puxou a cortina de veludo e viu, da janela, o umbu parado sob o céu pesado, como um gigante adormecido. Não vou me abater. É preciso seguir a vida, ser firme. Paulo vem me ver ainda este mês...

De repente, teve certeza. Viu Paulo atravessando a fazenda, montando no cavalo negro, usando o dólmã e o chapéu colorado. O cheiro de tabaco que ele exalava chegou-lhe até as narinas, misturado com o aroma da colônia de limão, a predileta do marido. Sentiu um formigamento pelo corpo todo. Teve uma idéia súbita. Tocou a sineta chamando a escrava.

Milú apareceu um minuto depois, os cabelos de carapinha presos numa trança firme. D. Ana sorriu, um riso largo, quase feliz.

– Milú, me traga uns seis litros de leite lá do curral e leve lá para a cozinha. Vou fazer um doce.

Milú concordou e saiu pelo corredor, toda apressada. D. Ana levantou, puxou o postigo da janela. Iria fazer doce de leite, a sobremesa predileta do marido. Ouviu o uivo do vento que nascia lá fora, ainda leve, acossando sutilmente as árvores. Conhecia bem aquele ruído surdo. Teriam minuano pela frente. O vento da angústia... Pelo menos três dias soprando por tudo, incessante. E os rebeldes tentando retomar Porto Alegre...

– Vou fazer um doce bem douradinho, como o Paulo gosta...

D. Ana riu de estar falando sozinha. Lembrou de D. Perpétua, muito velha, andando pelos corredores, falando sozinha. Será que ficarei igual à mãe?

No dia 27 de junho daquele ano, os rebeldes, comandados por Bento Gonçalves, iniciaram o primeiro cerco a Porto Alegre. Estavam unidas as tropas do coronel Bento e do major João Manoel, formando um total de 1.500 soldados contra uma guarnição de poucas centenas de homens. Além disso, os imperiais não tinham qualquer perspectiva de socorro imediato, porque estavam cortadas as comunicações com o Rio Grande, e Bento Manuel e suas tropas encontravam-se mui longe, para os lados da fronteira.

Os rebeldes tinham quatro embarcações armadas em guerra, o brigue *Bento Gonçalves*, o patacho *Vinte de Setembro*, a escuna *Farroupilha* e o iate *Onofre*. O brigue e o patacho ficaram ao lado da Praia de Belas, para de lá fazerem fogo, a escuna *Farroupilha* e o iate *Onofre* foram postar-se do lado norte da cidade, no litoral do Caminho Novo.

Dentro da capital, Menna Barreto inspecionava a construção das trincheiras e dos muros de defesa, quase sem comer nem dormir, e do fosso de quatro metros de profundidade, repleto de ferros cortantes e madeiras afiadas, que devia acompanhar a linha de trincheiras. Em frente à Praça da Alfândega, ficavam as naus de defesa dos imperiais. Na cidade, os alimentos começavam a escassear, por causa da vigilância extrema dos sitiantes, e os poucos víveres disponíveis nos armazéns começaram a ser vendidos com até oitenta por cento de acréscimo.

No início da tarde daquele 27 de junho cinzento e tenso, depois de haver proseado longas horas com João Manoel a respeito das ações que deveriam ser tomadas contra a cidade de Porto Alegre, Bento Gonçalves retirou-se para a sua barraca e escreveu longo ofício ao marechal João de Deus Menna Barreto.

As mãos fortes seguravam a pena quase com ânsia, enquanto as palavras brotavam no papel, negras, lustrosas de tinta. Bento acabou a redação e pôs-se a ler o documento.

Tendo caído essa Capital em poder dos facciosos por meio da mais negra traição, e constando-me que V. Exa. se acha à frente das forças que a guarnecem, movido unicamente pelos desejos de poupar a efusão de sangue e de remover os males que podem sobrevir, sendo eu compelido a retomá-la por viva força, intimo-lhe que hoje mesmo, antes de se pôr o sol, deponham as armas as mencionadas forças. (...) Rendendo prontamente as armas, evite V. Exa. os imensos desastres que ameaçam já de perto essa Capital; pelos quais faço a V. Exa. e a todos os mais chefes da reação responsáveis perante o céu e o mundo.

Mandou que chamassem o conde à sua barraca. Zambeccari surgiu usando um pesado agasalho escuro, os olhos azuis brilhantes e inquietos, as mãos crispadas de frio. O coronel Bento Gonçalves estendeu-lhe a carta. O conde leu-a cuidadosamente, aprovando-a com um sinal de cabeça.

– Agora, Tito, mande um dos homens levá-la ao marechal.

O conde Zambeccari saiu da barraca com seus passos de bailarino, levando a carta no abrigo do bolso do dólmã. Começava a cair uma chuva fina.

Bento Gonçalves ficou olhando as mãos calejadas e frias. Sentia o peito apertado: atacar Porto Alegre, a cidade que tanto conhecia e estimava, era algo que não desejava nem de longe. Pensou nos muitos homens seus presos no *Presiganga* e temeu por eles.

Paulo da Silva Santos entrou na barraca, sacudindo a chuva das vestes.

– E então, Bento?

Os olhos negros de Bento Gonçalves pousaram na figura do marido de sua irmã Ana. Achou que os cabelos de Paulo começavam a branquear rapidamente.

– Então, meu amigo, que de hoje não passa.

Nenhum dos dois homens disse mais nada. Do lado de fora, vinham os ruídos do acampamento, o relinchar dos cavalos, a cantoria triste e lamuriosa de um soldado qualquer.

Ao cair da tarde, chegou a resposta dos imperiais. Um soldado jovem, de cabelos claros e rosto infantil, trouxe carta do seu general. Bento segurou-a com as mãos crispadas. Os imperiais aceitavam a luta. Bento Gonçalves e João Manoel reuniram as tropas e avisaram: atacariam ao alvorecer.

Porto Alegre foi acossada por água e por terra pelas tropas rebeldes, mas, apesar da grande diferença humana, os imperiais conseguiram defender a cidade. Do alto das trincheiras bem guarnecidas, 280 soldados do império conseguiram bater e pôr em retirada os 1.500 homens de Bento Gonçalves.

Assim começou o cerco a Porto Alegre. Os rebeldes não conseguiram tomar a cidade, mas, do lado de fora, impediam qualquer movimentação ou entrada de víveres, dia após dia, num lento e exaustivo gastar-se de horas. Bento Gonçalves ficava horas mirando a cidade com seu binóculo, e tudo o que lhe ocorria era o rosto de Caetana, seu rosto moreno, agreste, e a voz rouca, inquieta e doce que sempre o seduzira. O tempo custava a passar, girava sobre si mesmo como um moinho gigante, enquanto a chuva despencava incansavelmente do céu.

Cadernos de Manuela

Estância da Barra, 26 de agosto de 1836

Nos últimos dias de julho, chegou carta de meu pai. Era a primeira vez que ele nos escrevia, antes mandara apenas abraços, carinhos, recados por um ou por outro que vinham dar aqui na estância como pássaros perdidos de algum bando.

Sua carta, mesmo antes de ser lida, foi um bálsamo para minha mãe e minhas irmãs. Até mesmo Rosário, que andava cada dia mais calada, retirada a um mundo do qual nos privava invariavelmente, sentou à beira do fogo para ouvir as palavras do pai, e vi que de seus olhos azuis escorreram lágrimas grossas. Sim, Rosário sempre soubera amar mais ao pai.

Não lhe deve ter sido fácil redigir sua pequena missiva, pois nunca fora homem dado a escritos e desabafos, no entanto a saudade de quase um ano deve ter-lhe pesado no peito. Além disso, tinha novidades sobre o cerco a Porto Alegre, e mandava avisar de um incidente muito grave. A carta narrava um grande ataque rebelde à cidade, sucedido no dia 19 de julho corrente. Os rebeldes acossaram Porto Alegre com um canhoneio pesado que pusera a população em terrível pânico. Ouvimos essas palavras com o coração pesado e temeroso; a voz de minha mãe, ao ler esse trecho, tremeu de leve, alçou-se um tanto, até recuperar-se e voltar ao tom normal com o qual ela falava sobre tudo: a voz baixa, morna, quase adocicada. Era o grande assalto rebelde, para o qual haviam se preparado por mais de um mês. "Conquistamos com muito esforço e com o sangue de vários dos nossos o Forte de São João, posto que explodimos, por motivo de lá estar guardado o arsenal de armas do Império. Com a explosão, uma bola de fogo alaranjado subiu ao céu e quase fez-se dia, um dia terrível, por alguns segundos." E foi então que a carta de meu pai trouxe sua maior apreensão: "Infelizmente, minhas caras, tenho de lhes informar que, neste ataque, foi ferido o meu cunhado mui querido, nosso Paulo, que caiu em mãos imperiais, mas que, graças à bravura de seu filho mais velho, José, foi resgatado antes que lhe acometessem maiores danos. Paulo foi atendido por um dos nossos médicos, sendo que uma bala lhe perfurou o estômago, tendo saído pelo outro lado, e uma lança dilacerou-lhe a coxa direita. Sinto informar-vos de tão grave lástima, mas é meu dever, e assim tendo me pedido Bento, quero que vosmecês falem com D. Ana e digam-lhe que seu esposo está vivo, e que passa regularmente, e digam-lhe também que está sendo levado à estância, com a urgência que permite esta guerra e o seu estado de saúde, para que possa ser tratado pelas mãos hábeis da esposa."

Somente assim findou a carta de meu pai.

Quando Maria Manuela cessou a leitura, com os olhos rasos d'água, todas nós procuramos o rosto de D. Ana. Ela estava sentada a um canto da sala, ereta e lívida, as mãos cruzadas no colo, e lágrimas grossas escorriam-lhe pelo rosto, indo morrer na gola de rendas que lhe cingia o pescoço. Corri e ajoelhei-me aos seus pés, deitando a cabeça sobre seus joelhos, que estavam trêmulos.

Os dedos longos de D. Ana penetraram entre as tranças do meu cabelo e me acarinharam. De um canto, o pequeno Regente olhava tudo, com seus assustados olhos negros. A voz de D. Ana era um murmúrio, mas ela disse:

– Esteja calma, minha Manuela. Deus está conosco... – suspirou, parecendo buscar forças para terminar o seu dito.

– Paulo chega aqui vivo. Eu o vi, dia desses, adentrando a porteira da estância.

Depois ergueu-se com jeito, me pondo de lado, e olhando todas nós no fundo dos olhos, com um aviso mudo para que permanecêssemos calmas, falou que ia até a cozinha dar ordens para o jantar e que voltaria em breve para tocar um tanto de piano. Ficamos todas mudas, de olhos baixos. Minha mãe chorou um tanto. Por fim, Caetana ergueu-se do lugar onde estivera e avisou: "Vou mandar Zé Pedra avisar Antônia do que aconteceu." E deixou a sala com seu passo de rainha.

Nos dias seguintes, foram nos chegando notícias esparsas. Um dissidente da tropa que passava por nossas terras contou ao capataz que os revolucionários tinham montado seu quartel-general em Viamão, de onde agora controlavam discretamente Porto Alegre. O homem, faminto e estropiado, disse também que o moral das tropas andava baixo e que muitos partiam como ele, por causa da notícia de que Bento Manuel, com uma tropa de três mil homens, se preparava para marchar sobre as hordas de Bento Gonçalves. O homem também pediu de comer e de beber, mas Manuel, o capataz, deu-lhe apenas um quarto de pão d'água, dizendo que era um traidor e um covarde e que melhor teria feito se ficasse para lutar como um homem.

Manuel relatou tudo isso a D. Ana e D. Antônia, e as duas permaneceram soturnas e cabisbaixas, olhando para a chuva que caía lá fora em pingos regulares e dolentes. Estávamos todas tristonhas, e nas noites de nossa casa quase não se ouvia mais o piano, em parte porque D. Ana desistira de lutar de modo tão ferrenho contra a sua própria ansiedade e agora esperava claramente a chegada do esposo, em parte porque não éramos boa platéia. Mariana começou a queixar-se de tédio e de saudades de Antônio, que devia estar lá para Viamão, com o pai e os outros. Os meninos de Caetana corriam pela casa, cheios de energias acumuladas no mau tempo daquele inverno, quando não podiam ir ao campo nem brincar no quintal, e suas gritarias inocentes nos entravam pelos ouvidos como facas de gume afiado.

Certa madrugada, já em princípios de agosto, acordei com um alarido que sucedia no corredor. Mariana olhou-me assustada. Sempre temíamos que algum soldado imperial nos viesse molestar, mas as vozes eram da casa. Reconheci D. Ana e Milú, mais Zé Pedra, com seus monossílabos, e uns gemidos baixos e angustiados.

– Tio Paulo chegou!

Mariana pulou da cama, ia já para o corredor, mas eu a detive: era bom que esperássemos o pobre ser acomodado numa cama, e a tia estar mais calma. Nem sabíamos em que estado estava o tio, se muito mal ou já mais bonzinho, quase curado. Mas os gemidos que se alargavam nos diziam o contrário, e um cheiro de coisa estragada, podre, emanava, entrando pelas frinchas da porta. Mariana teve medo, abraçou-me. Regente pulou também para a cama, aproveitando nosso descuido. Assim passamos até que começasse a clarear, quando então saí do quarto e fui até a cozinha. As negras sempre sabiam de tudo na casa.

Na cozinha, a preparação do café misturava-se ao cheiro de folhas que ferviam numa tina e a um leve odor de coisa alcoólica. Preparavam uma infusão para aplicar no tio Paulo, e D. Rosa pessoalmente cuidava da fervura. Foi ela quem disse, na sua voz grave e contida:

– O patrão está malzito. A perna le vai inflamada e deixa sair um pus quase verde. – Falava aquilo sem afetação, sempre fora boa curandeira e conhecedora de ervas. – O ferimento na barriga até que está cicatrizando. Mas a perna... Não sei não, aquilo está ruim mesmo.

D. Ana cuidava do marido, no quarto, e lá passou a manhã inteira, enquanto as negras iam num vaivém de bacias e ungüentos, e a casa parecia exalar um cheiro de hospital, e todas nós ficávamos na sala, esperando alguma notícia. Apenas D. Antônia chegou muito cedo e logo foi para o quarto da irmã, com ares preocupados.

Quando pude ver o tio, fiquei espantada. Estava muito magro, o pijama que lhe tinham vestido sobrava no corpo todo, o rosto era branco, arroxeado em torno dos olhos meio baços, a perna direita, inchada e exalando um cheiro de coisa ruim, estava coberta com uma bandagem branca que não escondia totalmente uma ferida vermelha e ardente que vertia um líquido purulento. D. Ana, de mangas arregaçadas e olhos secos, aplicava compressas na testa do marido, afanosamente, como se dos panos molhados lhe dependesse a vida. D. Antônia apenas olhava, tristemente, e em seus olhos muito negros e miúdos se via a terrível verdade de tudo aquilo.

Lá pelo meio da tarde, chegou um médico que estava pelas redondezas. Entrou alvoroçado para o quarto do doente, cumprimentando com muita afetação Caetana, com quem cruzara no corredor. Ficou lá por umas duas horas, saiu descomposto. Na sala, olhou-nos a todas e, pousando os olhos em D. Antônia, que estava a um canto, falou baixinho:

– Era bom que mandassem chamar os filhos, se fosse possível, e quem mais da família vosmecês desejarem aqui nesta hora. O senhor Paulo não passa desta semana... A perna gangrenou, espalhou-se por tudo, está podre por dentro. Nem a amputação resolve mais. Seria sofrimento vão – e baixando os olhos, acrescentou: – Me desculpem, senhoras, mas fui chamado muito tarde, agora não existe mais jeito.

D. Antônia ergueu-se com custo da sua cadeira, estava pálida e parecia quase frágil, no seu simples vestido cinzento.

Enrolou-se mais no xale azul que usava e chamou o doutor: "Vamos hablar no escritório." O homem seguiu-a prontamente. Mariana desatou a chorar.

Manuela

O estado de saúde do Dr. Paulo de Silva Santos foi se agravando dia a dia. No início, ainda se ouviam seus terríveis gemidos, e D. Ana andava atarantada pelos corredores, gritando com as negras, pedindo outra bacia de água quente, nova infusão de folhas ou toalhas limpas. O médico voltou mais duas vezes.

Na última visita, chamou D. Antônia à varanda, antes de partir. Estava um dia claro, de ar frio e céu muito azul, aqui e ali pontilhado de nuvens pálidas. D. Antônia olhou o médico com seus olhos enxutos.

– Então, doutor Soares?
– Não le dou mais esta noite, D. Antônia. Sinto muito... – Deixou-se perder pelo pampa, depois fitou outra vez a senhora alta e esguia, de cabelos presos em coque no alto da cabeça. Estava sem jeito, quis saber: – Os filhos chegaram?

– Não. Vosmecê sabe que essas estradas estão cheias de tropas. Mandamos Zé Pedra atrás dos meninos, mas o negro ainda não deu com as caras por aqui. – A voz soou desconsolada. D. Antônia cruzou os braços frios ao redor do corpo. – O remédio é esperar. E rezar.

– Era bom que chegassem hoje.

Despediu-se e partiu numa sege negra.

D. Antônia dirigiu-se à cozinha e mandou Rosa fazer um almoço leve, estavam todas preocupadas demais para grandes comidas. Depois foi até o escritório e mandou que Beata chamasse Caetana.

A cunhada chegou usando um vestido castanho que não lhe diminuía a beleza, embora fosse simples, sem arranjos. Os cabelos estavam trançados na nuca. Ela beijou D. Antônia, ainda não se tinham visto naquela manhã. A irmã de Bento não fez rodeios:

– Paulo morre hoje, Caetana. Só de ver, já se sabe. – Caetana fez o sinal-da-cruz. D. Antônia sorriu cansadamente, como quem sorri a uma criança, depois prosseguiu numa voz baixa: – Ontem à noite, tive longa prosa com a Ana. Ela já está sabendo... A coisa não tem mais volta. Precisamos estar preparadas.

– Dios... Nunca pensei, nunca pensei que tão cedo uma tragédia dessas sucedesse conosco, cunhada. Paulo chegou aqui tarde demais, o ferimento já estava arruinado, eu vi. – Caminhou até a janela e olhou o jardim. – Será que Bento e os meninos vêm?

– Meus ossos dizem que não. Nem Zé Pedra apareceu. Además, não sabemos como vão as coisas aí fora. Por isso le chamei, Caetana, para dizer que já mandei buscar o padre. Hoje à tarde, ele vem dar a extrema-unção ao Paulo. Não é justo que o homem morra sem o consolo de Deus.

– Vou avisar Maria Manuela e as meninas – aquiesceu Caetana. – E vou rezar para que os homens cheguem a tempo. Ter os filhos por perto faria bem a Ana, coitada.

O PADRE VEIO, cumpriu sua obrigação e partiu.

Era noitinha, e o dia bonito transformara-se em noite fechada, sem estrelas. Jantavam uma sopa, todas na grande mesa, quietas, cientes de que logo teriam a notícia. O lugar de D. Ana, à cabeceira, estava vago. A qualquer momento, ela entraria na sala para avisar que o marido tinha morrido.

Era coisa de pouco tempo, até o padre dissera. D. Antônia remexia com a colher o prato fumegante, estava sem nenhuma fome. Lembrava-se do horrível dia em que enterrara seu Joaquim. Uma dor aguda comprimiu-lhe o peito. D. Antônia cerrou os olhos, fazendo esforço para segurar as lágrimas.

QUANDO AS NEGRAS recolhiam a mesa, Zé Pedra chegou. Vinha sozinho, sujo, cansado da viagem penosa e friorenta. D. Antônia não quis saber de firulas, recebeu-o na sala, junto com as outras. Ouviram todas o que o negro contou nas suas palavras secas. Não tinha conseguido chegar até as tropas de Bento Gonçalves, nem tinha falado com os meninos. Os revolucionários estavam malparados, acossados em Viamão, por terra e por água. Zé Pedra atrapalhou-se todo para dizer o nome de um inglês que comandava a esquadra da Marinha imperial. Era John Pascoe Greenfell, capitão-de-mar-e-guerra que, com seus navios, tornara a abrir as rotas de navegação para o Rio Grande, desafogando a cidade de Porto Alegre do cerco imposto por Bento Gonçalves. Além disso, as tropas de Bento Manuel cercavam os revoltosos por terra.

– Foi impossível chegar até o coronel – disse Zé Pedra. – Nem uma alma passa pelas tropas do Império, D. Antônia. Eles vão ter chumbo do grosso pela frente. Não pude dar a notícia aos patrõezinhos, le peço desculpas. Mas entreguei a carta da senhora para um soldado. O homem prometeu que ia dá-la ao coronel Bento Gonçalves.

D. ANTÔNIA baixou os olhos por um momento. As mulheres estavam caladas, tristes, com medo. Manuela pensou naquele nome que Zé Pedra mal soubera repetir: Greenfell. Ficou imaginando o capitão inglês que comandava os navios contra seu tio e os outros. Sentiu uma raiva surda crescendo dentro do peito. Se tivesse dito aos outros, naquela noite de Ano-Novo, se tivesse contado as desgraças que enxergara, alguém lhe teria dado ouvidos?

Zé Pedra pediu licença e retirou-se para a cozinha. Estava vesgo de fome, comera mui pouco na viagem de volta. D. Antônia pegou o crochê largado no cesto de palha. Com custo, fez o primeiro ponto. As duas cunhadas fitavam-na, esperando. A voz lhe saiu quase mansa, como queria, quando disse:

– Deixemos, que Bento sabe bem o que faz. Logo estará por aqui, conosco outra vez. Por esta noite pelo menos, temos coisas mais urgentes com as quais sofrer.

Rosário começou a chorar, abraçou-se à mãe. Caetana levantou do seu lugar e avisou que ia pôr os meninos na cama. Perpétua foi ajudá-la, era bom ocupar a cabeça, nem que fosse com as travessuras dos dois irmãos.

PAULO DE SILVA SANTOS morreu ao alvorecer, enquanto D. Ana segurava sua mão e recordava a noite do casamento. Casara-se na fazenda do pai, em Bom Jesus do Triunfo, numa festança inesquecível. D. Perpétua estivera feliz como em poucas vezes na vida, vendo a filha toda vestida de renda branca, de braço dado com o jovem fazendeiro. Depois tinham ido viver em Pelotas, tinham arrumado a casa da estância, tinham sido felizes e companheiros. José e Pedro nasceram, ambos parecidos com o pai, ambos corajosos, fortes, amantes dos cavalos e do campo... Quando D. Perpétua estava para morrer, na cama, chamara a filha e lhe dissera: "Com vosmecê não me preocupo, Ana. Sei que o Paulo cuidará de tudo, sempre."

Lágrimas grossas e mornas escorriam pelo rosto de D. Ana. A mão aninhada entre as suas começava a perder um pouco do calor, inerte como um passarinho morto, inocente, entre seus dedos. Ela apertou ainda mais aquela palma calejada que tantas vezes a acolhera... Nesse exato momento, onde estariam os filhos? O postigo deixava passar uma claridade baça, D. Ana adivinhou que o dia já raiava. José e Pedro deveriam estar no acampamento em Viamão, quem sabe despertando, indo tomar um mate, quem sabe sentindo que alguma coisa tinha sucedido de vez com o pai. A última coisa. A derradeira.

D. Ana ergueu-se e beijou a fronte pálida do marido morto.

Preciso avisar Antônia. Preciso mandar Zé Pedra levar a notícia ao padre. Preciso mandar as negras prepararem de comer e beber; mesmo na guerra, alguém pode vir, um vizinho ou outro, e nesta casa sempre estivemos prontos para receber as visitas. Preciso parar de chorar.

SECOU O ROSTO com um lenço de renda, ajeitou os cabelos. O corredor ainda era silente e escuro. Antes de seguir para a cozinha, onde com certeza já encontraria Zé Pedra tomando o seu mate, caminhou até a porta da sala. D. Antônia estava derreada no sofá, olhos fechados; no colo, repousava esquecido o crochê. Tinha dormido ali.

D. Ana caminhou até ela, sentou ao seu lado, tocou-lhe o rosto com carinho. A irmã abriu os olhos, as retinas negras cintilaram cansaço e preocupação.

– Ele morreu faz 15 minutos – disse D. Ana, os olhos secos e ardidos. – Mal o sol começou a raiar... Morreu dormindo, o meu Paulo.

D. Antônia segurou-lhe a mão.

– Foi melhor, Ana. Ele não iria voltar ao que era antes. E teria preferido assim.

D. Ana sentiu os olhos explodirem em lágrimas.

ENTERRARAM-NO À TARDINHA.

A guerra tinha revolucionado a vida do Rio Grande, e naquela estância, afastada de quase tudo, pouco se podia fazer, era quase impossível mandar notícias aos compadres e vizinhos. Manuel andou umas léguas a cavalo, avisando quem pôde. Dois fazendeiros da região vieram prestar seus sentimentos, mais o padre, que tinha suas missas para dizer à alma do morto, e encontraram a casa da Estância da Barra de luto cerrado. Duas negras circulavam pela sala servindo licor de pêssego e bolos caseiros. As mulheres estavam todas de preto. D. Ana não saiu do lado do marido, que era velado sobre a mesa da sala, com um círio de cada lado. O padre rezou pelos homens do Rio Grande e pelo fim da guerra. Caetana chorou, segurando pela mão Leão, que fitava tudo com os olhos arregalados de pavor, e que a todo momento pedia pelo pai. Mariana e Manuela ficaram ao lado da mãe, quietas, de olhos baixos. Rosário, depois de haver ficado largas horas trancada no escritório, agora surgia na sala, os olhos ardidos. Uma raiva surda de tudo aquilo se traduzia em seu rosto angustiado. Por que tinha de viver aquela tristeza, aqueles dias horríveis de choros e cheiro de morte, por quê?

D. Antônia estava à varanda, vendo a tarde de sol ameno, pensando no irmão. Bento fazia falta nessas horas duras, tinha sempre uma palavra de consolo, uma palavra certa, necessária. Apesar de ser católica, os ditos do padre pouco lhe serviam... D. Antônia sabia que, dali a uma hora, o cunhado estaria sepultado à esquerda da casa, no canto afastado onde ficava o canteiro de rosas, sob a sombra de uma figueira. Pensou nas muitas vezes em que vira Paulo galopando por aqueles campos, um homem de ferro, alegre e disposto para tudo. As coisas acabavam cruelmente para alguns.

Uma sege subia pelo caminho. D. Antônia ergueu-se. A sege parou em frente à casa. D. Antônia reconheceu no vulto alto, de cabelos negros e bem-cortados, o homem que a cumprimentara na estrada. Ele veio compungido, estendendo-lhe uma mão dura, bronzeada.

– Sinto muito que a honra de revê-la tenha sido motivada por tão triste acontecimento, D. Antônia. – A voz era agradável e bem modulada. – Estou de retorno para unir-me às tropas em Viamão, ou onde quer que de mim precisem. Deixei Teresa com sua parenta, faz ainda pouco, e não podia deixar de trazer aqui o meu abraço. Todos estimavam muito o senhor Paulo.

D. Antônia aceitou a mão estendida. Inácio José de Oliveira Guimarães deu-lhe o braço. Era um cavalheiro. Entraram assim na sala, onde já preparavam o morto para ser levado. D. Ana recebeu as condolências de Inácio. Tinha os olhos inchados, mas afora isso seu rosto estava quase sereno.

Seguiram todos para o jardim. Manuel, Zé Pedra, Inácio e um dos vizinhos levaram o ataúde. Atrás iam as mulheres. Perpétua caminhava rapidamente, a tristeza pela morte do tio misturava-se a uma euforia estranha: quem era aquele homem? Sentiu que seu coração batia mais rápido, sob o peitilho de renda negra do vestido. Fez o sinal-da-cruz. Devia ser pecado pensar nessas coisas num momento daqueles. Alguns metros à sua frente, Inácio José de Oliveira Guimarães prosseguia com seu passo firme. Perpétua admirou-lhe a nuca de pele clara, os cabelos negros bem-compostos. Era um homem garboso.

A PEQUENA PROCISSÃO chegou à beira da cova. O padre abriu uma Bíblia com uma velha encadernação em couro e começou a ler um trecho. O sol se punha atrás de uma coxilha. O ar começava a esfriar rapidamente. Poucos minutos depois, o primeiro punhado de terra caía sobre o caixão do marido de D. Ana. A terra estalando na madeira produziu um baque surdo e seco.

Minha querida Ana,
Somente um mês depois de a notícia ter chegado a mim é que tenho calma para escrever e le dizer quanto sofri a perda desse inestimável homem que foi o nosso Paulo. Muito senti que esta guerra tenha derreado sobre a sua alma tão grande fardo, e tenho que le dizer: seus filhos também muito têm sofrido. Não há dia em que não venham até mim, tristonhos, e ficamos tomando o mate e recordando as coisas boas sucedidas no passado.

Minha irmã, conto isso não para que vosmecê sofra mais, mas para que saiba que o Paulo está em nossos corações. Agora, lutamos também por ele. Se me for dado cruzar com o ordinário que o molestou tão terrivelmente, numa dessas batalhas que vêm acontecendo, juro-le, Ana, que minha espada não o deixará impune... Juro-le também que, logo tenhamos nos acalmado por estas bandas, mando seus filhos estarem um pouco com vosmecê, pois sei que o único consolo agora é a presença de José e de Pedro ao seu lado.

Ana, aproveito estas linhas, escritas com pressa num alvorecer chuvoso, para contar a vosmecê e às outras o que anda sucedendo conosco. Vamos em plena guerra. Quando estávamos aquartelados em Viamão, no começo de agosto, na época mesma em que enviei Paulo aos seus cuidados – talvez um erro meu, pois sei que a viagem penosa piorou-lhe o estado –, foi que recebemos a notícia: nossas tropas estavam sitiadas por terra e por mar. O capitão Greenfell, um inglês de um braço só, que está a serviço do Império, tinha posto seus barcos no Guaíba, fechando a nossa passagem.

Enquanto isso, Bento Manuel chegava com suas tropas, quase três mil homens, contingente muito maior do que o nosso. Além disso, o moral das nossas tropas, após a retomada de Porto Alegre, estava muito baixo. Não tivemos outra saída senão fugir para as barrancas, de onde tentaríamos ganhar a campanha ao sul do Jacuí. Foi necessário uma luta feroz: nossa única chance era atravessar as tropas de Bento Manuel, mas obtivemos vitória que muito nos alegrou. Onofre, nosso primo, comandando trezentos homens, conseguiu assustar os imperiais, que recuaram e nos permitiram avançar. Assim, rompemos o cerco e atravessamos carroças e canhões. Foi um momento glorioso, minha irmã! E seus filhos e sobrinhos tiveram muita coragem, sendo que Pedro comandou cem homens da cavalaria com muito êxito.

Vosmecê deve saber que agora estou a meio caminho da Campanha, dentro de uma barraca, aquecido apenas pelo mate que Congo acabou de me passar, e pelas saudades. Este setembro tem sido frio e chuvoso, o que muito nos dificulta os movimentos. Mas, Ana, esta carta tem outras notícias a dar. Ontem, fui acordado com a novidade de que Netto proclamou a República no Campo do Seival. Agora é general, patente que também a mim foi atribuída. Le digo, minha irmã, que isso muito me assusta. Pela voz de Netto, demos um grito sem volta, que nos há de separar ainda mais do Império. Onde estou, seguido de perto pelas tropas do meu tocaio Bento Manuel, pensar em república pouco ou nada me adianta. Estamos como que numa ilha, cercados de imperiais por todos os lados. Estamos acossados e precisamos nos unir aos outros. Mas tenha fé, Ana, e que as parentas também na fé se escorem, pois haveremos de nos safar daqui, e logo poderei ir vê-las.

Essa notícia sobre a República Rio-grandense é um segredo que vosmecês não podem espalhar. Ainda há muito tempo para isso. Quem pouco tempo tem sou eu, pois agora mesmo ouço a voz de Tito a me chamar lá para fora. Onofre deseja parlamentar comigo. Termino aqui esta carta, Ana, com todo o meu carinho e o meu sentimento. Segue junto um pequeno bilhete para Caetana, foi tudo o que o tempo me permitiu escrever.
Estejam com Deus.

Bento Gonçalves da Silva
21 de setembro de 1836

(...) Nós, que compomos a 1ª Brigada do Exército Liberal, devemos ser os primeiros a proclamar, como proclamamos, a independência desta província, a qual fica desligada das demais do Império e forma um Estado livre e independente, com o título de República Rio-grandense, e cujo manifesto às nações civilizadas se fará competentemente.

Campo dos Menezes
11 de setembro de 1836
Assinado: Antônio de Souza Netto,
comandante da 1ª Brigada de Cavalaria

A voz que lia o manifesto deixou um rastro de silêncio atrás de si. O silêncio durou alguns poucos segundos. Um grito de excitação percorreu a tropa como um sopro. Fazia um sol fraco naquela manhã. O general Netto desembainhou sua espada e ergueu-a bem alto, gritando:

– Viva a República Rio-grandense! Viva a independência! Viva o Exército Republicano!

De todas as bocas sobe um grito único, voraz. A bandeira tricolor tremula no alto de um mastro. Um bando de bem-te-vis passa gritando no céu, por sobre as copas das árvores de um capão próximo.

ENQUANTO O GENERAL NETTO proclamava a República Riograndense, Bento Gonçalves, acossado pelas tropas de Bento Manuel, tentava armar um plano de fuga. Achavam-se praticamente sitiados em Viamão. Os homens estavam cansados e famintos, os cavalos, estropiados. Chovia muito, primavera úmida dos pampas. Os rios estavam cheios por causa da chuva, era difícil se locomover, e quase impossível arrastar as 14 bocas de fogo.

Numa pequena escaramuça, Bento Gonçalves foi ferido no ombro. Precisava ir para a Campanha, onde poderia descansar e cuidar do ferimento, que ali, naquelas parcas condições, poderia infeccionar.

– Lembre-se do seu cunhado, general– disse o médico da tropa.

Bento Gonçalves perdeu os olhos no horizonte cinzento. Sim, lembrava-se muito bem de Paulo. Bem demais. Mas precisavam atravessar o Gravataí com as tropas, pois este era o único rio que tinha ponte naqueles caminhos que davam para a Campanha. Precisavam atravessar o Gravataí e livrar-se de Bento Manuel. Era a única chance.

Foi assim que armaram o plano.

Espalharam a notícia de que iriam marchar para Porto Alegre, e foi justamente o que fizeram. Bento Gonçalves, Onofre Pires, Tito Lívio Zambeccari e Sebastião do Amaral reuniram as tropas e seguiram rumo à capital. Bento Manuel Ribeiro recebeu a notícia da marcha e pôs-se com seus homens rumo à cidade. Não queria deixar os rebeldes escaparem.

No meio do caminho, a maioria das tropas tomou o rumo do norte, o rumo do Rio Gravataí. Bento Gonçalves,

Onofre Pires e um piquete seguiram em direção a Porto Alegre, para despistar o inimigo. As tropas que rumaram para o Gravataí seguiam silenciosamente, sob a luz mortiça de uma lua triste, recoberta de nuvens. Sabiam que muitos piquetes inimigos estariam pelo caminho de quase 8 quilômetros, era preciso cautela.

Quando estavam na metade do caminho, os imperiais descobriram o estratagema. A todo galope, a tropa revolucionária tocou para a ponte do Gravataí. Bento Manuel vinha-lhes no encalço, atirando, lanças em punho. Homens rolaram, pisoteados pelos cavalos. Uma nuvem de intensa poeira subiu no céu noturno. Mas os rebeldes alcançaram a ponte. Passou a tropa, passaram os 14 canhões. A ponte foi recoberta de pólvora. Um tiro cortou o ar noturno, e a ponte subiu pelos ares.

Empinando o alazão, Bento Gonçalves sorriu. As labaredas vermelhas clareavam momentaneamente a noite. Ele enganara seu tocaio. Sob o pano do dólmã, o ombro ardia um pouco. Bento Gonçalves correu para o lado de Onofre.

– Desta vez, tivemos sorte! – gritou.

Os dois homens seguiram troteando lado a lado. Pedro, sorridente, o rosto sujo de poeira, veio juntar-se ao tio.

Agora era chegar em São Leopoldo. Lá descansariam, Bento cuidaria do ombro, a tropa teria alguma paz. A lua continuava cintilando, muito tímida, no céu.

D. ANA ESTAVA NA VARANDA, tomando um pouco de sol. A primavera se anunciava lentamente no pampa, florindo os *flamboyants*, espalhando no ar um cheiro doce de frutas.

Desde que José, o filho mais velho, chegara, D. Ana tinha recuperado um pouco da antiga paz. Quando o filho subiu os degraus da varanda, usando o dólmã, a espada na cinta, o rosto barbado e cansado da longa viagem, D. Ana, que estava na sala tentando ler um livro, transformara-se em cachoeira. Mal pôs os olhos em José, as lágrimas verteram, incontroláveis. Venceu o véu de pranto para atirar-se nos seus braços e aquecer-se naquela morneza familiar. Achou José ainda mais parecido com Paulo, a guerra tinha lhe amadurecido as feições, uma barba rala sombreava seu rosto. Essa parecença atiçou-lhe o pranto.

– Calma, mãe – foi tudo o que José soube dizer.

E logo ambos choraram, ante os olhares de dó das outras mulheres.

D. Ana cuidou do filho com as atenções que não pudera dar ao esposo. Foi para a cozinha e preparou-lhe um tacho de marmelada, fez compota de pêssego e sovou com as próprias mãos o pão que lhe serviu à tardinha. Essas tarefas todas deram algum viço ao seu rosto, que andava tão abatido. Caetana agradeceu à Virgem a melhora da cunhada.

E os dias foram passando. Fazia uma semana que José estava na Estância da Barra. Tinha trazido notícias da guerra, contara como as tropas haviam conseguido deixar Viamão para trás. Fora depois disso que seguira rumo à casa materna. O irmão, Pedro, ficara ao lado de Bento Gonçalves. Sabiam que agora os revolucionários estavam aquartelados em São Leopoldo.

D. Ana deixou seu olhar vagar pelos campos que se estendiam até perder de vista. Longe, junto a uma coxilha, viu um grupo de vaqueanos. Estavam chegando da venda de uma carga de charque. Era bom, precisavam do dinheiro para muitas coisas.

José chegou do interior da casa. Suado, mangas arregaçadas. Beijou a mãe, jogou-se numa cadeira de palha.

– Estive cavalgando um pouco. Fui com Manuela. Tomei um banho na sanga. – A voz adquiriu uma nota triste.

- Lembrei-me dos velhos tempos, mãe, de quando éramos crianças e vínhamos passar aqui o verão.

D. Ana sorriu, sentindo os olhos úmidos.

- Sabe que dia é hoje, mãe?
- Que dia, meu filho?
- Dia 20 de setembro. Faz um ano que a revolução começou.

D. Ana olhou as mãos caídas sobre o colo, lívidas. Fazia um ano. Um ano inteiro de ansiedades e esperas.

- A gente aprende a não sentir o tempo, meu filho. Senão, acaba enlouquecendo.

Leão e Marco Antônio passaram correndo, descendo os degraus da varanda aos tropeços. D. Ana fitou os sobrinhos e sorriu.

- Estes dois guris dobraram de tamanho desde que chegamos aqui.

José deu uma sonora risada. Tinha o mesmo riso do pai, amplo, alegre e doce.

INÁCIO JOSÉ DE OLIVEIRA GUIMARÃES apareceu na estância por aqueles dias. Para tomar um mate, prosear. Estava de passagem, pois tinha ido ver D. Teresa, a esposa, que estivera combalida por uma fraqueza dos pulmões.

- O inverno foi difícil mesmo – disse D. Ana ao visitante, enquanto lhe oferecia o bolo de laranja. – Maria Angélica, a filha de Caetana, andou muito atacada da asma, por causa da umidade. Graças a Deus, ficou tudo bem.

Inácio fez uma cara compungida.

- Minha esposa é um tanto fraca do peito, me preocupo muito.

D. Antônia atalhou:

- Pois le ofereço nossa ajuda. Se D. Teresa precisar, estamos todas nós por aqui.

Perpétua estava em seu quarto, deitada na cama, olhando o teto. Algumas tardes demoraram muito a passar. Rosário entrou, afobada:

– Vosmecê sabe quem está aí? Aquele homem, o do enterro do tio. Aquele que vosmecê ficou espiando, que eu vi.

Perpétua deu um pulo da cama.

– O senhor Inácio?

– Esse mesmo, prima. Veio de visita, trazer notícias.

– Pois vou lá – e foi ataviar-se, arrumar os cabelos, trocar os sapatos por um par melhor.

Perpétua apareceu na varanda quando Inácio começou a contar as notícias que tinha dos rebeldes. Estivera com Netto, sabia algumas coisas de Bento Gonçalves. Falaram da República. Os olhos escuros de Inácio brilharam.

D. Ana disfarçou um sorriso quando viu a sobrinha. Tinha notado umas conversas entre Perpétua e Mariana, nas quais ouvira o nome do visitante. E aquele brilho novo nos olhos da serena Perpétua?

– Sente aqui, menina. – D. Ana indicou-lhe uma cadeira. Não havia mal. E, afinal de contas, o homem era casado. Que a menina se alegrasse um pouco, as coisas estavam tristes naquela casa.

Os olhos de Inácio José Oliveira Guimarães beberam as feições da filha mais velha de Bento Gonçalves. Uma leve inquietação assomou-lhe ao peito. Ela pigarreou. As duas senhoras estavam de olhos fitos nele. José quis saber:

– Como estão as coisas para meu tio? Parto ainda esta semana para me reunir a ele.

– As notícias se atrasam, vosmecê sabe. Mas parece que o maldito Bento Manuel está indo com tudo para a frente do coronel. Vai ter mais batalha.

– O traidor não engoliu a nossa manobra em Viamão – disse José.

– Vamos ver o que sucede. Amanhã também parto, bem cedo.

D. Ana sugeriu que seguissem juntos. Era mais seguro. Os dois homens combinaram tudo. Pegariam a estrada ao alvorecer, com mais um vaqueano da Estância do Brejo. Perpétua sentiu um leve tremor, imaginando Inácio na guerra, no meio da batalha. D. Antônia chamou uma das negras e mandou trazer mais água para o mate. A tarde caía lentamente, tornando o céu róseo e fantástico.

A CARTA DO CORONEL BENTO GONÇALVES da Silva chegou no 15º quinto dia daquele mês de outubro, numa manhã luminosa, no bolso interno do dólmã de um tenente que vinha ferido, lanhado e cheio de fome. Tinha uma missão, missão de que fora incumbido pelo chefe maior, o Bento, e o tenente André assim desdobrara-se em muitos para vencer as estradas e a dor, desviando no caminho de vários piquetes imperiais. Mesmo depois de tudo, mesmo depois da derrota, o tenente André cumprira sua missão.

Chegara a pé na estância, mancando da perna direita, que havia sido atingida de raspão por uma bala imperial. Pedia uns dias de guarida e um cavalo. Tinha planos de juntar-se a Netto e prosseguir a luta na Campanha.

D. Ana recebeu-o como a um filho, imaginando que talvez, em outra fazenda mui longe dali, Pedro ou José pudessem estar também à mercê da gentileza de estranhos. Quis logo chamar D. Rosa, para que a governanta tratasse o ferimento do tenente, mas André negou-se. A perna le ia bem, no más, después aceitaria um remédio, um prato de comida, uma talagada de aguardente e um banho, mas agora tinha missão a cumprir. Precisava esperar que a carta fosse lida, precisava dar notícias dos combates, viajara aquelas léguas somente para isso.

– Espero vosmecês sob o umbu – disse ele. – Quando acabarem a leitura, direi para que mais vim até aqui.

Caetana sorriu.

– Vosmecê fique conosco – pediu ela. – O que meu marido nos conta decerto não deve ser segredo algum.

O tenente, com o rosto lívido, agradeceu a gentileza e pescou a carta do bolso do dólmã. Caetana leu-a em grandes goles, atropelando as palavras, pulando vogais, até que seu coração serenasse. Depois repetiu-a em voz alta para as parentas, na varanda mesmo, onde todas se reuniram naquele entardecer nublado. O tenente ficou quieto a um canto, embora o cansaço fosse cruel, e esperou gentilmente que toda a carta fosse lida para dar a terrível notícia que trazia entalada na garganta. O tenente André tinha 23 anos e era o filho mais novo de um fazendeiro da região, um rapaz educado, de boa família, cujo garbo ficava latente mesmo sob o uniforme maltrapilho e sujo.

A voz rouca de Caetana tremeu um pouco ao pronunciar as primeiras frases, depois pacificou-se. O tenente apreciou a voz bonita da esposa do coronel.

Mui adorada Caetana,

Enquanto le escrevo esta missiva, lá fora está geando. Um frio terrível vence as paredes da barraca e vem açoitar-me, penetrando em minha pele como uma cruenta adaga... Sinto contar-te o pé em que as coisas estão, mas a verdade, minha esposa, é que após tantas lutas, e depois de tanto tempo com este Bento Manuel a nos perseguir, estamos quase sem mantimentos, sem agasalhos e sem fé. Teimo em reanimar a tropa, e é com palavras que nos alimentamos por ora. Já faz um ano inteiro que esta guerra começou, no campo de batalha o tempo passa mui depressa... E eu, para estar mais feliz, sonho com usted e com nossa casa, com um bom fogo crepitando na lareira, e com os filhos todos reunidos.

No entanto, apesar da mala suerte desses dias, os homens são mui corajosos. Até Tito, o conde, que está adoentado dos pulmões e tem a saúde fraca, não sossega um dia, esquece a febre, tudo para estar ao meu lado e preparar a tropa para a nossa partida desta São Leopoldo. Aqui conseguimos material para construir dois pontões que nos ajudariam na travessia do Jacuí, donde então seguiríamos para a Campanha. Sucede que estamos cercados, Caetana, mas usted sossegue a alma, pois acredito que conseguiremos, mais uma vez, como em Viamão, dar bom êxito ao nosso plano.

Do outro lado do Jacuí, está o coronel Crescêncio, e seria bom que pudéssemos nos unir a ele, assim teríamos as tropas reforçadas e estaríamos em condição de bater Bento Manuel. Essa travessia, no entanto, agora me parece difícil e demorada. Talvez avancemos por terra, nos batendo de frente com os malditos imperiais. Isso vamos a ver.

Onofre anda irritado, é um gigante preso, cujo mau humor preciso conter a todo momento. Ao amanhecer, nos reuniremos todos para tomar uma decisão acertada.

De resto, esposa, somos soldados levando a vida dura de uma guerra, mas estamos vivos e saudáveis. Os outros, os sobrinhos e meu cunhado, estão bem. Mandam lembranças, assim como eu, para as parentas. Penso nos meninos, que estão no Rio de Janeiro, e acho que já é quase hora de voltarem ao Rio Grande. Escreva-lhes, Caetana, e lhes diga desse meu sentimento.

Por hora, findo aqui esta carta. Hei de despachá-la ainda nesta madrugada, para que logo chegue às suas mãos.

Com todo o carinho e saudade,

Bento Gonçalves da Silva
São Leopoldo, 29 de setembro de 1836

Caetana, tendo findado a leitura, dobrou com cuidado o papel e guardou-o num bolsinho do vestido, suspirando. As coisas não estavam bem, e mesmo que Bento tentasse acalmá-la, ainda assim alguma coisa lhe ardia no peito, uma inquietude, um mau sentimento. Noite passada, quase não dormira, olhos pregados no teto. Só se acalmara após passar duas horas rezando no altar da Virgem, pedindo pelos homens, pelo êxito e para que a Santa desse um fim honrado àquela guerra.

D. Ana tinha os olhos perdidos. Impossível não pensar em Paulo, que agora estava tão perto, sob a figueira, uma lembrança morna para o seu consolo. Impossível não odiar a guerra. Tentou desanuviar os pensamentos. Manuela, Mariana, Perpétua e Rosário olhavam o tenente, esperando para ver o que mais sucederia. D. Ana lembrou de perguntar:

– E vosmecê, meu filho, que notícias mais tem para nos dar?

Uma última réstia de sol tentava furar o manto de nuvens cinzentas. A tarde findava lentamente, os queroqueros cantavam. O tenente perfilou-se, como que respondendo a um chamado superior, depois um rastro de súbita tristeza riscou suas feições delicadas. Era um jovem de tez clara, olhos castanhos, boca bem-feita.

A voz lhe saiu trêmula. Depois de tantas batalhas, de ver tanta mortandade e horror, ainda a voz lhe tremia. Lembrou-se do que vira em Fanfa e sentiu um certo horror gelar o seu sangue. Estava perante a família de Bento Gonçalves, e tinha aquela notícia a dar.

– Senhoras – começou ele, olhando o chão. – Sinto muito estar aqui e trazer inquietude a vosmecês... – Ergueu o rosto e fitou Manuela, tão moça e viçosa. Depois deitou os olhos em Caetana, e prosseguiu: – Mas fui incumbido pelo coronel Domingos Crescêncio de vir les falar.

– Pois fale, meu filho. – A voz de D. Ana soou impaciente e cheia de medo. – Estamos aqui para le ouvir.

O tenente encheu de ar os pulmões e despejou, num sopro só:

– O coronel Bento Gonçalves da Silva foi capturado e preso no dia 4 de outubro, na Ilha de Fanfa. Ele tentava atravessar o Jacuí com suas tropas para se unir ao coronel Crescêncio. Junto com Bento Gonçalves, o coronel Onofre e Tito Lívio Zambeccari também foram presos e levados ao *Presiganga*. De lá, foram transportados para o Rio de Janeiro, para a Fortaleza de Santa Cruz, onde também se encontra o capitão Lucas de Oliveira.

O silêncio só era cortado pelos passarinhos. O tenente cruzou e descruzou as mãos. Na verdade, poderia chorar. O sonho da república ficava seriamente comprometido com a prisão de Bento Gonçalves.

As sete mulheres à sua frente não pensavam em repúblicas nem em sonhos, somente no homem que tinha sido levado para longe, algemado, humilhado, e que agora teria destino tão incerto. D. Ana ergueu-se da sua cadeira e foi abraçar Caetana, que começava a chorar. O tenente sentiu-se ainda mais constrangido. Manuela correu o braço pelos ombros de Perpétua; a prima estava lívida, apoiou-se nela quando sentiu seu toque.

– Senhoras... – O tenente não sabia bem o que fazer. Ajuntou: – Foi uma batalha desigual. Bento Manuel cercou-os na ilha, e sob fogo cerrado eles lutaram por muitas horas, com muita coragem. Uma noite inteira. Nunca se há de esquecer... Mas os barcos do inglês Greenfell foram decisivos. Estavam escondidos no Jacuí, apenas aguardando. Não houve outra saída, o coronel Bento Gonçalves teve de se entregar. Com seu gesto, salvou a vida de muitos homens.

– Ah, meu filho... – viu-se D. Ana a dizer. – E a vida dele, quem há de salvar?

Mariana e Rosário estavam abraçadas à mãe. A noite foi derramando suas sombras pela varanda e pelo campo, os grilos cantavam. Duas negras vieram acender os lampiões.

– Senhoras, me desculpem... – O jovem tenente não sabia como agir.

– Fique calmo, meu filho. – D. Ana se recompunha. – Vosmecê viajou muito. Está cansado e precisa de cuidados. Le agradecemos que tenha vindo até aqui nos contar o sucedido... – Tocou uma sineta. A negra Beata apareceu. – Beata, leva o moço lá para a cozinha. Manda a Rosa cuidar muito bem dele. E prepara um quarto lá nos fundos para o moço, que vai pernoitar aqui uma noite ou duas.

O tenente André agradeceu. Estava exausto. Andando atrás da negra, pelo corredor penumbroso, ainda podia ouvir o choro triste da esposa de Bento Gonçalves. Deveria ter-lhe dito que o coronel iria voltar, não era homem de estar preso, todo mundo no Rio Grande sabia. Mas não tivera coragem. Os olhos da uruguaia eram de um verde de mata úmida. Ele não tivera coragem: a voz tinha morrido dentro da sua garganta.

Cadernos de Manuela

Estância da Barra, 7 de novembro de 1836

Naquela mesma noite, após receber um bilhete de minha mãe, D. Antônia veio ver-nos. Mesmo sob sua máscara de força e serenidade, via-se uma profunda tristeza entranhada nos seus olhos negros. Primeiro, sucedia a morte do tio

Paulo, e agora a prisão de Bento Gonçalves... As coisas ficavam duras para nós, e D. Antônia padece calada, como minha avó, de quem nunca ouvi uma reclamação durante toda a minha vida. Aqui no Rio Grande, sofrer é uma sina, e nunca se sofre mais do que numa guerra. D. Antônia sabe disso, vai se tornando marmórea com o passar dos dias. Endurece. A tristeza não se mostra, é uma espécie de nudez.

D. Antônia não chorou um só momento naquela noite que custou muito a passar, mas esteve acalmando Caetana, pedindo-lhe que ficasse bem, pelos filhos, por Bento. Sim, pois Bento voltaria. Ela tinha absoluta certeza.

– Bento tem o pêlo duro, Caetana – garantia D. Antônia, com sua voz baixa, tépida. – Quando era guri, caiu de um cavalo e luxou o tornozelo. A mãe ficou muito preocupada, pois fora um tombo feio. Depois que o enfaixaram, Bento sumiu... Quando fomos procurá-lo, estava lá, montado no tal zaino, feliz da vida, como se nada tivesse sucedido. Sempre foi uma criatura teimosa... – E D. Antônia sorria, tentando convencer a si própria: – Ele vai fugir de lá. Ninguém segura Bento Gonçalves da Silva.

Todas nós acreditamos naquelas palavras como numa profecia.

Quando recuperou um tanto da calma, uns dias depois, Caetana escreveu longa carta aos filhos. Fiquei pensando em Joaquim, lá no Rio de Janeiro, como iria ele receber tal notícia? Será que poderia visitar o pai? Joaquim, de olhos negros e sorriso alegre, com quem brinquei em tantas tardes da infância, e que hoje está prometido para ser meu esposo. Tenho carinho por ele. Carinho. D. Ana disse que sentir carinho é um modo de amar... Mas ainda não me esqueci daquela visão, do homem no convés do barco, do homem loiro que sorria para mim. E dizem que me casarei com meu primo, quando esta guerra acabar... Se um dia esta guerra acabar. Não foi o rosto de Joaquim que emergiu em mim, naquela noite de Ano-Novo. Foi, isso sim, um rosto estrangeiro, um rosto diverso desses nossos rostos rio-grandenses, de pele morena, de cabelos escuros, com ares espanholados. Aquele homem era puro ouro, um sol poente brilhava dentro dos seus olhos, dourava seus cabelos de trigo. Às vezes me ponho a espiar o horizonte para muito além das coxilhas, e fico pensando: virá algum dia esse homem dos meus sonhos, verei a face que ora me visita em pensamentos, ou meu destino é mesmo casar com meu primo Joaquim, ter filhos seus, distribuir ordens às negras, cujas mães também obedeceram às mulheres mais velhas desta casa, dar netos ao coronel Bento Gonçalves, netos parecidos com o que já somos nós, com este mesmo sangue correndo nas veias e estas mesmas visões de campos e de alvoreceres na alma? Não tenho resposta que sossegue o meu espírito. Os dias passam, iguais entre si. Instala-se o verão no pampa, e nós ficamos esperando que nos tragam a boa nova tão ansiada, a notícia da fuga de Bento Gonçalves.

João Congo, o negro de meu tio, apareceu na estância em meados de outubro. Caetana deu-lhe dinheiro e instruções para que tomasse um barco para a Corte e fosse estar com Joaquim, Bento Filho e Caetano. De lá, poderia zelar por Bento Gonçalves, levar-lhe de comer todos os dias. A comida da prisão deve ser das piores. João Congo partiu no dia seguinte, com um punhado de cartas e um sorriso no rosto preto e afável.

Todos se vão, somente nós restamos aqui. Novembro chegou com um céu azul sem nuvens e um sol morno que faz brotar flores por todo o campo. Impossível, vendo esta beleza serena, imaginar que fora desta terra se trave uma guerra tão cruel. Mas as notícias nos chegam com o vento, e é verdade que a guerra existe lá fora.

Os filhos de Caetana crescem, Ana Joaquina já começou a falar, corre atrás de Regente pelos corredores, está ficando uma guriazinha bonita. Leão, desde que soube que o pai foi preso, faz apenas brincar de guerra com sua espada de pau. Diz que vai libertar Bento Gonçalves. Caetana e D. Ana olham tudo com ares apreensivos. É sempre mais um homem se fazendo para a guerra, mais um a esperar, por quem rezar, a quem prantear.

E o tempo assim vai passando. Completei meu 16º ano num domingo de sol. D. Ana mandou que se fizessem bolos e doces, e minha mãe me deu de presente uma gargantilha de ouro que fora sua na mocidade. Pensei muito em meu pai e em Antônio, nos aniversários passados, quando o pai me pegava no colo, dizendo que eu era a sua menina e que nunca haveria de crescer. O pai está longe, faz um ano que não o vejo. Serei eu a tomar um susto quando o encontrar – quem sabe o que a guerra causou à sua pessoa – ou será ele que se espantará por me ver moça, por ver em mim essa serenidade lavrada a faca, moldada nesses dias de angústia e de espera, em que o silêncio ainda é o melhor dos confortos e dos esconderijos?

MARIANA MUDOU TAMBÉM. Encantou-se com o tenente André, andava de assuntos com ele, mais feliz, até sorridente, alegria que contrastava com a tristeza de todos. Desde que o vira na varanda, ainda sujo e cansado da viagem, uma nova luz se acendera nos olhos de minha irmã Mariana. Durante dias, seguiu-o com os olhos, de longe, sem coragem de falar-lhe. Até que um dia vi os dois proseando no pomar. Mariana exalava um viço novo, um viço que destoava de todas nós.

A casa, desde a notícia da prisão de Bento Gonçalves, ficou mais silenciosa – D. Ana desistiu temporariamente do seu piano. Para sofrimento de minha irmã, o tenente, passada uma semana aqui na estância, tomou estrada outra vez, foi juntar-se às tropas de Netto. Mariana ficou desolada, fugiu para a sanga, restou lá uma tarde inteira a chorar. Voltou para a casa com os olhos ardidos, um cãozinho sem dono. Não se pode segurar um soldado longe da guerra, não aqui no Rio Grande... O tal tenente, mal esteve recuperado da perna, montou num cavalo e foi procurar seu novo coronel. Com Bento Gonçalves preso, Antônio Netto é agora o cabeça da revolução. Dizem que está ganhando batalhas na Campanha. Que Deus o ajude. Desde então, minha irmã ora por suas tropas. O pequeno altar de Nossa Senhora, no corredor, nunca esteve tão repleto de velas. O cheiro de cera se espalha por tudo, junto com o perfume da pessegada que está fervendo nos tachos, é mais um dos odores desta casa de mulheres.

Manuela

D. Antônia recebeu o telegrama e o segurou entre as mãos como uma coisa preciosa. O paisano que trouxera a mensagem acompanhou um dos negros até a cozinha, onde lhe dariam de comer e de beber.

D. Antônia estava sentada na cadeira de balanço, tomando as frescas na varanda. A manhã do dia 22 de dezembro se acabava, um sol límpido e dourado derramava sua luz pelo campo, e lá fora soprava uma brisa fresca. Dos lados do rio, vinha, desfeita em frases desconexas, a cantoria das negras que lavavam a roupa. D. Antônia rasgou o envelope e leu. Bento Gonçalves da Silva tinha sido eleito presidente da República Rio-grandense, em Piratini.

Ela ergueu os olhos para o campo. Suas retinas tinham uma cor de carvalho, um castanho quase negro e cintilante em que nada, nenhuma emoção, podia escapar. Os cabelos presos no coque deixavam entrever as primeiras cãs. Não tinha esses fios brancos antes de a guerra começar; agora, quando se mirava no espelho, era fácil correr os dedos pelos fios desbotados. Podia enumerar as angústias que os tinham originado. Baixou os olhos para o telegrama e releu a curta mensagem. Bento Gonçalves era presidente de uma república que não proclamara. E estava preso. Estava longe, no Rio de Janeiro. Que sina era aquela que guiava um homem à frente de um rebanho inteiro, que o punha como um chefe, maior do que todos os outros e, no entanto, devedor desses outros, devedor de cada ovelha, a quem deveria zelar, honrar e proteger? Ficou pensando no irmão, trancado numa cela, logo ele que amava tanto o pampa, o vento batendo na cara, o cheiro de mato e de frescor das campanhas. Um presidente acorrentado. Bento Gonçalves não era republicano, ela sabia disso muito bem, tinham conversado tanto sobre esse assunto – como estaria se sentindo agora, com esse encargo, essa honra, essa lâmina cravada em sua carne? Com que armas lutaria, e contra quem?

– As coisas vão como cavalo desembestado.

A voz morreu lentamente. D. Antônia percebeu que falava sozinha. Ficou ranzinza. Nunca falava sozinha, era o primeiro passo para uma velhice caduca. Deitou um último olhar para o jardim florido e verde, aspirou o ar fresco, voltou para dentro da casa. Depois do almoço, aí sim, iria até a estância de Ana, dar a notícia a ela e às outras. Não ainda. Precisava pensar em tudo aquilo, pôr a cabeça no lugar.

Os acontecimentos se sucediam freneticamente. D. Antônia ouvira boatos de que Netto tinha se encontrado com Bento Manuel, e que ambos haviam tentado um acordo para aquela guerra, mas os entendimentos haviam fracassado. E o presidente Araújo Ribeiro estava enfraquecido perante o Império. As coisas se confundiam mais e mais. O hiato entre os revoltosos e os partidários da Regência aumentava a olhos vistos. D. Antônia pensou no Natal, dali a três dias. Esperava, como as outras, que Antônio, Pedro, José e Anselmo, marido de Maria Manuela, aparecessem para as festas. Pensou em Ana: haveria um lugar vazio à ceia, vagueza que nunca mais seria remediada. Sentiu uma pena terrível da irmã. Sabia muito bem que uma dor como essa demorava muitos anos para abrandar. E quando abrandava, ficavam as cicatrizes, vermelhas, doloridas, salientes.

No dia 24 de dezembro de 1836, Bento Filho e Caetano chegaram à Estância da Barra, depois de tomarem um navio no Rio de Janeiro, que os tinha levado até o Rio Grande. De lá, sob o sol quente de dezembro, cavalgaram para rever a mãe e os irmãos. Bento tinha terminado o ano da faculdade de Direito, e Caetano esquecia temporariamente os planos de entrar para uma universidade. Era tempo de pensar em outras coisas mais prementes. O Rio Grande ardia em revoltas, era preciso que todos os seus filhos viessem acudi-lo. Era preciso, por aquele nome que carregavam e honravam. Eram Gonçalves da Silva, filhos do general Bento, e a guerra os chamava. Joaquim, o filho mais velho, ficaria mais algum tempo na Corte, para visitar o pai na prisão e auxiliá-lo no que mais fosse possível. João Congo restara com ele no Rio de Janeiro.

Bento era um rapagão alto e forte de 17 anos, de voz grossa e rosto meigo. Tinha os mesmos olhos verdes de floresta de Caetana, os cabelos castanhos, crespos, e uma alegria viçosa. Caetano, aos 15 anos, era mais calado, parecido com o pai, porém de consistência física mais delicada. Ao ver a mãe parada na varanda da casa, a saudade acumulada naqueles dois anos pesou no seu peito, e ele não conseguiu segurar as lágrimas. Correu para os braços de Caetana como um menino assustado, e ali restou num forte abraço, até que Bento disse:

– Solta da mãe, guri. Também mereço um beijo dela.

Caetano foi abraçar Perpétua. Bento pegou a mãe pela cintura, deu-lhe um sonoro beijo no rosto e falou:

– Olha, mãe, em toda a Corte eu juro que não vi uma dama mais bonita do que a senhora. Le garanto.

D. Ana e D. Antônia sorriram. As primas vieram em alegre polvorosa. Era bom ter mais gente em casa, viver um pouco de alegria, deixar de lado a guerra e o medo de todos os dias. Leão e Marco Antônio queriam brincar de batalha com os irmãos mais velhos. Caetano foi correr com eles no quintal.

Bento revirou uma das malas e tirou dali duas cartas. Entregou a primeira à mãe, dizendo que era de Joaquim. O outro envelope estava recheado de papéis, um pouco sujo, mas selado.

– Esta carta é do pai, mãe. Escreveu da cela, na Fortaleza de Santa Cruz. Deu-a para o Congo, pedindo que a entregássemos à senhora logo que a gente chegasse em casa. – Estendeu o braço, depositou a carta na palma trêmula de Caetana. – A gente chegou em casa, mãe. Agora a senhora pode ir lá para dentro e ler a sua carta.

Caetana sorriu para o filho. E saiu correndo em direção ao quarto. O farfalhar das saias do seu vestido azulado ficou no ar ainda por alguns instantes como o som de um suspiro, até que D. Ana disse:

– Vamos entrar, Bentinho. A viagem de vosmecês foi mui longa, que eu sei. E hoje teremos um almoço de festa.

– E uma ceia natalina? Com doce de abóbora e ambrosia e pão de mel?

D. Ana riu. Tomou o sobrinho pelo braço.

– Com tudo isso, meu filho. Com tudo isso.

CAETANA JOANA FRANCISCA Garcia Gonçalves da Silva jogou-se na cama. Sentia o corpo todo trêmulo, e era como se estivesse para encontrar Bento às escondidas, era como se nunca tivessem estado a sós e ela ainda fosse uma menina inocente da vida. Tremia do mesmo modo que tremera na noite de núpcias, em Cerro Largo, naquela madrugada, 22 anos atrás.

Zefina estava pelo quarto, arrumando alguns vestidos. Caetana mandou que a negra saísse. Aquela carta, queria lê-la sozinha. Antes, deu um beijo leve no envelope que Quincas lhe enviara. Leria a carta do filho depois.

Soltou o lacre de cera. A letra de Bento Gonçalves surgiu ante seus olhos úmidos.

Minha Caetana,

Tenho tantas coisas para contar, que nem sei, esposa, por onde devo iniciar estas linhas. Desde Fanfa, quando preciso estar em paz, é em usted que penso, nos seus olhos, nas suas mãos, na força das suas orações. Sei que usted reza por mim, talvez seja por isso mesmo que ainda resisto, que ainda espero, entre estas paredes de pedra, neste lugar tão longe do meu Rio Grande, afastado dos meus deveres e dos meus sonhos.

Estou vivo, Caetana, e essa é a boa notícia que tenho para le dar. Estou vivo e suportando estes dias porque sei que logo regressarei para os seus braços e para o meu chão. Desde a batalha de Fanfa, desde que tive de me entregar ao meu tocaio, o traidor Bento Manuel, meu orgulho tem sido posto à prova, lacerado, forçado nas suas amarras, até o limite da exaustão desta minha alma. E vosmecê sabe, Caetana, quanto soy un hombre orgulhoso. Tive, porém, de entrar em Porto Alegre como prisioneiro, algemado, junto com o conde Zambeccari e com Onofre, tive de ficar preso no *Presiganga* por muitos dias, até que me foi dada a notícia de que seria trazido para cá, para a Corte, tão longe de usted, do meu chão, e tão perto do Regente.

Foi a bordo do *Presiganga* que me contaram que fui eleito presidente desta República Rio-grandense, e que agora sou general. Mas quais atitudes um homem preso pode tomar, minha Caetana? Que general sou eu, tendo permitido tamanha derrota em Fanfa, e que hoje estou nesta masmorra, confinado numa cela solitária, exposto a suplícios que não hei de le narrar, pois não le quero pensar mais sofredora do que decerto está.

Logo que cheguei ao Rio de Janeiro, juntamente com os outros, fui levado para a Fortaleza de Santa Cruz, onde fomos bem tratados, e onde vi com gosto o nosso mui estimado conde recuperar-se um pouco, pois que sofria desde muito de um sério mal dos pulmões. Porém, passados alguns dias, tendo visto em mim um perigo muito maior do que represento aqui – apartado de tudo e de todos –, me jogaram numa cela da Casa Forte, e é desta imunda peça que ora le escrevo, Caetana.

Aqui mal se sabe quando é dia e quando é noite. Uma única e estreita janela fica no alto da cela, quase na junção do teto, e nem subindo na enxerga que me serve de cama posso ver o que se descortina lá fora, no mundo. No entanto, durante a madrugada, escuto o barulho do mar. Desse mar que me separa de usted, Caetana, e que me sussurra segredos que tento desvendar nas minhas noites solitárias.

145

Recebi a visita de nossos filhos e de Congo, que me trouxe roupas, fumo e coisas de comer. Congo trouxe também a sua carta... Foi um bom momento, lendo as suas palavras. Quase me esqueci que estava aqui.

Sei que Bento e Caetano estarão com vosmecês na estância quando usted ler esta. Cuida deles, esposa. Joaquim voltará para o Rio Grande em breve, le garanto. Por agora, ajuda-me aqui, fazendo alguns contatos. E está mui bien, um homem, e parecido com vosmecê.

Dê meus carinhos para as minhas irmãs e para as sobrinhas. E, por favor, vosmecê beije nossos filhos por mim.

Não desanime, Caetana. Estaremos juntos em breve, se assim Deus quiser e a buena suerte me ajudar.

Sempre seu,

Bento Gonçalves da Silva
Fortaleza de Santa Cruz, Rio de Janeiro,
2 de dezembro de 1836

Caetana limpou do rosto as lágrimas. Um soluço estava preso em sua garganta, ardido, como um espinho. Ela tocou a sinetinha que ficava no criado-mudo, ao lado da cama. Zefina apareceu logo depois. Caetana mandou a negra buscar D. Ana.

A cunhada veio rapidamente. Estava na sala, servindo o almoço para os dois sobrinhos, botando a conversa em dia. Sabia o que a esposa de Bento queria com ela. Bateu de leve na porta, ouviu a voz rouca:

– Entra.

D. Ana não disse nada, mas notou o rosto de choro de Caetana. Sentou na cama e ficou esperando a cunhada dizer:

– Leia, Ana, por favor.

D. Ana pôs-se a ler a carta. Do corredor, vinha a algazarra dos meninos. Estavam brincando de cavalaria. D. Ana leu as primeiras palavras. Sentiu a voz de Bento em seus ouvidos.

APESAR DE TUDO, tiveram um bom Natal.

Apenas Antônio pôde ir ter com elas, os outros estavam para os lados de Piratini, envolvidos com a guerra, ocupados demais para a viagem de festas. Antônio chegou ao anoitecer, com a barba crescida e um brilho diferente nos olhos. Agora falava muito na república, agora era um homem de verdade. Tinha lutado como um homem, vira coisas cruéis que o perseguiam nos sonhos. Passara a odiar os imperiais com todo o seu sangue de moço. Mas, em casa, ao lado da mãe, das irmãs e das tias, recuperou a doçura alegre de sempre, animou-as, cantou, dançou a chimarrita com a prima Perpétua.

Num dado momento, propôs um brinde:

– Ao presidente desta república, o general Bento Gonçalves da Silva. – Ergueu sua taça no alto, e o cristal brilhou sob a luz dos candelabros. – Que ele logo esteja entre nós, mais forte ainda do que antes.

As taças tilintaram.

D. Antônia abraçou forte o sobrinho.

– Que Deus Nosso Senhor esteja le ouvindo, Antônio – disse ela, o rosto sério.

– Está, tia. Le garanto que está. Logo Bento Gonçalves sai da prisão. Estamos trabalhando muito. Com ou sem a ajuda de Deus, tio Bento vai ficar livre.

O restante da noite foi de festas. Caetana tentou ficar alegre; porém, apesar da presença dos dois filhos, não conseguia tirar da memória as palavras de Bento. A cada instante, vinha à sua mente a imagem do marido preso numa solitária, doente e esfarrapado. Ela acendeu muitas velas para a Virgem, mas a angústia não a abandonou naquela noite inteira, nem nos dias subseqüentes.

1837

D. Ana fizera questão de que comemorassem a virada do ano, que fizessem uma boa ceia e que mandassem carnear um novilho para o pessoal da fazenda. Dizia que a tristeza era feito pó, quando se entranhava numa casa, não saía mais. Era preciso cuidar para que a alma permanecesse arejada, apesar de tudo. Ela mesma chorara de saudades do seu Paulo, enquanto se arrumava para a festa; porém, logo depois limpara as lágrimas e fora estar com as cunhadas e os sobrinhos. Afinal, a vida seguia como um rio. E era preciso remar.

O senhor Inácio de Oliveira Guimarães viera trazer seus votos de felicidades à família. Chegou passado das nove horas, muito bem-composto como andava sempre. Do seu lugar na sala, Rosário viu o rosto da prima Perpétua tingir-se de carmim quando o visitante apareceu na soleira da porta. Trazia consigo a esposa, uma senhorinha mui apagada de graças, que se chamava Teresa. Nem a presença da mulher acalmou o nervosismo de Perpétua.

Estavam todos na sala, tomando ponche e proseando. D. Ana tocava umas modinhas ao piano. As negras arrumavam a mesa da ceia. Rosário aproveitou o alarido provocado pela chegada das visitas, enveredou pelo corredor semi-escurecido. O escritório cheirava a sonhos e coisas guardadas. Ela abriu a janela, e o perfume dos jasmins se insinuou para dentro da peça como se fosse o hálito da noite. A luz tênue do candelabro que trouxera fazia os livros perderem a forma nas prateleiras da estante. Rosário sentou, ajeitando bem as saias do vestido novo, e esperou. O cheiro de jasmins ficava mais e mais forte.

– Steban....

Ele pareceu brotar das prateleiras da estante. Rosário não se assustou; ao contrário, sentiu uma morneza boa derramar-se dentro do seu peito quando viu o brilho daqueles olhos oblíquos e tristes. Steban usava um uniforme de gala.

– Tuve miedo que no venieras a verme. – A voz dele era puro cristal. Ele sorriu, mostrando os dentes alvos, e seu sorriso clareava o rosto bonito, quase sempre tão pálido.

Rosário percebeu a atadura nova, limpa, ao redor da testa de Steban. Sentiu o impulso de se erguer, de tocá-lo. Havia muitos meses que desejava tanto, sonhava com isso. Acordava no meio da noite com o nome dele ainda em seus lábios. Mas sabia que não era possível, não ainda. E Steban tinha muito medo dos homens da casa. El general. Não podia ouvir o nome de Bento Gonçalves. Rosário vira uma vez, ao pronunciar o nome do tio por acaso, a atadura ficar tinta de sangue rubro e tépido, e Steban se desfazer como fumaça pelas frestas da estante dos livros.

Rosário conteve a ânsia de abraçá-lo.

– E los otros? No vinieran para la fiesta?

– O tio está preso, Steban. E meu pai anda na guerra. Mas Antônio está aqui. Se vosmecê quiser, chamo meu irmão. Assim vosmecês se conhecem.

Steban estendeu o braço, como que para tocá-la, mas a mão foi caindo lentamente, como um animal ferido.

– No llames tu hermano, Rosário... No es la hora.

Rosário sentiu os olhos úmidos de lágrimas. Ajeitou o vestido, tentando disfarçar o nervosismo. Nunca era a hora. Queria que os outros soubessem. Aquele silêncio pesava feito chumbo em seu peito. Ela respirou fundo, ergueu novamente o rosto. O jovem oficial uruguaio lhe sorria. Como era garboso...

— Vosmecê está muito bonito hoje — teve coragem de dizer, e sentiu-se ruborescer levemente. Se D. Ana ou mesmo a mãe a ouvissem...

Da sala, vinham a melodia do piano e um som de vozes e de risos. O cheiro de jasmins queimava sua garganta. Faltava pouco agora para a meia-noite. E os olhos de Steban eram límpidos como o céu do verão nas paragens.

Antônio partiu no dia seguinte, ao alvorecer. Bento Filho quis acompanhar o primo, arrumou algumas coisas numa trouxa, estava decidido a ir para a guerra ao lado do general Netto.

Caetana soube da notícia quando estava cuidando de Ana Joaquina. Largou a menina no colo da negra Xica, saiu correndo pelo corredor afora. Encontrou o filho encilhando um cavalo sob o sol ainda morno daquele alvorecer de janeiro. Da porta da cozinha, D. Ana observava tudo, o rosto impávido, apenas um brilho ardido nos olhos escuros.

— Aonde usted pensa que vai? — gritou Caetana. Ela quase nunca gritava, tinha a voz baixa, modulada.

Zé Pedra estava por ali arrumando umas achas de lenha, ergueu os olhos, entendeu tudo num único instante. Saiu de mansinho. Bento largou do animal, virou-se para a mãe:

— Eu ia falar com a senhora ainda agora... — A voz tremia um pouco. — Vou com o Antônio. Estou decidido.

Caetana segurou o braço do filho. Seus dedos amoleceram ao contato daquela carne tão sua. A voz serenou um pouco.

— Bento... Seu pai pediu que usted esperasse aqui... Quando Joaquim voltar, vosmecês vão os dois. Nem bem faz uns dias que veio. E eu preciso de usted.

– Mas mãe... Quero ir. Pelo Rio Grande, pelo pai.

Os olhos de Caetana ardiam de lágrimas contidas. Chegou mais perto do filho. Era tão alto, um rapagão. Lembrou-se da primeira vez que o levara ao seio, uma coisinha rosada e tenra, indefesa.

– Por Dios, hijo...

Bento titubeou. Caetana tremia. O jovem ergueu os olhos, viu a tia parada à porta da cozinha, uma estátua. Antônio já tinha lutado muitas batalhas, tinha uma cicatriz no braço, um brilho de fúria nos olhos verdes. Pensou no pai. Bento Gonçalves havia mandado que esperasse. "Fica com sua mãe por uns tempos, meu filho. Quando eu escapar daqui, usted lutará ao meu lado." Caetana o fitava, parecia prestes a desfalecer.

– Está bem, mãe. – Um gosto de bile encheu sua boca. Era um covarde. Tinha medo.

Caetana abraçou o filho, trêmula.

– Gracias, Bento, gracias... – Acarinhou-lhe a face já escurecida pela barba. – Venha, vamos tomar o café juntos. Não fique triste, hijo, usted ainda lutará ao lado do seu pai.

D. Ana entrou na cozinha. Passou pelas negras sem dizer nada. Chorava baixinho, de alívio.

NO FIM DE JANEIRO, chegou à estância a notícia de que o general Bento Gonçalves havia sido transferido para a Fortaleza de Lage, no Rio de Janeiro. Era uma prisão mais dura, de onde seria ainda mais difícil fugir. Mas os republicanos faziam planos, armavam estratagemas para libertar o general sulista. Era questão de tempo.

– E de paciência – disse D. Antônia para a cunhada, ao ver os olhos vermelhos de Caetana, que chorara a noite inteira. – Bento sai dessa, eu tenho fé. Vosmecê, por favor, não perca a sua.

De resto, os dias se gastavam em lentas horas quentes sob aquele céu azul-cobalto, aqui e lá tingido de nuvens. Era um verão bonito. Para além, no entanto, encarniçadas batalhas prosseguiam. Araújo Ribeiro deixara o cargo de presidente da província e fora embora do Rio Grande. Para o seu lugar, havia sido nomeado o brigadeiro Antero de Britto, um homem de 50 anos, feroz e ditador, que prometia acabar com a revolução a qualquer custo. Antero de Britto tinha um inimigo de longa data: Bento Manuel Ribeiro, e uma das suas primeiras ações foi desautorizá-lo a negociar a paz com os rebeldes. Coagido, Bento Manuel desmanchou suas tropas e partiu para sua estância.

D. Ana passava largas horas na varanda – o bordado perdido entre as dobras da saia, o desenho que nunca aumentava –, fitando o pampa. Pensava em Pedro e José. Fazia muito tempo que não via o filho mais velho e agora sonhava com ele todas as noites, uns sonhos inquietos em que José se confundia com o marido morto, gemia de dor naquela mesma cama em que Paulo falecera. Desses sonhos, D. Ana despertava coberta de suor. Milú logo vinha acudi-la, abanando o leque e reclamando do calor daquele verão.

– Calor é esse fogo que cozinha a minha alma, Milú – dizia sempre. – Vou andar um pouquito.

A negrinha não entendia nada, ficava olhando a patroa vestir o chambre, calçar as chinelinhas e sumir pelo corredor em direção ao altar de Nossa Senhora. Era lá que D. Ana esperava a volta do sono. Muitas vezes, encontrava Caetana a rezar no meio da madrugada, e fazia coro à sua voz rouca.

Entardecia. Uma luz rosada se derramava sobre o campo, enchendo de cores mágicas as flores e as folhagens. Um cheiro fresco se erguia da terra. Dois cachorros latiam ao longe, para os lados da sanga. Bento, Caetano, Leão e Marco Antônio estavam lá, tomando banho e brincando. D. Ana lembrou-se da manhã em que vira Bento encilhar o cavalo, disposto a ir para a guerra. Naquele dia enxergara, sobre a cabeça do sobrinho, uma espécie de luz que a assustara. Não dissera nada a ninguém, mas receara que fosse um aviso. Bento não partira, graças a Deus. Agora devia estar mergulhando na água tépida da sanga, rindo com os outros, vivendo. Pensou mais uma vez nos dois filhos, havia tanto tempo empunhando espadas. Saberiam ainda tomar um banho de sanga, desanuviar a cabeça das coisas da guerra?

– Os acontecimentos vão sucedendo num caminho sem volta...

Maria Manuela chegou à varanda.

– Vosmecê disse alguma coisa, Ana?

D. Ana enrubesceu levemente.

– Estava falando sozinha, irmã. Hay cosas que a gente não tem coragem de dizer para os outros, só para nós mesmos.

Maria Manuela sentou numa das cadeiras de vime. Parecia triste.

– Essa guerra é que faz isso, Ana. Eu também tenho falado sozinha, cada coisa, cada coisa...

D. Ana afagou o ombro da irmã mais moça. Quando via alguém triste, achava forças. Abriu um sorriso confiante.

– Deixa estar, Maria... Isso passa. Tudo na vida passa. Vamos adelante. Logo o Rio Grande se assenta outra vez, e nossos homens voltam para casa.

– Deus le ouça. Queria mesmo era levar Rosário de volta para a cidade. Ela anda tão diferente, nem parece a mesma moça de antes... Precisa do pai, eu acho.

– Isso também passa. Quando casar, passa, le garanto. Rosário agora precisa é de um marido.

As duas ficaram caladas. Um quero-quero escondido no umbu começou a cantar. A luz do entardecer agora adquiria matizes de puro ouro.

D. Ana se ergueu lentamente.

– Vou lá na cozinha perguntar a Rosa a quantas anda o jantar. Quando voltarem da sanga, aqueles guris vão estar varados de fome – e saiu num passinho rápido.

O ENTREVERO É UMA MASSA humana recoberta de pó que parece dançar numa cadência estranha. Um ato gera outro, ritmado, esperado, cabal. A lâmina de um sabre se ergue, brilha um instante contra o sol, baixa, crava-se na garganta de um imperial. O sangue rubro jorra feito água, o cavalo empina, aterrorizado. O sabre, agora tinto, desce outra vez, erra o seu alvo, o republicano desvia com o cavalo. Um soldado inimigo avança, pistola em punho, olhar furioso. A bala zune, parece ter fugido daqueles olhos negros, entra no meio da testa do republicano, que toma um susto, um instante, como se percebesse a armadilha na qual se deixou pegar. O homem desaba. Como num passe de mágica, o sabre agora está na cinta do imperial. Dois cavalos vêm em correria, um tiro de canhão abre um buraco no meio da infantaria; mais adiante, a horda humana recua como a maré. Saltam corpos de ambos os exércitos, voam sem qualquer graciosidade, como pássaros bêbados. Tudo desaparece por um momento, escondido no meio da poeira negra e do cheiro acre de pólvora.

Havia um céu azul vendo tudo isso, havia um céu azul e uma brisa morna de manhãzinha. Havia um céu azul. Agora tudo é negro e sujo e moribundo por um momento, até que a poeira desce e outra vez se descortina o movimento ritmado dos corpos vivos pisando sobre os corpos mortos. E o céu permanece inalterado, o olho de Deus.

A cavalaria é como um único corpo que avança sob o grito de Netto, pula corpos pelo chão, pisoteia membros. Não há tempo para nada, e o tilintar dos metais estoura os tímpanos. Antônio crava a lança num soldado, solta-a com custo, deve ter entranhado em algum osso, segue adiante, tentando compreender aquela cena de horror, tentando livrar o rosto da poeira, tentando varar o maior número possível de imperiais. Os canhões rugem, um tiro desaba sobre um grupo de cavaleiros republicanos. A tropa se dispersa um pouco, avança, urrando. A batalha recomeça. Netto dá ordens para seus soldados, e sua voz se eleva acima de tudo, como a voz de um sacerdote. Antônio trespassa o ventre de um soldado inimigo. É jovem, loiro, seu rosto faz um esgar de dor, quase de espanto. A pistola em sua mão pálida desaba e some no meio do chão tinto de sangue. Da ferida, escapa uma pasta viscosa, os intestinos pulam para fora da prisão daquela carne. O rapaz perde as forças, cai no chão, some na poeira. Antônio segue em frente. (O soldado se parecia com um guri lá da estância, tinha grande parecença mesmo.) Antônio agora tem os olhos cheios de lágrimas, aquele pó é que o deixa assim, aquela pólvora. Já não sente nada quando mata um inimigo. (É preciso, é preciso.) Seu cavalo avança. Os imperiais recuam para dentro de uma sanga.

Esta batalha vamos vencer. Después alguém conta a notícia para Bento Gonçalves, lá no Rio de Janeiro, para alegrá-lo um pouco em seus pesares. O tio há de apreciar essa vitória. Uma vitória macanuda. Os imperiais estão fugindo feito formigas.

Antônio lembra-se muito bem do primeiro homem que matou. Não dormiu naquela noite, sonhando com os olhos baços do soldado. Agora já nem sabe mais quantos passaram pela sua espada. Nem quer saber. Quer ganhar esta batalha, esta guerra. Quer ver a República brilhar, quer seu Rio Grande de volta. Antônio pensa no pai, para os lados da Serra, lutando as suas batalhas. A gritaria aumenta.

Ele vê um homem sem as duas pernas, rebentado ao meio por um tiro de canhão. Desvia os olhos. (Essas coisas não é bom a gente ver, deita os olhos nelas e não esquece nunca mais. É uma praga. Voltam nos sonhos, quando menos se espera.)

A verdade é que sente saudades da casa da estância, das longas tardes cavalgando pelos campos. Jamais gostara de ir ao matadouro, nunca, nem em moleque, por curiosidade. Mas guerra é guerra, e um homem não morre como um boi, peleja muito antes de morrer.

A dança prossegue. Começa a chover, uma chuva de pingos miúdos que não dá conta do calor. Netto luta em meio a um entrevero de homens e de cavalos. José está bem na frente, perto da sanga, empurrando os imperiais para a água. A terra encarnada de sangue vai se transformando em barro quando a chuva engrossa, uma pasta fétida. Os corpos vão sendo pisoteados, vão sumindo no barro vermelho. Antônio limpa o rosto. A chuva tira o sangue da sua testa, só deixa ficar o corte fino, na altura da sobrancelha esquerda, um raspão, nada de mais. "Até casar, sara", diria D. Ana, se estivesse ali para ver o ferimento. Mas D. Ana está bem longe, com as outras, fazendo a sua parte, cuidando das coisas da vida, rezando por eles. É preciso que alguém reze por eles, a mala suerte pode estar rondando por ali... Antônio recorda o homem rebentado ao meio, esfacelado pelos canhões. Essa lembrança desgraçada não sararia nunca, ele sabia, ia lá juntar-se a tantas outras, no tacho das memórias de guerra. Tacho sangrento. Mas era pelo bem do Rio Grande, pela liberdade. Antônio avançou seu cavalo para auxiliar o primo, entrando na beira da sanga. A manhã ia derramando suas luzes pelo mundo, decerto faria um calor desgraçado. José lhe sorri. Tem o rosto parcialmente encoberto pelo barro, e um ferimento leve no braço esquerdo.

FEVEREIRO IA JÁ para o fim quando D. Antônia recebeu a carta. Fazia muito que andava sem notícias de Bento, preso naquele forte no Rio de Janeiro, e o homem que chegara montado a cavalo, um paisano, fez questão de contar quão custoso fora o despacho daquela missiva. A carta viera de barco, em meio às bagagens de um republicano proeminente que, por sua vez, a recebera das mãos de um tal italiano.

– O conde? – quis saber Antônia.

O paisano negou. O conde estava preso, junto com Onofre Pires e Corte Real, em outro forte. O italiano que se encontrara com o general chamava-se Giuseppe. E fazia pouco tempo que estava no Brasil.

D. Antônia recebeu a carta com ansiedade, mas não esqueceu a cortesia, mandando que as negras servissem mate e bolo à visita. O paisano agradeceu, mas declinou. Estava a caminho de uma missão, não tinha muito tempo para perder, todas aquelas estradas pela frente, até São Gabriel, e o sol de verão cozinhando os miolos do vivente, não era coisa pouca. Aceitava, no entanto, um pedaço de charque para comer no caminho, à noite.

Assim que o homem partiu, levando no alforje o charque, arroz e fumo de rolo com que D. Antônia o presenteara, foi que ela acorreu ao quarto para ler a carta do irmão. Fechou-se toda, como se cem mil olhos imperiais a estivessem espionando e, na cama, pôs-se a par das notícias. A carta era muito breve, escrita em papel ordinário. Bento Gonçalves era comedido para narrar a dureza daquela vida, da masmorra de onde quase nunca saía para uns raros passeios à beira-mar. Não contava da umidade, da comida ruim, das visitas quase proibidas, da solidão que quase o enlouquecera até a chegada de Pedro Boticário, com quem agora dividia a sua cela e aquela espera. Contava, isso sim, de um tal Giuseppe Garibaldi, a quem conhecera, juntamente com outro italiano de nome Rossetti. Ambos tinham ido vê-lo na prisão, no princípio daquele mês. Uma visita de poucos minutos. O general estava praticamente proibido de receber visitas, era sempre coisa breve, mal dava tempo para trocar umas palavras. Mas os italianos tinham sido hábeis em explicar seu intento, não perdiam minuto em vão. Ambos queriam unir-se aos republicanos naquela luta pela liberdade.

> Faz muito tempo, Antônia, perguntei se podia contar com usted nesta empreitada, e vosmecê esteve ao meu lado. Tenho planos para este italiano de nome Garibaldi, que tanto já combateu na Itália e no restante da Europa. Foi Tito Zambeccari quem o fez chegar até mim... Cara irmã, ainda meus sonhos são apenas sonhos, pois estou aqui neste forte longe do meu Rio Grande, mas entrevejo um novo rumo para nossa causa. E, de usted, quero saber: ainda posso contar com seus préstimos e com a estância?

D. Antônia leu o restante da carta com rapidez. Bento pouco mais falava do tal Garibaldi, a não ser que, em breve, seria corsário dos republicanos. Mas onde entraria a sua ajuda naquilo tudo? Era certo que a Estância do Brejo ficava na barra do Rio Camaquã, mas será que Bento desejava que o seu corsário italiano viesse se esconder logo ali?

D. Antônia ergueu-se da cama e foi espiar pela janela. Estava uma manhã bem bonita, de céu límpido. Ela dobrou a carta e guardou-a no bolso do vestido. Enviaria sua resposta para Joaquim, ele a faria chegar ao pai de algum modo. O que Bento Gonçalves precisava era do seu consentimento. D. Antônia pensou no irmão, a saudade doeu no seu peito. Queria cuidá-lo, fazê-lo recuperar-se daquela odiosa prisão. As lágrimas escorreram pelo seu rosto. Não chorava nunca, era bom; se as outras vissem, aí sim, todas as lágrimas haveriam de brotar... Mulher não podia ver outra chorar sem fazer coro. Mas estava em casa, sozinha, não havia mal algum. O irmão podia contar com ela, com a estância, com o que fosse necessário.

D. Antônia caminhou até a secretária, puxou uma folha de papel de uma gaveta, pegou da pena e pôs-se a escrever para Bento Gonçalves.

Cadernos de Manuela

Pelotas, 30 de junho de 1867

Quando março ia se esgotando, trazendo lentamente o outono para nossa terra, as coisas começaram a acontecer. Não é preciso dizer que cada notícia, cada suspiro cifrado levavam muitos e muitos dias para chegar até a estância, tendo traçado para isso caminhos tão tortuosos que, muitas vezes, desconfiávamos daqueles segredos, e não sabíamos se era causo de estar triste ou de estar feliz; se, lá no Rio de Janeiro, as coisas estavam andando como nos informavam, ou se tudo corria ao inverso, como um rio enfeitiçado, e apenas nós, oito mulheres no pampa, críamos que as engrenagens estavam começando a se mover novamente.

D. Antônia pernoitou muitas noites conosco, nesse princípio de outono de 1837, pois que se nos chegasse qualquer notícia – e elas vinham pela boca de oficiais, por cartas escondidas nas guaiacas de impensáveis tropeiros, pela mão de todo tipo de criaturas a serviço dos republicanos – era bom que estivéssemos todas juntas, para comemorar ou para prantear um revés.

Sabíamos que um visconde no Rio de Janeiro estava tramando, junto com tantos outros, uma operação para libertar o presidente da República Rio-grandense da Fortaleza de Lage, e também Onofre Pires, Zambeccari, o italiano, e Corte Real, que estavam na Fortaleza de Santa Cruz. Irineu Evangelista de Souza, o visconde de Mauá, estava na ponta de uma intrincada rede, segundo nos explicou D. Antônia, uma rede que ia muito além dos limites do Rio Grande, que se estendia por diversos estados do Brasil, até o Nordeste, e que ambicionava a república. Portanto, para eles, ajudar a causa rio-grandense era fundamental.

Fechadas naquela casa em que a vida se regia pelas horas de comer e de rezar, era impossível que compreendêssemos os intrincados caminhos daquele sonho. Tudo para nós se baseava na simplicidade da carne com arroz, da hora da sesta, dos banhos de sanga. Imaginar que, na Corte, tramavam-se coisas tão misteriosas, como nos romances que líamos nas longas tardes de modorra? Nem sempre eu podia acreditar... Mas a verdade é que Joaquim estava no Rio de Janeiro, também ele tentando libertar o pai. A verdade era que a lenda sobre meu tio chegara já tão longe das nossas terras, e eu imaginava homens vestidos de negro, reunidos num local ermo, ao redor de uma mesa na qual tremulava uma vela, como piratas noturnos, tramando passo a passo um plano para arrebatar o general daquele forte e mandá-lo de volta ao Rio Grande, onde era o seu lugar.

Lembro muito bem que, naqueles dias, Caetana esteve oscilando entre o júbilo e o temor, e ora a víamos bela, com seus resplandecentes olhos de esmeralda, ora a víamos pálida, os cabelos desfeitos, rezando, as mãos tão apertadas sobre o peito que era como se estivesse se agarrando a um muro invisível, estando a ponto de cair num penhasco. Bento e Caetano andavam pelos cantos, como se da concentração de suas almas dependesse o bom sucesso daquilo tudo. Mas a verdade é que eu via nos olhos de Bento uma angústia cruel. Ele queria estar perto do pai, assim como estava Joaquim. Aqueles dias de forçada paz, na estância, estavam corroendo o seu espírito. Estive com ele, numa tarde, e, à sombra do umbu, conversamos. Bento ouviu meus pedidos de calma, as coisas tomavam seu rumo e não tão rapidamente como desejávamos, haja vista que eu mesma estava ali na Barra havia já dois anos. E o tempo se escoara assim, como areia pelos meus dedos, sem que eu quase percebesse a sua totalidade.

– Estes dias estão me custando a alma. Já sou um homem, não é certo que fique aqui, sem nada para fazer, enquanto os tios, os primos, todos os outros homens do Rio Grande pelejam por esses campos, e enquanto meu próprio pai está preso, lá na Corte.

– Nem que vosmecê parta agora, Bento, a sua ajuda será útil. A viagem ao Rio de Janeiro é longa, quem sabe usted chega lá e seu pai já partiu. Queira Deus... Mas também não sei muito o que le dizer, os homens não foram feitos para a espera. Esses humores são femininos, por isso é que parimos. Nós, sim, fomos feitas para esperar, sempre.

Mas Bento esperou. Ao lado da mãe, ansioso, corroendo os dias, ele esperou.

D. Ana e D. Antônia passavam longas horas proseando na varanda, enchiam aquela angústia com preparativos para um baile. Sim, quando Bento Gonçalves voltasse para o Sul, haveria um baile em casa. Era bom pensar assim, e todas nós nos unimos a elas nessa expectativa, tecendo uma rede de fios muito tênues, combinando cores de vestidos, tecidos, rendas. Um vestido novo, de baile, só de sonhar com ele, ah, que suave alegria... E música, e dança. Ressuscitar os candelabros de prata, as toalhas de linho, os tapetes... Ressuscitar a alegria, nem que fosse por uma única noite.

Mariana esteve feliz naqueles dias; para ela era como se o tio estivesse já retornando para a casa. Escolhia penteados, cogitava se André, o tal tenente por quem ainda suspirava, viria à festa. Rosário e Perpétua também estavam alegres. Dois longos anos sem um baile, queixavam-se elas. Era causo de uma moça morrer solteira. Uma solteira de guerra. Acontecia muito isso na época das batalhas; as moças envelheciam em casa, e quando a guerra acabava, não sobrava homem são para o casamento.

– Eu por mim já arranjo um pretendente nesse baile – dizia Perpétua. – Já fico noiva e pronto. Me caso logo... Essa guerra não tem fim.

Era um bom jeito de passar o tempo. Desviávamos nossos espíritos da angústia principal: Bento Gonçalves escaparia da prisão? Até minha mãe apreciou a idéia da festa. Não revia o marido havia muito. Dançar uma meia-cancha com ele era quase um sonho.

Hoje, passados os anos, sei que as tias inventaram o causo do baile para que nos ocupássemos dessa alegria e deixássemos a vida andar lá para a Corte. Eram sábias, tinham essa sabedoria que a vida não ensina, mas que vem no sangue de alguns viventes, acho que por herança. Armavam estratagemas, como o irmão general. As duas regiam a vida da família, da ala feminina da família, com manobras dignas de uma batalha. Lutavam contra o horror daquela guerra, com todas as forças. Dia após dia, D. Ana e D. Antônia nos roubavam das garras do medo e do desencanto, e nos protegiam naquela redoma de paredes caiadas, onde para tudo havia um horário e uma norma, menos para a desesperança.

— Quando uma mulher desacredita, está tudo perdido.
Era isso que dizia D. Antônia.
E foi isso que aprendi naqueles dez anos que passamos juntas, esperando.

NOS PRIMEIROS DIAS daquele abril, Pedro veio nos ver. Trazia uma notícia. A fuga de Bento Gonçalves fora frustrada.

Pedro apeou do zaino e, ali mesmo onde estava, em frente à varanda, nos contou o sucedido. Zé Pedra e Manoel, que andavam por perto, também se achegaram para ouvir. Éramos muitos, mas o silêncio que fazia retumbava, somente cortado pelas frases de Pedro, incisivas. As lágrimas de Caetana e de minha mãe correram silentes, ninguém fez um gesto para acalentá-las. Estávamos todos perdidos num mar de bruma; D. Ana, pálida, nem teve tempo de demonstrar alegria pela chegada do filho; ficou ali, em sua cadeira de balanço, como que trespassada por uma espada invisível. D. Antônia tinha as feições talhadas em pedra e, assim, era ainda mais parecida com o irmão general: em seu rosto não se lia um sentimento, nem de dor, nem de medo, apenas aqueles olhos negros coriscavam, perdidos no horizonte nublado da tarde, como dois corvos espreitando alguma coisa.

Pedro contou tudo o que acontecera. Numa noite, um grupo de homens pôs em prática um plano já havia muito arquitetado — Joaquim estava entre eles. Num barco, atravessaram a Baía de Guanabara, em direção ao forte em que estava Bento Gonçalves, o primeiro a ser libertado. Quando tivessem consigo o general, iriam até a fortaleza de Santa Cruz buscar Onofre Pires e os outros. Estava tudo arreglado. Por meio de mil subterfúgios, os homens haviam de antemão conseguido uma cópia da chave das celas, cópia que tinham feito chegar às mãos de Bento Gonçalves e de Onofre. A noite e a hora haviam sido combinadas. Bento

Gonçalves e Pedro Boticário, seu companheiro de cela, deviam abrir a porta e fugir para a praia, de onde seriam resgatados. No entanto, o barco ficara muito tempo esperando pelos dois, até que, na mira da Marinha, foram obrigados a seguir. Só muito depois é que souberam o que atrapalhara o general: a chave falsa não abrira a porta da cela. Bento Gonçalves e Boticário, no auge do desespero, começaram a limar uma grade da janela, grade esta que cedeu, abrindo um espaço suficiente para que Bento Gonçalves se esgueirasse por ali. Já no pátio, teria ele tentado puxar Pedro Boticário, mas o homem era muito gordo e ficou entalado na janela. Bento recusou-se a partir sozinho, abandonando o tal à sua própria sorte, e o barco teve de seguir rumo à Fortaleza de Santa Cruz.

Ele falava rapidamente, numa voz baixa, voz de riacho. Íamos bebendo as suas palavras, não com ânsia, mas com angústia. As coisas tinham ido muito mal.

Pedro prosseguiu:

– Em Santa Cruz, a chave funcionou. Os homens atravessaram a baía e recolheram o coronel Onofre e Corte Real. Parece mesmo que o conde italiano, o Zambeccari, não sabia nadar e ficou lá. – Pedro tomou ar. – O Quincas ajudou muito, esteve até no barco. Mas agora está voltando para cá. Tomou um navio no Rio de Janeiro, vai ficar em Santa Catarina. O restante faz a cavalo, mais o João Congo. Vem devagar, é bom, para não levantar suspeita sobre si.

D. Ana exibiu uma voz quase calcária:

– E os outros, meu filho? E o Onofre?

– Eles vêm vindo, mãe. Mas não me pergunte por onde, que não sei le responder. É preciso ter muito cuidado, porque esses imperiais andam soltos por tudo quanto é canto desta terra.

D. Ana ergueu-se com certo custo.

- Zé, leva o cavalo do Pedro, dá comida para esse animal, coitado. - E estendeu a mão ao filho. A mão tremia um pouco, mas Pedro não disse nada. - Vem, guri. Vem comer, que vosmecê está com uma cara cavada que só vendo. Deus me perdoe, nem parece filho meu. E depois vai tomar um banho, um banho bem comprido.

Pedro já ia entrando. Passou por mim, afagou os meus cabelos. Eu quis sorrir, mas não consegui. Tinha o peito encaroçado de angústia.

A voz de D. Antônia segurou o primo por mais um instante:

- Me diz, Pedro, vosmecê sabe o que aconteceu com o Bento?

Pedro ficou triste, baixou os olhos.

- Parece que vai para mais longe, tia. Não sei bem para onde, mas andam dizendo que é lá pros lados de Salvador.

E, dito isso, entrou. Parecia sentir que a culpa de tudo aquilo era dele, como se o fato de nos ter contado lhe desse algum poder sobre os acontecimentos.

Sentada em sua cadeira, muito pálida, Caetana começou a chorar baixinho, e Perpétua foi abraçá-la, ela também chorando, as lágrimas lhe caindo pelo rosto fino.

- Salvador é mui longe, ai Dios... Salvador é na outra ponta desta terra... - gemeu Caetana, e estava tão bonita na sua tristeza de mulher sofredora que mais parecia aquelas personagens dos livros de amor que a gente gostava de ler.

D. Antônia fitou-a. Gastou um tempo pensando alguma coisa, depois disse:

- Esteja calma, que seu nervosismo não vai ajudar o Bento, Caetana. Salvador é bem longe mesmo, mas se vosmecê rezar com fé, tenho certeza que o pedido alcança o seu fim. Para reza de alma, não tem distância que seja demasiada...

– E olhou para todas nós: – Vosmecês também, ouviram? Aqui nesta casa nós temos fé, nem que seja a última coisa que nos reste. Ninguém vai ficar de choradeiras, vamos é orar. Eu digo e repito: ninguém segura o Bento por muito, ninguém. Nem esse imperador de meia-pataca. E tem mais, ele ainda não foi para essa tal de Salvador, pode ser que nem vá, que fuja antes.

E a tarde, depois disso, ainda demorou muito a gastar-se. Mas o céu cinzento pesava sobre nossas cabeças, compacto, um teto baixo, ameaçador. Eterno.

Manuela

Em meados de abril, quando os dias começavam, lentamente, a encurtar, foi que Joaquim chegou à estância, num fim de tarde de sol pálido. Veio escoltado por João Congo – haviam percorrido longos caminhos, procurando as estradas desertas, os descampados, fugindo das tropas inimigas que se espalhavam nas vilas e cidades, aqui e ali, naquele outono silencioso, pelo pampa.

A mãe o esperava na varanda, não porque soubesse de sua chegada – nenhum próprio viera avisá-la –, mas apenas porque tinha sonhado com o filho durante toda a noite anterior, e esse aviso onírico fora o bastante para ela ter certeza de que seu Joaquim retornava a casa.

Caetana estava postada no primeiro degrau, usando um leve vestido branco que surrupiava alguns dos seus 38 anos, e que fazia brilhar a sua pele trigueira. Mal Joaquim apeou do tordilho, Caetana venceu a pequena distância e atirou-se nos braços do filho. João Congo, enquanto tomava as rédeas do cavalo do patrãozinho, sorriu discretamente.

— Hijo, hijo de Dios... — Caetana correu os dedos pela face barbuda de Joaquim. — Vosmecê está outro, um hombre.

Joaquim vestia roupas simples, empoeiradas. As botas pesadas estavam cobertas de barro seco, vermelho. Os mesmos olhos que ardiam na face de Bento Gonçalves se repetiam naquele rosto de homem moço, bonito.

— Hay cosas que nos tornan homens, mãe. — Atirou-se com ganas àquele abraço morno, com cheiro de perfume.

Não tardou para que D. Ana, Maria Manuela, Caetano, Bento e as moças se achegassem por ali, sorridentes. Bento correu para o irmão, pedindo notícias do pai, detalhes da fuga fracassada, da noite em que abordaram o forte. Joaquim fez um gesto largo de braços, se entristeceu.

— O que le dizer, mano, se tudo deu errado para o pai? Foi uma noite eterna. Mas Onofre e Corte Real conseguiram fugir a nado e chegaram ao barco. Ao menos, essa vitória tivemos... O Rio Grande precisa de todos os seus homens. — Olhou a mãe nos olhos, vendo ali uma cintilação de medo. — É por isso que vim — disse. — Mal me recupero desta viagem, vou procurar Onofre e os outros.

Bento abriu um sorriso jubiloso:

— Vou com vosmecê, Quincas.

— Todos vão, está certo. — D. Ana tomou voz na conversa, abraçando o sobrinho. — Todos vão... Mas isso não é para hoje, que vosmecê mal chegou e nem nos deu um abraço que seja, Quincas. Por hora, vamos para dentro. Deixa que o Manuel e o Congo cuidam do cavalo e dos seus pertences. Vosmecê precisa de um banho... E depois queremos todas saber desse mundo aí de fora. — Fez um gesto para a varanda, onde estavam as moças. — Afinal, suas primas estão aqui, ávidas por notícias e segredilhos.

Joaquim Gonçalves da Silva ergueu seus olhos para a varanda. Viu Manuela, alta e esbelta, parada entre as outras.

O rosto vivaz, a pele de seda, os olhos ardentes da prima lhe trouxeram uma morneza boa no peito. Joaquim fitou-a por um longo momento, depois tomou a mão de Caetana e disse, para ela e para a tia:

– Então vamos para dentro, les dou razão, como sempre. Devo estar cheirando igual a um cachorro molhado. E eu e Congo não comemos coisa que o valha já faz bem uns dois dias.

Antes de entrar na sala, ao passar pelas moças, seu olhar caiu sobre Manuela. A moça sorriu serenamente. Também ela, além da tia, tivera sonhos naquela noite: sonhara com o mar, com um marinheiro que vinha de longe, que vinha para ela.

Rosário entrou afobada no pequeno escritório que cheirava a madeira e segredos. A noite já se instalara sobre o pampa gaúcho, com seus pios de corujas, suas sombras, com uma lua alta e muito clara que estendia translúcidos braços sobre o jardim e o campo. Sim, ela perdera a hora do encontro. Pela primeira das vezes, deixara Steban esperando.

Depositou o candelabro que trazia sobre a escrivaninha de mogno, ajeitou as saias do vestido, tirou o xale de lã de sobre os ombros. Fazia frio lá fora, naquela noite de maio, um frio seco, ardido, que antecipava um inverno duro. Ela se atrasara por causa de Joaquim e de Bento – ambos haviam partido, fazia pouco, para encontrar as tropas de Mariano de Mattos, na fronteira. Sim, os primos tinham ido para a guerra, para desespero de Caetana, que agora devia estar chorando em seu quarto – mais dois do seu sangue sob o fio dos sabres inimigos, e Bento Gonçalves ainda preso, o que seria do futuro? Rosário sentiu pena da tia, cujos olhos de relva tinham se tornado opacos nos últimos dias. Em Manuela, não vira grandes sofrimentos pela partida de

Joaquim, não mais do que os das outras da casa – Manuela por certo ainda não amava o primo que lhe fora destinado.

Rosário sentou na poltroninha de couro que sempre ocupava, ficou esperando. Ele viria. Sempre viera, não a deixaria ali, sofrendo, naquela noite triste de despedidas. Pensou nos primos, indo para a guerra, sob aquele céu frio e estrelado, alheio ao que sucedia aqui embaixo. Iam felizes, os dois filhos do presidente da província. A recente vitória em Rio Pardo lhes tinha trazido novas esperanças. Os farroupilhas haviam infligido aos legalistas uma dura derrota. Lembrou-se da voz do senhor Inácio, que viera havia poucos dias contar a novidade. Cheio de brios e com um olho posto em Perpétua, dissera ele: "Os de lá viram sumir oito peças de artilharia, mil armas de infantaria e todos os víveres de que dispunham, aqueles servos da escravidão, aqueles imperiais." Haviam sido essas as palavras de Inácio, e todos na casa comemoraram com um cálice de licor. Trezentos mortos e setecentos prisioneiros imperiais, fora o saldo de tal batalha. E agora os republicanos estavam cheios de novas energias, o general Netto tomava o rumo da capital com suas tropas para mais um cerco.

Rosário esfregou as mãos frias. Aquela vitória significava mais tempo na estância, mais espera. Às vezes, desejava simplesmente que perdessem a guerra, que tudo voltasse a ser como era antes e que ela pudesse retornar a Pelotas. Mas os gaúchos eram teimosos, e por conta disso ela via seus melhores anos escorrerem naquele limbo sem fim.

– Steban... – chamou ela, angustiada. Precisava vê-lo. Steban era a única coisa feliz daqueles dias. – Steban, onde vosmecê está? Me atrasei... Os primos partiram faz pouco, não pude vir antes.

O mesmo rosto pálido e bem talhado surgiu das sombras em seu uniforme de oficial. O cabelo castanho e revolto escapava da faixa ensangüentada que lhe cingia a testa alta, bem-feita.

– Pensé que no vendrías, Rosário. – A voz dele era doce.

Rosário sorriu com amor, os olhos azuis arderam de alegria. Pensou no dia em que contaria ao pai daquela paixão. Decerto, não haveria qualquer problema, fazia tempo que a Banda Oriental estava em paz com o Rio Grande.

– Meus primos partiram para a guerra. Os dois filhos de Bento Gonçalves. – Ao ouvir aquele nome, Steban empalideceu ainda mais. Rosário escusou-se. Sabia que Steban, por algum motivo muito segredado, temia o tio. Mas havia tantos segredos em Steban, tantos... – Eles foram para a fronteira. Os revolucionários venceram uma grande batalha em Rio Pardo, estão fortes agora. Fizeram setecentos prisioneiros, Steban.

– Como en la Cisplatina... – disse ele. – Hablemos de otros temas, Rosário. He pensado mucho en vos...

Rosário sentiu o rubor queimar suas faces. Respondeu que também ela estava assim, havia já muito. Não suportava mais aqueles segredos, aquele mistério, os encontros fortuitos no escritório.

– Deixe que eu traga minha mãe até aqui um dia desses, Steban. Quero que ela le conheça.

O jovem abriu um sorriso triste.

– Todavía no és possible, Rosário...

– Quando, Steban?

Uma súbita rajada de vento varou o postigo da janela semi-aberta. A sala tornou-se fria e estranha quando as três velas do candelabro se apagaram.

– Diacho! – resmungou Rosário. Não tinha meios de acender as velas ali. Restou um tanto no escuro, sentindo a brisa fria lamber seu rosto. Até que teve medo, não sabia do quê. Medo de escuro não era, nunca fora dada a essas tolices; era um medo maior, uma sensação de perigo. Chamou por Steban ainda uma vez, recebendo somente o silêncio em resposta. Ele tinha partido sem um adeus. Amanhã falarei com ele, decidiu-se. Agarrou o candelabro e saiu para a meia-luz do corredor. Dentro das rendas do vestido, seu coração batia descompassado.

Cadernos de Manuela

Pelotas, 11 de março de 1903

Eu ainda não sabia, mas, enquanto sofríamos aquela derrota que deixou meu tio na cela por mais algum tempo, uma grande engrenagem começava a mover-se como um sol que vinha em minha direção. A República Rio-grandense traria para mim o único homem da minha vida, e esse homem não era Joaquim, que nos chegou no fim de abril, e por quem não pude sentir mais do que carinho e uma certa vagueza quando derramava sobre seu rosto os meus olhos, e ele me fitava com um meio sorriso nos lábios famintos.

Pelo mar, de muito longe, chegava aquele a quem eu pertenceria por todos os meus dias. Vinha de uma terra mágica e sofrida, e vinha com sonhos em sua alma, sonhos esses que o uniram ao meu tio e aos outros, e que o fizeram dedicar toda a sua bravura e sabedoria à causa da nossa República. Sim, enquanto eu via o inverno chegar até nós, com suas noites frias e enevoadas, com suas árvores de folhas amareladas, com o vento, sempre o vento, que açoitava as nossas madrugadas insones, ele hasteava a sua bandeira, içava as velas e ganhava o mar. Ainda faltaria muito para que me chegasse, com seus olhos da cor do ouro velho e seu sorriso de menino – a vida nem sempre oferece caminhos fáceis a esses homens que nascem com a faina e a sina de mudar o mundo. Muito ainda teria ele de trilhar, venceria até mesmo a morte, mas o primeiro passo estava dado, a primeira lufada de vento o havia soprado para essas paragens e para os meus braços de mulher apaixonada.

Eu amava Giuseppe Garibaldi desde muito antes de conhecê-lo, na tarde em que nos chegou com suas falas enroladas e seus modos corteses e alegres; eu já o amava desde que o pressentira, no começo de tudo, naquela primeira noite de 1835, ainda na varanda de minha casa, num arremedo de futuro que meus olhos tinham podido captar por graça de algum bom espírito. Mas como falar desse homem? Como contar dessa criatura ao lado de quem vivi os melhores instantes dessa minha existência, e por quem até hoje espero e anseio, a cada instante, a cada noite, no frescor de cada alvorada, de quem sinto o tênue perfume entre as fronhas do meu travesseiro, nos velhos vestidos daquele tempo, até mesmo nas tranças de meus cabelos desbotados?

Vivi por Giuseppe Garibaldi como muito poucas mulheres viveram por um homem, um homem que nunca foi de todo meu, mas de quem pude compreender a essência – era um cometa, uma estrela cadente –, justo que restasse tão pouco ao meu lado. Era um ser sem paradeiro, e se não segui com ele, foi unicamente porque a vida não o quis. Hoje, passados todos esses anos, quando, ao me olhar no espelho, já nem reconheço mais a Manuela que fui naqueles tempos, hoje ainda o amo com a mesma força e a mesma dedicação. Ele não voltou para mim, mesmo depois de ter ficado sozinho e com dois filhos nos braços, porque é como um pássaro, teve sempre a necessidade de migrar, de seguir o verão dos seus sonhos, mas me levou consigo em algum lugar de sua alma, eu sei.

Pois, voltando para aqueles tempos da estância, quando a guerra ceifava tantas criaturas e tanta juventude, contarei o que começou a suceder em maio de 1837: Giuseppe Maria Garibaldi recebeu a carta de corso para a sua Mazzini – chamada desde então pelo nome de Farroupilha –, assinada pelo general João Manuel de Lima e Silva, e que lhe dava autorização para singrar os mares rumo ao sul, como corsário da República Rio-grandense. Assim, partiu o italiano, da cidade do Rio de Janeiro, com uma tripulação de 12 homens. Na sumaca *Farroupilha* levavam armas e munições escondidas sob um carregamento de carne defumada e mandioca.

Começava aí o longo caminho que traria Garibaldi até a estância de minha tia, D. Antônia. Se eu pudesse voltar no tempo, retroceder todos esses anos, sofrer tudo o que sofri, nem que fosse para vê-lo por um único instante, como o vi pela primeira vez, parado em frente à nossa casa, naquela tarde morna e plácida de outubro, os cabelos fulvos e inquietos cintilando ao sol do pampa, se eu pudesse pôr o tempo a pisar as suas próprias pegadas, eu não hesitaria... Ainda ouço o metal de sua voz em meus ouvidos, quando, ao ver-me, junto com as outras, postada na varanda – afinal, era a primeira vez em muito tempo que um estranho vinha estar conosco, e sob o aval de Bento Gonçalves –, me olhou, somente a mim, com seus olhos sedentos e disse:

– Como stai sinhorina? Io me chiamo Giuseppe Garibaldi. E la buona fortuna me trouxe até aqui.

Mas isso foi em 1838, e, naquela primavera, o general Bento Gonçalves já estava solto, Perpétua já estava noiva de Inácio José, e eu ainda tinha meus 18 anos, e não os 83 que carrego hoje, por entre essas minhas rugas que mais parecem os vincos de um vestido de baile. Isso foi em 1838, quando todos nós ainda tínhamos sonhos.

Manuela

O brigue *Constança* gastou cinco dias para atravessar o mar, do Rio de Janeiro até a cidade de Salvador. O calor intenso, em pleno mês de agosto, não assustou o general Bento Gonçalves. Ele estava sendo transferido da Fortaleza de Lage para o Forte do Mar, ainda mais longe da sua terra e dos seus exércitos.

Depois da longa travessia no brigue, amarrado, Bento Gonçalves foi conduzido por dois soldados para o saveiro que o levaria até o Forte do Mar. Fazia muito tempo que a umidade da cela na Fortaleza de Lage se entranhara em sua carne, e o sol, dourado, vivo, que se derramava sobre a cidade da Bahia e sobre a sua pele naquele fim de manhã, trazia-lhe uma sensação boa.

Tivera notícias do Sul, as primeiras notícias depois de um longo silêncio na solitária. Notícias desconcertantes. Bento Manuel, outra vez ao lado dos farrapos, mandara prender e levar para o Uruguai o governador Antero de Britto. O italiano Giuseppe Garibaldi, juntamente com os tais Rosseti e Luigi Carniglia, recebera sua carta de corso, agora estava a serviço da causa, rumo ao sul do país. No caminho, atacaram a sumaca *Luíza*, perto do Rio de Janeiro, e agora deviam estar – o general não sabia bem – nas alturas do porto de Maldonado, no Uruguai. Assim seguia a luta, enquanto ele estava ali, de mãos atadas, olhando o céu azul da cidade de Salvador. Netto continuava a guerra, junto com os outros. E seu amigo, o conde Zambeccari, ainda estava preso em Santa Cruz, adoentado. O conde tinha consistência frágil, não era como ele, que, depois de todos aqueles meses na solitária, com os cabelos compridos, o rosto esverdeado, ainda estava em pé, duro como uma rocha, um general em farrapos que punha medo nos jovens oficiais que haviam vindo buscá-lo para a travessia. Era Bento Gonçalves da Silva, e iria lutar. Pensou isso, aspirando o ar morno, enquanto o saveiro cruzava aquele mar de águas serenas, rumo ao Forte de São Marcelo, aquele monstro de pedra de onde não se podia fugir, e sentiu uma faísca de esperança. Na solitária, andava desencantado. Mas agora, ainda mais longe do seu Rio Grande, ainda assim, via uma chance de voltar. Ainda não sabia qual, mas iria descobrir.

O pátio de pedras claras refletia a luz do sol como um grande espelho que cegava. Bento Gonçalves adentrou o lugar, os portões fecharam-se atrás dele. O comandante do forte estava parado no centro do pátio e derramou sobre Bento um olhar intrépido e imutável. O presidente do Rio Grande estava à sua frente, um homem de grandes posses, um general. Usava roupas desbotadas, tinha a barba por fazer e os cabelos crescidos demais. O comandante cruzou seu olhar com o do general. Viu, no fundo daqueles olhos negros, um brilho de animal enjaulado, um brilho leonino. Sem saber por quê, teve um mau pressentimento. Baixou os olhos e mandou que levassem o prisioneiro para a sua cela.

Era a primeira carta de Bento Gonçalves que Caetana recebia naqueles últimos cinco meses. Ela arrancou-a das mãos do jovem oficial que viera entregá-la como quem arranca o filho de um assassino. Tremia e tinha os olhos marejados de lágrimas. D. Ana sorriu, com pena da cunhada, ela mesma ansiosa por saber notícias do irmão, e mandou que Manuel levasse o soldado para a cozinha, e que as negras lhe dessem de beber, como era praxe e digno de uma boa casa.

Caetana correu ao quarto e passou a tranca no ferrolho. Precisava daquela solidão, de correr seus olhos pelas palavras de Bento sem pressa e sem companhia. Havia sido um longo inverno, um inverno frio, de minuano, de noites intermináveis e repletas de medos, que ela gastara com a avareza de um sovina, não porque quisesse, mas apenas porque o tempo teimara em se arrastar com uma preguiça que antes nunca chegara a conhecer.

Sentou perto da janela, onde uma nesga de sol vinha dourar o tapete e um canto do quarto. Abriu o envelope enodoado e apertou a carta ao peito. Depois, a letra decidida do esposo surgiu aos seus olhos, vívida, larga, uma letra de homem.

Bento Gonçalves contava seus dias em Salvador, no Forte do Mar. Os horrores, a umidade e a loucura que o haviam cortejado na solitária em Lage, após sua fuga frustrada, ele havia esquecido. Nunca diria à esposa das noites em que ansiara morrer, definhar simplesmente, longe de tudo e de todos que lhe eram caros. Agora, apesar da prisão e da vigilância constante, tinha o sol e tinha o mar. Fazia exercícios no pátio, estava recuperando a forma de outrora. E tinha permissão para nadar todos os dias. Agora podia mandar e receber cartas, estar em contato com o Rio Grande, com ela, sua adorada Caetana. Também recebia visitas de outros maçons – a sua chegada à Bahia não passara despercebida. As coisas estavam se ajeitando. Mais não podia falar, temia que aquela carta, tendo de percorrer tantos caminhos, fosse acabar em mãos inimigas.

Caetana leu cada palavra com um sorriso nos lábios. Estava confiante. Acabou a carta, dobrou-a bem. Chegou a abrir a gavetinha da secretária, mas desistiu, acomodou o pequeno pedaço de papel sob o espartilho e sorriu. Fazia uma linda tarde de primavera naquele princípio de setembro, e o sol brilhava num céu sem nuvens. Caetana Joana Francisca Garcia Gonçalves da Silva saiu do quarto para o corredor, caminhando com passos rápidos. Encontrou as duas filhas brincando na sala. Deu um beijo em cada uma, afagou seus cabelos.

D. Ana ainda estava na varanda, sentada na sua cadeira de balanço, bordando. Ergueu o rosto ao perceber a chegada da cunhada, e em seus olhos havia um brilho de angústia e de mil perguntas.

Caetana sorriu. Os cabelos negros, soltando-se do coque, emolduravam sua face trigueira.

– Senti uma coisa aqui no peito, Ana. Ele vai fugir de lá, tenho certeza – e, pescando a carta de Bento do regaço em que a acomodara, estendeu-a para que a outra a lesse também.

JOAQUIM TIROU AS BOTAS ensangüentadas e repletas de barro. Um frio gélido e noturno venceu a entrada da pequena barraca e veio rondá-lo como um gato. Os pés estavam duros, sujos, as meias rasgadas. Pediria que a mãe lhe mandasse novas meias, escreveria para Caetana longa carta contando que estava bem e que Bentinho se mostrava um excelente soldado, um soldado que faria orgulho ao pai.

Atirou-se no catre, o corpo moído, os olhos ainda repletos da mortandade de ainda havia pouco, no campo. Um lamaçal de corpos e de terra misturados, a luta da tropa, sob as ordens de João Antônio, tentando vencer a orde legalista, tudo isso se misturava em seu espírito com os vultos dos lanceiros, seus gritos de guerra, seus corpos fortes, o zunido das lanças e o grito de Pedro, o primo, quando fora ferido, ao romper a linha de defesa inimiga.

Bento tinha salvado Pedro, recolhendo-o em seu cavalo e levando-o para longe da fúria da batalha na exata hora em que caíra ao chão. Agora o primo passava bem, um corte fundo, comprido, na altura da coxa direita, mas ficaria bem com uns remédios, alguma cachaça e um pouco de tempo. Joaquim examinara-o pessoalmente: o ferimento estava limpo, não havia perigo de infeccionar. Pedro era um homem forte, saudável, logo estaria cavalgando como antes. "Para a próxima batalha, se Deus quiser, estará buenacho", dissera o médico da tropa. E Pedro sorrira, debilmente, febril e cansado.

Joaquim tinha também de escrever à tia Ana, contar o sucedido, acalmá-la quanto à saúde do filho mais moço. José andava para os lados do Rio Grande, não sabia de nada do que sucedera ao mano. Faria isso mais tarde; quanto mais o tempo passasse, melhores seriam as notícias. Não precisava apoquentar D. Ana assim tão cedo. Pedro era um osso duro de roer, ficaria sarado antes da próxima batalha.

Joaquim ergueu-se do catre, uma dor por todo o corpo o incomodava. Pôs o poncho. Um cheiro bom de churrasco vinha da rua. Ia lá tomar um mate, comer um naco de carne, sentar sob uma árvore, longe de todos, da balbúrdia e da excitação do entrevero recente, longe dos feridos e das duas covas recém-abertas para os mortos. Sozinho, imerso em alguma paz, pensaria em Manuela. Estava saudoso da prima bonita, futura esposa. Quando a guerra acabasse, quando o pai estivesse outra vez no Rio Grande, iriam casar. Manuela ia ficando mais linda a cada dia que passava, mais formosa, distinta, os olhos verdes e misteriosos como uma mata fechada. Ele lutava pela República, e por ela, por Manuela. Quando vencessem o Império, lhe daria uma grande estância, e ambos iriam ser felizes como mereciam.

A voz do irmão arrancou-o dos seus devaneios. O rosto sorridente infiltrara-se para dentro da barraca.

– A carne está no ponto, Quincas. Vem comer um pouco. O Pedro fica bom, pode descansar com isso.

– Tá certo, Bento.

Saíram ambos para a noite. Joaquim agasalhou-se mais no poncho. Depois das batalhas, sempre sentia frio. O céu estava pesado e baixo, sem estrelas. Para a noite, viria a chuva.

D. ANTÔNIA TINHA ACORDADO muitas vezes naquela noite, ouvindo lá fora o sopro duro do minuano. Apesar das muitas cobertas, um risco de frio a incomodava de maneira persistente. Ela conhecia aquilo muito bem, aquela angústia mascarada que lhe açoitava a carne nas noites de inverno. Sem muita certeza, fez o sinal-da-cruz, ainda tonta de sono que estava.

Ficou um tanto na cama, a madrugada teimando em não passar, o tempo congelado por aquele vento infernal. Durante o seu casamento, em noites assim se aconchegava ao seu Joaquim, e somente desse modo, enroscada no calor daquele corpo, conseguia dormir. Mas isso fora antes. Com o marido morto, aquelas noites invernais se repetiam.

D. Antônia sentou na cama, procurou o lampião. Acendeu-o. O quarto ganhou tons avermelhados. O postigo da janela tremia sob a ação do vento que vinha da rua como tremiam as mãos de D. Antônia quando ela ajeitou os cabelos negros sob a rede de dormir. Ela se ergueu, pegou o xale e foi espiar a noite.

Ainda faltava muito para amanhecer. O minuano varria o pampa com sua fúria, sacudindo as árvores, arrancando a terra do chão. Tudo em volta parecia morto, carcomido pelo minuano. Vento frio, cortante. Pairando lá no alto, no entanto, estava aquele céu de estrelas serenas, límpido como uma pintura, descansado. Um céu bonito que trouxe medo a D. Antônia.

– Mala suerte...

Falara sozinha. Ah, quanto detestava falar sozinha como uma velha caduca. Mas aquelas palavras ficaram dançando em seu espírito como um aviso que vinha do céu. E parecia que o vento, na rua, ao cruzar pelos galhos da figueira, repetia sem parar: mala suerte, mala suerte, mala suerte...

D. Antônia fechou a janela, achegou mais o xale de lã em torno do corpo gelado. Sentou na cadeira de balanço e tomou do crochê. Não dormiria mais, sabia bem. Estava tomada inteira de uma sensação ruim que se tinha misturado ao seu sangue. A agulha de metal começou a tramar os pontos, inquieta. D. Antônia cantarolou uma velha modinha. Lá fora, o vento repetia as duas malditas palavras, aquela cantilena assustadora. D. Antônia cantou mais alto, como quando ninava as filhas de Caetana na hora da sesta, quando as duas não queriam se entregar ao sono. E o vento zunia.

– Vou ficar aqui esperando. Tem notícia ruim a caminho.

Falara sozinha outra vez. A agulha de crochê dançava em sua mão, como se tivesse vida própria.

A NEGRINHA ESTRANHOU de ver D. Antônia tão cedo já pela cozinha, espiando a preparação do mate e do café, olhando a consistência da massa de pão que ela sovava com suas mãozinhas miúdas.

– A senhora levantou cedo hoje – disse, sorrindo. – O sol ainda nem apareceu.

D. Antônia derramou sobre a menina um olhar castanho e suave:

- O sol não vem hoje, Tita... Detrás dessa cerração tem um céu cinza, de chuva. - Espiou bem a função na cozinha, mandou também que assassem um bolo de milho bem grande. Para os meninos de Caetana. - Se vier alguém procurar por mim, estou mateando no meu quarto.

E saiu, arrastando as saias cinzentas, alta e ereta, pisando leve.

Não se passou meia hora, e um dos peões meteu o rosto na porta da cozinha, não para pedir mate, mas para avisar que um próprio viera trazer mensagem para D. Antônia, mensagem importante. Coisa mui urgente: o homem esperava lá na varanda. A negrinha foi buscar a senhora no quarto.

D. Antônia seguiu a escrava com um passo conformado. Mala suerte. O vento ainda zunia em seus ouvidos. Fazia frio na varanda. O próprio era um soldado raso de 17, 18 anos, com uns olhos tímidos e uma cara compungida, que tinha cavalgado um dia e meio para trazer a mensagem que entregou, lacrada, nas mãos pálidas da irmã do general Bento Gonçalves.

- É da parte de quem?
- Da parte de Joaquim Gonçalves da Silva.

Ela se retirou para o quarto com a carta queimando entre os dedos, não sem antes mandar uma das negras dar de comer ao soldado, que o pobre tinha vindo de longe e aturado muito minuano nas ventas.

Estimada tia,
    Escrevo estas linhas com muito pesar para comunicar-lhe que o nosso mui querido tio Anselmo veio a falecer numa emboscada ainda na noite de ontem, quando se dirigia, com mais dois soldados, para os lados de Cima da Serra, sendo vítima de uma barbari-

dade cometida por uma tropilha imperial, crueldade essa que haveremos de vingar, pois antes disso não descansaremos nem por um instante.

Escrevo para que vosmecê possa dar esta triste notícia à tia Maria Manuela e às primas. Muito me machuca saber que Manuela há de chorar lágrimas pelo pai, mas confio em vosmecê e na sua sabedoria para tornar mais leve essa grave missão que le confio. Antônio está conosco, mui bem de saúde, e disposto a vingar o pai.

Quando tivermos mais notícias, boas, espero eu, le escrevo uma outra vez. Vosmecê fique com meu afeto, e transmita meus carinhos a minha mãe e a todos da casa,
  seu sobrinho,

           Joaquim

O rosto de D. Antônia era uma máscara pálida. Fechou a pequena carta e guardou-a na gaveta da secretária. Lá fora, a cerração estava forte, não eram ainda sete horas da manhã. Ela pensou em Anselmo, e pensou em Maria Manuela, que era tão frágil, coitadinha. E pensou nas meninas, e pensou no irmão, lá em Salvador, sem nem saber da barbaridade que tinham cometido com o cunhado que tanto estimava. E pensou no Rio Grande. Aquilo tudo era uma tragédia... Mala suerte. Quisera Deus que o minuano parasse de soprar, fazia já três dias que varria tudo. Mala suerte, coitado do Anselmo. Morrer por trás não era morte decente para um homem tão brioso.

Tocou uma sinetinha. A mesma negrinha que antes sovava o pão surgiu, toda lépida. Notou a palidez no rosto da senhora, quis saber o que D. Antônia desejava.

– Mande arrumarem a charrete. Vou até minha irmã...
– Lembrou de repente: – O bolo de milho já está assado?

- Tá quase pronto - disse a pretinha.
- Pois acabe logo esse bolo, e embrulhe tudo muito bem. Estou com muita pressa, Tita.

Depois, quando a porta se fechou, D. Antônia tirou a carta da gaveta. Guardou-a num bolso do vestido. Melhor levar consigo. Como uma garantia de que aquilo não era apenas um pesadelo que tinha varado a noite para atazaná-la.

A ESTRADA FAZIA uma curva à direita, contornando uma discreta elevação do terreno. Ali, no alto de uma pequena coxilha, havia umas árvores meio mirradas, mas boas o suficiente para acobertá-los. Ademais, a noite era sem estrelas, quase negra. E eles sabiam muito bem que não faltava muito, uma hora, duas, no más, para que o bando de imperiais passasse por ali, rumo ao acampamento, em São Gabriel. A mesma patrulha que tinha atocaiado Anselmo da Silva Ferreira. E eles desceriam o terreno de surpresa, caindo sobre os desgraçados bem no meio da estrada. Caindo para matar.

Joaquim apeou. Fez um afago no lombo do zaino, que resfolegou ao seu contato. Pisava leve, sentindo o ar frio entrando pelos seus pulmões como um calmante. Olhou o vulto de Antônio, ao lado, tirando um pouco de fumo da guaiaca. Mesmo no escuro, podia sentir o olho brilhante do primo, de uma espécie de verde vegetal, a angústia que se derramava daquelas retinas tão parecidas com as de Manuela. Chegou perto, falou baixo:

- Esteja calmo, Antônio. Seu pai vai ser vingado hoje. Com muito sangue, e com honra.

O primo apertou o seu braço.

- Deus assim o deseje, Quincas. Pois eu só saio daqui quando não restar um daqueles canalhas. Nem um, para contar o causo. - Olhou para o céu: - Está descendo uma neblina.

— A noite está do nosso lado — respondeu Joaquim, e pensou no pai, sem saber muito o porquê, na sua cela, em algum canto da cidade de Salvador.

Eram cinco: Joaquim, Bento, Antônio, José e Pedro. José viajara duas noites para encontrá-los, chegara cansado, barbudo, furioso. Tinham de vingar a família, e todos haviam abandonado temporariamente suas tropas para a tarefa. Não se matava um soldado de bem pelas costas. O coronel Onofre Pires dera seu consentimento a José, e agora o primo estava ali, encolhido sobre o pala, comendo um pedaço de bolacha dura, os olhos perdidos no escuro do caminho. Talvez pensasse no falecido pai, mas seus olhos negros não diziam nada.

Ficaram uma boa hora esperando, atocaiados. Do céu, descia um sereno tão pesado que mais parecia chuva, e a bruma tocava seus rostos como um véu. Uma coruja piava a intervalos regulares de tempo. Joaquim estava inquieto. Os imperiais, segundo estavam informados, eram sete, dois a mais do que eles. Mas tinham a vantagem da surpresa, e a fúria correndo nas veias.

Um pedaço de lua pálida saiu do seu refúgio nas nuvens. Dava para ver um braço da estradinha de terra, tudo silencioso como um túmulo. E foi então que ouviram o relincho de um cavalo, alguns metros à frente. Os cinco se retesaram.

— Eles vêm aí — disse José, já pegando a carabina carregada, tomando posto entre duas árvores, no alto da elevação em que estavam.

— Eu vou meter a adaga no pescoço de um.

Joaquim tomou a frente:

— Antônio, eu, você e o Pedro descemos e pegamos eles por trás, para o causo de um querer fugir. José e Bento atiram daqui, dando cobertura, depois descem também, para a gente acabar a coisa no corpo-a-corpo. – Pensou um pouco e disse, numa voz mansa: – E tomem cuidado, chega de notícia de morte lá na Estância.

Moveram-se silenciosamente.

A pequena tropilha surgiu na curva da estrada. Vinham de prosas, calmamente. As vozes se perdiam na neblina opaca. Joaquim reconheceu um sotaque carioca, um riso, alguém ansiava por um churrasco. Não ia ter churrasco nenhum, nunca mais, para aqueles desgraçados. Os três montaram os animais. O primeiro era um oficial, fez a curva do caminho. Dois soldados surgiram atrás. Os outros quatro vinham assuntando.

Joaquim baixou a espada, imitou um passarinho – como nos tempos de brincadeira na Estância –, José reconheceu o sinal do primo. O primeiro tiro estourou na noite. Os imperiais se inquietaram, assustados. Um cavaleiro caiu no chão. Tiro certeiro de José, bem no meio da testa do homem. A bagunça começou, relinchos, ordens desencontradas do único oficial. Joaquim, Antônio e Pedro desceram a coxilha em desabalo. Mais um tiro derrubara outro infeliz. Agora eram cinco contra cinco. José e Bento logo estariam na estrada.

– Uma garganta para cada um! – gritou Antônio, tirando a adaga da cinta.

José surgiu de entre os arbustos, o chapéu caído nas costas, a lança empinada. Era um bom lanceiro. Travou pequena luta com um soldado. Trespassou-o sem dificuldade. Depois, no acampamento, teria dito que o soldado estava meio bêbado, cheirava a canha. Esporeou seu cavalo, indo ajudar Joaquim, quando um imperial se levantou do chão – o braço ensopado de sangue – e, erguendo a pistola, disparou um tiro que o acertou no ombro. José sentiu a bala como um beliscão de fogo. A lança foi ao chão. Ele pegou a própria arma e, num surto de ira que lhe era mui raro, mirou o desgraçado e destroçou sua cara, que virou uma papa de carne, sangue e ossos.

– Está ferido, primo. – Bento segurou as rédeas do cavalo de José. – Vamos para lá. Falta pouco, eles cuidam do resto.

O sangue escorria pelo pala, molhava as mãos brancas de José da Silva Santos.

Joaquim e Pedro encurralaram um soldado. Havia nos olhos do homem um medo animal. Pedro desembainhou o sabre, desceu do zaino, segurou o homem pelos cabelos e passou o fio pela pele mole daquele pescoço, abrindo-o ao meio. Joaquim viu os olhos apavorados congelarem-se para sempre, viu-os no meio da bruma, e sentiu uma ânsia ardida em suas entranhas. Lembrou-se de uma tarde, na infância, quando vira a sua primeira rinha de galos.

Antônio degolou também o seu oficial, que agora não tinha mais a quem dar ordens. Era um homem barbudo, meio gordacho, com cara de porco. Antônio pensou naquele infeliz metendo o sabre na carne do seu pai. Fora aquele o desgraçado que matara o seu pai. Pensou no pai caído na estrada de terra onde o encontraram no dia seguinte. Segurou a adaga com força. Cravou-a no pescoço do tenente, que já estava ferido, sangrando no alto da cabeça por causa de um tiro de raspão. Antônio também sangrava um pouco, a pálpebra esquerda aberta num corte fino. Viu o homem estrebuchar em matizes de vermelho, o sangue que descia sobre seus olhos misturando-se com aquele outro sangue que escorria para o chão, e disse:

– Foi pelo senhor, pai.

Depois meteu outra vez a adaga na bainha, e viu que a neblina tinha desaparecido completamente, e que umas poucas estrelas brilhavam no céu frio e distante.

Voltavam com o sol.

Era um sol fraco, de manhã invernal. José vinha ferido, tinha febre, Joaquim temia pela bala, que extraíra na noite anterior. O primo corria o risco de uma infecção.

Encontraram um piquete farroupilha, e foi com alívio que ouviram a voz de Inácio. Do meio de um grupo, surgiu o homem alto, moreno, de longos bigodes, com o chapéu de barbicacho metido bem fundo na cabeça. Estava de uniforme, parecia mais gasto, menos elegante do que quando vestia seus trajes, mas o mesmo sorriso ardia no seu rosto franco.

– Buenas! Encontro vosmecês reunidos assim por algum causo especial? – E foi cumprimentando os conhecidos. Ainda não se encontrara com José nem com Joaquim. Os outros, conhecia da Estância da Barra.

Antônio apresentou Joaquim ao charqueador de voz elegante e morna.

– Este é o senhor Inácio de Oliveira Guimarães, proprietário da Estância do Salso.

Inácio sorriu e estendeu a mão de dedos longos:

– E agora delegado de polícia de Boqueirão, às ordens de vosmecês. – Apertaram-se as mãos. – Mas me contem, o que fazem nesta estrada? O general Netto ou o coronel Onofre andam por estas bandas?

Joaquim contou o sucedido. A morte do cunhado de Bento Gonçalves numa tocaia. A estrada brumosa, a luta com a tropilha de imperiais.

– Agora temos um ferido. É meu primo José, filho de D. Ana.

Inácio pareceu compungido. Viu o rapaz na maca improvisada, apertou-lhe a mão suada e fraca. Iriam levar o rapaz para onde?

– Sou médico – disse Joaquim. – Mas aqui, vosmecê sabe, não tenho medicamentos, nem canha, nem nada. Essa ferida vai infeccionar. A bala quase atingiu o osso.

Trouxeram uma garrafa de canha, que Joaquim derramou no ombro de José. Inácio afastou-se um pouco, proseou com outro oficial, voltou, dizendo numa voz firme:

– Está resolvido, deixem o José comigo. Eu e mais um soldado o levaremos para a estância. Devo esse favor a D. Ana, que nestes tempos andou mandando ervas para minha esposa, doente dos pulmões. – Tocou no ombro de Joaquim, decidido. – Ainda esta noite, José vai estar numa cama. D. Ana precisa dos dois filhos, mais ainda depués do que sucedeu ao marido.

– Nós todos precisamos de José, senhor Inácio. O favor que vosmecê nos faz é grande. Tenho de me apresentar a Netto ainda amanhã, no más, e são dois dias de viagem.

– Pois eu levo José para casa – e procurou no rosto bonito de Joaquim algum traço da irmã.

Prepararam tudo em pouco tempo. Inácio de Oliveira Guimarães montou num tordilho negro, à frente de dois soldados que traziam a maca improvisada de José. Queria ajudar o filho de D. Ana, e queria, mais do que tudo, como um sonho, rever Perpétua.

– Hasta la vista, Joaquim. – Acenou para os outros. – Hasta la vista.

Joaquim viu o grupo seguir no caminho inverso. Tinha gostado de Inácio. E José logo estaria em casa.

Inácio José de Oliveira Guimarães chegou à Estância da Barra quando o relógio deu a 23ª badalada. Era uma noite chuvosa de início de setembro. D. Antônia, presa de uma angústia que a carta do sobrinho, avisando represálias, tinha apenas aumentado, pernoitava havia uns dias na estância de

D. Ana. Ademais, Maria Manuela precisava de consolo e de cuidados, muito abalada com a perda do esposo. E D. Antônia cuidava diligentemente da irmã mais moça e das sobrinhas.

Estavam as mulheres na sala, bordando sob a luz dos lampiões, aquecidas pela lareira ardente, quando ouviram um chamado na varanda. Era uma voz de homem, conhecida. Tinha passado pelo vigia, na porteira. Perpétua sentiu uma morneza percorrer seu corpo quando reconheceu a voz de Inácio, que gritava:

– Senhora D. Ana, senhora D. Ana!

Perpétua ergueu-se num pulo. As primas, alertadas, largaram os trabalhos. D. Antônia deitou um olhar para a sobrinha e disse:

– Fique sentada, Perpétua. Deixe que o Manuel vai ver o que está sucedendo. Não é mais hora de visitas. Pode ser coisa séria.

Leão e Marco Antônio brincavam sobre um tapete. Caetana chamou Milú, que estava sentada a um canto, e ordenou:

– Leve os meninos para o quarto. Já é hora de dormir.

Foram ambos reclamando. Nunca sucedia nada, e quando sucedia, tinham de ir deitar. A mãe passou-lhes um pito. Manuel, o capataz, apareceu no corredor e disse, sem preâmbulos:

– É o senhor Inácio que está aí fora. E traz com ele o José, ferido de bala.

– Meu Deus do céu! – gritou D. Ana, erguendo-se da cadeira de balanço, já pálida e trêmula de angústia. – Vamos lá fora!

A um canto, Maria Manuela, vestida num luto cerrado, enxugou dos olhos uma lágrima tardia, enquanto espiava a irmã correr até a porta. Pensava no marido morto e não tinha ânimo de erguer um braço que fosse.

– Calma, Ana. – D. Antônia foi para a porta, segurando docemente a irmã pelo braço, e enrolou-se no xale. – Vamos a ver. José é forte. – Olhou o capataz. – Manuel, tome um cavalo e vá buscar o doutor. Diga que é urgente.

O capataz aquiesceu e sumiu pelos caminhos que levavam à cozinha.

Meia hora mais tarde, José estava em sua cama, tendo D. Ana ao lado, que lhe aplicava compressas e tentava fazê-lo comer umas colheradas de sopa. Haviam-lhe feito um curativo limpo no ferimento e aguardavam o médico. No escritório, Inácio contou o que acontecera a D. Antônia.

– Eles mataram todos?

– Sim, senhora. Antônio degolou o tenente que atacou o pai. Fez pela honra.

D. Antônia fez o sinal-da-cruz.

– Ainda faz pouco, eram uns meninos... – disse, divagando, e sorriu. – Tenho medo de represálias. – Depois mudou de tom: – Mas o senhor vai pernoitar aqui conosco. Está uma noite horrível.

Um calor aqueceu o peito de Inácio, apesar do pala molhado, que deixava cair pingos de água no tapete do escritório.

– Eu le agradeço, D. Antônia. A viagem foi penosa e estou mui cansado. Amanhã, então, cedo, vou ter com minha esposa.

D. Antônia lembrou da moça pálida e frágil que vira na estrada, certa vez.

– Este inverno está sendo duro, senhor Inácio. Como vai sua esposa? Ana mandou-lhe uns chás para o peito, dia desses.

Uma sombra turvou os olhos castanhos.

– Vai malzita. Mas, se Deus quiser, melhora para a primavera. D. Ana foi muito gentil com a Teresa.

D. Antônia abriu a porta do escritório. Chamou uma das negras e mandou que servissem uma mesa farta lá na cozinha.

— Estômago cheio ajuda o sono — disse, sorrindo, os olhos negros e espertos fitos no rosto do homem. — Depois conversamos melhor, lá na sala, com as moças. Agora, vosmecê vai comer alguma coisa.

Ambos ganharam o corredor, onde a luz tênue dos lampiões desenhava sombras.

Inácio voltou à estância dias depois, para saber como passava José. Tinha ele estado com a esposa, e agora ia assumir suas funções de delegado no Boqueirão. Ao desmontar do cavalo, encontrou Perpétua sentada à varanda, lendo um livro. Gastou um instante admirando aquele rosto delicado, a tez clara, a boca carnuda, os olhos mui negros fitos nas páginas que lia. Logo, a moça ergueu os olhos e, ao vê-lo, enrubesceu ligeiramente. Inácio sentiu uma alegria nova, percebendo que fora ele a causa daquele rubor. Subiu os degraus da varanda.

— Como está a senhorita, nestes dias?

Perpétua largou o livro para o lado e sorriu. Vestia-se de carmim, os cabelos presos numa trança solta, e tinha um perfume de lírios que a circundava como um halo. Fazia uma tarde bonita.

— Estou muito bem, senhor Inácio. E como le vai a vida?

Inácio adiantou-se, num arroubo, beijou a mãozinha branca. Depois respondeu:

— A vida vai como Deus manda, senhorita Perpétua... É lástima que Deus esteja mal cuidando de Teresa.

Perpétua quis saber notícias da senhora, e Inácio contou que Teresa andava sempre com uma ponta de febre, tossindo muito, acamada. Mas com a chegada do sol, se recobrasse um pouco das forças, decerto ficaria boa. Afinal, era jovem.

– Aos jovens tudo é possível. – Depois lembrou-se do assunto que o trouxera ali. – E como vai José?

– Está melhorando. A febre baixou desde ontem. D. Ana e D. Antônia não lhe deixam a cabeceira, acho que logo ficará curado e poderá voltar.

– Voltar para a guerra – completou Inácio, tristemente.

Perpétua pareceu surpresa:

– O senhor não aprecia a guerra? Todos os homens gostam da peleja.

Inácio sorriu da simplicidade da moça. Gostava da guerra, pela liberdade, pela República, pelos direitos do Rio Grande. E era por isso que lutava, por seus sonhos. Mas amava a vida na estância, as tardes de sossego, a casa.

– Pena que não tenha mais a Teresa me esperando, como antes. Agora nem bem levanta da cama. Quando voltamos da guerra, queremos os braços de uma esposa. – Depois emendou: – Perdão, senhorita. Vosmecê ainda não sabe dessas coisas...

Perpétua fitou-o nos olhos por um instante, pasma com sua própria ousadia – se uma das tias a visse!

– E será que me caso, senhor Inácio? Com esta guerra sem fim, às vezes acho que não. Ficarei, então, sem saber dessas coisas para sempre.

Inácio sentiu um calor pelo corpo. Teresa era uma pedra fria em seu peito, a coitada, sempre entre compressas e febres; o rosto anguloso e jovem de Perpétua o aquecia. Ele viu-se a dizer:

– A guerra está lá para fora... E vosmecê não é moça de ficar solteira, seria um desperdício de beleza e de graça. – Pareceu segurar as palavras no peito, um instante, depois arrematou: – Feliz do homem que desposá-la, senhorita

Perpétua. E, le garanto, isso não tarda. Os homens não são cegos nesta província, nem a guerra os confundiria a tal ponto.

D. Ana surgiu na varanda subitamente. Estava mais alegre, embora olheiras marcassem seu rosto, discretas, e os cabelos negros estivessem talvez mais opacos, sem vida, presos num coque simples. O assunto romântico morreu pelo meio. D. Ana abriu um largo sorriso.

– Senhor Inácio, Milú me avisou que vosmecê estava aqui... Eu quero le agradecer pelo que fez ao meu filho. Graças a Deus, e ao senhor, José fica bom logo, é só questão de repouso agora.

Inácio tomou a mão fria de D. Ana entre as suas.

– Fiz de coração, D. Ana. Seu filho é um homem mui valoroso.

– Herdou do pai a coragem – respondeu D. Ana, e olhou ao longe, para os lados de onde estava a cova do marido.

Sentada em sua cadeira, Perpétua ainda tentava domar as batidas do seu coração. Sentia que, se a tia a fitasse, veria o seu nervosismo. "Um desperdício de beleza e de graça..." Então, ele a achava bela! "Feliz do homem que desposá-la", ecoou a voz de Inácio em seus ouvidos, e ela sorriu de alegria.

– Que sorriso é esse, menina? – interpelou-a D. Antônia, surgindo também na varanda.

Perpétua tomou um susto.

– Não é nada, tia. Estava pensando que José fica logo sarado e me senti feliz.

D. Ana sorriu também.

– Todos nós, minha filha.

– Todos nós – repetiu Inácio, fitando Perpétua com o canto dos olhos.

E D. Antônia aquiesceu, também sorrindo, mas com um brilho diferente nos olhos.

Cadernos de Manuela

Pelotas, 14 de agosto de 1883

O fim daquele inverno de 1837 foi triste para a nossa família. Minha mãe perdeu tanto de seu viço que, em poucos dias, parecia não mais aquela dama elegante, de olhos ardentes, mas uma senhora pálida, de consistência frágil, cujas roupas negras da viuvez cobriam de dor cada gesto seu. Nunca mais vi em seus olhos a mesma alegria de antes, assim como nunca mais vi meu pai, desde a tarde de 18 de setembro de 1835, quando nos despedimos dele, na varanda de nossa casa, aqui em Pelotas.

O tempo em que nos mantivemos distantes se ocupou de amenizar em meu peito a dor da sua perda – durante os dois anos e meio que a guerra já custava, meu pai não tinha ainda voltado para nos rever, envolvido nas labutas da revolução. Anselmo da Silva Ferreira já era para mim, naqueles dias que antecederam a sua morte, quase um fantasma dos tempos idos, em que vivíamos na cidade, entre saraus e festas, numa alegria buliçosa que a guerra acabou por levar embora para sempre. Rosário e Mariana também sentiram sua morte de um modo anestesiado. Foi um adeus sem velório, sem enterro e nem nada, apenas aquela notícia sem contornos, aquela vaziez que preenchia certos momentos, quando pensávamos nele e nos dávamos conta de que seus pés não mais pisavam este chão, e de que seus olhos, que sempre tinham amado as cores do pampa, agora deviam vislumbrar paisagens de uma outra vida. Coube a Antônio e aos primos a honra e a desgraça de recolher seu corpo frio, de enterrá-lo em alguma coxilha cuja floração tenha escapado das rudezas do inverno, e de vingá-lo como um homem de bem e de boa família. Talvez por isso, quando revi Antônio, percebi em seus olhos uma vagueza de dor e de raiva que nunca antes estivera ali. A vingança não lhe fora bastante para aplacar seu sofrimento. Também meu irmão ficou marcado para sempre pela morte súbita e cruel do nosso pai. Acho que, até o fim, Antônio levaria na alma a imagem do pai morto, sangrando naquela tocaia – e isso mudou alguma coisa nele para sempre. Mas a guerra nunca deixa as pessoas como as encontrou, nunca, e Antônio não escapou desse fado.

Já em meados de setembro, José ficou recuperado. Passou assim algum tempo conosco, tempo esse que gastava em longas caminhadas pela estância e em conversas com a mãe e com os filhos de Caetana, que tinham muitas curiosidades sobre a guerra. Quando esteve melhor, José voltou a cavalgar, e saía com o gado para vendê-lo, organizou algumas coisas da casa, depois partiu. A peleja o chamava outra vez. Despedimo-nos dele na varanda, todas nós, cada uma com um aperto na alma, e D. Ana chorou um pouco, sentada na cadeira de balanço, tecendo furiosamente um xale ao qual nunca punha fim, como uma Penélope dos pampas.

Durante a convalescença de José, o senhor Inácio veio nos visitar muitas vezes. Não escapava a nenhuma de nós o motivo real daquelas suas aparições: estava ele enamorado de Perpétua, e era por ela plenamente correspondido, embora essa paixão não passasse de alguns olhares trocados, de rubores súbitos no rosto da prima, e de uns empréstimos de livros que os dois promoviam entre si, mais com o intuito de conhecerem seus gostos do que com o desejo de ter leitura para as horas vagas do dia. D. Antônia ou Caetana vigiavam esses serões, pois o senhor Inácio era casado, muito embora, a cada visita, tivesse uma notícia triste a nos dar: a saúde de sua esposa, Teresa, não cansava de piorar.

Eu vi Perpétua soluçando pelos corredores da casa muitas vezes: estava ela presa de um amor cujo êxito implicava o sofrimento de outrem, e disso ela tinha muitos remorsos, por causa dos quais não se cansava de mandar ungüentos e xaropes para a senhora Teresa, que se hospedava na fazenda de parentes, não muito longe de nós. Foi Rosário quem um dia lhe disse:

— Não seja boba, não chore por isso. Vosmecê nada faz além de receber as visitas do senhor Inácio, e de prosear um tanto com ele. Não seja tão ingênua, prima: na guerra e no amor, tudo é permitido. Afinal, não foi vosmecê quem envenenou os pulmões da senhora Teresa.

Era assim que pensava minha irmã naqueles dias, muito embora nunca a tivesse visto de anseios por nenhum homem, conhecido ou não. Apenas uma vez, encontrei entre seus bordados uma folha com um nome mil vezes rabiscado: Steban. Nada mais soube, nem lhe perguntei a respeito daquele nome castelhano. Rosário andava, isso sim, embrenhada entre os livros do escritório, trancada tardes inteiras, como se ela mesma estivesse a armar outra e sigilosa revolução. Perpétua e Mariana também estranhavam o seu comportamento, e contei essas impressões a nossa mãe. Porém, andava Maria Manuela com suas próprias dores a mitigar e pouco se interessou pelas novas estranhezas de Rosário.

Nos últimos dias de setembro – junto com a primavera – foi que nos chegou a grande notícia: Bento Gonçalves da Silva tinha fugido do Forte do Mar. Recebemo-la pela boca mesma de Joaquim, que veio até a estância para trazer à mãe a boa-nova. Bento Gonçalves fugira de uma maneira prosaica e inusitada: a nado. Conforme nos narrou Joaquim,

Bento praticava todos os dias um pouco de natação, sempre vigiado por um soldado da prisão. Pois, em certo dia que o forte estava mais desguarnecido do que de costume, o general saíra para nadar num passeio sem retorno. Havia um barco ancorado a pouca distância do forte, e Bento Gonçalves nadou até ele, pedindo aos pescadores que o levassem ao cônsul Pereira Duarte – um aliado da revolução e também maçom como o general. A casa do cônsul ficava em Itaparica, e assim obedeceram os pescadores, segundo a promessa de que seriam muito bem recompensados.

Não sei como Bento Gonçalves conseguiu driblar a vigilância dos soldados, nem como nenhum dos barcos do forte o alcançou, só sei que sua estrela brilhou o suficiente para que a travessia até Itaparica fosse exitosa. Em Itaparica, o presidente do Rio Grande foi acolhido, e permaneceu escondido por muitos e muitos dias, até que a vigilância e busca por sua pessoa baixassem. Numa noite tempestuosa, embarcou num cargueiro e partiu das terras nordestinas rumo a Santa Catarina. Estava livre, por fim. E voltava para o Rio Grande.

Houve festa em nossa casa. D. Ana mandou carnear uma ovelha, e se fizeram doces e guloseimas, até tarde dançamos e cantamos. O senhor Inácio apareceu e até mesmo dançou a chimarrita com Perpétua, que resplandecia de dupla felicidade. Também Caetana ficou revigorada com a notícia. Saber que seu marido já singrava as águas rumo ao Sul encheu-a de brilho e de sorrisos. Ela contava os dias para revê-lo, mandou fazer um vestido novo, amarelo como ouro, parecia uma noiva rumo ao altar. D. Antônia e D. Ana entraram também numa fase de alegrias e esperanças: com o irmão de volta ao Rio Grande, a guerra se decidiria de vez, elas tinham fé. Então, de repente, o altar de Nossa Senhora se viu repleto de velas – desta vez, não de pedidos, mas de agradecimentos pelo acontecido.

Vindo da Bahia, meu tio Bento desembarcou em Nossa Senhora do Desterro, Santa Catarina. De lá, a cavalo, seguiu para Torres, já na divisa do Rio Grande, aonde chegou na noite do dia 3 de novembro. Sete dias mais tarde, alcançou Viamão, onde foi recebido com surpresa e festa pelas tropas republicanas. Caetana e os filhos mais velhos foram recebê-lo em Piratini, no dia 4 de novembro. Houve um grande baile na cidade, segundo nos contou Caetana, muito depois, ainda exultante por rever o esposo e encontrá-lo bem-disposto de saúde e revigorado dos meses de confinamento. Foi nesse dia que Bento Gonçalves da Silva tomou posse, enfim, do cargo de presidente da República Rio-grandense. Dias depois, passaria seu cargo para o vice, Mariano de Mattos, e iria comandar as tropas do exército republicano.

Não posso dizer que senti inveja de tantas festas e bailes, enquanto permanecia na Estância da Barra, em companhia das tias, das irmãs e de minha mãe. Além do luto, poucos motivos havia para que nos locomovêssemos até Piratini, as batalhas andavam sucedendo por todos os caminhos, e a nossa segurança era estar na fazenda. Gastei aqueles dias bordando um enxoval que nunca cheguei a usar e que ainda hoje está guardado, amarelado pelo tempo e pelas lágrimas, nas arcas de pinho que ganhei de minha mãe. Bordava como quem pregava os minutos num pano: dando cores às horas exatas do dia, enquanto escolhia matizes de verde ou de azul com os quais tingir a minha solidão. Desde sempre, os trabalhos manuais esconderam o fastio e o medo das mulheres, e em nossa casa os rituais sucediam de igual maneira.

Eu ainda não sabia, e só vim a saber disso muito mais tarde, mas meu peito já se confrangia na angústia do germe de meu amor por Giuseppe Garibaldi. Enquanto Bento Gonçalves ganhava a liberdade e as honras de nosso povo, o marinheiro italiano de olhos cor de mel sofria um longo exílio nas terras uruguaias. Meses antes, exatamente no dia 28 de maio daquele 1837, Garibaldi e seus marítimos entravam triunfalmente no porto de Maldonado, limite setentrional do Rio da Prata. Vinham do Rio de Janeiro, com a carta de corso da República Rio-grandense, depois de terem atacado a sumaca *Luíza*, que trazia 26 toneladas de café em seus depósitos.

Em Maldonado – segundo me contou ele mesmo, com sua voz morna e suas palavras construídas na algaravia de vários idiomas –, Garibaldi tentou vender o café pilhado. Porém, estavam eles já sendo perseguidos, tendo assim de negociar sua carga às pressas, fugindo de Maldonado numa fria madrugada de inverno, protegidos apenas por uma densa névoa que escorria do céu. Naquelas águas, quase foram a pique, tendo a bússola os levado para cima de perigosos recifes, e só não naufragaram por sorte e por perícia de Garibaldi. Somente passado o susto foi que descobriram que os fuzis, armazenados num compartimento ao lado da cabine de comando, haviam enlouquecido a agulha magnética. E assim, na noite, após esse susto, Giuseppe Maria Garibaldi e sua tripulação seguiram viagem rumo ao Rio Grande.

Ainda havia muitas atribulações no caminho até o pampa gaúcho. Enquanto ele navegava, eu bordava lençóis e colchas. No dia em que foi ferido por soldados uruguaios que iam em sua perseguição, em águas de Jesús-Maria, já perto de Montevidéu, descuidada, perfurei meu dedo com a agulha de bordar, e o sangue que jorrou da minha carne ferida tingiu de vermelho o linho de meus lavores como deveria ter-se tingido a fronte de meu Garibaldi. Nessa batalha, uma bala vinda dos navios inimigos atingiu Giuseppe Garibaldi entre a orelha e a carótida, deixando-o inconsciente. Os outros marinheiros, comandados por Luigi Carniglia – inseparável companheiro de Giuseppe –, conseguiram sustentar a batalha, e seguiram então para Santa Fé. Garibaldi, muito ferido, agonizava. A bordo, não havia médicos ou medicamentos, e foi somente a "buona fortuna" que o salvou. Depois de alguns dias, encontraram uma goleta que fazia transporte de passageiros e foram socorridos. Numa cabine pequena e escura, Giuseppe Garibaldi gastava em delírios aquilo que seriam as suas últimas forças. Foi levado então para Gualeguay, sendo operado e atendido com todos os confortos.

Meu Garibaldi era um homem forte. Recuperou-se em pouco tempo. Lá, aprendeu a cavalgar – coisa que lhe seria de extrema utilidade nestas terras do Rio Grande. Porém, estava impedido de deixar a cidade, e a rotina entediante de seu estado de convalescente logo começou a exasperá-lo.

Tudo isso sucedeu naqueles últimos meses de 1837, embora muitas dessas coisas me tenham chegado aos ouvidos apenas anos depois. Na vastidão destes pampas, o tempo é algo relativo e impalpável: uma noite de minuano, por exemplo, pode durar uma eternidade. Assim pensava minha tia, D. Antônia, a parenta com a qual mais vim a me assemelhar com o passar dos anos. Aqueles últimos meses se gastaram com a lentidão das coisas etéreas. Víamos a natureza abandonar as cores mortas do inverno, tingir-se solenemente de festa, até esmorecer suas flores sob o calor fustigante do sol de verão. E foi num dos últimos dias daquele dezembro calorento e seco que nos chegou a notícia da morte da senhora Teresa, esposa de Inácio José de Oliveira Guimarães.

Manuela

1838

A barraca sacudia com o vento de temporal, mas lá dentro, protegido pela lona, o mesmo ar pesado, úmido, continuava incomodando Bento Gonçalves. Incomodava por recordar a cela quente no Rio de Janeiro, onde ele cozinhara no próprio suor por dias e dias a fio sem um banho que fosse. No mais, estava em casa. Se saísse para o campo, veria as árvores do capão assoladas pelo temporal, vergadas por aquele vento fresco, incansável, que vinha de longe, que vinha da Argentina. Gostava de tempestades, de ver o pampa alisado pelo pente dos temporais, os raios explodindo ao longe, rachando o céu com sua luz prateada.

As últimas luzes da tarde eram engolidas pelas nuvens negras. O coronel Onofre Pires, grande, alto, desproporcionalmente superior ao teto baixo da barraca, estava sentado num banco, sério.

– Então nomearam o Elzeário de Miranda para presidente da província?

Onofre derramou um olhar pesado sobre Bento.

– O homem vem com tudo.

– Entonces, também vamos com tudo para cima dele, Onofre. Eu tenho meses de tédio acumulados nas costas.

Onofre sorriu vagamente. Bento Gonçalves levantou do seu banco, pediu licença e saiu para o campo. Lá fora, soldados recolhiam os cavalos e protegiam os mantimentos da fúria do temporal, e tudo isso dava uma agitação quase caseira ao acampamento. Bento Gonçalves lembrou-se das negras, na estância, recolhendo, às pressas, a roupa seca no varal. Sentiu um cheiro de pão quente e uma vontade louca de ir para casa nem que fosse por uma noite, para rever as meninas, os dois guris, e dormir na cama de Caetana. Precisava escrever a Caetana para contar do filho. Bento fora promovido a tenente – era um bom guerreiro. Parecido com ele, herdara até seu nome. Tinha valor nas batalhas, agora estava com Netto, no cerco à capital. Pelo tempo que durasse o cerco – talvez não muito.

Andou uns passos, sentindo o vento úmido lamber seu rosto, penetrar por entre a barba como um afago. A chuva começava a engrossar, mas era boa, fresca. Do chão se levantava aquele cheiro bom de terra molhada. Um raio estourou no céu, bem perto. Bento Gonçalves olhou para os lados, saboreando aquele pampa que por tanto tempo revira em seus pensamentos, até que perdesse os seus contornos reais, até que virasse nada mais do que um sonho, um lugar mítico, pelo qual ansiava nas longas noites pegajosas da prisão.

Ao longe, sob uma árvore, Joaquim olhava o temporal. Bento Gonçalves correu até o filho.

– Vosmecê estudou tanto, Joaquim. Esqueceu, por acaso, que uma árvore não é um bom lugar para se apreciar uma tempestade? – Falava sorrindo, a chuva escorrendo pelo rosto, molhando o cabelo negro. – Vem, Quincas, vamos para um lugar melhor, não necessariamente um teto... Também tenho gosto numa boa chuva.

Saíram ambos caminhando pelo acampamento. O chão já se enchia de poças. O vulto alto e teso de Joaquim seguia ao seu lado, no mesmo passo.

– Pai, o senhor vai para Porto Alegre estar com as tropas do Netto?

– Não. Hay muito o que se fazer por estes pagos. Na verdade, para os dias, tenho planos de ir até a casa de Ana.

Joaquim sorriu.

– Vai rever a mãe?

– Mais que isso, meu filho. Vou falar mui seriamente com Antônia, um assunto de suma importância que le diz respeito. Planos, meu filho... Después, por uma noite ou duas, um general merece o conforto da sua família.

Joaquim desviou os olhos para o campo; recordou Manuela e sentiu um aperto no peito. Bento Gonçalves acompanhou, de algum modo, o olhar vago do primogênito.

– Pode deixar que mando lembranças para Manuela – bateu no ombro do filho. – Quando esta guerra acabar, vosmecês se casam numa grande festa.

Joaquim sentiu a timidez como uma mão em sua garganta. Mudou de assunto:

– Que segredos le levam à estância, pai? Se é que posso sabê-los.

– Planos que temos para um italiano amigo do conde Zambeccari, Garibaldi. Decerto que o homem já devia estar aqui por estas horas, não sei onde se meteu... Mas vem. É um homem de fé. Um homem do mar. E nós precisamos de um porto para ganhar esta guerra. E precisamos das águas interiores.

Joaquim nada disse. Um raio caiu ao longe, alguns cavalos relincharam. A noite agora era um manto espesso e fresco que recobria tudo.

QUANDO O PRIMEIRO MÊS do seu luto findou, Inácio foi visitar a Estância da Barra. Trazia as feições mais magras, o rosto mais denso, mas mesmo assim continuava um homem bonito, alto, moreno, forte e jovem para seus 38 anos. Com a morte da esposa, era justo e correto que começasse a cortejar Perpétua, de quem pediria a mão assim que fosse possível. Ademais, em épocas de guerra, o tempo perdia seu significado, tudo era instável. E um viúvo, mesmo recente, jovem como ele, tinha o direito de se casar novamente.

Trazia queijos feitos na sua própria fazenda. Entregou-os para Milú, que o recebeu à varanda, saindo logo depois "para chamar a patroa D. Ana". Inácio sentou numa cadeira, apreciando a brisa fresca que vinha, naquele fim de tarde de verão, lá dos lados do Rio Camaquã. Não demorou para que D. Ana aparecesse por ali, vestida de cinzento, os cabelos ajeitados em tranças, o rosto doce, compenetrado como sempre.

– Le agradeço os queijos, senhor Inácio.

Inácio beijou-lhe a mão. Não tinha de quê. Gostava da família, apreciava trazer presentes.

– Quando Celestiana, a cozinheira lá de casa, fizer um doce de goiaba, le trago, D. Ana. Não existe doce más saboroso do que o da Celestiana.

D. Ana sorriu, agradecida. Perguntou como iam as coisas, depois da morte da esposa. Inácio baixou os olhos.

– Vão como Deus manda. A senhora sabe, sou um homem sem filhos, é difícil viver sozinho. E agora que ando de delegado no Boqueirão, bem... A guerra distrai a solidão. Mas a casa vazia é cosa dura demais.

D. Ana aquiesceu, as mãos postas no colo. Uma negrinha trouxe um jarro de limonada fresca. Beberam e falaram amenidades. D. Ana aguardou pacientemente que Inácio entrasse no assunto que, afinal de contas, o tinha trazido até ali. Sabia que o delegado era homem mui ocupado, tinha seus afazeres, tinha as estâncias, le faltava o tempo para visitas como aquela. E sabia também – todos na casa sabiam – das simpatias do senhor Inácio pela filha de Bento, Perpétua. Resolveu facilitar as coisas:

- Vosmecê sabe, meu irmão agora voltou para o Rio Grande. Logo, isso nos escreveu ele, virá para a estância passar uns dias. Coisa pouca, três noites, no más, para um general o tempo é precioso, e esta guerra... – suspirou. – Mas, de qualquer jeito, havemos de organizar um churrasco para ele, um baile, talvez. E o senhor será nosso convidado.

- Mui honrado, D. Ana. Tenho grande admiração pela hospitalidade desta casa... – pigarreou um pouco. Casara cedo com Teresa, eram primos, coisa arranjada pelas famílias, nunca passara aqueles constrangimentos... Fez um silêncio medido, depois acrescentou: – D. Ana, preciso le falar. A senhora sabe que agora sou viúvo e, portanto, desimpedido para o casamento. Deve saber também, pois nunca fiz segredo disso, que tenho muita estima pela senhorita Perpétua... Seria uma grande honra desposá-la, assim que fosse possível, quando passar o tempo necessário da morte da coitada da Teresa.

D. Ana abriu um sorriso. Serviu mais limonada para Inácio. Mediu bem as palavras:

- Esteja certo, senhor Inácio, da estima que le tenho. E também do carinho que minha sobrinha sente pelo senhor. Mas, apesar desta casa ser minha e, nessa guerra, estar eu tomando as lides das coisas por aqui, acho que o senhor deveria falar com minha cunhada Caetana. Na ausência de Bento, é ela quem pode le dar esta permissão. – Mudou de tom: – Mas, me diga, qual o tempo justo desse noivado, até o casamento? Um ano de espera, pelo luto?

Inácio derramou sobre D. Ana um olhar inquieto. Abriu um sorriso e disse, mansamente:

- As guerras trazem malefícios e benefícios, D. Ana. Um ano, no meu caso, pode ser muito. Deus há de saber o que me reserva, mas acho que seis meses é tempo bastante para honrar a memória de Teresa.

– Imagino que seja – respondeu D. Ana. – Dá para preparar o enxoval, arreglar tudo. E estaremos então no início da primavera, que é época bonita para umas bodas. – Ergueu-se da cadeira. – Vou lá dentro chamar Caetana. Está ensinando a filha mais moça a bordar. Volto num minuto.

Inácio ficou olhando o umbu, ao longe. Sentia as palmas das mãos úmidas, como se fosse um menino que via uma tirana pela primeira vez. Secou o segundo copo de limonada e ficou esperando. Ao longe, de algum canto da casa, vinham risos de moças. Tentou identificar, no meio daquelas vozes, o riso de Perpétua – quente, doce, promotedor.

Caetana consentiu naquela corte, combinando que logo fariam o noivado – assim que Bento viesse dar na Estância. Seria um namoro discreto, como convinha a um viúvo. A filha, por sua vez, estava de pleno acordo, queria desposar o senhor Inácio. E vinha logo, arrumava-se para vê-lo.

Veio bonita, num vestido azul muito claro que realçava seus cabelos escuros. Apesar da guerra, tinha encontrado um amor, um amor que viera dar ali, nas portas da estância, com aqueles mornos olhos de azeviche e a voz quente e forte. Teve ainda um leve remorso, ao recordar a criatura tênue e pálida que vira de passagem, certa vez, mas logo tudo foi esquecido, e o serão na varanda durou ainda algum tempo, prolongando-se num jantar em família, íntima comemoração daquele enlace. Inácio José de Oliveira Guimarães e Perpétua Justa Gonçalves da Silva iriam contrair matrimônio. Na comprida mesa da sala de jantar, Inácio e as sete mulheres ergueram seus copos num brinde.

– Que sejam mui felizes – desejou D. Ana, do seu lugar à cabeceira da mesa.

Os grilos cantavam lá fora, fazia um calor morno que entrava pelas janelas abertas como uma mão que vinha acariciar seu corpo. Rosário rolava na cama sem conseguir dormir. Uma angústia açoitava o seu peito. E aquele calor que penetrava pelo tecido da camisola. Na cama ao lado, Perpétua dormia placidamente. Rosário pensou na sorte da prima. Iria casar. Apesar da guerra, apesar de tudo, Perpétua tinha o seu quinhão de felicidade. E Inácio era um viúvo muito bem-apessoado, alto, elegante. Não era um campeiro apenas. Sabia se portar nos salões. Um cavalheiro. Rosário se ergueu em silêncio. Calçou as chinelas, acendeu o lampião e ganhou o corredor penumbroso. A casa dormia.

Na varanda, um sopro de brisa fresca agitou seus cabelos. Ela sentou na cadeira de balanço e ficou ali, pensando na terrível verdade daquele seu amor.

O céu estava repleto de estrelas. Rosário sentiu uma lágrima escorrer pelo rosto. Secou-a com o canto da mão. Não iria chorar como uma mocinha boba, não iria mesmo.

Não vou chorar. Steban me ama. Eu o amo. E aconteceu. Coisas como essa não acontecem todos os dias. Não estou louca.

– Não estou louca... – Sua voz soou doce no silêncio da noite de verão.

– Falando sozinha?

Mariana apareceu na varanda. Também não conseguira dormir, por causa do calor que fazia.

– Senta ao meu lado – convidou Rosário. – Está uma noite linda demais para a solidão.

Mariana sorriu, os cabelos negros desfeitos caíam pelos lados do seu rosto como uma moldura.

– Vosmecê está triste, maninha? Sossega... Os noivados e os casamentos fazem isso com as mulheres, principalmente com as solteiras. – Riu. – Mas havemos de ter a sorte de

Perpétua. Não que eu queira o senhor Inácio para marido, é um pouco velho para mim, com certeza. Mas um amor me vinha a calhar.

– Não é tristeza, Mariana. Nem sei bem o que sinto, um aperto no peito, uma angústia. Um medo.

Mariana derramou um longo olhar sobre a irmã mais velha, loura, delicada, tão bonita sob a luz daquele luar.

– Medo de quê? Aqui estamos protegidas dessa guerra. E nenhum imperial, por mais atrevido que seja, ousaria invadir esta estância, Rosário.

– Não é a guerra que me assusta. Essa guerra apenas me entedia.

– E o que é, então?

– É um amor que sinto – respondeu. E ficou observando o rosto de Mariana adquirir pouco a pouco um ar de pasmo.

– Vosmecê está apaixonada? Por quem? Alguém aqui da casa? Das redondezas? E eu que nunca desconfiei de nada... – Mariana jogou o corpo para trás na cadeira. – Quem havia de dizer!

Rosário tinha a boca seca. Pensou bem nas palavras, pesou o que tinha a contar. Sua voz soou sigilosa.

– É uma longa história, Mariana. Vou contá-la apenas para usted. Mas jura que manterá esse segredo?

Mariana beijou os dedos em cruz.

– Juro – respondeu.

E Rosário começou a narrar a história dos seus encontros com Steban no silêncio misterioso do escritório, as horas gastas em longas confidências, a paixão que crescia até ser quase dor, o medo da descoberta, dos olhares das negras, do controle de D. Ana. E a varanda foi então se enchendo de segredos, de palavras sussurradas, de suspiros, de promessas... Um uruguaio. Os ojos vierdes. A beleza etérea. E Mariana foi enveredando num mundo intocável que nunca imaginara roçar sequer, um mundo de asas e de sopros, no qual um jovem oficial surgia de entre os livros como uma sombra, sempre pálido, sempre sangrando numa eterna morte, e vinha jurar seu amor pela sobrinha do general mesmo cuja espada lhe tinha tirado a vida.

Quando Rosário acabou sua narrativa, a irmã estava trêmula.

– Vosmecê quer dizer que vê um fantasma?

Rosário sorriu.

– Não apenas o vejo, eu o amo. E quero ficar com ele pelo resto dos meus dias.

Mariana não podia acreditar no que estavam falando. Nunca ouvira nada igual, nem lera em nenhum livro. Nem ouvira nenhuma lenda que contasse um amor assim.

– Mas, se é como vosmecê diz, irmã, se é possível que um homem venha do além movido pela força de uma paixão, os dias dele já se foram há muito... Ele já morreu – sacudiu a cabeça. – Isso não é possível, Rosário... Vosmecê está confusa, adoentada, talvez. Cansada da estância.

– Nunca estive tão bem em toda a vida, Mariana. – Tocou a mão da irmã, que estava fria. – Fique mais calma, por favor. Se le digo que eu e Steban nos encontramos aqui mesmo, nesta casa, é verdade... Alguma coisa sucedeu, não sei bem o quê, mas é certo que nossos mundos se alcançaram – e concluiu: – Nós nos amamos.

– Se a mãe ouve isso... Vosmecê ama um fantasma, irmã. A mãe não suportaria.

Rosário pressionou a mão da outra entre as suas, e pediu:

– Não fale nada, não ainda. Só le contei tudo isso porque meu peito estava a ponto de explodir de tanta angústia. Eu juro, hei de levar vosmecê para conhecê-lo. Então saberá que não minto, que nos amamos. Que um milagre aconteceu aqui, nas margens do Rio Camaquã.

Uma rajada de vento cortou a placidez da varanda. Mariana olhava a irmã quase sem vê-la. Tentou fisgar naquelas retinas azuis alguma sombra de loucura, mas tudo o que pôde achar foi um brilho de excitação. O brilho dos olhos de uma mulher apaixonada.

NO OUTONO DAQUELE ANO de 1838, os rebeldes conquistaram a cidade de Rio Pardo na maior batalha já travada até então entre as forças legalistas e as republicanas. O retorno de Bento Gonçalves insuflara novos ânimos nas tropas farroupilhas. Mais de três mil homens reuniram-se sob o comando dos generais farrapos. Contra eles, lutaram 1.700 soldados imperiais, que perderam na batalha oito peças de artilharia, mil armas de infantaria, e tiveram ainda trezentos mortos e feridos, sendo que os farroupilhas fizeram mais de setecentos prisioneiros entre as ordes imperialistas.

Foi uma das piores derrotas sofridas pelos imperiais durante toda a Revolução Farroupilha. Tamanha foi a repercussão dessa vitória que, por causa dela, o marechal do exército imperial, Sebastião Barreto, até então comandante militar da província, teve de responder a um conselho de guerra.

Foi ainda tomado dessa sensação de graça que Bento Gonçalves chegou à Estância da Barra, já em meados de maio, para rever Caetana e os filhos. Fazia um outono de dias claros e ensolarados, e aos poucos o ar da província começava a esfriar levemente; as noites ficavam mais aconchegantes, mais acolhedoras, mais convidativas a um bom fogo de lareira.

Foi recebido com um grande churrasco, no qual se comemorou o noivado de Perpétua e de Inácio de Oliveira

Guimarães. A casa estava em festa, florida, repleta de sorrisos. As mulheres trajavam vestidos novos, vindos de Pelotas, e tinham os cabelos presos com fitas. Perpétua usava um vestido verde de rendas, estava bonita e com ares de mulher feita.

Quando Bento Gonçalves abraçou Perpétua, tendo-a entre seus braços como uma coisa delicada e morna, só soube dizer:

– Na guerra, este tempo não passa. Mas em vosmecê, filha, ele fez milagres. Está uma noiva mui hermosa.

E Perpétua corou de prazer.

Depois, Bento Gonçalves se afastou com Inácio. Já se conheciam da guerra e dos negócios. E tinham muitos assuntos a tratar.

D. Antônia estava inspecionando a preparação das saladas, quando Bento Gonçalves apareceu na porta da cozinha e, enfiando o rosto bem escanhoado para dentro, disse:

– Vem cá na rua, Antônia. Deixe essas comilanças de lado, pois preciso hablar com vosmecê.

D. Antônia saiu limpando as mãos no avental branco. A luz forte da rua cegou-a por um instante.

– É coisa urgente? – perguntou sorrindo.

Bento tomou o seu braço. Caminharam para a sombra de um pessegueiro. Os passarinhos cantavam.

– Quando se tem pouco tempo, Antônia, tudo é urgente. Vosmecê sabe que amanhã eu já me vou. E quero le falar umas coisas antes de partir para São Gabriel.

No ar, um misto de música e cheiro de assado dava ao dia ares festivos. O céu estava azul, um céu de encomenda para um dia como aquele.

– Vamos sentar – sugeriu Antônia.

Acomodaram-se num banco de madeira.

— É sobre aquele estaleiro abandonado que vosmecê tem lá na beira do Camaquã – disse Bento. – Faz tempo que ele está às moscas, não é? – D. Antônia concordou, calada. – Tenho uns planos para ele. Mui importantes. Mas preciso do seu consentimento.

D. Antônia fitou as retinas negras do general. Era incrível: Bento tinha os mesmos olhos da mãe. Olhos de noite sem lua. Insondáveis.

— Faça bom uso daquele lugar, Bento. Vosmecê sabe que pode sempre contar comigo.

— E conto. Quando as coisas estiverem bem acertadas, le mando uma carta explicando tudo. Vou precisar dos seus préstimos, e da sua coragem. Vou engendrar um segredo naquelas terras, Antônia.

Cadernos de Manuela

Pelotas, 9 de setembro de 1883

A história de Giuseppe Garibaldi está impressa na minha pele, como as digitais dos meus dedos. Ultimamente, nas noites de frio, quando ando pela casa escura e já deserta de todos, ouvindo o eco das minhas botinas neste chão de madeira tantas vezes encerado, é nele que penso, é ele que ocupa toda a minha alma como se eu não fosse mais do que um refúgio para as lembranças do que ele já fez, e é no calor da sua recordação que me aqueço. É isto que sou: um cofre, uma urna daqueles sonhos perdidos, do sonho de uma república e do sonho de um amor que se gastou no tempo e nas estradas desta vida, mas que ainda arde em mim, sob essa minha pele agora tão baça, com a mesma pulsação inquieta daqueles anos.

Recuerdo mui bien os acontecimentos dos primeiros meses daquele ano de 1838, talvez o ano mais importante da minha vida – quando pus meus olhos sobre a figura de Garibaldi e, como um rio que sai do seu álveo, extravasei os meus limites e inundei recantos que nem ousara imaginar existentes...

Depois de convalescer em Gualeguay por muitos meses, já entediado daquela vida calma que nunca soube ser a sua, Giuseppe Garibaldi fugiu, em meados de janeiro. Mas sua fuga foi denunciada, e ele foi preso nas imediações da cidade. Estando o general Pascual Echague, seu protetor, em viagem de negócios, Giuseppe foi levado por um coronel de nome Leonardo Millan e foi torturado por várias horas, até que desmaiasse de exaustão e de dor. No fim daquele mês, Millan seria seriamente advertido pelo governador da província, e Garibaldi então seguiria para Entre-Rios, onde responderia por seus atos à justiça local.

Mas Garibaldi fugiu novamente – não cruzara tantos mares para estar à mercê do governo uruguaio –, e dessa vez teve êxito. Encontrou seu amigo Rossetti, que voltava do Rio Grande, onde travara já vários encontros com os homens de confiança de meu tio. Garibaldi então partiu juntamente com Luigi Rosseti para engendrar aquela louca e linda república da qual tanto já tinha ouvido falar. Sim, aquele era um sonho pelo qual se merecia lutar até a última gota de sangue: a liberdade de uma terra e de um povo, a criação de uma nação igualitária, onde não houvesse imperador ou escravo. Enfim, no faro desse seu enlevo, vinha ele para a minha terra. E vinha a cavalo, pois agora tinha aprendido a montar e, sobre o dorso de um zaino de pêlo muito negro, cortava os pampas rumo ao Rio Grande.

No fim daquele outono luminoso e de dias suaves, Giuseppe Garibaldi e seu amigo Rossetti chegaram a Piratini. A vila efervescia naqueles tempos: era a capital da República, e lá se acertavam todas as manobras dos exércitos. Estava cheia de vida e de emoções, e essa energia imediatamente atraiu o aventureiro italiano da minha alma: Garibaldi tomou-se de amor pelos anseios dos rio-grandenses, pela sua coragem e ousadia, e pela sua república.

Em Piratini, foram recebidos por Domingos José de Almeida, então ministro das Finanças.

– Bento Gonçalves tem grandes planos para vocês – foi o que lhes disse o homem baixinho, de fala vigorosa e espertos olhos castanhos.

Dois dias mais tarde, estavam nas margens do São Gonçalo, um braço de rio que liga a Lagoa dos Patos à Mirim, em meio a um buliçoso acampamento de soldados. Acomodados numa barraca, viram entrar a figura de Bento Gonçalves, alto, forte, enrijecido pelas lutas e pela liberdade, vestido no seu uniforme impecável. Giuseppe Garibaldi olhou fundo naqueles olhos escuros e respirou aliviado. Estava em casa, finalmente. Agora tinha outra vez um sonho.

Meu tio traçara muitos planos para aquele italiano de olhos cor de mel e sorriso fácil. E foram esses planos que o trouxeram para os meus braços.

Durante o churrasco aqui na estância, Bento Gonçalves teve chance de se reunir com D. Antônia e de lhe pedir um grande obséquio: o uso do pequeno estaleiro que ficava na Estância do Brejo. D. Antônia não recusou os desejos do irmão, por quem sempre seria capaz de fazer tudo. Bento Gonçalves partiu outra vez desta casa, e somente um mês mais tarde é que nos chegou um próprio que trazia na guaiaca uma carta do presidente. Procurava a senhora D. Antônia. A tia estava conosco, naquela tardinha de sol dourado e translúcido, cujo brilho dava contornos de ouro ao mundo – aqueles outonos de amarelo silêncio interminável hão de ficar para sempre na minha alma –, e recebeu a carta do irmão com suas mãos pálidas e firmes. Leu-a em voz alta para todas nós. Bento Gonçalves enviava, nos próximos dias, um grupo de soldados para a Estância do Brejo. Esses soldados eram, na verdade, marinheiros mui experientes cuja chefia cabia ao italiano Giuseppe Garibaldi, "um hombre mui honrado e digno, um verdadeiro soldado, que deve ser tratado com toda a fidalguia", segundo escreveu Bento Gonçalves. Vinham eles com a tarefa de construir barcos para o exército republicano, "e em tudo o que eles necessitarem, de comida, de agasalhos, de auxílio, conto com vosmecê para alcançar, e também com os peões da estância, para que les ensinem algumas lides da terra, visto que todos são homens de mar".

A tia fez uma pausa. Ficamos todas presas do mesmo silêncio. Foi Mariana quem resolveu perguntar:

– Quantos homens são?

D. Antônia deitou os olhos outra vez para a carta, procurando nas linhas escritas com letra firme o número exato do nosso susto.

– Parece que são 15, minha filha. Na maioria, estrangeiros.

D. Ana largou o bordado, os óculos de aro de ouro brilhavam na ponta do seu nariz fino.

– Diacho, teremos assunto por estas bandas... – Fitou Mariana, sorrindo: – Vosmecê se acomode, menina. Esses homens são soldados, e vêm para cá por causa da guerra.

Vosmecês todas, não me esqueçam disso. Ademais, são eles lá, nós cá.

Mas meu coração já alardeava aquele amor. Sim, e eu via como num sonho o homem loiro segurando o mastro de um navio, seu porte esguio, fidalgo, e seus olhos de poente. Seria então que ele me chegava?

D. Antônia cortou o fio dos meus devaneios.

– Antes desse italiano, vem para cá um tal de João Griggs, um americano. O Bento avisa isso aqui – apontou o papel timbrado. – Vai construir uns lanchões, para quando o tal italiano chegar.

Caetana foi para o lado da cunhada, querendo ver a carta do marido. Ficou ali um bom tempo, como que presa de alguma inquietação. Depois disse:

– Esse tal Griggs deve chegar nesta semana ainda, Antônia. É preciso mandar arrumar o galpão, preparar umas camas. Dar um jeito na coisa.

D. Antônia guardou a carta no bolso da saia. A luz da tarde agora incandescia com seus últimos suspiros, e o brilho suave da primeira estrela surgia no céu.

– Vamos a isso, cunhada. E é preciso carnear um boi para logo. A fome de 15 homens não deve ser desprezada.

E foi assim que o suave arrastar dos dias iguais acabou para nós, para o regozijo de minhas irmãs e o meu. Fazia muito tempo que não tínhamos homens em casa. Fazia muito tempo que vozes masculinas não se faziam ouvir na nossa varanda. E agora eram vozes de outras terras, com sotaques misteriosos... E os donos dessas vozes, será que algum deles nos tocaria o coração, ou alegraria um pouco que fosse a modorra dos nossos dias? Éramos moças presas de uma espera, e agora nossa calma e nosso cansaço podiam ser sacudidos como lençóis num varal. (Naquela noite, lembro bem, de ansiedade, não dormi.)

Marco Antônio, que andava brincando por ali e que ouvira as novidades, saiu gritando para os fundos da casa:

– Zé Pedra! Zé Pedra! Tem uns soldados chegando para morar aqui! Urra! Zé Pedra, eu também vou ser soldado!

D. Ana sorriu, benevolente. Depois balançou pensativamente a cabeça de cabelos escuros.

– Acho que teremos dias agitados.

E foi assim que tudo começou.

Manuela

O tropeiro entregou o pacote pardo, pesado, para D. Rosa, a governanta. Caetana pagou-o em moedas de ouro, falando um fluente castelhano que o homem respondia com alegria. Era de Cerro Largo e viera trazer o tecido para o vestido de casamento de Perpétua. Renda branca, cetim muito fino, que brilhava num tom perolado. Fitas muito grossas, para os arranjos finais, de pura seda.

D. Rosa, baixinha e atarracada, segurava com orgulho o pacote. Era costureira muito boa, a encarregada de fazer o vestido da menina Perpétua. A noiva tinha desejado uma costureira de Pelotas, mas com a guerra era isso um trabalho mui dificultoso, de modo que ficara decidido: D. Rosa faria o modelo ali mesmo, com todo o zelo, para a grande festa de princípios de setembro.

O tropeiro guardou o dinheiro na guaiaca, despediu-se com azáfama e tomou o rumo da porteira. As duas mulheres entraram para a casa. Era uma luminosa manhã de junho.

Caetana chamou:

– Perpétua, chegou o pano do vestido!

Num momento, estavam já as quatro moças na sala. A face trigueira de Perpétua tingia-se de um rubro suave.

– Ah, mãe! Deixa eu ver!

Caetana deu um beijo na filha. Do corredor, Maria Manuela apareceu sorrindo. Um dos raros sorrisos dos últimos tempos. Era bom um casamento, iam ter um pouco de alegria na casa. E tantos preparativos. Ela já mandara buscar tecido para os vestidos das filhas.

– Rosa, vá pegar os moldes – disse Caetana. – Vamos lá para a salinha das costuras.

E as raparigas soltaram risinhos de contentamento.

– Perpétua vai casar! Perpétua vai casar! – passou gritando Marco Antônio no corredor. – E os soldados do papai vêm para a festa!

Maria Manuela foi bordar no sofá. Ela ainda tinha três filhas para casar, e agora estava sem marido. Ainda bem que Manuela já tinha o Joaquim. Logo que a maldita guerra acabasse, ficariam noivos e casariam sem demora. Era um compromisso a menos. E depois, Antônio, quando voltasse, ajudaria a achar um bom partido para as outras duas manas. Mas agora Antônio estava nos arredores de Porto Alegre, naquele sítio interminável que os rebeldes impunham à cidade. E Maria Manuela rezava por ele todos os dias, apegava-se às suas santas, fazia promessas complicadas, jejuava. Tinha perdido o marido, mas seu filho querido, esse, nem que ela tivesse de queimar todas as velas do Rio Grande, esse voltava para casa são e salvo. Pegou a agulha e recomeçou o trabalho de onde o tinha deixado na noite anterior. Era uma toalha de mesa, para o enxoval de Manuela.

JOHN GRIGGS ERA UM AMERICANO muito alto, um tanto curvado, de 27 anos, que vivia no Brasil fazia já algum tempo e que tinha uma doçura nos olhos que encantou D. Ana e lhe venceu as barreiras. Era perito em navios a vapor e um ótimo marinheiro. Foi recebido para um mate na varanda, ao meio-dia de um sábado nublado e frio, e suas mãos de dedos longos seguravam a cuia com prazer, enquanto ouvia D. Ana contar das coisas da estância, da vida do campo. Griggs achou D. Ana serena e forte, parecida até com o presidente Bento Gonçalves, mas somente quando D. Antônia surgiu, atarefada com os últimos preparativos para receber o americano, foi que ele encontrou a verdadeira semelhança que buscava. D. Antônia tinha o mesmo olhar firme, forte, e a mesma pose ereta, receosa, analítica, do grande general gaúcho. Soube então por que haviam sido mandados para aquela estância. D. Antônia, se preciso fosse, lavoraria nos barcos como qualquer um dos homens.

D. Antônia estendeu a mão para Griggs:

– Seja bem-vindo, senhor João. – Falava o nome dele em bom português. Griggs sorriu seu terno sorriso. – Como meu irmão pediu, já le arranjei quatro carpinteiros de confiança. E também um ferreiro.

Um mulato alto, de braços fortes e boca graúda apareceu, ladeado por Zé Pedra, o faz-tudo de D. Ana. O ferreiro chamava-se Abraão e era irmão de Zé Pedra.

– O senhor vai nos ser muito necessário, seu Abraão – disse Griggs, e o mulato sorriu, mostrando uma fileira de dentes muito brancos. – Há muito o que forjar.

D. Antônia sentou ao lado do americano. Estava tudo arreglado na estância: tinham um galpão para alojamento que ficava ao lado do estaleiro. A cozinheira da casa les faria a comida, até quando chegassem os outros. E, qualquer coisa, era só mandar um recado.

– Meu capataz tem ordem de atender a todas as necessidades de vosmecê.

– E o Zé Pedra também – avisou D. Ana.

John Griggs sorriu satisfeito. De dentro da casa, abafadas pelos reposteiros, vinham vozes feminis. Griggs sentiu uma pontada de curiosidade animando seu peito, mas depois lembrou que estava ali em missão. E os olhos de D. Antônia, ah, eram iguais aos olhos de Bento Gonçalves. Griggs curvou-se um tanto mais e aceitou outra cuia de mate, que sorveu com gosto, para espantar o frio.

Cara Manuela,
 Faz muito que anseio em le escrever, pois a saudade que sinto de vosmecê tem aumentado a cada dia, mas somente agora, sentado aqui nesta pedra, vendo uma ponta de mar quebrar com estrondo na areia, é que tive coragem suficiente de le dizer dessa falta que me pesa. Sim, faz muito que deixei de le dedicar um afeto de primo. Hoje, penso com carinho e amor no nosso futuro casamento, e espero que seja breve esse tempo em que estamos separados, e que vosmecê está na estância com as outras, e eu aqui, neste acampamento de soldados, nesta luta pela liberdade.
 Eu ando aqui para as bandas de Torres, onde temos travado algumas batalhas, nas quais, graças a Deus e à Virgem, tenho me saído mui bem e em completa saúde. Afora elas, sucederam uns poucos embates sem importância, umas escaramuças passageiras que mais servem para espantar a solidão destes dias do que para fazer garantir nossa República. Mas o inverno aqui se faz mais úmido, e me aperta o peito. De modo que, ao partir – sairemos de Torres ainda nesta semana –, meu coração há de encontrar um pouco mais de alento, mesmo que não seja no verde dos seus olhos.
 É por isso que le escrevo, Manuela. Para que vosmecê responda a esta missiva e me diga que dedica a mim esse mesmo afeto que le dedico, e que sente por este seu primo a mesma saudade que sinto eu de

vosmecê. Tenho certeza de que serei mais feliz então, e de que lutarei com mais gana. Depois, quando esta guerra estiver finda, teremos a nossa vida e a nossa estância, e os dias serão doces e ternos para nós. Por agora, é a República, mas peço que vosmecê me espere e que reserve para este seu parente que tanto bem le quer a melhor parte do seu afeto e dos seus pensamentos.

O mar hoje está verde como seus olhos, de um verde-escuro e cheio de mistério, Manuela, que as nuvens que pesam do céu só fazem acentuar. E eu, aqui, sob um vento frio e úmido que levanta a areia em redor, mando para usted todo o meu afeto.

Por favor, dê lembranças minhas para minha mãe e para as tias,

sempre seu,

Joaquim
Praia de Torres, 12 de julho de 1838

O dia do casamento de Perpétua amanheceu límpido e fresco. Principiava setembro. Soprava uma brisa leve que agitava as copas das árvores e espalhava pelos caminhos os primeiros perfumes daquela primavera de 1838.

O padre Viriato, confessor da família, viera de Pelotas para oficializar a união da filha mais velha de Bento Gonçalves da Silva. A Estância da Barra estava em polvorosa naquela manhã: negros acabavam de pendurar as últimas bandeirolas pelos quintais, Milú e Zefina prendiam ramos de flores silvestres no cercado de madeira branca que contornava o altar, sob o umbu. Pela frente da casa, compridas mesas se enfileiravam, cobertas por toalhas muito alvas, repletas de cadeirinhas de palha que haveriam de acomodar todos os convidados. Dos fundos, já se sentia o cheiro do assado, ouvia-se a barulheira dos peões que ajudavam o assador naquela faina de preparar costelas e picanhas e lombos inteiros. Na cozinha, meia dúzia de negras acabavam as saladas, punham os doces nas compoteiras de cristal, enquanto D. Rosa decorava, com as mesmas hábeis mãos de cera que haviam confeccionado o vestido da noiva, o grande bolo coberto de merengues, pontilhado de flores açucaradas.

Já chegavam os primeiros convivas, algumas famílias pelotenses que andavam em suas estâncias para fugir da guerra, a vizinhança de charqueadores com suas esposas e filhos, e os homens da República: Antônio Netto, com seu uniforme impecável, os longos bigodes encerados, vinha num alazão; Onofre Pires da Silveira Canto, alto, forte como um gigante, avançava por entre as famílias para cumprimentar o primo Bento; o capitão Lucas de Oliveira, que pudera se ausentar das suas reuniões em Piratini, muito garboso, fazendo arrancar velados suspiros das moças solteiras, saltava do seu cavalo, sorrindo, feliz de estar outra vez numa boa festa, com música, comida e mulheres bonitas. Outros nomes da República não haviam podido comparecer, porque a guerra ia em frente, e agora – com a vitória em Rio Pardo, com os planos de singrarem as águas interiores – o governo rebelde sentia-se fortalecido, e era preciso manter a guarda.

Perto dali, John Griggs enchia folhas e folhas de papel com desenhos de proas e velas e planos, enquanto se juntava a madeira e se forjava o ferro para tirar do sonho e materializar a esquadra da República Rio-grandense. Era nisso que Bento Gonçalves pensava ao caminhar lentamente por entre as pessoas, balançando as franjas das ceroulas a cada passo, o chiripá preso à cintura, as botas negras muito bem lustradas. Destacava-se entre a multidão, com seus ares sérios, calmos, seu porte de fidalgo.

Chegou-se para Onofre e Netto.

— Amigos, sejam bem-vindos.

— Está um dia buenacho — disse Onofre. — Dia escolhido a dedo para uma festa. — Apertaram-se as mãos. — E a noiva?

— Está lá para dentro com a mãe — respondeu Bento. — Como todas as noivas, deve estar nervosa. O noivo vai por aí, com os familiares. Vosmecê o conhece, Onofre. O Inácio de Oliveira Guimarães, proprietário da Estância do Salso, charqueador.

Onofre Pires vasculhou a memória, assentindo. Sim, conhecia o tal. Era homem deles. Bento apertou a mão de Netto. Os olhos azuis do coronel brilhavam sob a aba do chapéu de barbicacho.

— Vamos hoje ter uma boa festa, amigo. Já ouço os primeiros acordes de uma gaita.

Ouvia-se ao longe o princípio de uma chimarrita.

— Estão ajeitando as cosas — disse Bento. — Depois da bênção e do churrasco, vamos ter boa música por aqui. — E perdeu seus olhos por um instante pelas pessoas que circulavam, as mulheres de sombrinhas, em claros vestidos de festa, os homens de jaleco ou de uniforme, os lenços colorados brilhando nos pescoços. — Pena que nos falte o conde. Ah, o amigo Zambeccari, ainda preso, e tão adoentado. Seria bom que estivesse conosco, neste dia de festança.

— Hay cosas que entristecem uma alma — disse Netto. — Parece que o conde vai ser mesmo deportado para a Itália.

Os três homens fizeram um silêncio pesaroso. Zambeccari faria falta à República.

INÁCIO DE OLIVEIRA GUIMARÃES olhou a esposa com uns olhos ardentes e sorriu. O padre ainda erguia as mãos compridas sobre suas cabeças numa última bênção para aquela nova vida. E Perpétua estava linda, no viço dos seus 23 anos, os longos cabelos escuros presos no alto da cabeça, ornados de flores, a longa grinalda que lhe caía ao redor dos ombros, até o chão, como um halo que deixava penetrar a suave luminosidade da manhã, o colo arfante e trigueiro, escapando suavemente do vestido rendado.

Perpétua fitou o marido com um brilho de fogo nos olhos negros. Os vivas explodiram às suas costas, e ela sentiu a chuva de arroz que lhe picava os ombros, que ia se derramando pelo chão do pequeno altar, e ouviu os primeiros acordes da música. Agora estava casada. Iria embora da Estância da Barra, iria viver no Boqueirão, dormir na mesma cama daquele homem moreno, de olhos misteriosos e sorriso doce, sentir seu cheiro salino, dividir com ele a sua vida. Corou levemente. Viu os olhos do pai, negros, profundos, se derramarem sobre ela, perdidos em pensamentos invioláveis. Viu as lágrimas que desciam pelo rosto bonito da mãe, viu as tias, com seus vestidos de festa, os sorrisos alegres, o olhar beato do padre, que pensava em quantos filhos eles dariam para o rebanho do Senhor. E sentiu de tudo isso um arrepio na alma, um gosto bom na boca, uma vontade de ser mulher nos braços fortes daquele homem.

– Vivam os noivos! – gritou Joaquim.

– Urra! Vivam os noivos! – respondeu um eco de vozes misturadas.

A música começou a tocar a todo volume. Perpétua sentiu que braços a puxavam e bocas roçavam seu rosto, e que era arrastada em abraços para longe de Inácio, e que todos ali queriam cumprimentá-la. Foi levada pelo pequeno turbilhão humano, de mão com as primas, desejando apenas que não lhe estragassem o arranjo dos cabelos naquela azáfama toda.

As mesas ainda exibiam os restos da grande comilança, enquanto as negras, inquietas feito moscas, tratavam de recolher os pratos com restos de carne, as travessas de saladas, de aipim, de arroz, e iam ajeitando as compoteiras, os pratos de doce, as terrinas de abóbora caramelada, de doce de pêssego. Crianças suadas corriam pelo jardim, pisando os canteiros de flores, numa alegre balbúrdia.

Ao fundo, no pequeno palanque de danças, os primeiros casais já bailavam o caranguejo: os homens em frente às damas, que batiam palmas. O gaiteiro mandou o sinal, os pares se juntaram e saíram dançando. A festa estava alta, um sol morno dourava os cabelos das moças, brilhava nas compoteiras cheias de doce caramelado, de caldas, de cremes. Um cheiro bom, de flores, de comida, de dia alegre, pairava no ar. D. Antônia, sentada à sua cadeira, na ponta de uma das mesas, tinha os olhos postos num dos casais que bailavam. Estava muito pensativa.

– O que vosmecê tem, irmã? – Maria Manuela, no seu vestido de seda negra, veio juntar-se a ela.

– Não é nada... Estou olhando os jovens. É o que os velhos fazem, não é? Olham a vida dos jovens.

Maria Manuela acompanhou o olhar da irmã mais velha e sorriu, prazerosa.

– Eles formam um bonito casal, o Quincas e a Manuela.

– É verdade – respondeu D. Antônia. – Beleza não les falta, realmente.

Mas sua voz tinha um tom estranho, que Maria Manuela resolveu ignorar. Sua cabeça já andava cheia por demais, com tantas coisas a pensar. Ficou ali, olhando a filha e sonhando com aquele casamento.

– Decerto logo se casam – falou, ao léu. E gostou de ouvir aquelas palavras, que lhe soaram como um bom presságio.

Joaquim segurava na cintura de Manuela e tentava fixar seus olhos naquele rosto bonito. Sim, Manuela estava linda no seu vestido azul, os cabelos negros presos em tranças com fitas, as rendas do decote recortando aquela pele tenra, clara. Manuela girava, sentia um frescor no rosto, uma alegria. Mas não ousava fitar Joaquim, cujos olhos – ela sabia – se derramavam de um amor de melaço. E o primo era tão bonito! Tão garboso, alto, elegante, o rosto bem-feito, os olhos vivos, agudos, os olhos mesmos do pai, a boca rosada e graúda. Via os jeitos das moças por entre os leques quando Quincas passava... E ainda era filho do presidente. O que poderia querer mais? E, no entanto, aquelas mãos quentes que lhe seguravam a cintura, que a faziam girar, não lhe provocavam senão um carinho, um carinho de primos.

– Está feliz, Manuela? – Todo o rosto dele resplandecia. Tinha deixado crescer uma barba bem aparada e curta, castanha, que lhe moldava o rosto bonito.

Manuela sorriu.

– Estou feliz. Fazia tanto que não tínhamos uma festa em casa!

E Joaquim quis dizer-lhe que falava de outra felicidade, que falava daquela música, daquele contato que o deixava eletrizado, que falava daquela proximidade que ele sonhava havia tanto. Mas nada disse. Decerto que a prima tinha lá os seus acanhamentos, as suas pequenas timidezes.

A música findou, vieram as palmas. Mais gente subia para o palanque. Joaquim viu, a um canto, o pai e a mãe, que se preparavam para a próxima dança. Admirou-lhes o amor. Os cabelos muito negros de Caetana, presos por fivelas de prata, brilhavam ao sol do entardecer. Surgiram então os primeiros acordes de uma meia-cancha. Bentinho foi para o meio da gente, de lenço na mão, e, para iniciar a dança, fez sinal para a prima Mariana, que foi para junto dele. Logo outro par formava-se, e outro e mais outro. Em poucos instantes, Joaquim e Manuela estavam também na roda. O vestido de Manuela girava e girava, espalhando seu azul como uma bênção.

Rosário desvencilhou-se como pôde dos assuntos de Tinoco Silva Tavares, filho de um estancieiro da região, que fazia tempo andava alardeando uma certa afeição pela loura sobrinha do general Bento Gonçalves. Disse que ia lá para dentro tomar um pouco de ar, um chá talvez, estava meio tonta.

– É a bebida e a comida – sugeriu Tinoco, sorrindo por entre os bigodes. – Dá um disparate na gente.

– Acho que é somente emoção de ver a prima casada – arrematou Rosário, com um sorriso falso. E depois, erguendo a barra da saia rendada, saiu em disparada para dentro da casa.

Trilhou os corredores vazios e silenciosos que contrastavam com o buliço da festa lá fora. Sabia que Xica e Zefina estavam com as pequeninas, no quarto, para que elas fizessem a sesta. Passou por ali com cautela. Iriam estranhar a senhorinha indo rumo ao escritório, no melhor das danças.

Rosário entrou na saleta fresca, fechou a porta atrás de si. Sentou na velha poltrona da tia, esperando, como sempre esperava, que seu Steban surgisse das brumas em que se escondia e se materializasse por entre as prateleiras da estante, e que aparecesse em carne e luz como sempre vinha, tão belo e garboso como um príncipe.

Esperou muito tempo. A certa altura, marcando o compasso de uma chimarrita com a ponta do pezinho, pegou-se pensando no elegante capitão Lucas de Oliveira. Vira-o por entre as gentes, alto, moreno, e sentira, a um dado momento, que ele lhe lançara um longo olhar. Depois o perdera. Decerto estava dançando com alguma das moças, decerto já tinha par. Uma angústia assolou-a, ferindo sua carne como uma faca: era jovem e gastava seu tempo com um fantasma. Amava-o... Ah, era tão belo e tão garboso e tão real como nunca ninguém lhe parecera antes. Mas será que vivia uma ilusão? Será que estava louca? Vira nos olhos de Mariana, aquela noite em que lhe contara sobre Steban, um brilho de medo. Mariana temia que ela estivesse louca. E quem sabe, quem sabe estivesse mesmo. Eram já três anos naquela estância, purgando aquela guerra, e ela não fora feita para essas esperas. Talvez tivesse contraído alguma doença que lhe roubava a sanidade pouco a pouco...

– Steban! – Quase gritou.

Era urgente que seu amado aparecesse ali, que viesse vê-la, para que ela soubesse estar sã, apenas amando como qualquer outra. Amando um homem que tinha vindo de muito longe para adorá-la – um homem que tinha vindo da própria Morte. Sentiu um arrepio lambendo seu corpo ao pensar na morte. De repente, aquele escritório tão familiar, com seus reposteiros azuis, com sua poltrona de couro, sua mesa, seus livros e candelabros, de repente aquele escritório lhe parecia um sepulcro.

Ergueu-se, pálida.

– Steban, vosmecê não aparece? – A voz era quase um gemido.

Não, ele não viria. Sabia que Bento Gonçalves estava na estância. E sangrava à simples menção do nome do grande general.

Rosário saiu correndo. Já não se importava mais que uma das negras a visse, que notasse seu olhar de pânico, seu rosto pálido, seu medo. Venceu o corredor e ganhou a sala.

Vinha da rua a música alegre. O coração batia forte dentro do peito.

Voltou para a festa. Pensava em ir ter com o capitão Lucas, ofertar-lhe um doce, uma bebida. Quem sabe dançassem juntos uma cancha-reta. Saiu abrindo caminho por entre os convivas. Algumas pessoas já se retiravam, subiam nas charretes, desejavam felicidades aos noivos. Rosário procurou por vários lugares. Nada do capitão. Buscou o tablado, e seus olhos o viram. Lá estava ele, elegante, dançando com uma moça morena. Rosário notou que sorria, um riso muito branco, e que dizia algo para a dama; e então seus olhos ficaram marejados.

Perpétua e o esposo partiram para a Estância do Salso ao anoitecer. As arcas com o enxoval e com as roupas da noiva tinham seguido mais cedo. Ela se despediu da mãe e do pai com os olhos secos, emocionada.

Caetana segurou-se em Joaquim, e estava trêmula. Agora a filha mais velha era senhora de si. Logo lhe daria netos, netos que cresceriam junto com as próprias filhas.

– Ela vai ser feliz, mãe.
– De cierto, Quincas. Lo quiera Dios.

Bento Gonçalves despediu-se de Perpétua, recomendou boa viagem ao noivo, charleou um pouco, depois foi procurar D. Antônia.

D. Antônia apreciava a cena da varanda. Alguns convivas ainda aproveitavam os restos da festa. Do palanque vinha agora o som de uma milonga meio triste, e o céu já ganhava as primeiras estrelas. Um cheiro vago, de comilança, pairava no ar fresco.

– Amanhã parto mui cedo, Antônia.
– Esta guerra nunca acaba, Bento.

Bento Gonçalves sorriu fracamente.

— Hay de findar. Temos paciência e temos coragem, derrubaremos o Império. — Encostou-se na amurada.

D. Antônia olhou o irmão longamente. Tinha a ousadia de falar-lhe sobre coisas nas quais ninguém mais ousaria tocar. Era seu irmão pequeno, de quem cuidara, a quem dera tantas vezes de comer, com quem brincara na sanga. Tinham dividido risos e lágrimas.

— E usted queria derrubar um império, Bento?

Bento Gonçalves da Silva viu nos olhos de Antônia aquele mesmo brilho que sempre via, todas as manhãs ao fazer a barba, no seu próprio rosto. Tocou-lhe a mão magra, na qual um anel de esmeralda brilhava.

— Não queria, Antônia. Vosmecê sabe mui bien... Mas as cosas sucedem, as cosas cambiam, e eu estou no comando desses hombres. — Calou-se por alguns instantes. Depois disse: — É sobre isso que vim falar a vosmecê. O italiano e os outros estão vindo. Em 15 dias chegam aqui.

— Está tudo arreglado. O americano, o Griggs, tem trabalhado dia e noite, Bento. E já le disse, o que é meu é seu. Terra e homens. Está tudo ao dispor da República.

— Só quero a sua fé, irmã. E o estaleiro. Vamos tentar ganhar as águas internas. O Império tem uma frota grande, mas são navios pesados, que não passam na barra destas lagoas. Vamos agir de outro modo. Vosmecê vai ver, o Griggs e o Garibaldi vão nos dar barcos capazes de atravessar qualquer barra. E vamos reverter esse quadro.

D. Antônia ficou pensando nos barcos inimigos, nos soldados, nas batalhas. Seus olhos negros perderam a luminosidade. Bento Gonçalves sorriu.

— Vosmecê esteja calma, Antônia. Tudo isso é segredo de Estado. Só nós sabemos que o italiano estará aqui construindo esses barcos. Nós e Deus.

D. Antônia fez o sinal-da-cruz. A milonga cessou quase como um suspiro.

D. ANA FICOU ATÉ MUITO TARDE sentada na sala. Viu Manuela ir dormir, com ares cansados, alheia às graças e cantorias dos primos e aos longos olhares mornos, doces, de Joaquim. Viu Joaquim recolher-se também, pois a falta da moça tirava todo o resto de alegria daquele serão. Viu quando Caetano e Bento deixaram de lado a viola que dedilhavam sem muito êxito e seguiram para o quarto. Viu D. Antônia tomar a charrete, no meio da noite, mesmo com os insistentes pedidos de Bento, e rumar para a Estância do Brejo. Tinha de organizar as coisas. E não havia perigo. Mandara Zé Pedra acompanhar a irmã. Zé Pedra e sua carabina; Zé Pedra, que parecia um monstro de dentes brancos, muito misturado à escuridão da noite, com sua adaga presa à cintura. D. Ana viu Bento Gonçalves tomar Caetana pela mão, e viu os dois perderem seus vultos nas sombras dos corredores. Sabia que teriam uma boa noite, uma longa noite, de comemoração e de despedida.

– Deus esteja com vosmecês – foi o que disse.

Naquela madrugada, ao menos, Deus estaria com eles.

E D. Ana viu os olhares de Maria Manuela, quando os esposos ganharam o caminho da alcova. Viu ali, dentro daquelas retinas, as lágrimas contidas, a saudade apertada do marido que não voltava mais. Não voltava daquela guerra, nem de nenhuma outra.

– Por que vosmecê não vai se deitar? Já passa das onze, e tivemos um dia longo. Usted está cansada, Maria.

– Já estava cansada antes... Acho que seguirei cansada pelo resto da vida.

Sua voz era triste. D. Ana deitou-lhe um olhar duro que disfarçava uma certa pena, uma certa angústia que ambas dividiam. Ambas viúvas de guerra. D. Ana manteve-se firme. Largou o bordado e, fitando a irmã mais moça dentro dos olhos, falou:

– Vosmecê não devia ficar aí pensando essas besteiras. Tem ainda três filhas para encaminhar na vida, e tem o Antônio. Eu sei que é duro, mas existem outras alegrias... Logo, uma das suas meninas le dá um neto, pense nisso.

Maria Manuela suspirou.

– Está certa... Não sou a única a sofrer essa dor... – Ergueu-se com delicadeza, quase como num sopro. Tinha emagrecido nos últimos tempos. – Vou me deitar... Buenas. Durma com Deus, Ana. – E também ganhou o caminho do seu quarto.

D. Ana restou ainda um bom tempo na sala vazia. Na lareira, crepitava um resto de lenha. Milú apareceu para saber quando a senhora iria deitar-se. D. Ana mandou a negra dormir. Não precisava de nada. Enquanto dava as últimas laçadas no seu desenho, ficou pensando nos filhos. Não tinham vindo, estavam para os lados de Vacaria. Fazia algum tempo que já não os via, a nenhum dos dois. Ficou imaginando se Pedro tinha mudado muito... Quando partira de casa para a guerra, lhe parecia ainda um menino, um menino grande e bom; mas na última vez em que estivera na Estância, o seu Pedrinho já ostentava um brilho agudo nos olhos escuros, um brilho de adaga, e uns gestos inquietos, sempre atentos, mui diversos daquele modo dolente de ser, daquela calma de andar pela casa, sempre rindo, sempre de assuntos com a peonada. E José? Tinha ficado bom do ferimento, graças a Deus. Mas e como le ia a alma? Será que era ainda o mesmo de antes, tão parecido com o pai, ou será que agora teria aqueles jeitos argutos, aquela fúria contida que ela via nos olhos de Onofre Pires, ou aquela coragem quase cruel que diziam ser típica do coronel Netto? Ou será ainda que em seu íntimo começava a crescer a mesma angústia que percebera no irmão? Sim, Bento Gonçalves estava diferente, agora pensava um tanto a mais, agora olhava para trás e talvez se arrependesse daquela República, ou talvez não.

D. Ana pestanejava. Guardou o bordado no cesto. As últimas fagulhas morriam sem alarido na lareira de pedra. A casa toda estava mergulhada num silêncio morno e acolhedor. D. Ana foi para o quarto pensando na sobrinha. Agora, Perpétua dividia pela primeira vez a sua cama com um homem. Agora iniciava uma outra vida, cheia de novidades e de obrigações.

O candeeiro lançava uma luz inquieta pelo quarto. A cama estava arrumada. Pairava ali um cheiro bom de hortelã. D. Ana olhou o colchão frio, a colcha estendida com zelo, os travesseiros intocados, alvos. E Paulo veio então no seu pensamento. O seu Paulo, com quem também dividira, havia muitos anos, uma primeira noite de mistérios e de segredos. O seu Paulo, sempre calmo, paciente, que tinha todas as respostas e que gostava de amontoar os travesseiros, de dormir com a cabeça alta e que falava no sono. D. Ana sentiu as lágrimas quentes que lhe saltavam dos olhos. Havia um resto de Paulo em sua alma, uma parte dele muito diferente dos despojos que agora dormiam sob a figueira. Ela se deitou na cama, enfiou a cabeça entre os travesseiros e desandou a chorar.

No quarto contíguo, Maria Manuela também chorava, um lenço enterrado na boca, tentando segurar os soluços altos que nasciam no fundo do seu peito. Não queria que ouvissem seu pranto. Não queria que ninguém soubesse, nem de longe, quanto lhe pesava aquela nova solidão. A solidão de não ter mais por quem esperar.

Dias depois, todos os homens tinham voltado para a guerra. Bento Gonçalves fora o primeiro a partir. Com ele, seguira Joaquim. Depois, Bentinho também tomou o rumo de Bagé, para se juntar às tropas do general Antônio Netto. Ficavam na Estância apenas os filhos mais moços de Bento Gonçalves. Porém, Caetano, com 16 anos, já ansiava em tomar um corcel e ganhar o pampa, rumo às batalhas das quais tanto ouvia falar. Era já homem, forte e alto, sabia manear um cavalo, sabia usar uma pistola, enfim, queria a revolução. Estava cansado de estar entre as mulheres, entre os bordados, de seguir os peões pelo campo, de cuidar dos cavalos, da charqueada, daquela vida de estância, sempre com o irmão Leão a segui-lo por todos os lados.

– A la fresca, guri – disse-lhe D. Antônia, ao vê-lo resmungando que queria ir para a guerra. – Vosmecê ainda é muito novo para essas cosas, Caetano. E tem mais, a guerra é dura, não é brincadeira de meninos.

– Eu não sou mais um menino. Já tenho barba na cara, tia.

– Quando eu vir que vosmecê tem pêlos no peito, aí sim, eu mesma le mando para a guerra. Por enquanto, fica aqui e cuida da sua mãe, que já se angustia por três. Faça isso, Caetano, e já usted faz muito.

Caetano amuou-se. Era muito cedo da manhã. Tinham acabado de dar adeus ao Bentinho. Caetano viu os peões saindo para o campo. E viu o céu azul, sem nuvens, grandioso. Resolveu juntar-se aos homens.

– Vou com a peonada – disse. – Nesta estância não sucede coisa alguma. É melhor estar com os peões na lida.

D. Antônia olhou o sobrinho sair em disparada. Um dos peões trazia um cavalo pela correia. Caetano pulou no lombo do zaino com um movimento exato. O peão lascou alto um elogio. Caetano era bom cavaleiro. D. Antônia ficou sorrindo.

– As coisas vão aferventar por aqui... – Falava sozinha.

A mãe falara sozinha pelos corredores por muitos anos, antes de morrer em silêncio, corajosa, como sempre soubera ser. – Eta! – Arreliou-se consigo mesma.

Manuela apareceu, vinda da cozinha. Os cabelos negros ainda estavam úmidos do banho.

– Vosmecê falava com quem, tia?

D. Antônia olhou bem a moça. Estava cada dia mais bonita, brejeira. E aqueles olhos verdes, tão misteriosos.

– Falava comigo mesma, minha filha. São manias que herdei.

– E vosmecê falava de quê?

– Da vida. Que muda. Que vai mudar por aqui.

Manuela pareceu curiosa. As retinas de esmeralda brilharam por um instante.

– Muda como, tia?

– Vosmecê espere, que vai ver. Mas não me pergunte o que é... É uma coceira que eu sinto na alma, que está me avisando, menina.

QUINZE DIAS MAIS TARDE, Giuseppe Maria Garibaldi chegou à Estância da Barra com duas carretas e seis marinheiros de confiança. Outros homens estavam por vir nos próximos dias, homens de nacionalidades diversas, práticos do mar, conhecedores de segredos que agora muito interessavam aos republicanos, e que iriam completar a pequena tripulação dos dois barcos a serem construídos à beira do Camaquã. Mas aquela pequena tropa tão variada, composta pelo italiano Garibaldi – agora tenente-capitão da República Rio-grandense –, por seu braço direito, Luigi Carniglia, que usava um tapa-olho negro a cingir sua face, pelo espanhol

Ignácio Bilbao, pelos genoveses Lorenzo e Eduardo Mutru, pelo mulato Rafael, por Jean, o grande francês, e pelo negro Procópio, já era algo a causar espanto naquele povo pampeano: nunca se vira por ali tão variada miscelânea de gentes.

Era uma tarde bonita, de primavera. Passava das três quando o cavalo de Giuseppe Garibaldi adentrou o portão da Estância da Barra, seguido por seus homens, e foi trilhando o caminho que levava à casa branca, baixa, de janelas azuis, esparramada pelo gramado no alto de uma pequena elevação ao longe. Zé Pedra mostrava o caminho, e Regente corria em volta deles, latindo, como se desse boas-vindas aos visitantes. Brilhava no céu azul sem nuvens um sol dourado que fazia bem ao corpo, dava uma morneza doce às carnes, e os pássaros voavam pelo céu, os quero-queros cantavam no capão ao longe, e pairava no ar um cheiro bom de flores e de terra bem cuidada.

Garibaldi trazia no bolso da camisa uma carta de apresentação escrita a punho por Bento Gonçalves. Na estrada, tendo cruzado com Zé Pedra, fora informado de que D. Antônia estava na estância vizinha, de propriedade de uma irmã, D. Ana, distante dali uma hora. Seguiram assim para a Estância da Barra, pois era necessário que antes palreassem com a senhora D. Antônia, e após a sua permissão é que seguiriam para o pequeno estaleiro onde, a uma hora daquelas, o americano Griggs acabava seus desenhos e planilhas.

Zé Pedra contornou o corpo da casa, enquanto Garibaldi esperava ao pé da varanda. Os outros homens aguardavam a uns trinta metros, silenciosos, deliciando-se com aquela calma de campo e com as belezas da tarde mansa.

D. Antônia apareceu logo depois, acompanhada de D. Ana e de Caetana. Garibaldi reconheceu, nos traços da mulher mais velha, morena, a sutil força que antes vira cintilar nas feições do general Bento Gonçalves. D. Antônia apresentou-lhe a irmã e a cunhada. Garibaldi fez uma suave reverência para as duas senhoras.

– Piacere – disse, simplesmente, e sua voz era quente, afável. Não deixou de apreciar a beleza morena de Caetana, nem de retribuir um sorriso doce, inesperado, que D. Ana lhe lançou.

– Vosmecê seja bem-vindo. – D. Antônia dobrou com cuidado a carta que acabara de ler e devolveu-a ao italiano. – Hay, na minha estância, alojamento para todos os seus homens. A Barra dista daqui umas duas horas, margeando as águas, ou pela estradinha que fica aqui atrás do quintal. É lá que vosmecês trabalharão. – Disse isso fitando aqueles olhos castanhos, de um tom de mel, que brilhavam no rosto do italiano bonito, galante. Giuseppe Garibaldi sorria um riso de dentes muito alvos e alinhados, tinha umas madeixas da cor do trigo maduro. As cosas aferventavam, decerto. Era impossível deitar um olhar sobre aquele italiano elegante, garboso, e não pensar nas três moças lá dentro. Fazia muito que não se tinha homem por perto, além dos familiares. E havia um brilho naqueles olhos... D. Antônia tinha visto o mar poucas vezes na vida, mas sabia: havia um brilho de coisa marinha naqueles olhos profundos.

Pouco depois, Manuela, Rosário e Mariana apareceram na varanda. As três moças foram surpreendidas pela visão do italiano de modos fidalgos.

– Estas são Mariana, Rosário e Manuela, filhas de nossa irmã, Maria Manuela, que agora está lá para dentro, descansando – indicou D. Ana. O italiano beijou suavemente as três mãos de pele alva e fina, demorando-se um instante a mais na última, de longos dedos. D. Ana viu

Manuela corar ligeiramente. – Aqui também estão os meninos, filhos de Caetana e de Bento, mas estes andam lá para a charqueada. E temos também as meninas pequetitas e umas poucas negras. – Garibaldi sorriu. Havia um calor morno em seu peito, uma coisa nova e viva, e era como se visse terra depois de muitos meses no mar. – Usted, esta noite, está convidado a jantar conosco, senhor Garibaldi – prosseguiu D. Ana. – Mandarei que preparem os pratos da terra, para que o senhor os aprecie. Não sei se já provou de uma boa pessegada.

Garibaldi agradeceu a gentileza. A comida do continente era muito apetitosa, e ele estava decerto inclinado a gostar muito desse doce campeiro, a pessegada. Porém, precisava seguir: tinha ainda de acomodar os homens, e tantas coisas a acertar com o John Griggs.

– Signore, até a noite – disse ele, por fim, e curvou-se com elegância.

Nenhuma delas tinha visto ainda aqueles modos corteses. Um suspiro contido correu pela varanda. Zé Pedra montou o cavalo, disposto a levar o italiano e sua gente até o estaleiro. As cinco mulheres ficaram na varanda, observando a partida da pequena tropa.

– Es um hombre mui diferente dos otros – sussurrou Caetana, quando o italiano partiu.

– Isso pode ser bom ou ruim – respondeu D. Antônia.

O JANTAR FOI ALEGRE e prazeroso. Dos candelabros de prata, vinha uma luz inquieta que levantava sombras nas paredes e que desenhava os rostos das seis mulheres, de Caetano e de Giuseppe Garibaldi, sentado no lugar de honra da mesa, reservado às visitas. As moças haviam posto seus vestidos mais belos, bebia-se vinho – que o italiano recusou, por só tomar água (D. Antônia, interiormente, alegrou-se daquele zelo inesperado).

Falaram sobre muitas coisas. Caetana narrou o casamento da filha mais moça, havia poucos dias, contou das danças, da cantoria. Garibaldi mostrou-se muito curioso de um baile naquelas paragens, confidenciando que era pouco afeito a valsas, pois não tinha os jeitos para "ballare".

– Ma credo io que una delle signorine poderá me ensinar. – Sua voz era morna, espalhava-se pela sala ampla como um sopro.

– Nossa família gosta de bailantas. O General Bento é conhecido como um dos melhores dançarinos do continente, senhor Garibaldi – completou D. Ana, sorrindo. – As moças todas aqui dançam mui bien. Fruta boa não cai longe do pé, já dizia minha mãe.

E mais uma vez, como um pássaro que foge de uma gaiola, o olhar do italiano pousou por um instante no perfil de Manuela de Paula Ferreira, e seu peito se aqueceu como envolvido por um manto.

Depois da sobremesa, Garibaldi encantou as senhoras com histórias de além-mar, das terras italianas e francesas, e com aventuras de guerra. Era um homem cheio de sonhos. Lutava pela liberdade. Tinha fugido da Europa, onde agora sua cabeça andava a prêmio. Falava com os olhos perdidos, talvez pensando na sua terra, nas coisas que haviam ficado para trás.

– Vosmecê não sente saudade? – perguntou D. Ana. – Não se arrepende dessa distância que agora le é intransponível?

Garibaldi sorriu. Havia um brilho de fogo nos seus olhos.

– Se vive e se morre por un sogno, signora D. Ana. Io escolhi la liberdade. La liberdade me levou para longe della mia Itália... Io escolhi questo sogno. E por ele, posso viver e morrer, signora D. Ana.

Caetano tudo ouvia, e desejou por alguns instantes ser um aventureiro de coragem como aquele italiano que ali estava.

Giuseppe Garibaldi contou do seu amor pelo mar, das viagens intermináveis, das noites de lua sobre o oceano de calmaria.

– Eu nunca vi o mar – disse Manuela, a certa altura, pousando no colo o bordado esquecido.

Garibaldi sorriu. Havia alguma coisa naquele olhar que lhe deu que fez Manuela perceber: enfim, via o homem com quem tantas noites sonhara havia anos, e era ele mesmo, aquele italiano de olhos de mel, que agora lhe dizia com voz quente, no seu sotaque de acento estranho e encantador:

– O mar é como um berço para a alma de uma persona, signorina...

As mulheres da sala se puseram a pensar no mar, nos mistérios das suas ondas, em praias remotas que decerto nunca veriam. E Manuela recordou a distante noite em que ele lhe surgira pela primeira vez, entre as névoas da sua intuição, os cabelos ao vento, no convés de algum navio, e soube que decerto ele já rumava para ela, e que aquela guerra toda, tudo aquilo, era apenas para que ambos se encontrassem e vivessem o que lhes estava destinado. E, nesse momento, segurando o bordado com mãos trêmulas, Manuela descobriu-se a mais feliz das criaturas.

Depois, D. Ana serviu os licores, e já passava da meia-noite quando Garibaldi montou seu cavalo e tomou os rumos do estaleiro.

Cadernos de Manuela

Pelotas, 4 de setembro de 1880

Não dormi naquela noite, mas gastei-a lentamente, como quem chupa os gomos de uma laranja, sorvendo seu sumo com prazer e com cuidado. Porque não queria que a noite passasse, nem que o sol rompesse a barra da madrugada, onde a paz do mundo me aproximava ainda mais da grande verdade: eu encontrara o amor.

Decerto, assim o soube desde o primeiro instante, e esse amor não me veio como chuva, mas era um manancial, era um oceano tão igual ao que Giuseppe nos narrara que soube ser verdadeiro e eterno – até hoje ainda o amo com a mesma faina, mesmo gasto o tempo, mesmo passadas tantas coisas, mesmo que esse oceano já se tenha evaporado e dele só me reste o seu sal e alguns escombros de sonhos, como fósseis mui antigos que eu acarinho com cuidado para que não virem pó.

Giuseppe Garibaldi. Giuseppe... Repeti aquele nome muitas vezes, baixinho, enquanto Mariana ressonava ao meu lado, e aquela palavra era tão linda, e cada letra que nela se incrustava era tão perfeita, que chorei repisando seu nome... De terras tão longínquas ele me vinha, e tão galante, garboso nos seus modos, nos seus sorrisos, nos seus jeitos de tratar com uma mulher... Tinha ele então 26 anos, e era tão homem, tão digno, tão corajoso. Ah, o que os seus olhos já tinham visto! Que terras, que mistérios, que tesouros e perigos contemplara. E, no entanto, guardavam ainda aqueles olhos para mim o seu brilho e a sua luz de sol poente... Sim, pois foi sob seu olhar que me descobri mulher. E eu era então como a concha que descobre em si mesma uma pérola.

No dia seguinte, estive quieta a bordar por muitas horas. A casa estava mergulhada numa alegre agitação que a proximidade dos homens impingira. D. Ana resolvera ir até a cozinha ela mesma preparar goiabada para Garibaldi. Tinha gostado muito dele. E Mariana e Rosário, que tanto proseavam: era o italiano um príncipe!, e ainda havia os outros, de tão longe, espanhóis e franceses, que decerto um deles ao menos seria belo... Assim ansiavam elas, e a guerra até lhes sabia mais doce então. As tias tricotavam, em conversas; somente minha mãe permanecia no seu silêncio triste, ora e outra quebrado por uma palavra, não mais. E eu, eu ia tão feliz... Dona de uma certeza: Giuseppe Garibaldi tinha me amado como eu o amara. E construir barcos, ah, construí-los era tarefa demorada. Pensando assim, me esquecia das guerras e dos planos de Bento Gonçalves: ganhar as águas internas e ir em busca de um porto republicano. Mas o que era uma república para mim, naquele tempo, uma moça de 18 anos, com o coração transbordante do mais puro amor? Que todos os contratempos se sucedessem! Que se forjasse o ferro por mil anos e que a madeira estivesse sempre verde. Assim, Giuseppe ficaria entre nós ainda muito tempo, e me diria de seu amor... E então, um dia, quando fosse a hora, partiríamos juntos para qualquer outro lugar, para a felicidade. Ah, de Joaquim não havia na minha alma a mais remota lembrança...

OS DIAS FORAM PASSANDO, naquela primavera de 1838. Sabíamos, pelo que nos contava D. Antônia, que o estaleiro às margens do Camaquã tomara-se da mais febril das agitações.

Garibaldi e John Griggs passavam muito tempo debruçados sobre planilhas, sobre desenhos em que o esqueleto dos barcos se destacava em tinta negra; dia e noite se viam os homens a trazer a madeira recolhida nas matas ali de perto, e era sempre a forja com seu calor infernal, onde o irmão de Zé Pedra derretia-se em trabalhos para dar vida a eixos e roldanas, parafusos e outras misteriosas coisas que ergueriam o corpo dos sonhados barcos republicanos. Barcos que, se esperava, mudariam o rumo daquela guerra.

Carpinteiros e marinheiros trabalhavam feito formigas, dias e noites. D. Antônia mandava para o estaleiro certa quantidade de pães e de doces, quase diariamente, para regozijo dos homens, que tinham lá consigo um cozinheiro para as suas merendas. Especialmente para Giuseppe, D. Antônia mandava bolo de milho, iguaria que ele muito apreciara – e assim foi que soube que meu adorado andava já conquistando o duro e reservado coração de minha tia.

Apesar de toda a faina, em certas tardinhas de céu avermelhado, quando soprava pelo pampa aquela brisa cheirando a flores de primavera, na hora final dos seus trabalhos, Garibaldi vinha ver-nos e contar das novidades. Ah, como eu aguardava então essas surpresas, sempre com o coração pendurado por um fio, sempre ansiosa, zelosa de qualquer ruído novo, de qualquer palavra quente que me delatasse o som ditoso da sua voz... Foram esses serões que, freqüentemente escorregando até as horas de se jantar, nos aproximaram. Ficávamos longo tempo proseando sobre coisas, sobre a vida, o pampa, a guerra, o mar e o mundo inteiro. D. Ana, zelosa de mim, vez por outra vinha estar conosco, rir conosco, deliciar-se nas histórias daquele homem italiano que sempre sabia nos encantar. Caetana também muitas vezes ficava na varanda ouvindo Giuseppe contar aventuras.

Minha mãe acabrunhava-se. Certa vez, numa noite, chamou-me ao seu quarto.

— Vosmecê tem compromisso, minha filha – foi o que me disse. – Joaquim é como se fosse seu noivo. Vosmecês hão de casar brevemente, seu pai deixou tudo acertado com seu tio, não esqueça... Ademais, esse italiano, por mais que bons sorrisos tenha, não foi feito para usted. É um homem sem casa, sem pouso. Um pássaro. Sabe-se lá de onde vem e para onde vai. É um aventureiro.

— Esteja calma, senhora minha mãe. Apenas somos amigos, e é só. Hay que se gastar o tempo com alguma coisa por aqui.

Menti-lhe. Sim, escorregou de meus lábios aquela mentira sem que eu me apercebesse. Mas dizer o quê àqueles olhos escuros, agora sempre lacrimosos? Dizer que eu amava e que tal amor era incontrolável? Dizer que de repente o pampa, o céu sob minha cabeça, o Rio Grande inteiro ficavam pequenos para acalentar tamanha paixão? Joaquim estava longe, na guerra. E eu estava ali, presa ao magnetismo de Giuseppe... Sim, menti. Talvez, à próxima confissão, tivesse de pagar esse pecado, mas qualquer preço era justo por aquele amor.

— Fique atenta, Manuela. As pessoas falam. — Minha mãe fitava-me com olhos tristes.

— As pessoas estão na guerra, mãe.

Assim encerrou-se nossa pequena entrevista.

No dia seguinte, como que atraído pelos apelos de minha alma, Giuseppe veio ver-nos. Era cedo ainda, e saímos pelos campos cavalgando. Mariana ia conosco, mais atrás. Seguimos até a sanga. Era uma tardinha fresca, de fim de outubro, e umas poucas nuvens finas se esparramavam sobre nossas cabeças como um imenso mosaico. Mariana foi colher umas flores. E então Giuseppe aproximou-se de mim.

– Manuela... – A voz dele. A voz dele era como a brisa soprando no arvoredo. – Manuela, preciso dizer una cosa... Um segredo della mia alma...

Estávamos à beira da sanga, e a água corria com seu murmúrio de passarinhos. Os cavalos matavam a sede placidamente.

– Vosmecê me diga, por favor.

Ele derramou o mais quente olhar sobre minha face.

– Estou enamorado, Manuela. Enamorado della signorina... Desde a primeira vez, desde a chegada, que il mio pensamento pertence a signorina... Hay una floresta dentro dos vossos olhos, Manuela. E io sono perdido in questa floresta.

Segurou a minha mão entre as suas, tão fortes e amorenadas pelo sol. Foi como se meu corpo partisse em mil bocaditos, como se explodisse, como se rebentasse tal e qual uma nuvem rebenta na hora das chuvas... Deixei minha mão entre as suas por um longo momento, como um pássaro aconchegado em seu ninho. E só quando vi que Mariana retornava com a cesta repleta de flores, foi que retirei daquela morneza a minha mão, e que lhe disse:

– Também eu só penso em vosmecê, senhor Garibaldi. Eu não conheço o mar, senhor Garibaldi, mas acho que um pouco dele está nos vossos olhos.

Retornamos em silêncio para a casa, onde nos esperavam com o jantar. Mariana falava banalidades e dizia graças, e Giuseppe lhe devolvia alguns sorrisos, mas seus olhares estavam presos em mim como pedras preciosas incrustadas num colar. E aquele foi, então, um dos momentos perfeitos da minha vida.

Manuela

Perpétua descobriu que tinha um filho dentro de si ao despertar certa manhã, apenas porque lhe ficara um gosto estranho na boca, e na alma uns restos de sonho em que via uma menina mui pequetita correndo entre as alamedas da fazenda do Boqueirão com um vestido de rendados cor-de-rosa.

Inácio estava na charqueada. Ao voltar, pela metade do dia, encontrou a esposa sentada à sala, tricotando. Como sempre, ao vê-la, seus olhos se iluminaram de alegria. O casamento fizera-lhe bem. Estava mais corada, com uns ares de comando, alguma coisa de semelhante à beleza derradeira da mãe misturava-se a uma calma que lhe vinha dos Gonçalves da Silva. Perpétua ergueu os olhos e sorriu para o marido. Deixou de lado os bordados e falou:

– Tenho uma coisa a le dizer, Inácio.

Ele sentou e tomou-lhe a mão.

– É coisa boa ou ruim?

Perpétua acarinhou o rosto escanhoado do marido. Entre tantos homens de longas barbas, a face limpa de Inácio lhe parecia muito desejável. Gostava de seu contato macio, e daqueles beijos quentes. Abriu um sorriso.

– É coisa boa. – Esperou alguns segundos, saboreando a notícia: – Vou ter um filho.

Inácio de Oliveira Guimarães resplandeceu:

– Vosmecê tem certeza, Perpétua? Certeza mesmo? Não me dê o céu por engano, hein?

– Oh, tenho certeza. É tão certo como esta terra sob nossos pés. Eu já tinha minhas intuições, entonces a negra Quirina fez uma simpatia infalível, que agora confirmou tudo. Pelo meio do inverno que vem, teremos um filho.

Naquele almoço, Inácio bebeu vinho e brindou. Sempre quisera filhos, mas a saúde frágil da pobre Teresa nunca lhe permitira realizar esse sonho. Achou, então, Perpétua mais bonita do que nunca, e via já um viço novo nos seus olhos escuros, na sua pele espanholada, no leve balancear das suas longas pestanas.

Despertou da sesta com a chegada de um mensageiro. Era urgente que fosse até Piratini, onde o ministro Domingos José de Almeida o aguardava para uma secreta reunião. Deu a notícia à esposa.

– Bueno. Arrume suas coisas, Perpétua. Fico uns dois meses fora. Hay muito o que fazer neste Rio Grande ainda... E vosmecê não vai restar aqui no Boqueirão, grávida e solita. Amanhã bem cedo vamos até a Barra. Deixo vosmecê lá com sua mãe.

CHEGARAM À ESTÂNCIA DA BARRA ao entardecer do dia seguinte. Chovia mansamente, a água se esparramando pelo chão em pequenas poças.

Caetana Joana Francisca Garcia Gonçalves da Silva estava em seu quarto, ensinando uma reza à pequenina Ana Joaquina, quando Milú veio lhe avisar da chegada da filha mais velha. Caetana correu à varanda, um sorriso no rosto. Mal pôs olhos na moça, que vinha de braço dado com o esposo (já vestido com o uniforme republicano), pegou-se a dizer:

– Vosmecê está diferente, niña. – Perpétua corou bruscamente. E Caetana soube então: –Está esperando um filho, Perpétua Justa! É por isso que veio sem avisar, nem um bilhete mandou!

O sorriso tímido da filha confirmou-lhe o presságio. E a boa-nova se espalhou pelas salas da casa, causando um alegre alarido. Perpétua estava esperando seu primeiro rebento! Logo teriam outra vez o chorinho manso de um bebê a trilhar os corredores, logo o varal se encheria novamente de fraldas!

(Após o jantar, quando o marido já tinha partido em viagem e as parentas se tinham recolhido para o sono, Perpétua arrastou-se com Manuela até a varanda da casa, e lá, sob as estrelas, ouviu a história do italiano Giuseppe Garibaldi.)

O ESTALEIRO REPUBLICANO ficava nas margens do Rio Camaquã. Rio que desembocava suas águas, através de várias barras, na Lagoa dos Patos. As barras eram rasas, quase impossíveis de serem vencidas por barcos de grande calão, que ficariam encalhados naquelas areias. Mas não para os barcos que Griggs e Garibaldi estavam construindo. Os lanchões *Seival* e *Farroupilha* poderiam atravessar facilmente as barras, navegar pelas águas da Lagoa e voltar ao estaleiro sem que nada atrapalhasse tal empreitada. Eram barcos pequenos e leves, que facilmente se meteriam entre os juncais que cobriam as margens da Lagoa dos Patos, e ali desapareceriam dos olhos do mundo, rumo à segurança da Estância do Brejo.

Esse era o plano. Realizar incursões na Lagoa, atacar barcos imperiais, atacar as estâncias dos caramurus que ficavam nas margens – dominar, enfim, as águas interiores, senão pela força, pela inteligência e prática. A República Rio-grandense precisava desse fôlego. Era para isso que Giuseppe Garibaldi treinava seus marinheiros.

Nos últimos dias de 1838, o *Seival*, de 12 toneladas, e o *Farroupilha*, de 17, ficaram prontos. Garibaldi comandava o *Farroupilha*, e John Griggs, o *Seival*. A poucas léguas dali, as águas da grande Lagoa esperavam. Para comemorar o feito, D. Antônia mandou que se carneassem dois bois, e houve churrasco para os marinheiros. Era o começo de uma grande vitória, todos tinham certeza. Garibaldi escreveu longa carta ao general Bento Gonçalves, e depois do churrasco, enquanto os homens bebiam vinho e canha, achou um jeito de montar no cavalo e ir prosear com Manuela. Levava no rosto bonito um sorriso de satisfação pela tarefa cumprida. Já tinha os seus barcos.

1839

No início de 1839, os lanchões farroupilhas entraram nas águas da lagoa pela primeira vez. Abrindo caminho entre os juncais, surgiam eles, como por encanto, a singrar aquele mar de água doce. Giuseppe, à proa, comandava seus marinheiros. Estavam treinados para tudo. Se havia um baixio pela frente, Giuseppe enchia o peito de ar e gritava:

– À água, patos!

Os marinheiros seguravam o barco na altura dos ombros e o levavam para o outro lado dos baixios. Griggs e os seus homens faziam o mesmo com o *Seival*.

Naquelas primeiras incursões, navegaram nove dias em busca de uma preia, mas as águas estavam desertas. Só quando a repetição daqueles passeios tranqüilos começava a cansar a tripulação, foi que se depararam, numa tarde quente daquele verão, com duas sumacas. Navegavam elas em direção a Porto Alegre, e tinham hasteada a bandeira do Império. Sob o sol dourado que tingia as águas da Lagoa dos Patos, o *Farroupilha* e o *Seival* se aproximaram. Garibaldi ordenou que Ignácio Bilbao disparasse o canhão.

– Fogo!

Com apenas um tiro, o comandante da sumaca *Mineira* se entregou. Os tripulantes ainda tentaram fugir num barco, mas foram capturados pelos homens de Griggs numa das margens do Camaquã, perto dali. A outra embarcação, o patacho *Novo Acordo*, conseguiu fugir, levando para o Rio

Grande a notícia de que havia corsários farroupilhas nas águas da Lagoa dos Patos.

O butim foi cuidadosamente aproveitado. Cordas, velas e equipamentos foram levados para o estaleiro para serem usados na fabricação de outros lanchões. O restante da carga, quinhentas barricas de farinha que estavam sendo transportadas para Porto Alegre, Garibaldi mandou entregar ao governo em Piratini.

D. Antônia ouviu enlevada a narrativa do ataque às duas sumacas imperiais. Sim, os planos do irmão estavam certos: aqueles marinheiros iriam ajudar a República a consolidar a sua posição. E ela, da sua estância, assistia a tudo com privilégios de dona. Garibaldi contava a história trocando palavras, misturando português, italiano e espanhol. D. Antônia, no entanto, não precisava se esforçar para compreender aquele homem de olhos límpidos: havia sempre uma sinceridade naquelas retinas, uma coisa viva e cheia de força que a encantava, e que o tornava compreensível e amorável. Enquanto Giuseppe Garibaldi sorvia o mate que um negrinho lhe tinha alcançado, D. Antônia não pôde deixar de pensar em Manuela. Sim, a sobrinha estava enamorada do marinheiro italiano. Bueno, era fácil apaixonar-se por um homem como aquele, D. Antônia sabia. Imaginou um coração de 18 anos, cheio de vida, palpitando de ardores pelo corsário.

– Io mandei il uomo, o capitão da sumaca, um tal de Antônio Bastos, para Piratini. Cosa a signora pensa disso? Mandei il uomo junto com as farinhas! – e pôs-se a rir com muito gosto, mostrando os dentes alvos. – Junto com as farinhas!

D. Antônia também riu, divertida. Mas pensava em Manuela. E pensava em Joaquim.

O ATAQUE ÀS DUAS SUMACAS causou furor entre os imperiais e alquebrou a influência do almirante Greenfell junto ao governo. Como resposta ao ataque, o Império enviou quatro navios de guerra à Lagoa dos Patos. E as embarcações imperiais navegavam naquelas águas, como grandes fantasmas, esperando pelos corsários que nunca apareciam.

Giuseppe Garibaldi divertia-se. Deslizava com seu barco entre os juncais e atacava as estâncias dos caramurus. Levavam cavalos à bordo, e eram já tão bons ginetes quanto marinheiros. Quando voltava das incursões à Lagoa, Garibaldi ia visitar sua Manuela e lhe contava as peripécias do dia. Levava sempre em seu barco os cavalos, em número de sete.

– Io acredito na buona fortuna. E sete é um número de fortuna.

Manuela adorava ouvir Garibaldi por muitas horas, e, às vezes, quando D. Ana ia até a cozinha tratar com as negras de algum assunto, ou quando uma das outras tias se descuidava dos dois, deixava escorregar sua mãozinha para os dedos de Giuseppe, e ali ficavam ambos, dividindo o mesmo calor e o mesmo arrepio. E Giuseppe dizia:

– Vou falar com vostro tio, Manuela. Io sono enamorado. Vou pedir ao general Bento Gonçalves que consinta no nosso casamento.

Manuela então baixava os olhos, não de vergonha, mas apenas porque aquele amor era tanto, e tão forte, que ela tinha medo de que lhe escapasse feito lágrima. E logo, então, D. Ana voltava dos seus assuntos domésticos, e Garibaldi enveredava outra vez a contar alguma história da sua Itália.

Assim ia a vida, nos princípios daquele ano. E a doçura da proximidade de Giuseppe Garibaldi fazia com que Manuela esquecesse que uma guerra sangrenta sucedia lá fora. Para ela, era apenas o amor. De tudo, temia tão-somente que um dos barcos de guerra imperial pudesse atacar o

Farroupilha e ferir seu adorado Garibaldi. Mas, para isso, todos os dias acendia uma vela sobre o oratório da Virgem e rezava.

— Essa menina está cheia de fé — dizia D. Ana, entre sorrisos, quando via a sobrinha persignada sobre a imagem da santa.

— Está é cheia de outra cosa — respondia Caetana, que percebia nitidamente o amor nos olhos verdes da sobrinha. Mas como uma mulher não perceberia aquele amor? — Es bien el tiempo do meu filho voltar para a casa.

— Esteja calma, Caetana. Esse amor não tem futuro. Garibaldi logo partirá, não foi feito para o pouso. Quando a guerra acabar, e se Deus Nosso Senhor quiser ela acaba logo, Giuseppe Garibaldi partirá... E irá sozinho. Não é homem de amarras, ouça o que le digo.

Mas a guerra estendia-se por sobre o tempo como uma colcha antiga. Garibaldi continuava com as sortidas na Lagoa dos Patos, fugindo sempre pelos juncais, que os grandes barcos inimigos não podiam transpor. Os "patos" de Garibaldi eram ágeis e sempre conseguiam escapar, levando as duas sumacas nos braços. Bento Gonçalves recebia longas cartas, nas quais o italiano narrava os acontecimentos, e estava mui contente com o rumo das coisas. As águas internas do Rio Grande agora não eram de domínio exclusivo dos imperiais.

O Império estava assustado e tomava providências. Greenfell caíra, e fora nomeado um novo comandante para as operações navais. Frederico Mariah não acreditou quando lhe contaram que corsários farroupilhas assombravam as águas da Lagoa.

MARIANA JÁ O TINHA VISTO de longe algumas vezes, e em todas sentira o mesmo formigamento pelo corpo, a mesma angústia que agora a impelia a seguir em frente, mesmo sabendo que a mãe e as tias desaprovariam a sua curiosidade. O estaleiro não era lugar para mulheres, era o que D. Antônia não cansava de repetir.

Atiçou o cavalo, ia pela estradinha, apreciando o dia lindo que fazia. A manhã ainda estava fresca, mas, para a tarde, decerto o calor amolaria a todos. Fazia um verão dos brabos. O trote suave do cavalo acalmou-a um pouco: diria à mãe que fora passear, ver D. Antônia, que não aparecia na Barra havia dias, pedir uma receita. Afinal, tinha o direito de dar um passeio. E não iria se aventurar pelo estaleiro, passaria perto. Se tivesse sorte, iria vê-lo.

Sabia que se chamava Ignácio Bilbao. Não simplesmente Inácio, como os do Rio Grande, mas Ignácio, com aquele suave toque, aquele jeito estranho de se dizer. Ignácio Bilbao. Espanhol. Todas essas coisas, quem as contara fora Manuela. A irmã tinha muitos assuntos com Garibaldi... Andavam sempre os dois pelos cantos, em segredos amorosos que Mariana ajudava a disfarçar. Em agradecimento aos seus ajutórios, Manuela andara averiguando coisas sobre o homem moreno, de pele alva, de cabelos escuros como o breu, alto, muito alto, que por vezes acompanhava Garibaldi quando ele ia buscar alguma encomenda na estância de D. Ana. Sabia que o espanhol tinha 28 anos e que navegava o mundo havia seis. Imaginou suas mãos fortes da lida com o velame... Teria ele cheiro de mar, como Manuela dizia de seu Giuseppe?

Seguiu o caminhozinho de pedras que levava à casa de D. Antônia por alguns metros, depois quebrou à direita, para os lados do estaleiro. Quando já ouvia o ruído do metal sendo trabalhado, e as vozes dos homens em plena faina, desmontou do zaino, amarrando-o no tronco de uma árvore. A manhã já ia alta. Se ficasse um pouco por ali, como havia calculado, poderia almoçar com D. Antônia.

Desceu o caminho estreito, coberto de folhas, que levava ao Camaquã. O cheiro doce de água inundou-lhe as narinas. Ela viu, alguns metros adiante, os dois barcos ancorados numa espécie de cais, viu que uma dezena de homens se empenhava em fazer consertos no casco do barco maior, o *Farroupilha*. E reconheceu, entre eles, metido na água até os joelhos, as calças arregaçadas, Ignácio Bilbao. Sentiu, como sempre, que o coração se agitava dentro do seu peito, e esperou. Os homens trabalhavam com gosto, sob o comando de Garibaldi. De longe, vinha a algaravia de vozes e de línguas estranhas. Mariana saboreou o burburinho como se fosse uma música. Sentada num pedaço de tronco, ficou olhando o trabalho dos marinheiros, tímida, assustada como uma criança que comete falta grave. Mas não tinha coragem de partir. Afinal, fora até ali. E nunca antes vira um barco tão grande como o *Farroupilha*.

Demorou pouco para que fosse notada. Um suave murmúrio percorreu os homens, mas todos prosseguiram o trabalho. Apenas Garibaldi, sorrindo, pulou fora do convés e saiu em direção a Mariana. Iria cumprimentar a senhorinha. Atrás dele, os olhos faiscantes de ânsia, vinha Ignácio Bilbao.

– Por estas bandas, signorina Mariana? – A voz de Garibaldi era alegre. Ele estava ensopado até a cintura, porém mesmo assim fez um gesto galante, depois sorriu. – Vosmecê seja bem-vinda. O que acha da nossa pequena frota?

– Impressionante – respondeu a moça, sentindo os olhos do espanhol fitos no seu rosto.

– Mas não conte o que viu a nessuno imperial, certo? – sorriu Garibaldi.

– Pode deixar, senhor Garibaldi. Vim estar com a tia Antônia para o almoço e tive curiosidade com os barcos.

– E gostou do que viu?– intrometeu-se Ignácio Bilbao. Tinha oblíquos olhos negros.

Mariana corou levemente.

– Vosmecê saiba que gostei muito do que vi.

Fez-se um pequeno silêncio que Garibaldi soube muito bem apreciar.

– Signorina Mariana, vou cuidar dos meus barcos. Esteja à vontade para ficar o tempo que vosmecê desejar. E mande meus afetos à vossa irmã, per favore.

Garibaldi afastou-se pela beira do rio, chutando os juncos, outra vez dando ordens aos homens. Já falava a língua da terra como se tivesse vivido ali muito tempo.

O sol incidia pelas copas do arvoredo, fazendo mosaicos no chão úmido de folhagens. Ignácio Bilbao fez menção de seguir o chefe. Antes, porém, virou-se, fitou o rosto bonito da moça morena, de pele suave, e sussurrou:

– Vou apreciar que a señorita venha mais vezes ver os barcos da República – e afastou-se lentamente, deixando Mariana queimar em seu próprio ardor.

Querido irmão,
Escrevo a vosmecê porque tenho muitas coisas a le informar, cosas da guerra e cosas da família. Vosmecê sabe mui bien que, desde que o estaleiro ganhou utilidade para a República, os dias aqui na estância se tornaram agitados e cheios de novidades. Não que isso me incomode, pois é bom que cosas novas sucedam para aplacar essa minha velhice, e sempre me sinto mui honrada de estar ajudando vosmecê e todos os rio-grandenses.

D. Antônia leu as linhas que traçara na folha branca, depois molhou a pena no tinteiro. Tinha muito o que contar a Bento. Precisava avisá-lo sobre certas coisas que andavam sucedendo por ali, coisas sutis, mui distantes da guerra, das canhoadas, das batalhas. Não que desgostasse do italiano, pelo contrário, tinha afeto pelo homem, mas apenas porque era seu dever de tia, seu dever de irmã, avisar Bento Gonçalves de que Manuela estava apaixonada – e mais do que isso – e pretendia ficar noiva de Giuseppe.

Seus soldados têm feito muitas capturas por estas águas, como vosmecê decerto sabe e se alegra, e le digo que são homens mui valorosos e dedicados à República, e que não passa um dia sem que eu me orgulhe dos seus feitos. Ademais, não causam incômodo nenhum à estância nem a mim, são gentis e educados, sendo o mais prestativo de todos o italiano Giuseppe Garibaldi.

Sim, Garibaldi é um homem mui honrado e de boa companhia, tanto que visita a estância de Ana muito seguidamente, e é deveras benquisto por todos da casa. Porém, como vosmecê deve imaginar, Giuseppe Garibaldi tem sido benquisto demais por uma de nossas moças, e me senti no dever de alertá-lo para este fato. Sim, meu irmão, Manuela está mui apaixonada pelo marinheiro italiano, no que é plenamente correspondida por ele, que sempre a tratou com toda a elegância e honradez, e que tem por ela desejos de casamento. Porque sei que vosmecê tem já planos para Manuela e Joaquim é que le escrevo. E também porque imagino nesse italiano um sangue mui afeto a aventuras, e não sei se seria um bom marido para Manuela. Não fosse isso, eu estaria mui contenta de tê-lo em nossa família. Mas vosmecê me pediu que ficasse atenta para tudo e para todos, e agora então me faço presente com essa notícia.

Fico esperando resposta sua. Venha nos visitar e ver seus barcos em ação, Bento. Sua presença será mui comemorada e bem-vinda.

Com todo o meu afeto,

sua Antônia
Estância do Brejo, 20 de fevereiro de 1839

Selou a carta e mandou chamar Nettinho.

Nettinho era um negro retinto, de olhos azuis. Diziam ser filho do general Antônio de Souza Netto, e por isso o chamavam assim. D. Antônia desconfiava um tanto daquela história. Bagé era mui longe dali para que Netto andasse semeando crias pelas suas terras, mesmo que fosse um conquistador incorrigível e quem sabe apreciasse as negrinhas novas; mas, em todo caso, o pretinho tinha esperteza de sobra. D. Antônia sorriu ao vê-lo entrar no pequeno escritório da casa. Ficou espantada, como sempre, com aquele estranho azul que seus olhos ostentavam.

– Vossa mercê me chamou?

A voz do negrinho tinha um timbre alto. Ele já se estava fazendo homem.

D. Antônia entregou-lhe a carta selada.

– Quero que vosmecê leve essa carta ao general Bento. Ele está lá para as bandas de Piratini. Vá hoje e não me pare em nenhuma estância pelo caminho. E se cruzar com qualquer piquete imperial, queime esta carta, ouviu bem? Ou coma-a. Sei que usted tem apetite suficiente para isso, guri.
– O negrinho riu e guardou a carta no bolso da bombacha surrada. D. Antônia prosseguiu: – Espere a resposta e me traz. Quando chegar a Piratini, diga que está levando carta minha. O general vai le receber. E não esqueca: que ninguém mais me ponha a mão nesse papel.

Bento Gonçalves leu a carta rapidamente. Depois guardou-a no bolso da calça. Pensou um pouco. Precisava mesmo ir até a Estância, vender uma ponta de gado, tomar umas providências. A guerra se encompridava, as coisas ficavam paradas, e ele precisava se manter. Perdia-se muito dinheiro na guerra. E agora aquela. Devia mesmo ter pensado naquilo: era só olhar para o italiano, era só ver o fogo dentro daqueles olhos. E Manuela era moça jovem, cheia de viço, trancada na estância esperando o desfecho daquela guerra louca. Qualquer moça se encantaria com o italiano e suas histórias fantásticas. O homem tinha lábia.

Nettinho ficou olhando o grande general e sentiu que aquele era um dos momentos mais importantes da sua vida. Tinha visto Bento Gonçalves outras vezes, mas ali, naquele gabinete, o general parecia maior e mais alto e mais forte do que qualquer homem sobre o chão do pampa, e Nettinho tinha um nó na garganta. Pensou ainda se Antônio de Souza Netto, o misterioso general que diziam ser seu pai, andava pela cidade. Mas não tinha coragem de perguntar a ninguém.

— Não vou escrever resposta nenhuma – rugiu a voz de Bento Gonçalves. E o negrinho tremeu. – Assim le poupo o trabalho de guardar outra carta por todo o caminho. Foi difícil para usted chegar aqui?

Nettinho balançou a cabeça de carapinha.

— Não, senhor. Viajei à noite, pelas veredas. E sou bem preto, me misturo com a escuridão.

Bento Gonçalves riu alto.

— Buenas, guri. Desta feita, usted pode viajar de dia mesmo. Diga à senhora D. Antônia que estarei lá na semana que vem.

— Só isso?

— Solamente. Sei que usted é esperto o bastante para não contar isso para nenhuma outra pessoa. O paradeiro de um general é segredo de Estado.

Nettinho saiu do prédio central com um orgulho a inflar o seu peito. Dividia com o presidente da República um segredo de Estado. Estava ficando importante.

BENTO GONÇALVES DA SILVA chegou à Estância da Barra em meados de março. A casa das sete mulheres estava de janelas abertas a esperá-lo, e flores enchiam os vasos da varanda. Ele abraçou Caetana e as irmãs, depois foi ver Perpétua, cuja gravidez começava a salientar-se por sobre os panos do vestido escuro. Comeu bem e sesteou na cama fresca de lençóis limpos, apreciando a calma morna da tarde.

Naquele dia, ainda arrematou a venda uma ponta de gado e tomou providências com o capataz.

Após o jantar, esteve com D. Antônia.

— Amanhã vou até o estaleiro. Quero ver de perto como andam as coisas por lá.

— Vosmecê vai ver que andam bem.

Fez-se um pequeno silêncio.

— Também vou prosear com o italiano. Sobre Manuela.

— E com a menina, quem fala?

— Isso são coisas de mulheres, e vosmecês são muitas. Deixa que com o italiano eu me entendo bem. Depois vosmecê fala com ela. E Maria Manuela, o que pensa disso?

— Maria anda desvalida desde que o marido morreu. Não se pode contar com ela, ao menos por enquanto. — Derramou seu longo olhar sobre o irmão. — Bento, preciso le dizer uma coisa... Acho mesmo que os dois se amam. Mas tenho medo do italiano, ele não nasceu para o pampa.

— É um bom soldado, mas não tem pouso. Vai atrás de aventuras. Apesar da coragem, não serve mesmo para

Manuela. Deixa estar, Antônia. Vosmecê pensou bem. Vai ser melhor que ela esqueça o marinheiro.

Estavam sentados na varanda. A noite era fresca e perfumada. Os calores do dia se tinham desfeito. Agora era apenas aquele céu imenso, estrelado, que prenunciava um outono bonito.

— Amanhã teremos baile. Ana e Caetana estão organizando tudo há dias.

— Buenas, irmã. Estou louco por umas danças. Hay cosas que preciso esquecer. Ontem mesmo, fiquei sabendo que o meu amigo conde, o Zambeccari, foi deportado para a Itália. – Mastigou as palavras. – Deportado. E com a saúde mui debilitada pela prisão.

D. Antônia entristeceu-se.

— Mas que cosa...

— O conde é um grande homem, Antônia. Vai nos fazer falta.

JOÃO CONGO, o escravo pessoal de Bento Gonçalves, apareceu por ali, trazendo uma chaleira fumegante e a cuia de mate. D. Antônia serviu o irmão, que ficou chupando o mate, pensativo.

BENTO GONÇALVES não pôde falar com Giuseppe Garibaldi no dia seguinte. Ele tinha saído com os homens para mais uma sortida na lagoa. Griggs estava no estaleiro: o *Seival* precisava de reparos, e sua tripulação trabalhava nisso. Bento Gonçalves ficou longo tempo conversando com o americano, vendo planilhas, olhando o grande bicho de madeira e pano ancorado no cais.

Em casa, fechada no quarto, Manuela dividia-se entre a angústia e a esperança: quem sabe o tio não permitia um compromisso seu com Giuseppe? Ele era mui valoroso para a República, decerto Bento Gonçalves apreciava-o. Mas Manuela não tinha respostas. Perpétua, vendo a prima assim tão incomodada, disse:

– Não se apoquente. Escolhe uma roupa bem bonita para a festa de hoje, e espera. O italiano está apaixonado por usted, e não tem jeitos de quem desiste facilmente.

Manuela atirou-se nos braços da outra, agradecendo.

– Vosmecê tem sido tão boa comigo, Perpétua... Entende mesmo que não amo o seu irmão?

Perpétua sorriu, acarinhando os cabelos trançados de Manuela. A gravidez tinha suavizado seu rosto ainda mais.

– Boba. Sei bem que nesses assuntos do coração a gente não manda nada. O Joaquim há de achar uma boa moça que o ame, deixa estar. Isso tudo se ajeita.

O JANTAR FOI SERVIDO às quatro horas da tarde: churrasco, aipim cozido na manteiga, saladas, sobremesas. A casa estava aberta e enfeitada de flores. D. Ana, num vestido escuro por todos os lutos da família, recebia os convidados – alguns vizinhos, umas poucas famílias que tinham vindo de Camaquã. Os empregados da fazenda também estavam lá, usando suas boas roupas, felizes com a festa. Bento Gonçalves e Caetana recebiam a cortesia de todos, e não se falava na guerra.

Garibaldi, John Griggs, o italiano Luigi Carniglia e mais meia dúzia de marinheiros chegaram por volta das cinco, todos com seus melhores trajes. D. Ana recebeu o italiano com carinho, enquanto, de longe, Manuela corava de alegria. E Mariana também: Ignácio Bilbao viera para o baile, e sua camisa vermelha cintilava entre os convivas, aproximando-se vagarosamente dela.

– Señorita... Hoje não se fala em barcos, sí? – A voz dele sibilava como um instrumento afinado. – Hoje baila-se.

Mariana viu que a mãe fitava-a de longe, mas não fez caso.

ROSÁRIO CHEGOU TARDE ao baile, com os olhos inchados de choro. Steban não aparecera, como sempre sucedia quando Bento Gonçalves estava na estância. A beleza loura e delicada de Rosário chamou a atenção de uns quantos homens ali presentes, e especialmente de François, um francês alto, de cabelos fulvos e olhos de um verde muito aguado, que desde os 12 anos estava no mar, e que tinha se engajado na causa farroupilha como companheiro de Garibaldi. Mas Rosário não se apetecia por aqueles tipos exóticos, nem mesmo pelo francês – que tinha uma cicatriz a lhe riscar o sobrolho direito. Sentou numa cadeira e pôs-se a observar, com certa inveja, a alegria das duas irmãs.

AS DANÇAS COMEÇARAM após o jantar. Bento Gonçalves e Caetana formaram o primeiro par da noite, e circulavam pelo salão dançando com gosto uma polca. O presidente era um pé-de-valsa conhecido em todos os bailes. Caetana acompanhava-o com garbo.

Aos poucos, os casais aumentavam em número, rodopiavam, formavam e desformavam pares conforme a música e a coreografia. Mariana atreveu-se a dançar com Ignácio Bilbao. Espantou-se com os galantes modos do espanhol, que tinha desenvoltura para aquelas danças que decerto nunca conhecera.

Giuseppe Garibaldi não sabia bailar a meia-cancha. Enquanto um dançarino de lenço colorado na mão fazia sinal para sua senhorita, o italiano aproximou-se sorrindo de Manuela.

– Vosmecê há de se desencantar comigo questa notte... Io não tenho jeito para danças. O único balanço que me sustenta é o do mar – e seus olhos se derramaram nos olhos verdes de Manuela de Paula Ferreira.

– Prefiro estar ao lado de vosmecê, aqui, do que dançando com qualquer outro, Giuseppe.

O italiano sorriu. Ambos foram até a varanda. A noitinha vinha lentamente, e as últimas sombras douradas morriam no pampa. Sentaram-se num balanço ao canto, muito perto um do outro, cada um saboreando o calor que vinha daquela outra carne, cada um sonhando horas de solidão e felicidade pura.

Um quero-quero cantou no capão, logo outros pássaros fizeram coro. O ar de fim de verão tinha um cheiro doce de flores.

– Questo lugar é molto bello. Os pássaros, o campo, a luz de questo sole... – Giuseppe fitou longamente a moça ao seu lado. Tinha um perfil bem talhado, o nariz curto, delicado, a boca rosada como uma fruta bem madura. Ele sentiu um calor morno invadir seu peito. – Ou talvez seja apenas a vostra presença, Manuela.

Manuela fitou-o. Havia um brilho agudo nos seus olhos.

– Vosmecê é que faz tudo isso especial, Giuseppe.

Giuseppe Garibaldi segurou a pequena mãozinha branca entre as suas. Sentiu os olhos úmidos. Da casa, vinha agora o som de uma chimarrita.

– Io te amo, Manuela. Precisava dizer isso... Io te amo.

Manuela olhou as primeiras estrelas que nasciam no céu ainda cinzento. "Nunca mais hei de esquecer este exato instante", pensou. Quando voltou seus olhos outra vez para Giuseppe Maria Garibaldi, era já uma mulher que encontrara seu caminho e sua certeza.

– Eu também le amo. Com todo o meu coração e toda a minha alma.

Giuseppe nunca tinha pensado que encontraria o amor em paragens tão distantes. Apertou ainda mais a mãozinha delicada entre as suas.

– Io sono pobre, Manuela... De mio, tenho apenas meus sonhos, minha coragem e minha vontade. Mas se vosmecê assim me quiser, per Dio, falo ainda hoje com seu tio, o general Bento Gonçalves, e ficamos noivos.

Manuela pensou no tio, e pensou em Joaquim. Seu peito estava leve feito uma nuvem num céu de verão.

– Sim, eu quero, Giuseppe. Eu quero muito. Casar com vosmecê é tudo o que quero nesta minha vida.

BENTO GONÇALVES viu os últimos convidados subirem nas suas seges. Sorvia um mate, distraído. A noite ia alta, com uma lua crescente espetada no meio do céu repleto de estrelas. De onde estava, meio escondido pelas trepadeiras floridas que se erguiam pelo pilar da varanda, ouviu a voz de Garibaldi. O italiano despedia-se de D. Ana, com polidez e simpatia.

Bento acabou o mate e foi falar com Garibaldi.

– Procurei vosmecê durante o baile, mas, haja vista que estava ocupado, não le incomodei.

Garibaldi abriu um sorriso. Caminhava em direção ao seu cavalo. Também ele queria falar com o general, um assunto muito sério, pessoal.

– Buenas. Vosmecê espera um minutito, que vou mandar o Congo me selar um cavalo. Vou com usted até o estaleiro, e conversamos no caminho.

SEGUIAM PELA ESTRADINHA deserta e silenciosa. De quando em vez, a luz da lua se infiltrava pelas ramagens. Os outros marinheiros tinham partido mais cedo, porque havia muito trabalho no dia seguinte. Garibaldi restara por último, na esperança de pedir a mão de Manuela a Bento Gonçalves. Agora seguiam ambos calados, os animais trotando mansamente.

Foi Bento quem cortou o silêncio:

– Estive no estaleiro hoje cedo, le procurando.

– Io estava trabalhando, general. Atacamos hoje a estância de um caramuru, a umas 15 léguas daqui. Pouca cosa... Uns sacos de farinha, madeira, alguns cavalos. Está tudo lá, general. Mais uma volta, enganamos os barcos imperiais.

Bento acendeu um palheiro. Segurava as rédeas com uma única mão.

– Vosmecê tem feito um bom trabalho, tenente-capitão Garibaldi. Mas tenho que le dizer uma cosa: dentro em breve vou le dar missão maior do que esta. Não há muito mais o que fazer por aqui, e precisamos dos seus barcos para cosa más importante.

Garibaldi sentiu no peito um misto de emoção e de angústia. A aventura de uma nova missão o chamava com sua voz sedutora, mas isso o afastaria de Manuela. Ele achou que era hora de falar com Bento Gonçalves. Contar-lhe seus sentimentos.

– General, io preciso pedir una cosa. Como le disse, é cosa pessoal.

O caminho serpenteava para a beira do rio. Uma bruma suave cobria as águas. Bento Gonçalves olhou o italiano de soslaio.

– Eu também tenho a le pedir algo, tenente-coronel Garibaldi. É um assunto delicado, espero que vosmecê compreenda.

A sombra da charqueada desabitada que servia de acomodação a Garibaldi e seus homens surgiu como um fantasma sob a luz das estrelas. Garibaldi saltou do cavalo, acarinhou as costas do animal e ficou olhando o rosto impenetrável de Bento Gonçalves da Silva, presidente da República Rio-grandense, o grande proprietário de terras, o homem que respondia por todo aquele sonho.

– Vou falar primeiro, amigo Garibaldi. Vosmecê há de me entender... É sobre minha sobrinha Manuela. – Fez-se um silêncio pesado. E prosseguiu: – Sei que vosmecê está enamorado da menina, mas le peço como um cavalheiro que não le faça mais a corte. Manuela está prometida para meu filho Joaquim. E Joaquim está na guerra. É cosa acertada faz muito tempo. Además, não hei de quebrar a promessa que fiz ao meu falecido cunhado. Ele apreciava muito esse casamento.

Garibaldi sentiu a garganta seca.

– Io amo la vostra sobrinha, general.

A voz de Bento Gonçalves derramava-se na noite. Tinha um timbre duro, decidido.

– Os amores vêm e vão, amigo Garibaldi. Um homem que já varou o mundo como vosmecê deve saber disso mui bien. Só a honra é que vale. E sei que vosmecê é um homem mui honrado. Además, como le disse, logo seu tempo e sua alma estarão ocupados com uma missão más importante. Dela talvez dependa a nossa república. – Garibaldi nada disse. O cavalo de Bento Gonçalves arreliava-se. O general tomou postura na montaria. – Buenas. Está na hora de eu voltar. Hay ainda esse caminho pela frente, e estou mui cansado. Buenas noches, amigo Garibaldi.

– Buona notte, general Bento Gonçalves.

ABRIL É UM MÊS BONITO nos pampas, quando vem o outono, com suas luzes de âmbar que alongam a silhueta dos animais no pasto, e que derramam suas cores sobre os campos como um véu muito tênue. Outono, com sua brisa já fresca, fria à noite, apetitosa para o aconchego das lareiras. O outono no sul tem qualquer coisa de mágico, de lento, que faz bem para a alma. Que fazia bem para a alma de Giuseppe Garibaldi, e que lhe dava uma vaga saudade da sua terra natal.

A manhã daquele dia 17 estava límpida. No galpão da charqueada em que dormiam os sessenta homens de Garibaldi, acordava-se cedo, com as primeiras luzes da alvorada. O cozinheiro já preparava a farta refeição da manhã, enquanto os homens tomavam tino da vida, vestiam-se, sorviam aquele mate amargo e quente que era o costume da região e que espantava o sono com tanta galhardia.

Garibaldi estava sentado num banco à beira do galpão, e calçava as botas quando Zé Pedra, o negro de confiança de D. Ana, apareceu por ali num alvoroço.

– Senhor Garibaldi! Venho avisar vosmecê que o coronel Moringue, aquele diabo dos imperiais, foi visto a duas léguas daqui.

Garibaldi ergueu-se de um pulo, os cordões desamarrados das botas arrastando pelo chão. O coronel Francisco Pedro de Abreu, apelidado de Moringue por causa da sua cabeça descomunal e das orelhas de abano, era tão feio quanto excelente nas artes da guerra. Temia-se muito a sua fama e a sua audácia nas expedições de surpresa. Garibaldi olhou atônito para o negro.

– Quem le disse questo, Zé Pedra?
– Um vaqueano foi avisar lá na Barra. Contou que o Moringue desembarcou aqui por perto com uns setenta homens de cavalaria, mais uns oitenta de infantaria. D. Ana mandou que eu viesse correndo le dar o aviso. Estou levando comigo a senhora D. Antônia, para o causo de qualquer surpresa.

– Bene – respondeu Garibaldi. – Vou tomar as providências necessárias. – Virou-se para o galpão. – Carniglia, Bilbao, Matru! Venham até aqui. La buona fortuna vai sorrir para nós hoje! Teremos festa, meus amigos!

Zé Pedra ficou olhando o italiano sem compreender.

Eram 150 contra sessenta, mas Giuseppe Garibaldi confiava nos seus homens. E tinham a vantagem de estarem bem atocaiados. O estaleiro era de difícil acesso.

Garibaldi reuniu os homens em frente ao galpão e contou a novidade. Decidiu enviar exploradores em todas as direções, para que se colocassem a par da posição das tropas de Moringue. Dez homens montaram a cavalo e se espalharam. Os outros cinqüenta foram para o galpão da charqueada.

– Carreguem todos os rifles – ordenou Giuseppe. – O Moringue não vai nos pegar de surpresa.

Os rastreadores voltaram no meio da manhã.

– Não há sinal de ninguém – disse Carniglia.

Os outros confirmaram a informação: tinham vasculhado por todo o canto, e nada. A calmaria reinava nos arredores. Era impossível que Moringue e sua tropa estivessem por perto.

Garibaldi ficou pensativo. Seria um falso alarme? Sabia que Moringue era astucioso. Mas onde teria escondido 150 homens? Resolveu confiar na intuição. Sempre soubera que quando algum estrangeiro estava por perto, os animais, ao farejarem o perigo, tornavam-se inquietos e arredios. Deu umas voltas pelo terreno. A calmaria reinante era prova de que os imperiais não andavam por aquelas bandas. Garibaldi tranqüilizou-se. Melhor era almoçarem e retornarem logo ao trabalho, pois os lanchões precisavam de reparos urgentes, e faltava lenha no galpão. Ademais, estavam construindo dois novos barcos, e o serviço ia atrasado. Os fuzis, carregados, ficaram dispostos na charqueada, esperando ocasião oportuna. Logo, o cozinheiro chamou, avisando que a sopa estava pronta, e os homens reuniram-se para satisfazer a fome daquela longa manhã.

Garibaldi pôs-se a apreciar o almoço e o dia bonito, pensando que, à tardinha, podia ir até a casa de D. Ana e falar com Manuela. Haviam combinado que ficariam noivos, escondidos se preciso fosse, em ocasião oportuna. E os dias iam passando para os dois, lentos, ardorosos, consumidos naquele amor de silêncios e de anseios.

Garibaldi acabou de comer. Imaginou que Manuela devia estar nervosa com a notícia de que as tropas de Moringue estavam a rondar o estaleiro. Sim, era necessário ir ter com ela no fim do dia.

Os sessenta homens estavam sentados pelos cantos, em pequenos bancos, comendo em mesas improvisadas. Ao fim da refeição, Garibaldi ordenou que todos voltassem ao trabalho.

– Com esta calmaria, decerto o inimigo está molto distante daqui. Questo tutto foi um alarme falso.

Os homens foram cuidar das suas obrigações. Uns trinta marinheiros tomaram o rumo ribeirinho, para tratar dos reparos nos lanchões; outros se dividiram entre a forja e a busca da lenha nas matas ao redor. John Griggs tinha ido até Piratini no começo da semana. Na charqueada, restaram apenas Garibaldi e o cozinheiro, que recolhia a panelada do almoço, assobiando uma milonga.

GARIBALDI TOMA SEU MATE quando ouve a fuzilada atrás de si como o ronco furioso de um trovão. Ergue-se num salto, bem a tempo de ver o seu poncho perfurado por uma lança.

– Dio! E essa agora! – Corre para o abrigo do galpão, chamando o cozinheiro. – Luís, o Moringue está aqui. Vai para dentro e pega os fuzis.

O TENENTE FRANCISCO PEDRO DE ABREU está lá com seus 150 homens. É impossível saber como se escondeu durante a manhã inteira, como aquietou os animais da redondeza. Mas ele está lá, a 200, 300 metros, gritando ordens com sua cara feia e disforme, babando ira pela boca arreganhada.

Garibaldi, da janela do galpão, vê que infantaria e cavalaria investem a galope contra o galpão, como que surgidos do nada. Não pensa por mais tempo. É impossível pensar. Tem de agir, fazer qualquer coisa o mais rápido possível. Se Moringue chegar mais perto, ele, Garibaldi, estará morto. São dois homens contra 150 – os outros estão embrenhados na mata, ou no rio –, quanto tempo demorarão para se aperceberem daquela emboscada?

Os sessenta fuzis carregados estão encostados a uma parede. Garibaldi toma o primeiro e descarrega-o contra os inimigos. E um segundo e um terceiro fuzil cospem sua carga contra a horda imperial. Garibaldi age como um autômato. Sem pensar, sem pensar. Aperta o gatilho com os dedos firmes. Joga ao chão o fuzil descarregado, recebe outro das mãos do cozinheiro. Vê três soldados caírem por terra. A massa humana é tamanha que nenhum tiro seu se perde, indo sempre perfurar alguma carne, decepar um braço, ferir o dorso de um cavalo. E Giuseppe Garibaldi atira furiosamente. Pensa em Manuela e redobra sua ira contra os soldados inimigos: mais três caem sem vida. Não quer Moringue perto da Estância da Barra, perto de Manuela. Não quer Moringue com vida, o desgraçado. Ordena que o cozinheiro recarregue as armas o mais depressa possível. Não há um segundo a perder. A artilharia imperial avança com mais zelo. O tiroteio que vem do galpão é cerrado. Os olhos de Garibaldi saltam para fora das órbitas, como os olhos de um louco. Mas ele não pára de atirar, não perde o ritmo.

O barulho na mata é terrível, e o passaredo foge assustado. Os homens que recolhiam a madeira já se deram conta do sucedido e começam a voltar para o estaleiro. Os marinheiros que consertavam os barcos também tentam retornar. Ouve-se o barulho dos tiros como um ribombar distante. Dois ou três homens que estavam num galpão ali perto, trabalhando na construção de dois novos lanchões, foram feridos quando tentavam fazer o caminho de volta ao estaleiro (mas o pequeno galpão permaneceu incólume, guardando seus dois tesouros). Uma parte das tropas de Moringue está no meio da mata. Os homens de Garibaldi estão cercados. Não podem voltar. É preciso fugir pelos caminhos, esconder-se.

Alguns têm êxito e logram chegar ao galpão. Garibaldi os recebe com seus olhos injetados, o rosto já escuro de pólvora e poeira. Os recém-chegados, em número de 11, tomam das armas, abrem espaço nas janelas, nas frestas de madeira, em qualquer buraco ou parede que lhes dê guarida. Eduardo Mutru, Carniglia, Bilbao, o mulato Rafael Nascimento e o negro Procópio se põem ao lado de Garibaldi, fazendo carga cerrada. O cozinheiro recarrega os fuzis desesperadamente. E sua em bicas, e reza todas as orações que consegue recordar. Lá fora, o mundo parece estar acabando em gritos e estrondos e tiros.

Se Moringue souber que existem, ao todo, 13 homens nesse galpão de charqueada, tudo estará perdido. Mas os marinheiros de Garibaldi lutam com tanta faina e atiram com tamanha mestria que o astuto Moringue se imagina guerreando contra uma grande tropa e não ousa avançar mais.

A fumaça negra dos tiros espalha-se pelas matas ao derredor e sobe para o céu, nublando pouco a pouco o azul da tarde outonal. Os cavalos já se embrenharam na mata, os cães tomaram o rumo da estrada. Na Estância da Barra, atrás das janelas fechadas, as mulheres rezam e acendem velas. Receiam por elas mesmas e pelos homens do estaleiro. Moringue é temido em todo o Rio Grande. Mas D. Ana não deixa que chorem, que se desesperem. É preciso que se mantenha a calma, que a vida prossiga atrás das janelas cerradas, enquanto Manuel e Zé Pedra ficam de tocaia, armados, para qualquer surpresa. Mariana soluça baixinho, num canto da sala, o rosário entre as mãos trêmulas, pensando em seu Ignácio Bilbao. D. Ana a repreende. É preciso dar o exemplo para as meninas pequenas. É preciso ser forte. Manuela tem os olhos secos e está pálida. Nenhum arroubo de oração lhe escapa dos lábios murchos. Suas mãos dormentes estão esquecidas no colo. D. Antônia preocupa-se com a sobrinha, mas não larga o bordado. É preciso ocupar a mente. Logo tudo passará, logo abrirão outra vez a casa, apagarão as velas, sorrirão desse medo. É pedindo isso que ela reza. Borda e reza, silenciosamente. Na cozinha, as negras de casa, ajoelhadas no chão de ladrilhos, choram silenciosamente.

A BATALHA NO ESTALEIRO durou exatas cinco horas. Garibaldi e seus 12 companheiros resistiram bravamente aos 150 soldados de Moringue. O telhado do galpão já apresentava buracos enormes, por onde os soldados imperiais tentavam entrar, sendo na mesma hora liquidados por Carniglia, que só assim matou dois. Uma das paredes laterais era apenas um punhado de lenha ardente, que o cozinheiro tentava apagar com paneladas de água, mas a construção resistia bem ao ataque imperial. E no meio disso tudo estava Garibaldi. Dando ordens, atirando, gritando pela república, destilando seu ódio aos impérios, cuspindo fogo pelos olhos de trigo.

Pelas três horas da tarde, o negro Procópio, que era atirador dos mais guapos, calculou bem e acertou o braço e o peito do coronel Moringue. Imediatamente, a tropa imperial deu sinal de retirada e embrenhou-se pelo meio das matas, debandando.

Liderados por Garibaldi, Eduardo Matru, Carniglia e Procópio ainda perseguem os inimigos por alguns metros, disparando. A exuberância da tarde começa enfim a ceder, o sol amaina, quando eles retornam para a charqueada e constatam que o estaleiro ficou quase completamente destruído. Porém, no cais, os dois lanchões permanecem intactos, prontos para a navegação. E, ali perto, os outros dois barcos ainda em construção também estão a salvo da fúria imperial.

Garibaldi limpa o suor do rosto coberto de fuligem. Sua camisa está rasgada; ele tem um corte na mão direita. Caminha entre os destroços fumegantes, entre panelas reviradas, corpos de imperiais destroçados, e vai contando os feridos e os mortos. Seus olhos agora estão apaziguados. Sobreviveu. Nunca há de esquecer essa batalha, das mais encarniçadas que já conheceu. Contabiliza dez cadáveres inimigos. O corpo do genovês Lorenzo é trazido por Rafael Nascimento e Eduardo Matru. Tem um tiro bem no meio da testa, e seus olhos azuis ainda estão abertos, fitos num pavor congelado no tempo. Lorenzo tinha 26 anos, e uma noiva em Gênova.

Garibaldi abaixa os olhos para o companheiro morto.

– Diavolo. Que Moringue queime no inferno.

Depositam o corpo do genovês num colchão.

Ignácio Bilbao foi atingido na perna. Outros cinco homens também foram feridos. O mais ferido deles, um peão das redondezas, tem uma lança atravessada na coxa esquerda e um tiro que lhe penetrou pelas costelas. Quando começa a cuspir sangue, Carniglia diz:

– Pegou o pulmão. Não há muito o que fazer.

Garibaldi examina o moribundo.

– Vamos buscar ajuda com D. Ana.

– Não dá tempo.

O homem regurgita sangue. A noite vai descendo de mansinho, enquanto o passaredo volta para os seus lugares. Uma poeira negra paira no ar. E um silêncio pesado cobre tudo.

– Procópio – ordena Garibaldi –, vosmecê pegue um cavalo e vá até a Barra. Leve a notícia de que expulsamos o desgraçado. E peça ajuda e remédios. É preciso tentar fazer alguma coisa por questo uomo.

O negro desaparece para trás do galpão. O peão que cospe sangue está cada vez mais pálido, acinzentado.

Garibaldi reúne os companheiros em frente ao galpão. Os homens embrenhados na mata agora começam a chegar.

– Hoje tivemos aqui una vera batalha. Mas vencemos. E isso prova que um uomo libero é para 12 cativos. – Os homens urram, erguem os braços no ar. Ignácio Bilbao equilibra-se na perna sadia e bate palmas, gritando. Garibaldi recomeça: – Tutto o que fizemos foi pela nostra república. Pela República Rio-grandense. E vocês foram bravos. Que Dio esteja sempre com voi!

Depois, é o trabalho de recolher armas, arreios e outros instrumentos deixados pelos inimigos durante a brusca retirada. É preciso dar-se utilidade a tudo aquilo. Enquanto recolhe um fuzil caído em meio à lama, Garibaldi vê que a mata ao redor ficou destroçada. "Sucedeu aqui um pesadelo", constata. Silenciosamente, a um canto do galpão, o peão ferido pára de cuspir sangue e morre de olhos abertos, pensando numa longínqua tarde no pampa, quando pescava com os irmãos na ribeira do Camaquã.

PROCÓPIO CHEGOU À ESTÂNCIA de D. Ana no meio da noite. A casa estava com as janelas fechadas, mergulhada no silêncio.

Ele apeou e foi bater à porta. Vieram lá de dentro ruídos e vozes abafadas. Demorou um pouco, mas Zé Pedra apareceu numa fresta da porta, segurando uma pistola.

– É vosmecê, Procópio! Que arreliação! As senhorinhas ficaram com medo de que fosse algum maldito imperial.

As mulheres apareceram num canto da sala, quando Zé Pedra abriu a porta e Procópio entrou, tirando o chapéu perfurado de balas. No fundo da casa, um cachorro ladrava sem parar. D. Antônia adiantou-se:

– Conta logo o que sucedeu, pelo amor de Deus! Passamos o dia todo numa aflição.

Manuela tinha o coração nos olhos. Caetana segurava a mão de Perpétua e pedia que a filha ficasse calma, por causa do bebê. Procópio pigarreou um pouco e começou a falar:

– O tenente-coronel Garibaldi está bem e mandou avisar que o Moringue e seus homens bateram em retirada lá pelo meio da tarde. Foi uma luta braba. Eles nos pegaram de surpresa: 13 homens contra 150.

D. Ana fez o sinal-da-cruz. No corredor, apareceu a cabeça de Milú, que vinha espiar a notícia.

– Foi feia a cosa? – quis saber D. Ana.

– Morreu um dos nossos, e temos mais seis feridos. Um peão aqui das redondezas está malzito, no más. Vim pedir uns remédios e algum ajutório. Lá, só temos água para lavar os ferimentos dos soldados.

Tinha morrido um. Manuela estava com os joelhos bambos: seu Garibaldi estava bem, graças a Deus e à Virgem! Aos poucos, um sorriso leve avivou seu rosto. Mariana sentou numa poltrona. Com voz muito fraca, quis saber:

– Quem morreu, Procópio?
– O Lorenzo. Um italiano.

Mariana sentiu o peso abandonar seus ombros. Mas não teve coragem de perguntar por Ignácio Bilbao. D. Antônia e D. Ana chamaram as negras e mandaram que reunissem ataduras, álcool, compressas e remédios para levar ao estaleiro. E algumas garrafas de canha. Num canto da sala, Maria Manuela assistia a tudo como se estivesse no meio de um pesadelo. Rosário foi providenciar um chá. Cogitava se o seu Steban tinha morrido numa batalha como aquela.

– Procópio, vou mandar a Milú com vosmecê – atalhou D. Ana. – Ela tem jeito com curativos. E amanhã o Zé Pedra vai buscá-la.

Procópio assentiu.

Caetano, que acabava de acordar com os ganidos do cachorro, apareceu na sala e quis saber detalhes da batalha. Seus olhos brilhavam de excitação. E a voz do negro Procópio, monocórdia, foi contando aos trancos um pouco do inferno que o estaleiro vivera. Todos na casa permaneceram muito quietos, escutando.

Cadernos de Manuela

Estância da Barra, 30 de junho de 1839

Muitas coisas sucederam aqui na estância nos últimos tempos. Desde que Moringue veio atacar o estaleiro, todas nós nos tornamos mais temerosas, pois nos descobrimos vulneráveis aos ataques imperiais. Parece impressionante, mas eu nunca antes tinha pensado na guerra como uma coisa palpável, como uma coisa real. Era como se vivêssemos numa redoma, apartadas do mundo, e nada mais. Nem quando vi meu tio morrer em sua cama, tomado pela gangrena, nem quando me avisaram da emboscada que levou a vida do meu pai, eu jamais pensei na guerra como uma coisa de sangue e de músculos, como um bicho cruel e faminto.

As horas daquele dia 17 de abril foram terríveis para mim. Ah, contar os instantes como se fossem as moedas de um resgate, e segurar o pranto para que eu mesma não morresse antes de ter qualquer notícia dele. E pensar, a cada momento, que ele poderia estar morto, que talvez seus olhos não iluminassem mais este mundo, que meu Giuseppe estaria jazendo em algum pedaço de chão com uma lança atravessando seu peito. E o silêncio que nos impusemos... Sim, D. Ana e D. Antônia, sempre elas a zelarem pela casa e por nós, incansáveis e decididas – tanto que nem Caetana nunca ousou contrariá-las, estando sempre obediente às suas ordens e sugestões –, D. Ana e D. Antônia nos tinham proibido de chorar, nem por amor, nem por medo. E com tal faina, e com tal zelo, que quando Mariana deixou escapar um pouco do seu pranto, foi mandada à cozinha preparar um bolo para o chá que tomamos na sala fechada, em silêncio, como numa missa em que se cultua a angústia. E a todas nós foi dada uma tarefa a ser cumprida, para que não desandássemos pelos despenhadeiros do pavor que nos consumia. Eu mesma me vi bordando um pano qualquer, que cores tinha, nem me recordo, e a cada ponto engolia uma lágrima, até que minha garganta e minha alma ficaram salgadas de choro acumulado. E foi assim que aquele dia terrível passou. Demorou muito para que o sol se pusesse no horizonte: era como se ele risse de nós, risse de mim, que só queria saber qualquer coisa do meu Giuseppe. Quando a noite chegou, tudo foi mais tenebroso ainda. O escuro guarda os piores receios. O escuro é como uma arca repleta de velhas coisas empoeiradas. Não se pode abri-la, nem esquecê-la. A arca está no meio da sala, e a cada instante se tropeça nela.

Naquela noite, jantamos sem fome.

Somente muito tarde foi que bateram à nossa porta, e então meu coração acelerou como um cavalo em disparada pelas coxilhas, e nunca senti tanto medo em minha vida, porque, depois que abrissem aquela porta, tudo estaria irremediavelmente perdido ou irremediavelmente salvo. Era o negro Procópio; soubemos então da batalha, e que meu Giuseppe estava vivo e mandava notícias. Renasci com aquelas palavras. E odiei aquele dia com cada átomo de mim mesma, e tanto, que para sempre hei de recordá-lo negro e viscoso como um morcego em minhas lembranças. Mas pude, enfim, mesmo com medo dos imperiais que talvez estivessem por perto, dormir em paz. Garibaldi estava vivo, este mundo ainda nos abrigava a ambos, e isso era tudo o que me bastava para ser feliz.

Na manhã seguinte, Zé Pedra encontrou um imperial morto na entrada da fazenda. Trouxe-o arrastado até os fundos da casa. Era um jovem das redondezas que outrora eu vira cavalgando por perto, não devia ter então mais do que 19 anos. Fora morto com dois tiros. Seu rosto cinzento e barbudo me trouxe pena e nojo. Morrera por que, afinal? E, estando vivo, não teria ele matado meu Giuseppe sem qualquer consideração, se fosse capaz de tanto? Por que se lutava e por que se morria? Nunca hei de sabê-lo. E nenhum regime sob o céu me haverá de justificar esta guerra. Talvez por um sonho. Por liberdade. Por ela é que se luta. Como Giuseppe Garibaldi. Ele tem esse sonho e o persegue pela vida, mesmo muito longe deste Rio Grande, em outras terras ainda mais distantes da sua pátria, Giuseppe sempre lutou por seu sonho.

E eu sempre sonhei com ele.

Mas luto pouco, porque não tenho armas.

DIAS DEPOIS DO ataque de Moringue, Giuseppe veio até nossa casa. Estava mais magro, mas teve para mim o mesmo sorriso único que sempre me ofertava, um sorriso de amor. Estávamos proibidos de casar, assim dissera minha mãe, assim me avisara D. Ana, com algum dó no fundo dos olhos escuros. Bento Gonçalves proibira nossa união. Talvez por Joaquim, talvez porque imaginasse em Garibaldi nada mais do que um forasteiro sem pouso, um aventureiro dos mares, um sonhador. E Giuseppe é um sonhador. Não um descendente dos continentinos, como meu tio e toda a nossa família, não um proprietário de terras, com escravos e ouro e influências políticas, mas um homem capaz de virar os mundos em busca de um sonho. E foi por isso que o amei. Desde o primeiro instante. E antes ainda.

Giuseppe contou-nos tudo o que sucedera no dia da batalha, e como foram corajosos os homens do estaleiro, vencendo um número tão superior de inimigos apenas com sua coragem e garra. Estávamos todas reunidas na sala, ouvindo-o. Eu tremia de felicidade em vê-lo mais uma vez, e vivo, perto de mim. Não foi possível que ficássemos a sós, pois as tias e minha mãe faziam muito zelo em nossa presença. Mas houve um momento, quando íamos à mesa para o almoço, em que Garibaldi pôde colocar um bilhetinho entre meus dedos.

> Carina, Manuela, del mio cuore
> Io ainda te amo, e muito. Vosmecê não pense que il suo tio pôde apagar esse amor del mio peito. Haverá um momento oportuno para nós. Quando tutto questo passar. E io ainda penso em falar com o general mais uma vez, pedindo por nosso noivado e casamento. Por ora, fui chamado a Porto Alegre, onde os republicanos estão fazendo o cerco. Receberei una nuova missão, mas io ritorno para estar com vosmecê brevemente.
>
> Sempre suo, Giuseppe

Giuseppe partiu no começo de maio.

Foram dias de um vazio cruel para mim. A proibição do nosso noivado me trouxe doenças e uma fraqueza que assustou minha mãe. D. Antônia preparou chás e compressas; eu não melhorava por teimosia. Não era justo que me obrigassem a casar com um primo que eu não amava, enquanto Giuseppe tanto ardia em estar comigo. D. Antônia falou-me francamente que tinha pena daquele malogro amoroso, mas que era o único caminho e que um dia eu agradeceria a decisão de meu tio e de minha mãe. Para a tia, havia o certo e o errado, nada fora disso. Respondi-lhe que ela mesma tinha conhecido a felicidade mui brevemente, e que dela se havia esquecido havia tempos, portanto eu a perdoava, mas que nunca mais seria feliz. E nem me casaria com outro que não fosse o meu Giuseppe. D. Antônia fitou-me com os olhos rasos d'água e não disse mais nada, restou em silêncio, aplicando compressas em minha testa febril. Muito depois, quando saía do quarto, sussurrou: "Um dia, isso tudo passa, filha. Vosmecê vai ver."

Sei que não passará.

Fui talhada para ser de um único homem, e serei dele eternamente. Mesmo que nunca nos casemos, mesmo que a guerra ou o destino o leve para longe de mim, permanecerei esperando-o até quando for necessário, até a eternidade.

Meu primo José chegou no fim de maio, de passagem, rumo a Santa Vitória. Dormiu um par de dias na estância e partiu outra vez. Mas deixou-me com o coração despedaçado. Segundo ele, Garibaldi ainda voltaria para a Estância do Brejo, porém por pouco tempo. Soubemos por José os planos que tinham afastado Giuseppe de nós, embora o estaleiro continuasse em franca agitação, sob o comando de John Griggs. Agora os republicanos queriam conquistar a cidade de Laguna, em Santa Catarina. E Giuseppe Garibaldi e seus marinheiros seguiriam com eles.

A República Rio-grandense precisava de um porto. Os imperiais ainda dominavam a barra do Rio Grande, fechando assim o acesso para o Atlântico. Ademais, ainda era deles o controle das águas interiores. As manobras de Garibaldi na lagoa tinham rendido bons frutos, mas aquela política de guerrilha lacustre não tinha mais serventia para a revolução. Era preciso uma atitude enérgica para abrir espaço. E havia a cidade de Lages, em Santa Catarina, que proclamara a República e agora queria incorporar-se aos rio-grandenses. Em tudo isso andava pensando Bento Gonçalves. Era preciso um porto, e esse porto era Laguna, já que no Rio Grande os imperiais dominavam todo o acesso ao mar. Garibaldi teria aí a sua missão: os barcos precisavam, de algum modo, chegar até Laguna e garantir a tomada da cidade.

José contou isso com os olhos ardentes de euforia. Também ele se juntaria, quando fosse o momento, às tropas que tomariam Laguna. Estava indo para a fronteira, reunir-se à gente de lá. E toda essa operação seria comandada por um coronel chamado Davi Canabarro. Para Laguna, partiriam Giuseppe e os homens do estaleiro, e então nossa vida continuaria a mesma de antes, triste e pacata, vida de esperas. E a mim, tudo o que restava era rezar por Giuseppe e para o seu retorno. Rezar e rezar é tudo o que faço ainda agora, e Giuseppe nem partiu com seus barcos.

FICAMOS SABENDO que o comandante da Marinha Imperial voltava a ser o inglês Greenfell. E, em princípios de junho, os navios imperiais retornaram à lagoa, agora decididos a exterminar os corsários republicanos. Criou-se em mim uma dúvida: como Garibaldi partiria com seus barcos? Por onde iriam eles sem que os navios inimigos os perseguissem, sem que houvesse mais batalha e destruição?

Eu não tenho respostas. Ninguém em nossa casa tem respostas. A guerra agora sucede tão perto, e estamos como espectadoras de tudo isso. Mariana, no auge de seu amor por Ignácio Bilbao, agora some a cada entardecer, sempre com alguma desculpa ou com a ajuda minha ou de Rosário, e vai encontrar-se com o espanhol perto do capão. Lá, juram seu amor. Eu penso em todos os planos que tinha feito para mim e Giuseppe, e temo que o romance de Mariana tenha o mesmo destino que o meu. Falamos muito em fugir, mas a verdade é que não temos para onde ir. O pampa está convulsionado pela guerra, e os homens querem a batalha como querem o pão diário. A nós duas, só resta esperar.

Zé Pedra nos trouxe a notícia da volta de Garibaldi, logo confirmada por D. Antônia. Com ele, veio também Davi Canabarro. Soubemos que acontecem reuniões intermináveis no galpão do estaleiro, onde John Griggs, Giuseppe Garibaldi, Luigi Carniglia e Davi Canabarro ficam horas fazendo planos e traçando passos para a expedição a Santa Catarina.

MEU GIUSEPPE VEIO ver-nos no início desta semana. Na sala de nossa casa, tomando um mate à beira do fogo, ele contou que Canabarro já partira. Para tomar providências. Mais não disse, nem ousamos perguntar. Apenas eu fiquei ali, como que em transe, fitando o perfil daquele homem que me é tudo, e que eu já sentia se afastar de mim. Ah, ele me olhava como antes... Com os olhos cheios de fome e de adoração. Mas havia algo em seus sorrisos, uma dor que era uma espécie de adeus. Sim, ele vai embora, eu sei. É um soldado da República e por ela lutará até a última gota do seu sangue. O amor precisa esperar pela guerra. Era isso que me diziam seus olhos de mel, quando ele derramava em mim seus olhares lentos.

Giuseppe jantou conosco naquela noite. Lá fora, soprava o minuano, com sua fúria triste. Giuseppe estava mui interessado naquele vento perigoso que poderia pôr a pique os seus navios, e D. Ana então contou-lhe histórias antigas sobre o minuano e seus três dias de ânsia. Ao fim do jantar, quando D. Ana mandou que as negras trouxessem o doce de pêssego, Giuseppe chegou perto de mim e sussurrou:

– Io sinto molto la vostra falta, Manuela.

E outra vez conseguiu entregar-me um bilhete escrito num papelote azul, que eu guardei num dos bolsos de minha saia, com o rosto em brasa.

Era quase meia-noite quando Giuseppe Garibaldi vestiu seu capote de lã e se preparou para enfrentar a noite ventosa até o estaleiro. Despediu-se de mim com o mais doce olhar que um homem já deitou a uma mulher, depois sumiu na noite como se nunca tivesse existido, como se fosse um sonho que sonhei numa das muitas madrugadas desta guerra, como se fosse um anjo ou um demônio, qualquer ser, do céu ou do inferno, que tivesse vindo a mim para me roubar a alma. Depois sumiu, como um sopro. Uma onda. Como uma lenda.

Carina Manuela mia,
Logo, io parto per Santa Catarina, onde dobbiamo fare la República. Vou por amor à liberdade dos povos, Manuela. E somente per questo. Ma io juro que ritorno per voi, que pensarei em voi a cada notte, e que sonharei com vostro rosto a cada sonho. Não peço que me espere, mas io juro que um dia voltarei, quando questa guerra acabar, e que ficaremos juntos, para sempre então.
Saiba, Manuela mia, que questo amor é verdadeiro e imenso como il mare, e que io sono vostro per sempre.

Giuseppe Garibaldi

Guardei aquela carta no abrigo dos meus seios por dias, e era como se um pouco de meu Giuseppe andasse sempre comigo. Depois, com medo de perder papel tão precioso, acomodei-o em meio às páginas do meu diário. Melhor lugar para o nosso amor. Onde eu espero por ele, e com ele sonho. Nestas linhas em que o relembro.

Manuela

Perpétua olha a tarde cinzenta pela janela, e um arrepio percorre seu corpo. O céu está pesado, parece que vai desmaiar sobre as coxilhas. Ela se aconchega mais ao xale de lã.

Os pés metidos nas chinelas agora estão inchados, a barriga salienta-se sob o vestido largo, de tecido azul.

Ela sente saudades do marido. Durante toda a gravidez, Inácio viera vê-la umas cinco vezes. Ficara pouco com ela, mas sempre estivera amoroso, e tão feliz ao ver que o filho crescia em seu ventre como uma fruta amadurece num galho de árvore. Mas era a guerra, difícil para todos. Agora mesmo, Perpétua não pode precisar o paradeiro de Inácio. De seu, tem apenas essa criança inquieta que se remexe dentro dela como um peixe num aquário pequeno demais.

A mãe está bordando ali perto, e ensina Maria Angélica, que agora está com nove anos, a dar seus primeiros pontos. Maria Angélica espeta o dedo na agulha constantemente. Se Perpétua tiver uma menina, logo repetirá esse ritual.

– Está cansada, hija?

Caetana envelheceu nesses últimos tempos. O tom esmeralda de seus olhos perdeu alguma coisa do brilho.

– Estou bem, mãe. Mas me doem as costas.

Passa o resto da tarde sem acomodar-se, nem consegue dormir. Não come o bolo que Zefina lhe traz. Um peso cada vez maior empurra seu ventre para baixo. E lá fora o mundo parece mais cinzento e escuro.

Antes do jantar, resolve caminhar pela casa. Fica andando como um fantasma sem rumo, de uma peça a outra, cruzando com as negras, com as primas que agora andam tão cabisbaixas, entrando e saindo da sala onde o fogo crepita na grande lareira de pedras, arrastando as chinelas como dizem que fazia sua avó paterna, de quem herdou o nome e alguma coisa em seu olhar.

Passa das nove horas quando a dor a invade sem nenhum aviso, como uma faca que penetra sua carne. Perpétua grita. Sente que um rio se solta e desce por suas pernas, alagando as saias do vestido e formando uma poça no chão de ladrilhos.

D. Ana acode, vinda da cozinha.

– Que foi, menina? – E quando vê a sobrinha, já sabe. Mas está calma. Pôs dois meninos no mundo, e mais um terceiro que morreu pequetito. Segura as mãos de Perpétua. – Tenha calma... Essa dor passa rápido. Pense que o seu filho vai nascer... Vou chamar a Rosa.

As negras acodem, juntamente com Caetana, que ajuda a filha a ir até o quarto. Mandam buscar D. Rosa, que está na sua casinha lá no fundo, bordando. D. Rosa entende de ervas e de trazer crianças ao mundo. Entende de fogão e de boitatá. D. Rosa tem os olhos castanhos, meio baços, e um sorriso discreto no rosto.

Logo o quarto está repleto de coisas: bacias com água fervente, fraldas, lençóis, a tesoura recém-esterilizada, comprida, que D. Rosa tem desde que aprendeu a trazer inocentes para esta vida. Perpétua grita de dor. Do lado de fora da alcova, Mariana, Manuela e Rosário se angustiam e sussurram. D. Ana aparece por uma fresta da porta.

– Vosmecês vão lá para a sala. Aqui não ajudam nada com esses falatórios. – As sobrinhas têm os olhos arregalados de pavor. Perpétua solta um grito agudo. – Toda mulher passa por isso, é assim mesmo. Se aquietem lá para dentro, que vai dar tudo certo.

E D. Ana fecha a porta lentamente.

À PRIMEIRA HORA da madrugada fria do dia primeiro de julho de 1839, nasceu Teresa da Silva de Oliveira Guimarães. Depois dos trabalhos do parto, depois de ver o corpinho perfeito da menina e de contar-lhe os dedinhos dos pés e das mãos, Perpétua Justa olhou a mãe e sussurrou:

– Queria tanto que o Inácio estivesse aqui.

E mergulhou num sono exausto.

Caetana, com a neta nos braços e os olhos úmidos de lágrimas, sorriu docemente. A vida seguia seu rumo. D. Ana baixou as mangas do vestido que arregaçara na faina de ajudar Rosa e foi se chegando para ver o rostinho da menina.

– Vai ter alguma coisa da nossa gente – disse com orgulho. – Nasceu gritando para todo mundo ouvir.

Caetana enrolou mais a menina no xale de lã e apertou-a contra o peito. Lá fora, começava a cair uma chuvinha miúda e fria.

ACORDARAM MUITO CEDO naquela manhã. O estaleiro estava em polvorosa. Era chegado, finalmente, o dia de partir. Garibaldi olhou o céu invernal. Estava pálido e sem nuvens. O mês de julho começaria com muito frio. Era bom que não chovesse naquele dia, mas era muito mais importante que não chovesse depois. Ele tinha uma grande tarefa pela frente. E iria cumpri-la molto bene. Fora idéia sua, e ele sabia que daria certo. Outros já tinham feito travessia igual à que imaginara; venezianos muito antigos e Marco Antônio, o romano, tinham usado de artifício igual. E agora era chegada a vez dele, Giuseppe Garibaldi, fazer a sua mágica.

Deu ordens para que os homens recolhessem tudo, deixassem o estaleiro em ordem. Não queria que D. Antônia ficasse com más recordações da sua pessoa. Porque iria voltar. Sim, voltaria, quando tivesse cumprido a sua missão, para buscar Manuela.

– Carreguem o *Farroupilha*. Il mare nos espera, homens!

Havia muita expectativa no ar. Ignácio Bilbao e Carniglia levavam alguns víveres e cordas para o barco. Iam cantando. Era um dia com cheiro de novidade.

O plano tinha sido meticulosamente tramado por ele e por Davi Canabarro. Garibaldi precisava levar os seus barcos para o mar. Do estaleiro, pela Lagoa, navegariam até o Rio Capivari, cuja foz era coberta por uma brenha cerrada. Era um riozinho estreito e raso, mas Garibaldi tinha os seus "patos". A segunda parte do plano era a mais corajosa e difícil (mas os romanos já a haviam provado possível). Levariam por terra os barcos até a Lagoa Tomás José, em Tramandaí. Dali, chegariam ao oceano e tomariam o rumo de Laguna.

Giuseppe Garibaldi sabia que Greenfell o esperava ali perto, na Lagoa dos Patos. Mas já enganara o inglês muitas vezes, e faria tudo de novo. Até gostava daqueles jogos de gato e rato – era um rato esperto. A travessia por terra era mais ousada e necessitava de calma. Para isso, Davi Canabarro já estava em Tramandaí, limpando a região, amealhando cavalos, madeira, e organizando os homens.

GANHARAM AS ÁGUAS da Lagoa sob o céu azul e frio do inverno gaúcho. Logo, os barcos de Greenfell os perseguiam. Mas os lanchões farroupilhas eram mais ágeis e leves. Garibaldi ia no *Farroupilha*, e John Griggs comandava o *Seival*. Os barcos pequenos, os novos, iam atrás e tinham outros caminhos a percorrer.

O vento frio zunia em seus ouvidos. Garibaldi exultava. A água se abria em leques azulados, dando passagem ao imenso animal que deslizava sobre ela. Logo, Garibaldi avistou a barra do Rio Capivari, com seus matagais densos e misteriosos. O *Farroupilha* foi enveredando pelo meio da vegetação, como um pássaro que busca o ninho. Griggs fez a mesma manobra com o *Seival*. Rapidamente, ambos os barcos sumiram entre as ramagens, como se nunca tivessem passado por ali, como se nunca tivessem existido. Garibaldi abriu um sorriso de satisfação. Sabia que Greenfell iria esperá-los do outro lado. Esperariam para sempre. Os lanchões farroupilhas não sairiam do Capivari pela água.

Quando escolheu um bom lugar, Giuseppe mandou que camuflassem os mastros dos barcos com ramagens e folhas, e os homens se jogaram no serviço. Já anoitecia.

DUZENTOS BOIS foram requisitados em segredo pelos soldados de Davi Canabarro. A madeira necessária foi recolhida das matas e forjada em fogueiras, nas quais, depois, se assava a carne. Garibaldi mandou construir duas grandes carretas, cada uma com quatro rodas, que tinham mais de três metros de altura e quarenta centímetros de largura. Canabarro e Garibaldi acompanhavam o trabalho atentamente.

Numa tarde cinzenta e fria, começou a tarefa de colocar os barcos sobre as carretas. Garibaldi mandou que a primeira carreta fosse submersa num pequeno arroio, depois os homens suspenderam o primeiro lanchão até a quilha e o fizeram repousar sobre o duplo eixo da carreta, sempre deslizando-o nas águas geladas do rio. Apesar do frio terrível, os marinheiros tiveram êxito na tarefa: depois de muitas horas, quando a noite já vinha, pesada, o *Seival* e o *Farroupilha* repousavam sobre as duas carretas, prontos para viajar pelo pampa.

Com a ajuda de muitas parelhas de bois, no dia seguinte as carretas submergiram com sua carga impressionante. Os homens urraram de alegria. Davi Canabarro olhou tudo sem demonstrar emoção. Garibaldi pensou no sorriso que Manuela daria se visse aquele estranho espetáculo.

Começava, naquele gélido princípio de julho de 1839, a travessia por terra dos barcos republicanos.

Choveu muito naqueles dias. As carretas atolavam constantemente, mas sempre havia parelhas de bois descansados, e sempre havia a crua energia de Giuseppe Garibaldi, incansável na sua tarefa. Foram 86 quilômetros de travessia pelo pampa coberto de relva, aqui e ali empoçado de água, mas o pequeno exército seguiu firme, e por onde passava era aplaudido pelo povo. Nunca se havia visto no pampa uma cena igual.

Na Estância da Barra, Manuela passava os dias à janela, olhando a chuva miúda pingar do céu, os olhos baços, o apetite pouco, sempre um arrepio nas costas e aquela vontade de chorar. D. Ana fez-lhe chás, tocou músicas ao piano, tentou alegrar a menina de todas as maneiras. Mas por fim cedeu também ela à tristeza: tinha ficado amiga de Giuseppe Garibaldi, aquele italiano engraçado e contador de causos, e agora ele fazia falta nos dias cinzentos do fim de inverno. Maria Manuela acendia velas à santa, agradecendo a bênção de sua filha mais moça estar livre dos encantos daquele corsário de olhos dourados.

Quando chegou à Estância a notícia do grande feito de Giuseppe Garibaldi, D. Ana deixou escapar um sorriso disfarçado. D. Antônia, que estava visitando as irmãs naquele dia, permaneceu séria, atenta à sobrinha, vigiando duramente aquele afeto que crescia no seu peito a cada vez que pensava no italiano.

– Giuseppe Garibaldi é um herói – comentou Mariana, impressionada com a façanha do corsário que levara os seus barcos através dos campos.

Maria Manuela mirou a filha com um brilho de fúria nos olhos cansados.

– Um herói para pouco serve quando uma guerra acaba, Mariana. Não se olvide disso. – Virou o rosto para Manuela, que remexia pensativamente no seu cesto de bordados. – E você principalmente, Manuela de Paula Ferreira, lembre-se do que eu disse e não me cometa nenhum desatino. Eu não suportaria mais um sofrimento.

Manuela sustentou firmemente o olhar duro da mãe. Por um momento, sentiu pena daquela mulher que, havia pouco, lhe parecia tão bela e doce, e agora era apenas uma figura triste, pálida e sem forças. A perda do marido tinha roubado um quinhão da sua vida. Manuela baixou os olhos outra vez.

– Giuseppe está longe demais daqui, mãe, para que vosmecê se apoquente por ele.

E sua voz soou lúgubre.

Rosário entra no quarto que cheira a alguma coisa doce, leitosa, que não consegue precisar. Uma luz tênue atravessa as cortinas levemente arriadas, uma luz fraca de entardecer invernal. Num canto da peça, sobre a larga cama, Perpétua dorme. A filha está ao seu lado, uma coisinha rosada, um pequeno embrulho de mantas e laços de fita, cuja cabecinha de penugens douradas mal se salienta entre tantos agasalhos. Teresa mexe o rostinho durante o sono, emite suaves grunhidos, como os de um animalzinho mui pequeno, como os dos cãezinhos que uma cadela da casa pariu faz alguns dias e que Rosário às vezes vai espiar lá no galpão. Teresa é uma menina bonita, e Rosário sente amor pela menininha. Mas sente também estranheza. Perpétua casou, está feliz, ama o marido. Agora tem essa filha. E ela, Rosário, nada tem. Faz muito tempo que Steban deixou de vir vê-la... Steban, com seus brios, com seus ares translúcidos e sua beleza fluida que muitas vezes a exaspera, quando desperta alagada em suores e sente que ele a está vigiando no escuro, como um gato, como um fantasma. Mas Steban é um fantasma, é preciso acostumar-se com isso.

Rosário caminha suavemente, para não acordar a prima e a criança. Num canto perto da janela está a arca de madeira. Sabe que ali está o que procura. Abre a arca com cuidado e pega o pacote envolto em linhos. Um cheiro de alfazema exala do pacote bem-feito.

ROSÁRIO TEM o mesmo corpo que a prima, exatamente a mesma cintura fina, exata, o mesmo colo alto, bem-feito, mas sua pele é mais clara, confunde-se com o pano perolado do vestido, parece outra seda, mais suave ainda, mais frágil ainda. A saia desce bem pelos seus quadris, macia e delicada. Rosário toca as rendas com cuidado; a perfeição dos trabalhos, dos bordados de pérolas, deixa-a estupefata. Um vestido muito caro, aquele. Sabe que o tecido veio de longe, que foi encomendado por Caetana, e Caetana entende de modas, é fina e elegante.

Rosário prende sozinha os cabelos claros num coque no alto da cabeça. Faz isso sem muito jeito, sempre uma das negras está por perto para ajudá-la, mas agora não quer ninguém. Esse momento é só seu. Ajeita entre os cabelos a grinalda de flores. São minúsculas florezinhas de seda, com seus miolos bordados de pedraria. Ela se ergue e vai para a frente do espelho. Afasta-se um pouco para mirar-se melhor. E não acredita no que vê. Está tão linda... Ah, como está linda! A mais bela das mulheres, a mais suave e perfeita criatura. Nem parece ser deste mundo. Talvez, vestida assim desse modo, Steban volte para buscá-la. É justo que ela, Rosário, não pertença a esta terra dura, gélida, cruel. Ela se mira com tanta emoção que de seus olhos escorrem lágrimas grossas. Mas são lágrimas de felicidade. Agora sabe, agora tem certeza. Steban não irá abandoná-la, não a ela, que mais parece um anjo.

Pensando assim, num passo elegante, como se entrasse num salão de baile, Rosário sai do seu quarto e segue andando pelo corredor. Está vazio o corredor, mas é como se mil olhos a fitassem, é como se dois mil pares de mãos estivessem aplaudindo a sua passagem, e ela abre um sorriso emocionado. Um sorriso lindo, digno de uma rainha. "De una reina", pensa ela.

Minha querida prima Manuela,

Vosmecê deve ter estranhado que tanto tempo se passou sem que eu le mandasse uma carta, embora a saudade muito me corroesse aqui dentro do peito. Mas é que andei por este pampa de um lado a outro, no más, e tantas foram as tarefas e refregas e feridos que tive de esperar para escrever a vosmecê. Agora estou com meu pai em Piratini, onde restarei por alguns dias. Ainda ontem, encontrei com Antônio, seu irmão, e ele le mandou lembranças e carinhos, e também à sua mãe e às primas.

Mas é do meu afeto que desejo le dizer, Manuela. Do meu afeto que solamente cresce por vosmecê, e que me faz desejar o fim desta guerra, para que eu possa regressar à estância e estar junto de vosmecê por todo o tempo. Às vezes penso, no entanto, se esse meu afeto tem morada em seu peito, porque em todos esses meses solamente um pequeno bilhete seu me chegou às mãos. Bilhete que guardei em minha guaiaca como um tesouro que me alegra e me protege, Manuela. Mas sei que vosmecê está longe, que as comunicações são difíceis e que as cartas se perdem nestas estradas cheias de más surpresas. No entanto, almejo que vosmecê não me olvide, e que esse silêncio seja apenas saudade. E que vosmecê também tenha por mim o carinho imenso que le tenho.

Aproveito esta carta para mandar notícias da guerra às tias e às primas também. Como se sabe, estamos agora tentando abrir frentes em Santa Catarina. Vosmecê deve mesmo ter conhecido o italiano Garibaldi, que tão perto da estância esteve hospedado para construir os lanchões da República Rio-grandense. Este italiano, a quem todos elogiam a coragem e a habilidade na navegação, causou muito espanto no pampa quando transportou seus barcos por terra, sendo eles puxados por parelhas de bois. Sei que vosmecês devem saber disso e com isso terem muito se alegrado. Sei que D. Ana e D. Antônia gostaram de Garibaldi por demás, e então aproveito para contar do infortúnio que sucedeu a esse italiano quando ele saía com os barcos pela barra do Rio Tramandaí.

Um grande naufrágio colheu os barcos republicanos nesse dia de tragédia. Parece mesmo que um vento sul mui forte açoitou o mar, tornando-o perigosíssimo. Não sei como tudo sucedeu exatamente, porque as notícias sempre vêm desfalcadas de um ou outro fato, mas sei decerto que 16 homens morreram nessa desdita, dentre eles os italianos Matru e Carniglia, e até um certo espanhol de sobrenome Bilbao, de quem muito se palreava da sua coragem. O comandante Garibaldi não foi engolido pelas águas, para sua sorte e sorte das nossas tropas, mas poucos companheiros conseguiu salvar, devido ao mau tempo e à violência do mar. O barco menor, comandado pelo americano John Griggs, que vosmecês também devem conhecer, esteve quase à deriva, mas conseguiu se salvar por ser menor e mais leve e pôde ancorar numa barra conhecida como do Camacho, onde despuês foi encontrado intacto e com toda a tripulação.

De resto, Manuela, há também a notícia de que o tocaio de meu pai, o Bento Manuel, desligou-se das tropas farroupilhas e diz ter ido viver em suas terras, por estar cansado da guerra e sentindo-se mal considerado pelo nosso governo. Pois vosmecê deve saber que esse outro Bento é um traidor que mui trapaças já nos fez, mas mesmo assim vi meu pai sentir a perda da sua pessoa, pois se diz dele que é um bom comandante de armas.

Por favor, conte todas essas novidades para as tias e para minha mãe. Mande meus carinhos para Perpétua, e le diga que estou mui contento pelo nascimento de Teresa, e que logo, assim que for possível, estarei uns dias com vosmecês para dar conta dessa saudade que me aflige.

E vosmecê, Manuela, não esqueça o muito que le estimo e sinto a sua falta,

com carinho, Joaquim.

Piratini, 20 de julho de 1839

D. Antônia desceu da sege em frente à casa. Fazia um frio seco, o céu estava muito azul. Soprava um vento leve, gelado. D. Ana, parada à varanda, esperou que a irmã galgasse a pequena escada.

— Vamos lá para dentro, Antônia. Tem um mate pronto, e a lareira está uma beleza. Esse frio está me corroendo os ossos.

A sala estava vazia, apenas se ouvia o ruído da lenha crepitando. O tricô de D. Ana estava sobre uma banqueta, perto do fogo. D. Antônia quis saber onde estavam as outras parentas.

— Lá para os quartos. Perpétua e Caetana estão com a menina. As outras, nem sei. — D. Ana suspirou lentamente, e buscou lugar na cadeira de balanço. — Isto aqui está uma tristeza desde a carta do Joaquim. Manuela anda calada feito um túmulo, me faz lembrar a mãe. Mariana, nem se fala; quando soube do infortúnio do tal marinheiro, chorou dois dias seguidos. Nem chá, nem as rezas de Rosa le acalmaram os nervos. Agora, mal sai do quarto. E eu que nunca notei a paixão da guria...

D. Antônia sacudiu pesarosamente a cabeça.

– Isso passa. Era um amor de divertimento, Ana. Que futuro teria a Mariana com o tal espanhol?

D. Ana sorriu tristemente.

– Vosmecê sabe como é a juventude... Agora que o moço está morto, o amor dela deve ter aumentado. É sempre assim.

– A galinha do vizinho é mais gorda.

– A gente solamente quer o que não pode mais ter...

D. Antônia sentiu um arrepio no peito. Tinha recebido a notícia do naufrágio por Zé Pedra. Sentira muita pena dos homens que tinham morrido; de alguns, lembrava até o rosto. Eram valentes soldados, todos eles. Achegou-se numa poltrona e ficou uns instantes olhando o fogo.

– Cadê esse mate? – perguntou por fim, para dissipar a angústia que lhe ia na alma.

A irmã tocou uma sineta. Uma negrinha miúda apareceu com a chaleira e a cuia preparada. D. Ana esperou que D. Antônia tomasse a primeira cuia e disse:

– Vosmecê soube de Rosário?

Não. Ela não tinha sabido.

D. Ana contou então que tinham encontrado a sobrinha vagando pelo capão, usando o vestido de noiva de Perpétua. E já era noite, noite fria. Rosário estava roxa de frio, e chamava um nome. Aquele nome de homem que ela sempre teimava em repetir.

D. Antônia ficou muito séria.

– Essa menina está com algum problema de cabeça. Era bom procurar um médico entendido dessas coisas.

– Nós chamamos um doutor de Camaquã. Vosmecê tinha que ver a tristeza da Maria Manuela quando viu a filha daquele jeito. Parecia que ia morrer a qualquer minuto.

E quando o médico veio e olhou a Rosário, Maria só dizia: minha filha não é louca, minha filha não é louca, não. Mas o médico ficou achando tudo mui estranho. Disse que a Rosário tinha tido um surto.

– A nossa família não é de surtos.

– Nem eu me lembro de ter havido um louco, a menos que me tivessem escondido o causo.

D. Antônia serviu o mate e passou a cuia para D. Ana.

– É de pôr olho em Rosário. Essa guerra está mui longa... Sabe-se lá o que pode suceder com a menina, já meio doente, tanto tempo nesta estância. – Tirou do bolso do vestido uma carta. Abriu-a e espiou um pouco seu conteúdo. – É de Bento, Ana. Parece que eles tomaram Laguna. Que foram recebidos com festa. Bento está mui contento com os rumos da coisa lá em Laguna. Um porto é do que eles mais precisam.

– Quem sabe assim essa guerra acaba, no más. Eu já nem sei o que fazer com essas gurias.

– Nós não fazemos, nós esperamos, Ana. E é preciso que se mantenha a ordem da casa. Senão tudo se vai, tudo se vai. Não deixe que elas fiquem à toa, esmigalhando tristezas. Assim é até pior.

D. Ana olhou a irmã mais velha sombriamente e nada disse. O fogo levantava-se em altas labaredas. Lá fora, começava a ventar. Na varanda, Regente, o cão vira-lata que Manuela havia adotado, começou a ganir. D. Ana pensou nas histórias de minuano que tinha contado a Garibaldi e sentiu vontade de que o italiano estivesse por ali.

Cadernos de Manuela

Pelotas, 20 de dezembro de 1880

A carta de Joaquim caiu sobre minha alma com o peso de uma montanha. Ah, os pesares que meu pobre Giuseppe enfrentara! E tantos homens mortos, homens com os quais eu proseara muitas vezes aqui em casa; Luigi Carniglia, sempre tão gentil, a quem Giuseppe dedicava tanto afeto, a ponto de le chamar "irmão"; e Matru, o outro italiano, amigo de Giuseppe desde a infância em Nizza... E Ignácio Bilbao, por quem Mariana chorou tanto tempo. Sim, pois Mariana gostava do espanhol, e dele falava sempre com os olhos ardentes de afeto. Sabê-lo morto, sepultado sob as águas sem nem uma bênção, sem cruz ou flor sobre seus ossos, deixou-a em estado lastimável. Todos os seus sonhos se tinham afogado junto com Ignácio. E dele guardara, segundo me confidenciou naquele tempo, o gosto de um único beijo.

Naqueles dias invernais e escuros, eu só fazia pensar nas angústias do meu Giuseppe, que agora devia se sentir mui solito nesta terra, pois seus maiores amigos e mais fiéis companheiros haviam todos perecido no naufrágio. E o *Farroupilha*, o barco que ele construíra com tanto empenho, do qual se orgulhava como um pai, era outro dos defuntos engolidos por aquele mar bravio. Dos sonhos de Giuseppe, havia restado muito pouco. E tanto esforço, e a proeza de cruzar este pampa com os barcos sobre carroções, tudo isso se tinha perdido... Deus não teria qualquer piedade daqueles homens que tanto faziam por um sonho? Não haveria qualquer clemência em seus atos, ou estavam sendo castigados por uma guerra que já ensangüentava todos os quadrantes deste Rio Grande? Impossível que eu tivesse essas respostas... E nem sobre isso eu podia conversar com minha mãe ou com as tias. O que se tinha sucedido de ruim morria para nossas bocas. Era a lei da casa, e somente no silêncio dos nossos quartos era possível que se pranteasse um amor morto, que se duvidasse de Deus ou que se tivesse medo do futuro.

Muitas vezes imaginei se Giuseppe pensava em mim naquela terra de Santa Catarina, se, nas noites tristes que se seguiram ao naufrágio, teria ele ansiado por meus abraços, por meu carinho e por meu consolo. Sonhava com ele todas as noites, seus olhos de âmbar, seu rosto bonito, seus cabelos de ouro puro... Vinha sua imagem sempre aquecer minhas noites gélidas, espantando o medo de sob os meus lençóis, fazendo sossegar o vento que assobiava lá fora como um morto insepulto. Eu vivia, então, para pensar nele, enchendo páginas e páginas do meu diário, cobrindo cadernos inteiros com frases de saudade e juras de um amor que nunca se veria realizado. Eu ainda não sabia... Mal abandonava o quarto nas horas das refeições, ou quando D. Ana exigia de mim o cumprimento de alguma tarefa caseira. Ficava à beira da janela, olhando o campo nu e corroído pelo inverno, vendo a chuva cair de um céu pesado e cinzento, anúncio de maus presságios que sempre me traziam pânico. Ia, às vezes, brincar com a pequenina filha de Perpétua, mas a alegria sossegada da prima me causava remorsos, e temia maculá-la com minhas tristezas. Ficava pouco em sua companhia, e nenhuma das suas doces frases de incentivo chegou sequer a amainar a angústia que me corroía.

No princípio de setembro, chegaram mais notícias sobre Laguna e sobre os republicanos. Tinham eles entrado na vila sob a escolta alegre do povo. Os sinos repicaram nas igrejas. Davi Canabarro, Teixeira Nunes e Giuseppe Garibaldi foram recebidos como heróis. Haviam feito mais de 70 prisioneiros, matado 17 soldados imperiais e tomado 4 escunas da Marinha, 14 veleiros, 15 canhões e mais de 400 carabinas. Todo o esforço tinha valido a pena: Laguna agora era republicana, e iniciava-se então o governo sob o comando de Canabarro, condecorado general.

Comemoramos a boa-nova com uma ceia quase alegre – tínhamos discretas alegrias naquele tempo. D. Antônia, Caetana e D. Ana estavam jubilosas: Laguna seria fundamental para os planos republicanos, com seu porto de mar e sua localização estratégica. Falaram muito naquela noite, e vi o velho piano de minha tia ressuscitar suas valsas, que não se ouviam na casa desde o baile em homenagem a Bento Gonçalves. Mas minha mãe pouco ou nada disse, presa de seu eterno estado de tristeza. Para ela, a guerra tinha pouca importância, a não ser por ter Antônio entre suas fileiras; andava, então, sofrendo por Rosário, que se tornara cabisbaixa e cheia de segredos, e que, desde a noite em que fora encontrada vestida de noiva, mal se sentava à mesa conosco. Naquela noite, ceou em nossa companhia, e pude ver seu rosto abatido, as manchas arroxeadas que volitavam sob o azul dos seus olhos outrora tão vívidos. Não falou da Corte nem dos antigos bailes que tanto adorava. Estava mais magra e muito alheia, sorvendo sua sopa com os olhos presos no prato, sorrindo às vezes para ninguém, ou fitando cadeiras vazias como se ali visse a sombra de uma pessoa só dela, que nossos olhos não podiam perceber.

Mariana tinha melhorado então do seu luto, mas não via graças em comemorar uma vitória que lhe trouxera tamanho pesar; pouco comeu, e nada disse. Eu estava feliz por meu Giuseppe, recebido como herói, um salvador de povos (de quê tinham eles salvado aquela gente de Laguna, eu nem saberia dizer), um homem que merecia o afeto das multidões, o dobrar dos sinos nas igrejas, as palmas das damas nas varandas. Quisera eu estar ao seu lado naquele momento e dividir com ele tamanha glória.

Ah, eu não sabia então que meu Giuseppe estava a um passo de conhecê-la, a outra, a que o acompanhou e o seguiu e viveu com ele todos os sonhos que teci para nós. Aquela que se chamava Anita... Sim, dentre a multidão que o aplaudira em Laguna naquele dia de vitória, decerto estava ela, olhando-o de longe, já ansiando o momento de falar-lhe, de fazer-se sua como enfim se fez.

Mas tinha eu 19 anos, idade pouca o suficiente para crer que meu frágil amor era um robusto castelo, que Giuseppe se guardaria para mim, para mim que lhe era proibida, para mim que estava prometida ao filho do presidente da República pela qual ele lutava... Ah, como fui tola, hoje sei. Não tola por crer que Giuseppe tivera amor por mim – pois ele amou-me com toda a sua alma –, mas apenas tola por acreditar que esse amor teria um dia o seu sossego. Nosso noivado secreto, feito de juras e de beijos, quão distante estava daquela realidade lagunense... Giuseppe não era mais o mesmo, então. E nem melhor, nem pior (tinha aquela fímbria que Deus deu a uns poucos, tinha honra), mas era apenas um homem longe de sua pátria, que vira morrer seus amigos, e que muito ainda teria de lutar. Um homem que vivia dia após dia, por pura necessidade de enfrentar a vida assim, e que por essa causa tinha um peito amplo e um coração valoroso, mui capaz de vivenciar o amor. E o amor lhe vinha. E o amor outra vez o perseguia naquelas terras lagunenses, e ele ainda nem desconfiava.

Manuela

A casa tinha recuperado uma certa paz, já não se via Mariana chorando pelos cantos, nem Maria Manuela a rezar no oratório por tardes inteiras: fazia tempo que não se ouviam notícias do corsário italiano, e também Rosário melhorara um tanto, mesmo imersa num silêncio inexpugnável, agora já sentava à mesa todos os dias e voltara até mesmo aos bordados.

A primavera tinha sido boa também para os exércitos republicanos. Vitórias e expansão, a tomada de Laguna, a mudança da capital para a cidade de Caçapava, tudo contribuía para aumentar o ânimo das gentes partidárias de Bento Gonçalves e seus generais. Recentemente, Caetana tinha ido encontrar o esposo em Caçapava, onde participara de um faustoso baile, e voltara para a estância impressionada com o progresso da cidade. D. Ana não visitava Caçapava fazia muito tempo e se espantou com as descrições da cunhada: Caçapava tinha hospital, imprensa, quartéis, um governo com ministros, uma igreja faustosa e edifícios elegantes que provavam que a República podia ser muito rica se os ventos continuassem a soprar a seu favor.

Não esperava, portanto, naquela manhã fresca e ensolarada, que uma carta por si só tão almejada – fazia muito que não tinha notícias de José – fosse lhe trazer tamanho quinhão de angústias, e ainda sorvia seu mate com toda a calma, quando Zé Pedra veio anunciar a presença de um soldado que desejava prosear com a patroa.

D. Ana recebeu o jovem republicano na varanda, e seus olhos brilharam quando ela reconheceu a letra que cingia o envelope que lhe foi entregue. Mandou que dessem comida e bebida para o soldado e que lhe alcançassem também um pala novo (o dele estava em tiras), coisa que o jovem agradeceu com um sorriso aliviado e orgulhoso ao mesmo tempo.

D. Ana correu para o quarto e abriu o envelope já meio enxovalhado. Sentia o peito batendo forte: fazia muito que José não vinha vê-la, e agora, estando em Laguna, era impossível que não temesse por ele. Até quando soprariam os ventos da boa sorte para os republicanos de Santa Catarina? Os imperiais não deixariam a vitória republicana impune. Lá, os rebeldes estavam longe do grosso dos seus exércitos, sustentavam solitos aquela revolta, apenas com o fio de suas adagas e a força de sua coragem. E o seu filho estava em Laguna lutando ao lado da gente de Canabarro... O filho tão parecido com Paulo, o filho que ela ensinara a ler, que vira crescer e virar homem feito, de barba espessa e voz grossa que ela amava tanto, tanto.

Minha querida mãe,
Escrevo de meu quarto aqui na vila de Laguna, pois sei que amanhã o italiano Rosseti despachará correio ao Rio Grande, e guardo que esta carta siga junto até as mãos da senhora. Sei que deve estar pensando em mim e em como estou aqui nesta nova República, e le digo que esteja tranqüila quanto à minha saúde, que vai mui bien, e ao meu estado, que aqui tenho de tudo o que fazer e estou com as tropas do nosso valoroso Teixeira Nunes.

O mesmo, minha mãe, não le digo desta nossa república recém-instaurada. Tudo aqui parece estar desandando mui rapidamente, e só Davi Canabarro – ocupado em exercer seus desmandos e seu poder – parece não notar que as coisas estão malparadas. De tudo já sucedeu. Davi Canabarro busca apenas livrar-se dos que considera subversivos, nada fazendo para ser benquisto por este povo, que já começa mesmo a desprezá-lo. Há aqui um padre com grandes influências, chamado Vilella, e até com esse homem da Igreja o general já se desentendeu amargamente. Mandou prender mais de setenta pessoas, isso numa vila pequetita como é esta Laguna. É um desmando total, mãe, e fico imaginando quanto não seria bom que Bento Gonçalves chegasse por aqui, com sua palavra única e seu modo sereno e guapo de tomar decisões. Mas Bento não vem, e o pobre Rossetti não consegue mais contornar as atitudes despóticas de Canabarro.

Para que a senhora saiba como vai tudo, ouça que até mesmo o italiano Giuseppe Garibaldi, tão honroso soldado, e a quem tanto nós devemos, cometeu a sua falta, tendo se apaixonado e tomado para si uma moça da vila que era casada, e cujo marido está na guerra junto com as tropas inimigas. Pois o nosso valoroso Garibaldi, que furou o bloqueio imperial aqui na barra de maneira tão engenhosa quanto corajosa, levou em seu barco a tal moça de nome Anita e rumou para o litoral de São Paulo, com o intento de fazer capturas nas águas. Esta vila está mui ofendida com esse amor impudico assim consumado em plena luz do dia, e mais ainda com os desmandos de Davi Canabarro, sendo que o povo daqui já não é mais o mesmo que tomou as ruas para nos receber, é bem outro, arisco e fugidio.

D. Ana parou de ler a carta para assimilar bem as notícias. As coisas pareciam tão certas, tudo tão engalanado. Às vezes, afigurava-lhe, no entanto, que estavam construindo castelos sobre a areia. Num sopro de brisa, tudo desandava sem solução. Mas seu irmão não era hombre de construir castelos sobre areia, isso não era, ela sabia mui bien. Bento deveria estar a par das escaramuças em Laguna. Bento faria alguma coisa para conter as fúrias daquele tal Canabarro. Já ouvira falar do homem algumas vezes, um tipo guasca, tosco, mas um bom soldado cheio de valentia. O irmão, decerto, tinha um plano para segurar a coisa toda, para domar o Canabarro.

Deitou os olhos para o papel uma outra vez, mas não prosseguiu a leitura. Veio em sua mente a imagem de Giuseppe Garibaldi. Ficou pensando no italiano, no sangue quente do italiano, e ficou pensando na sobrinha. Na casa, liam todas as cartas em voz alta, ao jantar – era uma combinação que tinham desde o começo daquela espera. Ela leria a carta de José, mas não antes de chamar Manuela até seu quarto, de fazê-la ver o que se tinha sucedido, de ajudá-la a entender que, mesmo antes de Garibaldi ter tomado para si mulher casada, aquele amor que eles tinham vivido na estância já estava fadado ao fracasso. Não queria que Manuela tivesse desilusão maior do que a necessária, não era bom que uma mulher odiasse demais um homem. Ódio e amor eram sentimentos por demais semelhantes. E o ódio de uma mulher poderia ser mais duradouro do que uma guerra. Sim, era preciso falar a sós com Manuela. E falar com zelo, cuidadosamente.

D. Ana suspirou. Eram tantas coisas. O dia estava lindo lá fora, e o mundo parecia muito sereno. Mas não. José, seu filho, estava agora mesmo no meio de um palheiro prestes a incendiar. E Bento Gonçalves estava em Caçapava.

Ela retornou à leitura.

Hay outras cosas que preciso le contar, mãe. Mas serei breve, pois já não tenho tempo.

Ontem, a expedição de Garibaldi retornou, e estavam mui destroçados os barcos, e cansados os homens. Apesar de terem se safado de inimigo mui superior, pois a expedição cruzou com o navio imperial ***Andorinha***, mesmo assim não tiveram qualquer bom fruto com a campanha. Tinham aprisionado dois barcos do

Império, mas os largaram no afã da luta com o ***Andorinha***, tendo então voltado a esta Laguna de mãos vazias. Parece que a tal Ana Maria – a quem Garibaldi chama de Anita – retornou também, e que muito lutou, tão bravamente como um homem. Já se fala nas ruas da sua coragem excepcional. Mas se a senhora a visse: é uma moça franzina, de rosto delicado e gestos corteses, simples e até mesmo bonita. Impossível imaginar criatura semelhante em meio a uma batalha cruenta.

Tropas imperiais numerosas rumam para cá. E a freguesia de Imaruí, que fica mais ao norte de Laguna, já se bandeou para o lado dos cativos. Ontem, logo após a chegada do italiano, Davi Canabarro reuniu a todos e ordenou que fossem tomadas medidas cruéis contra o povo de Imaruí, para dar o exemplo. Garibaldi e seus homens foram designados para atacar a vila. Vi, nos olhos do italiano, o pesar por tão terrível ordem, mas ele não pode desacatar um superior seu, e amanhã os barcos partem para seu duro destino.

Además, mãe, estamos vivendo e lutando. Não se preocupe a senhora com este seu filho, que sou mui capaz de seguir em frente e de lutar em quantas batalhas seja a minha espada necessária. Agora findo esta carta. Meus carinhos e saudades para a senhora, e para as tias e primas,

    seu filho querido,

                             José
Vila de Laguna, 6 de novembro de 1839

Manuela bateu de leve na porta.

– Entre – respondeu D. Ana, sentada na cadeira de balanço perto da janela.

Manuela usava um vestido simples, rosado, e tinha os cabelos muito negros presos numa longa trança. D. Ana apreciou a beleza vigorosa da menina.

— Vim le dizer que tia Antônia está aí. Vai pousar aqui esta noite.

— Buenas — disse D. Ana, sorrindo. — Já vamos lá ver a Antônia. Antes eu preciso falar uma cosa com vosmecê. — Manuela estava em pé, no meio do quarto. — Sente aqui, do meu lado.

Manuela acomodou-se na cadeira de palhinha e ficou esperando.

— Recebi uma carta hoje, Manuela. — A voz de D. Ana era doce e serena. — Uma carta de José. Uma carta que fala no italiano Garibaldi. — Os olhos verdes de Manuela se acenderam de interesse. D. Ana desdobrou cuidadosamente as duas folhas de papel. — Não são cosas boas, Manuela. Mas também não são cosas más. Vosmecê vai entender o que le digo, depois de ler a carta... São cosas desta vida, Manuela.

Entregou a carta para a sobrinha. O rosto de Manuela empalideceu um tanto, e foi se tornando mais e mais descorado à medida que seus olhos percorriam a narrativa derramada naquelas duas folhas de papel ordinário.

Quando acabou a leitura, seus olhos estavam encharcados. Seu lábio superior tremia, mas Manuela fazia uma força atroz para segurar o pranto e manter-se digna na frente da tia.

D. Ana sentiu a aflição inquietar seu peito. Que pena sentia da menina... Mas era a vida. Nem boa, nem má. Apenas a vida. Como ela tinha dito havia pouco.

— Isso é mentira. — A voz de Manuela tremia um pouco. — É mentira, tia Ana... Eu sei que é mentira.

— Para que seu primo ia mentir, Manuela?

— Isso é um mal-entendido, tia. Essas notícias todas, de boca em boca, vão sendo distorcidas, a senhora sabe. Giuseppe me ama. Juramos amor um ao outro. Vamos casar, tia... Quando essa guerra toda se acabar, vamos casar. Combinamos isso, em segredo. Ninguém sabe, a não ser nós dois, e a senhora. Mas não diga nada para ninguém, tia, por favor. Ele deve apenas ter ajudado essa moça. Quem sabe ela queria partir de Laguna, fugir. Giuseppe deve ter sentido pena dela e a ajudou, tia. Mas ele me ama.

D. Ana segurou a mão fria da sobrinha entre as suas.

– Não se apoquente... Vosmecê precisa ficar calma, Manuela. Por isso le chamei aqui, para le contar essas cosas todas. Não quero que Maria fique le fazendo sofrer mais... Isso é um segredo nosso, está bem? Vou ler a carta hoje para as outras, mas pulo esta parte. Só eu e vosmecê saberemos desse causo. Assim vai ser melhor para todo mundo. Deixe Giuseppe para lá, ao menos por enquanto. Hay cosas demás sucedendo nesta vida, filha.

– Giuseppe não ama essa tal Anita, eu sei. Vi nos olhos dele quanto me amava. É um homem de honra, tia. Não iria fazer isso comigo, não iria...

Uma lágrima grossa escorreu pela face de Manuela. Ela parecia perdida como uma criança que vê seu melhor brinquedo quebrado.

– Giuseppe tem honra sim, Manuela. Mas é um corsário, um aventureiro. Ele le amou, mas o amor dele é instável como o seu paradeiro. Isso não o torna uma má pessoa, Manuela, vosmecê veja bem: ele é diferente de nós, só isso. Não le queira mal, por favor. Vá lá se saber o que sucedeu entre ele e essa tal moça... – Acarinhou as melenas negras da menina. – Ele nunca iria voltar, Manuela. Não é homem do tipo que pisa duas vezes a mesma terra. E vosmecê iria ficar esperando por ele para sempre... Foi por isso que le mostrei essa carta. Seu primo contou tudo o que sabe, e não mentiu, filha. Mas foi bom. Agora vosmecê pode esquecer Giuseppe e seguir a vida em frente. Não le tenha ódio, mas também não le tenha amor. Vosmecê tem uma vida cheia de coisas bonitas para viver... Vosmecê tem Joaquim, Manuela.

Manuela fitou D. Ana com os olhos vazios.

– Vou amar Giuseppe para sempre. – Deu um abraço na tia. Ergueu-se, muito ereta. – Muito obrigada por me mostrar essa carta, tia. Le agradeço do fundo do meu coração.

– Esqueça tudo isso, Manuela. É o conselho que le dou.

– Impossível, tia.

Pediu licença e saiu do quarto.

A NOITINHA DERRAMOU SEUS BRILHOS, tornando rubro o céu sem nuvens. Achavam-se reunidas na sala ampla as irmãs de Bento Gonçalves. Mariana e Perpétua tinham se acomodado a um canto, uma com a filha no colo, a outra lendo distraidamente um romance. E Caetana ensinava em voz baixa a filha mais moça a casear um pequeno trapo de cambraia branca. As janelas estavam abertas para o campo e pairava em tudo o cheiro das flores e da relva. Ao longe, ouvia-se uma cantoria castelhana, uma milonga triste e cheia de saudade.

Faltava pouco para o jantar. D. Antônia examinava os papéis da venda de uma ponta de gado. Estava séria. A guerra ia empobrecendo-os lentamente, as coisas já não eram como antes. Agora trabalhavam para manter as terras, quase nada sobrava, e, às vezes, chegava mesmo a faltar. Mas sempre dava-se um jeito.

D. Ana arrematava um bordado. Tinha no bolso a carta de José, que leria antes da refeição para as parentas. Estava triste, e aquela cantoria lá fora não ajudava. Manuela tinha ido para o quarto, nem saíra mais de lá. Mandara dizer que estava com dor de cabeça. D. Ana não teve coragem de ir incomodar a sobrinha, mas sabia mui bien que não era a cabeça que lhe doía, e sim o coração. Maria tinha mandado um chá para a filha, mas a bandeja voltara intacta. Agora bordava à sua frente, parecia calma. Andava tão desatenta da vida, angustiada com Rosário. Nem le passava pelas ventas o sofrimento da filha mais moça, pensou D. Ana.

– A cosa anda feia – deixou escapar D. Antônia, ajuntando a papelada da estância.

Mariana, Perpétua e Caetana fitaram-na em silêncio. Não havia nada a dizer. A pequena Teresa começou a choramingar no colo da mãe. D. Antônia, como sempre, arrependeu-se de ter falado demais.

– Cadê a Manuela? – indagou.

– Está no quarto, com dor de cabeça – respondeu Mariana. – Não quer jantar hoje.

– Deve ser uma gripe – resmungou Maria Manuela. – Después le levo um chá de limão bem forte. Ontem, a noite foi bem friazinha, ela deve ter apanhado sereno.

D. Ana ficou olhando a irmã mais moça. Maria Manuela estava se desligando do mundo, suavemente. Era isso. A vida era dura demais para ela. Desde pequena, a vida sempre le pesara demais.

MANUELA SOLTA OS CABELOS, que caem pelos seus ombros, em cascatas negras, até a altura da cintura. São fios sedosos, brilhantes e elásticos, que cá e lá se enrodilham em cachos pesados e bem-feitos. Sempre teve cabelos bonitos, desde menina. A mãe contava que tinha nascido cabeluda e que logo pudera lhe ataviar as melenas.

Olha a imagem que o espelho lhe devolve. O rosto delgado, claro, bem-feito. Os olhos muito verdes, agora ardidos de choro, inchados, sempre foram a predileção do pai. "Essa menina tem esmeraldas em vez de pupilas", dizia sempre. "Vosmecê tem una selva dentro dos olhos", falara Giuseppe, certa vez. Manuela sente as lágrimas quentes descendo pelo rosto. No espelho, parece uma estranha. Uma estranha que chora. Uma estranha com olhos de esmeralda. Pensar em seu Giuseppe e não chorar é impossível.

Pelas cortinas entreabertas entram as últimas claridades do dia. O quarto todo parece imerso numa luz de sonho, rosada e vívida. Manuela fita-se no espelho alto, de cristal. Essa luz lhe dá ares de morta. É como um fantasma. Ela toca nos cabelos, deixando a mão deslizar até o peito e ali aquietar-se, segurando o coração aflito para que ele não exploda de dor sob o peitilho do vestido. Num canto do toucador está o diário que vem escrevendo desde que veio para a estância. Aquele é seu melhor caderno, o mais feliz, o caderno em que fala de Giuseppe. Pega o diário, folheia-o quase com ira, joga-o longe. Sorri. É tola e burra como qualquer outra moça. Tão tola quanto Rosário, que ama um homem que não existe. E sempre se achou diversa, mais esperta, mais terrena do que as outras, que só fazem sonhar... No entanto, cometeu também o seu erro: amou um Giuseppe diferente, um príncipe, um herói, um homem bom e delicado e romântico que lhe dissera galanteios e jurara coisas lindas para um futuro que agora está morto.

Abre a segunda das três gavetinhas do toucador. Vasculha entre os pentes, presilhas e grampos e puxa lá do fundo a tesoura negra, pesada. É uma tesoura velha, pertenceu à sua avó paterna. Ela acaricia a lâmina afiada e escura. Passa a tesoura pelo rosto com cuidado, sentindo a frieza do metal.

Não quer mais viver, se for para estar longe dele. Para quê? Agüentar uma lenta sucessão de dias iguais, fingir-se interessada pela guerra, pelas vitórias, pelo sangue derramado, por aquela república... Ver outros verões, suar outras tantas tardes até que chegue um inverno, e mais outro e mais outro, até que o minuano estoure em seus tímpanos, corroa sua alma, até que envelheça numa cadeira de balanço, olhando o pampa, feito um fóssil.

A tesoura pesa entre os seus dedos.

A tesoura espera uma decisão.

Mas, e se morrer antes da hora? E se Giuseppe voltar, arrependido, dizendo que tudo não passou de uma aventura? E se Giuseppe vier, com sua voz morna, com seu cheiro de mar, dizendo coisas belas e doces? Carina. Carina mia. Giuseppe pode voltar a qualquer momento. A guerra é imprevisível. Manuela não quer decepcioná-lo. E se ele encontrar dela apenas um sepulcro? Ele, que tem tanta coragem. Ele que varou o mundo, rasgou os mares. Lutou contra todos os homens.

A tesoura é negra como as palavras que José escreveu naquela carta. Anita. Anita. Anita. José disse que Anita tem coragem. Não quer ser Manuela-sem-coragem. A mulher que seguir Giuseppe Garibaldi pelos caminhos desta vida há de ter coragem.

– Não. Eu não sou covarde.

A voz ecoa pelo quarto vazio. Lá fora, a noite se instalou pelo pampa. Apenas uma réstia de luz entra pelas janelas. Alguém acendeu um lampião por perto. Ou são as estrelas. Num canto do quarto, os olhos negros de Regente brilham de curiosidade. O cão gane. Sente a sua tristeza como uma presença.

Ela já não vê seu reflexo no espelho. Assim é melhor. Aperta bem a tesoura com a mão direita. Com a esquerda, num gesto ágil, enrodilha os cabelos. A tesoura faz pouco esforço para cortar os fios. É como se partisse ao meio o corpo de um animal. Sente as mechas se derramando pelo chão, libertas, mortas, perdidas de si. Joga a tesoura sobre a cama. Seu coração bate forte, mas ela não tem medo.

— Sou corajosa como Anita. Não é a falta de coragem que vai decidir nossa vida.

Leva as mãos ao pescoço. A pele nua arrepia-se. Manuela sente uma liberdade estranha, masculina, quase animal.

ALGUÉM BATE À PORTA.

Manuela, no escuro, hesita. Mas é preciso ter coragem.
— Entre.

A porta se abre e derrama para dentro do quarto a luz de um castiçal. D. Antônia adentra a peça, acostumando os olhos ao escuro.

— Vosmecê melhorou?

Sua voz é desconfiada. Ela ergue o castiçal de cinco velas e vê a sobrinha sentada em frente ao toucador, calma, plácida, com os cabelos espalhados pelo chão numa massa difusa. Vê seu pescoço esguio, muito branco, e vê seus olhos secos e duros.

D. Antônia fecha a porta e põe o ferrolho.

— Por Deus, menina, o que vosmecê fez?

D. Antônia é uma mulher dura, calejada pela vida. Sabe bem que é preciso ser forte. Os fracos ficam pelo meio do caminho. Mas, ao ajoelhar-se no chão, juntando os cabelos de Manuela, alguma coisa se solta em seu íntimo, uma comporta se abre. Ela chora.

— O que vosmecê fez?

Segura os cabelos entre as mãos com delicadeza, como quem carrega o corpo frágil de uma criança morta.

— Giuseppe encontrou outra mulher, tia.

A voz de Manuela treme, desliza pelo ar, derrama-se no chão. Giuseppe a levou em seu navio, vão viver um sonho de liberdade. E a mulher é corajosa. Abandonou tudo por ele.

— Quem le disse essas cosas?

Tinha sido José. Ou melhor, tinha sido D. Ana. D. Ana mostrara-lhe a carta, ela mesma lera tudo. Era verdade. A moça chamava-se Anita, e pelejava como um homem. Ela não, ela ficara esperando, como todas as outras. E Giuseppe não queria uma mulher como as outras, queria uma mulher especial.

Manuela agora chora aos borbotões. Parece uma criança, com os cabelos cortados. D. Antônia ajeita os longos fios soltos numa trança cuidadosa. Suas mãos ágeis trabalham com destreza.

– Não foi culpa sua, Manuela – vai dizendo, enquanto trabalha. – Garibaldi é um aventureiro, um homem sem pouso. Quando ele seguiu para Laguna, era para não voltar mais, minha filha.

– Não... Ele ia voltar, tinha me prometido. – Abre uma gaveta do toucador, tira dali uma latinha repleta de cartas. – Ele me escreveu nestas cartas, tia, tantas vezes. Ele me amava... Talvez ainda me ame.

– Talvez, Manuela. – D. Antônia pensou na conversa que tivera com Bento. – Talvez não. Garibaldi é um pássaro. Gosta de liberdade. E luta pelo que deseja.

– Essa tal de Anita é casada.

D. Antônia deposita a trança sobre o toucador. Sorri tristemente. As velas derramam uma luz pálida e inquieta.

– Bento pediu que ele fosse embora. Que esquecesse vosmecê, minha filha. Por causa do Joaquim, que le ama. E porque vocês não servem um para o outro. Eu sabia de tudo, e concordei com ele.

– Então foi isso...

– Não, não foi só isso, minha filha. Giuseppe não disse nada. Não lutou por vosmecê. E ele é um lutador.

Lágrimas descem pelo rosto de Manuela. D. Antônia segura a tristeza dentro do peito, com gana.

– Ele pode voltar, um dia. E lutar por mim.
– É preciso esperar para ver, filha. Esperar o tempo certo. – Segura a trança. – Por que vosmecê fez isso?
– Porque não tive coragem de me matar.
– Vosmecê tem vida demais para uma loucura dessas, Manuela. Tem força. Eu confio em vosmecê. Nós somos parecidas. – Suspira. – Vamos dizer o quê para as outras?

Manuela dá de ombros.

– Diga a verdade, tia.
– Elas não iam entender, Manuela. E a cosa ficaria feia por demás. Não precisamos de mais um problema nesta casa.
– Não me importo. Tudo o que desejo eu já perdi. Não me importo com a mãe, ou com os outros.
– Sua mãe está confusa, por causa da Rosário. Vamos deixar isso entre nós. E vamos esperar.
– Esperar para quê?

D. Antônia fita a sobrinha nos olhos.

– É preciso ter coragem para esperar com dignidade, Manuela. E vosmecê é corajosa, eu sei.

D. Antônia pega um punhado de grampos. Vai prendendo os cabelos de Manuela na altura da nuca, vai acomodando os fios. Depois pega a trança. Com duas presilhas, ata-a à cabeça da sobrinha como um aplique, disfarçando o trabalho dos grampos. Quando era moça, tinha jeito para os penteados. Manuela mostra um sorriso triste.

– Está quase tão bom como era antes, tia.

D. Antônia acaricia seu rosto.

– O que eu quero que fique bom como antes é esse coração, vosmecê não me descuide dele. Quanto aos cabelos, vou ajudá-la a prendê-los como deve ser. Com o tempo você pega o jeito. – Suspira. – Isso vai ser um segredo nosso, Manuela. E agora vamos jantar, antes que as outras desconfiem.

Mãe,

Después da última notícia que le mandei, muitas cosas sucederam em Santa Catarina. Como guardo que meu tio, o general Bento, esteja por demás ocupado com esta guerra, e temendo que a senhora não tenha recebido notícias do que sucedeu em Laguna, le escrevo estas linhas. A senhora, ao ler esta carta, não se preocupe com este seu filho, que sou toruno, como a senhora mesma sempre disse, e me escapo do que for necessário.

Buenas, no dia 15 de novembro as cosas desandaram na vila de Laguna, sendo que o almirante Mariah, comandante da esquadra imperial, colocou 22 navios na boca da barra, cosa que muito assustou nossa gente, embora se confiasse que a barra era intransponível para embarcações de peso, e também que estávamos muito bem armados no forte que protegia a entrada da baía. As gentes de Laguna, ao verem o combate iminente, fugiram. As ruas tornaram-se um caos de pânico e de lutas. Poucos lagunenses ficaram conosco, e por mais que se tentasse, e muito Garibaldi e Teixeira o tentaram, era impossível organizar uma defesa terrestre. Apesar das dificuldades, montamos uma linha com 150 atiradores do melhor calão, e seis canhões estavam protegendo a entrada, sendo que os nossos seis barcos foram postos por Garibaldi em semicírculo, para atacar qualquer navio que entrasse na barra de Laguna.

Passava do meio-dia quando tivemos a notícia: os barcos de Mariah estavam forçando a entrada da barra. Era assustador. Por causa das marés, a frota imperial conseguiu lograr o canal e então começou a batalha. A nossa artilharia respondeu com tudo, tentando pôr os barcos inimigos a pique. A troca de fogos foi terrível, pois estávamos muito perto uns dos outros, e por todo o lado o que se via eram navios incendiados e corpos mutilados e gritos. A maioria bélica imperial logo começou a sobressair, apesar dos esforços de Garibaldi, que comandava seus marinheiros com toda a galhardia que já vi num homem sob este céu.

O fim do mundo não teria imagens tão cruéis, mãe. Aquele americano que a senhora conheceu, o John Griggs, foi partido ao meio por um canhonaço, e em toda parte o que se via era morte e sangue, e de meus olhos, já tão acostumados às misérias dessa guerra, até umas lágrimas escorreram, e foi de pena por tantos sacrifícios. A moça que agora vive com Garibaldi, a Anita, lutou como um homem, transportando gentes e salvando os feridos num pequeno barco, e a víamos do alto do forte, pequenina em meio ao fogo cruzado, indo de um lado a outro, incólume e corajosa.

A batalha destruiu os barcos da nossa república, e o que deles restou conheceu o fogo, pois Garibaldi incendiou-os antes de partir para que não caíssem nas mãos sediciosas dos inimigos. Dos nossos, morreram 69 homens que foi possível contar. Ainda na tarde desse terrível dia, a esquadra de Mariah ancorava no porto de Laguna, enquanto nossas tropas abandonavam a vila e tomavam o rumo de Torres – de onde le escrevo hoje esta carta. Davi Canabarro seguiu conosco, sendo que eu acompanho o destacamento do coronel Teixeira Nunes, e com eles partirei brevemente para Lages. Giuseppe Garibaldi, Anita, Rosseti e o que restou de seus homens vão conosco.

Mãe, não preciso le dizer quanto foi triste ver nossos esforços assim alquebrados, e ver tanta matança e a perda de tão corajosos soldados. Mas le digo que muitas barbaridades também foram cometidas pelos nossos, para o que contribuiu a fúria desse general Canabarro, a meu ver ruim como carne de pá, e que mandou matar o padre Villela a punhaladas, e ainda ordenou que le arrancassem os olhos por ser um traidor, deixando seu cadáver no meio de uma rua, ao alcance dos imperiais, como um presente pela derrota que nos impuseram. Outras atrocidades ele também cometeu, mas não ouso contá-las aqui. Tudo isso muito me faz sofrer, mais ainda do que a fome e a crueza desta andança sem finalmentes. Por suerte, não fui ferido nessas batalhas, e é isso que me deixa em paz. Temos um caminho mui longo para ser vencido por homens feridos, e se eu assim estivesse, talvez a senhora recebesse notícias ainda mais tristes. Mas as suas orações têm feito por mim, mãe.

Imagino quanto Bento Gonçalves desaprovará essas coisas todas, mãe. Mas a senhora guarde esta carta consigo e não a mostre para ninguém, pois estes meus desabafos são somente para os seus ouvidos.

E tenha fé que logo estarei com a senhora uma outra vez. Antes disso, tento ainda brios para seguir com o coronel Joaquim Teixeira Nunes rumo à Serra, pois as cosas ainda não estão acabadas em Santa Catarina. Además, não almejo seguir com Canabarro para Torres, que é o destino que ele escolheu.

Seu filho, José.
Camacho, 26 de novembro de 1839

A mesa tinha recebido uma toalha alva e rendada que somente se usava em dias de festa. Os candelabros de prata haviam voltado aos seus postos, por sobre os consoles, nas mesinhas, no centro da grande mesa de jantar, e despejavam sua luz tênue, dourada, pela sala. Fazia um calor ameno naquela noite estrelada de 24 de dezembro. As janelas estavam abertas para receber a brisa que vinha do campo, a sala estava toda enfeitada de flores – coisa da qual D. Ana havia feito questão: mesmo que fosse um Natal triste, de solidão, ainda assim era Natal, e a casa tinha de estar bem engalanada, bonita.

Num canto da sala, as meninas brincavam. Maria Angélica, alta para os seus 9 anos, cantava para que Ana Joaquina dançasse (diziam que Ana Joaquina tinha puxado aos pais como pé-de-valsa), e, de seu bercinho rendado, a pequena Teresa parecia apreciar tudo, silenciosa. Perpétua zelava a filha e pensava no marido: Inácio tinha prometido voltar para o Natal, mas a última carta que recebera dele dava conta de estar em Cima da Serra. Sabia que havia batalha por lá, que José, o italiano Garibaldi e até mesmo seu marido estavam lutando sob o comando do coronel Teixeira. Sentiu um aperto no peito. Fez o sinal-da-cruz. Que Jesus zelasse por Inácio, que lhe desse ao menos um Natal de paz, um pouco de sossego e boa comida. Perpétua tinha tanto a lhe dar; acumulava-se em seu peito um amor que até ardia, amor guardado havia meses, amor de moça nova, apaixonada, que contava os minutos daquela espera infinda. Mas ela nada podia fazer. Olhou as outras. D. Ana orientava as negras na disposição das iguarias. Tinham trabalhado havia dias para servir os doces mais apetitosos, as carnes assadas, o ponche, os pêssegos em calda. D. Ana fazia questão daquela ceia. Perpétua suspirou. A tia tinha razão, afinal. Melhor do que se entregar, como Maria Manuela e Rosário – que agora estava cada dia mais calada, alheia –, era ser forte, viver o dia. Não estavam todas sãs? Teresa não era uma menininha saudável e bonita? E seus irmãos e primos, mesmo na guerra, não tinham coragem de manter a fé? Então, era também tarefa delas seguir o prumo das coisas. Viver, de algum modo.

D. Antônia entrou na sala, trazendo uma bandeja de bem-casados. Manuela vinha atrás. Ultimamente, ambas estavam muito apegadas. Manuela ajudou a tia a acomodar os doces na mesa. Usava um vestido claro, simples, e os cabelos estavam presos num coque à altura da nuca. Manuela tinha emagrecido um pouco nos últimos tempos, mas até a suave palescência de sua pele a deixava mais bonita e delicada.

— Está posta a mesa — disse D. Antônia, com satisfação, olhando a luz do candelabro iluminar a calda âmbar na compoteira de cristal. — Parece uma ceia feita pela mãe.

D. Ana entrou na sala.

— Sua memória foi longe, Antônia — disse, sorrindo. Depois mudou de tom. — Não vamos resvalar em nenhuma tristeza. É preciso alegrar esta casa. Hoje é noite de festa — caminhou até o piano: — Vou tocar alguma cosa bonita.

Leão lia um velho jornal, tendo Regente aos seus pés. Agora não mais brincava de guerrilhas, estava virando homem, a voz titubeante, os primeiros pêlos de barba a escurecer seu rosto. Aos 15 anos, queria ir para a guerra como os outros. Queria ir para a guerra juntamente com Caetano, que só pensava nisso, e que se tinha decidido em partir no começo do ano.

— Mas que horas são, tia Ana? Já é Natal?

— Falta pouco para as onze, Leão. Logo é Natal. E eu tenho um presente para cada um de vocês. Cosa pouca, mas presente, mesmo assim.

— Faz tempo que não ganho nenhum agrado. Só por isso se deve comemorar — disse Manuela num arremedo de alegria.

Caetana surgiu dos lados da cozinha. Avisou que a carne estava quase pronta, no ponto. Logo serviriam a comida.

— Tinha comigo a esperança de que o Bento viria — disse ela. — Mas a hora passou, no más.

— Ele vem — garantiu D. Antônia. — Se não hoje, outro dia. Ser presidente é cosa cheia de compromissos. Mas ser pai é importante para ele. Decerto vem para o ano-novo, estar com vosmecê e com os filhos dele.

Caetana sorriu tristemente. Ver o marido era quase um sonho, ainda mais com as coisas tão confusas na Serra, e com a perda de Laguna.

Ouviram um barulho na rua. Os cães ladraram. Caetano, que estava para os lados da varanda, entrou correndo na sala e anunciou: dois cavaleiros acabavam de cruzar a porteira e subiam para os lados da casa. Um deles era o pai. Tinha-o reconhecido, mesmo de longe, mesmo na escuridão da noite.

Pouco depois, a figura alta de Bento Gonçalves da Silva ocupou por um instante o vão da porta. Fez-se um silêncio espantado. Leão, ao ver o pai, jogou o jornal para o alto. Marco Antônio chegava na sala nesse momento, e a visão repentina do pai general o deixou assustado. Era um rapazito quieto e avesso às guerras.

– Urra! O pai veio! – gritou Leão, e correu a abraçar a figura barbuda que adentrava a sala, no uniforme vermelho e azul.

Bento Gonçalves derramou sua risada.

– A esperança é a última que morre. Não é assim que se diz? Ademais, o Cristo só nasceu à meia-noite, e pelo que sei ainda não estamos adelante. – Entrou na sala, e o ar pareceu sumir, sugado por seus pulmões. Estava mais magro, sujo de poeira, mas havia nele uma força que se derramava pelo chão, sobre os sofás, pelos cantos dos móveis, e ia trazendo sorrisos aos rostos das mulheres. – Vem cá, Caetana. Vosmecê precisa me dar um afago. Já estou mui velho para ficar tanto tempo solito.

Caetana jogou-se nos braços do marido. Respirou aquele cheiro de homem misturado com pó e com sereno.

– Rezei tanto, Bento. Pedi a Dios que usted viesse. Pedi tanto.

Os filhos viam a cena enternecidos.

– E eu vim. Estava saudoso como um cusco abandonado. E também queria conhecer minha neta.

Perpétua pegou a filha no colo e levou-a até Bento Gonçalves.

– Esta é a Teresa, pai. – A menina pareceu sorrir, como se reconhecesse alguma coisa naquele homem barbudo, de olhos profundos. – Pena que Inácio não esteja aqui para dividir este momento conosco.

Bento afagou a cabecinha da neta.

– Inácio não pôde vir, Perpétua. Está servindo à nossa causa como bom soldado que é. Mas eu trouxe outro comigo. O Joaquim.

Um rubor ardido manchou as faces de Manuela, que estava sentada num banco a um canto da sala. As mãos magras subiram até a nuca, ajeitaram bem o coque, como D. Antônia lhe havia ensinado. Ela procurou os olhos da tia, que a fitava cheia de serenidade. Tinham um segredo dividido. Não queria magoar o primo, não queria chocar a família. Mas preferia que Bento Gonçalves tivesse trazido outro acompanhante. Ainda estava muito magoada com tudo o que havia sucedido.

Joaquim entrou na sala, desculpando-se pelas botas embarradas, abraçando a mãe com carinho, beijando as irmãs. Como uma brisa de primavera, espalhou sua graça entre todos, tomou no colo a pequena Teresa, roubou um bem-casado da bandeja de prata. A guerra o tornara mais enxuto de carnes, a pele curtida pelo sol, e uma pequena cicatriz marcava sutilmente o alto da sua testa.

Tirando o dólmã, num canto da sala, Joaquim derramou seus olhos para a prima. E aquele olhar, lento, sereno, cheio de alegria no reencontro, era a sua prova de amor. Manuela retribuiu-o com um sorriso tímido. E sentiu uma raiva surda corroê-la: por que não podia amar àquele primo bonito, jovem, tão seu conhecido, mas tinha de sofrer as penas todas que sofria? Por que aquele coração rebelde a latejar em seu peito?

Os outros cercavam Bento, querendo notícias das batalhas, de José, Antônio, Bentinho e Pedro. Joaquim chegou-se mais perto.

– Vosmecê está mui hermosa, Manuela. Mais do que eu me lembrava.

Ela sorriu. Um sorriso morno. E segurou as lágrimas que lhe vieram aos olhos. Segurou-as com garra, como quem doma um animal xucro que corcoveia no pasto. Era gentileza do primo dizer aquilo. Nem estava de roupa nova, pois não esperavam companhia para a ceia.

Joaquim bebeu a voz dela com a sede dos muitos meses de separação. Vestidos não embelezam ninguém, respondeu ele. Además, era preciso que a moça tivesse beleza própria, como ela.

Manuela agradeceu o elogio. Convidou o primo a tomar algo, um copo de ponche, um vinho, até um mate, se le agradasse. Tentava parecer alegre, feliz por revê-lo. Joaquim ficou algum tempo de prosas com a prima, mas, apesar da aparente tranqüilidade que ela demonstrava, não deixou de perceber uma vaga tristeza naqueles olhos verdes, um vazio de coisas perdidas, de sonhos despedaçados. Uma solidão de poço sem fundo.

AMANHECIA.

Manuela tinha dormido pouco e mal, mas por fim conseguira entregar-se a um sono sem sonhos, brumoso e inquieto. Quando a primeira pedrinha bateu no vidro da sua janela, abriu os olhos assustada. Outra e outra pedrinha vieram, estalando. E um sussurro. Seu nome.

Ergueu-se da cama e enrolou-se no xale leve. Ia abrir a janela, quando recordou dos cabelos. Estavam soltos, curtos. Sobre o toucador, a trança de fios negros esperava. Colou o rosto ao postigo.

– Quem é? – perguntou baixinho.

– Sou eu, Joaquim. Preciso hablar com vosmecê.

O coração deu um pulo dentro do peito. O que dizer? Da rua, o primo a chamava outra vez. Podia ver que uma claridade rosada e fresca se derramava lá fora.

– Só um minuto, Joaquim. Tenho de me ajeitar.

Prendeu os cabelos com pressa. Lavou o rosto. Em sua cama, Mariana dormia profundamente, tinha o sono pesado. Manuela saiu do quarto na ponta dos pés, trazendo nas mãos as chinelinhas.

Na rua, o ar fresco do alvorecer arrancou-lhe os resquícios do sono. Joaquim estava já uniformizado, barbeado, sentado num degrau da varanda. Seus olhos estavam cheios de promessas. Ela achou o primo bonito, de uma beleza sem erros, sem viço até. Giuseppe inundou seu pensamento, arrebatador, um vendaval.

Joaquim sorriu ao vê-la.

– Preciso muito le falar. Desculpe se acordei vosmecê, mas vamos partir ainda bem cedo.

– Para onde vosmecê vai?

– Caçapava. Caetano vai conosco.

Manuela sentou ao lado dele no degrau da varanda. Sentia-se uma criança cometendo uma travessura, assim como, quando pequena, ia roubar doces à cozinha e depois fugia para o capão. Agora, estava de mãos vazias. E tinha um gosto amargo na boca.

– Mais um que se vai.

— Manuela... — Joaquim segurou suas mãos. Ela deixou-se ficar. — Manuela, queria le dizer uma coisa antes de partir. E queria le fazer um pedido... Só assim irei em paz. — Encheu o peito de coragem: — Vosmecê sabe quanto le quero.

Manuela olhou para os próprios pés. A pele branca dos tornozelos. A renda que arrematava a camisola de algodão. E olhou o chão, a terra úmida, um canteiro de flores mais adiante.

Por fim, respondeu:

— Vosmecê não devia ter me chamado aqui, Joaquim.

— Por quê?

— Eu não mereço a sua consideração. Por isso.

Ele apertou ainda mais as palmas alvas entre as suas. Manuela sentiu que ele tremia.

— Eu não le considero, Manuela. Eu amo vosmecê. E amor é mui diverso de consideração. Amor perdoa. E entende. — Suspirou profundamente. — Eu sei de tudo, Manuela.

Olharam-se nos olhos.

— Quem le contou?

— Meu pai, D. Ana, minha mãe. Essas coisas a gente fica sabendo, não é preciso que se pergunte a ninguém.

— Eu amo o Giuseppe.

Joaquim pareceu sentir dor.

— Não diga isso, Manuela. Vosmecê ficou encantada com o italiano, coisa passageira. Eu entendo... A guerra faz isso. Também já me encantei com outras moças neste pampa afora. E até na Corte. Mas amar não. Amar, eu amo só vosmecê.

Ela fitou-o. A angústia varria o verde dos olhos dela.

— Eu sei o que é amor, Joaquim. Eu sei aqui no meu peito, como um punhal. Um punhal cravado para sempre.

Ele sorriu, um riso triste.

— Amor não é ferida, Manuela. Não precisa ser... Olha, eu vou voltar para a guerra, ainda leva um tempo toda essa batalha. Vosmecê fica aqui, esquecendo, curando essa dor. Eu volto, le juro. E aí nos casamos. Sei que vosmecê vai me amar. Sei desde piazito. Já sonhei com isso tantas vezes... Vamos viver numa estância e criar os nossos filhos. Até lá a guerra já acabou, e seremos felizes. Vosmecê nem vai se lembrar daquele italiano.

Manuela ergueu-se.

— Não diga isso. – A voz dela soou tensa. – Não diga isso outra vez. Vosmecê não pode julgar meus sentimentos. – Tocou de leve no peito: – Aqui eu os sinto. Aqui eles me doem. Não le pedi amor, nem desdém.

Joaquim pareceu confuso.

— Me desculpe, Manuela. Eu não queria le magoar. – Ergueu-se também. Segurou a prima pelos ombros, viu os olhos verdes úmidos de lágrimas. Agarrou no osso a vontade de beijá-la ali mesmo, naquele momento, ele de uniforme, ela de camisola. – Me desculpe... Sei que vosmecê está sofrendo, e le proponho um tempo. Después, quando for a hora, conversaremos.

Ela deu um passo atrás.

— Sinto muito, Joaquim. Nunca mais haverá o que conversarmos. Não sobre esse tipo de amor do qual vosmecê fala. Se for para viver desse jeito, não me casarei com vosmecê nem com mais ninguém. Ficarei esperando Giuseppe.

Joaquim pareceu subitamente exausto.

— O italiano não vai voltar, Manuela.

— Vamos a ver.

Ela virou-se e foi entrando na casa. Parecia pequenina e frágil contra o vulto da grande construção branca.

— Manuela!

Manuela parou no alto da varanda, um instante.
- Sim?
Ele estava parado no fim da escada, segurava o dólmã. Seus olhos brilhavam tristemente.
- Eu amo vosmecê. Vou esperar o tempo necessário... Não precisa dizer nada. Eu le espero.

Manuela entrou e sumiu, engolida pela casa. Joaquim olhou o pampa suave, dourado pelo sol que nascia. Tinha vontade de chorar. Mas um homem de verdade chorava? Iria esperar aquele tempo. Por ela. Por eles. Saiu andando em direção ao galpão, o dólmã pesava sobre o seu braço como se fosse feito de madeira. O rosto do italiano, que ele vira de relance uma única vez, surgiu ante seus olhos, sorridente. Engraçado, não sentia raiva dele. O italiano não tinha culpas naquilo tudo. Sentia raiva da vida, e daquela engrenagem invisível que alguns chamavam destino.

1840

D. Antônia serviu o mate e alcançou-o para Inácio. Fazia pouco que ele tinha apeado. Enquanto uma das negras preparava a água, ele lhe dissera que estava de partida. Viera vê-la na passagem, para não sumir assim, no más, sem nem ter le feito uma visita que fosse. A estada na Barra fora mui curta, mal tivera tempo de matar as saudades da esposa e da filha.

Como todos que voltavam das batalhas, também Inácio estava mais magro, o rosto ossudo, os olhos presos nas órbitas cavadas nas maçãs do rosto. Mas o sorriso era o mesmo, luminoso. Tinha chegado havia dois dias; já precisava partir. O cavalo estava mais ao longe, sob a sombra de uma figueira, carregado com suas coisas, uma marmita para a estrada, o poncho, um bom cobertor e um livro, e pastava preguiçosamente.

– Me vou para Caçapava, D. Antônia. Mas não queria partir assim, no más, sem nem le fazer uma honra. Nestes dois dias, mal pude descansar e aproveitar a menina... Vai crescer esses primeiros tempos longe do pai, a pobrezita.

A tardinha de verão ia se acabando feito uma vela num altar. Ao longe, era possível ouvir o barulho do rio. A Estância do Brejo estava silenciosa e calma. Alguns peões voltavam da lida.

D. Antônia respirou fundo o ar que cheirava a madressilvas.

– Desde que o estaleiro foi desfeito, isto aqui está uma paz que só vendo – disse ela. – Uma paz meio triste.

– Pois la aproveite, D. Antônia. Por aí afora as coisas vão difíceis, le digo. Só me sinto mais tranqüilo porque sei que Perpétua e a menina ficam com vosmecês.

D. Antônia baixou os olhos.

– Essa guerra não termina, Inácio.

– Está mais encarniçada do que nunca. De onde eu venho, para os lados de São Francisco de Cima da Serra e de Vacaria, as coisas andaram sucedendo feias, D. Antônia. É justo que acabaram bem. Hay coragem em nossos soldados, mas le digo que perdemos muitos hombres. – Deixou o olhar vagar pelo pampa. – Do jeito que as coisas vão, D. Antônia, gastaremos muito tempo e muitas vidas, talvez sem um bom proveito.

– Quantos homens vosmecês perderam nessa peleja?

Inácio baixou os olhos.

– Em Curitibanos, para os lados do Rio Marombas, caímos numa emboscada feita pelos imperiais. Gasta uma hora, perdemos quatrocentas almas. O coronel Teixeira Nunes foi valente, é um hombre raro; mesmo assim, a cavalaria se viu cercada pelas tropas de Melo Manso. Foi uma mortandade sem tamanho.

D. Antônia empalideceu. As mãos longas, finas, cruzam-se no colo, como para segurar aquela angústia. Quatrocentos homens. Quatrocentos pais, filhos, jovens do Continente.

– Que cosa más horrível – sussurrou. E depois pareceu recordar: – Vosmecê contou isso para a Ana? Me parece que o José estava na tropa desse coronel Teixeira. E o italiano, o Giuseppe também.

– José estava lá. Foi ferido, cosa pouca. Não se apoquente, D. Antônia. Contei para D. Ana sobre o rapaz, e le disse que já estava bonzito quando saí para estas bandas, até já cavalgava. A guerra endurece as carnes da gente, não é qualquer espetada de lança que arruina um soldado. E o italiano foi mui corajoso. É um hombre... A tal moça que se amasiou com ele, a Anita, essa sim teve mau destino: foi presa.

– Presa? E morreu?

Inácio deu de ombros.

– Pouco sei dessa cristã. Quando vim de partida, a moça ainda não tinha aparecido. Vai ver que virou china de soldado. Se bem que era mui corajosa, só a senhora vendo. Acho que os imperiais, sabendo quem ela era, devem ter le dado um tratamento más justo.

Ficaram um tempo em silêncio. Os primeiros grilos já cantavam a noitinha. D. Antônia oferece um outro mate, mas Inácio recusa.

– Já me vou, no más. Tenho muita terra pela frente, D. Antônia. E quero aproveitar a noite.

Ergueu-se. Era um homem alto. D. Antônia ficou pequenina ao seu lado. Mas tão pequenina que chegou a se perguntar se a idade já estava encolhendo seus ossos.

– Vá com Dios, meu filho. E vá em paz. Cuidaremos da sua esposa e da sua filha.

Inácio sorriu.

– É por isso que fico descansado, D. Antônia. – Enfiou o chapéu de barbicacho na cabeça. – Adiós.

Foi seguindo para os lados em que estava o zaino negro. As primeiras estrelas brilhavam no céu. O cavalo relinchou de ansiedade.

D. Antônia ficou em pé, na varanda, vendo-o montar no animal e seguir num trote lento, até sumir pelo pampa, como uma assombração. Permaneceu ali, tomando um último mate e pensando no destino daquela moça, a Anita. Que Deus zelasse pela pobrezita.

A NOITE SUFOCA como um abraço muito apertado. Das janelas abertas, vem um silêncio repleto de sereno. O quarto está quase às escuras, apenas um lampião derrama sua luz fraca sobre a cama na qual Rosário dorme. Faz algum tempo, Rosário teme o escuro. Mais ainda agora, que dorme sozinha, a cama de Perpétua está vazia desde o casamento. Agora ela ocupa um outro quarto no fim do corredor, junto com a filha pequena.

Rosário tem tido pesadelos.

Remexe-se sob a colcha, inquieta. Os cabelos lisos, dourados de um ouro pálido, estão espalhados sobre o travesseiro.

Um homem cavalga em sua direção, corta o pampa num cavalo branco. Rosário sorri. Sabe bem quem é o cavaleiro. Ajeita o vestido de rendas, segura o maço de flores que colheu para lhe ofertar. Um riso límpido ilumina seu rosto. O cavalo branco avança, sobe e desce uma coxilha. O sol é morno. Ao longe, ela sabe, há a guerra, mas não ali, naquele campo florido, não ali, onde o único movimento que se vê é a dança desse cavalo delgado e do seu cavaleiro.

Ele vem chegando. Rosário não se cansa de apreciar seu porte fidalgo, a beleza morena de seus cabelos que o vento agita, o garbo de sua farda. Não é uma farda republicana.

Steban pára. Seus olhos brilham de euforia pela cavalgada, brilham por ela. Ele salta do cavalo. Está parado à sua frente, o rosto bonito, a boca carnuda que sorri, a testa sem cicatrizes, sem ataduras.

– Vosmecê está curado, Steban.

Ela se atira nos seus braços, sentindo o calor daquele peito, o perfume de homem. O sol é morno sobre eles. As flores caem ao chão, outra vez terão de ser colhidas, mas Rosário não se importa. Steban está curado. Não há sangue nas suas vestes, nem palidez no seu rosto, nem cicatrizes, nem ataduras.

Rosário sorri. Nunca esteve tão feliz como nesse momento. Segura o rosto de Steban com as duas mãos, acarinha seus cabelos revoltos. Ele retribui seu sorriso por um momento, belo feito um príncipe. E então seus olhos vazam lágrimas de sangue, e seu rosto adquire a palescência translúcida da lua.

– No estoy curado, Rosário. Estoy muerto. Muerto, muerto... Aquí me ves, muerto. – A voz dele ecoa pelo pampa, corta o dia bonito de sol. – Muerto e frío e descarnado. Estoy muerto e no tiengo cova, no tiengo nadie... Quédate cerca de mí.

E então seus olhos saltam das órbitas, e todo o seu rosto bonito adquire ares cavernosos, um cheiro de carniça se eleva no ar, e logo ele nada mais é do que uma pilha de ossos decrépitos que Rosário segura entre as mãos.

Rosário grita.

Grita. Grita.

Abre os olhos, senta-se na cama. Está ensopada de suor. Da janela, ainda vem o mesmo silêncio. O lampião ilumina o quarto vazio. A voz dela vai morrendo dentro da garganta, vai enveredando pelas suas entranhas, vai se afogando num pavor mudo.

Maria Manuela e D. Ana entram no quarto, ambas de camisolas, descalças, assustadas. Maria Manuela senta ao lado da filha, toma-lhe as mãos frias, úmidas.

– Que sucedeu, Rosário? Vosmecê teve um sonho ruim, minha filha. Acalme-se agora, já passou.

A voz lhe sai trêmula, quase um sopro:

– Não foi sonho, mãe. Ele está morto. Morto. Steban está morto. Como essa guerra, como nós.

D. Ana seca os olhos úmidos.

– Vou mandar a Milú preparar um chá de camomila – diz. – Para nós três. Bem forte.

NÃO SE COMENTOU O ASSUNTO ao café, mas D. Ana e Maria Manuela passaram boa parte da manhã conversando, de portas fechadas, no escritório. Haviam tomado uma decisão. Rosário estava doente, doença grave, traiçoeira.

– Essa guerra pode durar por demás, Maria. É melhor fazermos alguma coisa logo pela menina. Después pode ser tarde.

D. Ana estava sentada na cadeira que fora do marido, os olhos negros sérios, compenetrados. Não viviam coisa fácil de resolver, mas tinham de tomar uma atitude. Rosário piorava a olhos vistos.

Maria Manuela secou as lágrimas com o lenço branco. Nos últimos tempos, envelhecera, o rosto outrora viçoso adquirira ares gastos, a pele se enrugava ao redor dos olhos e da boca. Ela acomodou as mãos trêmulas no regaço.

– Cinco anos aqui – disse ela, balançando tristemente a cabeça. – É demais para a menina, é muito sofrimento. E ainda a morte do pai...

– Todas nós estamos sofrendo. Mariana e Manuela também perderam o Anselmo... Mas hay que ser forte. A guerra é dura para nós, tanto mais para os nossos homens, Maria. Eu e vosmecê ficamos viúvas. Muita cosa sucedeu. Mas não estamos por aí, vendo fantasmas, falando com mortos, emagrecendo em pesadelos. – Suspirou. – É preciso fazer algo, irmã. E rápido.

Maria Manuela aquiesceu, tristemente. Ergueu-se, foi até a janela. Lá fora, um céu cinzento e pesado estendia-se sobre o pampa.

– Vai chover hoje – disse. Espiou em volta. – Era aqui neste escritório que ela o via, não é, o fantasma? – D. Ana concordou. – Está bien. Vou escrever ao Antônio, consultá-lo. Depois da morte do pai, ele ficou sendo o homem da família. Vamos esperar a resposta dele, então a gente escreve para Caçapava.

— Como vosmecê quiser.

MANUELA LIA, sentada na varanda. Desde a conversa com Joaquim, tirara um peso do peito. Não se casaria com o primo para agradar sua família, não poria a vida fora por uma promessa, por um sonho que nunca tinha sonhado. Esperaria Giuseppe, porque não tinha outro caminho. Era daquelas mulheres com um destino e nada mais.

Folheou o livro, distraidamente. Ainda não contara para D. Antônia a sua decisão. Imaginou o rosto da tia, impenetrável, e aquele brilho nos olhos, de aprovação e de pena.

— Manuela!

Ergueu o rosto. Marco Antônio vinha correndo. Era um guri alto, magriço, moreno como a mãe.

— O que foi, Marquito?

Ele parou, ofegante.

— Vem, vem comigo, Manuela. Eu descobri uma coisa horrível! Uma coisa horrível, perto da charqueada.

Manuela jogou de lado o livro e saiu com o primo. Contornaram a casa e seguiram pelo caminhozinho que levava à construção na qual se curtia o charque da estância. Iam num passo rápido e ansioso. Passaram por uns peões, pela negra Zefina, que carregava uma tina de roupas para lavar no rio e ia cantando uma velha modinha.

Chegaram. O cheiro forte do lugar invadiu suas narinas.

— Onde?

— Atrás do galpão — respondeu Marco Antônio, e segurou a mão da prima.

Deram a volta, pisando macio a relva. Regente estava caído sobre um amontoado de tábuas. A garganta aberta num único talho. Os olhinhos negros, escancarados de susto, fitavam o céu carregado daquele fim de verão. Era um cachorrinho miúdo, de pelagem rala e macia.

— Cruz em credo! — gemeu Manuela, e começou a chorar. Tinha criado aquele cão desde pequenino, tinha lhe dado leite e carinho, e em seu quarto havia sempre um cobertor velho para servir-lhe de cama. Quantas noites acordara com Regente a espiá-la, no escuro? Ajoelhou-se. As lágrimas escorreram dos seus olhos. — Quem faria isso, uma maldade dessas? O Regente nunca fez mal para ninguém...

Marco Antônio acomodou-se ao lado da prima. Uma mosca pousou no focinho de Regente e ficou ali, parada.

— Tem muita maldade neste mundo, Manuela... Pode até ter sido um peão, ou alguém de fora. Foi esta noite, isso é certo. Mas não chora mais, vosmecê não pode remediar isso. Não chora.

— Coitadinho. Bem que eu estranhei, ele não foi lá no quarto hoje de manhã. Ele sempre ia, sempre.

— Vou chamar o Zé Pedra para recolher o Regente... Vamos fazer um cova para ele, está bem?

Manuela aquiesceu.

— Está bem. Mas não conte para as meninas, elas vão ficar mui tristes... A Maria Angélica adorava esse bichinho.

— Vamos dizer que ele fugiu. O Regente sempre foi um cachorro danado mesmo. Vamos dizer que ganhou o pampa.

Marco Antônio saiu correndo para os lados da casa. Manuela ficou ali, chorando. Tinha muita maldade no mundo mesmo. Ali naquela estância também... Quem teria feito uma coisa daquelas com o cão, quem teria?

CAETANO OLHAVA TUDO com os olhos cheios de curiosidade. A cidade fervilhava como uma coisa viva, inquieta e voraz. Homens andavam pelas ruas, com seus uniformes, entravam nos prédios elegantes, tomavam o mate. Carroças passavam de um lado a outro. Negros descalços, mas com o dólmã da República, reuniam-se nas esquinas, falavam da guerra, seguiam para seus destinos. Uma bodega vendia pinga e coisas de comer. Estava cheia de soldados.

Joaquim abria caminho pelas gentes, Caetano seguia-o. Achara o irmão cabisbaixo desde a saída da estância. Pouco falara, assuntos de guerra, com o pai, nada mais. Bento Gonçalves parecia respeitar o silêncio do filho mais velho. Tinham feito a longa viagem quase calados. Joaquim com os olhos perdidos no horizonte, mirando o campo e as estrelas. Caetano, ao contrário, quisera conversas, saber das batalhas. Tinha ânsia naquela guerra, em rever Bentinho, em matar seu primeiro caramuru, dar a sua contribuição à República, causar orgulho ao pai.

– Adelante, Caetano. O pai nos espera no Palácio do Governo. – Joaquim puxou o irmão pelo braço. – Vosmecê vai ter tempo para olhar tudo mais tarde. Agora, nos vamos.

Numa esquina, um grupo de mulheres malvestidas ria para alguns soldados, diziam troça, mostravam sorrisos desfalcados de dentes.

– Quem são elas?
– São chinas que acompanham as tropas.

Caetano foi seguindo o irmão. Entraram no prédio, passaram por guardas, por criados de uniforme. Havia abundância ali. Caetano pensou nos negros descalços que vira na rua.

Bento Gonçalves despachava com mais dois ministros. Ergueu o rosto, de bigodes encerados, quando percebeu a chegada dos dois filhos. Tirou uma carta lacrada de uma gaveta, entregou-a a Joaquim.

– Vosmecê me escolha um mensageiro de boa perna. Isto é urgente. Teixeira, Garibaldi e as tropas estão em Lages.

Vosmecê sabe que perderam feio para a gente do Melo Manso. Morreram mais de quatrocentos soldados, e eles chegaram em Lages estropiados, sob chuva, sem cavalos e famintos. A mala suerte caiu com tudo sobre a tropa. – Bento Gonçalves fez uma pausa. Sentia um aperto no peito, uma dor profunda nas costas. Respirou fundo, esperou a dor passar e prosseguiu: – Agora, estão lá, estão aguardando reforços. Esta carta é para dizer que não esperem, não haverá qualquer reforço. É preciso que deixem a serra o más rápido possível e rumem para os lados do Rio Taquari. O coronel Joaquim Pedro está lá, com dois mil homens. Que se juntem ao coronel e esperem por lá.

Joaquim guardou a carta no bolso do dólmã.

– E después?

– Después vosmecês me vão até Porto Alegre, encontrar o general Netto. É preciso suspender o cerco. Precisamos dele. Le diga que amanhã mesmo eu parto para Viamão e que vou reunir os meus homens. Quero o Netto em Viamão quanto antes. Precisamos traçar um plano de ataque, um plano fundamental para a guerra.

Caetano bebeu as palavras do pai. Ficou imaginando todos os exércitos juntos e sentiu um formigamento no rosto, uma emoção nova, quente e boa. Ficou sonhando com Taquari.

Os dois jovens saíram da sala. Um dos ministros ainda aguardava, calado, a um canto. Bento Gonçalves tornou a olhar a papelada sobre a mesa. De novo lhe veio a dor no peito. Tinha começado fazia alguns meses, lenta, discreta. Amainara com o verão. As chuvas de outono a tinham despertado outra vez. Já não era mais um moço, e aquela guerra o envelhecera. Envelhecera sua carne, envelhecera sua alma. Ele fez as contas mentalmente: estava com 50 anos. E vinha pela frente mais um inverno.

– Vosmecê está bem, presidente? – O homem olhou-o com certo estranhamento.

Bento Gonçalves recostou-se na cadeira.

– Tanto quanto qualquer criatura que acaba de noticiar a morte de quatrocentos soldados numa batalha. – Deglutiu suas palavras tristemente. – Mas vamos adelante. Se essa manobra tiver acerto, será decisiva para a República. E a República precisa mais do que nunca de uma vitória. Está começando a agonizar.

Das janelas, abafada pela cortina, vinha a balbúrdia da vida lá fora.

MARIA MANUELA fechou-se em seu quarto e acendeu o lampião sobre o criado-mudo. O sol morria entre as nuvens, lá longe, em alguma coxilha. Maria Manuela não apreciava mais o sol ou a chuva; fazia muito que seu coração andava cinzento, nebuloso como uma tarde fria de inverno.

Olhou bem a carta antes de soltar o lacre. Era carta do filho. Sabia bem do que se tratava. E tinha medo de lê-la. Temia tanto a aquiescência como a discordância de Antônio. Temia aquela carta em suas mãos, porque depois de lê-la precisaria tomar uma atitude. E tudo o que gostaria era de não pensar em nada, nunca mais.

Suspirou fundo, rasgou o envelope. A letra de Antônio era irregular e apressada. Ela leu as primeiras palavras, e era como se a voz do filho as sussurrasse em seus ouvidos. Seus olhos se encheram subitamente de lágrimas.

Estimada senhora minha mãe,
Recebi sua carta ainda esta manhã e achei algum tempo para le responder, pois a gravidade desse assunto me deixou mui abalado. Estou aquartelado em Viamão, junto com o restante das tropas de Bento

Gonçalves, mas para cá rumam também os outros generais e caudilhos da República, visto que todos se reunirão ainda amanhã mui temprano, para que seja traçada a nova ação das tropas. Vai haver grande batalha. Eu, mãe, parto com meu tio, mas ainda não le digo para donde, pois é esse um assunto mui secreto, e posso apenas le adiantar que preparamos uma grande ofensiva.

Sucederam muitas cosas, mãe, e le conto que um coronel imperial de nome Loureiro avançou sobre Caçapava, poucas horas depois de o vice-presidente Mariano de Mattos abandoná-la às pressas, visto que seria atacada, levando os documentos da República numa carreta, e rumando também para cá. Desde esse dia, Viamão voltou a ser a nossa capital.

Pois, a despeito de todas essas manobras políticas e bélicas, a vida anda aí para fora, e quanto me espanto com as suas palavras, mãe, que me dizem estar Rosário adoentada, e adoentada de doença misteriosa que le atacou as idéias e os nervos. Faz já tempo demais que não vou de visita, e o último recuerdo que tenho da mana é tão bom, estava ela tão bonita e sadia, que essas coisas todas me deixam profundamente triste e espantado. Mas a senhora mesma me diz que Rosário tem visto um fantasma uruguaio, ou a alma de um desencarnado qualquer, e que ela jura amar essa aparição e diz até que pretendem casamento. E a senhora diz também que ela acorda em pesadelos a cada madrugada, e que pouco fala, emagreceu e chora por demais. É triste ver os estragos que esta guerra faz, na carne e na alma da nossa gente. Pois creio, mãe, no mais profundo do meu peito, que é a guerra que envenena os pensamentos de Rosário, e que o repouso em lugar acertado, e a reza e a paz hão de dar-lhe novo viço. Somente assim, quando estas batalhas findarem, a mana poderá outra vez viver feliz.

Por isso tudo, mãe, e por estar eu mesmo imbuído das decisões que antes cabiam ao pai, le digo que a sua idéia está mui certa. Sobre ela, proseei também com Bento Gonçalves, e o tio a considerou justa. É bom que Rosário vá viver num lugar apartado da revolução e perto de Deus Nosso Senhor, um lugar onde possa a sua alma respirar em paz e recuperar o bom raciocínio, onde seus olhos não vejam fantasmas, nem seu sono seja tumultuado por pesadelos e medos. Se a senhora tem em mente já um convento digno de cuidá-la como ela merece, peço-lhe mesmo que o faça sem tardança.

De resto, mãe, a senhora receba meu carinho tão saudoso, e dê lembranças minhas às manas, especialmente a Rosário.

Seu Antônio
Viamão, 23 de março de 1840

O mês de abril tinha começado com chuvas, depois de um março ensolarado e quente. Na Estância da Barra, as mulheres ansiavam pelo bom sucesso das manobras republicanas. Sabiam, por intermédio de alguns informantes e pelas cartas que recebiam, que Bento Gonçalves e os outros chefes armavam uma grande batalha que reuniria todo o seu contingente. De resto, imaginavam o que estava por vir. Receavam, rezavam. Era sempre assim: a mesma angústia da notícia incompleta, e o medo, o medo sempre, de um emissário no meio da noite. O medo da derrota e da morte. E aquela espera que já durava cinco anos.

Caetana agora estava sempre com um rosário à mão, acendia velas para a Virgem, orava com as cunhadas. Se houvesse uma vitória, se as manobras imaginadas por Bento Gonçalves fossem frutíferas, talvez a guerra estivesse então nos seus estertores. Era nisso que ela acreditava. Na volta da paz. No reencontro com os filhos, com o marido. Os últimos dias tinham sido tristes, com a preparação da viagem de Rosário, as malas poucas, os choros de Maria Manuela, que não se conformava com o estado da filha mais velha. O fim da guerra seria uma bênção para todas, para o Continente, que não suportava mais sorver tanto sangue, receber tantos mortos sob o seu solo.

Caetana acendeu a vela e fez o sinal-da-cruz. Do fundo do corredor, vinha o chorinho miúdo da neta. Caetana sorriu com carinho. Estava assim ajoelhada, quando D. Antônia entrou.

– Me desculpe, não sabia que vosmecê estava rezando agora, no meio da manhã.

Caetana sorriu.

– A graça que eu peço merece todas as orações, cunhada. E esse oratório és mi lugar, como a batalha és el lugar de Bento.

D. Antônia tocou-lhe o ombro. Tinha a mão quente.

– O lugar de Bento deveria ser aqui, perto de nós. – Suspirou. Lembrou-se do que viera dizer: – A madre chegou. Veio buscar Rosário.

Caetana ergueu-se. As duas seguiram juntas até a sala.

Pelas janelas entrava a claridade baça do dia chuvoso, bem como um ar fresco que tinha algo de cortante, de invernal. Maria Manuela e D. Ana estavam sentadas em frente à madre Lúcia, e falavam baixo. Maria Manuela tinha o rosto convulso. Temia que a filha, longe de seus cuidados, piorasse ainda mais. A madre abriu um sorriso amigável e plácido.

– Conosco, a sua filha ficará bem. Na casa de Deus, Maria Manuela, as almas só encontram a paz.

D. Ana concordou. Beata entrou na sala, trazendo uma bandeja com o chá. A madre aceitou sua xícara e tomou um gole pequenino.

– Assim que a guerra findar, madre, quando pudermos retornar a Pelotas, mando buscar Rosário.

– Ela pode ficar conosco o tempo que for necessário – disse a madre. – As visitas são semanais, porém les aconselho que nesses primeiros tempos a deixem conosco, sem visitas. Ela precisa de sossego e de solidão. Deus fará por ela.

Maria Manuela aquiesceu.

Caetana e D. Antônia tomaram lugar num sofá.

– Como estão as coisas em Camaquã, despúes da chegada dos imperiais? – perguntou D. Antônia. – O convento fica nos arredores da cidade, não?

– Deus não é imperial nem republicano, D. Antônia, mas zela por todos os seus filhos. Pouco sabemos das coisas que sucedem na vila de Camaquã, mas na nossa casa a paz persevera. A senhora pode estar tranqüila, não há outro lugar tão bom para a sua sobrinha.

– Ela é uma moça mui delicada.

– Saberemos tratar de Rosário – garantiu a freira.

Maria Manuela ergueu-se.

– Rosário está lá dentro, com as irmãs e com Perpétua. Vou buscá-la. A senhora já deve estar atrasada.

– É uma longa viagem, minha filha. E estas estradas são de ninguém.

Maria Manuela sumiu pelos caminhos da casa. Voltou alguns minutos mais tarde, os olhos ardidos. Trazia Rosário pela mão.

Rosário usava um vestido escuro, um xale lhe cingia os ombros. Os cabelos muito loiros, soltos pelas costas, davam-lhe um ar de fragilidade e doçura. Ela fitou a madre com seus grandes e úmidos olhos azuis.

– Madre...

A freira ergueu-se. Deu um leve abraço na moça. Rosário sentiu seu cheiro de sabão e de incenso.

– Não tenha medo de vir comigo, minha filha. Deus está le esperando, e vai confortá-la.

Rosário fitou a mãe. Sorriu timidamente.

– Não tenho medo. Mas será que Steban vai saber onde me encontrar? O convento fica bem distante daqui.

A freira baixou os olhos. Maria Manuela secou uma lágrima. D. Ana aproximou-se da sobrinha e segurou-a docemente pelos ombros.

– Vá, menina. E não se preocupe com nada. Steban vai achá-la, tenho certeza.

Rosário sorriu, agradecida.

Manuela veio de dentro, trazendo a mala da irmã.

– Deixe essa mala na varanda, Manuela. Zé Pedra vai acomodar as coisas na charrete – disse D. Antônia.

A madre despediu-se das três irmãs de Bento Gonçalves. Por último, apertou levemente as mãos de Caetana.

– Tenha fé, filha. Essa guerra vai acabar logo.

Caetana sorriu.

Ganharam a varanda. Caía uma chuvinha fina. O campo úmido parecia triste. Rosário lançou um último olhar para a casa. Sentiu um aperto no peito, e um descanso, um sopro de satisfação.

– Faz cinco anos que estou aqui... – disse, baixinho. – E parece que cheguei ontem.

Maria Manuela abraçou-a com força, segurando o choro. Perpétua e Mariana também surgiram na varanda, para as despedidas.

Foi tudo muito rápido. A madre tomou a mão pálida de Rosário e conduziu-a à charrete, na qual um indiozinho charrua aguardava, acomodado na boléia.

– Vamos, minha filha. Temos muito chão pela frente.

Rosário subiu no veículo, a freira acomodou-se ao seu lado. O charrua fez um muxoxo e a parelha de cavalos começou a trotar lentamente. Rosário ainda derramou um último olhar para a janelinha discreta, num canto do casarão. A janela do escritório. Ela achou ter visto o vulto de Steban, escondido sob a renda das cortinas. Suspirou aliviada. "Ele sabe para onde vou."

Maria Manuela ficou chorando, postada na varanda, ancorada ao abraço de D. Ana. E a chuva continuou caindo, dolente, do céu.

Cadernos de Manuela

Pelotas, 4 de junho de 1900

Rosário partiu da estância naquela manhã de outono, e era como se, na verdade, já tivesse ido embora havia muito tempo, desde que mergulhara em seu túnel de silêncios, desde que achara para si aquele amor de outro mundo. Era minha irmã, e, no entanto, eu soube tão pouco dela, tão pouco... Tínhamos crescido juntas, brincado com as mesmas bonecas e, tantas vezes, sonhado sonhos idênticos de amor. Mas havíamos sido talhadas de diferentes matérias, e essa diversidade nos foi intransponível. Sob o teto da mesma casa, durante aquela guerra, nossas vidas se distanciaram até a encruzilhada final – ela partiu rumo ao silêncio que havia de recompor o frágil equilíbrio de sua alma, eu permaneci na estância, ao sabor daqueles dias de incerteza, vivendo do mesmo amor e sofrendo idênticas angústias até o fim da revolução.

Nunca mais a vi.

Ainda hoje a recordo com seu vestido de viagem, os cabelos soltos pelas costas, olhando-nos com seus olhos azuis, escurecidos pelo adeus. Ainda hoje recordo o suave movimento de suas saias, quando ela subiu na charrete que a levaria embora de casa, e a calma vazia com que se persignou àquele destino, calma somente digna de um espírito perdido num labirinto de medos.

Rosário morreu no convento, no último ano da revolução. Não pude ir visitá-la, assim como não compareci ao seu enterro. A mãe esteve com ela umas poucas vezes, e sempre voltou com os olhos embaçados, silenciosa e triste. Sabia decerto que a filha tomara caminho sem volta, e que a cada dia estava mais inalcançável e etérea. (Para as mulheres do pampa, nada é mais incompreensível do que aquilo que não se pode tocar ou mensurar, e tudo o que é volátil assusta e desorienta. A doença de minha irmã, portanto, foi o último castigo que minha mãe logrou suportar. Aquele verme invisível, quase mágico, que lhe envenenava a filha mais velha, diligentemente, mais e mais, a cada dia.)

D. Antônia disse que Rosário tinha enlouquecido de solidão, que algumas mulheres, mesmo as continentinas, não tinham brios para a espera, e que os anos as corroíam até que cedessem sua dor para a eternidade. Disse também que fora necessário que a levassem da casa, pois a loucura, como a gripe, era contagiosa. Talvez D. Antônia não esperasse a morte da sobrinha, talvez imaginasse que a distância e as novenas do convento haveriam de recuperá-la para o mundo, não sei... Não falamos mais sobre Rosário, e, depois da guerra, vi poucas vezes a tia. Ela se trancou na Estância do Brejo e lá ficou. Restaram dela aqueles olhares duros, que aprendi a imitar por força de sobreviver também eu aos meus fantasmas, restou dela aquela serenidade calculada quando todos estavam à beira do desespero, serenidade na qual me agarrei muitas vezes quando estive a ponto de me afogar na minha própria desilusão, como um náufrago em um mar revolto que tenha de seu somente uma tábua na qual apoiar sua fé.

De Rosário, minha irmã mais velha, pouco restou. Lembro que sempre foi bela, de uma beleza cremosa e dourada, quase frágil, e que tinha anseios de viver na Corte. A pobre Rosário faleceu com a República que ela mesma tantas vezes reprovou.

Mas essas recordações, ah, elas se adiantam a tantas coisas... Quando Rosário nos deixou, rumo ao convento, a guerra estava ainda pela metade, naquele abril de 1840.

Meus cabelos começavam lentamente a crescer outra vez, como cresciam em meu peito a saudade de Giuseppe e a esperança de que ele me enviasse uma carta, um sinal qualquer, um aceno que trouxesse brilho aos meus dias. Anita, a mulher que ele escolhera para dividir a guerra e a vida no Continente, depois de ter sido capturada pelos imperiais, conseguiu fugir e encontrou-o outra vez. Quando Manuel, o caseiro, que tinha voltado de viagem recente a Viamão, acabou de narrar essa façanha, meu peito se encheu de sentimentos contraditórios. Eu tinha desejado que morresse, tinha ansiado ouvir da sua morte com detalhes escabrosos, para que pudesse dar meu amor e meu consolo a Giuseppe; e ele então voltaria para mim, arrependido de tal aventura, certificado de que estávamos mesmo unidos, pelo amor e pelo destino. Mas Anita ainda não tivera seu encontro com a morte – encontro esse que não tardou, para o peso de minha consciência –, estava de volta aos braços de Giuseppe, e grávida dele.

Essa notícia me feriu como uma lança, e corri para o meu quarto. Pouco me interessava tudo o mais naquela guerra desgraçada... Peguei meus cadernos de memórias e rasguei muitas páginas do meu diário. Não tinha então mais cabelos para cortar, mas apenas estes pulsos finos, de sangue e de seiva, que quase de nada valiam e que não ousei profanar... A semente de Giuseppe se perpetuava em outro ventre. E eu, o que tinha dele? Um punhado de escritos e meia dúzia de cadernos repletos de sonhos e divagações, em que seu nome se multiplicava pelas linhas e pelas páginas... Lembro que era uma tarde de outono, ensolarada, a despeito da minha dor, e lembro que caminhei até a cozinha, onde as negras trabalhavam sob a supervisão de Rosa. Em frente ao fogão, arranquei páginas e páginas de um caderno, e vi-as arder sob as chamas com os olhos secos de lágrimas.

– Queime, desgraçado – foi o que eu disse.

A quem se refere uma moça insana de paixão, quando assim fala? A Giuseppe, ou ao amor que me adoentava, me acorrentava a ele? Ao passado, com suas esperanças e erros e desilusões?

Mariana acudiu, ao ouvir os gritos de espanto de Rosa. Mariana, que havia pouco tinha visto Rosário ser recolhida ao convento, então me tomava nos braços, com carinho, e pedia numa voz mansa que lhe devolvesse os cadernos, que os deixasse longe do fogo.

– Um dia você vai querer lê-los, Manuela. Eles são a sua vida nesta estância.

– Nunca mais.

– Então deixe-os comigo, por favor.

E levou os cadernos consigo. Depois, voltou à cozinha. Eu estava parada à beira do fogo, sem saber o que fazer. Fitei minha irmã:

– Giuseppe vai ter um filho.

Ela sorriu tristemente. Tomou-me pela mão.

— Vamos lá para dentro. Um dia, quando você quiser e essa mágoa tiver passado, le devolverei os cadernos. Deixe Giuseppe ter seu filho.

A mágoa ressecou meu peito, mas, por fim, serenou sem alvoroços. Algum tempo depois, recomecei a escrever, porque não sabia mais levar os dias sem derramar meus pensamentos no papel, e as silenciosas tardes na estância pediam a companhia das palavras. Quando a guerra findou, Mariana me entregou uma caixa de madeira. Lá dentro estavam meus velhos cadernos. Foi lendo-os que cheguei até aqui. Passou-se muito tempo, depois daquilo tudo, e tanta gente morreu, quase todos morreram... Restei eu, como um fantasma, para narrar uma história de heróis, de morte e de amor, numa terra que sempre vivera de heróis, morte e amor. Numa terra de silêncios, onde o brilho das adagas cintilava nas noites de fogueiras. Onde as mulheres teciam seus panos como quem tecia a própria vida.

Ah, mas isso tudo levou muito tempo, tempo demais... Naqueles dias, meus cabelos ainda estavam crescendo. Naquele tempo, ainda tínhamos muitos sonhos.

Manuela

Tinham saído de Viamão no dia 22 de abril e marchado durante dois dias inteiros, sem comer nem beber. Bento Gonçalves liderava mais de dois mil homens sob a fina chuva. Canabarro, Lucas de Oliveira e Corte Real seguiam junto. Havia quatro batalhões de infantaria, artilharia, cavalaria e uma companhia de marinheiros comandados por Giuseppe Garibaldi. Por onde passavam, só viam terras abandonadas, estâncias saqueadas e desilusão. Os homens iam de cabeça baixa, segurando a inquietude das tripas, pensando naquela batalha que deveria ser a decisiva. Seria o maior encontro de tropas de toda a história do Continente.

Atravessaram o Rio Caí numa noite sem estrelas. Não encontraram muita dificuldade por parte das tropas imperiais: ali havia um pequeno destacamento que foi rapidamente desbaratado. Acamparam no morro da Fortaleza. Bento Gonçalves mandou um mensageiro avisar Netto de que tinham transposto o Caí. Era a hora do encontro.

Encontraram-se no último dia daquele abril. Netto vadeou o Caí com 2.500 soldados. De todos os lados chegavam reforços, homens com seus cavalos, a lança em riste, o lenço vermelho no pescoço, e homens a pé, descalços, o pala esfarrapado, mas com a mesma gana de lutar ao lado dos seus generais. Adagas brilhavam na luz das fogueiras. Risos e abraços de reencontros. Houve festa, carrearam bois para matar a fome do exército, enquanto na barraca de Bento Gonçalves reuniam-se todos os chefes farroupilhas. Lucas de Oliveira, Corte Real, João Antônio, Netto, Teixeira, Canabarro, Crescêncio, estavam todos lá.

A planície amanheceu repleta sob um sol tímido que tentava dissipar o frio da madrugada outonal. Eram seis mil homens reunidos, os olhos se perdiam na contemplação de todo aquele exército. Uma energia latente pairava no ar, sobre as cabeças de todos, como um grande pássaro de asas abertas.

Bento Gonçalves levantou com a aurora. Tinha dormido mal, os pulmões andavam frágeis, mas acordara com rara disposição. Era um dia especial para a República. Quando calçava as botas, João Congo entrou na tenda trazendo o mate.

– Congo, mande o Joaquim reunir todos os chefes aqui.

João Congo saiu rapidamente.

Pouco depois, estavam todos lá. Garibaldi foi o último a chegar. Desculpou-se, Anita tinha passado uma noite difícil.

– A guerra não é lugar para uma mulher que vai dar à luz – disse Bento Gonçalves sem qualquer emoção.

Garibaldi sustentou o seu olhar. Tinham se encarado assim uma única vez, havia tempo, no estaleiro. Garibaldi recordou Manuela. Agora o general gaúcho não tinha qualquer poder sobre a sua vida.

– Anita prefere estar al mio lado, general, a estar em qualquer outra parte de questo Rio Grande.

Bento Gonçalves abriu um sorriso de compreensão. O italiano tinha fogo nos olhos.

– Sabemos que Anita é uma mulher de coragem, capitão. Agora vamos ao que importa – disse ele, percorrendo os rostos ali reunidos. – Os imperiais estão perto do Rio Taquari, a poucas léguas do nosso acampamento. Conseguimos nos unir sob as barbas deles, mas agora já sabem onde nos encontramos. – Fez uma pausa. – Isso tem pouca valia. Porque nós vamos atacá-los ao alvorecer, amanhã.

– O Manoel Jorge tem o dobro da nossa infantaria e uma artilharia muito forte – disse Corte Real.

– Está bueno. Mas nós vamos atacar antes e estamos melhor posicionados. Vamos vencer esta guerra de uma vez por todas.

Caetano andou uns metros e acomodou-se sob uma árvore. A noite infiltrava-se no acampamento, lentamente. A luz âmbar do outono ia esmorecendo, lançando seus últimos reflexos sobre o pano desbotado das tendas. Os homens movimentavam-se num ritmo próprio, cadenciado, os rostos curtidos pelo sol e pela intempérie, as mãos nodosas, a barba de muitos dias de cavalgada. Índios, mestiços, castelhanos, continentinos e negros, todos formando uma única coisa, uma coisa viva e pulsante e cheia de fúria acumulada, como um bicho quieto que aguarda a hora do bote.

Os primeiros braseiros começaram a lumiar. Caetano sentiu o frio baixando do céu, aconchegou-se mais ao pala de lã. Seus olhos estavam bêbados daquilo tudo. Ele queria enfarar-se daquela cena, banhar-se na energia que sentia vibrar sob o capim, que subia pelas patas dos cavalos, que exalava das fogueiras como uma espécie de luz misteriosa.

– É a guerra... Ela também tem seu brilho.

A voz de Joaquim surgiu do nada. O irmão estava parado a cerca de 1 metro, com um sorriso estranho no seu rosto bonito.

– Hay uma grandeza em tudo isso, Quincas, uma coisa que nunca vi antes. Sinto um formigamento pelo corpo. Uma excitação.

– Amanhã, após a batalha, não haverá mais essa beleza toda. Vai ser um confronto feio. A guerra é dura... – Olhou o acampamento ao redor. Um cheiro de carne assada tomou-o de soco, e ele descobriu que estava faminto. – O pai quer falar com usted. Está lá na barraca dele, com o Bentinho.

– Buenas.

Caetano seguiu para os lados da barraca de Bento Gonçalves. Joaquim olhou o chão. Amanhã, o brilho dos olhos de Caetano seria encoberto pelas primeiras nuvens. Era impossível passar imune ao horror da batalha. E Caetano tinha apenas 18 anos. Mas, no pampa, 18 anos era idade de homem feito.

Joaquim ouviu a batucada que vinha do rancho. Eram os Lanceiros Negros, se preparando para o entrevero do dia seguinte. Netto, decerto, estaria entre eles. Ele ficou pensando como um único homem poderia ter tantas facetas quanto o general Antônio de Souza Netto. Alguns homens nasciam com algo de especial, essa era a verdade, uma força que arrastava multidões consigo. Como Netto, como o seu pai.

ÀS OITO HORAS E DOZE MINUTOS do dia 3 de maio de 1840, começou a batalha. Os imperiais haviam decidido esquivar-se, cobrindo-se com o Rio Taquari, e já tinham passado metade da cavalaria, quando Bento Gonçalves atacou, à frente das tropas, com o brilho seco dentro nos olhos negros, como uma estrela. Netto comandava a ala direita, e Canabarro, a esquerda.

O CLARIM RETUMBA nos céus, e a massa humana avança sob um único passo. Começa o entrevero humano. Os cavalos imperiais estão na água, atropelam-se, agitam-se. Recuam. As tropas republicanas avançam, perdem o corpo, alas ficam desprotegidas. Caetano, montado no zaino negro, recebeu ordens do pai: é preciso que fique colado em Bentinho, que o siga, seja como for. Bentinho ataca, investe com a lança em riste, enfia a lâmina sob a costela de um infante imperial. Caetano também ergue a sua lança. Está na margem do rio. É difícil dominar o cavalo ali, o chão arenoso escorrega, dificulta os movimentos. Um soldado imperial galopa em sua direção. Grita. Caetano grita também, grita pela República, avança como pode. As lanças se encontram, barulho de metal retinindo. Os olhos se encontram, cheios de uma determinação semelhante ao ódio. Caetano sente a bile em sua boca. A lança imperial executa uma dança no ar. O ferro é frio e duro e cruel quando penetra a sua carne. Um véu nebuloso desce das suas retinas. O rosto da mãe, bordando na varanda da estância de D. Ana, é a última coisa de que ele se recorda quando cai.

As tropas imperiais começam a se retirar. O terreno agora já não favorece o avanço republicano. Mas não há outra saída. É tudo ou nada. Os homens querem a luta, não é possível reverter a engrenagem posta a girar. Giuseppe Garibaldi está à frente dos seus soldados. Quer atacar. Netto quer atacar. É preciso correr riscos. Bento Gonçalves ordena o recuo. Republicanos recolhem os seus feridos, imperiais realizam a mesma manobra. Os dois imensos exércitos ficam frente a frente, sem qualquer ação.

CAETANO NÃO MORREU. Está no acampamento. Abre os olhos e vê Joaquim, com seu olhar doce, com suas mãos hábeis. O ferimento é profundo, e a febre já resseca a sua boca.

– Vosmecê vai ficar bem, guasca. Mas tomou uma lança entre as costelas. Foi bem fundo. Sorte que não le pegou o pulmão. – Caetano faz menção de falar. – Psiu, fique bem quieto. Quando estiver são outra vez, agradeça ao Bentinho. Foi ele que le recolheu do rio.

Joaquim ergue-se, lava as mãos num balde. Agora vai lá para fora. Os homens estão reunidos em conselho.

O comandante das tropas imperiais, Manoel Jorge, quer evitar a batalha e atravessar o Rio Taquari com todos os seus homens. E Greenfell, com seus barcos, dá cobertura à retirada das tropas.

– O negócio é impedir o movimento deles. Vamos mandar um destacamento para cuidar da coisa. Ficar de olho neles. E amanhã atacamos.

A noite vai caindo outra vez sobre o pampa. A cerração fria recobre o acampamento. Já faltam comida e água para os homens. Ouve-se o som triste de uma viola que lamenta aquela espera. Na sua pequena barraca, Caetano arde em febres.

Quando já amanhece é que um batedor traz a notícia: o exército imperial desapareceu durante a noite. Sete mil homens evaporaram-se como num sonho. Como num pesadelo. Bento Gonçalves atira longe a cuia do mate.
– Malditos! Mas eles não nos escapam!

A SEGUNDA BRIGADA de infantaria iniciou o ataque, mas a superioridade numérica dos imperiais obrigou-os a retroceder. A Marinha imperial dava tiros de canhão. A artilharia republicana e os homens de Giuseppe também atacaram. O combate era encarniçado e terrível. Corpos se espalhavam pelo chão, pela água. Na parte mais densa, onde havia o mato, retumbavam os tiros e os gritos. As árvores eram arrasadas pelo avanço furioso das tropas. As águas do Taquari arrastavam consigo os corpos do soldados mortos, e um tom avermelhado de sangue tingiu o rio.

O fogo cerrado continuou; mesmo assim os imperiais forçaram a passagem do Taquari e avançaram. Os republicanos lutaram com garra, com a alma, mas foi impossível conter a travessia imperial. E o dia se escoou, enfim.

Ao amanhecer, contaram os mortos. Mais de quinhentos. Bento Gonçalves tem o rosto contraído, respira com dificuldade, não sabe ao certo se é de ira, ou se é a nova surpresa que o corpo vem lhe pregando. Sabe que não dormiu durante a noite, que apostou tudo num fracasso. Que, ainda há pouco, suas mãos tremiam a ponto de não poder segurar a cuia do mate. Não houve vitória. Os imperiais também tiveram muitos mortos e feridos. Mas isso não é um consolo. Ao longe, Netto prepara um palheiro. Tem a boca vincada, dura. Era para terem vencido. Era. Estava escrito em algum lugar. Mas onde?

Dois dias depois, as tropas recolheram acampamento. Era hora de voltar, voltar de mãos vazias. Retomar o cerco a Porto Alegre. Voltar a Viamão.

Giuseppe Garibaldi ajuda Anita a subir na carroça. Está cansado e magro, com fome. Deu parte da minguada ração para a mulher, que precisa comer melhor. O parto se aproxima agora. Garibaldi pensa na batalha. Sente algo ambíguo para com Bento Gonçalves... Não sabe definir esse sentimento. Bento Gonçalves é um grande general, um homem íntegro e justo. Mas não tem sorte.

– É preciso la fortuna para vencer una guerra.
– Vosmecê disse alguma coisa?

A voz de Anita é doce e cansada.

– Niente. Scusa, estava pensando alto. – Fica uns segundos em silêncio. – Espera un puó. Vou resolver una cosa.

Garibaldi se afasta da carroça. Tem uma carta no bolso da calça. A carta queima sua pele como um braseiro. Ainda recorda os olhos dela, olhos de floresta. Mas agora encontrou Anita. E a vida não tem volta.

Joaquim está ajudando Caetano a se acomodar no cavalo. A febre já cedeu, mas ele ainda está pálido e fraco. Vai ser árdua a viagem até Viamão.

Giuseppe Garibaldi se aproxima.

– Scusa, io poderia falar com vosmecê?

Joaquim olha o italiano. Está malvestido, cansado, magro. Mas ele mesmo também não se sente em boa forma, o pala foi rasgado e está sujo de sangue. Joaquim sorri.

– Algum problema com a sua mulher? Chegou a hora?
– No, Anita está bene. Io quero le pedir una cosa. – Tira a carta do bolso. O nome de Manuela está escrito em letras graúdas no envelope pardo. – Io sei que vosmecê a ama.

Por isso é que le peço questa gentileza. É una carta de adio para Manuela... Io le devo questo.

– Compreendo.

Garibaldi entrega a carta a Joaquim.

– Io amei Manuela... Mas adesso la vita me trouxe outra mulher. Una que pode me acompanhar por questo mondo. Ma io a amei. Adesso, le desejo que seja felice com Manuela. A ragazza merece um bom homem.

– E usted quer dizer que este homem sou eu?

Garibaldi derrama seus olhos sobre o jovem oficial. Uma força emana do italiano. Ele abre um sorriso sutil.

– Questo é vosmecê quem sabe. Io peço apenas o favor de enviar questa carta a ela. Junto com as outras que vosmecê enviar para a vostra casa.

Joaquim dobra a carta e a guarda no bolso do dólmã. Vira-se para Caetano e pergunta se quer um pelego, uma cuia de mate. Garibaldi tem os olhos úmidos. Não é o vento frio que o incomoda. Sai andando para os lados em que Anita o espera. Um peso a mais cinge o seu peito na manhã nublada e triste do retorno.

OS CAVALOS AVANÇAM pelo caminho, lentamente. São poucos. A maioria dos homens segue a pé, escondida sob os palas, para se proteger do vento frio. O inverno chegou sem avisos, gélido. Mas o céu é um manto de estrelas. O Cruzeiro do Sul brilha sobre a cabeça de Joaquim, brilha como uma jóia sob o veludo negro.

A carta está guardada no bolso do dólmã, junto com outra, que pretende enviar à mãe assim que chegarem a Viamão. Na carta da mãe, fala de Caetano, que foi ferido, mas passa bem, melhorou, a febre está cedendo. Quando chegarem à cidade, onde existem mais recursos e ele poderá ter uma cama e lençóis limpos, tem certeza que Caetano ficará bom. Pronto para outra. E outra, e mais outra. A guerra parece que não findará nunca. E conseguiram muito pouco, a República está outra vez sem saída, sem porto, sem caminho.

Joaquim acaricia o volume no bolso. Esquece a República e seus fracassos. Manuela é o que importa. E aquela carta que o italiano le entregou. Maldito. A sinceridade do italiano irritou-o. Ele pensou muitas vezes em jogar fora a carta. Manuela ficaria para sempre esperando uma palavra, uma explicação, um consolo. E somente teria o silêncio. Talvez fosse melhor. O italiano não voltaria, e Manuela acabaria esquecendo tudo aquilo. Odiou-se por ter aquele brio que o impelia a enviar a carta para a prima. Era um adeus, ele sabia. Mas que palavras mais teria escrito Garibaldi, que esperanças teria ele semeado naquelas páginas, que promessas teria feito para Manuela? O amor podia ser vendaval na alma de uma mulher; talvez um punhado de palavras despejadas numa folha de papel não fosse suficiente para dissuadir a férrea Manuela de esperar o italiano, de esperá-lo para sempre, como uma Penélope que aguarda o seu Ulisses.

Giuseppe Garibaldi tinha le dado aquela carta porque o conhecia. Todos os médicos da tropa eram conhecidos pelo nome. Salvavam poucas vidas, por causa da penúria, da falta de remédios, da chuva e do frio, mas eram respeitados. Garibaldi confiara nele quando le entregou aquele envelope. E Joaquim ia fazer jus àquela confiança. Mas uma parte de si tinha vergonha, vergonha de ser tão honesto, inocente até. Qualquer outro, no seu lugar, jogaria aquela carta no primeiro barranco, poria fogo naquele envelope sem pensar duas vezes, menos ele. Menos ele.

Foi seguindo a tropa. O cavalo ia num trote manso pela estrada iluminada de lua. Os homens avançavam em silêncio, famintos. Joaquim pensou na mulher que ia lá atrás, na carroça, com um filho maduro em seu ventre. Enviaria aquela carta. Garibaldi agora seria pai. E, um dia, quando fosse o tempo, quando a revolução acabasse, ele casaria com Manuela. E tudo voltaria a ser como antes, como tinha sonhado desde que era um guri.

D. Antônia aconchegou-se mais ao xale de lã. Um frio subia por suas pernas, nascia na planta dos seus pés, a despeito das botinas e das meias, e ia avançando por todo o seu corpo, e ia se concentrando no seu peito, fazendo doer as costas a cada vez que ela tentava encher de ar os pulmões. Olhou para fora e viu o vento varrendo a campina, sacudindo as folhas da mangueira, espantando os guaipecas que corriam pelo quintal. As negras trabalhavam na cozinha, um cheiro de sopa pairava no ar, como um conforto. D. Antônia atravessou o corredor vazio, sentindo aquela dor no peito, aquela angústia que era mais do que moléstia, era um incômodo, um aviso. O vento zunia.

A cadeira de balanço rangeu sob o seu corpo quando ela se acomodou, tapando as pernas com a colcha de lã. Havia dias em que se sentia uma velha. Fez as contas. Estava para completar 54 anos. A mãe tinha morrido para lá dos 70, morrera calada, como ela mesma morreria um dia, talvez numa tarde primaveril, quando um céu azul brilhasse no pampa. Que Deus a livrasse de morrer num dia de vento, quando todas as coisas no mundo pareciam gemer uma cantilena triste, quando as folhas voavam pelo campo feito fantasmas sem rumo. A verdade é que acordara com o peito oprimido, e aquele vento... Sonhara com o irmão. Um sonho ruim, marcado de sangue, de escuridão e de angústia. Ela sentiu a febre lamber-lhe o corpo como um cão misterioso, o arrepio correu pela sua espinha, arrepiou-lhe os pêlos da nuca, enregelou o seu coração. Não queria ficar sozinha na estância, com as negras, com os peões, com aquele vento maldito e aqueles sonhos que atazanavam suas noites.

Tocou a sineta.

Uma mulata miúda entrou na sala.

– Mande chamar o Nettinho – disse D. Antônia, e espantou-se com a fraqueza da sua voz. – Quero ir para a casa da Ana. Estou doente.

– A senhora quer um remédio, um chá forte?

– Não, menina. Só quero a charrete pronta bem rápido. E um pelego. Estou congelada por dentro.

ZÉ PEDRA ABRIU A PORTEIRA ao reconhecer a charrete. Nettinho acenou, enrolado no pala. O céu cinzento derramava-se sobre tudo e parecia morrer para os lados do Rio Camaquã, pesadamente, como se quisesse se afogar em suas águas. A charrete subiu o pequeno caminho. Um cão seguiu-a ladrando, fazendo alarido.

A porta abriu-se, e o rosto de D. Rosa surgiu por uma fresta. A casa branca era uma coisa sólida no meio do campo raso, um refúgio. D. Ana logo apareceu na varanda, envolta numa manta pesada, os cabelos soltos, roupa caseira de lã. Nettinho ajudou a patroa a descer do carro.

– Usted aqui, irmã? Não pensei que viesse hoje, com esse frio. – Observou o rosto marcado e pálido. – Aconteceu alguma coisa?

D. Antônia abriu um sorriso cansado.

– Estou doente, com febre. Deve ser uma gripe braba, um incômodo do peito. – Suspirou. – E esse vento diabólico. Fica entrando pelos meus ouvidos como um choro... Não quis ficar sozinha na estância.

– Fez bem – segurou o braço da irmã mais velha. – Almoçamos faz pouco. Vou mandar preparar alguma coisa para vosmecê comer.

Dentro da casa, um fogo ardia na lareira. D. Antônia acomodou-se numa poltrona, mexeu os pés gelados, puxou o pelego sobre o corpo.

– Vosmecê está abatida, Antônia.

– Tive uma noite de cachorro. Sonhei com o Bento, um sonho ruim. Não consigo me olvidar dele.

D. Ana acomodou-se ao lado da irmã.

– Esta guerra está malparada, Antônia. Joaquim mandou carta, Pedro também. Rio Pardo foi um fracasso.

– O tempo está se gastando demás. Meu gado já se reduziu à metade. Se essa guerra durar muito, nem sei como vai ser. – Tossiu. A dor no peito veio como uma lâmina. – Mas hoje nem quero falar disso, que me vou mais para lá do que para cá...

– Vira essa boca, Antônia!

D. Rosa entrou na sala com uma bandeja.

– Le trouxe uma canja, D. Antônia. Está bem quentinha. Vai le fazer bem.

D. Antônia agradeceu. O fogo crepitava na lareira, deixando exalar um cheiro bom de pinho. D. Antônia recordou o rosto que vira em sonhos. Escaveirado, pálido, barbudo. O rosto do irmão, do irmão cansado, sofrido, triste, derrotado, o rosto do irmão presidente. Ele perdeu os olhos no fogo. Tentou acalmar sua alma. Um dia, Bento voltaria para casa e recomeçariam tudo de novo, do exato ponto em que haviam parado de viver.

MANUELA GUARDOU A CARTA no corpete do vestido. Enrolou-se no xale outra vez, e não disse nada. Caetana, que tinha lhe dado o envelope – ele viera junto com a correspondência da casa –, também nada lhe perguntou. Ainda tinha uma carta a entregar para Perpétua, carta de Inácio. Caetana saiu da sala com seu passo firme, ereta e elegante como se andasse num salão de bailes. E deixou Manuela com seus fantasmas.

Manuela foi para o quarto, que estava vazio. Agradeceu que Mariana tivesse ido até o Brejo, buscar uns pertences de D. Antônia junto com Zé Pedra. Precisava de solidão. A carta era como uma brasa em suas mãos. Ela depositou-a sobre a cama e ficou olhando-a por um bom tempo, o coração batendo forte, um frio na boca do estômago. Aquele pedaço de papel poderia mudar sua vida.

– Meu Deus, meu Deus.

Ele tinha escrito. Depois de tanto tempo... Mais de um ano. Um longo ano em que esperara uma palavra, uma notícia que fosse. Um longo ano em que contara instantes, dias e meses, e que se arrastara com o peso de um século inteiro. E agora aquela carta, com seus mistérios e esperanças, com seus segredos e verdades, vinda sabe-se lá de que campo de batalha, de que vila, de que lonjura daquele continente sem fim. Ergueu os olhos e, sem querer, mirou-se no espelho do toucador. Espantou-se com a própria palidez e com o brilho angustioso que se derramava das suas retinas. Os cabelos cresciam rápido, agora estavam à altura dos ombros, mas ela ainda usava a trança falsa. Nunca ninguém desconfiara de nada. Somente D. Antônia e Mariana, com quem dividia o quarto, sabiam o que havia feito por amor. E faria muito mais. Por Giuseppe.

Rasgou o envelope manchado e sujo. Com os dedos hesitantes, pescou a folha branca, protegida da viagem, das mãos dos estafetas, do barro, do sangue e do suor. A letra graúda e derramada de Giuseppe surgiu. Seus olhos se encheram de lágrimas.

Quando começou a ler, era como se a voz morna e melodiosa dele cantasse em seus ouvidos. Era como o barulho das ondas que nunca tinha visto, mas que imaginava semelhante ao riso de Giuseppe.

Carina Manuela,

Faz molto tempo que almejo le escrever, mas questa guerra tem sido dura e dificile, e por conta de questo o tempo passa sem que eu le diga as palavras que preciso le dizer, Manuela. É sempre com muita saudade que recordo esse lugar querido e vosmecê, que formoseou meus dias como nenhuma outra dama o soube fazer. Ao vostro lado, eu fui felice, e dividi um amor puro que muito me acalmou a alma. Mas a vida, as exigências superiores e o destino me levaram para longe de vosmecê. Nem sempre, Manuela, a vida nós dá aquilo que almejamos, mas nos dá outras e novas cosas com as quais aprendemos a viver. Questo sucedeu comigo. E hoje me sinto contento, mesmo que recorde aqueles dias com um sorriso saudoso.

Ma io parti. E, longe de questa estância que a acolhe e abriga, conheci outras cosas e personas. E conheci Anita, que hoje é mia companheira e amorosa esposa. Anita, que atravessa comigo as batalhas e os sofrimentos e que deixou tutto para estar ao mio lado. Non le digo questo sem dor em mio peito, Manuela, porque sono um suo apaissonato para sempre, mas a vida me trouxe uma companheira mais capaz de seguir-me, uma que não conheceu nunca a riqueza e a paz da propriedade, e que pode ir comigo per questo mondo sem levar saudades de qualquer rincão. Sei que vosmecê me tinha dito que seguiria al mio lado per sempre, e sei que falava la veritá. Mas a vida é molto diversa, e não almejei ver vosmecê infelice al mio lado, em terras distantes deste continente, passando por privações e trabalhos, onde la vostra mãe e le vostre companheiras não estivessem. A vida al mio lado é molto dificile, Manuela. Sou um homem que tem a cabeça a prêmio na Europa, e aqui, in questa terra, também não tenho nada de mio, a não ser a coragem e o sonho de ver a República forte, o sonho de ver a liberdade de la gente.

Tomei assim a decisão que me cabia. La vita traz um igual para todos, Manuela, e io encontrei la mia. Pensa, per favore, que assim será melhor per noi. Vosmecê há de encontrar um homem que le agrade e que seja igual ao seu mondo, um homem que a entenda e a faça felice, que le dê conforto e amore. Io sono um homem diverso, sem pouso. E non poderia fazer vosmecê felice como merece ser.

Adesso, deixo aqui il mio afeto, que será suo per sempre, Manuela. E espero que um dia la vita nos aproxime una altra vez. E fique com il mio amore per sempre, pois per sempre io pensarei em vosmecê como una cosa bela e delicada que alegrou la mia vita. De um altro modo, serei sempre vostro.

Com carinho,
Giuseppe Garibaldi
Viamão, 25 de abril de 1840

Manuela deixou a carta cair sobre o assoalho. A folha pousou mansamente no chão de madeira, como uma pomba morta. Um grito rouco brotou do seu peito como se lhe houvessem aberto uma chaga. Manuela atirou-se na cama. Começou a chorar.

O vento sacudia o mundo lá fora com sua insistência de alma penada. Começava a escurecer. As primeiras sombras surgiram no quarto. Manuela estava deitada de olhos fechados. As lágrimas corriam silenciosamente pelo seu rosto. Ela recordou a primeira vez em que o vira, parado à frente da casa, empoeirado da viagem, os cabelos loiros ao sol, o brilho que lhe tinha nascido nos olhos quando ele a fitara. Recordou a última vez, quando ele partia com os barcos pelo Camaquã, para depois levá-los por terra até o Rio Tramandaí.

Nunca o tinha achado tão belo como naquela última vez, com o riso repleto de sonhos de quem venceria grandes batalhas. E ele tinha prometido voltar...

As lágrimas vinham direto da sua alma, eram pedaços da sua alma que se desfaziam sobre a colcha colorida que recobria o colchão. Ela soluçava forte. Desejou com todas as forças que anoitecesse rapidamente e que não amanhecesse nunca mais, nunca mais. Que todo o Continente de São Pedro do Rio Grande virasse uma única e imensa treva, um nada, que haveria de engolir para sempre tudo aquilo, todos eles, como se nada jamais tivesse existido sobre aquele pampa.

ROSÁRIO LEVANTOU JUNTO com as outras. A capela, iluminada pelos castiçais, tinha um silêncio de coisa santa. Era uma capela austera, os bancos de madeira rústica, as paredes quase nuas, com pinturas simples representando o Martírio. No altar, um Cristo de olhos tristes, preso eternamente em sua cruz, derramava lágrimas de sangue. As freiras começaram a sair lentamente, uma atrás da outra, todas de cabeça baixa, tão humildes em sua paz, tão cheias de oração ao cair daquela tarde fria e anuviada de inverno. Rosário esperou que as noviças começassem a se retirar e seguiu com elas. As vésperas ainda ecoavam em seus ouvidos como uma cantilena triste.

Ela seguiu pelo corredor até o seu próprio quarto. Era uma peça simples, com uma cama de madeira, um pequeno armário e um crucifixo preso à parede. Ela sentou na cama. Soltou os cabelos dourados, que estavam presos numa trança bem-feita. Era proibido andar com os cabelos soltos pelo convento. Deus não parecia gostar de qualquer rastro de vaidade, assim a madre lhe dissera.

– Steban... – chamou em voz baixa. – Steban, estou de volta – repetiu sorrindo.

Ele a tinha seguido pelos caminhos do pampa até o convento. E parecia mais feliz, menos pálido e doente ali, entre aquelas paredes grossas de silêncio, que cheiravam a incenso e pureza e proteção.

Rosário pegou uma pequena Bíblia que estava sob o travesseiro, abriu em uma página, leu um trecho. Esperava. Nem sempre Steban aparecia rapidamente. Às vezes, levava horas até que seu vulto esbelto, seu sorriso de salteador, seu rosto galante surgissem na semi-escuridão do pequeno quarto. Mas a madre tinha lhe ensinado a ter calma. Era preciso ter calma. Cultivar o silêncio, a paz do espírito, a serenidade. Era preciso ser mansa e pacata como o próprio pampa.

Rosário lembrou as muitas horas de angústia que vivera na estância, os minutos suados, que se escoavam lentamente, fatalmente, pelas frestas do assoalho. Os pesadelos e o medo. Ali no convento, experimentava uma paz tão grande que poderia até se dizer feliz. E Steban tinha vindo com ela. Naqueles corredores inóspitos, ambos se amavam sem pressa ou perigo. Pela primeira vez em muitos anos, podia sentir-se longe daquela guerra e de tudo o que ela representava. Nunca tinha contado à madre sobre Steban, sobre como ele a tinha achado numa noite de tempestade, ali naquele quarto minúsculo, depois de ter varado coxilhas e descampados atrás dela. A madre, decerto, não permitiria aquele amor cheio de mistérios. Era verdade que Deus não tolerava mistérios que não fossem os d'Ele. E Steban tinha pedido que ela fizesse segredo.

Ela ouviu um ruído distante. Quase um ganido de um cão ao longe. O quarto estava agora imerso na escuridão morna das primeiras horas da noite. Rosário acendeu o

lampião. Logo a chamariam para o jantar, para as rezas. Havia sempre as rezas. Era uma boa forma de viver, sem esperar nada, nada almejar, somente aqueles dias iguais, divididos de orações, apartados do mundo lá fora e da guerra. Outra vez o ganido. Rosário ergueu-se, segurando o lampião, e foi até a janela estreita que dava vista para a horta do convento. Um vulto estava parado em meio à noite ventosa e lúgubre. Parecia flutuar com o vento.
— Steban!
Rosário enrolou-se no xale negro, prendeu rapidamente os cabelos. Tinha pouco tempo para estar com Steban. Era quase hora do jantar, e a madre não tolerava atrasos. Deus gostava das coisas nas horas certas, dizia a madre, sempre.

D. ANA ARREGAÇOU as mangas do vestido e prendeu o avental à cintura. Podia ouvir a lenha estalando. Um calor morno abraçava toda a cozinha. Ela começou a mexer o tacho com força.
— Vosmecê cortou as goiabas em pedaços mui grandes, Milú. Isso vai demorar no cozimento.
Milú desculpou-se, foi separar os potes de vidro.
D. Ana gostava de ficar à beira do fogão. Quando estava angustiada com qualquer coisa, então, era um santo remédio. Mexer e remexer o tacho. Deixar a cabeça varar pelos pensamentos, sem pouso ou questão. Tudo o que importava era a cor do doce, o ponto, o gosto. O prazer de vê-lo dourar e ganhar cor e consistência. A mão executando o movimento ideal, nem mexendo mui rápido, nem lento demais. Como a mãe le tinha ensinado quando era ainda uma meninota de meias curtas.
Sabia que Antônia gostava de goiabada, gostava de comer o doce no pão quente, de mastigar devagar, saboreando

bem. E Antônia não tinha lá muitas predileções, além da goiabada. Moderada, sempre comera de tudo, mui pouco, nunca dissera não gostar de qualquer coisa. Ela queria agradar Antônia. A irmã mais velha estava com febre havia dias, atacada dos pulmões. Tinham mandado chamar o médico, mas ele estava longe, na guerra. Rosa então pusera-se a cuidá-la, com ungüentos e chás; Rosa tinha boa mão para essas coisas de ervas e plantas, mas o caso é que Antônia não melhorava, estava magra e pálida. Tinha ido ver a irmã fazia pouco, lá no quarto; ela ressonava, chamava baixinho o nome de Bento Gonçalves.

D. Ana enrolou um pano na mão. O vapor que subia do tacho começava a machucar de leve a sua pele. Ela mexeu com força, puxando do fundo da panela. Os dois irmãos sempre haviam tido uma espécie de simbiose, de união misteriosa, como se um fio invisível ligasse um ao outro. Bento contava a Antônia os seus medos – teria Bento medos que ousasse declarar? –, contava os planos, as manobras daquela guerra. Sempre os tinha visto pelos cantos da casa, desde pequenos, um ajudando o outro, fazendo confidências. Agora Antônia estava doente e chamava por Bento em seus sonhos. Angustiava-se por ele. Alguma coisa teria sucedido ao irmão general? Algo que ainda ninguém soubesse? Uma tocaia? D. Ana secou com um paninho o suor que porejava em sua testa. O doce começava a adquirir uma cor avermelhada, de madeira boa, de terra viva, uma cor quente e bonita e uniforme.

– Milú, coloque os potes na pia. Gosto de guardar o doce quando ainda está quente. Vou separar uma parte e fazer goiabada também.

A negra arrumou diligentemente os potes um ao lado do outro.

D. Ana pensou em mandar um pouco do doce até Viamão, para os filhos, para os sobrinhos e para Bento. Precisava mesmo que Manuel fosse lá, sondar Bento sobre uma venda de gado, e comprar uns mantimentos que estavam mui difíceis de serem encontrados. A guerra complicava tudo. Ela pensou em escrever um bilhete contando que Antônia estava acamada, coisa dos pulmões. Depois mudou de idéia. Não era bom preocupar Bento com coisas assim, que ele devia estar com a cabeça cheia de assuntos e problemas. Además, Antônia não gostaria. Era muito reservada em tudo na vida, até em assuntos de saúde. D. Ana mandaria o doce e pronto. Um pote bem cheio, o maior de todos.

BENTO GONÇALVES leu a mensagem que Garibaldi lhe mandara de Mostardas, onde estava trabalhando na construção de duas novas embarcações. Os barcos não ficariam prontos a tempo de serem usados em São José do Norte. Mas a República não podia esperar mais. Teriam de atacar a vila sem os barcos, não havia outro jeito.

Estava cansado.

Cansado da guerra, daquela batalha sem fim, de ver tanto sangue, tantos mortos, tantos sonhos desperdiçados. Taquari fora demais para os seus brios. Eles precisavam daquela vitória, e haviam perdido. E, no entanto, poderiam ter vencido, poderiam ter derrubado o exército imperial, mesmo mais armado, maior, porque tinham fibra e tinham coragem. Aqueles homens lutavam até o fim, lutavam quando ouviam a sua voz, a voz de Netto, quando viam o estandarte da República erguido sob o céu daquele Rio Grande que amavam como uma religião. Mas nada disso valia. Morriam os homens com sua coragem e sua crença, e tudo o que faziam era seguir em frente, por sobre os cadáveres, para a próxima última batalha da revolução. E vinham outros conselhos, outros planos, outros mortos. Gritos de dor e o desespero da febre, da carne queimada, rasgada, podre. E outro silêncio de retirada sob o frio ou sob a chuva, e aquela fome cruel, aquela fome de comida, de calor e de paz.

Logo os outros chegarão. Netto, Lucas, Canabarro, Teixeira, Onofre. Logo as vozes altear-se-ão em discórdias, em planos diversos e vontades tão distantes quanto a noite e o dia, e ele terá de acalmar os ânimos, de silenciar as controvérsias, de serenar o tumulto daqueles gigantes feridos, feridos como ele. E pensar nos que ficaram para trás. Em João Manoel. E em Corte Real, que morreu faz duas semanas. A pior das mortes. A morte longe do campo de batalha, dos canhonaços, da luta. Ele morreu em missão, cercado por imperiais, dentro de um casebre de madeira, com um tiro no meio da testa. Afonso Corte Real tinha 30 anos. Bento pensara em casar Rosário com ele, certa vez. Ambos jovens, belos, ardentes. Mas isso fora antes da guerra. Agora Rosário estava louca, Corte Real estava morto. E ele, Bento Gonçalves da Silva, estava ali, naquela sala, sentindo a pontada de febre em sua testa como um agulha fina e cruel, sentindo a dor nas costas que já o acompanhava fazia algum tempo, como um presságio, e olhando suas mãos trêmulas e envelhecidas, tortas de tanto empunhar a espada. Enquanto tudo desaba ao redor de si, e Caetana envelhece na estância, enquanto as filhas crescem e os filhos sangram na guerra, e o mundo vai se descompondo lentamente, como uma aquarela sob a chuva.

Cadernos de Manuela

Pelotas, 14 de abril de 1900

Mil cavaleiros marchando oito dias sob a chuva. O frio desse continente lhes entra sob a pele como agulhas de gelo, o vento gruda no corpo os andrajos ensopados. A maioria tem os pés descalços, pisa na terra gélida que engole seus dedos como a boca ávida de um morto. O frio entrando pelas solas dos pés não é nada. Há uma força nesses homens. Há uma centelha de coragem que arde no peito de mui poucas criaturas sob esse céu. Que *animus* os move? Por qual sonho morreram tantos, nessa manobra e em outras da guerra? Qual o assombro que mantém viva a chama em seus olhos cansados, molhados de chuva, em sua carne faminta e emagrecida e mutilada?

Há alguma coisa nesses homens.

Algo de sobre-humano, de celeste, de bestial. Algo para além das fronteiras dessa carne. Vem do chão, viva energia que os alimenta a cada légua, que insufla em seus corpos a força para prosseguir contra todas as tempestades, a despeito do mais rigoroso dos invernos, esquecendo todas as derrotas.

Os farroupilhas.

Faz muitos anos que esse sonho pereceu... Dos grandes heróis que conduziram aquela guerra, restam hoje jazigos e ossos, e, para muitos, restam o nada e solamente ele. Os que feneceram em meio à batalha, os mortos de espada, de adaga e de frio. Os generais engolidos pela noite, pelos tiros no escuro. Alguns tiveram um chão de seu, e orações e homenagens póstumas que, decerto, haveriam de recusar. Mas todos partiram. Até meu Giuseppe, tão longe, cansou de esperar por mim e se foi. Somente resto eu desse tempo, com estas memórias, com esse horror e todos esses mortos e essa chuva que fustiga meu rosto como se também eu houvesse estado lá.

Em São José do Norte.

Mil cavaleiros marchando oito dias sob a chuva. O mês de julho despejando sua fúria invernal sobre o pampa. A água caindo do céu como uma chibata, derreando a aba dos chapéus, e muito mais do que isso, vergando ombros e almas e esperanças, penetrando fundo naqueles corpos que avançam em silêncio de oração. Não se pode gastar energia. Há muito chão pela frente. Barro, vento e frio. E há a fome que se enrodilha nas tripas como um gato velho e folgado. Mas não se pode reclamar da fome. Todos os que vão ali sabem das dificuldades que encontrarão pelo caminho. Precisam ser invulneráveis. Há a glória no fim desse universo úmido e cruel e dilacerante. Há o mar. Em São José do Norte. E tudo o que eles precisam é do mar, de um porto. Por isso seguem em frente. Silenciosos como velhos fantasmas, sem recordar os homens que morreram na caminhada, de frio e de fome, ou que apenas desistiram para sempre dessa luta e desse pampa. Morreram brancos e gélidos e molhados. Não receberam cova. Esse chão de barro que cospe os corpos e os devolve à luz baça desse mundo aquoso não os acolheu. Apenas ficaram para trás. Estão na memória dos companheiros, mas não receberam adeus. Não se pode desperdiçar energia.

Os dois canhões atolam constantemente. Os homens puxam, numa organização muda e exata, as únicas bocas de fogo que possuem para atacar a cidade. E seguem em frente. Por pouco tempo. Logo os canhões ficarão outra vez presos na lama. Outra vez a massa humana ao redor deles, numa luta sem trégua contra o mundo aquoso e mineral. A chuva esconde o além como um manto de sonho. Os cavalos puxam, os homens gritam, a energia se consome, bem precioso, e os canhões permanecem inertes no atoleiro. Aquele homem alto e forte e de grandes silêncios e de palavras medidas que foi meu tio Bento Gonçalves da Silva dá a única ordem possível: enterrar os canhões. Atacarão São José do Norte sem as duas bocas de fogo. Os homens obedecem. E eles seguem pelos charcos. O Continente de São Pedro do Rio Grande é agora um imenso charco por onde avança o exército. Avança em direção a um sonho, mil homens que não existem mais e que sequer voltarão a existir algum dia. Feitos de outra cepa. Madeira extinta. Mil homens do ontem. E da glória. E da coragem.

Surgem as primeiras dunas. O mundo começa a ter um odor salino. Lá longe, em algum lugar, está o mar. Giuseppe Garibaldi não contém um sorriso (imagino seu rosto, onde a alegria se anuncia como um sol), chegará enfim ao seu elemento, verá as ondas, a fúria das ondas no mar revolto pelos ventos do inverno, verá o seu berço e passaporte: o mar.

A praia deserta parece congelada no tempo por aquele ar frio. O mar é uma massa cinzenta e furiosa que ruge e se desfaz na areia escura, e cresce e diminui e torna a crescer num ritmo próprio que encanta e atormenta a maioria daqueles homens. São da terra. O pampa é o seu mar. Aquele volume de água misteriosa é cruel aos seus olhos de coxilhas de vastos horizontes de chão. Mas Giuseppe sorri. E seu sorriso se perde na noite que desce do céu.

São José do Norte brilha sutilmente, ao longe. É uma guarnição bem defendida. E espera. Qual uma presa, ou, quem sabe, um caçador experiente. Bento Gonçalves comanda o avanço. O exército segue pela praia deserta. A vila, ao longe, ressona na noite invernal. Quase quinhentas casas onde se janta em frente ao fogo. E mil estômagos naquela chuva, sem comida, 40 quilômetros trilhados por dia.

Do lado oposto, entre a lagoa e o mar, está Rio Grande, repleta de imperiais, com seus barcos bem equipados, seus canhões, com seus homens alimentados e descansados. O exército farroupilha não tem bocas de fogo, está ensopado, exausto, faminto. Precisa contar com a surpresa do ataque. Com o mar revolto que impedirá a ajuda vinda de Rio Grande. O exército farroupilha precisa contar com a centelha que arde em cada um dos 997 homens (três morreram de frio no caminho) que ali, parados naquela praia, espreitam as muralhas de São José do Norte.

São José do Norte é provida de uma linha de trincheiras ao longo da qual se dispõem pequenos fortes, denominados baterias. Bento Gonçalves da Silva e Antônio Netto reúnem os homens ao longo da praia. A muralha que protege a vila tem 3 metros de altura e precisará ser escalada. Os soldados seguram as adagas na boca, vão subindo pela muralha em completo silêncio, misturados com a noite, com o frio da noite, com a areia. Uns ajudam os outros, uma escada humana; dois, três, vinte farroupilhas pulam para o interior do grande pátio. São como gatos, como espectros. Um sentinela é degolado. Morre em silêncio, sem saber o que lhe sucedeu. Entre as baterias dois e três, outros sentinelas são colhidos no escuro. As adagas fazem seu laborioso trabalho. O sangue, no chão de pedras, perde-se na negra madrugada salina.

Os portões são abertos.

Imagino Giuseppe, alto e forte, maltrapilho, talvez, depois da longa jornada, com sua adaga entre os lábios, empurrando os portões por onde a cavalaria republicana avançará. Um animal de rapina, repleto daquela energia que lhe entra pelos pulmões e que o alimenta de mar. Aquela será uma grande vitória, pensa ele. Um presente para Anita, e para seu filho que vai nascer. Quinze gargantas degoladas, todo aquele silêncio de perigos e uma saída para o mar.

Bento Gonçalves arroja-se com sua cavalaria. Dirige-se ao largo da igreja. Garibaldi e seus homens conquistam a segunda bateria. Os farroupilhas começam a fazer fogo sobre o quartel do segundo batalhão dos caçadores de linha. A chuva recomeça com força redobrada, aguçando as ondas e fazendo resvalar as patas dos cavalos que avançam pela cidade.

A cavalaria toma as ruas, sacudindo suas lanças, gritando palavras que são engolidas pelo vento. Crescêncio, Teixeira, Netto e Bento Gonçalves são como baluartes, o vento não os verga, a chuva não os atinge, míticos centauros desse pampa. As luzes se apagam nas casas. E os homens famintos, cansados, enregelados, rebentam as portas. Só querem comida. Um pedaço de pão, um caneco de vinho, um naco de carne. Não desejam usar de violência, mas são como aparições maltrapilhas e assustadoras. A vila de São José do Norte se enche de pavor. Para além das muralhas, no mar, os navios imperiais aguardam.

Na terceira bateria, completamente tomada, alguém atiça o fogo na lareira. Lá fora, a chuva despenca do céu. Bento Gonçalves entra. A água escorre das suas vestes, desfaz seus cabelos e seu bigode, mas ele ainda é um gigante, calmo e decidido, e seus olhos ardem a mesma chama de convicção.

– O comandante Soares de Paiva e seus imperiais estão em uma casa da vila, todos reunidos. Lá, resistem. É preciso que se rendam.

Um dos homens sai outra vez para a noite chuvosa. O estômago vazio reclama, os pés estão enregelados dentro das botas arruinadas. Ele vai falar com o comandante das tropas imperiais. São José do Norte foi tomada. Graças ao temporal ou a despeito dele. Graças à coragem daqueles mil homens.

Soares de Paiva está gravemente ferido, mas não se rende. A coragem habita dos dois lados daquela guerra. O homem volta pelo mesmo caminho. As ruas desertas são varridas pelo vento. Há cadáveres nas esquinas. O mar brame, lambendo com ânsia as paredes da grande muralha já tomada pelos republicanos.

E então o mundo é envolto num único e terrível rugido. Línguas de fogo se alçam para o céu, provocando a chuva e o vento e os raios. O terceiro forte explode como uma bomba gigantesca. Lá estavam as munições imperiais, lá agora arde o inferno. Ouvem-se gritos. Soldados farroupilhas são destroçados na explosão, outros arrastam, sob a chuva, seus corpos mutilados e queimados. A noite de repente se ilumina de chamas e de horror. Com essa imprevista manobra, os homens do Império conseguem grande estrago nas ordes farroupilhas.

Os chefes republicanos admiram a terrível fogueira. Há espanto e descrença no rosto de todos. Agora os imperiais encontram tempo para a reação. Da bateria número 4, a artilharia começa a sua carga. Alguns corpos caem nas ruas de pedra, caem sobre as poças, silenciosamente. É preciso esquecer o fortim e reagir. Esquecer os mortos, os mutilados, o cheiro de carne chamuscada.

E então a chuva parece ceder. Há um momento de medo entre os republicanos. Se a chuva amainar, os navios do Império que estão em Rio Grande poderão chegar ao porto e retomar a vila. Seria sangrenta e inútil batalha, e, depois, a derrota. Bento Gonçalves manda Giuseppe Garibaldi reorganizar a defesa das muralhas. É preciso estar preparado para o desembarque inimigo.

São duas e meia da madrugada. Do mar revolto, começam a chegar os reforços imperiais. Rio Grande decide vencer a chuva e o vento. Os farroupilhas atiram das muralhas, mas os imperiais avançam sob o fogo cerrado. A luta recomeça, no forte, nas ruas de pedras, nos desvãos da muralha. Homem contra homem. Adagas e lanças. Alguns imperiais se entrincheiram nos quartéis. E a noite segue seu caminho de coisa violenta e cabal.

Já o dia amanhece num ritmo mui lento, quase temeroso, e uma luz baça e tristonha vence as nuvens negras que cobrem o céu. Ainda chove. As tropas vindas de Rio Grande começam a desembarcar em massa, venceram o canal que leva ao porto da vila. Os republicanos lutam nas muralhas, tentando impedir o acesso inimigo. E a luz do dia descortina esses rostos insones, fatigados, sujos e famintos. A batalha dura sete horas. E já não há muito a fazer. Perderam mais de duzentos soldados, estão exaustos da viagem e da luta, enquanto os imperiais descarregam centenas de homens na praia. Impossível detê-los por muito tempo.

Alguém diz que a única saída é pôr fogo na vila. Matar os soldados aquartelados. Destruir a cidade e garantir a sua posse. Bento Gonçalves engole o silêncio do amanhecer úmido como um gole de sanidade. Seu peito arde, o rosto está convulso, a tosse insiste em provocá-lo com sua persistência cruel. Ele reúne seus homens. Tem um rígido código de honra. Nem pela guerra, nem pela República, haverá de matar inocentes e civis. Destruir tantas casas, uma cidade inteira. Mesmo tendo viajado tantos dias sob a chuva e o frio, mesmo tendo visto seus homens morrerem de fome, voarem na explosão do fortim, caírem naquele mar de águas cinzentas. Não fez uma revolução para chegar a esse ponto.

Sob as ordens do grande general, os republicanos organizam sua retirada. Há coisas impossíveis de serem feitas por determinados homens. Meu tio fizera uma guerra pela liberdade e pelos direitos dos estancieiros. Aceitara lutar contra um imperador que, na verdade, nunca chegara a odiar. Tinha feito muitas coisas que nunca ousara imaginar. Mas não mataria civis. Mesmo que perdesse aquela cidade, aquela batalha, a República inteira.

Há um descontentamento palpável no ar, que escorre como as gotas de chuva que caem do céu, mas os homens se organizam para partir. Alguns não se conformam em desistir. Trilhar a longa volta. Mais famintos, mais cansados. Trazendo feridos e prisioneiros. E um aperto na alma.

NÃO HÁ MAIS UM porto para a República Rio-grandense. O dia exibe suas luzes pálidas, enquanto o exército bate em retirada, trazendo os seus feridos. Os imperiais ainda os perseguem, mas eles avançam pelas dunas, pisam na areia endurecida pela chuva, respondem ao fogo e seguem pelo mesmo caminho da vinda. A chuva não desistiu de estorvá-los, vai molhando os rostos acabrunhados, vai dificultando ainda mais a retirada. Bento Gonçalves segue em seu cavalo. Está ferido, e um filete de sangue escorre da sua testa alta, dilui-se sob a chuva. Seu rosto é uma máscara de pedra. Impossível perceber a febre que lhe varre as entranhas.

Talvez tenha sido a última grande derrota republicana, e seu último grande assalto. Durante muitos anos ainda se falou daquela noite fatídica, cataclísmica, quando a vitória transformou-se em derrota como num sopro, quando um homem fez uma escolha e pagou por ela com seus sonhos.

Mais de duzentos feridos agonizaram muitos dias sob a chuva e sob o frio daquele julho indizível; a maioria pereceu.

Os que retornaram para Viamão e para São Simão trouxeram nos olhos uma amarga e eterna desilusão, e, na carne, a marca de muitos ferimentos e a magreza da fome.

Manuela

D. Antônia tomava a sopa que Maria Manuela ia lhe dando às colheradas. Não tinha fome, mas a irmã insistira. No entanto, sabia que a sua fraqueza precisava do calor daquele caldo; então fechara os olhos e recordara o tempo em que seu corpo tivera apetites, muitos anos antes, quando era uma moça, e a vida era apenas um caminho de sol a ser trilhado. Assim lograra a tarefa, deixando Maria Manuela mui satisfeita. Además, não era mentir que tivesse sentido um calorzito bom nas tripas, um aquentamento que lhe dera um certo prazer.

– Vosmecê quer mais alguma coisa?
– Não, Maria. Le agradeço. – A voz ainda titubeava um pouco.

Maria Manuela sorriu.

– Entonces vou deixar que usted durma um pouco. – E saiu do quarto.

D. Antônia recostou-se no travesseiro. Podia ver um sol fraco lá fora, um sol que secava a terra depois do inverno chuvoso. Chegara a pensar que seria o seu último. A pneumonia avassalara seu corpo, apagara a clareza de sua mente ágil, e tudo o que ela podia recordar daqueles últimos meses eram imagens baças e perdidas de horas inquietas em que a febre a fazia falar sandices, nas quais via os rostos das parentas e os rostos dos seus mortos com igual nitidez. Num desses momentos, Bento Gonçalves lhe surgira à cabeceira, mas tão pálido e tão magriço de carnes, com o olhar tristonho e tão fugidio, que ela não soubera reconhecer nele um vivente, e chegara a pensá-lo defunto. Nesse dia, acordara aos gritos, e nem a insistência de Ana – que lhe garantia que Bento estava são, tinha perdido uma batalha, era verdade, mas estava mui bem de saúde e mandara carta a Caetana – chegara a acalmar seus pavores.

Muitas coisas tinham sucedido desde o começo daquele inverno até ali, quando já a primavera floria os caminhos da estância, e era possível enfeitar a casa com vasos de jasmins. Quem lhe dava as notícias da guerra era Ana, que sentava horas à sua cabeceira e, enquanto bordava ou tricotava infatigavelmente, ia lhe contando as novidades das quais tinha ciência. Assim, D. Antônia ficara sabendo que o Império anistiara Bento Manuel, o tocaio de seu irmão, o traidor do Rio Grande, que agora estava em sua estância, no Alegrete, decerto mui contente da vida, tomando seu mate e calculando o lucro que obtivera com suas pilhagens, enquanto Bento Gonçalves ainda tentava erguer o fantasma da República Rio-grandense, a custo talvez das suas últimas forças.

Fora a irmã também quem lhe contara do nascimento do filho de Giuseppe Garibaldi, em setembro, um menino de nome Menotti, que Anita dera à luz na vila de São José das Mostardas. Ana dissera que o menino tinha nascido com uma cicatriz na fronte, talvez fruto de uma queda que a mãe sofrera numa das muitas batalhas das quais participara. D. Antônia pensou em Manuela, no peso que aquela notícia lhe traria. A sobrinha sofria em silêncio, fiel ao código das mulheres do pampa: ali não se choravam lágrimas vãs, não se lanhava o rosto; ali, vencia-se a vida dia após dia, com dignidade, fé e trabalho. Nunca mais Manuela tivera qualquer gesto tresloucado, como da vez em que cortara os cabelos à altura da nuca e ficara parecendo um menino um pouco crescido demais, nunca mais D. Antônia a vira pronunciar o nome do italiano, embora soubesse, com uma certeza tão inabalável que a febre não podia demover, quanto a sobrinha ainda amava Garibaldi.

– Manuela ficou sabendo disso?

D. Ana aquiesceu.

– Eu mesma le contei. Ela não derramou uma lágrima.

D. Antônia recostou-se nos travesseiros e suspirou. Era bom que Manuela tivesse chorado em seu quarto por umas horas. A tristeza, quando bem administrada, era um bálsamo. Ela temia que Manuela endurecesse por dentro, cedo demais, como ela mesma. Força e dureza eram coisas mui diversas.

– Manuela sofreu muito. É preciso que seja feliz mui logo, senão vai desacostumar-se com a alegria.

D. Ana largou o bordado no colo.

– Todas nós sofremos muito, Antônia. Manuela vai esquecer tudo isso. É moça e bonita, vai casar, ter filhos e um bom marido.

– Talvez não case nunca. É teimosa o suficiente para amar o italiano pela vida inteira.

Disse isso e fechou os olhos. A noite entrava pela janela como um sopro fresco e silencioso. D. Antônia imaginou que em algum lugar, não muito longe dali, farrapos e caramurus matavam-se mutuamente. Sentiu um cheiro de sangue no ar, e um cheiro de cera de velas e de saudades mui antigas. Será que algum dia provaria outra vez daquele aroma de campo, livre de tristezas e horror, mas somente cheio de vento e de caminhos e de horizontes, aquele aroma que ela gostava de reter nos pulmões até o último instante?

PERPÉTUA PEGOU A MENINA do chão, limpou suas mãozinhas rechonchudas, beijou o seu rosto redondo, de pele mateada, os olhinhos escuros. Teresa lhe sorriu, e o seu sorriso formou duas covinhas na face bonita.

– Agora usted vai tomar um banho, minha filha. Seu vestido está escuro de sujeira.

Entregou a menina a Xica. A negra pegou Teresa nos braços e saiu para o quarto de banho cantarolando baixinho.

Perpétua sentou na cama de casal. A filha estava ficando parecida com Inácio, embora tivesse os mesmos olhos seus, e aquela pele trigueira, herança da família de sua mãe. Levou a mão ao ventre liso. Se fechasse os olhos por um instante, se buscasse em si a concentração total, talvez sentisse aquele átimo de vida que já se havia instalado em suas carnes. A semente. Era muito tênue ainda aquele sopro, mas toda a nova leveza do seu corpo, a languidez dos seus gestos, o sono que lhe surgia agora nas horas mais estranhas, não tendo descido o sangue do seu refúgio, tudo isso lhe dizia que sim, que ela trazia um outro filho de Inácio dentro de si.

O marido tinha estado na estância havia coisa de dois meses, no fim do inverno, logo depois que seu pai retornara a Viamão e que o general Netto havia retomado o cerco a Porto Alegre. Inácio viera fraco, cansado da luta, da viagem que empreendera a São José do Norte junto com os outros. Viera desiludido da derrota; mas, ainda assim, depois de alguns dias de descanso, pudera estar com ela em seus braços, e fora o amante terno e doce que sempre adorara. Por um par de dias, haviam revivido o casamento e seus prazeres. Nem a mãe nem as tias os incomodavam nos longos serões no quarto, enquanto as últimas chuvas do inverno aguavam o mundo lá fora. Depois, Inácio partira para São Gabriel. Perpétua ainda pudera guardar o seu cheiro e o seu gosto por muitos dias, como uma recordação vaga, até que tudo se perdeu na sucessão de tempo da estância, e a vida voltou a ser preenchida pelos bordados, pelos livros, por Teresa e pela espera.

Mas agora tinha dele aquele outro filho. Quando Inácio voltasse, teria a grande notícia. Ou, quem sabe, lhe escreveria uma carta contando sobre a criança. Ainda não se tinha decidido.

Saiu do quarto. Da cozinha, ao fundo, vinha o cheiro do bolo de milho no forno. Sentiu fome, uma fome urgente e nova. Sim, o filho em seu ventre já tinha seus anseios. Encontrou a mãe na saleta de leitura. A luz do sol entrava em cheio pelas janelas abertas. Caetana folheava um livro, desatentamente. Perpétua percebeu, pela sua fisionomia inquieta, que a mãe pensava naquela guerra, em alguma coisa que lhe afligia a alma.

Caetana notou a sua chegada.

– Perpétua, sente aqui, hija. Vamos hablar um pouco.

Caetana Joana Francisca Garcia da Silva tinha envelhecido naqueles anos. Os cabelos muito negros já não tinham o brilho de outrora, embora penteados com igual elegância, e pequenas rugas nasciam ao redor da sua boca bem desenhada. Havia um cansaço novo em toda a sua figura, um cansaço feito de silêncios e de orações sussurradas, e o riso perdera alguma coisa da sua mágica de cascata; agora ela ria mansamente, quase envergonhada das pequenas alegrias.

Perpétua sentou, segurou as mãos de Caetana. Eram um pouco frias, mãos de longos dedos de unhas bem-feitas.

– Não fique amuada, minha mãe. Tenho uma boa notícia... Vosmecê lembra-se de quando Inácio esteve aqui, na última vez?

– Dois meses atrás. No fim de agosto. Ele me trouxe carta do seu pai.

Perpétua sorriu.

– Pois, quando partiu, Inácio me deixou esperando um filho. Faz uns dias que me faltam as regras. Mas solamente hoje, quando acordei com enjôos e tive vontades de comer laranja verde, foi que tive certeza.

Caetana abraçou a filha. Tinha os olhos úmidos.

– A vida segue, Perpétua. Usted traz a vida no seu ventre... – Beijou a testa da filha mais velha. – Por Dios, estoy mui contenta.

– Eu também, mãe. Eu também. Vai ser bom para todos nós. E para Teresa, que vai ganhar um irmãozito.

Ficaram as duas de mãos dadas. E era como se vissem, pelos corredores da casa, aquela nova criança a correr, espalhando alegria e esperança. Uma nova vida. Morriam muitos na guerra, mas a vida prosseguia seu rumo. Caetana levou a mão ao ventre da filha.

– Aqui está o futuro, hija. O futuro de todos nós.

Perpétua sentiu um nó na garganta.

– Inácio vai ficar feliz.

– E usted terá um motivo para esperar, Perpétua... Na gravidez, os dias têm uma doçura toda nova, e não importa que sejam longos. Además, se hay que se espere aqui todos esses anos, ao menos para usted a vida tem sido boa. Usted já tem um marido, tem Teresa, e agora terá essa outra criança.

Perpétua deitou a cabeça no peito da mãe. Um calor morno e bom aqueceu-a. Era verdade. A despeito de toda aquela guerra, era uma mulher feliz.

– Vou acender uma vela em agradecimento para a Virgem – disse.

Caetana afagou-lhe os cabelos espessos e negros. Em silêncio, rezou a sua própria oração. Aquela criança era uma bênção de Deus. Um aviso de que as coisas iriam melhorar. De que Bento e os seus filhos voltariam logo para a casa.

GIUSEPPE GARIBALDI entra na pequena casa de madeira, e seus passos deixam um rastro de água no chão. Há uma sala minúscula, com uma mesa, duas cadeiras, um candeeiro. Ele atravessa a sala e adentra o pequeno e silencioso quarto. Anita está sentada na cama, segurando Menotti em seus braços. Lá fora, no campo, cai uma chuvinha mansa de verão que entristece o fim de tarde e que levanta do chão um cheiro quente de terra.

Giuseppe Garibaldi senta na beirada da cama. Suas vestes estão rasgadas e sujas, as botas têm uma camada de barro a recobri-las. Ele deposita um embrulho aos pés da mulher.

Anita nota a umidade naqueles olhos de mel que sempre luzem uma alegria cheia de viço. Aperta mais o filho nos braços.

– O que sucedeu, Giuseppe?

Duas lágrimas descem pelo rosto do italiano, imiscuem-se na barba fulva, mal aparada.

– Aqui estão as roupas para il nostro Menotti.

– Mas o que sucedeu com vosmecê durante a viagem? E essas lágrimas?

Giuseppe desvia os olhos para a pequena janela. Aprecia a chuva por alguns instantes.

– Encontrei tropas imperiais no caminho. Mas não sucedeu niente... Desviei por uma picada, tomei un altro camino, Anita. Consegui comprar tutto que precisávamos.

A mulher acaricia os cabelos espessos, enroscando os dedos pelos cachos claros, empoeirados. Sente um aperto no peito ao ver a tristeza do seu homem.

– Por que vosmecê chora?

Ele ergue os olhos. Há uma dor inexprimível naquelas retinas.

– Mataram Luigi Rossetti.

Anita é pega de surpresa. Sempre gostou do italiano sério e comedido. Giuseppe dizia que Rosseti tinha abandonado o seminário, que quase se tornara padre.

– Não acredito...
– É verdade. Il mio amigo Rosseti morreu... Em Viamão. A cidade foi atacada por Moringue. Rosseti comandou a defesa. O general Bento Gonçalves e os outros já tinham partido. Luigi foi ferido, per Dio, não quis se render. Moringue matou-o na hora. – Ficou em silêncio por um instante. Anita depositou Menotti no berço e voltou para o lado do marido. – Luigi foi o mais bravo homem que io conosci in questa vita, Anita. La Itália deveria ter orgulho dele per sempre.
– Quando isso aconteceu?
– Faz uns cinco dias.

Menotti geme em seu bercinho. É um menino claro, de olhos azuis, um pouco franzino. Anita vai até o berço e sossega o filho.
– E agora, Giuseppe?
– Questa república perdeu o seu brilho per me. Carniglia morreu afogado, Rosseti morreu com uma bala na cabeça. Só io estou vivo. Já é hora de partirmos para una altra vita, para longe di questo pampa. Não há niente que io possa fazer por aqui adesso, agora tutto é uma questão de política... Io já fiz tutto que podia, Anita.

Anita segura as mãos grandes, calosas, de pele clara, entre as suas. Estão trêmulas como duas pombas assustadas. Ela as leva aos lábios e beija aquelas palmas que conhece de cor. Aspira o cheiro daquele homem que tanto ama. Nunca viu esse sofrimento nos olhos vivazes de Giuseppe, nunca viu essa angústia nos lábios crispados, de sorrisos amplos e palavras buliçosas.

Ficam ambos ali, à beira da cama, até que anoitece lá fora, até que o mundo não é mais do que uma mancha escura e silenciosa. A chuva fina continua caindo, mansamente. O ar vai impregnado de uma tristeza úmida e pegajosa que se cola à pele. Giuseppe perdeu o seu grande amigo. Não existem palavras bastantes para que ele possa expressar a sua dor. E não existem mais lágrimas. Giuseppe Garibaldi nunca soube chorar.

EM FINS DE NOVEMBRO de 1840, o deputado Álvarez Machado é nomeado pelo Império o novo presidente da Província do Continente de São Pedro do Rio Grande. E o general João Paulo dos Santos Barreto recebe o cargo de comandante de armas do exército imperial.

Incumbido de negociar a paz na província, Álvarez Machado escreve ao general Bento Gonçalves, quer "chamar ao governo da pátria, e pelos meios de brandura, os brasileiros dissidentes". O Império oferece a paz mediante algumas condições: anistia para todos os envolvidos no movimento; os empregados públicos permanecem em seus antigos cargos; os escravos não recebem a liberdade, mas serão comprados pelo exército imperial.

Bento Gonçalves reúne-se com os demais chefes políticos da República. As propostas do imperador são consideradas infames pela maioria dos caudilhos gaúchos. A quebra da promessa de liberdade aos escravos é um acinte para o general Antônio Netto e outros abolicionistas como Teixeira Nunes e Lucas de Oliveira. Os ânimos se exaltam, as vozes se alteram. Não se chega a nenhum acordo sobre as propostas do Império.

Quando os homens se retiram do seu gabinete, já ao cair da noite e após acirradas discussões políticas, Bento Gonçalves toma da pena e escreve longa missiva a Álvarez Machado.

V. Exa. se lembrará de haver-lhe eu dito que ambicionava de coração a paz, queria por isso mesmo que ela fosse sólida e durável; que para ser sólida e durável era mister que conviesse nisso a vontade geral dos meus concidadãos; que do contrário eu não era capaz de entrar em arranjo algum; porque a minha defecção, e daqueles que por aqui existem, sem haver uma combinação geral, diminuiria a força numérica, mas não acabaria a luta, se alguns chefes de prestígio quisessem tenazes continuá-la; e então a conseqüência natural desse mau passo seria fazer-me eu vítima do ódio e do desprezo de ambos os partidos com pouca ou nenhuma utilidade de nossa pátria, porque a guerra se prolongaria como dantes.

Tudo quanto acabo de responder é nascido do coração; não desejo ganhar tempo, porque estou firmemente resolvido a fazer a paz debaixo das bases que verbalmente indiquei a V. Exa. nas nossas anteriores conferências; nada peço que seja desonroso ou indigno do trono imperial. Somente pedimos o pagamento da nossa dívida pública, a liberdade dos escravos que estão a nosso serviço, a promessa de não serem recrutados para a primeira linha, nem constrangidos a servir na Guarda Nacional, senão nos postos que ora têm, os oficiais do nosso exército; eis as principais concessões que tenho a exigir: elas são justas e razoáveis.

Bento Gonçalves acaba de escrever a carta, sela-a. Manda chamar um estafeta. Que a leve com urgência até as mãos do representante do imperador.

A RESPOSTA DE ÁLVAREZ Machado não tarda. Chega no dia seguinte. Bento Gonçalves lê a carta sem exibir qualquer expressão. O silêncio vai se gastando na sala como éter que evapora, enquanto o general farroupilha mastiga as palavras do seu opositor. Sentado na sua cadeira, ereto, os olhos negros turvos de sentimentos, sob o calor pasmante do começo da tarde, Bento Gonçalves da Silva deposita a carta sobre a mesa.

O imperador do Brasil, que nunca aceitará condições de nação alguma, por mais rica e poderosa que seja, muito menos as receberá de uma parte dos seus súditos desviados da estrada da lei.

Essas últimas palavras ficam latejando por muitas horas na sua cabeça. Não haverá a paz. Ainda morrerão muitos, ainda se derramará sangue, embora o povo já esteja cansado de tantas pelejas. Bento Gonçalves da Silva sente o cansaço como uma coisa palpável, há um mundo sobre suas costas exaustas, um mundo ensangüentado e hostil. A febre lhe vem outra vez, grácil como uma cobra, esquiva, devastadora. E ele sente saudades de casa, do abraço morno de Caetana, das longas e silenciosas tardes de inverno da estância.

1841

Mariana escuta o silêncio da casa. São duas horas da tarde de um janeiro abrasador. Lá fora, o sol inclemente castiga o pampa e faz os animais procurarem uma sombra que seja; aqui dentro, há essa temperatura amena e esse suave murmúrio de sono.

Estão todos recolhidos em seus quartos. Manuela dorme, estendida na cama, usando apenas a roupa branca, que quase se mistura à palescência morna da sua própria pele. Mariana levanta-se sem fazer ruído – já aprendeu essa arte de mover-se como sombra –, põe o vestido com gestos rápidos, calça as botinas. Sai do quarto mansamente.

Não há ninguém no corredor. Mariana sabe que D. Rosa não dorme a sesta, mas está na cozinha ajeitando alguma coisa, bordando, preparando o bolo da tarde. D. Rosa sempre em movimento, com seus gestos ágeis e sua fala pouca. Mariana passa longe da cozinha e dos olhos atentos da governanta. Atravessa a sala. Os bordados esperam em seus cestos, os vasos de flores dormitam, há em tudo uma expectativa de que o dia prossiga, de que o calor diminua e a vida tome seu rumo outra vez.

Na rua, o ar abafado a envolve, umedece sua pele. Ela pouco se importa. Contorna a casa, vai pela sombra, quando sombra há, e segue para o galpão da charqueada. Sabe que agora os peões também descansam, aqui e acolá, sob a sombra das árvores, no quintal, no galpão dos animais, no curral. Essa não é a hora do trabalho nesse pampa assolado pelo verão. Há uma única pessoa na charqueada, e essa pessoa é João.

Mariana conheceu João faz pouco mais de um mês. João não está na guerra, não é caramuru nem farrapo, é peão de estância e bom violeiro. Foi Manuel quem o trouxe. E D. Ana precisava de braços para o trabalho, pois muitos peões foram para a Campanha, estão lutando com os republicanos, estão morrendo por essas coxilhas afora. João tem 23 anos e é muito moço para morrer. Doma bem um cavalo, é bom de prosas, o pessoal da estância tomou-se de afeto por ele. À noite, ele canta na beira do fogo. E é um homem bonito, alto, de olhos castanhos e cabelos negros. Há alguma coisa de índio nos seus olhos oblíquos, e ele sorri como um gato. Esse sorriso foi a primeira coisa que Mariana viu. A segunda foi o toque morno daqueles dedos rudes. Sim, João logo a abraçou, assim que se cruzaram numa tarde perto da sanga, quando Mariana tinha ido levar Ana Joaquina, a filhinha de Caetana, para tomar banho por lá. Ana Joaquina ficou brincando, quietinha, enquanto João e Mariana se abraçaram e se tocaram e se beijaram e venceram aquela fronteira misteriosa e escarpada. A menina não perguntou dos cabelos desgrenhados da prima, nem daquele rubor em seu rosto, nem reparou os botões mal arranjados do seu vestido um pouco sujo de terra.

Depois daquela tarde, viram-se amiúde. Na sanga, na charqueada, no capão. Mariana achou nos dias uma graça toda nova, e na solidão daquela estância, o terreno perfeito para ver florescer seu amor. Combinavam seus encontros com a minúcia da paixão, esquivavam-se dos outros, mentiam, faziam render esses minutos roubados ao dia com uma ânsia semelhante à adoração. Mariana ganhou outro viço, encheu-se de alegrias, mas não contou desses amores a ninguém, nem à irmã, nem à prima.

A porta do galpão range levemente quando ela entra. Os braços de João surgem das sombras e contornam sua cintura. O sol penetra pelas frestas da madeira, desenha arabescos no chão. Ela sorri, enquanto aquelas mãos famintas sobem para o seu colo, para o pescoço, para o rosto, e contornam sua boca, e desmancham as tranças do seu cabelo negro. Beijos salgados e urgentes.

– Ai, Mariana, que não faço mais nada... Solamente penso em usted. Minha Mariana.

A voz dele é um sussurro doce.

Faz calor. Ele ri seu sorriso de gato, a pele morena de sol, os olhos cintilando aquele ardor de coisa jovem, de animal no cio. Mariana lambe o pescoço úmido, sente o gosto daquele homem com quem sonha toda noite, por quem espera e anseia e arde. Não existe mais nada, lá fora, nem guerra, nem a casa, nem as tias, a mãe, as negras. Não existe nada e ela fará o que deseja, fará o que pede seu corpo trêmulo. Seguirá aquele instinto que lhe nasce das entranhas, que nunca esteve em nenhum livro de oração nem na boca de nenhuma mulher de respeito, mas que vibra, pede, ordena. A vida corre em suas veias como um rio caudaloso que busca o mar.

Deitam no chão. Há um cobertor velho estendido, ali se acomodam. As mãos de João são hábeis com os pequenos botões do vestido claro. A pele branca e perfumada dela vai surgindo como uma pétala, macia como uma pétala de flor mui formosa, e João se perde naquele caminho alvo, quase místico. Ele é feito de arestas, como ela é feita de maciez. Ambos buscam-se e desvendam-se e mergulham naquele oceano de toques e sensações. Lá fora, sob o sol do verão, o mundo dorme. Em sua cama fresca, sob o lençol que cheira a alfazema, Maria Manuela ressona tranqüilamente. Rezou antes da sesta, pediu pelas filhas, por Antônio, pelo fim da guerra que já dura tantos anos. Agora dorme. Talvez não sonhe, está num limbo leitoso e morno e aconchegante.

No galpão da charqueada, sob o corpo de João, Mariana solta seu primeiro grito de mulher. Depois fecha os olhos. Desaguou no mar e está em paz.

AS CARTAS CHEGAVAM em dias misteriosos, conforme o tempo e o favorecimento do exército republicano. Vinham pelas mãos de soldados, estafetas, ou de gente amiga que calhava estar com alguns dos homens da família, e depois atravessavam léguas com os envelopes bem guardados nas guaiacas. As cartas para a Estância da Barra continham tanto coisas pessoais e narrativas cotidianas, como planos e segredos de guerra, era preciso levá-las em segredo para que não caíssem em poder de nenhum caramuru.

A carta de Joaquim chegou pelas mãos de um negrinho da estância de D. Antônia que tinha encontrado um oficial da República num bolicho de caminho. Todo mundo nas redondezas sabia que Nettinho era cria de casa da irmã do presidente. Por isso lhe deram a carta, e ele estava ali, todo cheio de si, naquela manhã azul de verão, para falar com a senhorita Manuela.

D. Antônia, que fazia meses não voltava para a casa, quis ver o negrinho, perguntou como iam as cosas na estância, como estava a gente da cozinha, a peonada. Guardou ela mesma a carta e entregou-a para Manuela naquela mesma tarde, quando a sobrinha veio trazer a sua merenda.

– Joaquim tem paciência, minha filha – disse D. Antônia ao lhe estender o envelope amarfanhado. – Vosmecê devia levar isso em consideração. Paciência é coisa rara num homem.

Manuela sorriu e nada disse. Serviu a tia com carinho, elogiou sua melhora. Ficou ali algum tempo, lendo os jornais que tinham vindo da cidade, falando amenidades sobre o calor daquele verão e sobre os animais da estância.

Somente à noite, antes de se deitar, foi que abriu o envelope.

Querida Manuela,

Escrevo esta carta recém-chegado a São Gabriel, onde viemos dar depois de penosa marcha por essa Campanha, passando trabalhos que nem ouso le contar nestas linhas. Faz cerca de um mês, levantamos o cerco a Porto Alegre, por ser ele insuficiente, já que a cidade vinha sendo abastecida por vias lacustres, a despeito de todos os nossos esforços. Durou quatro anos, esse cerco, e imagino que agora tenha chegado ao seu verdadeiro final.

Muitas coisas mudaram nesses últimos tempos para a República, e decidido ficou que deveríamos nos deslocar de Viamão rumo a Cruz Alta, pois é na Campanha que estamos fortes e temos mais efetivos. A capital também foi transferida aqui para São Gabriel, onde cheguei ontem em companhia de meu pai e de algumas tropas. Para alcançar a Campanha, tivemos necessidade de atravessar a Serra e de cruzar com a coluna imperial de Labatut. Por sorte, escapamos dessa peleja que decerto nos seria mui desfavorável, em razão das más condições de nossa artilharia e cavalaria. Choveu por boa parte do caminho nessa travessia de nove dias. Lucas de Oliveira seguiu à frente com suas tropas, logo depois veio Canabarro com o grosso dos nossos homens, depois viemos nós e o general Netto. Pelo caminho, por causa das dificuldades e do temor de que Labatut atacasse, muitos soldados desertaram, mas finalmente chegamos a 27 de janeiro na cidade de Cruz Alta, onde foi possível alimentar os soldados e fabricar alguns novos uniformes, visto que os antigos estavam em mui desonroso estado e que alguns homens vinham nus da cintura para cima. Também nos foi possível tratar da cavalhada e engrossá-la um tanto.

De Cruz Alta, a maioria das tropas seguiu para Santa Maria, enquanto acompanhei meu pai e seus efetivos para esta vila de São Gabriel, donde le escrevo. Vosmecê deve perceber que mui agitada e difícil tem sido esta vida, a República enfrenta problemas financeiros e de moral, as tropas estão desenganadas, a guerra dura tempo por demais, e já o povo não suporta tanto sofrimento. Eu, como médico, passo dias tratando de feridos que quase nunca logram sobreviver, pois nossos remédios são escassos e tudo o mais nos falta, por vezes até a comida. Vejo em meu pai já o despedir de suas forças, e isso muito me faz sofrer. Não é mais o general Bento Gonçalves aquele homem enérgico e sereno, mas um soldado alquebrado, ferido pelo tempo e pelas privações, enfraquecido por males de pulmão e por repetidos fracassos e pressões de todos os lados. Fico pensando quanto ele ainda suportará em nome da causa e das gentes deste Rio Grande, pois sei que é apenas por eles que prossegue a luta. Amanhã, meu pai reassumirá a presidência desta república, que estava sendo exercida pelo vice-presidente, José Mariano de Matos. Rezo para que tenha forças suficientes para essa tarefa, pois, às vezes, a política pode ser mais extenuante e cruel do que a batalha.

Quanto a mim, cara Manuela, vou cumprindo com o que de mim esperam, ajudando meu pai e lutando nesta guerra, e a única coisa que me anima é pensar em vosmecê. Sei que o mesmo tempo que me alquebra também a faz sarar, e esse é o meu consolo. Todos esses meses que não nos vimos, desde aquela mui triste manhã em que vosmecê jurou seu amor eterno a Garibaldi, devem ter abrandado em sua alma esse sentimento. É por isso que rezo, para que vosmecê tenha visto sanar o seu magoado coração, e nele encontre espaço para querer bem a este seu fiel adorador.

Esteja em paz e pense com carinho no nosso futuro,

seu Joaquim.
São Gabriel, 13 de março de 1841

Manuela deitou-se e ficou pensando nas palavras do primo. De que tinham valido todos aqueles anos? O Continente estava empobrecido, tantos dos seus tinham morrido, outros pereciam à mingua, e a guerra permanecia como uma nuvem de tempestade sobre a cabeça de todos.

E havia Giuseppe. Ela não tivera mais notícias dele. Ainda estaria no Rio Grande? E havia Joaquim. Aquela doçura e aquela atenção. A beleza morna e outonal que pouco podia com seu coração agreste. A carta não tinha lhe tocado a alma, nem feito tremer suas mãos, nem trazido lágrimas aos seus olhos. Não havia o vendaval que conhecera com Giuseppe. E ela seguiria pela estrada daqueles anos, tinha certeza, tão sozinha como então, porque, depois de haver provado o sabor mundano do vento, não tinha mais como contentar-se com a brisa ou a calmaria.

D. ANTÔNIA VOLTOU para casa no fim do mês de março. Encontrou a estância um pouco mais empobrecida do que a tinha deixado. Tropas da República haviam confiscado algumas cabeças de gado e uma parte da cavalhada. Mas ela teve prazer em passear pelo laranjal florido. Haveria muita fruta no inverno, e ela sempre considerara isso um bom presságio para sua vida pessoal. Gostava de deixar as cascas de laranja queimando perto da lareira ou no fogão, gostava daquele cheiro cítrico e limpo espalhado pela casa, cheiro da sua infância.

Na convalescença, caminhou muitas tardes pelo laranjal. Era lá que pensava, entre as suas árvores. Já não tinha grandes esperanças em relação àquela guerra. Eram cinco anos de sofrimento. Tinham ganho muito pouco com aquilo tudo, mas ela sabia que por um sonho se arriscava muito. Gostava de pagar o preço. Mas agora, andando ali pela sua terra, solita, cansada e fraca da doença, descobria uma nova verdade. Tinham sofrido em vão. As contas da estância estavam difíceis, todo o Rio Grande havia empobrecido, e nas casas das pessoas era raro ver-se um jovem que fosse – os rapazes haviam ido para a batalha. E muitos sequer voltavam.

– A peleja é para os jovens – divagou. – Mas e a morte?

Falava sozinha agora mais do que antes. Como a mãe. Mas falava verdades. Não havia qualquer prazer na velhice inquieta de uma guerra. Já não era mais moça... E nem Bento. Preocupava-se cada vez mais com Bento, sonhava com ele. Sonhos dúbios, dificultosos, tristes e opacos. Sabia que aqueles anos lhe tinham pesado mais do que a ninguém. Os mortos não tinham sentido aquele tempo, estavam além dele; apenas os vivos, os que pelejavam nas coxilhas, que cavalgavam sob a chuva, seguravam a bandeira e a agonia da República, esses sim eram credores daquele sonho frustrado.

Tinha recebido carta de Bento. Lera-a junto com as outras, na noite anterior, antes de voltar para o Brejo. O irmão derramara palavras amargas no papel. Almejava a paz, mais do que nunca, pois aquela guerra não seria vencida. Estavam enfraquecidos, pobres e cansados. Bento estava cansado. Mas a paz não se acertava. Os acordos morriam sempre em conflitos por cláusulas e idéias e detalhes em que não se podia ceder pela honra ou pela palavra empenhada, ou ainda pelo orgulho. Todos os negros do exército esperavam a liberdade. Mereciam sua liberdade, tinham pelejado e morrido por ela. Mas a liberdade não vinha.

D. Antônia tomou o rumo da casa. O horizonte começava a tingir-se de rubro sobre as coxilhas ao longe. O rosto do irmão, assim como o vira num sonho, tomava sua mente. Estava magro, pálido, a barba embranquecida e a pele gasta. Bento Gonçalves, um escravo daquilo tudo. Ela pensou em voltar para a casa e ir direto ao escritório escrever a Bento. Que abandonasse a guerra. Fosse para o Uruguai, onde tinha terras, voltasse para Caetana, cedesse seu cargo para outro mais jovem, sedento de vitórias e de percalços. Mas D. Antônia não iria escrever aquela carta. Bento a queimaria como reles ofensa. E tinham aprendido, desde sempre, com a mãe, com o pai, com todas as histórias que ouviram desde pequenitos, que a honra era ir até o fim.

Entrou na cozinha. Uma das negras sovava um pão sobre a mesa de madeira gasta, marcada de facas.

– Preciso de um mate bem quente.

A negra abriu um sorriso alquebrado. As mãos brancas de farinha contrastavam com sua pele escura. Ela limpou-as no avental, foi aquecer a água.

Lá fora, a tarde morria numa beleza de doer na alma. D. Antônia tentou imaginar de qual janela, de qual coxilha, campo, solidão ou tenda Bento Gonçalves apreciava aquele terrível e fantástico pôr-do-sol cor de sangue.

MARIA MANUELA DESPEDIU-SE de D. Ana com um abraço. Usava um vestido escuro de viagem, os cabelos presos no alto da cabeça. Iria visitar Rosário. Depois de tantos meses, veria a filha. A madre tinha escrito autorizando a primeira visita da família. Mariana iria com ela. Estava um pouco amuada por deixar a estância durante três dias, mas havia se despedido de João naquela madrugada, e o gosto dos seus beijos ainda temperava sua boca.

D. Ana recomendou que fossem pelas estradas maiores, que tivessem cuidado e voltassem logo. Manuel as levaria até o arredores de Caçapava, onde ficava o convento. Manuel conhecia os caminhos e os códigos daquele pampa convulsionado pela guerra. Subiram na charrete. Fazia um dia bonito. Tinha chovido durante a noite, a estrada estaria menos poeirenta. Acenaram. Manuel incitou os dois cavalos, a carruagem começou a mover-se. Maria Manuela rezou uma breve oração. Não sabia bem pelo quê.

A viagem foi tranqüila. No caminho, cruzaram com um piquete imperial, mas não foram incomodados e puderam seguir em frente. O outono começava a dar mostras da sua vinda, espalhando flores pelo campo, refrescando o ar. Mariana animou-se com a paisagem que se descortinava ante seus olhos. Fazia anos que não abandonava os arredores da estância, no máximo indo visitar D. Antônia. Começou a gostar da viagem. Maria Manuela ia quieta, pensando em Rosário.

– Como será que ela está?

– Quem? – perguntou Maria Manuela.

– A irmã. Será que sente solidão?

– Espero que esteja em paz. Solidão é coisa que todas nós sentimos. Eu sinto solidão. Ana sente solidão. Caetana sente solidão. – Fitou a filha nos olhos: – Vosmecê se sente solita também?

Mariana pensou em negar. Já tinha sentido muita solidão durante aquela guerra. Um vazio dentro da alma, um vácuo. Mas agora não. Agora tinha João.

– Sinto – mentiu. Era bem melhor assim. – Mas aprendi a manejá-la.

– Vosmecê é jovem, filha. Na mocidade, aprende-se a lidar com tudo. Por isso que tenho fé: Rosário há de estar bem. Há de ter passado aquele delírio.

Seguiram pela estrada até quase o anoitecer.

O CONVENTO ERA UM PRÉDIO ESCURO, enclausurado entre altos muros, cercado de um jardim florido, tendo ao fundo uma horta grande e, ao longe, um capão onde os pássaros iam se esconder. A madre recebeu-as à porta com um solene aperto de mãos e poucas palavras. Mal entraram no convento, Mariana pareceu sentir frio. Havia ali uma tristeza encruada de silêncios e de incenso. Ela pensou na irmã alegre, que sempre adorara os saraus e bailes. Teve pena. Podia fenecer ali, como uma rosa sob a geada. A mãe e a freira seguiam na frente, trilhando os corredores cheios de sombra, falando em Deus. Algumas noviças cruzaram por elas, de cabeça baixa, os pés mal tocando o chão. Qualquer ruído parecia ser uma espécie de pecado.

– Este é o quarto de Rosário – disse a madre. – Ela está na capela, mas já vem. Vosmecês entrem e esperem um instante.

Vinha uma brisa agradável pela janela. Era uma peça severa, sem adornos. Mariana olhou o Cristo preso à parede, ele tinha olhos de sofrimento. A madre retirou-se, avisando que ia buscar Rosário.

– Aqui é triste – disse Mariana.

A mãe olhou-a com estranheza.

– É que já anoitece. Mas me pareceu um bom lugar. Aqui há paz. A guerra está mui longe destas paredes.

– A guerra e a vida, mãe. O tempo não passa por aqui.

Maria Manuela sentou na única cadeira do quarto. Tirou o chapéu de viagem.

– O tempo só traz mazelas, um dia vosmecê há de aprender isso, minha filha. É bom viver apartada dele.

Ficaram ambas em silêncio. Mariana pensou em quanto a mãe tinha mudado nos últimos anos, principalmente desde a morte do pai.

Rosário chegou logo depois. Usava um vestido escuro, os cabelos presos, parecia bem mais velha do que era. Os olhos brilharam de alegria quando ela viu as parentas, mas tinham agora um azul desbotado e fraco. Maria Manuela abraçou a filha e chorou.

– Vosmecê está bem? – Espiou o rosto bonito e bem-feito. – Está, logo se vê. Deus tem cuidado bem de vosmecê.

– Estou bem – respondeu Rosário. – Tenho rezado muito.

– A reza é um bálsamo – disse a madre, séria.

Mariana beijou e abraçou a irmã. Notou-lhe as mãos frias, mas nada disse. Ficaram todas ali por algum tempo, até que a madre convidasse Maria Manuela a ver o quarto que lhes tinha preparado por pousada. As duas mulheres mais velhas ganharam o corredor.

Mariana sentou na cama e chamou Rosário para o seu lado.

– Vosmecê está bem? Quero saber a verdade.
– Hay que se estar, Mariana. Aqui eu fico em paz.
– Mas não se sente só?

Rosário abriu um sorriso.

– Não. Tenho Steban. – Chegou-se mais perto do rosto da irmã e sussurrou: – Ele veio comigo. Nos vemos toda noite... Vamos nos casar.

Mariana sentiu os olhos úmidos de lágrimas. Abraçou Rosário, que sorria de felicidade.

– Era bom que vosmecê voltasse para casa, Rosário. Sentimos a sua falta por lá. Poderíamos passear, andar de charrete, cantar... Tia Ana tocaria piano, faríamos um baile, quem sabe? – Acarinhou seus cabelos dourados. – Se vosmecê pedisse para a mãe e não falasse no Steban, ela a levaria de volta.

– Mas eu não quero voltar, Mariana. O Steban não gosta da estância. Ele tem medo do tio Bento... Desde o Uruguai, ele tem medo do tio. Aqui estamos melhor.

Mariana segurou as mãos da irmã entre as suas. Sentiu uma angústia no peito e uma vontade louca de voltar correndo para a casa e jogar-se no abraço morno de João.

O MÊS DE MAIO trouxera as chuvas. Desde o amanhecer até a noite, o céu permanecia pesado e denso, recoberto de nuvens escuras e tristes. À noite, chovia invariavelmente.

Bento Gonçalves e os filhos estavam instalados numa casa baixa, com um pátio onde dormia uma grande figueira. As janelas dos quartos eram viradas para o poente, a sala era ampla e quase desprovida de móveis. João Congo e uma negrinha cuidavam de tudo. Os dias eram repletos de reuniões e planos e tentativas de desafogar os exércitos, de acabar com aquele impasse de tropas na Campanha. Precisavam de uma grande vitória, nem que fosse para regatear com o Império um acordo mais justo para a paz.

Na tardinha nublada e úmida, Bento tomava seu mate em frente ao fogo. Ultimamente, tossia muito. Joaquim se preocupava, mas ele dizia não ser nada. Não contava das febres intermitentes, nem das noites maldormidas e cheias de sufocantes pesadelos. Joaquim acompanhava o pai com certa angústia. Temia, mais do que a tosse, aquele olhar triste que se perdia no horizonte por muito tempo, aqueles olhos baços, sem sombra da energia de antigamente.

Bento Gonçalves remexeu as brasas na lareira. João Congo meteu a cara na porta.

— Hay uma visita para o senhor — disse o negro.
— Quem é?
— O italiano Garibaldi.

Bento Gonçalves acabou o mate. O italiano vinha palavrear com ele. Bento imaginava bem sobre o quê. Olhou o fogo crepitando na lareira, lembrou-se de quando Garibaldi quisera noivar com Manuela. Fora acertado dizer-lhe não. E, no entanto, mesmo agora, como acusar o italiano de qualquer atitude insensata? Ele mesmo, preso àquela guerra por todas as fibras do seu ser, quanto não daria por um quinhão de paz?

— Manda ele entrar, Congo. E aqueça mais água.

Giuseppe Garibaldi podia ser imenso e delgado ao mesmo tempo. Havia uma força inerente nos seus gestos, no seu rosto, no brilho intenso dos seus olhos de âmbar. Bento Gonçalves apertou-lhe a mão calejada. Convidou-o a sentar perto do fogo. Fazia frio lá fora. Examinou o italiano, encontrando sinais de cansaço nele também. Estava mais magro, um tanto abatido. Talvez não fosse mais o leão de antigamente, do começo. Bento lembrou da travessia com os barcos pelo pampa. Aquele era um homem ímpar. No entanto, havia algo nele que o incomodava, aquele ar de pássaro, talvez.

— Vim le dizer una cosa, senhor presidente. — Garibaldi falava baixo e pausadamente. — Una cosa irremediável.

— Pois diga, senhor Garibaldi.

— Io quero partir do Rio Grande. — Fez-se silêncio. Bento Gonçalves encheu novamente a cuia, fez menção de passá-la ao italiano, que negou o mate. — Io quero ir para Montevidéu, cominciare una nuova vita. Com Anita e com il mio figlio. — Esperou algum comentário do homem moreno e sério, maior general daquele Continente. Nada. Bento Gonçalves parecia aguardar o restante da sua confissão, do seu pedido, da sua renúncia, da sua deserção. Fosse o que fosse aquilo, Bento Gonçalves esperava. Então prosseguiu. – Io estou aqui há três anos. Fiz tutto por questa república. Agora o tempo é finito. A República Rio-grandense não precisa mais de mim, senhor presidente.

Bento Gonçalves atiçou o fogo na lareira. Lá fora, a noite descia brandamente, com os primeiros pingos de chuva que cantavam no telhado. Ele se recostou na cadeira. O rosto do italiano tingia-se de cores por causa das chamas da lareira.

– O senhor tem todo o direito de ir embora. Seguir sua vida. Já fez muito pelo Rio Grande.

– Desde que Rosseti morreu... – A voz do italiano faltou.

– Rosseti foi um grande homem, um homem sábio. E corajoso.

A sala estava embebida naquela luz inconstante. Garibaldi ergueu-se. Parecia mais abatido do que na chegada.

– Preciso dar uma vida al mio figlio, senhor presidente.

– Todos nós precisamos de uma vida, senhor Garibaldi. – Ergueu-se também. Estendeu-lhe a mão. – Vosmecê pode partir em paz. Le seremos gratos para sempre. Vosmecê fez muito pela nossa república.

O italiano aquiesceu com imensa tristeza. Era duro partir daquele sonho. Despediu-se. Avisou que seguiria para Montevidéu em uma semana. Tencionava viver uns tempos por lá. Bento Gonçalves acompanhou-o até a porta.

– Vosmecê é credor da República Rio-grandense, senhor Garibaldi. Le peço que me encontre em dois dias. Temos algo a le dar. Decerto, é menos do que o merecido, mas é tudo o que podemos le oferecer.

Giuseppe Garibaldi saiu para a chuva rala. O cavalo esperava-o, amarrado sob a figueira. Bento Gonçalves voltou para dentro da casa. Acomodou-se em frente ao fogo outra vez. O corpo lhe doía. Não era mais o mesmo homem que fugira do Forte de São Marcelo a nado. Muita coisa havia mudado, coisas que iam além daquele corpo alquebrado pelas pelejas, coisas mais profundas, coisas que viviam na sua alma. A noite invernal derramava um desalento silencioso pelo pampa. Bento Gonçalves perdeu seus olhos nas chamas inquietas da lareira.

AS SEISCENTAS CABEÇAS malhadas formavam um único corpo cheio de viço e energia sob o sol manso do inverno. Dois vaqueanos seguiriam com ele até a fronteira, onde começaria vida nova. Era uma manhã límpida de maio. O ar ainda estava impregnado da chuva noturna.

Garibaldi, em seu cavalo, passou em revista as reses. Tinha-se despedido havia pouco de Bento Gonçalves, que lhe desejara boa viagem e sorte. Bento Gonçalves era um homem sem sorte. Ao deixá-lo, Giuseppe encomendara-se aos seus próprios deuses, pedindo uma travessia boa e uma chegada pacífica ao Uruguai. Venderia algumas cabeças no caminho, negociaria em Montevidéu o restante da boiada. E então, Anita teria uma casa, Menotti teria um berço, ele teria a sua paz.

Os soldados despediram-se dele com emoção. Tinham lutado juntos, sofrido juntos, passado fome juntos. Garibaldi era respeitado e amado. Não aquele respeito frio, quase cruel, que se derramava dos olhos do presidente; um outro tipo de sentimento, nascido na irmandade, unia-o àqueles homens.

Um vaqueano aproximou-se.

– Está tudo arreglado, Garibaldi.

– Bene. Vamos partir.

Começaram a tocar a boiada. Garibaldi cavalgou até onde estava a carroça em que viajariam Anita e o filho.

Anita lhe sorriu, e, como sempre, aquele sorriso doce, confiante, encheu-o de calma.
- Vamos embora, Anita?
- Vamos - respondeu ela, com o filho no colo.

Ele saiu a galope. Havia um grupo de oficiais admirando a cena. Um deles acenou-lhe. Era Teixeira Nunes. Ele nunca esqueceria o capitão Teixeira Nunes e seus lanceiros negros. Dirigiu-se até eles. Teixeira cofiava os longos bigodes. Um sorriso insinuava-se em seu rosto moreno. Ao lado dele estava Joaquim.
- Buena suerte, Garibaldi.
- Adio, capitão Teixeira.

Os olhares dos dois homens se cruzaram por um momento. Garibaldi lembrou-se de Curitibanos e sorriu de todo aquele horror. Virou o cavalo. Antes de sair a galope, fitou Joaquim. O filho mais velho de Bento Gonçalves olhava-o serenamente. Era um jovem bonito, garboso, com um rosto franco. Talvez estivesse um pouco pálido, magro demais. Giuseppe chegou-se mais perto. Lembrou-se então da bela mulher castelhana que vivia na casa de D. Ana. Joaquim tinha algo da beleza da mãe.
- Cuide de Manuela... - pediu.

Joaquim pareceu surpreso, um instante. Depois aquiesceu.

Giuseppe Garibaldi sorriu tristemente. Esporeou o cavalo e saiu pelo campo. Deixava para trás aquele pampa misterioso, com seu vento de inverno e seus verões sufocantes, aquele pampa de homens corajosos e de sonhos de liberdade. Deixava para trás alguns anos da sua vida, os melhores amigos e um amor tão delicado que nunca haveria de sobreviver sob o céu.

Respirou fundo. O ar frio entrou em seus pulmões como um bálsamo. Ele não olhou mais para trás. Os vaqueanos iam gritando, tangendo a boiada. Giuseppe Garibaldi experimentou um sorriso de satisfação. Lançava seu barco ao mar, mais uma vez.

– Adio, Rio Grande, adio.

Nunca se esqueceria do Continente.

UM SOPRO DE LUZ muito pálida alcançou seus olhos. No sonho, abria uma janela. A luz foi invadindo o sonho, aumentando, a janela transformou-se em porta, em fogueira. Abriu os olhos, assustada. Sentiu o calor dele enroscado ao seu corpo, o braço forte sobre a sua cintura. O pelego envolvia a ambos como um abraço.

Mariana viu que amanhecia lá fora. Uma luz baça descia do céu muito claro. Pelas frestas da madeira, a luz entrava no galpão. Que horas seriam? O dia começava mui cedo na estância, e ela temeu ser vista ali, naquele pelego, enrolada ao abraço de João, de camisola, despenteada e pecadora. A mãe a mandaria ao convento, aquele lugar lúgubre, silencioso e morto.

– Ai, meu Deus! – Deu um pulo. Ao seu lado, João abriu os olhos, confuso. – João, já é dia! Preciso voltar para o meu quarto.

Ele sorriu ao vê-la, tão bonita, os cabelos negros soltos pelas costas, o rosto corado. Tinham se encontrado ali no meio da madrugada. Ela chegara enrolada no xale, usando um poncho grosso sobre a camisola branca e delicada. Quando tocara em seu rosto, sentira-o frio e úmido do sereno. Um grande desejo de acalentá-la o envolvera. Passaram o resto daquela noite sob o pelego, mais felizes do que no céu.

– Vosmecê vai congelar aí, com essa roupa fina – disse ele, sorrindo. – Devia pôr uma roupa.

Mariana obedeceu.

João também se vestiu. Colocou o pala por sobre o dorso nu, escondendo a musculatura bem-feita. O olho negro dele grudou-se nela. Ele sorriu. O sorriso felino e sensual.

– Vou embora, João. Después nos falamos. Minha mãe deve estar acordando, e Manuela também.

– Usted devia contar tudo para ela. É sua irmã... Mais dia, menos dia, ela descobre mesmo. Usted quase nem dorme naquele quarto.

Mariana beijou-o. A boca úmida de saliva tinha um gosto de fruta, de coisa silvestre. Doía voltar para a casa. Tomar o café com as tias, rezar, bordar, folhear um livro por horas, enquanto só fazia pensar nele, nos momentos que tinham repartido, nos deliciosos pecados cometidos.

– Ainda não, João. – Enrolou-se no xale. – Minha mãe anda mui estranha. Se souber de nós, se desconfiar, há de trancar-me num convento até que esta maldita guerra finde. Vosmecê não é exatamente o marido que ela imagina para mim... Precisamos de tempo para contar a ela, quando estiver mais calma, mais serena. E eu não quero ir para um convento. Fui visitar Rosário, ela está definhando aos poucos. E vosmecê sabe, não gosto de rezas e ladainhas.

– Usted gosta é de mim. Dos meus carinhos.

Ele afagou-lhe os cabelos. Amava-a. Desde o primeiro momento, quando chegara na estância, trazido por Manuel, soubera que ali, naquela terra, havia algo esperando por ele. Soubera como num sonho. Na primeira noite, tirara a viola do saco e fizera uma música de amor. Ficara horas sob as estrelas, olhando o pampa silencioso, e pensando no amor. Nunca tinha amado antes. Tinha conhecido umas chinas, uma donzela mui hermosa, uma castelhana viúva, mas tudo coisa passageira. Do amor mesmo, nunca vira a sombra. No dia seguinte, temprano, tinha cruzado com Mariana na sanga. Não haveria de esquecer o ardor que lhe varara o peito, as carnes, a alma inteira. Depois daquele dia, ansiava estar com ela por todos os minutos.

Mariana saiu. Ele olhou-a da pequena janela. Logo, Mariana estaria em seu quarto de moça rica, com as negras para servi-la, e a mãe a lamuriar-se por isso ou aquilo. Para ele, João Gutierrez, cabia a lida. O dia inteiro na faina, na labuta, trabalhando na estância, domando os potros. Sabia bem o seu lugar. Mas tinha se apaixonado pela moça rica, e viveria aquele amor, ali ou em qualquer outro pago. Sabia que D. Ana, que era boa e gentil com toda a peonada, se soubesse daqueles encontros, correria com ele da estância. Decerto, mandavam meter-lhe uma bala nas guampas para silenciar o causo. Depois voltariam às missas, aos bordados. Ele sabia. Mariana era sobrinha do general Bento Gonçalves da Silva, o homem mais importante do Continente. E ele, ele não era nada. Filho de uma índia charrua com um uruguaio qualquer, criado naquele pampa, para cima e para baixo, sem teto nem família. Era bom com a cavalhada, conhecia o chão como a sua palma, mas não era estancieiro, nem fidalgo, nem cosa alguma que o valesse.

Acabou de vestir-se rapidamente. Um cusco começou a ganir ao longe. Na rua, o ar frio despertou-o por completo. Ele foi para o galpão. Tomaria o mate com os outros, depois iria ver os cavalos. Pensava em Mariana, na sua pele alva, na luz dos seus olhos negros de longas pestanas. Amava-a. Se quisessem separá-los, faria qualquer coisa. Um desatino. Mariana era sua mulher. Deus tinha decidido aquilo. E ele acreditava em Deus.

PEDRO COMPLETOU 26 ANOS fazia dois dias. A mãe contava que tinha nascido numa noite fria de junho, primeira noite de junho, e que chorara até ficar roxo. Depois tinha conhecido o peito morno e cheio, e logo sossegara, acalentado.

Apesar de ter sempre sido um menino sereno, aquele choro de fúria, o primeiro da sua vida, havia sido um aviso. Pedro era calmo por fora, mas que não cressem tanto na sua malacia; por dentro, habitava-o uma fúria inquieta e sutil.

Vai cavalgando na frente da coluna. Está indo encontrar Netto e seus homens, que estão acampados ao sul do Jacuí. A manhã é límpida e muito fria. O minuano soprou por três dias, agora o pampa está sereno, apaziguado. Pedro sente a fome corroendo suas tripas com aquela ânsia discreta de sempre. Pensa nas saborosas mesas que D. Ana serve em casa. Sente saudades da estância, de Pelotas, dos almoços intermináveis regados a bom vinho. Nunca foi um glutão. Mas agora, nessa estrada, enquanto avança, sofre por não ter comido todos os manjares, todos os churrascos, as pessegadas, os carreteiros que viu servirem na sua vida. A fome é um inseto cruel e insistente. A fome é como uma mosca.

Netto espera-o com novecentos homens. Traz consigo duzentos praças. Juntos, sob a ordem de Netto, vão atacar João Paulo, o general imperial. A Campanha é território farroupilha, ali se sentem confiantes. Talvez Canabarro una-se a eles, Pedro não sabe. Apenas foi designado para aquela manobra. Teixeira e seus lanceiros também rumam ao encontro de Netto. Pedro vai seguindo com seus homens. A coxilha se estende com todo o seu verdume, silenciosa e suave. A coxilha é como um peito de mulher, morno sob o sol invernal, bonito e fresco. Um acalanto. Pedro aspira o ar. Vai juntar-se a Netto. Tem 26 anos. Quando nasceu, chorou muito; a mãe, D. Ana Joaquina da Silva Santos, sempre contou esse causo.

D. Ana pega a vela entre as palmas das mãos como quem segura uma espada que vai lhe salvar a vida. Fecha os olhos e reza. Tem intimidades com a Virgem. Todos os dias, por três vezes, encosta-se ao oratório com sua vela na mão, faz os mesmos pedidos, põe o mesmo fervor nas suas antigas palavras. A Virgem já a conhece de muito tempo. Viu-a chorar a morte de Paulo, amparou-a quando o baixaram à cova. Ajudou-a a adormecer na primeira noite da sua viuvez. A Virgem compreende os percalços daquela revolução, os sofrimentos femininos, a angústia costurada com a linha de bordados, a cruel sina daquela espera.

D. Ana acomoda a vela no oratório. A chama se eleva por um momento, altaneira e inquieta. "Tem uma corrente de vento por aqui", pensa. Procura por janelas abertas, está tudo bem fechado. Faz frio lá fora, e as negras têm ordem de manter a casa aquecida. As crianças facilmente ficam resfriadas nesses invernos úmidos do pampa gaúcho. A vela continua a subir e descer a sua chama. Será que a Virgem a ouve? Tem algo a dizer-lhe? Será? Mas a vela não está firme, bem assentada. Parece que vai se apagar a qualquer momento, cair do altar, desgostar a Virgem com seu tombo de vela inquieta. D. Ana segura-a. Talvez seja o caso de derreter mais cera, prendê-la melhor, mais ao canto, pertinho da santa.

– Vou acomodar bem tudo isto, minha Virgem.

D. Ana segura a vela acesa com a mão esquerda. Com a direita, faz outra vez o sinal-da-cruz. Uma porta bate em algum lugar da casa. Um grito de mulher. D. Ana toma um susto, a vela cai das suas mãos, vai estatelar-se sobre o tapete. D. Ana não acredita. Em dois segundos, ante seus olhos, o tapete pega fogo, vai surgindo um buraco na trama de lã, as chamas se alteiam num vermelho mais intenso. Agora é D. Ana quem grita. Grita desesperadamente, tapa o rosto. Treme. Não quer ver o que está dentro daquelas chamas.

Zefina e Caetana acodem. D. Ana está ajoelhada no chão, o tapete ardendo aos seus pés, exalando um cheiro forte de fumaça e de lã chamuscada.

– Cruz em credo!

Zefina traz uma vassoura, bate meia dúzia de vezes no tapete, até que o fogo cesse. Fica um cheiro acre no ar. D. Ana está chorando baixinho. A Virgem parece olhá-la com certa pena; dos seus olhos estáticos vem um brilho baço de tinta antiga. Caetana ajoelha-se ao lado da cunhada.

– O que sucedeu com vosmecê?

D. Ana tem os olhos esbugalhados de horror.

– Um susto. Ouvi o grito e então...

Caetana afaga-lhe as costas rígidas.

– O grito? Não foi nada, Ana. Milú derrubou uma panela de charque no chão da cozinha. Vosmecê sabe que é uma negra mui assustadiça, a Milú.

D. Ana fita Caetana nos olhos. Está pálida.

– Quando a vela caiu, eu vi. Eu vi muito bem visto, como se fosse aqui na minha frente, Caetana.

– Viu o quê?

– O Pedro. – As lágrimas escorrem pelo seu rosto. – Com uma lança atravessada no meio do corpo.

Caetana segura as mãos da cunhada entre as suas. Estão úmidas. Não sabe o que lhe dizer. Zefina está recolhendo o tapete queimado, e dentro dos seus olhos brilha a chama do medo. D. Ana começa a chorar baixinho, como se fosse uma menininha assustada pega em alguma falta terrível.

QUANDO A NOTÍCIA CHEGOU na Estância da Barra, D. Antônia também estava lá. Tinha ido ver a irmã, muito combalida e nervosa depois do tal susto, da premonição. D. Antônia não acreditava em muitas coisas; para ela, a vida era uma sucessão de acontecimentos previsíveis e mundanos – bastava manter a calma e a ordem, que a maioria das coisas voltava aos seus eixos. Mas tinha medo de noites ventosas e acreditava em premonições de mãe.

D. Antônia estava ao lado da cama de D. Ana, lendo para ela um trecho de um romance qualquer, apenas para encher o tempo e distraí-la daquele pânico, quando ouviram o galope de um animal chegando perto da casa. A voz de Zé Pedra cumprimentou o cavaleiro, que falava baixo. D. Antônia ouviu o negro responder, solícito:

– O senhor aguarde. Vou buscar uma das patroas.

D. Antônia ergueu-se rapidamente. Os olhos de Ana estavam presos nela, assustados.

– Vosmecê fique aí, que eu já venho – disse.

Na sala, aquecido pelo fogo, o homem contou sua história. D. Antônia ouviu cada palavra como uma punhalada em sua carne. Mais ao longe, perto da porta, Caetana chorava mansamente. Pedro tinha sido morto para os lados do Jacuí, num entrevero com um piquete imperial. O corpo fora levado para o general Netto, que lhe tinha dado uma cova digna. O homem acabou de narrar o sucedido, estava triste e acabrunhado. Não gostava de ser mensageiro de mortes, não era coisa de bom agouro. Acabou de falar, entregou para D. Antônia um embrulho.

– São as coisas dele – disse.

D. Antônia segurou o pacote junto ao peito. Seus olhos estavam secos.

– Como ele morreu?

O homem abaixou o rosto. Era a sua obrigação informar a família. O general Antônio Netto tinha dado ordens expressas.

– Varado por uma lança.

MANUELA ENTRA NO QUARTO. Faz pouco que lhe deram a notícia da morte do primo. Não chora, tudo o que sente é um vazio dentro da alma, uma sensação de estar vivendo num mundo à parte, como que submersa num aquário aonde tudo chega abafado e disforme, onde a falta de nitidez é quase um consolo que ameniza todas as dores. Viu D. Ana chorando, desgrenhada, abraçada à sua mãe. Não achou coragem de olhar a tia nos olhos.

Mariana dorme, embora ainda não seja a hora do jantar. Ultimamente, Mariana tem dormido demais. Manuela sabe o motivo dessa sonolência. Já viu em seus próprios olhos aquele brilho, aquela luminescência de alegria mal disfarçada, já surpreendeu Mariana sorrindo de misteriosas lembranças, lembranças que ela acalenta como quem abre um baú de preciosidades e fica a admirar seu tesouro. Manuela sabe que tudo isso é o amor. E já viu João, com seus olhos indiáticos, seguir os passos de Mariana, bebendo as suas súbitas aparições. Mas Manuela não dirá nada. Nunca contou à irmã das vezes em que, desperta no meio da madrugada por causa dos seus sonhos com Giuseppe, o coração aos saltos dentro do peito, procurara o consolo da presença de Mariana e encontrara somente a sua cama vazia.

– Mariana – chama baixinho.

A luz do candelabro aumenta a sombra das coisas. Mariana abre os olhos. Estranha a fisionomia da outra, senta na cama.

– Aconteceu alguma coisa? – Há tensão na sua voz.

Agora sempre é aquele medo. Medo de que descubram seu amor, medo de que a tenham visto, numa noite qualquer, fazer o caminho que a leva até João.

– Aconteceu. Uma coisa horrível. – Manuela senta ao seu lado na cama. A fala é doce, quando diz: – Mataram o Pedro. Lá para os lados do Jacuí.

– Ai, meu Deus... – Mariana sente as lágrimas saltando-lhe dos olhos. Sempre brincou com Pedro, desde pequetita. Gostavam de fugir para o laranjal da tia Antônia, ficavam lá até se enfararem de chupar laranjas. Depois, juntos, reclamavam da dor de barriga, tomavam chá de losna, fazendo caretas e morrendo de rir. – Ai, meu Deus... Quando foi isso?

– Acho que foi ontem. O general Netto mandou avisar, parece que estavam juntos ou coisa parecida. Tia Ana está um trapo de gente, dá pena de se ver.

Mariana salta da cama, anda pelo quarto. A noite lá fora não tem a luz das estrelas. Seu corpo lateja de dor e de angústia. É como se estivesse subitamente doente de alguma coisa incurável... Aquela guerra está indo longe demais, e por quê? O primo, tão moço, bonito, morreu por quê? É um pesadelo que nunca cessa. Um dia, teme que João também vá para a guerra. Todos eles vão, mais cedo ou mais tarde. A irmã está sentada na cama, olhando o nada. Já não tem mais lágrimas para chorar. Mas ela ainda as tem, um manancial dentro do peito. Não vai derramá-las todas, porém. Vai tomar um banho, mandar que uma negra encha a banheira, esfregue suas costas, tire da sua pele aquele sangue invisível, aquele cheiro de morte. Vai jantar qualquer coisa, deitar na cama e esperar uma nova madrugada. Quer sentir-se viva outra vez.

NAQUELA NOITE, D. Ana ergueu-se da cama e foi até o corredor. Seus olhos estavam inchados do choro. O que mais impressionava era o tremor das suas mãos. Era como se tivesse envelhecido muitos anos nas últimas horas. D. Antônia dormira no seu quarto, ao lado da sua cama, para atendê-la em qualquer coisa, mas não tinha percebido a sua saída. D. Ana sabia pisar como um fantasma.

A casa estava às escuras. Ela caminhou até o oratório. Duas velas ardiam em frente à Virgem. Uma raiva surda crescia em seu peito. Queria alimentar aquela raiva, queria que a raiva a consumisse inteira, a levasse daquela vida, daquela dor sem remédio, daquele pesadelo em que lhe tinham furtado o seu menino, o seu Pedrinho.

D. Ana tocou a imagem, sentindo a frieza da porcelana na ponta dos seus dedos.

– A Senhora foi mãe. Não podia ter feito isso comigo. Não é justo... – As lágrimas escorriam pelo seu rosto. Ela falava baixo. – A Senhora também perdeu um filho.

Sem pensar, agarrou a santa e jogou-a ao chão. A peça de porcelana quebrou em muitos pedaços. D. Ana ficou olhando, subitamente apavorada. Um caco cortou-lhe o pé, de onde começou a escorrer um filete de sangue. D. Antônia apareceu no corredor, enrolada no xale. Seu rosto estava sem expressão.

– Ela não podia ter feito isso comigo – gemeu D. Ana, olhando para a irmã. – Pedro tinha completado 26 anos. Eu tricotei um poncho para ele. Nem tive tempo de le mandar. Ele devia estar sentindo frio, pobrezito...

Cadernos de Manuela

Pelotas, 14 de maio de 1848

A morte de Pedro marcou o inverno de 1841. D. Ana passou muitos dias sem sair do leito, acamada de pesar, só melhorou com a chegada de José, em princípio do mês de julho. José chegou barbudo e esquálido, mancando um pouco da perna direita, e cheio de silêncios contemplativos. Entrou na casa, encontrou a mãe em sua cama, caiu aos pés dela e chorou como um menino. Vendo aquela fraqueza no filho mais velho, alguma coisa ressuscitou em D. Ana, a fibra de uma força mui antiga reacendeu a chama da sua essência maternal, e ela então sentou, tomou a cabeça de José em seu colo e, buscando forças que já considerava extintas, sussurrou-lhe segredos por muito tempo, ora sorrindo, ora chorando junto com ele, mas sempre exortando-o a prosseguir a vida. Depois disso, ergueu-se da cama pela primeira vez em muitos dias, mandou que lhe preparassem um banho, e foi ela mesma para a cozinha fazer uma buena refeição para o primogênito que voltava da guerra.

Mas D. Ana nunca mais foi a mesma. Seus momentos de força passaram a ser intercalados por dias de profunda tristeza, quando as rugas do seu rosto se acentuavam como num sopro, e toda ela assumia ares alquebrados, as costas curvas, as mãos trêmulas, a pele amarelada como as folhas de um antigo caderno. A verdade é que envelhecíamos por dentro e por fora, cada uma de nós saboreando suas dores e tristezas e vazios. O Rio Grande envelhecia. Já não se viam os moços cavalgando pelas estradas, já não havia fandangos, churrascos, festas, quermesses. Batizavam-se as crianças mui discretamente, e quando alguém casava, era sob a sombra do medo de que a viuvez viesse ceifar aquele amor; a verdade é que não se vivia mais como antes.

Mas, apesar dessa tristeza toda, a engrenagem das coisas continuava girando. Por vezes, éramos quase felizes, felizes de pequenas alegrias, de minúsculas e sutis emoções... Noutras raras ocasiões, havia a grande felicidade. Tentávamos apreciá-la como a uma fina iguaria, distendendo-a até o limite do possível, dilatando-a até que se evaporasse como um perfume. Foi assim quando nasceu a segunda filha de

Perpétua, em fins de julho. Inácio estava conosco então. E aquele nascimento renovava-nos, purgava a casa da morte de Pedro.

Perpétua Inácia de Oliveira Guimarães veio ao mundo numa manhãzinha tímida de inverno, pesando 4 quilos, e com um choro de tal monta que a todos nós ocorreu: a menina tinha herdado a força dos Gonçalves da Silva. Recebeu o mesmo nome da mãe e da bisavó, porque desde sempre assim tinha desejado minha prima. Inácio tomou a filhinha nos braços assim que a parteira o permitiu, e havia em seu rosto de pai tanta luz que era como se a vida ainda tivesse uma chance, e aquilo tudo pudesse enfim terminar para nós todos. Como se pudéssemos retroceder no tempo, apagando todas as perdas, ficando apenas com as alegrias, como a chegada da pequena Perpétua.

Aquele inverno, porém, ainda me reservava surpresas. Certa tarde, encontrando-me à beira do fogo a tricotar, Inácio sentou ao meu lado e começou a entabular um assunto. A esposa e a filha dormiam no quarto, tecendo juntas a fina renda daqueles primeiros dias de existência em comum, o restante das mulheres da casa estava na cozinha, onde agora ficavam freqüentemente, aquecidas pelo calor do fogão a lenha, como se esperassem a chegada dos seus homens a qualquer momento, para o jantar, com a mesa posta. Eu apreciava Inácio, um homem sereno e gentil, culto. Por vezes, falávamos de livros que já tínhamos lido, falávamos da guerra e dos seus rumos. Naquela tarde, ele trazia consigo um romance. Acomodou-se na cadeira ao meu lado, folheou um pouco as páginas do volume de capa escura, e por fim me disse:

– Tenho algo a le contar, Manuela. Apesar de tudo, acho justo que vosmecê saiba.

Ergui meus olhos do trabalho.
- Sucedeu alguma coisa?
- Giuseppe Garibaldi foi embora.

Ah, ainda aquela dor sabia me ferir como na primeira das vezes. Adaga mui afiada que penetrava minha carne até me varar a alma. Senti o fogo invadir meu rosto, acossar-me com sua fome de predador. Não que me envergonhasse daquele amor (quem, algum dia, se envergonharia do verdadeiro amor?), mas a agudeza daquele abandono sem adeus me desconcertava. Não que eu esperasse outra coisa de Giuseppe: partira exatamente como me chegara, sem avisos nem razões. Era um homem de marés, e solamente assim devia ser compreendido.

Inácio observava as chamas na lareira, gentilmente, não querendo compartir da minha tristeza e da minha confusão.
- Giuseppe foi embora como? Para onde?
- Partiu em maio, Manuela. Com a mulher e o filho pequeno. Para o Uruguai. Abandonou a revolução. – Suspirou. – Não o condeno. Fez muito pelo Rio Grande. E as coisas mudaram por aqui. Já não lutamos mais por ideais, mas apenas por uma paz honrosa. E o italiano tinha ideais.

Giuseppe partira. Seguia a viagem da sua vida. Meu sonho, enfim, morria também. Giuseppe Garibaldi não mais pisava o solo do Rio Grande. Tinha regressado ao mundo. Batera asas. Deixara de ser meu para sempre. Transcendera. Evolara-se. Havia ainda um mundo inteiro esperando por ele, embora, nesse tempo, nenhum de nós pudesse saber disso.

E o silêncio das tardes daquele inverno de adeuses nunca mais me abandonou.

Manuela

O frio da noite açoitou-a quando ela abriu o reposteiro e fitou a escuridão de agosto. A chuva caía pesada e ritmadamente do céu. O convento estava silencioso, mergulhado naquela hora morta, antes das matinas. Rosário procurou-o com seus olhos treinados. Da janela, mal podia divisar a pequena cerca que delimitava a horta. Forçou os olhos. Ao longe, a cruz de madeira do cemitério brilhava parcamente. Um brilho perolado. Steban estava lá, tinha certeza. A premência de vê-lo assolou-a com a fúria de sempre. Steban gostava das lápides simples das religiosas, com suas inscrições em latim, com as imagens dos seus santos, com sua pobreza austera. Rosário não se atentou à chuva nem ao frio da noite invernal. Steban era tudo o que importava. Como daquela vez, na estância, quando despertara no meio da madrugada, sabendo que ele a esperava perto do curral. Correra para estar com ele, e Regente, o cão de Manuela, a seguira com os olhos arregalados. Regente latira muito ao ver Steban, ganira para a noite. E Steban sentira tanta tristeza com a incompreensão do animal ante a sua frágil existência de criatura já finda, sem carne, sem corpo, que se pusera a chorar. Rosário lembrava-se bem da raiva que sentira. Gostava do cão. Brincara com ele muitas vezes; mas por Steban, para vingá-lo, é que tomara da pequena adaga que trazia num bolso da capa e degolara-o. Nunca havia feito semelhante coisa em sua vida, e surpreendentemente agira de modo exato, o corte perfeito, a mão firme. O cão morrera em silêncio. Depois de tudo acabado, o pobre Regente estirado no chão, sentira pena outra vez. Talvez tivesse sido desnecessário tal ato. Mas Steban sorrira. Steban lhe agradecera. Steban apreciava a arte da degola. E ela se apaziguara.

Deixou para trás as lembranças, vestiu a capa de lã, calçou as botinas. Precisava apressar-se. Abriu a porta do quarto, o corredor estava deserto. Saiu pisando leve, como se fosse ela mesma o fantasma lá de fora, tão semelhantes eram ambos. Trilhou os caminhos estreitos, passou pela capela, pelas salas de trabalho, entrou na cozinha ampla, silenciosa, ainda cheirando a sopa. Destravou a tranca de ferro e saiu para a noite. A chuva era fria e tinha gosto de coisas antigas. Seus pés chapinhavam na terra ensopada, enquanto ela seguia, contornando os canteiros da horta, até chegar ao pequeno cemitério. A cruz de madeira agora já não brilhava, era apenas madeira quase negra, rústica, cravada ao chão, elevando-se ao céu. Mas Steban estava ali. Sorrindo. Steban com seu uniforme bem-composto, a bandagem em torno da testa, a ferida eterna que agora quase não sangrava mais.

– Steban...

Ele avançou um passo. Rosário viu seu rosto bonito, os olhos ardentes daquela febre, talvez de amor.

– Abrázame, Rosário.

Encostou-se nele. Sentiu aquele toque frio, mágico e gelatinoso. A chuva continuava a cair.

– Steban, quando ficaremos juntos de verdade? Quando nos casaremos? Não suporto mais essa espera. Ao chegar aqui, no convento, achei que teria alguma paz. Mas não... Só tenho paz ao seu lado.

Ele sorriu. Um riso opaco. Ele se afastou um pouco. Agora sua testa sangrava outra vez.

– Hay tiempo. La hora llegará, Rosário...

E foi se esfumando por entre os pingos de chuva, até que desapareceu completamente. Rosário ficou sozinha na noite, enquanto o frio penetrava pelas fibras da sua capa de lã e alcançava sua carne.

A PRIMAVERA CHEGOU em meados de setembro, com as primeiras flores. As noites ainda eram frias, mas durante o dia o sol começava a tornar agradável os passeios pela estância.

Manuela e Mariana saíam a cavalo por horas, apreciavam aquele azul lavado do céu pampeano, aquelas campinas extensas, rasas e verdejantes, que acordavam do inverno com uma beleza renovada. A guerra prosseguia. Um piquete imperial estivera muito perto dali, mas respeitara as terras do general republicano, de modo que seguira para a Campanha sem causar transtornos à estância nem confiscar animais ou homens. Na Estância da Barra, os vaqueanos estavam armados e prontos para a peleja, caso algum imperial ou desertor aparecesse por ali disposto a causar confusão. Por isso, as mulheres se sentiam seguras. Por isso, Mariana e Manuela jamais abandonavam os limites da propriedade desacompanhadas. Tinham ouvido muitas histórias de mulheres desonradas por soldados, grupos deles, que acabavam loucas ou iam viver em algum convento, imprestáveis para a vida.

Antônio chegou em casa num fim de tarde avermelhado e fresco. Vinha montando um zaino negro, usava um pala gasto e tinha os cabelos compridos até quase a altura dos ombros. Uma pequena cicatriz marcava seu rosto na altura da sobrancelha esquerda. Ele estava mais magro e mais soturno, ansiava dormir uns dias numa cama macia, de lençóis limpos, e comer numa mesa com iguarias fartas. Fazia muitos meses que estava na Campanha com as tropas de Canabarro. Fazia muitos meses que dormia numa barraca minúscula, sentindo a umidade subir do chão e corroer sua carne, comendo do charque do acampamento, vivendo sob a chuva do inverno.

Encontrou as mulheres na sala. Já o fogo na lareira estava aceso. Havia um silêncio cansado na casa, um silêncio de falta de assunto. Caetana e Perpétua bordavam, D. Ana lia um livro, Maria Manuela olhava o fogo, as mãos cruzadas no colo; talvez pensasse no filho. D. Antônia tinha voltado para a Estância do Brejo.

– Buenas – disse ele, pisando na sala com sua bota gasta.

As mulheres tiveram um sobressalto ao ouvirem aquela voz masculina, assim sem aviso. Antônio tinha encontrado Manuel, que lhe abrira a porteira. Os cuscos não latiram, tinham-no reconhecido pelo cheiro. Maria Manuela abriu um sorriso que havia muito não usava.

– Meu filho! – Jogou-se nos braços de Antônio. – Vosmecê aqui, pela graça de Deus!

Ele beijou o rosto cansado da mãe. Tinha perdido a frescura que recordava haver nela. Estava mais gasta, os cabelos esbranquiçados aqui e ali. Maria Manuela também notou as mudanças do filho. A cicatriz. A nova dureza nos olhos verdes, os cabelos sujos e compridos, o rosto emagrecido. Nenhum dos dois disse nada. Antônio sabia quanto o sofrimento podia envelhecer uma mulher; Maria Manuela agradecia apenas por ver o filho vivo, por recostar-se no seu peito e sentir seu calor.

– Viajei por cinco dias – disse ele. – Hay imperiais por todo o caminho. Eles querem nos cercar na Campanha, mas não hão de conseguir seu intento. Vim com dois cavalos, um deles morreu aqui perto.

D. Ana quis saber como estavam as coisas. Antônio sentou perto do fogo, tirou o pala, pensou um pouco.

– A República tem enfrentado muitos problemas, tia. Falta de dinheiro nas coletorias, desavenças políticas. – As mulheres ouviam com atenção. – Estamos fortes apenas na Campanha, pois lá temos cavalos descansados, conhecemos o terreno, somos invulneráveis. Mas isso não segura uma república. As cosas vão complicadas... E o povo está cansado dessa peleja.

– Ninguém suporta contar tantos mortos, Antônio – D. Ana pensava em Pedro. A voz esmoreceu de repente. – De que nos adianta tudo isso?

– As cosas não são fáceis, tia. As facções estão se formando. Grandes fazendeiros, com interesses próprios, de um lado. De outro, homens com ideais republicanos mui arraigados. Um impasse. Enquanto isso, a guerra prossegue. E o imperador nos ataca com mais e mais força.

– Como isso tudo vai acabar?

Maria Manuela segurou a mão do filho, mão calejada, de unhas sujas. Ele precisava de um banho longo, bem quente. Ela lhe esfregaria as costas, apararia seu cabelo.

Antônio sorriu.

– Isso vai acabar mais cedo ou mais tarde, mãe. Mas talvez não como tínhamos sonhado. – Suspirou. – Não sei. Adelante veremos. Agora, tudo o que eu quero é um banho, roupas limpas e um prato de comida.

Maria Manuela entrou com o filho. D. Ana permaneceu na sala. Nunca mais Pedro chegaria em casa, da guerra ou da lida. Nunca mais alimentá-lo, dar-lhe um agrado, um doce, um mate. Pedro gostava de tomar um copo de leite antes de dormir. Dizia que o leite chamava o sono. Nunca mais um copo de leite antes de dormir. Nunca mais Pedro. Suspirou fundo.

Caetana largou o bordado e foi sentar ao lado da cunhada. A voz era doce, quando ela disse:

– Vosmecê não devia se martirizar com lembranças, Ana.

O CORPO DELE é quente e vigoroso e bem talhado. O dorso moreno, iluminado pela luz fraca do lampião, cresce ante seus olhos, vai e vem, muito perto, até que o suor de ambos se misture, até que as peles se toquem e dividam o calor; depois afasta-se, lentamente, naquela dança sensual e inquietante. O corpo de João entre as suas pernas. Dentro dela.

Ela geme. O cobertor roça nas suas costas, excita-a. João em seu ouvido, com sua voz rouca, falando coisas desconexas. João capturando sua boca para um beijo, aspirando o cheiro da sua pele, dizendo que a ama.

– Más que tudo, Mariana... Más que tudo.

Ela então fecha os olhos. Entrega-se. É como uma explosão. Átomo por átomo, célula por célula, todo o seu corpo se une nesse momento, alça-se, rebenta em mil fragmentos de luz. Agora, é feita de puro algodão.

João em cima dela. Os olhos negros dele fitos nos seus. Ela se vê em suas retinas como num espelho. Ele descansa em seu peito, entre os seios, onde gosta de estar, onde vive o perfume dela, como ele diz.

A alvorada mal desdobra suas primeiras nuances. Ainda é quase noite, uma hora indefinida e mágica, e o mundo lá fora é puro silêncio.

– Meu irmão chegou hoje – fala baixinho.

João escorrega para o lado.

– Eu o vi.

Ela acarinha os cabelos negros e lisos, o rosto anguloso. Roça seus dedos na face sem barba. Ele é tão bonito...

– Pensei em falar com ele, João. Falar de nós.

João ri. Não um riso de alegria, mas de descrença. Um riso curto, talvez triste. As moças ricas não conhecem o mundo. Ele conhece o mundo. Antônio tem a alma voltada para a guerra. Uma guerra em que os negros serão libertos. Uma república igualitária. Mas Antônio não há de querer a irmã casada com um indiático, um guasca. Existem barreiras intransponíveis nesta vida.

– Usted vai perder tempo, Mariana.

– Mas Antônio pode resolver tudo, falar com a mãe. Arranjar nosso casamento.

– E que cosa usted le dirá? Que nos deitamos juntos já faz tempo? Que me ama? Acha que isso será o suficiente? Usted disse que não contaria nada a ninguém por enquanto. Que tinha medo... – Beija a testa alta e bem desenhada. – Pois preze esse medo, Mariana. Seu irmão não vai gostar de saber sobre nós.

Ela sente os olhos úmidos. Está cansada de fugir à noite. De viver um amor de segredos. Ultimamente, tem medo de morrer dormindo, longe de João. Tem medo de tudo.

– Mas o que faremos, João? Até quando ficaremos assim?

– Vou pensar em alguma cosa, Mariana. Le prometo. As cosas terão bom termo, por Dios. Mas hay que ter calma.

Deitam-se no cobertor. Lá fora, as primeiras luzes de uma alvorada clareiam o mundo. Um galo canta ao longe. Mariana sente a angústia em seu peito como um presságio.

– Tenho medo, João.

Ele a abraça.

– Não hay o que temer, mi amor... Vai dar tudo certo.

CAETANA JOANA FRANCISCA Garcia Gonçalves da Silva mirou-se no espelho de cristal. O que via ali era a imagem de uma mulher cansada. Tinha 42 anos e ainda era bonita. Mas a solidão começava a fazer seus estragos naquele rosto que outrora encantara tantos homens. Na sua juventude, fora a mais bela mulher de Cerro Largo. Os pretendentes cortejavam-na, disputavam um olhar seu durante a missa, uma dança, por mais curta que fosse. Sim, muitos homens haviam se apaixonado por ela. E, um dia, quando tinha 15 anos, conhecera Bento Gonçalves da Silva. Bento era um jovem moreno, cheio de energia e de sonhos. Fazia negócios de gado com seu pai. Certa feita, num baile, os dois se encontraram e dançaram juntos. Caetana nunca mais fora a mesma após esse encontro. Casaram logo depois, com uma grande festa. Ela ainda recordava a textura do cetim do seu vestido de noiva.

As rugas começavam a amarfanhar a pele em torno dos olhos verdes, rugas finas, longas. A boca ainda era cheia, embora não mais tivesse o frescor de outrora. Também quase não sorria mais. Sentia uma falta terrível de Bento, da sua presença serena e forte, do seu calor de homem esquentando os lençóis e o seu corpo. Tivera muitos sofrimentos com o marido, coisas das quais nenhum longo casamento escapava; mas sempre soubera fazer vista grossa às sestas de Bento nos quartos dos fundos, aos sorrisos das criadas moças que vinham cuidar da roupa, que coravam ao vê-lo entrar na cozinha. Fora superior a tudo isso porque o amava. Mais do que tudo. E sabia que era amada. Bento Gonçalves era um homem como outro qualquer, sujeito aos mesmos vendavais da carne, escravo dos instintos, passível de erros. Depois das escapadelas com as criadas, ele voltava para o quarto e sabia ser ainda mais carinhoso; mostrar, enfim, quanto a queria.

Caetana pegou a carta que estava sobre o toucador, carta tantas vezes lida desde a manhã, quando Zé Pedra a entregara, dizendo que um estafeta viera trazê-la ainda durante a madrugada. O papel tinha o timbre da República, e a letra de Bento enchia as folhas, talvez um pouco trêmula, quando outrora era forte e decidida, mas ainda assim uma letra graúda, masculina. Ele abriu novamente a carta e começou a relê-la.

Minha querida Caetana,

Le escrevo sabendo que vosmecê lerá estas linhas com saudades, e somente esse pensamento é que me deixa mais feliz. Faz alguns dias, deixei Alegrete e rumei para Bagé, onde muitas decisões desagradáveis e problemas pendentes aguardavam uma solução que, mala suerte, dependem da minha pessoa. A República tem enfrentado muitas dificuldades financeiras, a ponto de ser preciso mais um decreto para cobranças de impostos. Tudo isso me deixa mui desgostoso, pois o povo já não suporta mais tantas privações, e um ato desses é tudo o que a nossa oposição almeja para nos caluniar ainda más. Sinto dizer que essas calúnias das quais le falo desabarão todas sobre a minha pessoa, este seu esposo já mui cansado de pelejas e disputas, que aqui está como presidente desta República. Peço assim que vosmecê reze por mim, pois le digo que já me faltam forças para tão penosa tarefa, e tudo o que eu mais almejava era me desligar deste cargo que já me traz tantos dissabores e nenhuma satisfação. A não ser pelo amor à pátria e à liberdade, le confesso que já teria partido, Caetana. Mas tenho uma promessa a cumprir que aqui me segura, mesmo estando eu alquebrado e com a saúde fortemente abalada. Não quero que vosmecê, no entanto, tenha preocupações ainda maiores com a minha pessoa, pois Joaquim tem estado sempre ao meu lado, dando seu apoio de filho e oferecendo-me seus cuidados como médico, de modo que vou me tratando bem e fazendo muitas compressas para a dor que me aflige o peito e que me causa tosses e febre. Bento e Caetano também estão comigo e gozam de boa saúde, quanto a isso vosmecê pode ficar descansada.

Querida esposa, tirante essas queixas que le faço como modo de aliviar meu coração e meu peito, tenho a le contar que em breve fundaremos uma cidade.

A primeira cidade republicana, que será edificada perto da fronteira com o Uruguai, num posto hoje conhecido como Capão do Tigre. Queremos uma cidade mui bela e bem traçada, com ruas e praças que façam gozo à nossa causa, e até mesmo ela já tem nome escolhido: irá chamar-se Uruguaiana.

Caetana terminou a carta com lágrimas nos olhos. Bento ainda perguntava pelas netas e queria notícias dos negócios e de Terêncio, o capataz, que cuidava da Estância do Cristal. A guerra tinha consumido uma boa parte do patrimônio, mas ainda restava muito o que gerir, e Terêncio era quem cuidava da venda do gado e do charque. Bento Gonçalves da Silva tinha labutado muito para acumular seus bens. Quantas vezes Caetana vira o marido desaparecer em invernadas penosas, viajando por meses inteiros a negócios. Quantas guerras e pelejas... E agora, agora que começava a se achar fraco e doente, nem mesmo usufruir dos seus confortos ele podia.

Secou as lágrimas que lhe escorriam pelo rosto. Ultimamente, chorava muito. Pensava muito em Bento. Pressentia que a energia do marido se ofuscava a cada dia. Esvaía-se naquela batalha sem fim. Ao menos, Quincas cuidava do pai, ministrava-lhe remédios e dava-lhe afeto.

Caetana guardou a carta numa caixa de madeira talhada, junto com todas as outras cartas que tinha recebido de Bento durante aquela guerra. Ergueu-se, ajeitou os cabelos. Ia ver Perpétua e as meninas. Ia mandar que preparassem a sopa das filhas, e ia procurar Marco Antônio, que devia andar atrás da peonada, como fazia sempre, o matreiro. Não podia dedicar seu tempo inteiro àquela tristeza. Um dia, quando a guerra acabasse, Bento voltaria para a família, e cabia a ela, Caetana, manter as coisas em perfeita ordem.

De certa forma, era uma espécie de general sem divisas nem tropas que enfrentava dezenas de pequenas pelejas por dia.

– NOVEMBRO É UMA época bonita por aqui.

Caminhavam pelo capão, de mãos dadas. O sol da primavera resplandecia o pampa. A passarada cantava. Sentaram à sombra de uma árvore. Mariana recostou-se naquele peito que cheirava a cítricos, correu os dedos pela camisa de tecido rústico, subiu para o rosto moreno, de pele muito lisa, percorreu a boca ampla, carnuda.

João sorriu.

– Usted está quieta hoje, Mariana.
– Alguma coisa vai sucedendo comigo...

Ele fitou-a; estava tão bonita no vestido claro, rendado. Os cabelos presos numa trança estavam enfeitados com uma fita branca. Os olhos amendoados tinham um brilho de coisa saudável, um viço luminoso e doce. Ele segurou as mãozinhas pálidas, de dedos finos. Um anel de ouro enfeitava-lhe o anular direito.

– Usted está triste?

Ela abaixou os olhos. Sob a grama, viu uma formiga avançando em seu minúsculo trajeto. Gastou um instante observando o pequeno inseto. Sua cabeça fervilhava de coisas.

– Estou com medo, João.
– Miedo? Mas de quê?

Ela segurou o ar dentro dos pulmões. De repente, já não havia nada em torno deles, nem as árvores, nem as flores rasteiras, nem aquele sol amarelo e vívido que se derramava por tudo. Havia só o sentimento. E aquela certeza. Sempre a imaginara, fantasiara o dia em que se descobrisse assim, a textura das coisas, o prazer de sorrir, de respirar, de viver simplesmente. E agora tinha medo. Era um medo fino que percorria sua pele como uma exalação. Tinha infringido a maior de todas as regras e seria punida por isso, tinha certeza.

João esperava uma resposta. As palavras ressecavam sua boca.

– Tienes miedo de quê, Mariana? – insistiu ele.

– Medo do que está acontecendo. – E então as palavras vieram, cheias de sumo, maduras, prementes como a respiração e a fome. – Estou grávida, João.

Ele não disse nada, nem sorriu. O súbito espanto acendeu um brilho nos seus olhos negros e ele se tornou ainda mais bonito. Foi com voz calma que perguntou:

– Usted tienes certeza?

– Tenho. – Levou a mão ao ventre. – Já posso senti-lo, este serzinho que cresce dentro de mim. Sinto-o como um sopro, João.

– E la sua madre, Mariana? O que ela vai dizer? Usted já le contou?

Abaixou os olhos. Aquela era a pior parte.

– Ainda não. Nem sei como fazer isso... A mãe não vai aceitar, João.

Ele tocou no seu ventre como quem demarca terreno. Sua mão era quente e imperativa.

– Este hijo também é meu. A sua madre não pode fazer nada sobre isso. Vamos nos casar, Mariana. Se usted quiser...

Ela beijou-o. Queria, queria muito. Era tudo o que queria. Casar com ele, em qualquer lugar, sob qualquer bênção. E então criariam juntos aquele filho.

O sorriso dele foi cheio de satisfação. Ele nunca acalentara um sonho tão doce. Uma mulher e um filho, um rancho pequeno, algumas cabeças de gado, a viola à noite, sob a luz da estrelas. Se fosse um menino, gostaria de chamá-lo

Matias. A mãe contara que aquele era o nome do seu pai. Matias ficara sendo para ele um nome de coisa mágica e misteriosa. Ele acarinhou de novo o ventre de Mariana. Olhou para o céu azul e achou novembro ainda mais bonito e viçoso.

– Entonces está bien, mi Mariana. Vamos casar.
– Deixa que eu falo com a minha mãe. Quando for a hora.
– A barriga vai crescer, Mariana.

Ela derramou-se num olhar.

– Falo até o Natal, le prometo.

Ergueram-se em silêncio. Mariana precisava voltar, era já quase a hora do almoço, e D. Ana não perdoava atrasos à mesa. Seguiram caminhando pela trilha que levava à grande casa branca. Mariana sentia uma fome nova acossando suas tripas e sorriu. Então era assim que tudo começava... João imaginou um menino moreno correndo pelo campo, teria um sorriso bonito e olhos negros como os deles. Matias. Matias Ferreira Gutierrez. Quando crescesse, lhe daria uma viola e um cavalo bem manso. Quando crescesse, lhe contaria da avó índia, da boiguaçu, do Cruzeiro do Sul, das grandes guerras na fronteira. Quando crescesse, tomariam banho de sanga juntos num dia bonito como aquele.

ERAM OITO HORAS da manhã quando Maria Manuela da Silva Ferreira atravessou a cozinha onde as negras descascavam o aipim para o almoço e sovavam a massa do pão. Tomou um cesto. Ia colher pêssegos para um doce, um doce que outrora fazia para o marido. Acordara naquela manhã com um relativo bom humor. Em uma semana, voltaria ao convento para ver Rosário; esperava encontrar a filha ainda mais calma do que na última visita. Rezava todos os dias, não apenas por Rosário, mas pelos outros filhos. Para Antônio, pedia saúde e proteção naquela peleja. Sabia que Antônio era um homem sensato, que tinha boa estrela. Quando a guerra acabasse, voltaria são para a casa. Ela rezava também pelas meninas. A vida na estância, durante todos aqueles anos, a convivência diária e estreita, uma tarefa nada fácil. A solidão embrenhava-se pelas frestas das coisas, gelava o peito. E havia sempre aquele medo. Medo das notícias, da morte iminente, dos ataques de caramurus. Por isso, Maria Manuela rezava pelas filhas. Rosário tinha sucumbido àquele pânico; mas as outras estavam salvas. No começo, ela temera por Manuela. A caçula fora enamorar-se do navegador italiano. Uma desgraça. Mas agora estava tudo arreglado: Garibaldi tinha partido do Rio Grande, com mulher e com filho. Decerto, nunca mais poria seus pés na província. E Manuela parecia tê-lo esquecido. Quando a guerra acabasse, haveria de casar com Joaquim. Já Mariana era calma, talvez a mais sensata das três filhas. Tivera uns amores de sonho, chegara a trocar carta com o marinheiro espanhol que morrera no ataque à Laguna. Depois se aquietara de vez.

Maria Manuela atravessou o pátio de pedras. Beata lavava a roupa das crianças num tanque. A negra cantarolava com sua voz modulada. Maria Manuela sorriu. O sol brilhava no céu de verão, soprava uma brisa agradável. O pessegueiro exibia as primeiras frutas maduras. Maria Manuela arrancou um pêssego graúdo, rosado e tenro. Tinha um cheiro bom e fresco. Foi escolhendo os melhores, até encher o cestinho de palha. Depois retornou pelo mesmo caminho.

Percebeu que a janela do quarto das filhas estava aberta. A última da longa esteira de janelas azuis que davam para o pátio. Ela iria dar-lhes bom-dia. Nenhuma das duas tinha estado ao café-da-manhã. Agora acordavam mais tarde, ficavam de conversas até noite alta. Que dormissem um pouco mais, havia tão pouco a fazer por ali.

Maria Manuela espiou por entre o reposteiro corrido. A princípio, não viu ninguém. Sobre a cama de Manuela, a roupa branca espalhava-se em desordem. A penteadeira repleta de escovas e apetrechos também estava revolvida: a filha tinha feito a toalete, agora devia estar à mesa. Maria Manuela também não viu Mariana. Ia voltar, levar os pêssegos para a cozinha, pedir a uma das negras que os cavasse e cortasse em cubos, quando ouviu um ruído. Voltou a cabeça para dentro do quarto. Ao pé da cama de Mariana, havia uma bacia. Ouviu como que um estertor, depois aquela ânsia, a voz feminil rouca e sofrida. A voz de Mariana.

Deixou o cesto cair ao chão. Debruçou-se sobre a janela o mais que pôde, e foi então que a viu, arrastando-se detrás do corpo da cama, ainda de camisola, pálida e desgrenhada. Viu-a agarrar-se à bacia e deitar fora um jato de bile. Viu-a gemer e limpar o rosto na barra da camisola alva. Lembrou exatamente da sensação que agora incomodava a filha. O coração deu um salto dentro do peito. Lembrou porque, nas suas quatro gestações, acordara sempre assim, enjoada, com vômitos, destroçada por um garfo invisível que revolvia suas tripas sem qualquer misericórdia. Ficou pálida como a morte.

Saiu correndo, deu a volta na casa, atravessou a cozinha sem olhar para as negras, ganhou o corredor e postou-se à porta do quarto de Mariana. Estava trancada a ferrolho. Bateu. Uma, duas, três vezes. Bateu com urgência. Cada segundo aguçava ainda mais a sua certeza. "Mas como?", pensava. "E com quem?" Nunca vira nada, nenhum indício ou vestígio.

Apenas Mariana com seu sorriso calmo, suas leituras e bordados, os passeios a cavalo. Bateu mais uma vez. De dentro do quarto, veio a voz alquebrada da filha. Maria Manuela falou:

– Abra, Mariana. Sou eu.

Ouviu o ruído metálico da bacia sendo arrastada. Instantes depois, Mariana apareceu numa fresta da porta. Estava pálida.

– Não passei bem esta noite – disse.

Maria Manuela olhou-a, procurando a certeza em seu rosto, nos seus olhos escuros, na figura esbelta sob a camisola ampla. Tocou-lhe a fronte, estava fresca. Foi até a cama. Sua garganta queimava de ânsia.

– Vosmecê estava vomitando?
– Comi alguma coisa ao jantar, não sei...

Maria Manuela fitou a filha dentro dos olhos. E viu ali, naquelas retinas, acuada como um bichinho, a sombra do medo.

– Vosmecê não minta para mim. – A voz saiu rouca, impaciente. Mariana empalideceu ainda mais. – Fique em pé. Erga essa camisola, quero ver uma coisa.

Mariana obedeceu. Os pés brancos pisando o tapete pareciam dois anjos tristes. Maria Manuela subiu a camisola da filha até a altura dos seios.

– A cintura aumentou? – A voz latejava. Correu os dedos por ali, como que procurando a palpitação, a presença daquela vida ainda invisível e minúscula. – A sua cintura aumentou, Mariana. – Ergueu-se. Seu rosto parecia de pedra. – Deixa eu ver os seus peitos.

– Mãe!

– Adelante, Mariana! Não estou aqui para brincadeiras.

Mariana subiu a camisola até o pescoço. Maria Manuela examinou-a com cuidado, sopesando, espiando aqui e ali em busca dos indícios que procurava. Por fim, mandou que a filha baixasse de vez a roupa.

– Desde quando não le vêm as regras?

Mariana estava trêmula. O estômago ainda dava voltas. Ela se jogou na cama.

– Está tudo bem, mãe. Já le disse, acordei enjoada.

Maria Manuela caminhava pelo quarto.

– Eu devia imaginar alguma cosa, eu devia... Vosmecê tão calma e ponderada, logo vosmecê! Hay que sofrer uma madre nesse causo, meu Deus, ainda mais do que eu já sofri com seu pai e com as suas irmãs? Vosmecê não pensou em nada, nem em mim? Não pensou nas conseqüências da sua sem-vergonhice quando se deitou com um qualquer por aí, Mariana? E agora, e agora? – Estacou no meio da peça. Os olhos flamejavam um brilho úmido de lágrimas. – Vosmecê me diga: com quem se deitou? Quem é o pai dessa criança?

Mariana sentou na cama. A voz saiu decidida e clara:

– O homem que eu amo.

Maria Manuela sentiu-se possuída por um vendaval. Não percebeu sequer o impulso que a jogou para a frente, a mão erguida, o rosto duro, até que o tapa estalou na fronte da filha e reverberou e ficou latejando entre elas como uma coisa viva, como um bicho.

Mariana soltou um grito.

– Vadia! Infeliz, desgraçada!

Maria Manuela gritava alto.

Mariana acabrunhou-se num canto. Seu rosto ardia, o peito ardia, o ventre, quente de vida, latejava. Ela nunca vira a mãe naquele estado de insanidade. Os cabelos se tinham soltado do coque, o rosto estava transtornado e rígido. As mãos balançavam no ar como dois pássaros loucos.

– Diga o nome desse desinfeliz, Mariana!
Ela respirou fundo.
– Não é desinfeliz. É o homem que eu amo, o pai do meu filho. – Mirou dentro dos olhos de Maria Manuela. – É o João Gutierrez.

D. Ana, Caetana, Perpétua e Manuela apareceram na porta do quarto no justo momento em que Maria Manuela avançava novamente sobre a filha.

– Por Deus, Maria! – Caetana segurou a cunhada, que ficou arfando entre seus braços, os olhos saltados das órbitas, lágrimas de ódio correndo pelo rosto descorado.

Mariana desatou a chorar.

BENTO GONÇALVES DA SILVA olhou os três filhos sentados do outro lado da mesa em que travessas vazias se espalhavam. A negrinha que cuidava da casa pediu licença, começou a recolher a louça. O prato de Bento voltou à cozinha quase cheio.

– Pai, o senhor não comeu nada.

Bento Gonçalves tirou um palheiro já enrolado da guaiaca, fitou Caetano com um olhar cansado e afável, acendeu o crioulo e, depois da primeira baforada, disse:

– Se vosmecê estivesse lidando com as pressões que eu enfrento, meu filho, queria ver se o seu apetite seria o mesmo de hoje.

A negra trouxe o mate. Joaquim encheu a cuia de água e passou-a ao pai. Fazia um dia bonito em Alegrete, um dia de verão com céu quase sem nuvens e uma brisa mansa que lambia as folhas das árvores no quintal. Apesar do calor, Bento Gonçalves da Silva usava um pala leve. Ultimamente, andava sentindo muito frio, um frio inquebrantável que lhe chegava aos ossos e lhe roubava o sono durante as madrugadas.

– Sucedeu mais alguma coisa, pai? – Joaquim estava preocupado. Bento emagrecia, tinha acessos de tosse. Ainda na noite passada lhe aplicara umas compressas quentes de erva-de-passarinho. Naquele dia, o pai até acordara mais disposto.

Bento Gonçalves mediu as palavras:

– O Domingos de Almeida entregou o cargo. Precisamos de outro ministro da Fazenda.

– Mas logo agora, com tantas pendências? – Bento Filho deu um soco na mesa.

– Logo agora, Bento. E tem mais, indicou para o seu lugar o Vicente da Fontoura.

– O Vicente, delegado de Rio Pardo? Mas o senhor não gosta dele. Quase ninguém gosta dele. É um homem perigoso.

– Eu sei. O Vicente é uma cobra. – Suspirou. – Ando mui cansado de tudo isso. E pensei numa coisa: vou até a estância ficar uns dias por lá, passar o Natal por lá, amansar minhas carnes. – Seus olhos se perderam por um momento, ele fitou o teto da sala. Talvez pensasse em antigos Natais, sem aquele frio a rondá-lo, os filhos pequetitos, todos reunidos, Caetana moça e viçosa, com seus olhos de floresta. – Vou ver Caetana, e conhecer a filhinha de Perpétua, a minha netita. Nada sucede mesmo nesta época. – Olhou Caetano. – Vosmecê vem comigo, filho. Vocês dois ficam por aqui, de olho nas coisas. Qualquer novidade, mandem alguém me avisar imediatamente.

Bento e Joaquim aquiesceram.

Bento Gonçalves ficou olhando a cuia vazia entre as suas mãos. Vicente da Fontoura seria mais um problema. Mas agora ele não tinha energias para pensar nisso. Queria uns dias de paz, o regaço morno de Caetana, queria uma tarde de sesta e uma noite de música, olhando as mulheres com seus bordados, na calma santa de uma casa familiar. Fazia tempo por demais que não era ele mesmo, apenas um homem, com apetites e pequenos sonhos de miudezas, como qualquer outra criatura.

O ZAINO FOI SUBINDO pelo caminho que já conhecia. O sol punha-se galhardamente, exímio em seu espetáculo, escondendo-se entre as coxilhas ao longe e derramando sua luz âmbar sobre tudo, sobre a casa branca e baixa, ao fundo, sobre o campo silencioso, sobre as árvores e as flores que circundavam a varanda. Um cusco veio recebê-lo, latindo. Ele saiu a galope até a frente da casa, o cusco veio atrás.

Sentada na varanda, como se o esperasse, estava Caetana, com seu vestido branco, os cabelos presos à nuca, a pele trigueira. Tinha no colo uma menina enrolada em mantas. Ao vê-la, Bento Gonçalves sentiu no peito uma saudade que havia muito não sentia. Ainda amava aquela mulher, apesar dos anos, apesar das outras, apesar daquela febre que o consumia como lenha.

– Caetana!

Ela ergueu os olhos, surpresa. Não tinha se atentado ao cavaleiro que chegava, achando que fosse Manuel ou qualquer dos peões. Quando reconheceu o marido, o coração se acelerou em seu peito.

– Bento!

Ele apeou. Apesar da nova magreza e do cansaço que se derramava da sua face, havia alegria nos seus olhos negros.

– Essa é minha neta?

Caetana apressou-se em levar a pequena até ele.

– É a sua neta, Bento. O nome dela é Perpétua, como o da nossa filha.

– Como o da minha mãe – completou ele.

E ficaram ambos dividindo o mesmo sorriso e aquele lento, doce, dourado minuto de paz. O cão deitou num degrau da varanda e fechou os olhos preguiçosamente. O sol escondeu-se de vez entre as coxilhas ao longe, encerrando, enfim, aquele dia 20 de dezembro do ano de 1841.

Bento Gonçalves circundou num abraço os ombros da esposa. Ambos entraram juntos na casa silenciosa e fresca.

1842

Nos primeiros dias de janeiro, Bento Gonçalves da Silva partiu de volta a Alegrete. Precisava estar na cidade com urgência; tinha compromisso marcado. Vicente da Fontoura iria tomar posse do cargo de ministro. Bento partiu sem saber que Mariana estava grávida, decisão tomada em conjunto por D. Ana e Maria Manuela, que não queriam perturbar o irmão, já tão incomodado, com assuntos daquela ordem.

Quando o tio presidente atravessou a porteira e ganhou o pampa, teve início o suplício de Mariana da Silva Ferreira. Trancada no quarto, sem ver ninguém, passou os primeiros dias daquele ano chorando a sua desdita. Zefina levava-lhe a comida, e as notícias de fora vinham todas pela boca de Manuela. Mariana não pôde mais ver João. Desesperada, batia na porta pedindo que a soltassem, mas as negras, por ordem de Maria Manuela, faziam ouvidos moucos quando circulavam pelo corredor. Nem seus gritos, que vararam por duas tardes a casa, reverberando pelos cantos e pondo em polvorosa as crianças, amenizaram o coração de Maria Manuela.

Mariana passou dias chorando, comendo pouco e tendo pesadelos. Imaginava seus anos sem João, temia pelo futuro da criança que trazia no ventre. Será que a mandariam embora, para um convento ou clausura pior? E o que seria feito do filho? As janelas do quarto haviam sido trancadas por fora. Somente Manuela vinha vê-la, pois ainda dormiam juntas, e tentava em vão acalmá-la em seus horrores. Não era possível que a ira da mãe perdurasse por muito, até as tias estavam descontentes com aquilo tudo, dizia Manuela. Era tempo de esperar, de não zangar ainda mais a mãe, que dentro em breve se tomaria de arrependimentos.

Mas Maria Manuela parecia irredutível. Descobrira em si uma dureza irredutível, seu coração cheio de mágoa por tantas desgraças não podia se apiedar da filha. Mariana tinha lhe trazido o infortúnio e a vergonha. Viúva, ainda precisava se deparar com aquele horror, tomar atitudes que antes Anselmo tomaria, decidir um futuro para o bastardo que vinha no ventre de Mariana. Envolta nesses funestos pensamentos, Maria Manuela passava os dias a bordar numa poltrona, quase sem palrear com as parentas, deitando mui cedo e despertando ao alvorecer, maturando suas dores e cruzes sem saber exatamente o que fazer com a filha trancafiada no quarto. Escrever a Antônio de nada ajudaria; o filho estava na guerra, não poderia voltar a casa tão cedo. E nem poderia desfazer aqueles erros, apagá-los, devolver a Mariana a sua pureza e o seu futuro destroçado.

Assim pensava ela, naquela tarde, sentada com o bordado ao colo, o rosto sério, duro, despido da beleza de outros tempos. D. Ana, ao seu lado, fiava e desfiava a lã, desencantada de qualquer serviço manual. A situação na casa estava insustentável. Fazia mais de uma semana que a sobrinha estava presa no quarto, e ela já começava a temer pela sua sanidade. Ainda tinha muito vívida em sua mente a imagem de Rosário transtornada, chorando amores por um fantasma.

– É preciso tomar alguma atitude – disse D. Ana, quebrando um silêncio que já durava muito tempo. – João Gutierrez ainda está por aí. Mandei o Zé Pedra le dar serviços para longe, consertar as cercas do lado norte. Mas ele ainda está na estância.

Maria Manuela deu de ombros.

– Por mim, levava uma bala nos cornos – fez o sinal-da-cruz. – Que Deus me perdoe a má palavra, mas é um desgraçado. Merecia bem a morte.

D. Ana suspirou.

– Chega de sangue derramado nesta terra. Matar o desinfeliz não vai resolver as coisas. Amanhã o Manuel vai mandá-lo embora, já está decidido. Se ele tiver uma lasca de bom senso, nunca mais há de pisar nesta estância.

Caetana bordava a um canto da sala. Sentia pena da sobrinha, pena daquele amor que murchava assim. Decerto, aquele não fora um bom começo, mas numa época de tantos sofrimentos e perdas, qualquer amor merecia respeito e ajutório. Tinham perdido tanta gente na família, era certo, pois, que aceitassem de braços abertos aquela criança que Mariana gerava. Para Caetana, aquilo tudo era um grande pecado que talvez ainda acarretasse uma desgraça maior... ela decidiu que falaria com D. Antônia, que era dura, por certo, tão reta e escrupulosa como o próprio Bento, mas talvez pudesse amenizar com sua influência aquele cruel castigo. A menina não podia passar os nove meses da gestação trancafiada no quarto. Precisava de sol, de ar puro, de alegrias – dentro em breve, poria uma criança no mundo.

– E quanto a Mariana? – atreveu-se a perguntar Caetana.

Maria Manuela olhou-a quase com mágoa. Caetana tinha a filha bem-casada, por isso aquela calma, aquela mansidão.

– Mariana fica no quarto – disse. – Estamos na guerra, é verdade, mas não é por isso que se perdeu a vergonha nesta família. Uma moça solteira, de barriga! Se Anselmo estivesse vivo, a mandaria para um convento de clausura, tenho certeza. – Agarrou quase com raiva o crochê que estava numa cestinha. Laceou o primeiro ponto. – Quando essa criança nascer, vou dá-la de cria para alguém. Bem longe daqui. Hay tanta gente que perdeu filhos nessa peleja. Alguma criatura há de querer o rebento.

D. Ana sentiu os olhos úmidos. A voz soou rouca:

– Eu perdi um filho nessa peleja, Maria Manuela. Vosmecê tome tento do que diz. Essa criança vai ser seu neto, quer vosmecê queira, quer não. Vai ter o nosso sangue, vosmecê precisa lembrar-se disso.

– Nunca vou pôr os olhos nela, Ana. Le juro.

D. Ana saiu da sala. Sabia quando silenciar. Ademais, o tempo se encarregaria de amaciar aquele coração ferido. Melhor era falar com Manuel, mandá-lo fazer as contas de João Gutierrez. E que Manuel visitasse as estâncias vizinhas, inventasse algum pretexto para que nenhum estancieiro quisesse contratar o homem. Não era bom que João permanecesse pelos lados do Camaquã.

Quando atravessou o corredor rumo à cozinha, ouviu o choro fino e triste de Mariana. Um fio de dó enrolou-se no seu peito como um velho gato. Ela teve ganas de ir ver a menina, de dar-lhe algum consolo, alguma esperança que fosse. As mulheres ficavam frágeis durante os primeiros meses da gravidez. "Fazer o quê? Não é filha minha." As chinelas leves iam reverberando pelo chão limpo. Ela lembrou-se do rosto moreno e indiático de João Gutierrez. Engraçado, quando o vira pela primeira vez, sentira mesmo que ele era diverso, cheio de vida, quase como um potro. Havia um brilho agudo naquelas retinas negras. Devia ter atentado a esse pensamento. Se fosse moça de 20 anos presa numa estância por tanto tempo, solita, quem sabe nem ela mesma resistisse àqueles olhos rasgados e àquele sorriso de dentes alvos.

MANUELA GUARDOU A CARTA no abrigo dos seios. Se a mãe soubesse, decerto lhe daria uma sova. A mãe andava intratável nos últimos tempos. Não falava com ninguém na casa, sequer perguntava por Mariana, por sua saúde, pelo bebê. Levaria a carta de qualquer jeito. Sabia bem o que era amar. E Mariana amava, ah, como amava.

O sol abrasava o campo. O céu estava de um azul límpido e intenso. Manuela saiu pelos fundos da casa. Ninguém na cozinha lhe perguntou aonde ia, andavam todos acabrunhados com o castigo de Mariana. D. Rosa fazia uma novena pela rapariga, uma novena para Santa Rita. Ajoelhada de costas para a porta, a governanta nem percebeu a passagem de Manuela.

Manuela atravessou o quintal, deu a volta na casa, tomou o rumo dos alojamentos dos peões, depois da charqueada. O calor umedecia sua pele. O sol era uma bola incandescente no alto do céu. As cigarras cantavam. Ela pensou na irmã, trancafiada naquele quarto. Sentiu um nó na garganta. Se tivesse em seu ventre um filho de Giuseppe, faria qualquer coisa. Mas Giuseppe estava longe, estava em Montevidéu. E Giuseppe já tinha um filho. Sua chance se perdera na poeira daqueles anos. Mas não a chance de Mariana. Por isso levava a carta para João, carta em que Mariana contava do castigo, da prisão, e falava de amor. Quando a guerra acabasse, ficariam juntos. Partiriam para longe, criariam o filho em algum rancho e seriam felizes. A mãe podia complicar aquele amor, mas não evitá-lo. Ninguém nesta vida tinha força para evitar um amor destinado a viver. E aquele amor já vivia no refúgio do ventre de Mariana.

Manuela bateu à porta. Dentro da casinhota, os ruídos cessaram. Um instante depois, o rosto moreno e bonito de João apareceu.

– Buenas – disse ele secamente. – Quase que vosmecê não me encontra. Estou de partida.

Havia revolta naqueles olhos negros? Havia dor? Manuela sorriu tristemente.

– Preciso entrar, João. Se me pegam aqui...

Ele cedeu espaço. Manuela entrou no quartinho fresco, quase desprovido de mobiliário. Por sobre a cama de campanha, um saco de viagem e a viola aguardavam um destino. Manuela entregou-lhe a carta da irmã.

– Mariana escreveu ontem à noite – disse. – Já sabe que vosmecê vai embora.

Os olhos oblíquos de João Gutierrez ganharam um brilho úmido.

– Como está mi Mariana?

– Triste, mas bem. Vosmecê fique tranqüilo, ela vai ter a criança.

– Meu filho.

– Seu filho – repetiu ela. – E vou le avisar quando nascer. – Olhou ao redor, constrangida com aquela intimidade. – Esta guerra vai acabar mais cedo ou mais tarde, e vocês ficarão juntos.

– Mui bien. Vosmecê cuida dela para mim?

Manuela aquiesceu.

– Vosmecê vai para onde?

– Vou me alistar. Se essa guerra precisa terminar, que seja logo. Entonces, quando isso suceder, volto e busco mi Mariana.

O silêncio pesou entre eles.

– Quando quiser mandar notícias, faça com que elas cheguem até mim – disse, despedindo-se. João Gutierrez fez um gesto afirmativo com a cabeça. – Adeus. Boa sorte, João.

– Gracias.

Os dentes brancos dele apareceram num meio sorriso.

Manuela saiu outra vez para o calor do campo. A porta fechou-se silenciosamente às suas costas. João Gutierrez ia para a guerra. Mariana teria aquele filho às escondidas. Pelo menos, para eles, ainda havia algum arremedo de futuro.

Cadernos de Manuela

Estância da Barra, 15 de março de 1842

O verão arrasta-se lentamente. Os dias são como fios que vão se enovelando num ritmo vagaroso e cansado, modorrento. Faz um calor seco e duro, que assola o gado e esfarela o chão. Aqui em casa, o verão mutou-se em época de silêncios e de tristezas, e muito já anseio pela chegada deste outono. Quero ver as folhas secas pelo chão. Quero o vento úmido e as nuvens pesadas e a chuva que há de lavar tudo isso. Quero que tudo o que é cinzento abandone minha alma e se instale no céu e desabe sobre o campo...

É impossível não se contaminar dessa angústia que se alastra pelos cantos da casa. Mariana ainda está trancada no quarto, a pobre, mesmo que já estejamos entrados em março. A mãe ainda não esmoreceu em seus rancores. E quem diria que seu peito era um fosso tão profundo... Mas, a despeito dessa vileza, dessa falta de amor ou de coragem de amar o novo que minha mãe tem nos demonstrado, a barriga de Mariana começou a crescer. Já seus antigos vestidos não lhe servem, porque os últimos botões não encontram mais a sua casa. A criança em seu ventre, protegida desse calor e dessa apatia, vive e palpita e quer nascer. Caetana e Perpétua remendaram velhos vestidos, alargando-lhes a cintura, para que Mariana tenha o que vestir nesses tempos de gestação. Minha mãe surpreendeu-as várias vezes nesses afazeres, mas nunca nada disse e nem questionou. Apenas proíbe que a filha saia do quarto e não demonstra ânsias de vê-la. D. Ana mandou para lá uma tina de banhos, e toda tarde Zefina ajuda Mariana nas suas toaletes. Sou eu quem lhe leva os livros, os bordados ou o que mais ela deseje para ocupar suas horas de claustro. E D. Rosa encarregou-se das refeições, nas quais depõe um zelo de mãe, preparando quitutes e doces e pães que agradem ao paladar de Mariana.

É um episódio triste, decerto. Talvez mais triste do que tantos outros que vivemos aqui nesta estância durante este anos. Tivemos mortes. Tivemos malogros de amor. Eu mesma perdi meu Giuseppe. O único homem dos meus anos, tenho certeza. Tivemos a loucura de Rosário, cuja vida ceifou-se no auge dos seus anos, e que agora se gasta naquele convento, nem mais longe dos seus desatinos, nem mais perto de Deus do que quando estava aqui entre nós. Mas, de tudo isso, o que mais me dói é esse amor de Mariana. Porque retribuído e intenso. Porque fazedor de uma nova vida. Estamos carentes de vida, e essa que nos chega encontrou poucos braços abertos, rostos tristes, silêncios pesados. Não há festa para recebê-la, e talvez o destino nos castigue por isso. Somos como coxos que renegam novas pernas, preferindo andar com velhas e gastas muletas. Porque foi assim que nos ensinaram desde que o mundo é mundo, e a maioria de nós valoriza mais a honra do que a vida.

João Gutierrez foi para a guerra lutar com os republicanos. Talvez a sua lança possa mesmo encurtar o tempo dessas pelejas; porém, o mais certo é que será apenas um a mais a sofrer de sede, de calor ou frio, conforme os caprichos deste pampa. Terá de pelejar com a morte todos os dias, quase sempre em desvantagem. Mariana reza por ele, enquanto espera o filho. Mas vejo nos seus olhos a sombra da angústia. O fio de uma espada inimiga há de ser muito mais cruel do que a ira de nossa mãe, caso assim decida o destino. João

Gutierrez pode não pisar nunca mais este chão, seu filho quem sabe será órfão, e nunca mais dele teremos qualquer notícia, nem virá um mensageiro nos avisar da sua morte para que Mariana tenha esse último consolo, esse momento cabal em que as lágrimas são o único modo de adeus.

Pensamentos funestos... E um sol de ouro brilhando lá fora pela campina, iluminando o pampa. Estou contaminada de dores. E ainda sonho todas as noites com Giuseppe. Ainda rezo e almejo que volte ao pampa, se não hoje, algum dia. Que seja muito longe esse dia, mas que me encontre com vida, um sopro que seja, e eu juro: seguirei com ele para a pior desdita, para o paraíso ou para o desconhecido. Terei essa força. Lutarei por meu amor.

Às vezes, olhando Mariana com seu ventre enfunado e orgulhoso, lamento que Giuseppe não tenha feito um filho em minha carne. Dele, fui apenas noiva, uma noiva eterna. Nosso amor disso não evoluiu, e, no entanto, havia tanto mar para nós... Teria sido bom um filho dele, mesmo que também eu fosse obrigada ao castigo e à solidão de um quarto. Seria paga pouca para tê-lo eternamente marcado nos meus dias. Minha carne e a dele, unidas num outro corpo... Um sonho apenas.

Digo isso para Mariana. Que ela se console. Nunca mais há de ser solita nesta vida, depois que seu filho nascer. E eu, o que tenho pela frente, além desta solidão de muitos anos? Talvez o conforto de uma casa bela, de peças vazias, o calor de um abraço ocasional, a chama de uma lembrança cheia de saudade e nada mais. Mas tudo isso é muito pouco para preencher uma vida. Tudo isso é como esse sol que brilha lá fora, na espera derradeira de mais um inverno. Tudo isso é tão passageiro que até dói.

João Gutierrez encosta-se à barranca, sentindo no estômago a angústia da primeira morte. Olha a adaga tinta de sangue. O imperial está caído no chão, degolado com perícia, os olhos de um castanho-claro fitam o céu com um assombro estático e pasmado. Assombro de quem viu a cara da morte.

A trombeta soa ao longe. O mundo é tomado pelo barulho do tropel. A um sinal, a cavalaria farroupilha avança em direção ao inimigo. O choque das duas tropas levanta uma nuvem de poeira, de gritos e de relinchos. João precisa de um cavalo, é exímio cavaleiro, mas está na infantaria. Há falta de animais. João salta para o outro lado da barranca. Ali a luta é travada com fúria. O corpo-a-corpo forma uma estranha coreografia pela campina na qual o sol desmaia suas primeiras luzes.

João Gutierrez corre, desfere golpes, grita. Tem os olhos cheios de poeira. É a sua primeira batalha. Tinham encontrado aquela divisão imperial perto do rincão de São Vicente. A batalha é dura. Os imperiais estão em vantagem numérica e têm uma boca-de-fogo. João tem a sua adaga, a boleadeira, e aquela raiva dentro da alma que precisa ser desafogada, que é como um rio em época de cheia. Matou hoje seu primeiro homem. Avançando no meio do campo de batalha, pisando corpos, pensa mais uma vez na garganta aberta, no sangue grosso, vermelho e vívido, que foi bebido pela terra. Sente um arrepio pelo corpo, um arrepio quente, igual ao de um copo de canha quando bate no estômago vazio. Sente um gosto amargo na boca, sente uma potência no corpo. Tirou uma vida, a vida daquele imperial que agora jaz caído no chão poeirento. Fez uma vida, ela agora pulsa no ventre de Mariana. Sente júbilo, a saliva tem gosto de vinho em sua boca espantada. Mudou destinos e ainda é o mesmo João de antes, porém mais vigoroso, um semideus.

Há algum poder nessas mãos morenas, nessa alma de índio e de cantador.

Um imperial avança a cavalo, adaga em riste. João Gutierrez faz um movimento de corpo, desvia da lâmina afiada. Num segundo, prende a adaga na boca e joga a boleadeira, girando-a no alto da cabeça. Desde pequeno sabe manejar a boleadeira. As bolas de ferro dançam no ar como pássaros furiosos, um instante, e voam em direção ao imperial. O homem cai do cavalo. João Gutierrez pega a adaga, crava-a no pescoço com um único e certeiro golpe. A lâmina adentra aquela carne. Há um estertor, o imperial arregala os olhos, abre a boca sem palavras. Agora o mundo todo é um único silêncio, nada mais importa senão aquela adaga e aquela morte.

João Gutierrez pula para cima do cavalo. Agora não está mais a pé. Agora olha de cima a batalha e os rostos inimigos. Tem vontade de gritar o nome de Mariana. É por ela que está ali, é por ela que mata, que corre, que peleja. Vai degolar uma centena de imperiais. Não pela República, mas por Mariana. Vai ganhar uma medalha, por Mariana. E quando tudo isso acabar, há de limpar sua adaga de todo o sangue, lavar sua alma de todo o sangue e voltar para a mulher que o espera.

Violenta explosão arranca-o dos seus devaneios. O inimigo começou a canhoada. Uma bala cai por perto, destroçando homens, enchendo de pólvora o ar. Os soldados correm em pânico. João Gutierrez instiga o cavalo. Sai galopando pela campina. O sol agora ilumina tudo, descortinando sem piedade aquela paisagem de horror e de morte. Os olhos indiáticos de João Gutierrez estão mais negros do que nunca.

– Tudo isso é por usted, Mariana – grita ele, para o vento que cheira a pólvora e sangue. – Tudo por usted!

D. Antônia desceu da sege e subiu para a varanda. Desde a pneumonia, estava mais seca de carnes, os olhos escuros e decididos salientavam-se no rosto fino. Sorriu levemente para Manuela, que estava lendo, sentada sob o alpendre.

– Buenas, Manuela. Onde está a sua mãe?

O rosto era sério como de costume. D. Antônia não gastava sorrisos. Manuela baixou o livro, sorriu para a tia preferida. A mãe estava no quarto, a fazer nada, talvez rezando.

– Vosmecê sabe, tia, a mãe anda cada vez mais calada. É por causa de Mariana.

D. Antônia sentou numa cadeira. Perdeu os olhos, um instante, na tardinha que definhava docemente.

– Sua mãe anda muito confusa, Manuela. Aconteceram coisas demás, e ela sempre foi frágil, desde pequena. A mais frágil de nós. – Suspirou. – Mas nada explica o que ela está fazendo com Mariana. Essa menina está trancada no quarto há quase três meses.

– A mãe nunca mais falou com ela.

– Eu sei. Por isso vim aqui. Hay que resolver essa crueldade. – Bateu as mãos nos joelhos. A voz ganhou outro tom. – Vá chamar Maria Manuela para mim. Diga que vim vê-la. – Ergueu-se. – Vou esperar no escritório.

Maria Manuela achou na expressão facial da irmã mais velha a lembrança vívida da falecida mãe. Mas a mãe não a olharia com aqueles olhos frios e negros, tão secos. Não, a mãe sempre tinha protegido a filha caçula. Para D. Perpétua, Maria Manuela precisava de atenções especiais, de cuidados excessivos. Não tinha nascido com a fibra dos outros filhos. Seu mingau era mais doce; suas tarefas, as mais suaves. Assim fora criada; quando casou, Anselmo continuou protegendo-a do mundo.

– Vosmecê mandou me chamar?

– Mandei sim.
– Sucedeu alguma cosa?

D. Antônia olhou-a gravemente. Os mesmos olhos de Bento. A mesma ânsia de corrigir, a mesma responsabilidade sobre tudo, sobre todos.

– Sucedeu, vosmecê sabe mui bien. Sucedeu que a sua filha está grávida de um peão. Sucedeu que está trancada num quarto faz três meses, trancada como um bicho.

Maria Manuela desabou numa cadeira.

– Eu não queria que isso tivesse acontecido. – Suas mãos tremiam levemente.

– As coisas não acontecem à mercê da nossa vontade, Maria. A vida é assim, já é tempo de vosmecê saber disso. Mas é preciso cuidar dessa menina... – Olhou-a nos olhos. – Vosmecê não quer que ela fique como Rosário, quer?

Maria Manuela espantou-se:

– Rosário não tem nada. Uma perturbação passageira. Quando voltarmos para casa, quando a guerra acabar, ela estará boa.

– Rosário não fica mais boa... Vosmecê sabe disso. O que ela tem é para sempre.

– E o que ela tem? – titubeou.

– Rosário está louca.

As lágrimas começaram a correr suavemente pelo rosto de Maria Manuela. D. Antônia sentiu também o pranto a rondá-la, mas ficou firme, olhos secos. Era o esteio daquela gente, sabia disso. Sabia que Bento esperava isso dela, onde quer que estivesse. Ela não tivera filhos, mas tinha aquelas irmãs, as sobrinhas, a cunhada e os meninos. Precisava cuidar deles.

– Não diga isso, por favor, Antônia...

D. Antônia pareceu subitamente triste.

– Estou sendo sincera. Rosário está perdida para esta vida. Mas não Mariana. Ela ainda tem futuro. Decerto, não um futuro que tivéssemos escolhido, mas um futuro que ela escolheu. – Fez uma pausa. – Mariana vai ter um filho. Precisa de cuidados.

– Não posso fazer nada, eu juro. Não tenho forças. Rezei, rezei muito, mas não tenho forças.

D. Antônia amaciou sua voz:

– Vosmecê não precisa cuidar dela. Deixe que eu cuido. Vou levar Mariana comigo para a Estância do Brejo.

Bento Gonçalves saboreou cuidadosamente a notícia. Um sopro naquele deserto de intrigas e de problemas. Lucas de Oliveira, à sua frente, sorriu largamente. Haviam rebentado revoluções em São Paulo e em Minas Gerais. O Império se enfraquecia visivelmente, e tudo isso só podia confabular com a República Rio-grandense.

– É um bom momento – disse Lucas. – Precisamos utilizá-lo. São Paulo e Minas Gerais podem ser aliados. Formaremos uma federação, Bento.

Lucas de Oliveira ainda era um homem bonito. A guerra tinha arranhado de leve as suas feições, mas permanecia latente em seus olhos aquele brilho orgulhoso.

– Vamos convocar o congresso. – Bento Gonçalves recostou-se na cadeira. – Vamos votar a nossa Constituição. Já decidi uma coisa: vou dirigir o leme do governo e passar o comando das tropas para o Netto. Este é o momento de ordenar a República.

– É preciso avisar o Netto, na fronteira.

– Vou mandar o Bento, meu filho, avisá-lo sem tardança.

Lucas de Oliveira sorriu, satisfeito. As coisas tomavam bom rumo, e já não era sem tempo.

Bento Gonçalves fitou o outro, o júbilo nos seus olhos era excessivo. Ou era ele que já não tinha mais força? Sentia-se cansado outra vez, e doente, e velho.

— Vosmecê tenha cuidado, Lucas. Essas duas revoltas nos favorecem, buenas. Mas temos problemas maiores, problemas internos. Estamos divididos, Lucas. E é impossível dividir e somar ao mesmo tempo. Precisamos agir com moderação.

Virou-se para a janela. Lá fora, a manhã pesada derramava suas luzes baças sobre a cidade. Fazia um frio úmido. Soldados atravessavam a rua em rebuliço. Uma carroça carregada de mantimentos passou, fazendo barulho. Um cusco latiu. Faltava brilho naquilo tudo, ou eram seus olhos que não sabiam mais ver? Ele suspirou fundo. Lucas de Oliveira pediu licença e saiu do escritório. Bento Gonçalves pegou da pena. Precisava escrever um manifesto. Colocou a data: 13 de junho de 1842. A mão parecia cansada e sonolenta. Tinha manchas escuras no dorso, ele sabia que eram manchas de velhice. Seria bom entregar o comando das tropas para Netto.

JOAQUIM APROXIMAVA-SE lentamente da fazenda. Podia sentir o ar gélido agulhando sua pele, vencendo a lã do pala com persistência, enregelando seus braços. As meias e as botas não aqueciam seus pés. Fazia um frio cruel. E amanhecia. A névoa dava um ar irreal à paisagem silenciosa. Joaquim atiçou o zaino, mas o cavalo continuou seu trote lento, também ele envolto naquela mística bruma, quase como se flutuasse por sobre a estrada deserta.

Tinha a cabeça cheia de pensamentos, de planos. E de dúvidas. Um redemoinho de angústias rodopiava ante seus olhos. Ele veria Manuela. Depois de tanto tempo, veria Manuela. Os olhos verdes, aquosos, o rosto bonito, claro, sóbrio, misteriosamente sutil. O último encontro tinha sido dolorido. Ainda lembrava do seu olhar, aquele olhar amoroso, cheio de um amor que não era seu. Será que a prima pensava no italiano, ou a partida dele teria arrefecido seus ardores? Do pouco que conhecia das entranhas do sentimento de Manuela, podia adivinhar que ela ainda teimava em amar Garibaldi. Sim, teimava. Garibaldi agora era casado e tinha um filho. Sabe-se lá em que recanto andava desde que partira rumo a Montevidéu com as cabeças de gado que recebera. Joaquim enfiou a mão por sob o pala, procurando o bolso do dólmã. Sentiu o peso e o volume do broche. Tinha ganhado aquela jóia de sua avó materna. As pequenas pedras de esmeralda exibiam a mesma cor dos olhos de Manuela. Ao dar-lhe o broche, a avó dissera, no seu espanhol rouco: "É para su mujer." Quando encontrasse uma. Fazia muitos anos, desde a adolescência, que tinha aquela jóia guardada. Mesmo com a negação de Manuela, com sua insistência, não pudera esquecê-la. Em cada batalha, em cada noite fria, estrelada, chuvosa ou negra, pensara nela. Ao cuidar dos feridos, ao ouvir o pai falar das suas dúvidas, dos planos da República, em cada palavra, suspiro ou olhar seus, havia um pouco da saudade que sentia de Manuela. Havia-se decidido a fazer a derradeira tentativa. E então o pai pedira que fosse até Camaquã. Tão perto da Estância da Barra, tão perto dos olhos verdes de Manuela.

O cavalo pareceu reconhecer o caminho. A bruma lutava com os primeiros raios de um sol tênue. Joaquim ouviu os murmúrios do Rio Camaquã. Lembrou-se dos banhos com os irmãos. Fazia tanto tempo. Tudo fazia tanto tempo. Agora quase não vivia mais. Era apenas aquele sangue, aquela angústia, as disputas, a doença do pai, a espera pelo sim de Manuela. Viu, ao longe, a porteira da fazenda. Um súbito calor tomou seu corpo. Decerto, as tias e a mãe já estariam à mesa do café... Logo, mui logo, veria o rosto da prima, o rosto fresco, ainda sonado de Manuela, e o brilho muito verde, puro, úmido do orvalho noturno, daqueles olhos com os quais sonhava nas suas noites de acampamento.

D. Antônia entrou com a bandeja. A sala recebia as luzes inquietas que vinham da lareira, um lampião ardia por sobre a mesa. Mariana estava sentada à beira do fogo, um cobertor sobre as pernas. O rosto moreno exibia contornos mais delicados e cheios. Toda ela tinha agora os ares lânguidos do fim da gravidez, e o ventre proeminente salientava-se por sob o vestido escuro. D. Antônia aproximou-se devagar. Os olhos da sobrinha estavam fechados. Talvez ela dormisse, mas D. Antônia imaginou que não, que apenas se escondia do mundo, num lugar só dela, onde podia pensar em João Gutierrez com calma e liberdade. Fechar os olhos era como trancar uma porta. Muitas vezes, ela mesma buscara esse refúgio, quando queria recordar o marido morto sem deixar transparecer aquela imensa tristeza que ainda a habitava, mesmo depois de todos aqueles anos.

– Mariana – sussurrou. A moça abriu os olhos lentamente. – Trouxe uma sopa para vosmecê. Sopa de legumes. Desde cedo que vosmecê não come nada, e precisa se alimentar. Esse bebê necessita de comida, minha filha.

Mariana sorriu. Ergueu o corpo, acomodando-se melhor na poltrona.

– A senhora está sendo muito boa, tia.

D. Antônia sentiu os olhos úmidos. Ajeitou a bandeja no colo da sobrinha. Depois sentou ao seu lado e esperou que ela comesse. O silêncio da sala, onde o fogo crepitava, era reconfortante. Podiam ouvir o vento invernal zunindo lá fora.

Mariana acabou de comer.

— Sei que vosmecê está sofrendo por demás, Mariana. — A voz de D. Antônia era suave. — Sua mãe não ajudou nas coisas, e pôr um filho neste mundo é tarefa dura. Eu nunca tive um filho, mas sei bem.

— Esse meu filho vai sofrer mais ainda depois de nascido, tia. Vai sofrer mais do que eu. Será um filho sem pai. Quem vai gostar dele, tia?

D. Antônia recolheu a bandeja e depositou-a no chão. Tomou a mão da sobrinha, a mão morna e inchada da sobrinha.

— Não diga isso, minha filha. Esse seu filho tem pai. Talvez não o pai que sua mãe desejasse, ou que eu mesma desejasse, mas tem pai. Ele se chama João Gutierrez e é um soldado da República.

Mariana perdeu os olhos no fogo.

— Talvez João já esteja morto...

— Vosmecê sente isso? Nesses meses, sentiu, em algum momento, esse aviso? Como se o seu coração parasse de bater por um longo instante, como se o seu sangue gelasse nas veias, sentiu, Mariana?

Mariana fitou a tia. Havia uma doçura nova naqueles olhos escuros. Nunca vira D. Antônia assim, materna, quente, acolhedora.

— Não, não senti.

— Então ele está vivo, Mariana, acredite. — D. Antônia fechou os olhos um momento. — No maldito dia em que meu Joaquim caiu daquele cavalo, eu senti. Foi como se o minuano soprasse dentro de mim... Quando o capataz veio me avisar do sucedido, eu já sabia. — Virou o rosto para o fogo.

Mariana apertou as mãos da mulher mais velha.

— Tenho medo, tia.

— De quê, minha filha?

– De morrer no parto. Do meu filho ficar solito neste mundo. Minha mãe decerto não há de querê-lo.

– Vosmecê não vai morrer no parto, Mariana. Mas fique sossegada. Se qualquer coisa acontecer, eu cuido do seu filho. E mando procurar o João por todo esse Rio Grande, le juro. Falo com Bento, ele acha o pai do seu menino onde ele estiver. – Afagou os cabelos negros e espessos da sobrinha. – Mas nada disso vai acontecer, minha filha. Você vai ter essa criança, o João vai voltar quando essa peleja acabar. Vosmecê creia nisso que le digo.

– É um menino – sussurrou Mariana.

– O quê?

– Esse filho que estou esperando, tia. É um menino. Eu sonhei com ele.

D. Antônia sorriu.

– Nesse causo, vosmecê já escolheu o nome?

– Matias. Vai se chamar Matias.

– É um nome hermoso.

Mariana fechou os olhos. D. Antônia ajeitou melhor o cobertor por sobre o corpo da sobrinha. Ela estava inchada e lenta, cada dia mais. Faltava pouco para o parto, tinha certeza. Era melhor deixar Rosa de sobreaviso. Matias ia nascer logo, talvez ainda naquela semana.

Manuela aguardou o dia inteiro que Joaquim viesse ter com ela. Aguardou com angústia. Durante o último ano, muitas vezes se pegara a pensar num casamento com o primo. E sempre aquele mesmo sentimento de pasmaceira a tomava, como se estivesse semimorta, um fantasma sem alma por sob a pele. Era isso que sentia quando se via como esposa de Joaquim. Por diversas vezes, chorara. Aquele amor por Giuseppe era como uma doença letal. Não tinha cura ou paliativo. Agora ela estava decidida: diria ao primo o seu último não. Sabia que ele viera vê-la, vira nos seus olhos aquele ardor ainda intocado. E tinha pena daquele amor não correspondido, tinha muita pena. Se pudesse, de bom grado arrancaria do peito a paixão por Giuseppe, mas não podia. Era uma espécie de fado. Um destino. A vida de cada um vinha escrita como as páginas de um caderno, como as páginas do diário que ela mesma traçava todas as noites. Não se casaria nunca mais. A não ser que Giuseppe voltasse. Porque esperaria por ele, a cada minuto, a cada dia, durante todos os anos, até que a velhice lhe roubasse o tino e o sentimento. Tinha pouco para dizer a Joaquim. Apenas que sentia muito. Sentia por ambos. Decerto Joaquim encontraria outra pessoa, mas ela não. Ela seguiria sozinha, esperando, para sempre.

O sol invernal aquecia docemente o jardim naquela tardinha de céu azul. Manuela atravessou o quintal, seguindo para o pomar. Ia buscar umas laranjas. Joaquim devia estar com os cavalos, ou proseando com a mãe. Não se demoraria muito na estância, pois tinha dito que Bento Gonçalves esperava por ele no Alegrete. Manuela caminhou com pressa. Viu Zé Pedra ao longe, capinando. Acenou para o negro alto e espadaúdo. Ele sorriu, os dentes brancos brilhando no rosto muito escuro.

As laranjas tinham um cheiro bom, de infância. Ela foi enchendo o cesto de palha. A mãe queria fazer um doce. Milagre, a mãe demonstrar alguma vontade. Ultimamente, passava os dias trancada no quarto, dormindo e rezando. Mas, desde que Mariana fora para o Brejo com D. Antônia, Maria Manuela melhorara seus humores. A filha grávida era como um espinho cravado na sua pele. Manuela pensou na irmã. Agora, graças a Deus, recebia cuidados. Perpétua tinha feito as contas e dissera que a hora de Mariana estava mui perto. Ela precisava ir vê-la, ver se queria alguma coisa...

Notícias de João, não tinha. Mas pediria para que Joaquim o descobrisse e avisasse que o seu filho estava para nascer.

– Vosmecê está pensando em quê?

A voz de Joaquim surgiu do meio das árvores. Ele apareceu um segundo depois, sorrindo. Usava um uniforme limpo e bem engomado.

– Estava pensando em Mariana e no João Gutierrez.
– Tudo isso foi uma surpresa mui grande para mim.
– A vida é cheia de surpresas, Joaquim.
– E nem todas boas, não le parece?

Manuela arrancou mais uma laranja do pé.

– Sim, vosmecê tem razão. Mas le digo que Mariana não é de todo infeliz. Vai ter um filho. E João Gutierrez pode voltar.

– É verdade. Ouvi dizer que se juntou aos homens do Netto. – Joaquim começou a colher laranjas também. – E o Netto é um grande guerreiro. Quem está com ele está mui bien.

– Você poderia avisá-lo que a criança de Mariana vai nascer?

Joaquim pestanejou.

– Não sei, Manuela. Mas vou fazer o possível. Ele está em algum lugar da fronteira, vou ver se o descubro.

– Já está bom – disse Manuela, indicando o cesto cheio de frutas até a metade.

Joaquim tomou o cesto. Seguiram lado a lado. Um cheiro bom pairava no ar frio.

– Manuela... – A voz de Joaquim era suave. – Manuela, vim le perguntar pela última vez se vosmecê pensou em mim, no meu pedido de casamento. Le juro que depois de hoje nunca mais toco no assunto, Manuela. – Enfiou a mão no bolso do dólmã. – Le trouxe isto. – O broche cintilou. – Foi da minha avó, mãe da minha mãe. Ela me deu para que eu presenteasse minha esposa. Vosmecê não é minha esposa ainda, Manuela, nem sei se será. Mas fique com ele. Se não for seu, não será de mais ninguém nesta vida.

Manuela segurou o broche.

– É muito bonito, Joaquim. Mas não posso aceitar.

Joaquim andava ao seu lado, levando o cesto de laranjas. Parou um instante.

– Isso é uma resposta, Manuela?
– É sim. Me desculpe... Eu pensei muito, le juro.

O rosto dele perdeu todo o viço.

– Está certo. Como vosmecê disse, a vida é cheia de surpresas. Mas talvez isso não seja surpresa para mim, Manuela. Eu já sabia que vosmecê não iria mudar sua decisão. Mesmo assim, fique com o broche. Combina com seus olhos.

Joaquim pediu licença e saiu andando em passos largos rumo à cozinha. Manuela seguiu mais atrás. O broche de esmeraldas queimava em sua mão.

D. ANA ENTROU NA SALA com o envelope na mão direita. Perpétua ninava a filha menor num canto da sala. Caetana tricotava um par de meias para Bento – Joaquim contara-lhe que ele andava um pouco fraco dos pulmões. Queria mandar aquelas meias pelo filho que partiria no dia seguinte.

– Carta para vosmecê, Perpétua. Um peão trouxe.

D. Ana falou com certo receio na voz. Tanto temiam quanto aguardavam aqueles telegramas. A vida e a morte vinham estampadas naquelas linhas. Perpétua pareceu espantada um instante. Entregou a menina para Xica, mandando que a levasse para o berço. Foi pegar a carta que a tia lhe estendia, as mãos um pouco trêmulas.

D. Ana sentiu pena.

– Vosmecê fique calma. Se fosse coisa séria, teria sido entregue por um soldado.

Caetana parou o trabalho por alguns minutos e ficou esperando que a filha abrisse o telegrama.

Perpétua leu as parcas linhas em pé, no meio da sala, tendo as duas mulheres fitas em seu rosto.

– Inácio foi eleito deputado para a Assembléia Constituinte da República – disse, sorrindo.

– Isso sucede quando? – perguntou D. Ana. – Essa tal assembléia?

– Em dezembro, tia. Na cidade de Alegrete. Vão votar a constituição da República.

D. Ana sentou na sua cadeira de balanço.

– Buenas. Mas fico me perguntando para que valem as leis, enquanto esta província se mata pelas coxilhas afora.

Caetana baixou os olhos, retomando o trabalho. Não entendia de leis. Tudo o que lhe importava agora era aquele tricô, era a certeza de que seu Bento não passaria frio, de que ela mesma não receberia um telegrama semelhante àquele – o telegrama nefasto que temia desde o começo daquela revolução.

– Eles sabem o que fazem, tia. – Perpétua guardou o telegrama no bolso do vestido. – Vamos esperar para ver.

– E temos feito outra cosa nesta vida? – D. Ana tomou também do seu bordado. Desde que Pedro morrera, tão longe dela, como num sonho, desacreditara daquilo tudo. Só o que desejava era paz, era ter José na estância, cuidando do gado e da venda do charque. Tudo o que desejava era um passado que já não voltaria mais. Seus três homens em casa. De certa forma, ainda tinha Paulo, enterrado sob a figueira; mas Pedro, seu Pedrinho, esse estava perdido para sempre, embaixo de algum pedaço de chão do Continente, sem uma vela ou uma ramo de flor.

MARIANA TINHA ACORDADO com um peso estranho nos quadris. Um cansaço agudo que a deixara na cama até quase o fim da manhã. Sob as cobertas, pensava em João. A barriga muito saliente e distendida era como um coxilha. Ficou imaginando o bebê que estava ali dentro, esperando para sair. Queria que fosse parecido com o pai, os mesmos olhos oblíquos. Queria tê-lo em seus braços, sentir seu peso e seu cheiro, o gosto da sua pele, o tato dos seus cabelos. Sempre desejara aquele filho, mesmo quando a mãe a tinha posto presa no quarto, sozinha, sem contato com o mundo lá fora. Ainda assim acalentara aquela criança como o melhor dos seus sonhos. Agora estava mui perto da sua chegada.

D. ANTÔNIA APARECEU pelas onze horas. Fitou longamente a sobrinha, perguntou se tinha dores, se tinha fome. Ela respondeu que estava apenas cansada. D. Antônia sorriu. Disse que voltava mais tarde. Ao sair do quarto, mandou chamar Nettinho. Que ele fosse até a Estância da Barra, buscar D. Rosa. Era coisa urgente.
– O bebê de Mariana nasce ainda hoje.
O negrinho saiu chispando pela manhã nebulosa.

AGORA A DOR COMEÇOU. Vai e vem. Nunca viu o mar, mas recorda a descrição que o italiano Garibaldi fez dele certa vez. Essa dor deve ser como a maré. Vem em ondas. Mas aumenta cada vez mais. Uma dor quente. Ela sente que o corpo abre passagem para o filho, que os ossos se deslocam, que uma força interna empurra tudo para baixo. Não consegue manter as pernas fechadas. Não consegue pensar. Talvez apenas recorde o rosto de João. O rosto de João flutuando naquele mar de dor. E a vontade de ver o seu filho. A vontade atroz de segurá-lo, de libertá-lo daquele ninho de carne. Ela sua muito, o suor escorre pelo seu rosto em gotas graúdas. D. Antônia, muito calada e serena, seca seu rosto com uma toalha. E diz coisas bonitas. Que vai ter um filho saudável. Agora falta pouco. Muito pouco.

– O pior já passou, Mariana.

O pior foram aqueles meses de claustro. D. Rosa entra no quarto com uma pilha de toalhas, um balde de água. Atrás dela vem uma negra trazendo uma pesada tesoura. Sabe que ferveram a tesoura, e que ela cortará o cordão umbilical. Quer perguntar alguma coisa, mas a dor vem outra vez, com mais fúria, dilacerando.

– Respire fundo – diz D. Rosa. – Não pare de respirar.

Ela obedece. Enche os pulmões e solta o ar. Briga com a dor, dança com ela, dão-se as mãos. D. Rosa diz que não deve evitar aquela dor, será ela que lhe trará o filho. E a tia repete que falta pouco. Falta muito pouco. A negrinha parada num canto tem os olhos arregalados de pavor.

O tempo passa e congela-se. Tudo agora é perene. A luz que entra pela janela solidificou-se ao redor de si, a voz da tia repete sempre a mesma interminável palavra. E aquela dor. Muito mais forte. Sente que o mundo se abre, que as pernas estão longe, escancaradas por aquele túnel por onde jorra a vida. D. Rosa debruça-se sobre ela, sorrindo. A dor da vida.

Mariana faz força. Empurra como se quisesse se virar do avesso. A voz da tia instiga-a a continuar. A negrinha fugiu para um canto. Não sabe que grita, que chama por João. Não sabe nada, é um caminho a ser trilhado e nada mais, nada mais. Um caminho. A luz derrama-se sobre ela como um halo dourado.

Um choro novo ganha o quarto.

O coração de Mariana explode de uma emoção maior que o mundo.

– Faz força mais uma vez, menina!

E então tudo se rasga, tudo se despetala. Entre suas pernas está aquele ser úmido e vermelho e latente, gritando de espanto e de medo. D. Antônia chora. Ela chora, o bebê chora. A negrinha aproxima-se com cautela e alcança a tesoura. Com um movimento ágil, D. Rosa corta o cordão umbilical. Pega a criança no colo, deposita-a sobre o peito de Mariana.

– É um menino, minha filha. – A voz de D. Antônia está embargada.

– Um menino – repete, bêbada de emoção. – Vai se chamar Matias.

D. Rosa faz força sobre seu ventre.

– Agora é só tirar a placenta – diz.

Deitado no regaço da mãe, Matias pára de chorar.

A NOITE NO ACAMPAMENTO é gélida, apenas iluminada pela luz das estrelas e por uma fogueira ou outra. As barracas espalham-se pelo descampado, barracas esfarrapadas, qual animais feridos e encolhidos de frio. Mas a maioria dos homens não tem barraca, dorme sob o pala, enrolada nos velhos ponchos de lã puída, perto do fogo, sob os carroções. O cansaço espanta os sonhos. Uma coruja pia ao longe. Aqueles que não têm sono pitam seus palheiros, proseiam em voz baixa, economizando calor, uns perto dos outros.

João Gutierrez dorme perto de uma fogueira. A viola, ao lado do seu corpo, é como uma mulher amorosa. Faz pouco, tocou uma milonga, pensou em Mariana, ficou esperando o sono chegar. E o sono veio. Faz tempo que João Gutierrez não sonha. Logo que entrou para a peleja, sonhava com degolas e sangue e canhonaços; depois parou de sonhar. As noites são curtas e exaustas demais para o luxo dos sonhos que pedem lençóis limpos. O sono da guerra é negro e silencioso e pesado. O sono da guerra é vazio.

Mas hoje João Gutierrez sonha. Está num quarto muito alvo que cheira a hortelã e coisas feminis. Pisa com calma, o chão é macio feito espuma, as paredes muito altas não deixam ver o teto. Ele avança com um sorriso nos lábios, está muito feliz. Vai tateando por aquele quarto de nuvens, estreito e comprido como um corredor, vai pisando manso, afundando os pés na massa gelatinosa que cobre o chão. No fundo do quarto há um berço; debruçado sobre ele, um vulto de mulher. João avança mais rápido. Paira no ar uma melodia mui antiga, talvez de outras eras, uma música arcaica que tantas vezes a mãe lhe cantou. João chega perto do berço. A mulher levanta o rosto para ele: é Mariana. Dentro do berço, enrolado numa velha manta que sua mãe teceu certa vez, está o menino.

João Gutierrez abre os olhos para o frio da noite. Dois soldados conversam ali perto, as vozes morosas perdem-se no ar. Ele teve um sonho bom. Não se lembra exatamente desse sonho, ficou apenas aquele resto de alegria em sua alma, aquela sensação jubilosa que não pode vir desse pampa varado pelo ar frio do inverno, dessa cama improvisada com velhos cobertores úmidos de orvalho. João faz força para recordar o sonho, busca nas entranhas do seu espírito uma imagem, um som, um sopro qualquer. E então vê o rosto do menino deitado em seu bercinho. É uma criança morena, de pele azeitonada. Seu filho. Tem certeza disso.

A cabeça anuviada faz força para contar as luas desde que Mariana lhe deu a notícia. Agora tem certeza: já é bem o tempo de o filho nascer. Lá na estância, em algum cômodo daquela casa branca e esparramada, o menino nasceu. Nasceu de Mariana, ainda nessa noite. Ele nunca tivera um sonho tão vívido em toda a sua vida. Sim, seu filho nasceu. Ele procura lembrar em que dia estavam. Era madrugada, logo amanheceria. Outro dia de inverno, um inverno que tinha aberto seus braços nebulosos para receber seu filho. Era 28 de julho, e Matias tinha vindo dar as caras ao mundo. João Gutierrez sente uma lágrima escorrendo pelo seu rosto. No meio do acampamento farrapo, ele chora. Chora de felicidade, pela primeira vem em toda a sua vida.

Rosário está sentada no pátio, tomando o sol da primavera. Algumas flores crescem no jardim do convento, depois do longo inverno pampeano. As noviças estão por ali, bordando, fazendo roupas para os órfãos, costurando. Aproveitam o sábado bonito antes que chegue a hora das vésperas. A madre gosta que apanhem sol, que apreciem as benesses de Deus. Do outro lado dos altos muros, a guerra continua, mas ali, naquele jardim, tudo é paz e consolação.

As noviças falam pouco com Rosário. Seus longos e misteriosos silêncios incomodam as outras, sua beleza as fere. A beleza de Rosário tornou-se mais etérea com o claustro, sua pele mais translúcida e lisa, o azul dos olhos mais suave, celestial. Toda ela é uma figura mística, quase uma aparição que parece se desvanecer a cada passo, a cada sorriso. É como se ainda outro amanhecer não pudesse surpreendê-la, como se cada noite trouxesse o fim da sua imagem cristalina. As outras moças, perto dela, são toscas e tristes e terrenas demais. Rosário quase não precisa rezar para estar perto de Deus. É como uma das imagens da capela. A madre sente-se incomodada com isso. Tanta beleza só pode ser pecado. A madre proíbe Rosário de usar os cabelos soltos e as vestes claras que trouxe de casa, mas tudo isso parece deixá-la ainda mais bela e frágil. As noviças comentam que Rosário, a sobrinha do general-presidente, é louca. Que ama um fantasma. Já passaram muitas noites à espreita pelos corredores, tentando cruzar seus olhos com a figura do belo fantasma uruguaio que enfeitiçara a alma de Rosário de

Paula Ferreira. Nunca o enxergaram com certeza. Uma delas achou tê-lo visto, certa noite, perto do pequeno cemitério. Um facho de luz que descortinou por breves momentos a imagem de um jovem soldado. Mas logo tudo se desvaneceu, restando apenas a noite e o vento frio, e a noviça assustada correu de volta à sua cela para esquecer no sono aquela imagem terrível.

Rosário vai arrancando as pétalas de uma flor minúscula que colheu entre os chumaços de capim. A mãe veio vê-la faz poucos dias, falou pouco, contou de Manuela, das tias e da morte de Pedro. Nada disse sobre Mariana. A mãe partiu com os olhos tristes e um peso na alma que ela soube reconhecer. Foi por isso que não a avisou. Sim, porque já sabe. Steban anunciou que vão, enfim, casar. Rosário sabe mui bien o que isso significa. Mas está preparada. Ama Steban mais que a tudo, mais que à mãe, às irmãs, à casa em Pelotas, que há tanto tempo não vê. Ama Steban muito mais do que ama seu irmão Antônio. E quer livrar-se daqueles muros, das horas mortas de oração, do eterno badalar dos sinos, do gosto das hóstias e do cheiro de incenso. Sabe que ao lado de Steban vai ganhar o mundo, não este mundo de árvores, coxilhas e de sangue; mas outro, muito maior e mais bonito, onde só haverá paz e aquele amor imenso que os une. Um mundo só deles, onde ambos viverão para sempre.

O BARÃO DE CAXIAS assumiu as funções de presidente da província e comandante de armas do Império no dia 9 de novembro de 1842, em Porto Alegre. Tinha um plano bem entabulado para vencer as forças rebeldes. Enquanto o efetivo farroupilha era de 3.500 homens, ele contava com um exército de mais de 11.500 praças; porém, os soldados farrapos eram todos de cavalaria, enquanto o exército imperial contava apenas com 2.500 cavaleiros. Além disso, na Campanha, os revolucionários dominavam todo o território e estavam de posse das cavalhadas. Era nisso que se baseava o plano do Barão de Caxias: conseguir cavalos para dar batalha aos revoltosos em seu próprio espaço. Em Porto Alegre, reuniu seus homens e expôs seu projeto de guerra. Seguiriam para a Campanha com as tropas articuladas numa só coluna, precedida de uma vanguarda. Dela, destacaria as divisões que fossem necessárias, as quais sempre operariam de acordo com a coluna principal. E não arregimentariam mais forças em locais onde os rebeldes tinham deixado de agir. Mandaria embarcados, de Porto Alegre para a linha de São Gonçalo, onde comandava o coronel Silva Tavares, o 3º batalhão de fuzileiros e o 5º de cavalaria da Guarda Nacional, e ele mesmo dirigir-se-ia-se com seus homens para lá. De São Gonçalo, abalariam todos juntos para São Lourenço, e de lá para a Campanha. Esperava assim iludir os revoluionários sob o comando do general Netto, que imaginariam uma junção com o exército em Piratini. Na Campanha, daria batalha campal aos farrapos e esperava esmagar a revolução.

Depois de duas sessões preparatórias, realizadas a 29 e 30 de novembro, a Assembléia Constituinte farroupilha foi solenemente instalada no dia 1º de dezembro de 1842. Na noite anterior, a cidade de Alegrete iluminara-se como para uma festa.

Bento Gonçalves da Silva adentrou o salão com passos decididos. Havia passado uma madrugada abafada e difícil. Respirara mal e tivera febres. Joaquim, que estava na Assembléia como suplente de deputado, mais uma vez aplicara-lhe compressas. Porém, como sempre, depois dessas longas noites de vigília ele se erguia da cama com as mesmas feições controladas e ia tomar tento dos seus afazeres. Agora estava ali, em frente aos 22 deputados eleitos. Sabia que o plenário estava faccionado em duas correntes, uma chefiada por Domingos José de Almeida, e outra por Antônio Vicente da Fontoura. Respirou fundo e começou seu discurso.

– "Senhores, se não me é dado anunciar-vos o solene reconhecimento da nossa independência política, gozo ao menos a satisfação de poder afiançar-vos que não só as repúblicas vizinhas como grande parte dos brasileiros simpatizam com a nossa causa. Mui doloroso me é ter de manifestar-vos que o governo imperial nutre ainda a pertinaz pretensão de reduzir-nos pela força; porém, meu profundo pesar diminui com a grata recordação de que a tirania acintosa exercida por ele nas outras províncias tem despertado o inato brio dos brasileiros, que já fizeram retumbar o grito de resistência em alguns pontos do Império. É assim que seu poder se debilita e que se aproxima o dia em que, banida a realeza da Terra de Santa Cruz, nos havemos de reunir para estreitar os laços federais à magnânima nação brasileira, a cujo grêmio nos chamam a natureza e nossos mais caros interesses. Todavia, devem inspirar-nos mais confiança, devem convencer-nos de que alfim triunfarão nossos princípios políticos o valor e a constância de nossos compatriotas, a resolução em que se acham de sustentar a todo custo a independência do país. De baixo de tão lisonjeiros auspícios começam vossos trabalhos; cessa desde já o poder discricionário de que fui investido pelas atas de minha nomeação; cumprindo, pois, as condições com que fui eleito, eu o deponho em vossas mãos."

A Assembléia realizou algumas sessões, sempre numa atmosfera de discórdia e desconfiança, legislando apenas sobre a maneira de promulgação das leis e a suspensão das garantias individuais. Bento Gonçalves desconfiava de um plano secreto para assassiná-lo; os deputados de oposição não aceitavam a suspensão das garantias, os ânimos se acirravam mais e mais.

Na terceira reunião, os deputados oposicionistas retiraram-se. Nos dias seguintes, não houve quórum para a votação de nenhum projeto de lei. No decorrer desses dias, demitiram-se três ministros: Fontoura, Padre Chagas e Pedroso. Bento Gonçalves da Silva começou a sofrer com mais intensidade os sintomas da sua doença. Não dormia mais, nem comia direito. A casa alugada no Alegrete pesava com o clima difícil que se instaurara na Assembléia. Bento Gonçalves sentia-se pressionado por todos os lados, acuado, furioso. Onofre Pires, seu primo, comandava a oposição. Joaquim via o estado nervoso do pai sem nada poder fazer. E o calor de dezembro sufocava tudo, gentes e coisas, discórdias e trapaças.

1843

Cadernos de Manuela

Pelotas, 12 de janeiro de 1860

Aquela guerra teve muitos e longos verões. Alguns foram bons e românticos, como o que passei em companhia de meu Giuseppe, e outros, não tão felizes, mas igualmente doces, feitos de um tempo volátil, separado do mundo lá fora, um tempo só nosso, das mulheres que viviam naquela casa e nas adjacências, e que teciam seus trabalhos como quem tece a própria vida, sem tolas ansiedades nem vãs esperanças.

O princípio do ano de 1843, porém, foi assustador. No começo daquele mês de janeiro, Manuel, o capataz, irrompeu na sala num fim de tarde, muito alarmado. Trazia a notícia de que o Barão de Caxias, com seu exército e imensa cavalhada, vinha rumo a Camaquã. Ninguém sabia dos seus planos, nem imaginávamos que tramava um meio de iludir os revoltosos, atravessando o rio e rumando pela margem direita da Lagoa dos Patos, onde não poderia mais ser alcançado pelas tropas farroupilhas. Tínhamos notícia de que o general Netto estava em seu encalço, mas não ali, pelas nossas bandas, onde o general sequer tinha passado ou mandado algum aviso de sua presença.

A voz profunda e lenta de Manuel foi derramando aquelas palavras, e o medo cresceu entre nós como uma sombra. D. Ana quis saber se era possível ter uma idéia do tamanho da tropa imperial que se aproximava, ao que Manuel respondeu:

– Parece que são quase dois mil homens. Uns vaqueanos viram a tropa atravessando a barra do São Gonçalo.

Minha mãe começou a chorar. Perpétua correu ao quarto para estar com as filhas, como se já houvesse algum perigo em deixar as duas crianças solitas, como se um soldado imperial estivesse desembainhando a espada bem no meio da nossa sala. E Leão, meu primo, que havia muito ansiava por entrar na guerra, deu um salto da sua cadeira, jurando que nos protegeria daquele perigo, que arregimentaria a peonada e que cuidariam da estância.

Dois mil homens se aproximavam! Com raiva, com ira, com vontade de vencer e de esmagar a República e seus partidários. E estávamos nós ali, protegidas somente por um adolescente cheio de coragens, trinta peões e um altar tomado de velas.

– O Barão não seria capaz de invadir a estância. Isso não seria cosa de cavalheiro – disse D. Ana, pensativa.

Caetana olhou a cunhada com olhos espantados. E a voz rouca e quente perguntou: "Desde quando essa guerra é coisa de cavalheiros?" Fazia muito que essas elegâncias se tinham perdido entre degolas e matanças sem fim. Caetana era de opinião que corríamos perigo. Se o Barão invadisse a estância, pouco ou nada restaria. E a vingança seria grande. Éramos a família do presidente. Decerto, não nos haveria de matar, mas sofreríamos arreliações de toda espécie, sujeitas ao humor de dois mil homens dispostos a tudo.

D. Ana decidiu que fecharíamos a casa pelos próximos dias. E os peões fizeram guarda, revezando-se por dias e noites. O mesmo fez D. Antônia, que abrigava Mariana e o pequeno Matias em sua estância. Passamos assim aqueles dias abafados... Falávamos baixo, comíamos pouco. Qualquer ruído nos alarmava até as dobras da alma, as negras andavam assustadiças, cheias de rezas. E dormíamos cedo, orando para que a noite escorresse rapidamente. O escuro sempre vinha habitado pelo medo.

Quando o Barão fez a sua travessia, naqueles dias ensolarados de janeiro, ouvimos o rumor longínquo das tropas e da cavalhada, um rumor como que animal, como se um imenso bicho se avizinhasse, cercando sua presa com calma e prudência. Nesse longo dia, nada fizemos a não ser esperar. A noite veio e finalmente transformou-se em alvorada. Passamos a madrugada juntas, sentadas na sala, nós, as crianças, os meninos e as negras, esperando a sentença que o destino nos escrevia. Mas o Barão de Caxias atravessou o Rio Camaquã com seus homens sem nos incomodar. Tinha planos diversos. Ia para os campos de D. Rita ao encontro de outras tropas para seguir rumo à Campanha. Na manhã seguinte, D. Ana mandou reabrir a casa. Daquele perigo estávamos salvas. Mas que ninguém andasse sozinha pelo campo, nem fosse à sanga, sempre poderia haver algum soldado imperial perdido pelo caminho, e era bom que nos precavêssemos de tudo.

Noites de vigília como a que narrei me marcaram a vida... A minha mocidade latejava de medo e ânsia. E eu imaginava um batalhão de soldados invadindo nossa casa, com seus apetites de tudo, suas adagas afiadas, sua vontade de vingar aquela rebelião que lhes custava tantos trabalhos. Nessas esperas, os minutos escoavam com lerdeza, eram densos, teimosos e imprecisos. Envelhecia-se assim. Quando a calma se restabelecia, todas nós estávamos mais gastas, mais sofridas, mais frágeis. Aprendia-se assim. Aprendia-se que as mulheres do pampa tinham essa sina, de sofrer e de temer, mas sempre com coragem, tomando chá à beira do fogo, enquanto soldados inimigos rondavam a casa. Nunca altear a voz, nunca pôr em palavras um medo ou uma angústia: era assim que se enlouquecia. Não queríamos terminar como Rosário.

QUANDO O PERIGO CESSOU, fui conhecer o filho de Mariana. Um menino corado e moreno, com os olhos mesmos do pai, como minha irmã tanto almejava.

Mariana estava bem, apaziguada, atendida em todos os desejos por D. Antônia, a quem nunca vira tão doce, despida de seu manto de seriedade, tocada por aquele amor maternal, pela doçura e fragilidade daquela criança que tinha decidido proteger. D. Antônia estava feliz. Tinha agora alguém para amar sem restrições, cuidava de Mariana, dizia que João iria voltar para conhecer o filho, era uma certeza que tinha. Anos depois, quando morreu, deixou a sua estância para Matias. O sobrinho-neto, renegado pela avó, fora o último grande amor da sua vida. Mariana, João Gutierrez e o menino foram viver na Estância do Brejo e lá tiveram existência calma e feliz.

Manuela

A tropa avançava pela noite. Agora iam sem pressa. Lá na frente, o chapéu enfiado até a metade da testa alta, o general Netto cavalgava, pensativo. Reformulava planos.

João Gutierrez começava a reconhecer o terreno, a estrada, os campos à sua frente. Era como se já sentisse o perfume de Mariana, como se pudesse percorrer sua pele tenra, como se aquele chão que pisava fosse um pouco dela. Estavam mui perto da estância. Atravessariam o rio ao amanhecer. João achou que poderia desvencilhar-se um pouco da tropa. Deixaria uma carta com Manuela, voltaria antes de a travessia se completar. Já tinha escrito o bilhete. Não sabia ao certo se Mariana ainda estava na Barra, mas, se estivesse por ali, faria de um tudo para vê-la. E para ver o seu filho. O filho que ele sabia que tinha nascido.

Galopou até o tenente Soares. Disse dos seus planos. Era cosa rápida, assunto pessoal. Estaria de volta sem tardança. O tenente ouviu-o cofiando os bigodes, depois aquiesceu. Mas que não se demorasse, pois a tropa não esperaria por ele. Se faltasse, seria considerado um desertor. O tenente Soares já tinha visto João Gutierrez na peleja, furioso, degolando imperiais. Falou aquilo debaixo de um sorriso fino: sabia que João nunca desertaria. Tinha coisas para acertar. Tinha uma raiva para esgotar. Raiva que agora não transparecia no brilho negro dos seus olhos de gato.

João atiçou o cavalo e sumiu numa curva do caminho. O coração batia forte dentro do peito. Ele respirou fundo aquele ar morno de verão, e mais uma vez provou do perfume silvestre de Mariana.

Rio Pardo, 5 de fevereiro de 1843

Ao ministro da guerra, conselheiro José Clemente Pereira,

Saiba V. Exa. que atravessei o Rio São Gonçalo no passo da Barra com uma coluna ligeira composta de 1.800 homens, tendo 1.000 homens de infantaria e 800 de cavalaria, a fim de conduzir 5.000 cavalos, que me foi possível reunir no rincão dos Touros. Esse movimento, que todos os práticos da província julgavam arriscado, se levou a efeito sem que o inimigo o pressentisse senão quando a coluna já havia atravessado o Camaquã, até onde poderia ser atacada por ele com alguma vantagem, pois que de então para cá a marcha fora coberta à esquerda pela serra do Herval e à direita pela Lagoa dos Patos.

O inimigo foi completamente iludido com as aparências que apresentei, de passar o São Gonçalo nos Canudos e seguir na direção de Piratini, para fazer junção com o exército, que aparentou se mover nesse sentido e por isso fez levantar todas as cavalhadas que existiam desse lado e Antônio Netto me esperou naquelas imediações, conservando-se Davi Canabarro de observação ao grosso do exército.

A nossa coluna chegou aos campos de D. Rita, que são fronteiras a Porto Alegre, a 22 de janeiro, e, reunindo-se aí com os corpos de cavalaria de G. N. dos tenentes-coronéis Juca Ouribe e Rodrigo, e com o 12º batalhão de fuzileiros, marchou para São Lourenço deixando, na Capital, apenas o 1º batalhão de caçadores, que foi depois estacionar-se em Rio Grande.

Em Porto Alegre, além do batalhão de depósito, deixei um batalhão de caçadores, o casco do corpo de artilharia a cavalo, o corpo policial da província e trezentos cavaleiros divididos em partidas, a fim de percorrerem os distritos de Santo Antônio da Patrulha, Taquari, Santo Amaro, Capela de Viamão e Belém.

Em São José do Norte existe um destacamento de cem infantes, e um outro de cavalaria do corpo policial, que chega até Mostardas; o fim principal dessas forças é perseguir os desertores, tanto do nosso exército como do dos rebeldes, que em crescido número infestam os matos desses distritos, praticando toda sorte de insulto, e obstar qualquer reunião que os rebeldes possam intentar fazer por aqueles lados.

O plano de operações que projeto seguir pouco variará do que já comuniquei a V. Exa. logo depois da minha chegada a esta província e consiste em aproximar-se da fronteira com o exército, tentando um golpe violento sobre o grosso dos rebeldes, de acordo com os partidários de Bento Manuel, que muito prometeu fazer no município de Alegrete, logo que eu dali me aproxime.

Barão de Caxias

Bento Gonçalves declarara expressamente que considerava Paulino da Fontoura, vice-presidente da República, um traidor. No clima de animosidades que se instaurara em Alegrete, era apenas mais uma desconfiança a pairar no ar já tão saturado de intrigas. Mas Bento tinha suas provas.

A 1º de fevereiro, depois de várias sessões conturbadas, a Assembléia Constituinte se dissolveu. A maioria dos deputados, descontentes com a situação, não comparecia mais às sessões.

Na noite de 13 de fevereiro, quando Bento Gonçalves se preparava para dormir, bateram à porta da casa que ele alugava. Foi Joaquim quem atendeu. Um correligionário estava parado no alpendre, nervoso.

– Atiraram no Paulino – disse o homem. – Dois tiros à queima-roupa. O Paulino está num morre-não-morre.

Joaquim foi até o quarto do pai e deu-lhe a notícia. Na alcova parcamente iluminada pela luz do lampião, Bento Gonçalves ficou imóvel, sentado na cama, o semblante muito pensativo, cansado.

Paulino da Fontoura morreu dias depois. Poucas pessoas compareceram ao funeral, Onofre Pires entre elas. Das salas da sua casa, Bento Gonçalves recebeu as notícias do enterro, e continuou pensativo, os olhos negros sem expressão. Pensava no primo. Tinham sido muito amigos, desde guris. E agora aquilo, estavam em lados opostos da coisa, eram quase inimigos.

João Gutierrez conhecia bem a janela do quarto das duas irmãs, muitas vezes estivera ali a esperar Mariana, nas tórridas madrugadas do começo daquele amor. Contornou a casa sem fazer qualquer ruído, como uma sombra entre as tantas da noite. Uma luz tênue vinha de dentro da alcova. Ele bateu palmas muito de leve. Um instante depois, o postigo foi corrido e apareceu o rosto de Manuela. A moça não se espantou em vê-lo ali, tanto tempo passado, no meio da madrugada, trajando um uniforme republicano quase em frangalhos.

– E Mariana? – Sua voz saiu úmida de ansiedade.

Manuela debruçou-se mais na janela. Falava baixo:

– Está na casa da tia Antônia.

João sobressaltou-se:

– Sucedeu alguma cosa?

– O seu filho nasceu, João. Um menino. Chama-se Matias. Já tem sete meses, está mui crescido. Mariana está vivendo lá. – Viu os olhos indiáticos brilharem de emoção. Acrescentou depressa: – Pode ir até o Brejo, a tia vai recebê-lo, tenho certeza.

João Gutierrez agradeceu com um sorriso. Depois sumiu na noite. Precisava ser muito rápido, ir até a estância, ver Mariana e o filho, depois costear o Rio Camaquã até a altura em que sabia que Netto faria atravessar as tropas. Montou no cavalo e saiu galopando.

Abriu a porteira sem dificuldade. Encontrou um vaqueano de vigia, mas o sono ferrado do homem deixou-o passar livremente sem dar explicações. Cavalgou até os fundos da casa silenciosa. Ali, não conhecia nada. Procurou desvendar a construção, até que descobriu uma porta que parecia ser a da cozinha. Testou o trinco, estava aberto.

Imergiu numa peça morna, ainda cheirando a doce de abóbora e sopa. Num canto, o grande fogão a lenha derramava seu calor. Acostumou os olhos à cozinha, foi procurando um caminho, sem saber bem aonde queria ir.

– Usted demorou.

A voz de D. Antônia ecoou no escuro, uma voz tépida e baixa, segura.

João Gutierrez assustou-se como se encontrasse pela frente o inimigo de espada em punho. Parou, teso. D. Antônia caminhou até o fogão, no qual ainda brilhavam algumas brasas, acendeu uma vela. João viu que ela sorria.

– Desculpe entrar assim – disse ele –, más no tengo tiempo. Vim com as tropas do general Netto.

– Sonhei com vosmecê chegando... Levantei e vim esperá-lo. – Sorriu mansamente. – Ainda tenho meus velhos pressentimentos. Mariana está no quarto com o menino. Venha, ela quer muito vê-lo.

João Gutierrez seguiu a mulher pelo corredor às escuras. Pararam em frente a uma porta. D. Antônia virou-se para ele:

– Mariana está aqui. – Girou a maçaneta com cuidado. Antes de abrir a porta, fitou João. – Noutros tempos, eu desaprovaria isso tudo. Mas sei o que é sofrer por amor. Además, essa guerra mudou muitas das coisas em que eu acreditava... Minha sobrinha ama vosmecê, espero que esse sentimento seja recíproco.

– Sempre amei Mariana. Desde a primeira vez que a vi. Eu não a abandonei, D. Antônia, a senhora sabe. Eu fui expulso. E quando essa maldita guerra acabar, volto para buscar Mariana e o meu filho.

– Então esteja sossegado. Vou cuidar deles para vosmecê. – E abriu a porta.

Um lampião iluminava o quarto. João viu Mariana deitada na cama, o corpo parcialmente coberto pelos lençóis alvos, os cabelos negros esparramados. Foi atingido pela mesma onda morna que sempre o engolfava. Deixou-se levar por aquela sensação, quase tonto, lento, realizado. Foi pisando devagar, como se andasse sobre algodão, os olhos úmidos daquela saudade tão acalentada, que o tinha segurado vivo tantas vezes, livrando-o do fio da navalha inimiga.

Chegou bem perto da cama. Como se pressentisse a sua presença, Mariana abriu os olhos. Muito negros, luzidios.

– João! – Moderou a voz, recordando do filho que dormia. – Não acredito...

– Mas é verdade. Usted não está sonhando. – Sentou na cama e abraçou-a. Sentiu o perfume doce. A voz se perdeu entre os cabelos sedosos. – Vim ver vosmecês. Conhecer o meu filho. Sua irmã Manuela me disse que ele é mui hermoso.

Ela olhou-o bem nos olhos. Chorava mansamente. Aquele tempo, a gestação, tudo, até a saudade, tinham-na deixado mais bonita.

– Ele é lindo, sim. Parecido com o pai. E se chama Matias – indicou o canto do quarto, onde estava o berço, coberto pelo mosquiteiro branco, como um pequeno barco ancorado no seu porto. – Vá vê-lo, João.

O coração pulava dentro do peito, sob o uniforme velho. João chegou bem perto do berço, puxou o tule com a mão trêmula, como se descortinasse um tesouro. O rosto do menino surgiu inteiro, doce, sereno. Ele ressonava mansamente, a boquinha aberta, rosada, as mãozinhas unidas, tenras, perfeitas. De repente, João Gutierrez percebeu que o mundo se resumia naquele serzinho delicado e morno, envolto em panos bordados, cujos sonhos por vezes provocavam sorrisos no rostinho angelical.

— Ele é tão lindo, Mariana.

— Parecido com vosmecê. Tem os seus olhos, João.

Ela abraçou-se a ele. Ficaram longos instantes observando o menino dormir. João inclinou-se e beijou sua testa, com cuidado.

— Não quero acordá-lo, não ainda. Depués teremos todo o tempo deste mundo. Más hoje tenho de voltar para a guerra. Vim com o general Netto. Vamos atravessar o Camaquã, atrás dos homens do Barão de Caxias. Preciso fazer a travessia do rio com o restante das tropas.

Voltaram para a cama de Mariana.

— Tive muito medo de não vê-lo nunca mais, João. Tive medo que vosmecê morresse numa peleja.

Ele beijou-a na boca, sentindo aquele gosto, provando os lábios mornos.

— Usted devia saber que eu voltaria. Eu le disse. Não morro nessa guerra. Fui pelejar por usted. Quando tudo acabar, volto para ficarmos juntos, para sempre. Como uma família.

— Minha mãe não fala mais comigo, nem conheceu o menino.

Os olhos felinos turvaram-se por um momento.

— Esqueça sua mãe. D. Antônia cuidará de vocês até tudo acabar. Ela prometeu... Agora preciso ir, mi Mariana. Le juro que volto em breve. – Olhou para o berço. – Nosso filho é mui hermoso. Cuide bem dele. E me espere, está bien?

Mariana viu-o atravessar o umbral da porta e perder-se na escuridão do corredor silencioso. Ficou muito tempo sentada na cama, pensando. Era como se tudo não tivesse passado de um sonho, um sonho bom. João lhe surgira do nada, para o nada tornara a partir outra vez. Mas prometera-lhe que viveria, que nenhum soldado inimigo trespassaria o seu corpo com uma lança, que ficariam os três juntos quando a revolução finalmente acabasse. Tinha falado com a tia Antônia, e conhecido Matias, o doce Matias. Mariana suspirou de uma felicidade cansada.

Já amanhecia quando seus olhos se fecharam e ela voltou a dormir.

CAI UMA CHUVA MANSA lá fora, uma chuva persistente que começou ao alvorecer e que varou o dia. Agora a tardinha tem esse ar de úmida tristeza. Um manto nebuloso cobre o campo, torna tudo impreciso. Maria Manuela espia, parada à porta da cozinha, silenciosa como um fantasma. Na casa, acostumaram-se a esses seus silêncios, acostumaram-se ao silêncio sobre o neto e a filha; ninguém mais lhe pergunta nada, e nem Caetana, nem D. Ana tornaram a convidá-la para ir ao Brejo visitar a criança.

Maria Manuela fecha a porta. Atravessa a cozinha e segue pelo corredor rumo ao oratório. Os pés vão sozinhos. Todo dia, a essa mesma hora, ela reza e acende uma vela para a Virgem. Todo dia. Mas hoje a tristeza lhe pesa mais, como uma pedra. Deve ser essa chuva, esse começo mui tenro de outono, essa nuvem cinzenta que cobriu o pampa e que está apressando a chegada da noite.

Ela abre a gavetinha em que ficam as velas de oração. Escolhe uma grossa. Outras velas, já gastas, ardem para a Virgem. Velas das cunhadas. Sempre há alguma coisa a pedir nessa guerra. Os mesmos anseios repetidos diariamente. Uma vela para cada vida, para cada amor. Maria Manuela agora não reza mais por Mariana. Acaba suas orações um minuto mais cedo, encurtou sua prece. Mas sai sempre com os olhos úmidos das palavras que não disse.

Acende a vela na chama de outra. O pavio balança um pouco até exibir sua própria chama, comprida e alta, uma chama bonita. Maria Manuela aprecia a chama, as nuances do fogo que sobe. Há alguma coisa de hipnótico no fogo, talvez seja por isso que ele encante tanto as crianças. Sim, as crianças gostam do fogo. Lembra uma vez em que Mariana se queimou brincando perto da lareira. A mãozinha chamuscada, os olhos cheios de lágrimas e de medo, as compressas, a vigília de tantas noites. Mariana, uma menininha morena, de tranças compridas e de pernas roliças. Depois cresceu a cicatriz da queimadura, foi subindo, subindo, até desaparecer por algum milagre, junto com aquela infância toda que se perdeu nos novos traços de mocinha.

Ela olha a chama fixamente. Faz tempo que não recorda Mariana em criança. Pensar nela dói. E aquela maldita chuva lá fora, pingando sobre tudo, com seu jeito de eternidade.

Maria Manuela inclina a vela, deixando a cera derretida pingar sobre o aparador. Depois prende a vela ali. A Virgem, serena, olha o nada, a chuva lá de fora. A chama alteia-se mais uma vez. Mariana pequenina, enfiando a mãozinha nas chamas da lareira. Mariana chorando em seu colo, chamando-a de mamãezinha. Ela ergue o braço. A mão que sai da manga rendada é branca e magra e tem unhas longas, e é triste feito um pássaro morto e seco. A grossa aliança brilha no dedo anular, solitária. A mão caminha no ar, flutua sem vontade nem medo, até pairar sobre a chama, a palma aberta, oferecendo-se ao fogo, ardendo, ardendo, ardendo. Os dedos crispados de dor. E um sorriso no rosto, um sorriso torto e triste e envelhecido de solidão e de angústia.

Ela solta um grito.

D. Ana surge de dentro do seu quarto, os cabelos úmidos do banho recente.

– Maria!

Maria Manuela tira a mão de cima da chama. Um leve cheiro de carne chamuscada paira no ar. A palma intumescida, vermelha, começa a formar bolhas. Maria Manuela fita a irmã com uns olhos sem expressão.

– Não sei por que fiz isso.

D. Ana examina a palma ferida.

– Vosmecê está sofrendo, Maria. Está se punindo.

Ajuda-a a erguer-se. Zefina aparece, vinda da cozinha, e olha tudo com os olhos apavorados.

– Me punindo, de quê? Foi essa chuva. Está chovendo desde mui cedo, está um dia triste. E me deu uma coisa ruim no peito.

D. Ana abraça a irmã.

– Vosmecê não sabe perdoar, Maria. É por isso que sofre. Mas a vida ensina a gente, às vezes dói mais, às vezes dói menos... Vamos até a cozinha. D. Rosa tem um ungüento para queimaduras.

BENTO GONÇALVES cavalga à frente da tropa de mil soldados. A manhã de abril é luminosa e agradável, mesmo assim aquele incômodo persiste, dificultando sua respiração, causando dores na cabeça. As febres vêm sempre à noite, quando desperta ensopado no próprio suor, os lençóis pegajosos, aquele gosto de medo na boca. Agora está mais magro, mas a aparência ainda é a mesma, garbosa e forte, um pouco arranhada pelas madrugadas insones e difíceis.

Rumam para Cangussú. As tropas de Caxias se espalham rapidamente pela Campanha, é preciso reorganizar-se, pensar num modo de retomar o terreno. Por precaução, ele mandou as cavalhadas para os lados de Jaguarão, lá elas estarão mais protegidas. Sente-se cansado, desde o fim da Assembléia, em Alegrete, das desavenças, das discussões com o primo Onofre, uma parte vital das suas forças esvaiu-se; sabe que é impossível recuperá-la, já não tem mais o ânimo, e nem a crença. Pensa em Caetana, em longas tardes silenciosas, num pedaço de bolo de milho, num churrasco de domingo, nos pequenos prazeres que ficaram longe da sua vida e que agora lhe parecem tão preciosos. E vai cavalgando. O outono embeleza o pampa. Sua cabeça fervilha. Ele queria um pouco de paz, sem dúvidas, nem planos, sem pensamentos. Mas é impossível. Mil homens marcham com ele. Vão encontrar Netto, vão encontrar João Antônio, vão encontrar Canabarro. Vão perseguir o traidor que ousou voltar.

Bento Filho emparelha o zaino ao seu lado.

– Em que o senhor está pensando, pai?

O general olha o jovem e sorri. Há rugas ao redor da sua boca.

– Estou pensando na vida, filho.

– A vida é engraçada.

Bento Gonçalves da Silva perde os olhos pela campina.

– És verdad. Há algum humor nesta vida que me escapa. Agora Bento Manuel voltou para a guerra outra vez. Mais uma vez. Está comandando a segunda divisão imperial. A primeira está sob as ordens do Caxias.

– É por isso que vamos unir nossas tropas?

– Sí. Cairemos de rebenque em cima desse cusco. Cairemos com tudo. Essa é uma rixa mui antiga, meu filho. Quem sabe esteja chegando ao seu fim. Ele anda atrás de um coronel nosso, o Guedes. Dei ordem para o Guedes entretê-lo, até que nós chegássemos. Estão para os lados de Ponche Verde. Vamos ver, vamos ver.

Esporeou o cavalo e afastou-se. A tosse começava a espreitá-lo novamente, e ele não queria tossir na frente do filho. Não queria mostrar fraqueza. Não queria mostrar aquele cansaço que só fazia aumentar. Teria um encontro com Bento Manuel. Se a sorte ajudasse, ao menos dessa vez. Tinha muitas contas a acertar com o tocaio, contas demais para uma única existência.

Manuela bate de leve na porta. A voz rouca de Caetana vem de dentro, convidando a entrar. Manuela abre a porta e vê a alcova iluminada pelos castiçais, a tia sentada na cadeira perto da mesa, com papel e pena à mão. As folhas estão em branco. Apenas o nome de Bento Gonçalves encabeça uma das páginas.

Caetana sorri.

– Quero escrever ao Bento. Mas não consigo. Nada me vem. Solamente uma tristeza, uma coisa ruim no peito...

– É saudade, tia.

– És más, Manuela. És soledad.

Manuela se aproxima. O rosto de Caetana, sob a luz inquieta das velas, ainda é muito bonito, misterioso. Os grandes olhos verdes, a boca graúda, a pele trigueira que vai perdendo seu frescor.

Manuela puxa uma cadeira.

– Queria falar com a senhora. É sobre Joaquim.

Caetana sorri tristemente. Joaquim partiu sofrendo. Amava Manuela, desde pequetito, amava aquela prima que lhe fora prometida. Amava-a não de um amor encomendado pela conveniência, mas de um amor puro, espontâneo e farto. Partira ferido pela certeza de que nunca Manuela seria dele.

– Vosmecê pode falar, Manuela, embora eu saiba o que vai dizer.

Manuela abaixa os olhos.

– Eu queria amar o Joaquim, tia, eu queria muito. Desde antes de conhecer o Giuseppe, eu já sabia. Havia algo que faltava. Com o Giuseppe, eu conheci o amor verdadeiro, um amor que vai durar por toda a minha vida.

– Está bien, Manuela. Eu sei o que é o amor, e o que é sofrer por ele. Vosmecê lembre que sou casada com o Bento... Não é fácil ser casada com o general Bento Gonçalves.

Manuela depõe sobre a mesa um pequeno estojo de veludo.
– Joaquim me deu isto. Não posso aceitar. Queria que a senhora devolvesse para ele. Mais tarde, quando for a hora.
Caetana abre o estojo. Conhece o broche que está ali.
– Eu devolvo para ele, Manuela. Mas le digo uma cosa: tenho pena de vosmecê. Soledad, Manuela. La soledad é uma sina mui triste...
Manuela ergue-se lentamente. Beija Caetana no rosto, sentindo seu perfume de rosas. Não há mais nada a dizer. Ela sai do quarto silenciosamente, fecha a porta atrás de si sem fazer o menor ruído. Caetana volta a concentrar-se nas suas folhas em branco. A pena em sua mão está seca.

BENTO MANUEL RIBEIRO atravessa com suas tropas o banhado de Ponche Verde. Tem consigo dois batalhões de infantaria e três corpos de cavalaria, num total de 1.400 soldados. Está atrás do coronel Guedes. Não desconfia de que, do outro lado, na coxilha varada pelo vento frio daquele começo de inverno, a tropa farroupilha o espera. Bento Gonçalves, Canabarro, Netto, João Antônio e o próprio Guedes – sua presa – esperam por ele. Dois mil e quinhentos homens esperam por ele. Têm sede de vitória, sede do seu sangue.

A tropa imperial alcança o alto da coxilha. O céu de maio é límpido. Desce um frio pelo campo, a manhã inicia-se com suas luzes baças, o sol mal despontando, querendo aquecer aquele mundo silencioso e infindo, aquele mar verde que vai até onde os olhos não podem ver.

Quando Bento Manuel chega ao alto da elevação é que tem consciência de que está cercado. Os rebeldes preparam uma emboscada. Ele vê pela frente a infantaria e a cavalaria de Canabarro, na retaguarda estão os outros, 1.500 homens.

Bento Gonçalves entre eles, talvez com um sorriso no rosto extenuado. Bento Manuel prepara-se para a peleja: dispõe no centro os dois batalhões, enquadrando as carroças e a bagagem; nos flancos espalha-se a cavalaria, a infantaria começa a atirar.

Bento Gonçalves da Silva dá o sinal, e os rebeldes atacam com energia. Na frente vão os poucos infantes, na maioria negros. A cavalaria, muito mais numerosa do que a imperial, acomete a linha inimiga, fazendo esforço principal para desbaratar a ala direita das tropas de Bento Manuel. A peleja torna-se furiosa. Na manhã ainda incipiente, os gritos alcançam o céu, a poeira nubla a visão. O ruído dos metais que se chocam retine nos ouvidos de Bento Gonçalves, sua cabeça dói, mas há uma emoção no ar, e é a certeza de que terá aniquilado o seu inimigo, o homem que ousou rir dele, traí-lo, não uma, mas várias vezes. Bento Gonçalves comanda a cavalaria. Sua voz se perde naquele mundo de sangue e violência e coragem.

Ao fundo, o banhado de Ponche Verde ressona. Bento Manuel luta com fúria. Foi pego de surpresa, mas não vai perder a batalha. Não vai perder para Bento Gonçalves. As tropas rebeldes forçam a sua formação, mas ela resiste, rígida e decidida. Homens caem e são substituídos por outros. O sangue jorra por todos os lados. Sangue demais para uma manhã tão tenra.

A batalha já dura uma hora e meia, rija, nervosa, violenta.

As cargas sucedem-se. A fúria aumenta nos rostos dos homens. Bento Gonçalves não sente mais a tosse, nem o peso na cabeça, o cansaço – todo ele agora é apenas desejo de matar, de afiar sua lâmina nos ossos de Bento Manuel, não sem antes deixá-lo humilhado, humilhado pela derradeira vez.

Os rebeldes abrem uma brecha na formação imperial, aproximam-se de Bento Manuel, que retrocede um pouco. Está entre dois fogos, perdeu o controle da coisa. Algo aconteceu: agora os republicanos têm a força. Em algum lugar do imenso turbilhão de sons, ele ouve a voz grave de Bento Gonçalves, voz de general incitando seus exércitos. Sente um gosto acre na boca. Eles estão cada vez mais perto.

Um cavaleiro avança no meio da peleja. Saca da sua arma. O inesperado acontece: o cavaleiro acerta dois tiros no peito de Bento Manuel. As balas alcançam o lado esquerdo do peito, ensopando o uniforme de sangue. Um grande estupor varre as tropas imperiais. Bento Manuel arregala os olhos. Não era para suceder assim. O ruído infernal do entrevero vai se tornando mais e mais baixo, até quase desaparecer por completo, quando ele desaba no chão.

No começo da tarde, as tropas imperiais recuam para os lados do banhado de Ponche Verde, sem que o exército republicano possa evitar a manobra. Bento Manuel vai ferido, inconsciente. Deixam para trás a bagagem e a cavalhada, das quais os republicanos logo se apoderam. O chão está tinto de sangue. Começa a soprar um vento que espalha pelo ar o cheiro vívido da morte.

BENTO GONÇALVES DA SILVA entra a galope no acampamento. Alguns negros abrem covas para enterrar os mortos.

– São quantos? – pergunta Bento Gonçalves, olhando a pilha de cadáveres.

– Sessenta e cinco mortos, general. Trinta são soldados inimigos.

Bento Gonçalves desvia os olhos por um momento. Sente um arrepio varar a pele das suas costas.

– Enterrem todos.

Sai galopando para ver os feridos, cuidados por Joaquim. São mais de cem homens alquebrados. Há um cheiro de iodo e de sangue no ar. Joaquim anda de um lado a outro, a roupa amarfanhada, o rosto ainda sujo de suor e salpicado de barro e de sangue. Alguns soldados gemem. Bento Gonçalves, montado em seu cavalo, pergunta-se onde estará Bento Manuel a uma hora dessas, se entre os mortos ou os feridos. É cedo para saber. Aparta-se também da enfermaria. Há uma angústia em seu peito. Ele não conseguiu acabar com o inimigo. Mais uma vez. Mala suerte. Houve um dia em que o italiano Garibaldi lhe disse que bons soldados eram feitos de coragem, razão e sorte. Ele não tem sorte. Não nesta guerra. Não com Bento Manuel.

Ao longe, está Netto, fumando um palheiro. Bento Gonçalves ruma para lá. Outra vez, sente aquela dor no peito, a cabeça latejando. A noite começa a descer pelo mundo. E com ela, as febres que martirizam sua carne. Netto vê e reconhece o brilho úmido nos seus olhos negros, mas nada diz nem questiona. O negro João Congo aparece, trazendo o mate. O silêncio da noitinha recém-nascida agora domina toda a coxilha.

Bento Manuel Ribeiro ergue-se da cama de campanha com dificuldade. Uma larga faixa já meio tinta de sangue cobre seu peito. Ele sente dores terríveis. Ao lado, está o ajudante-de-ordens. Bento Manuel testa a voz, que lhe sai límpida, embora mais fraca. Manda que o ajudante pegue papel e pena. Quer ditar uma carta.

Enquanto o homem vai em busca do material, ele senta na cama, segurando o grito de dor. Não perdeu aquela batalha. Mesmo os republicanos tendo ficado com parte da sua carga e cavalos, não perdeu aquela batalha. Deixou-lhes 35 mortos e o dobro de feridos. Vai contar as coisas ao Barão, mas ao seu modo. O peito lhe dói, ele cospe no chão. Maldito Bento Gonçalves, maldito.

O ajudante-de-ordens retorna. Bento Manuel começa a ditar a carta.

Ilmo. Exmo. Sr.

Hoje, duma batalha bem parecida com a que houve no Passo do Rosário no ano de 1827, em que fui carregado por terra à força inimiga de Bento Gonçalves, Netto, Davi, dirijo a V. Exa. esta para dizer-lhe que fiquei senhor do campo e que tudo quanto poderia dizer minuciosamente a V. Exa. o fará o seu ajudante-de-ordens que aqui servia de major de divisão, Pedro Meireles, o qual, além de conduzir-se com honra e o mais decidido denodo, ainda fez o sacrifício de ir a esse exército por entre os maiores perigos.

Toda a força que entrou no combate se conduziu além da compreensão humana, e eu, que menos fiz, fui passado por duas balas no peito esquerdo.

Deus guarde a V. Exa.

Quartel-general na Estância do Pedruca, 26 de maio de 1843.

Ilmo. e Exmo. Sr. Barão de Caxias.

Bento Manuel Ribeiro

D. Antônia pegou o menino no colo e foi para dentro da casa. O vento frio começava a soprar, carregando o céu invernal de nuvens pesadas. O menino reclamou um pouco, gostava da rua, de passear com a "avó" pelos caminhos da estância e ver os cavalos e as galinhas. D. Antônia chamou uma das negras, mandou que fosse aquecer a mamadeira de Matias. O menino saiu engatinhando pela sala, atravessando os tapetes, mexendo nos brinquedos espalhados pelo chão.

Mariana entrou na sala.

– Tia, vocês demoraram.

D. Antônia sorriu. Havia uma nova luz naqueles olhos escuros.

– Vosmecê saiba que, se não fosse esse vento, teríamos passeado ainda mais. Matias queria ir aos estábulos. Ele gosta muito dos cavalos, Mariana. – Sentou na cadeira, tomou o bordado esquecido. – Como seu tio Bento... Desde pequetito, Bento amava os cavalos.

– Vou mandar acender a lareira.

– Hay que fazer isso. Esse vento que vem aí é o minuano. Teremos muito frio.

Mariana sentou ao lado da tia, enquanto olhava as brincadeiras do filho.

– Tia... Faz tempo, quase seis meses, que não tenho notícias do João. – Seus olhos nublaram-se. – Ontem sonhei com ele, acho que um sonho triste. Acordei chorando.

– Vosmecê fique sossegada, menina. O pai do seu filho está mui bien. Sei disso. – Recostou-se na cadeira, suspirou. – E volta logo, Mariana. Essa guerra não vai mais tão longe.

– Como a senhora sabe, tia? Estamos nisso há quase oito anos. Quando tudo começou, eu tinha 18 anos. Estou quase com 25. Às vezes acho que essa guerra não termina nunca mais, le juro.

D. Antônia tirou um envelope do bolso da saia cinzenta.

– Recebi carta do seu tio Bento. Aqui ele diz que vai renunciar ao cargo de presidente. É triste, Mariana, mas acho que as coisas vão rumando para o seu fim. Um fim doloroso. De cierto que Bento não pelejou oito anos para isso.

– A guerra é dolorosa para todos, tia.

– Eu sei, menina. Mas eu conheço o Bento. Ele não vai resistir a essa derrota. Ele perdeu muito, Mariana. Mais do que todos nós.

Sentado no tapete da sala, Matias começou a chorar.

- Esse menino está com fome – disse Mariana. – Vou lá dentro buscar a mamadeira dele.

D. Antônia ficou olhando o envelope amarfanhado em seu colo. Tinha um aperto no peito. Depois olhou o sobrinho-neto, e um brilho alegre tingiu outra vez seu olhar. Ali estava o futuro, nos olhos oblíquos de Matias.

CAÍA UMA CHUVA grossa lá fora, grossa e fria. O mês de agosto estava chuvoso e cinzento. Coberto com o pala de lã, ainda assim Bento Gonçalves sentia um frio intenso. Em cima da mesa, estava a carta. Não era longa. Ele pensara mil vezes antes de escrevê-la, nenhuma palavra lhe parecia adequada, nada podia expressar o que lhe ia pela alma.

Bento e Joaquim entraram no escritório. Vinham sérios, tristonhos. Bento atiçou o fogo na lareira.

– Está feito – disse Bento Gonçalves. A voz soou rouca. – Vosmecês podem mandar essa carta para os outros. Agora a presidência é do Gomes Jardim.

– E o Netto, pai?

Bento Gonçalves olhou a chuva que se derramava lá fora, alagando o campo, tirando os contornos de tudo, imergindo a estância num mundo úmido, silencioso e dorido.

– O Netto vai renunciar também. Ao que me parece, o chefe do exército vai ser o Canabarro. De certa forma, eles venceram. O Onofre e os outros.

– As cosas estão mudando – disse Joaquim.

Bento Gonçalves sorriu tristemente. Estava envelhecido e fraco e pálido. Joaquim conhecia suficientemente bem o pai para saber que aquela nova palidez não vinha da doença – que continuava a persegui-lo –, mas da derrota, da tristeza daquilo tudo. Bento Gonçalves não era homem de renúncias. Aquilo só sucedia porque as coisas tinham chegado a um nível insuportável para ele. Joaquim viu o pai empurrar a carta para a ponta oposta da escrivaninha, como se a temesse.

– As cosas mudam sempre, Joaquim. As cosas envelhecem, como eu. Os sonhos envelhecem e caducam. Como agora, meu filho.

Um trovão retumbou na coxilha. Bento Gonçalves encolheu-se instintivamente dentro do pala. Joaquim voltou a atiçar o fogo na lareira. Sentia-se inquieto como um bicho acuado. E aquela chuva prolongada lhe doía na alma.

LEÃO ENTROU NA SALA aquecida pela lareira. D. Ana bordava num canto, absorta sabe-se lá em que pensamentos, as pernas cobertas pela manta de lã, os cabelos embranquecidos nas têmporas. Na poltrona situada do lado oposto da lareira, estava Caetana. Leão fitou a mãe do alto do seu 1,76 metro de altura. Era um jovem longilíneo, parecido com o pai. Das brincadeiras de guerra da infância, ficara-lhe uma ânsia de pelejas verdadeiras; dos muitos anos na estância com as mulheres, uma hombridade que se salientava nos menores gestos, no mais curto dos olhares.

Oito anos. Oito longos anos crescendo entre rendas e tecelagens e medos e angústias feminis. Nesse longo tempo, vira o pai oito, dez vezes, no máximo, e sempre em momentos roubados aos assuntos importantes, à venda de gado da estância, às decisões e segredos daquela guerra sem fim. O pai era um general, o homem mais importante daquela República. Era isso que sabia de Bento Gonçalves da Silva, e também que tinha uns olhos negros semelhantes aos seus, olhos profundos, cheios de silêncio.

Tirou o pala pesado que usara na campina, ajudando os peões com a cavalhada. A noite caía lá fora, um manto escuro e sem estrelas, prometedor de muito frio. Ele se postou ao lado da mãe. Caetana lia um pesado romance de páginas amareladas, escrito em espanhol.

— Madre, preciso falar com vosmecê.

Caetana ergueu os olhos do livro. Encontrou aquele filho feito homem, tão alto, tão distante, tão solitário. Espantou-se, como sempre se espantava, com o aspecto varonil de Leão. Durante aquela guerra, o tempo como que havia congelado; ela pensava sempre em Leão como o menino de pernas magriças que um dia fugira com o irmão menor, rumo a pelejas que desconhecia.

— Sí, aconteceu alguma coisa?

— Aconteceu que estou decidido, madre. O pai abandonou a presidência. Agora vai pelejar. Vou acompanhá-lo, antes que seja tarde demais. Quero ser soldado ao lado dele.

Caetana desviou os olhos para o fogo. Mais um filho tornava-se homem. Fazia seu batismo de sangue naquelas coxilhas, deixando-a ansiosa, aumentando a cota de suas orações para a Virgem. Mais um filho pelo qual sofrer. Já não lhe bastavam os três que já tinham partido. Mas Leão agora era também um homem. Faria 18 anos em novembro. Ela não podia mais segurá-lo na estância.

— Se vosmecê decidiu isso, hijo, nada posso fazer. Mas espere seu aniversário, é um favor que le peço.

— Está bem, madre. Partirei no dia seguinte aos meus anos.

Saiu da sala de cabeça baixa. Faltavam ainda três meses. E esse tempo parecia uma eternidade.

D. Ana viu o sobrinho desaparecer pelo corredor. Sorriu para a cunhada, um sorriso fraco. Sabia mui bien o que Caetana estava sentindo naquele momento.

— Esteja calma, Caetana. Hay um momento para tudo nesta vida. Isso não se pode evitar, e o momento do Leão chegou. Ele sempre quis ir para a peleja. Não como meu

Pedro, pobrezito, que nunca falou em guerras e acabou morrendo numa delas...

Caetana segurou as lágrimas.

– Vosmecê está certa, Ana. Alguns nascem para a peleja. E os peixes não morrem afogados... Talvez ele seja como o pai.

– Bento vai cuidar dele. Tem zelado mui bien pelos outros, Caetana. Vosmecê devia acreditar nisso.

Caetana suspirou.

– Vou acreditar, Ana. Vou acreditar.

Estavam acampados nas imediações de Piratini quando a tropa de Xico Pedro, o Moringue, chegou. Era um amanhecer de primavera, com o céu azul muito lavado e uma brisa que cheirava a flores. Não uma manhã de guerras, mas uma manhã de violas e de milongas, uma boa manhã para gastar sem fazer nada, deitado à beira de uma sanga a pensar em Mariana e no filho.

João Gutierrez lavava o rosto na água ainda fria da noite, quando um soldado chegou à beira do riacho e avisou:

– O Moringue está perto. O general Netto mandou reunir a tropa.

João Gutierrez viu sua milonga desfazer-se na água transparente e ir desaparecendo entre os pedregulhos. Correu de volta ao acampamento. Vestiu o uniforme, calçou as botas, guardou a adaga na cintura, pegou a lança e a boleadeira. O céu continuava azul como em dia de quermesse ou de festa santa. Uma manhã linda, que não tinha sido feita para o sofrimento.

Moringue é feio como o diabo.

É só isso que lhe ocupa a mente febril. O rosto disforme de Moringue, os olhos de fogo, as grandes orelhas. Talvez tenha sido a sua lança que lhe varou a carne, talvez tenha sido qualquer outra, menos notável; mas mortal, tão mortal quanto qualquer outra lâmina.

A carne rasgada palpita, derrama seu sangue pelo colchão imundo. Ele abre os olhos por um instante. Está ao relento, junto com tantos outros. Gemidos se espalham pelo ar, e o céu azul da manhã agora é vermelho, rajado de nuvens, um céu de entardecer tão triste e tão pesado como a sua alma.

A febre resseca sua boca. Quer pensar em Mariana, mas é somente a cara de Moringue que lhe vem, como uma assombração que não o entrega à sua dor, que quer levá-lo consigo pelos caminhos daquela feiúra mítica. E tudo o que ele deseja é dormir um instante, sonhar com Mariana, com uma milonga melancólica que lhe embale o sono exausto.

Vê vultos. Um deles se aproxima, chega bem perto do seu rosto. Ele sente seu hálito e pode ver seu semblante fatigado. Luta com as sombras que o rondam para emergir daquela névoa. A voz que sai da sua boca é rouca e titubeante:

– A batalha acabou?

O homem sorri de mansinho. Segura um cutelo cuja lâmina está suja de sangue. O homem pega seu braço direito, examina-o com atenção rápida.

– Sí, a batalha acabou. – Outro vulto aparece, trazendo uma garrafa de canha e alguns pedaços de pano. – Vai doer um pouco, João.

Ele não compreende. Vai doer o quê? O céu vermelho quer desabar sobre a sua cabeça.

– Vosmecê disse?

O doutor sente pena. João Gutierrez sempre foi um bom soldado, valente, destemido. Um grande violeiro. Deixará silenciosas as noites do acampamento.

– Vai doer a operação, João. Vosmecê recebeu três cutiladas na mão direita. Vamos ter de amputá-la. – Pegou a garrafa de canha, foi lhe metendo o gargalo pela goela. Propositadamente, para não ouvir resposta. – Bebe isso. Bebe bastante. Vai ajudar.

Depois o mundo partiu-se em dois e veio o breu de um sono muito pesado que durou um dia e meio. Ele acordou com dores, numa cama enxovalhada, mas dessa vez sob um teto. Pela janela da barraca, pôde ver o céu azul lavado, o mesmo céu da manhã de sua desdita.

O BRAÇO DIREITO termina abruptamente, enrolado nas gazes úmidas de sangue. Ficou triste e frágil esse braço sem o consolo de uma mão. Como uma cela sem rédeas. Ficou grotesco.

João Gutierrez pensa na viola, muda para sempre. Vai dá-la ao filho, algum dia, se o menino gostar de música. Pensa em Mariana, no toque macio da sua pele, no contorno dos seus lábios que ele gostava tanto de desenhar muito de leve, com a ponta dos dedos a lhe fazer cócegas. Pensa em tudo isso, e pensa no filho que viu apenas uma vez. No filho que nunca segurou no colo. Então começa a chorar.

STEBAN ESTÁ PARADO ao pé da sua cama. Vestido com uniforme de gala. Lindo, lindo como no melhor dos seus sonhos.

Rosário sente vergonha da camisola de linho, dos cabelos desgrenhados. Queria estar também vestida para festa, mas seus trajes ficaram todos em Pelotas, na casa fechada havia tantos anos. Existem poucos bailes numa guerra, e no convento também não se dança.

– Vosmecê me assustou! Não sabia que vinha.

Steban sorri no escuro.

A eterna bandagem ao redor da testa está alva e seca. Vê-se que ele se preparou com esmero para encontrá-la no meio daquela madrugada de primavera. Rosário sente orgulho. Nenhuma das noviças tem um amor como Steban. Sim, e ele a quer muito. Está nos seus olhos, nos seus olhos verdes e rajados de sangue.

Steban se aproxima mais e mais da cama morna do calor de Rosário. Ela sente um frêmito de emoção. Os dois sozinhos ali naquele quarto, a cama desfeita, o silêncio religioso da noite. Tudo é tão romântico.

Ele se debruça sobre ela, suavemente. Não tem perfume. Talvez cheire a brisa, talvez. A boca carnuda sussurra em seu ouvido um segredo sem palavras. Rosário sorri. Faz muito tempo que almeja esse momento.

Cadernos de Manuela

Pelotas, 25 de junho de 1890

A renúncia de meu tio marcou o começo do fim de muitas coisas. Como a ponta de um longo fio num labirinto, aquele gesto nos guiava a todos pelo penoso trajeto que haveríamos de percorrer dali para adiante. De algum modo, para nós era o estertor da revolução, da revolução como a havíamos sonhado – ou como nos tinham ensinado a sonhar –, nunca mais a glória, nunca mais a euforia da renovação que, se sequer podíamos compreender, ainda assim nos alegrava. Nós, que éramos servidas por escravas em todos os momentos, que, para vestir um espartilho ou prender os cabelos, necessitávamos daquelas mãos negras a nos auxiliar, tanto vibramos com a ambição republicana sobre a abolição da escravatura. E, no fim, até mesmo esse disparatado sonho se liquefazia; não haveria liberdade para os negros, não haveria independência, nem um futuro de grandes cidades, de homens libertos da tirania de um imperador onipotente. Os caudilhos gaúchos viam seu orgulho ferido de morte. Agora, era questão de tempo para que tudo se acabasse, não como um sonho cheio de júbilo, mas como um longo pesadelo que nos alucina uma noite inteira e, ao raiar do dia, deixa apenas um rastro de suor e de medo em nosso corpo exaurido.

Tudo tão engraçado... Havia-se lutado por conquistas que muitos não almejavam, e mesmo assim – talvez ainda mais por isso – aquela derrota doía tanto. O meu tio, Bento Gonçalves da Silva, por exemplo, nunca viveu sem escravos e sempre quis bem ao imperador. Gastou os últimos anos da sua vida naquela briga por uma república que não planejou, e para a qual foi eleito "chefe". De certa forma, no momento da renúncia, Bento Gonçalves da Silva voltava ao princípio de tudo; porém, agora um pária, um homem a prêmio, uma criatura revoltada, descontente, cansada e enferma. Um perdedor. Sim, sabíamos que a longa guerra lhe tinha desbaratado a saúde, sabíamos das suas febres, do mal pulmonar que o acometia, das longas noites insones. Mas imaginávamos que tudo seria passageiro: com o fim da peleja, que decerto estava próximo, meu tio recuperaria a saúde. Era consenso na família que Bento Gonçalves tinha algo de imortal, portanto não o imaginávamos à mercê de qualquer doença, fosse ela grave ou passageira. Meu tio sobreviveria a tudo, até mesmo àquela derrota. Vã ilusão. Algum tempo depois daquele verão de 1843, descobriríamos que estávamos enganadas também quanto a isso. Bento

Gonçalves da Silva não era perene, não era um deus e nem possuía qualquer arremedo de divindade – era, como nós, mortal, sofredor, um iludido com a vida.

Bento Gonçalves morreu exatamente como qualquer outra criatura sob o céu. Num dia qualquer, deixou de aspirar o oxigênio, e o seu coração parou de bater. Tenho para mim que a pleurisia foi apenas uma desculpa que arranjou para explicar o seu fim. Morreu foi de desgosto por tudo aquilo, pelas coisas que vira e patrocinara, e pelas coisas que não lograra conseguir. Sua morte teve um matiz de fracasso, e ele deve ter levado essa dor eterna para o túmulo. Foi um gigante. E sua queda final teve a proporção da grande altura que ostentou em vida.

Mas a iminência do término da revolução não era um mau presságio para todas nós. Mesmo que esse fim viesse enlameado pela derrota. D. Ana já não mais suportava a guerra. Não queria mais estar apartada de José, seu filho, o único que lhe restara da família de outrora. Queria-o em casa, ao seu lado, tomando outra vez o prumo dos negócios, da boiada, das coisas da estância, que iam de mal a pior após tantos anos conturbados, quando imperiais e republicanos confiscavam cavalos e bois, e as vendas de charque estavam difíceis e malparadas. D. Ana chorou pelo irmão, pela derrota pessoal daquele homem que sempre soubera admirar e louvar; mas logo depois seus olhos adquiriram novo brilho: se a guerra estava rumo ao seu fim, talvez José voltasse inteiro, são, e não aleijado, doente ou morto, como o marido e o filho caçula.

Também Mariana ansiava o fim da peleja. Nesse dia, João Gutierrez tomaria o rumo da volta. Agora já bem instalada com D. Antônia, Mariana nem mais pensava na mãe, na nossa casa de Pelotas, na vida de bailes que levara anteriormente. Com o fim da guerra, não retornaria à cidade, mas ficaria na Estância do Brejo, com o marido, o filho e a tia. D. Antônia tinha lhe dito: quando voltasse, João poderia administrar a propriedade, pois ela já andava velha e cansada para os assuntos do charque e da cavalhada. Precisava de um homem para manejar os negócios. E queria a sobrinha e Matias vivendo com ela. A longa guerra deixara-a sentimental. Não sobreviveria mais à solidão das salas vazias, das noites de minuano. Matias trouxera-lhe um novo gosto pelas coisas da vida.

QUANTO A MIM, naquele tempo, já não almejava mais nada. O futuro era um espelho embaçado no qual eu não mais desejava me mirar. Estar na estância ou em Pelotas, tudo me reservava a mesma solidão. Eu sofria pelo fim tão negro que se nos apresentava: dez anos de pelejas e de sangue gastos em vão; mas a verdade é que eu tinha deixado de me interessar pela revolução no dia mesmo em que Giuseppe Garibaldi transpôs a fronteira para o Uruguai.

Depois que seu filho nasceu, Mariana me enviou os cadernos que um dia tinha protegido da minha fúria. Não todos ao mesmo tempo, mas um a um, escolhendo-os conforme a data em que haviam sido escritos. O último chegou poucos dias antes da assinatura do tratado de paz que deu fim à revolução. Eu os lia como se não tivessem saído das minhas mãos, linhas traçadas por outra mulher, uma que acreditava no amor, no futuro. Não eu, moça sem horizontes, inundada de saudades que nunca haveriam de se aplacar.

Apesar de tudo, a revolução fora um tempo feliz na minha vida. O que veio depois, pouca ou nenhuma importância teve. Longos anos estéreis, gastos na contemplação das alegrias alheias, enquanto a beleza que um dia tive esvaía-se, mutando-se em gastura, em flacidez e em rugas. Envelheci esperando Giuseppe. E ele nunca veio. No entanto, jamais perdi minhas esperanças. Jamais vacilei no meu amor, na minha adoração. Nítidas, todas as lembranças dele em minha alma, o tom exato dos seus olhos de mel, o ouro dos seus cabelos, a veludeza alegre da sua voz, o calor dos seus abraços, a pimenta dos seus beijos. Hoje, sou velha, velha o bastante para contar da Revolução Farroupilha para quem não a viveu e pouco sabe daquele tempo. Hoje sou feita de lembranças. As pessoas me apontam na rua, sou como uma lenda, uma coisa entre o grotesco e o misterioso: a "noiva" de Garibaldi. O quase. Sou aquela que não se concretizou.

Ainda não morri. A vida me reservou um grande quinhão dos seus favores. Tempo que gastei esperando por Garibaldi. Vivi o suficiente para saber de seu falecimento, oito anos atrás. E, o mais impressionante, essa notícia não doeu em mim. Fui-me despedindo dele dia a dia, durante 43 anos – da última vez em que o vi até o dia da sua morte. Agora que abandonou seu corpo, somente agora sei onde se encontra, que mares navega. Logo, irei ter com ele. Agora apenas espero...

Hoje, penso muito em Bento Gonçalves. E experimento, de leve, o gosto amargo que deve ter sentido meu tio, o gosto da desilusão de quem não conseguiu realizar sua tarefa, sua sina. O gosto de quem busca a morte como última oportunidade para ser feliz.

Manuela

De longe, cruzando a coxilha sob o sol ardente de dezembro, João Gutierrez parece apenas mais um soldado que abandonou a peleja. Vem devagarito, dividido entre a saudade e o receio. Vem assobiando uma velha milonga que antes gostava de tocar na viola.

Conhece o caminho, trilhou-o vezes sem conta durante os últimos tempos. Pesou palavras e gestos, preparou o sorriso perfeito, o tom de voz adequado. Mas nunca pôde domar aquele medo em seu coração. Vê a porteira, lá na frente. Acelera o trote. Sob a camisa, o peito ansiado também acelera o seu ritmo.

O peão o conhece e permite a sua entrada. Foi avisado, faz tempo, pela patroa. Quando o homem indiático, o Gutierrez, volvesse, poderia deixá-lo entrar no Brejo. Agora ele era da família. O peão abriu a porteira com um gesto largo, acenou. Não notou a falta de nada no cavaleiro ereto e magro, de rosto liso e olhos muito negros.

Matias brinca na varanda com seus soldadinhos de chumbo. O menino cresceu nos últimos tempos, logo completará 2 anos. É longilíneo, os mesmos cabelos pretos do pai, a pele de Mariana. Há uma negrinha com ele. João Gutierrez apeia. A negra e o menino ficam observando a sua chegada. A negra o reconhece das longas descrições de Mariana. Matias pergunta:

– Quem é, Tita?

A negrinha não sabe o que dizer ao menino.

– Uma visita – desconversa.

João Gutierrez sente um frio na boca do estômago. O filho não o conhece. João tem o braço direito escondido atrás do corpo, como quem protege uma surpresa dos olhares curiosos.

– Vosmecê me chame a senhorita Mariana. – A voz saiu firme, apesar de tudo.

A negrinha ergue-se num pulo.

– Sim, senhor. A senhorita está lá para dentro. – Fita o menino. – Vosmecê vem comigo, Matias?

– Não, Tita.

Matias está sentado no chão da varanda. Os soldadinhos espalhados ao seu redor perderam a graça. Há um magnetismo naquele homem à sua frente. Ele sente vontade de rir, de contar do cavalo que vó Antônia mandou comprar só para ele, mas sabe que não deve falar com estranhos. A mãe sempre lhe disse isso.

Os olhares se cruzam. Entre eles, está Matias. Mariana manda a negrinha levar o filho para dentro, e os dois somem no interior ensombreado da casa.

– Quero abraçar vosmecê, João.

Ele sorri. O sorriso tantas vezes ensaiado sai diverso, mais amplo, emocionado.

– Yo también, mi Mariana.

Ela se joga nos braços dele. Sente seu cheiro, beija a pele daquele rosto que vasculhou em sua memória por madrugadas sem fim. João beija-a. O mesmo gosto orvalhado. Tê-la em seus braços é coisa delicada e tênue, é como alçar-se ao céu.

– Esperei tanto. Vosmecê voltou de vez? Abandonou a peleja ou somente veio nos ver, de passagem?

– Vim para ficar, mi Mariana.

A voz dele tem vestígios de coisas guardadas, tem um sentimento sutil, uma fraqueza, uma entrega que ela nunca tinha percebido antes. Seus olhos oblíquos estão úmidos, os longos cílios negros, inquietos.

– Sucedeu alguma coisa, João?

Ela se afasta um pouco para contemplá-lo, como em busca de algum ferimento, alguma falha em sua figura bem-feita.

João ergue devagarinho o braço direito. O punho da camisa, desabotoado, balança no ar. Mariana arregala os olhos.

– Foi a gente do Moringue – explica tristemente, mostrando o braço aleijado. Depois mastiga o silêncio, o seu e o dela. – Usted ainda me quer, Mariana? Usted quer um hombre sem una mano, mas com la alma intacta?

Mariana abraça-o. Não vai chorar. João não merece. E está vivo. Vivo e seu, para sempre. A guerra acabou para eles, e João voltou. De que vale uma mão, apenas cinco dedos, quando tanto mais estava em jogo?

– Claro que le quero, meu amor. Vosmecê está vivo, graças a Deus. Graças a Deus. Rezei pela sua volta todos os dias, João.

Ela pega o braço e beija a carne costurada, ainda avermelhada, a pele cheia de marcas onde antes estava a mão que dedilhava a viola nas noites mornas de verão. Claro que o queria, como antes. Ainda mais.

– Pensei em não voltar, Mariana. Pensei em rumar para o Uruguai. Mas precisava saber se usted me queria, mesmo assim. Um aleijado.

Mariana sorri. A dor nos seus olhos se desvanece. Agora desbrilham incólumes, como o céu azul da manhã de verão.

– Vem, João. Vamos lá para dentro. Finalmente, vosmecê vai conhecer o seu filho. Ele sabe tudo sobre o pai. Nesse tempo todo, contei nossa história. – Beija o rosto moreno. – Matias vai ficar mui feliz. O pai voltou da guerra, finalmente.

1844

Várzea de Santana, 24 de fevereiro de 1844

Querida Caetana,

Escrevo para dizer-lhe que minha saúde melhorou. Com o verão e o tempo seco, meus pulmões têm estado mais dóceis e pacientes comigo, o que me permitiu voltar à frente dos meus homens, depois do penoso inverno que amarguei. Saiba vosmecê que agora estamos acampados juntamente com outros generais, e que fazia muitos dias não parávamos, mas percorríamos a Campanha de sol a sol, dormindo ora aqui, ora acolá, evitando, assim, que os homens de Caxias pudessem nos cercar numa madrugada malfazeja qualquer.

Esse ano que passou foi mui difícil para a República e para os nossos exércitos. Tivemos uma infinidade de pequenas batalhas, a maioria delas com saldo negativo para as nossas tropas. Tudo isso vosmecê deve ter ouvido de Caetano, que faz pouco esteve le visitando. Mas le repito essas tristezas para que vosmecê saiba que ainda tenho forças para brigar com o inimigo, e que, enquanto Deus assim me mantiver, estarei aqui, em frente ao meu exército, pelejando por essas coxilhas. Não sou mais presidente da República, mas ainda – e sempre – um soldado incansável.

Aqui no acampamento, as cosas vão malparadas. Não somos mais os mesmos homens, estamos divididos. Não reconheço Lucas, nem Onofre, meu primo, que anda abertamente me caluniando. Quanto a isso, vosmecê sabe que preciso fazer alguma cosa. Pensarei em algo nos próximos dias. E vosmecê terá mais notícias minhas.

Com todo o meu afeto,

Bento Gonçalves da Silva

Um calor seco pairava por tudo. Ao fundo, se ele afinasse o ouvido, podia ouvir os murmúrios do rio. O acampamento estava silencioso. A madrugada ia alta, estrelada e fresca. Insetos voavam pela noite, cigarras cantavam, os angicos pareciam também dormir sob o sereno, mansamente.

Bento Gonçalves da Silva ergueu-se do tamborete em que estava sentado e saiu a caminhar por entre as barracas. A angústia consumia-o inteiro. Ele viu a sombra de Congo a mirá-lo, de longe. Fez um gesto indicando que não precisava de nada, o negro desapareceu dentro da barraca. Na verdade, tinha muita precisão de algo: falar com Onofre. Tinha crescido com o primo, cavalgado com o primo, tomaram banho de sanga juntos lutaram no Uruguai, confabularam juntos e juntos iniciaram aquela revolta. Agora eram inimigos.

Pisava o chão ressecado. Um cavalo resfolegou ao longe. Seu orgulho não podia admitir as atitudes de Onofre Pires. Já tinha sido achincalhado por demás. Precisava dar um basta, a qualquer custo. Por isso lhe escrevera aquela carta. Quisera abrir um processo contra o coronel Onofre. Impossível, devido à sua condição de deputado. Então precisava saber do próprio se era verdade o que se andava a dizer por ali, que várias vezes Onofre tinha ofendido a sua honra, que o chamara de ladrão. Passava da meia-noite. Onofre já devia ter lido a sua carta. Ao longe, no outro acampamento, talvez estivesse escrevendo uma resposta.

Bento Gonçalves aspirou o ar da noite. A tosse insinuou-se, sutilmente, como um cachorro velho que busca o calor da lareira. Ele rechaçou-a com cuidado. Queria esquecer a doença. Queria esquecer Onofre. Olhou o céu pontilhado de estrelas, tentando descobrir o que lhe reservava o dia seguinte.

O SOLDADO ENTREGOU A CARTA e bateu continência, depois sumiu, engolido pela claridade atroz que se derramava do céu de verão. Bento Gonçalves entrou na barraca. Abriu a carta e leu-a em pé mesmo.

Cidadão Bento Gonçalves da Silva.

Prezado Senhor,
 Ladrão da fortuna, ladrão da vida, ladrão da honra e ladrão da liberdade é o brado ingente que contra vós levanta a nação rio-grandense, ao qual já sabeis que junto a minha convicção, não pela geral execração de que sois credor, o que lamento, mas sim pelos documentos justificativos que conservo. Não deveis, senhor general, ter em dúvida a conversa que a respeito tive, e da qual vos informou tão prontamente esse correio tão vosso... Deixai de afligir-vos por haverdes esgotado os meios legais em desafronta dessa honra, como dizeis: minha posição não tolhe que façais a escolha do mais conveniente, para o que sempre me encontrareis.
 Fica assim contestada a vossa carta de ontem.
 Campo, 27 de fevereiro de 1844.

O vosso admirador Onofre Pires da Silveira Canto

D. Antônia recebeu a notícia do duelo entre Bento Gonçalves e Onofre Pires numa tarde mormacenta do princípio de março. A carta, escrita por Joaquim, numa letra dura, apressada, pedia também que ela fosse até a Estância da Barra dar a notícia a Caetana. D. Antônia custou a acreditar no que lia. Bento e o primo tinham duelado fazia alguns dias. Bento contestava a sua honra, Onofre o teria chamado de ladrão por várias vezes. D. Antônia recordou cenas da infância: o irmão e o primo cavalgando pelos campos, subindo nas árvores em busca de frutas maduras, namorando as negrinhas da cozinha, sob os olhares disfarçados de D. Perpétua, que fingia não notar nada... Agora aquilo. Era o princípio de algo, de uma coisa impalpável e cruel, úmida de maldade e de horror. Era um mau presságio. Ela sentiu um arrepio correr pelo seu corpo, como se uma língua frígida, imensa, lambesse suas costas e seus braços. Dobrou a carta e guardou-a na gaveta da escrivaninha.

Na manhã seguinte, rumou para a casa da irmã levando o telegrama de Joaquim bem guardado no bolso do vestido.

QUATRO DIAS DEPOIS, outra carta. Onofre morrera. A cutilada no braço infeccionara, depois gangrenara. Esse fora o fim do gigante de bigodes. Onofre Pires da Silveira Canto. Quando pequenos, ele e Bento Gonçalves brincavam na beira da sanga. Depois tinham feito aquela revolução.

Com o telegrama sobre o colo, os olhos úmidos de tristeza, talvez por Onofre, talvez por Bento, D. Antônia ficou tentando imaginar os caminhos que tinham levado os dois primos até aquele extremo, até o fim. Mas sua alma vagou por muito tempo – até que a tardinha caísse e o céu se tornasse alaranjado – e ela não chegou a conclusão nenhuma. Só sentia aquela tristeza, aquela tristeza pesada e dura e mordaz.

Anoitecia quando Mariana entrou na grande sala deserta. D. Antônia estava sentada na cadeira de balanço, os olhos fitando o nada.

– Tia?

D. Antônia virou o rosto para a sobrinha. Era uma máscara sem sentimentos.

– Onofre morreu.

Mariana baixou os olhos, tristemente.

– Onofre morreu – repetiu D. Antônia, e sua voz perdeu-se nos estertores do dia.

MARIA MANUELA chama Zé Pedra e pede que lhe prepare a sege. Vai dar um passeio.

– Veja um negrinho qualquer para me levar.
– A senhora vai para onde?
– Vou visitar minha irmã.

Zé Pedra aquiesce. Sabe muito bem, como todos na estância, que Maria Manuela não pisa no Brejo faz muito tempo, desde que a filha se mudou para lá.

A SEGE VAI AVANÇANDO pela estradinha, sob o sol morno do comecinho do outono. Maria Manuela não vê o dia bonito, o céu azul muito intenso, sem nuvens, que se perde pelas coxilhas como um manto bem estendido. Faz muito que planeja isso. Talvez não desça do carro, quer apenas espiar de longe o menino. Vai completar 2 anos no inverno, sabe mui bien. Quando ele nasceu, trancada no quarto, rezou uma oração. Pela filha, pelo menino, por seu orgulho imenso e frívolo.

A brisa sopra em seu rosto.

A única coisa que não quer é ver o vaqueano, o tal Gutierrez. Esse foi castigado. Arrancaram-lhe a mão na falta de coisa melhor. Quando Ana lhe contou o causo, ela sorriu disfarçadamente. Imaginou aquele ferimento como obra divina. Não era a guerra, era Deus. Nunca pensou que seu marido morrera na peleja. Se fosse assim, que cruel sentença Anselmo cumpria? Nunca pensou.

De longe, vê a casa. Já atravessaram a porteira. O campo verdejante se estende muito além de onde pode ver. Ela sente no ar o cheiro do rio.

Aqui também viveu Garibaldi. Neste chão. Aqui também amou. Uma das minhas filhas. A vida dá suas voltas, agora é Mariana quem realiza aqui sua paixão. Mas eu continuo sofrendo.

– Pare mais adelante. Embaixo daquele angico. Daqui em frente, vou caminhando. E não me demoro.

O negrinho obedeceu.

Maria Manuela desce da sege. A casa vai ganhando vulto ante seus olhos. Um peão cavalga ao longe. Dois negrinhos consertam uma cerca. As janelas da casa são azuis, de um tom muito claro, como o céu. Agora já vê a varanda, a porta que dá na sala. Imagina que Antônia está lá dentro, lendo, ou no escritório, cuidando dos negócios da estância.

Sentado na escada que dá na varanda, está o menino. Ela vê que ele tem os cabelos muito escuros, a pele alva. Ele arranca capins do chão, devagarinho, como se obedecesse a algum ritual. Maria Manuela sente um nó na garganta; 30 metros à sua frente, está o neto, carne da sua carne. Ele tem alguma coisa de Antônio, o formato do rosto, os gestos lentos e calmos. Mas ele tem muito do pai. João Gutierrez derrama-se do rosto do menino, e ela sente um princípio de raiva ao ver sua família misturada com o vaqueano; porém, a raiva logo se desfaz. É amor essa coisa boa latejando em seu peito.

Avança mais um pouco, nervosa, atrapalhando-se com as saias. Não há ninguém por perto. Matias levanta os olhos e vê a mulher na sua frente. Sorri.

– Bom dia.

A voz de Maria Manuela soa trêmula. O menino responde qualquer coisa. Ela aprecia aquelas palavrinhas suaves, derramadas. Matias tem um rosto bonito, delicado. Os mesmos olhos esgaçados do pai, olhos de gato.

— Sua mãe está em casa?

O menino larga no chão um chumaço de capim.

— Lá dentro – responde.

— Será que vosmecê podia chamá-la?

— Posso, sim.

Matias ergue-se. Maria Manuela vê como ele é alto, longilíneo. Ele sobe pela escada e vai correndo, atravessa a varanda, adentra a casa. A voz dele ecoa, chamando por Mariana.

Maria Manuela vê o mundo sob o limo das suas lágrimas. A filha chegará em poucos segundos. Matias é um menino bonito, tão doce. Ela tem vontade de abraçá-lo, de sentir seu calor, a morneza dos seus beijos. Tem vontade de chamá-lo de neto.

Ouve a voz de Mariana, vinda de algum canto da casa. Mariana, que chorou pedindo perdão. Mariana, trancada no quarto durante tantos meses, por ordem sua. Mariana, que partiu sem dizer adeus, um manto de lã a cobrir-lhe a barriga proeminente.

Ela sai correndo pelo campo, rumo à sege em que o negrinho a espera. Vai tropeçando nos guanxumas, sem fôlego, desesperada. Mariana surge na varanda.

— Não tem ninguém aqui, Matias.

O menino encolhe os ombros.

— Mas tinha, mãe. Le juro. Era uma mulher.

BENTO FILHO CHEGOU no dia 20 de abril, trazido por dois homens. Vinha mancando, o braço numa tipóia, um riso gasto no rosto emagrecido. As mulheres da casa acorreram todas, Caetana chorando, beijando o filho, querendo saber se estava bem, se tinha febre, e como fora ferido.

D. Ana recebeu os soldados e ouviu-lhes a narrativa. Bentinho tinha sido atingido no ataque de Cerro da Palma. Uma cutilada no braço, uma bala na coxa esquerda. Fora salvo pelo irmão mais novo, Leão. Agora, passava bem, não corria mais riscos de infecção. O general tinha mandado que viesse descansar em casa. As coisas nos acampamentos farroupilhas iam muito conturbadas. Era melhor que Bento se recuperasse na estância, aos cuidados da mãe. D. Ana agradeceu aos dois soldados, depois mandou que Zefina os levasse até a cozinha, onde teriam boa comida e uma bebida fresca.

Caetana acomodou o filho na cama de lençóis limpos.

– Leão me salvou a vida, mãe. É mui corajoso. Merece o nome que tem. Parece que vai ser promovido de posto.

– Desde pequetito, Leão sonha com a guerra. – Ela recordou o jovem austero, tão parecido com o esposo. – E seu pai, como está?

– O pai vai mui mal desde a morte do Onofre, mãe. Aquilo le pesou no peito. Mas foi um acerto de contas. Onofre tinha chamado o pai de ladrão para quem quisesse ouvir.

– Tudo isso é mui doloroso, meu filho.

Caetana lembrava bem de Onofre. Era madrinha de um dos seus filhos. Tinham passado muitos domingos juntos, em churrascos e festas familiares. Pensou em Bento. Aquela morte era um fardo muito pesado para o marido.

– O pai não queria matar o Onofre, mãe. A senhora precisava ver a dor nos olhos dele no dia do enterro. Ele não foi, claro. Mas ficou na sua tenda, calado, o dia todo. Aquele silêncio que a senhora conhece. – Bento acomodou-se melhor na cama. Uma criada entrou com a bandeja em que fumegava um prato de sopa. Bento esperou que ela saísse. – A guerra vai mal, mãe. Estamos praticamente andando pela Campanha, sem pouso. Estamos acuados. Faz alguns dias, o Moringue entrou em Bagé e aprisionou o Domingos de Almeida. O pai gostava muito dele, ficou abatido. O Mariano de Mattos também foi preso.

Caetana começou a dar a sopa na boca do filho. Lá fora, a tarde caía mansamente. Começava a soprar uma brisa fria, outonal. Caetana estava melancólica. Queria o marido de volta, em casa, aos seus cuidados, antes que fosse tarde demais para ele. Tarde demais para ambos.

EM MAIO, Inácio de Oliveira Guimarães veio buscar Perpétua e as duas filhas. Iriam todos para o Boqueirão. Inácio voltava para a Estância do Salso, para cuidar do gado e da cavalhada. Não havia mais necessidade de um chefe de polícia numa república andante. Os farroupilhas, perdendo terreno, quase não tinham mais cidades sob o seu controle.

Perpétua esperou-o sentada na sala, usando um vestido novo, com as duas meninas aos seus pés. Tinha recebido o telegrama dois dias antes. As malas, todas prontas, estavam enfileiradas na varanda. Ela se sentia um pouco nervosa. Desde o casamento, podia contar nos dedos os dias passados com Inácio. De certo modo, acostumara-se àquela vida coletiva e feminina. Mas amava o marido. Tinha vívido na alma o arrepio que a presença de Inácio lhe provocava.

Caetana chorou um pouco, fechada no quarto. Na tarde passada, Bentinho tinha retornado à peleja. Agora Perpétua partia. Ficavam com ela apenas Marco Antônio, Maria Angélica e Ana Joaquina. Ela temia que Marco Antônio logo quisesse se unir às tropas farroupilhas. Já contava 17 anos, em breve poderia encilhar um cavalo e ganhar o pampa como os outros. As meninas não. Maria Angélica era já uma moça. Pouco se recordava da vida anterior àquela guerra. Ana Joaquina crescera ouvindo falar da revolução e tinha medo do pai, quase um estranho para ela.

Inácio chegou para buscar a esposa ao meio-dia. Almoçaram todos juntos na grande mesa da sala de jantar. Perpétua comeu pouco, tinha um nó no peito, misto de excitamento e de angústia. Caetana parecia envelhecida à mesa, os olhos verdes exibiam um brilho cansado.

Partiram no meio da tarde, sob o sol morno de maio. As meninas ficaram acenando do carro, risonhas. Caetana apoiou-se em D. Ana para não desmaiar. Estava fraca. Naquela noite, teve uma febre inexplicável.

BENTO GONÇALVES vai montado no cavalo negro, elegante; vai ereto, usando um uniforme novo e escovado, o rosto exibindo seus ares mais orgulhosos. Há apenas uma ponta de angústia no brilho dos seus olhos escuros, mas é coisa pouca, somente os mais íntimos poderiam percebê-la. Joaquim nota o incômodo do pai. Cavalga ao seu lado sem dizer nada. O Barão de Caxias os espera. Depois de nove anos de carnificina e de sonhos frustrados, vão negociar a paz. Joaquim sabe que a paz será difícil, que seu pai tem sérias divergências com Canabarro, com Vicente, com Lucas. Mas Bento Gonçalves cavalga rumo ao encontro, mesmo assim. Foi eleito negociador. Talvez sua última tarefa para com essa república agonizante.

O sol de agosto é tênue e se esconde entre as nuvens. Sopra um vento frio. A estância onde o Barão marcou o encontro fica nas imediações de Santa Maria. Mais quatro cavaleiros seguem com eles, um pequeno séqüito silencioso e austero.

O BARÃO DE CAXIAS tem 40 anos, olhos cinzentos e voz bem modulada. Recebe Bento Gonçalves com um aperto de mão, na varanda da casa. Bento Gonçalves aperta a mão do Barão com força, o sorriso medido, os olhos ardentes.

No escritório, os dois homens começam a conversar. Bento Gonçalves levanta a idéia de uma federação, dizendo que Rivera também está disposto a federar o Estado Oriental ao Império, assim como Mardaríaga o Estado Correntino. O Barão recosta-se na sua cadeira. Cofiando o bigode, responde que a federação é impossível. Não está autorizado pelo Império a tratar de tal assunto. Se Bento Gonçalves se dispuser a fazer com que os rebeldes da Província deponham as armas, sujeitando-se ao imperador, poderá garantir que todos sejam anistiados. Bento Gonçalves fala na dívida interna e externa da República. Também quer que todos os soldados sejam reconhecidos nos postos que alcançaram durante a revolução.

Duas horas são gastas em longas negociações que não levam a nada. Joaquim percebe o nervosismo mascarado nos gestos contidos do pai.

Ao cair da tarde, o Barão encerra o encontro dizendo que não pode se comprometer com a dívida rebelde, mas que levará esse e outros assuntos para a apreciação de Sua Majestade o Imperador. Enquanto isso, o exército rebelde pode passar a fronteira e esperar lá a decisão de Sua Majestade.

Bento Gonçalves retira-se, alegando que levará para Canabarro um resumo do encontro. Quando monta outra vez em seu cavalo negro, já o sol sumiu por trás da última coxilha, e o vento frio que anuncia a noite começa a soprar pelo pampa. Bento Gonçalves da Silva vai tossindo por boa parte do caminho, calado, casmurro, escondido sob o véu da sua doença.

Os CHEFES REVOLUCIONÁRIOS não chegaram a um consenso. Almejavam a paz. A República não tinha mais cidades nem exércitos. Porém, o grupo comandado por Vicente, Lucas e Canabarro criou empecilhos para a negociação. Não queriam que o general Bento Gonçalves levasse os louros pelo acordo de pacificação.

CAETANO APEOU O ZAINO em frente à casa de Tião da Silva. Tinha ido levar mensagem do pai a Netto. Tião da Silva era compadre do general, que tinha batizado sua filha caçula. Um negrinho miúdo apareceu para recebê-lo, dizendo que o patrão e o general Netto estavam para os lados da charqueada.

– O senhor pode esperar na sala. O patrão volta logo.

Caetano entrou na sala ensolarada. Grandes janelas abriam-se para o campo. Era uma peça clara, com piano e livros, uma sala feminina. Do corredor, vinham vozes. Caetano sentou numa cadeira e ficou aguardando. A carta do pai queimava no bolso do seu dólmã.

As vozes do corredor tornaram-se mais nítidas. Uma moça loira, alta, de cabelos lisos, entrou na sala, acompanhada de uma negra. Caetano ergueu-se. Era um jovem elegante, de carnes enxutas, pele trigueira e olhos negros como os de Bento. A moça assustou-se com a presença inesperada daquele homem bem no meio da sua sala.

– Buenos dias, senhorita – disse Caetano.

Ela tinha olhos azuis, reparou. Olhos de um azul primaveril.

– Buenos dias – retrucou a moça.

— Sou filho do general Bento Gonçalves. Vim à procura do general Antônio Netto. Me informaram que estava aqui, na casa do senhor Tião da Silva.

— É verdade. O general veio prosear com meu pai – disse a moça. Sua voz tinha um timbre veludoso. – Sou a filha do senhor Tião, Clara.

Caetano sentiu os olhos arderem. O pai o tinha mandado até ali para entregar uma carta. Era uma carta de suma importância. Era quase um adeus. A revolução agonizava. O pai agonizava. Então, por que sentia aquele júbilo, aquele gosto de fruta na boca, aquela alegria repentina e atroz?

Clara Soares da Silva abriu um sorriso. Tinha dentes perfeitos e alvos, emparelhados dentro de uma boca de lábios cheios, rosados. Ela convidou Caetano a sentar novamente. Uma das criadas lhe traria um mate. Caetano aquiesceu. Pelas janelas entrava a claridade aguda do dia. Os dois jovens nada disseram. Ficaram apenas sentados um de frente para o outro, mastigando aquele silêncio repleto de emoções. De repente, mais nada importava, só aquela proximidade morna, aqueles olhares longos, famintos, disfarçados de outra coisa. De repente, os dois já sabiam. Era uma coisa que se sabia, que ardia dentro do peito, que palpitava.

Ilmo. Senhor Barão de Caxias

Campo, 13 de outubro de 1844.

Prezado Senhor,

Venho por meio desta devolver o salvo-conduto que me foi oferecido para participar de conferência com V. Sa. porque, apesar do meu empenho, e dos meus amigos, de levar a efeito uma conciliação que ponha termo aos males que afligem este belo país, não poderia fazer uso do mesmo nos termos em que está redigido, já que não satisfaz plenamente os meus desejos.

Ardentemente ambiciono o termo da guerra civil, porém jamais me desviarei dos princípios que, segundo minha opinião individual, a V. Exa. verbalmente manifestei; e posto não fossem então aceitos por parte de meus companheiros, com que se neutralizam meus esforços, tenho hoje dados positivos para acreditar que são adotados. Se, Exmo. Sr., escusado por meus amigos, ouso afirmar a V. Exa. que, se ainda, como espero, está penetrado dos desejos que me manifestou e da resolução de conceder as vantagens que ultimamente lembrei para salvar a dignidade do Rio Grande do Sul, a paz entre nós vai ser selada, a despeito da má vontade de um ou de outro exaltado. Pelo portador, espero que V. Exa. se digne a mandar-me uma resposta categórica, para ulteriores passos que devo dar. Se, como espero, for afirmativa, muito pronto estará com V. Exa. pessoa devidamente habilitada para regular as bases da conciliação. Acredite V. Exa. que não há um instante a perder-se, à vista da atitude imponente do Tirano Rosas, de quem será presa o Continente se continuam a dilacerar-se os seus filhos, destruindo os poucos elementos que restam para disputar o passo ao Déspota audaz que nos ameaça com aguerridas hostes; esta consideração que sobre mim pesa deve convencer V. Exa. da urgente necessidade de levar a efeito o que proponho, no que fará transcendente serviço ao país que o viu nascer, desviando-o dos males que lhe acarreta a prolongação dessa luta, e mais que tudo impondo respeito ao feroz inimigo que nos ameaça, para o que, apesar de velho e cansado, prestarei gostoso meus débeis serviços à paz dos meus irmãos brasileiros.

De V. Exa. Antigo Camarada, Amigo e Criado
Bento Gonçalves da Silva

Acabou de redigir a carta. Sentia um cansaço no corpo, como se todas as suas forças tivessem se esgotado naquele último e cabal esforço. Agora estava tudo terminado.

Joaquim estava ao seu lado, o rosto sombrio, os olhos tingidos por uma espécie de dor.

– E agora, pai?

– Agora é recomeçar a vida, Joaquim – suspirou. – Juntar os cacos.

Joaquim pensou em tocar a mão do pai. Mão marcada, calosa, envelhecida. Mas não o fez.

– Já mandei avisar a mãe. O Congo partiu faz pouco.

– E o Terêncio? Avisaram a ele que vou chegar na estância amanhã?

– O Leão mandou um mensageiro. Vão estar todos le esperando, pai. Todo mundo no Cristal.

Bento Gonçalves ergueu-se e caminhou até a porta da barraca. O sol da primavera inundava o acampamento. Era um acampamento pobre, com poucas barracas, cavalhada magra.

– Mala suerte. Tudo findar como findou. Mas já não tinha mais jeito, Joaquim. Eu não confio em quase ninguém. Só em vocês, no Netto, no Teixeira. Impossível continuar assim.

Joaquim postou-se ao seu lado.

– Esquece, pai.

– Quase dez anos, meu filho. Não dá para esquecer. – Caminhou de volta à mesa. Selou a carta. – Mande um estafeta entregar isso ao Barão.

Cadernos de Manuela

Pelotas, 30 de agosto de 1890

Na madrugada do dia 14 de novembro de 1844, Moringue e seus homens caíram por sobre o acampamento de Canabarro, onde os soldados dormiam, desprevenidos de tudo. Houve pânico e uma fuga desabalada, os homens fugindo a pé ou a cavalo, uniformizados ou desnudos. O Corpo de Lanceiros Negros, sob as ordens do bravo coronel Teixeira Nunes, não fugiu. Ao contrário, lutaram sua última e gloriosa batalha como que iluminados por algum deus. Lutaram no escuro, as lanças dançando sob a luz da lua que prateava o pampa. Lutaram como heróis, por uma liberdade que mal chegaram a roçar... A maioria deles morreu ali mesmo, naquela noite. Morreram banhados de luar.

Teixeira Nunes morreu dias depois, trespassado por uma lança imperial num encontro surpresa com as tropas inimigas.

A batalha de Porongos foi a última grande tragédia daquela guerra. Não recordo se chorei por essa notícia. Havia já então um adormecimento em minha alma, tantas as tristezas que havíamos passado. Mas lembro que Zefina, criada de D. Ana, sentou no quintal e se lanhou e gritou por um dia inteiro. Tinha um irmão lutando com o coronel Teixeira. Um irmão moço, de 19 anos, que lutava pela sua liberdade. Morreu em Porongos. Não recebeu nem um punhado de terra sobre a cabeça.

Porongos foi o derradeiro suspiro. Depois, só restava um acerto com o Império, um tratado que trouxesse ao Rio Grande a mínima honra. Estávamos, então, banhados em sangue.

Na Estância, o clima era de tristeza plena. Perdia-se a guerra de maneira cruel. Longos anos. As filhas de Caetana tinham chegado pequetitas, Maria Angélica saía de lá uma moça – tinha então a minha idade no começo da revolução. Tendo recebido a carta que João Congo lhe trouxera em meados de outubro, Caetana preparava-se para partir com os filhos. Bento Gonçalves esperava-a no Cristal. Perpétua já tinha ido embora. Eu e minha mãe ainda ficaríamos alguns meses – a mãe temia a viagem até Pelotas, pois a paz, a despeito de tudo, ainda não estava selada, e os caminhos do Continente iam cheios de desertores famintos e esfarrapados.

A casa de minha tia ia se esvaziando aos poucos, enchendo-se de sombras e de silêncios. Para sempre marcada por aqueles anos, a grande casa acabrunhava-se na sua nova solidão, envelhecia. Ficavam para trás as longas horas de espera, os bailes com os republicanos, o medo nas noites de inverno. Ficavam para trás as minhas tardes com Giuseppe, o casamento da prima Perpétua, os banhos de sanga, as músicas de D. Ana ao piano... Tudo de bom e tudo de ruim ficava para trás. As vozes, os cheiros, as lembranças, tudo se ia perdendo no limbo do tempo que passava. Havíamos vivido a História, e seu gosto era amargo, no fim.

Manuela

1845

Caetana amarrou a fita do chapéu em torno do pescoço. Olhou-se uma última vez ao espelho. Tinha-se mirado naquele espelho de cristal nos últimos nove anos, todos os dias. Envelhecera sobre aquela superfície.

Virou o rosto. Deu uma olhada geral no quarto. Pela janela aberta, entrava o sol quente de janeiro. A cama larga repousava no meio da peça, com sua colcha amarela, os travesseiros de pena. Quantas noites dormira ali? Quantas lágrimas derramara sobre aqueles travesseiros após ler as cartas de Bento, as poucas notícias que tinha recebido da prisão, em Salvador, e as outras cartas, as últimas, quando a guerra já se perdia e Bento começava a sofrer com a doença, a desgastar-se, a amargurar-se, quantas lágrimas?

Pegou a maletinha sobre a cama. Zefina já tinha levado as outras malas para a carroça em que Congo estava acomodando os pertences da família. Bateram de leve à porta.

– Entre.

Era Marco Antônio.

– Está tudo arreglado, madre. Vamos?

Caetana olhou o filho pelo espelho. Estava um homem. Dezenove anos, parecido com ela. Lembrou-se da vez em que fugira com Leão e da febre que o pusera de cama por muito tempo. A guerra estava apenas começando, então. Suspirou. O filho estava postado sob o batente da porta. Os olhos verdes presos nela.

— Vamos, Marco Antônio. — Deu uma última olhada para o quarto. — Adiós.

Saiu rapidamente, braço dado com o filho.

Na sala, D. Ana, Maria Manuela, D. Antônia e Manuela a esperavam. Paradas uma ao lado da outra, sorriam. Havia lágrimas nos olhos de D. Ana. Foi a primeira a abraçá-la.

— Cuide-se, cunhada. — Beijou-lhe o rosto. — Vosmecê diga para o Bento que logo vou vê-lo. E façam boa viagem.

Maria Manuela despediu-se com poucas palavras. Quando a guerra findasse de vez, voltaria para Pelotas com Manuela. E mandaria buscar Rosário no convento.

— Esteja com Deus, Caetana. Rezarei por vosmecê.

— Gracias, Maria.

D. Antônia entregou-lhe um envelope azul. Para Bento. E uma folha dobrada em quatro.

— É um desenho, Caetana. Foi Matias quem le fez.

Ao ouvir o nome do neto, Maria Manuela teve um espasmo.

Manuela beijou a tia e abraçou-a.

— Adiós, Manuela.

— Adeus, tia. Quando nos veremos outra vez?

Caetana fitou-a com seus grandes olhos verdes alagados de luz.

— Hay tiempo, Manuela. A vida continua a partir de hoje.

Saiu para a varanda. Marco Antônio e as duas filhas a esperavam. João Congo e Zefina estavam postados ao lado dos dois coches; atrás, um negrinho miúdo cuidava da carroça carregada de bagagens.

Caetana aspirou o ar que cheirava a jasmins. Eram pouco mais do que oito horas da manhã. Ainda havia alguma frescura no ar. O céu estava azul.

Subiu no coche, ajudada por Congo. Ajeitou melhor o chapéu de palhinha. Da varanda, as parentas olhavam, solenes. Sentiu que alguma coisa se alterava no mundo. Um relógio parado havia muito começava lentamente a trabalhar outra vez. A vida continuava, como tinha dito a Manuela.

Acenou mais uma vez para as cunhadas. A mão dançou no ar como um pássaro liberto da sua gaiola. Ana Joaquina, 9 anos, com um vestido rosa pálido e os cabelos presos em duas tranças, lhe sorriu.

– Vamos para casa, madre?
– Sí, Ana.

Ana Joaquina não se lembrava da Estância do Cristal, onde tinha nascido. Quando a guerra estourara, tinha apenas 1 ano.

– Papai vai estar nos esperando?
– Sí, hija. Papai vai estar nos esperando.
– Ele fica com a gente quanto tempo, desta vez, madre?

Caetana afagou a mão da menina.

– Para siempre, hija. Desta vez, para siempre.

João Congo atiçou os cavalos. O coche começou lentamente a mover-se.

RosÁRIO ACORDOU ensopada de suor. Na escuridão viscosa do quarto, ouviu a voz dele.

– Steban?

Ergueu-se rapidamente. A camisola pegada no corpo atrapalhava seus movimentos. Ela procurou uma vela, acendeu-a. A pequena chama era alaranjada e inquieta. Difícil ver alguma coisa.

Mas o viu.

Estava parado ao lado da porta. Vestido com uniforme de gala. O rosto bonito, os cabelos cortados. Ele sorriu para ela. Usava a espada na cintura e não estava com a bandagem na testa. Na pele alva, nenhum sinal do ferimento que sempre o incomodara. Tinha cicatrizado.

Rosário soube que aquilo significava algo. A ferida estava curada, finalmente. E ele ali, no meio daquela madrugada quente.

– El tiempo es mi lugar. El tiempo es tu lugar, Rosário.

A voz sabia um pouco a cravo, uma voz temperada e doce, volátil.

Steban abriu a porta. O silêncio do corredor penetrou no quarto. E ela entendeu, então. Entendeu tudo o que sempre a inquietara e consumira. Steban estendeu-lhe a mão, e era morna e macia, e o seu toque era veludoso. Agora a vida toda fazia sentido, havia muito mais além daquelas paredes, daqueles muros de pedra. Ela mesma não significava nada, a pele, o sangue, os cabelos louros, os pés finos e brancos que iam pisando as lajotas do chão. Tudo era pouco. Eles, juntos, eram muito mais do que o mundo. Por isso nada fizera sentido até aquele momento. A infância rica, as bonecas de porcelana, o colo do pai, os jovens enamorados, os livros, as sedas, nada fizera sentido. E nem a guerra. Apenas o silêncio. Havia sido no silêncio que o encontrara pela primeira vez, quando uma fresta do mundo se abrira para eles. E tinha sido sempre tão pouco, tão pouco... Agora seria para sempre. Agora, que tudo fazia sentido.

De mãos dadas, atravessaram o corredor, desceram as escadas, percorreram a cozinha ampla e úmida, e saíram para o jardim do convento. Os pés de Rosário pisavam a grama, enterravam-se no chão fofo no qual, na manhã seguinte, as noviças semeariam rosas. Caminharam até perto do muro.

Steban fitou-a. Seus olhos verdes ardiam. O céu estava cerrado de estrelas. Soprava uma brisa morna, com cheiro de flores.

Rosário sabia bem o que devia ser feito. Devagarinho, abriu um a um os botões da camisola. O pano desceu sobre sua pele e foi acomodar-se no chão. Tirou também a roupa de baixo. Nua, a aragem arrepiou-a de prazer. Steban sorriu. Beijou-a de leve na testa, um beijo morno.

Steban soltou a espada da cinta. Era uma espada pesada, com cabo de prata. Entregou-a a Rosário.

Rosário sentiu sua pele ardente. Tinha febre, uma excitação boa, como se tivesse bebido vinho, muitas taças de vinho. Ergueu os olhos para o céu e viu o Cruzeiro do Sul como a jóia sobre o veludo negro da noite. Aspirou o ar uma última vez. Cravou os pés na terra. A espada pesava bastante. Ergueu-a com as duas mãos, bem na altura do peito. Steban sorria ao seu lado. Agora faltava pouco, faltava muito pouco para que estivessem juntos para sempre.

– Rosário...

A voz dele foi como um impulso.

O metal entrou na sua carne sem dificuldade. Não sabia possuir tanta força. Arregalou os olhos de dor. Viu mais uma vez o Cruzeiro do Sul, luzindo sobre sua cabeça. As cinco estrelas explodiram de luz. Rosário desabou sobre a terra úmida.

A MADRE SUPERIORA chegou na Estância ao cair da tarde. A surpresa da sua presença era em si um mau presságio. Milú foi chamar Maria Manuela, que descansava em seu quarto. Ela apareceu na sala descabelada e descalça. Tinha tido um pesadelo.

– Madre!

A freira estava pálida e alvoroçada. Segurava um rosário entre as mãos ossudas, de dedos longos.

– Sucedeu uma tragédia, Maria Manuela. – Lágrimas correram dos seus olhos castanhos. – Uma coisa horrível, diabólica...

D. Ana adentrou a sala nesse momento. Milú a tinha avisado sobre a chegada da madre superiora. D. Ana entendeu que alguma coisa havia acontecido. Encontrou as duas mulheres em pé, uma de frente para a outra. A freira brandia o rosário de contas brancas, chorava, sem coragem de falar.

– Vamos, madre, sente. – D. Ana empurrou docemente a freira de volta para a poltrona. Puxou uma cadeira para Maria Manuela. – Vosmecê, também, Maria.

Maria Manuela demorava a encontrar forças para formular a derradeira pergunta. Seus olhos estavam baços, o corpo trêmulo. Foi D. Ana quem falou:

– Aconteceu alguma coisa com Rosário?
– Sim – a madre fez o sinal-da-cruz. – Rosário morreu. Se matou. Ontem à noite... Uma das freiras encontrou-a hoje mui cedo, quando amanhecia. Ela estava caída perto do jardim, nua... Com uma espada cravada no peito. Uma espada velha. Não sei de onde surgiu... Vosmecês sabem que no convento nós não guardamos armas.

Maria Manuela tapou o rosto com as mãos, abafando seu choro. A voz da madre ia se tornando distante e difusa. D. Ana apoiou-se na parede para não cair. Sempre temera por Rosário, tinha um pressentimento. Mas aquilo?

– Madre, como foi? A senhora tem certeza de que Rosário se matou? Não entrou alguém no convento, um desertor? Esses caminhos estão cheios deles, a senhora sabe...

A freira sacudiu a cabeça.

– Não, D. Ana... Le garanto. O convento fica fechado a cadeado. Ninguém entra nem sai de lá a não ser pela porta principal. E os muros são altos, mais de quatro metros... Ademais, nenhuma das noviças viu nem ouviu nada. Rosário não gritou. E a espada... A espada é antiga, não se lavram espadas como aquela hoje em dia. Mandei chamar o padre Vado, ele entende dessas cosas. Padre Vado disse que a espada não é daqui, uruguaia talvez. E mui velha, como le disse...

— E Rosário?

Maria Manuela descobriu o rosto. Seus olhos estavam injetados.

— Vim imediatamente. Rosário está na sua cela, com uma noviça. — Abaixou o tom de voz. — A senhora precisa ir buscá-la... Não pode ser enterrada lá, a senhora sabe, os suicidas...

Maria Manuela começou a gritar. D. Ana correu a segurá-la. A madre tinha os olhos arregalados de pavor e de susto. Manuela surgiu na sala, seguida de Milú.

— Manuela, leve sua mãe para o quarto, eu já vou lá — pediu D. Ana.

Manuela obedeceu sem questionar.

D. Ana virou-se para a freira outra vez.

— Madre, a senhora não pode fazer isso. A menina precisa de um enterro cristão. Lembre-se, madre, Rosário é sobrinha do general Bento Gonçalves.

— Deus não faz distinções, D. Ana. Mas já falei com padre Vado. Foi tudo muito discreto, D. Ana. Ninguém sabe o que sucedeu direito. Eu disse que a menina morreu de uma síncope. Para essas cosas, o silêncio vale muito... E o talho foi coberto com uma camisa. Padre Vado vai enterrá-la, mas não no convento, não no convento.

— Onde?

— Aqui perto, em Camaquã. Num pequeno cemitério.

D. Ana suspirou.

— Está bien. Vou mandar Zé Pedra preparar o coche. Maria Manuela e eu vamos buscar o corpo de Rosário.

D. Ana sumiu pelo corredor. A madre superiora caminhou até a janela. Entardecia divinamente lá fora.

Fazia sol naquele 25 de fevereiro, ano de 1845. Foi no alto da coxilha abrasada que os chefes da revolução se encontraram. O pequeno acampamento estava silencioso, cheio de estranha pompa. O presidente da República, José Gomes de Vasconcelos Jardim, doente, não pôde comparecer; Lucas de Oliveira, seu ministro, representou-o. O general Bento Gonçalves da Silva também não foi, mandou carta em que alegava moléstia e na qual dava o seu voto. Sua opinião seria aquela que adotasse a maioria "dos seus irmãos de armas, sempre que estivesse nas raias do justo e do honesto, e ainda mesmo quando no caso vertente esses sagrados objetos deixassem de ser observados, nem por isso seria capaz de a ela opor-se, tendo outros meios em semelhante caso para deixar ilesas a sua honra e consciência. A paz é indispensável fazer-se", escreveu ele.

Eram mais de setenta oficiais. Os termos da proposta de paz – 12 no total – foram lidos. Procedeu-se à votação. Silenciosamente, os oficiais que eram favoráveis à paz foram erguendo suas mãos para o céu. Mãos calosas, limpas, acabrunhadas. O tratado de paz foi aprovado por unanimidade.

O general Canabarro mandou que se fizesse a escritura da ata da reunião. O céu azul de verão nublava-se lentamente, não soprava vento algum. Havia um silêncio profundo no pampa desolado.

Maria Manuela espiava pela janela do coche. Os olhos salientavam-se no rosto emagrecido, os cabelos escuros estavam presos num coque.

Havia um certo rebuliço na cidade. Pelotas, como o restante do Rio Grande, estava satisfeita com a paz. Maria Manuela tinha ouvido dizer que o Barão de Caxias havia sido ovacionado na Capital, onde haviam lhe oferecido grandes festas.

Manuela estava sentada ao seu lado, silenciosa e ereta. Observava a cidade com olhos desinteressados. Maria Manuela tocou sua mão e sorriu. Um riso meio triste, que era para ser comemorativo. Havia rugas finas ao redor dos seus lábios. Voltavam para casa, enfim. Sabia que Antônio esperava por elas. Antônio, seu filho predileto. Sim, somente agora podia assumir isso, agora que tinha sofrido tanto. Sempre amara mais a Antônio, sempre, desde pequetito. Era por ele que seu peito fremia. Depois da morte de Anselmo, passara a adorar Antônio ainda mais. Das três filhas, restara-lhe apenas uma. Rosário tinha morrido, morte cruel, vergonhosa, indecente até. Mariana ficara na estância com Antônia, o filho e o vaqueano. Nunca mais tinham se falado. Duvidava de que se veriam novamente. Pensava no menino, às vezes. Quem sabe um dia...

– Estamos chegando, filha. Olha lá a casa.

Manuela viu a casa branca, plantada na esquina. Tinha uma camarinha. Antes da guerra, ela gostava de sentar-se sozinha, lá em cima, para ler seus romances. Agora as paredes estavam descascadas, uma das venezianas, rebentada, pendurava-se como um enforcado prestes a derrear. A casa da sua infância mostrava também as misérias que a revolução lhe tinha imposto.

O coche parou em frente à casa. A pesada porta abriu-se, Antônio surgiu na calçada, sorrindo. Usava barba. Vestia-se com trajes civis e estava mais magro e delgado. Ao ver a mãe e a irmã caçula, seus olhos encheram-se de lágrimas.

Maria Manuela nem esperou o criado abrir-lhe a porta. Precipitou-se para fora, caiu nos braços do filho. O calor morno daquele corpo a acalmou como um bálsamo. Ela fechou os olhos e agradeceu a Deus porque ele ainda estava vivo.

João Gutierrez encilhou o petiço. (Adquirira destreza com a única mão que lhe sobrara.) O cavalo tinha um pêlo castanho e macio. A crina era mais clara, espessa. Ele sentiu-lhe a textura, o calor do corpo do animal. Era um petiço muito manso. Matias olhava a cena encantado. Os olhinhos negros, luzidios, enchiam-se com a imagem do cavalo que o pai lhe trouxera.

João Gutierrez agachou-se para estar na altura do filho.

– Quando usted crescer, vamos montar juntos, hijo. Vamos cavalgar por este pampa afora.

Mariana pegou o menino no colo. Acomodou-o na sela. Matias riu alto, feliz. De cima do lombo do cavalo, o mundo tinha outro gosto.

– Esse menino vai ser vaqueano – disse Mariana.
– Como o padre.
– Sí, João. Como o padre dele.

Os dois sorriram.

Matias procurou a casa, ao longe, e viu a figura da avó Antônia sentada em sua cadeira de balanço. Sabia que ela o mirava, contente de vê-lo com o petiço. Acenou-lhe. Viu a mão magra, branca, erguer-se, retribuindo-lhe o aceno.

Na varanda, D. Antônia sorria, os olhos úmidos de lágrimas. O sol de março ia escorregando lentamente pelo céu. Ao fundo, no horizonte, uma leve camada de nuvens cinzentas prometia chuva para o dia seguinte.

fim

Em 1846, na cidade de Bagé, nasceu o primeiro filho de Caetano e de Clara Soares da Silva. O menino recebeu o nome do avô general.

Joaquim casou somente em 1857, cansado de esperar por Manuela. Faleceu com mais de 90 anos.

Bento Gonçalves da Silva morreu dois anos após o término da guerra, vítima de pleurisia, em julho de 1847, confinado na Estância do Cristal.

Manuela de Paula Ferreira morreu solteira, em Pelotas, no ano de 1904, aos 84 anos. Ficou eternamente conhecida como a "noiva de Garibaldi".

Esta história nunca teria existido
se não fosse a distância...
Obrigada, Tabajara Ruas,
pelo tesouro que você me mostrou.

EDIÇÕES
BestBolso

Este livro foi composto na tipografia Minion, em corpo 10,5/13,
e impresso em papel off-set 56 g/m² no Sistema Digital Instant
Duplex da Divisão Gráfica da Distribuidora Record.